HEYNE
BÜCHER

Das Buch

Die Baileys sind eine glückliche Familie. Bills Geschäfte gehen gut, Fiona kümmert sich liebevoll um das Haus, ihre vier eigenen Kinder und die Pflegetochter. Als Sammy Love, der Freund von Sohn Willie, nach dem Tod seines Vaters plötzlich ganz alleine dasteht, nehmen ihn die Baileys bereitwillig in ihr Haus auf. Doch Sammy wuchs bisher in äußerst ärmlichen Verhältnissen auf. Sein mangelhaftes Benehmen und sein zweifelhafter Umgang stellen die Familienharmonie auf eine harte Probe, und es kommt zu heftigen Auseinandersetzungen. Bis Sammy eines Tages die Chance erhält, zu beweisen, was wirklich in ihm steckt ...

Die Autorin

Catherine Cookson wurde in Nordengland geboren und wuchs – wie so viele ihrer Romanfiguren – in einfachsten Verhältnissen auf. Bereits als Sechzehnjährige schrieb sie Kurzgeschichten, doch der Durchbruch als Autorin kam erst 1950. Seitdem hat sie fast 90 Romane veröffentlicht, die in zahlreiche Sprachen übersetzt wurden. Durch ihre treue Leserschaft wurde sie eine der erfolgreichsten Schriftstellerinnen der Welt. 1993 wurde ihr der Titel »Dame of the British Empire« verliehen. Im Wilhelm Heyne Verlag sind zahlreiche ihrer Romane erschienen.

CATHERINE COOKSON

DAS BAND DER LIEBE

Roman

Aus dem Englischen
von Elisabeth Schulte-Randt

WILHELM HEYNE VERLAG
MÜNCHEN

HEYNE ALLGEMEINE REIHE
Band-Nr. 01/13134

Titel der Originalausgabe
THE BONDAGE OF LOVE

Umwelthinweis:
Dieses Buch wurde auf
chlor- und säurefreiem Papier gedruckt.

Redaktion: Verlagsbüro Dr. Andreas Gößling und Oliver Neumann GbR

Deutsche Erstausgabe 7/2000

Printed in Germany 2000
Umschlagillustration: John Harris/Arena/Agentur Schlück
Umschlaggestaltung: Nele Schütz Design, München
Satz: Buch-Werkstatt GmbH, Bad Aibling
Druck und Bindung: Pressedruck, Augsburg

ISBN: 3-453-16939-5

http://www.heyne.de

Für Norreen, die während der vergangenen sechzehn Jahre
für mein Zuhause gesorgt und mit ihrer Fröhlichkeit
manchen trüben Tag erhellt hat. Ihr spreche ich
von ganzem Herzen meinen Dank aus.

TEIL 1

Prolog

Die Geschichte zwischen Katie Bailey und Sammy Love hatte an dem Tag begonnen, als Sammys Vater Davey begraben wurde. Sammy hatte damals versucht, Katie zu trösten, und gesagt, daß er auf Wunsch seines Vaters mit ihr sprechen würde.

Nachdem Sammy sich allein in seinem Zimmer ausgeweint hatte, war er zu Katie hinübergegangen, um ihr genau das zu sagen. Er würde mit ihr reden, weil sein Vater vorausgesehen habe, wie einsam sie sich fühlen mußte. Die Dankbarkeit, die Katie bei diesen Worten empfand, kam ihr seltsam vor. Denn sie und Sammy waren jahrelang wenn auch keine Feinde, so immerhin Gegner gewesen – seit Willie, Katies jüngerer Bruder, sich mit Sammy Love angefreundet hatte, einem neunjährigen Jungen, der lautstark fluchte, freche Reden führte und keine Bemerkung unkommentiert ließ. Die Beziehung hatte die Familie in zwei Lager gespalten, und Fiona, Willies Mutter, war entsetzt über den Umgang ihres Sohnes gewesen.

Fiona stammte aus der Mittelschicht, und natürlich wollte sie nicht, daß ihre Kinder sich mit jemandem wie Sammy Love abgaben, einem Rotzjungen aus Bog's End, dessen Vater im Gefängnis von Durham gesessen hatte. Doch der schlaue Bursche hatte es verstanden, sich nützlich zu machen und war Bill Baileys Lebensretter geworden. Danach hieß man ihn im Kreis der Familie willkommen, genau wie seinen Vater.

Die Familie hatte Davey Love, diesen stämmigen Iren von offenbar einfältigem Gemüt, der jeden zum Lachen brachte, sobald er den Mund aufmachte, so liebgewonnen, daß er in das Haus der Baileys geholt wurde, als sein Tod nahte, damit er dort die letzten Tage verbringen konnte. Damals hatten alle die wohltuende Anwesenheit von Davey Love gespürt, angefangen bei der kleinen Angela,

Bills und Fionas mongoloider Tochter, über Mamie, ihre Adoptivtochter von mittlerweile neun Jahren, den jetzt zwölfjährigen Willie, die vierzehnjährige Katie und den sechzehnjährigen Mark, Mrs. Vidler, der Mutter von Fiona und vor kurzem noch Bills Todfeindin, bis sich ihr Charakter durch ein dramatisches Ereignis zutiefst veränderte, und schließlich Bert und Nell Ormesby. Nell stand Fiona hilfreich zur Seite und verbrachte viel Zeit im Haus der Baileys, seit vor einigen Jahren tragische Umstände ihr eigenes Leben verändert hatten, und Bert war einer von Bills Vorarbeitern. Diese Menschen bildeten alle zusammen die engere Familie, und unter ihnen war niemand, dem der grobschlächtige, laute, aber auch weise Ire nicht tief im Inneren nahegestanden hätte.

Damals hatte Katie Trost wirklich bitter nötig. Ihr Stiefvater Bill hätte sie beinahe aus dem Haus geworfen, nachdem durch ihr Verhalten seine enge Freundschaft zu Rupert Meredith zerbrochen war. Rupert war ein Verwandter von Sir Charles Kingdom, der Bill geholfen hatte, seine jetzige Position in der Baubranche zu erreichen.

Katie war erst dreizehn gewesen, als sie sich, fast mit der reifen Liebe einer Erwachsenen, in Rupert verliebte und ihn nackt mit seiner Freundin im Bett entdeckte. Der Besitz der Baileys grenzte an das Grundstück, auf dem das Landhaus dieser Freundin stand. In einem Anfall von Eifersucht schleuderte Katie der jungen Frau einen schweren Holzzuber an den Kopf. Das Wurfgeschoß verfehlte ihr Auge nur knapp. Auch Rupert, der Katie schließlich an den Haaren packte und nach draußen auf den Gartenweg zerrte, trug Verletzungen davon.

Natürlich brach Rupert sofort jeden Kontakt zum Haus der Baileys ab. Aber er behielt seinen Posten als Leiter einer Werkstatt, die Bill gehörte, und so war es unvermeidlich, daß sich die beiden Männer weiter begegneten.

Bill konnte Katie ihre Tat nicht verzeihen. Die Freundschaft mit Rupert hatte ihm viel bedeutet, da sie durch Sir Charles und Lady Kingdom zustande gekommen war. Nach dem Tod von Sir Charles hatte sie sich sogar noch vertieft.

Am Tag von Davey Loves Begräbnis, inmitten der zahllosen Trauergäste draußen vor der Kirche, war Rupert zu Fiona getreten und hatte zum ersten Mal seit dem Vorfall wieder das Wort an sie gerichtet. Katie stand neben ihrer Mutter, und Rupert sagte nach einigem Zögern:

»Hallo, Katie.«

Katie starrte ihn an und antwortete ebenso knapp: »Hallo.« Gleichzeitig wurde ihr voller Verwunderung bewußt, wie dumm sie in der Vergangenheit gewesen war. Was für ein Impuls hatte sie getrieben, als sie vor Eifersucht beinahe den Verstand verlor? Worum ging es dabei überhaupt? Die Liebe, die Katie für Bill empfand, kam gleich nach ihrer Liebe zu Rupert, und Katie war in tiefe Verzweiflung gestürzt, als Bill sie nach dem Vorfall wie Luft behandelte. Sie sprach mit fast niemandem mehr, und wenn, machte sie nur einsilbige Bemerkungen.

An jenem Tag, als sie vom Begräbnis nach Hause zurückkehrten, stand Bill im Eingang seines prächtigen Hauses, auf das er zu Recht stolz war. Er sah Katie an, sein Stiefkind, das er von allen Mitgliedern seiner adoptierten Familie am meisten liebte, und sie erwiderte seinen Blick. Dann schrie sie, wie aus den Tiefen ihrer Seele:

»Oh, Dad! Dad! Es tut mir leid. Es tut mir so leid.«

In diesem Augenblick schloß er Katie in die Arme. Fiona sah es, wie auch der Rest der Familie, und alle waren erleichtert. Das Leben würde wieder in seine normalen Bahnen zurückkehren.

Als Katie die Treppe hinaufgestürmt war, um in ihrem Zimmer den Tränen freien Lauf zu lassen, bis sie von allein versiegten, hatte Sammy Love an ihre Tür geklopft, und da sah sie ihn mit völlig neuen Augen. Sammy war zwei Jahre jünger als sie, wirkte aber deutlich älter. Er war hochgewachsen und sehr dünn, ihr Stiefvater bezeichnete ihn als drahtig. Bills offensichtliche Sympathie für Sammy hatte Katies Abneigung gegen ihn nur verstärkt, und sie nutzte jede Gelegenheit, ihn anzugreifen. Ihr Stiefvater betrachtete Sammy, seit dieser bei ihnen lebte, nicht nur als vollwertiges Familienmitglied, sondern Katie wußte auch, daß

Sammy Love für Bill Bailey selbst dann noch etwas Besonderes darstellte, wenn er fluchte und obszöne Wörter benutzte.

Dann gab es da noch Willie. Während all der Jahre hatte Willie wie eine Klette an Sammy gehangen. Sammy war sein Ein und Alles. Katie erinnerte sich an die Auseinandersetzungen im Haus, weil Willie einfach nicht von der Freundschaft zu diesem Jungen lassen wollte. Was hatte Sammy, das die Menschen dazu brachte, ihn zum Freund haben zu wollen? Vielleicht war es die gleiche Eigenschaft, die auch sein Vater besessen hatte, nur sehr viel ausgeprägter. Als gutaussehend hätte man Sammy nicht bezeichnen können. Bis jetzt waren ihr seine Augen nie aufgefallen, außer wenn sie und Sammy sich gegenseitig beschimpften. Dann hatten seine Augen wie schwarze Murmeln ausgesehen. Sie waren riesig, mit langen Wimpern, aber Nase und Mund waren zu groß geraten. Katie würde sein Gesicht, dessen Kinn manchmal nach vorn zu treten schien, als reizlos beschreiben.

In dem Augenblick, als Katie Sammys Hand in ihrer spürte, überkam sie eine merkwürdige Empfindung, als wäre sie jünger als er. Er wirkte beinahe wie vierzehn, während sie erst zwölf Jahre alt war und demnächst dreizehn wurde.

An jenem Tag wußte Katie, daß Mr. Love ihr fehlen würde. Mit ihm hatte sie reden können, und sie hatte entdeckt, daß er nicht der Einfaltspinsel war, für den ihn alle hielten. Er war ein unterhaltsamer Mensch, der mit seiner kuriosen Ausdrucksweise die Leute zum Lachen brachte. In seiner Nähe fühlte man sich jedes Mal herrlich erfrischt. Als Katie seinen Sohn anblickte, kam ihr der Gedanke, wie dumm Gefühle sein konnten. Zuerst liebte man einen Menschen bis zur Raserei, und dann verabscheute man ihn, weil man sich von ihm gedemütigt fühlte.

Oder, was Sammy betraf, so begann sie ihn mit einem Mal zu mögen, obwohl sie vorher nur Verachtung für ihn empfunden hatte. Wer sollte sich in der menschlichen Seele auskennen, wenn solche Kehrtwendungen möglich waren?

Als Katie und Sammy nach unten gingen, hielten sie sich noch immer bei den Händen. Dann wurde beiden bewußt, was die Familie zu dieser offenkundigen Annäherung sagen würde, und sie lösten sich rasch voneinander. Dabei blieb es, und in stillschweigendem Einverständnis konnten sie nun herzlich über ihre frühere Feindschaft lachen.

1.

Weniger als einen Monat nach Daveys Begräbnis tobte in der Freundschaft zwischen Katie und Sammy ein erster Sturm, der das sonst so ruhige Familienleben durcheinanderwirbelte. Bill war oben im Kinderzimmer, um wie jeden Tag eine halbe Stunde mit seiner Tochter zu spielen. Er hatte Angela auf seinen Arm genommen und lobte zum wiederholten Mal ihre Fortschritte beim Modellieren. Nell und Bert waren ebenfalls mit ihrem Neugeborenen oben, um das jüngste Meisterwerk seiner Tochter zu bewundern – eine recht gelungene Nachbildung ihres Plüschpudels, an dem die Kleine sehr hing.

Bill stand an der Seite eines niedrigen Tischs und richtete den Finger auf seine Frau. »Sag nur nicht, das wäre Zufall, Mrs. Bailey, oder daß ihr jemand geholfen hätte. Als ich hereinkam, hat sie gerade die Einzelteile zusammengefügt.«

Fiona breitete beschwichtigend die Hände aus. »Ich habe kein Wort gesagt.« Sie richtete den Blick auf ihre Freundin. »Aber es stimmt, die Figur ist wirklich gelungen. Behauptet jemand etwas anderes, Mr. Bailey?« fragte sie, den Namen betonend.

»Ja, ja …« Bill wandte sich an Bert, der sein »Gottesgeschenk«, wie er seinen neugeborenen Sohn nannte, spielerisch in die Höhe warf und wieder auffing. »Wir wissen schon, sie hat bei allem ihre Zweifel. Oh, verflixt! Laß uns nach unten gehen, Schatz. Ich bin seit einer Stunde zu Hause, und niemand interessiert sich dafür, daß ich eine trockene Kehle habe.«

»Ich habe dich gefragt, ob du eine Tasse Tee willst«, schaltete Nell sich ein, »aber du hast gesagt, du könntest zuerst etwas Stärkeres vertragen. Hast du es bekommen?«

»Ja, habe ich, liebe Nell. Aber jetzt würde ich gern eine Tasse Tee trinken.«

Lachend machten sich alle auf den Weg zur Tür, die in diesem Moment aufgerissen wurde. Dort stand Mark mit angespanntem Gesichtsausdruck und verdrehtem Kopf. »Dad, aus dem Fitneßraum kommt Lärm. Du weißt, mein Zimmer liegt direkt darunter. Das sind wieder Willi und Katie, vor allem Willie, wie es sich anhört. Jemand muß ihn zur Rede stellen. Er treibt es wirklich zu arg.«

»Warst du schon bei ihnen?«

»Nein. Ich hätte womöglich meine Fäuste gebraucht. Langsam reicht es mir mit dieser Bande. Nie herrscht hier Ruhe. Wie soll ich bei diesem Krach arbeiten?«

Bill senkte den Kopf, und Fiona blickte zur Seite. Beide schwiegen. Draußen auf der Galerie sahen sie sich an. Aus ihrem Blick sprach der gemeinsame Gedanke, daß es in dem großen Haus genügend ruhige Ecken gab, in die Mark sich zurückziehen konnte, wenn er ungestört sein wollte. Mark besaß sein eigenes Schlafzimmer, und der angrenzende frühere Ankleideraum diente ihm als Studierzimmer. Aber man konnte wohl kaum von dem jungen Herrn erwarten, daß er sich für die Prüfungsvorbereitungen einen anderen Platz im Haus suchte, oder?

Als sie in die Halle kamen, hörten sie den Lärm aus dem Fitneßraum, der am Ende des Korridors im Erdgeschoß lag. Das Gesicht schadenfroh verzogen, kam ihnen Mamie entgehen. »Oh, sie kämpfen wieder«, rief das Mädchen. »Wie die Wilden gehen sie aufeinander los. Dann hat Sammy Katie über die Schulter geworfen und zu Boden geschleudert.«

»W… wie bitte?« fragten Bill und Fiona gleichzeitig. Sie eilten den Korridor entlang und stürmten in den Fitneßraum.

Willie schrie: »Warum hast du die ganze Zeit geschwiegen? Wenn du es ihr erzählen konntest, warum dann nicht mir?«

Sammy schien die Neuankömmlinge nicht zu bemerken. »Ich habe es ihr erst kürzlich erzählt«, antwortete er. »Und dir habe ich nichts gesagt, weil ich manche Dinge für mich behalten wollte. Verstehst du das nicht? Nein, wohl kaum.

Dazu bist du zu bequem. Du hattest es immer viel zu leicht.«

»Aber, aber! Jetzt hört mal zu! Worum geht es eigentlich?« Bill stellte Angela auf den Boden und fragte, an Sammy gewandt: »Was ist passiert? Warum hatte er es zu leicht? Und was ist es, das du für dich behalten mußt, und wovon er glaubt, er hätte daran teilhaben müssen?«

Sammys Gesicht war puterrot. Mit fest zusammengepreßten Lippen sagte er bitter: »Ich habe die Donnerstagabende für mich freigehalten.«

»Ja, Junge, das weiß ich.« Bills Stimme sollte beruhigend wirken. »Du bist jeden Donnerstag abends zur Beichte gegangen, und das tust du heute noch.«

»Ja, ich gehe auch jetzt noch jeden Donnerstag hin. Aber die Beichte dauert nicht den ganzen Abend. Danach habe ich etwas anderes gemacht und es für mich behalten.«

»Was immer es war, wußte dein Dad davon?«

»Ja, er wußte es, und er meinte, es ginge in Ordnung. Ein Mann sollte sich seinen persönlichen Freiraum bewahren und keine Rechenschaft ablegen müssen, wo und mit wem er seine Zeit verbringt.«

Bill nickte stumm. »Ich verstehe. Und es hat wohl keinen Sinn, dich zu fragen, was du außer der Beichte an den Donnerstagabenden getan hast?«

»Doch, fragen ist erlaubt.«

»Junger Mann!« Bills Stimme wechselte. »Nicht in diesem Ton! Du kennst mich, und ich kenne dich.«

Sammy ließ den Kopf hängen und murmelte schließlich: »Tut mir leid.«

Bills Blick wanderte hinüber zu seinem Stiefsohn. »Was hat das alles zu bedeuten, Willie?«

»Es ist, weil ich mit ihm gegangen bin.« Katies Stimme klang ruhig, beinahe tonlos. Alle starrten sie schweigend an. »Sammy hat gemeint, ob ich nicht in einen Verein gehen will, um Sport zu treiben, Tennis oder etwas ähnliches«, erklärte sie dann. »Und ich habe ihm geantwortet, das muß er gerade sagen, bei seiner Unsportlichkeit. Nicht mal für Fußball oder Kricket interessiert er sich. Da hat er mir alles gesagt und gemeint, wenn ich möchte, kann ich mitkommen, Donnerstag abends.«

»Mitkommen? Wohin, Katie?« Fiona war neben ihre Tochter getreten.

Katie blickte zu ihrer Mutter hoch. »Zum Sport- und Freizeitzentrum Fickleworth.«

Fiona warf Bill einen Blick zu, und dessen Gesicht war angespannt. Bill sah wieder Sammy an. »Du gehst ins Fickleworth-Zentrum?«

»Genau ... ja.«

»Wie lange schon?«

»Fast zwei Jahre.«

Bill nickte. »Nach der Beichte bist du dort hingegangen?«

»Ja.«

»Welche Sportart?«

»Judo.«

»Judo!«

»Genau, und außerdem etwas Karate. Ich dachte, Katie könnte auch mit Karate anfangen, weil es eine gute Methode zur Selbstverteidigung ist, falls sie einmal überfallen wird. Man nimmt dazu die Handkante, etwa so.« Er führte die Schlagtechnik vor.

»Moment mal! Du hast doch nicht ... du hast sie eben zu Boden geworfen.«

Sammys Ton wurde wieder heftig. »Ich habe ihr die Technik gezeigt, aber ohne ihr weh zu tun. Oder etwa nicht? Wenn man Judo lernen will, gehört das richtige Fallen und Werfen zum Training. Ich habe ihr beim Fallen geholfen.«

»Ach, interessant! Wirklich sehr interessant!« Die Bemerkung kam von der offenen Tür, wo Mark stand. Er blickte zu Sammy und senkte den Kopf. »Stimmt das? Du machst Judo?«

»Ja, das stimmt.«

»Schon gut. Nur keine Aufregung. Ich wollte nur sagen, daß ich Judo für eine gute Sache halte. In meiner Klasse gibt es jemanden, der den Schwarzen Gürtel hat. Bist du im Club von Newcastle?«

»Nein, Mark. Ich trainiere im Fickleworth-Zentrum.«

»Aber das ist … in Bog's End.«

»Stimmt, in Bog's End.« Bill schaltete sich wieder ein. »Genau gesagt, am südlichen Rand von Bog's End, und es handelt sich um ein ausgezeichnetes Sport- und Freizeitzentrum, wenn ich dich aufklären darf.«

»Niemand will sich mit dir darüber streiten, Dad.«

»Das stimmt«, pflichtete jetzt Fiona bei. »Deshalb fängst du jetzt auch nicht damit an. Darf ich mal etwas sagen?« Im selben Moment wurde ihr bewußt, wie dumm diese Frage klang. »Warum macht ihr so viel Aufhebens von der Angelegenheit? Ich finde die Idee ausgezeichnet, daß Katie sich mit Kampfsport fit hält.«

»Das sind keine Kampfsportler, sondern Waschlappen!«

»He, he.« Bill hob beschwichtigend die Hand in Sammys Richtung. »Ruhig Blut! Hört auf, beide. Und du, Willie Bailey, bist ein Ignorant, wenn du behauptest, Karate und Judo wäre etwas für Waschlappen. Fußball und Kricket schon eher. Ja, vor allem Kricket, verglichen mit Judo oder Karate. Aber eigentlich geht es dir gar nicht darum, welche Sportart besser oder schlechter ist, stimmt's, Willie? Du bist sauer, weil Sammy gewagt hat, Katie zu fragen, ob sie mit ihm ins Sportzentrum geht. Na ja, verstehen kann ich das sogar, denn dich hat er nicht gefragt.«

»Doch, habe ich. Schon vor Monaten. Aber nicht direkt. Ich wollte nur wissen, ob er Lust hat auf Fechten. Aber Willie hat mich ausgelacht. Fechten, wieder so ein Sport für Waschlappen. Katie dagegen hat gesagt, sie hätte schon immer Fechten lernen wollen.«

Bill senkte den Kopf. Sicher, Fechten. Das paßte zu Katie. Aber sollte sie wieder einen ihrer Wutanfälle bekommen, läge ein Säbel besser in ihrer Hand als ein Florett. Bill besaß selbst einige Erfahrung im Fechten. Er hatte vor Jahren damit angefangen und es dann wieder aufgegeben. Es war ihm zu kompliziert, vor allem die Fußarbeit. Den Blick wieder zu Sammy gewandt, fragte Bill ruhig: »Und sonst? Was machst du außerdem?«

»Immer noch Fechten. Gelegentlich. In der Fechtschule

stehen die Leute immer Schlange.« Sammy nickte in Bills Richtung. »Auch wenn das Sportzentrum in der Nähe von Bog's End liegt, ist es gut besucht, und nicht nur von den Leuten aus dem Viertel. Drei Sportfreunde von mir waren früher im Club von Newcastle ...« Er wandte den Blick zu Mark. »Sie fechten jetzt im Fickleworth-Zentrum.«

»Das Zentrum ist eine gute Sache.« Zum ersten Mal sagte Bert etwas. Das Kind lag jetzt ruhig in seinen Armen. »Ja, eine gute Sache«, wiederholte er. »Die Stadt hat ihm viel zu verdanken. Durch die Aktivitäten des Zentrums sind aus jugendlichen Hooligans anständige Bürger geworden.«

Bill sah hinüber zu Bert. »Du kennst das Zentrum gut? Hast du damit zu tun?«

»Ja. Ich habe eine Jugendmannschaft im Schwimmen trainiert und junge Boxer betreut. Das Zentrum verfügt über einen guten Ring.«

»Man höre und staune!« Bill bewegte nachdenklich den Kopf. Dann wanderte sein Blick wieder zu Sammy. »Und du sagst, du gehst immer noch jeden Donnerstag zur Beichte? Wie es scheint, haben auch wir heute einige Bekenntnisse zu hören bekommen. Nur zu, alle sollen sprechen.« Den Blick erneut auf Bert geheftet, sagte er: »Mir scheint, über dich muß ich noch viel lernen.«

»Ach, Bill. Das ist nicht der Rede wert. Was glaubst du, wie ich meine Abende verbracht habe, als ich noch Junggeselle war? Ich bin kein Kneipengänger, und viele Sendungen im Fernsehen sind eine Beleidigung meiner Intelligenz. Damit wollte ich meine Zeit nicht totschlagen. Also bin ich ins Zentrum gegangen und habe mit verhaltensauffälligen Jugendlichen gearbeitet. Ich habe ihnen gezeigt, wie sie ihre Selbstachtung zurückgewinnen können, durch Boxen und das Einstehen für andere. Dabei hat Boxen mehr bewirkt als Schwimmtraining, denn Schwimmen vermittelt nur ein gutes Körpergefühl, mehr nicht, verstehst du?«

»Und die Teilnahme am Training ist kostenlos, wenn ich recht verstehe?«

»Ja. Für diejenigen, die kein Geld haben. Von anderen, die besser gestellt sind, wie unser Freund Samuel oder

Katie, wird ein Beitrag erwartet. Ich glaube, die Jahresmitgliedschaft kostet fünf Pfund.«

Bill schüttelte den Kopf und versuchte, die Situation zu entschärfen. »Das könnten wir uns niemals leisten.« Ein Blick zu Willie zeigte ihm, daß sein Scherz die beabsichtigte Wirkung verfehlte. Bill sagte unvorsichtigerweise: »Ein Vorschlag. Laß dir doch von Sammy den Judogriff zeigen. Wenn er Katie auf den Boden werfen kann, schafft er es bei dir auch, und dann könntest du ...«

»Vielleicht will ich gar nicht ins Zentrum gehen, und Sammy wird mich auch nicht anfassen. Wenn er will, daß Katie mitkommt, ist das seine Sache, aber ich lasse mich nicht zum Idioten machen.« Willie schob sich an Nell vorbei und verließ mit steifen Schritten das Zimmer. Unterwegs stieß er beinahe Angela um.

»Na, dieses Mal hast du es geschafft, Sammy.«

»Ich habe nichts getan, wofür ich mich schämen müßte oder was mir leid tun sollte, Mr. Bill. Ich dachte, ich könnte etwas für Katie tun ... deshalb habe ich sie aufgefordert mitzukommen.«

»Das war ganz richtig, Sammy.« Fiona nickte ihm zu. Dann wandte sie sich an ihre Tochter: »Und ... du möchtest eine dieser Sportarten lernen, Katie?«

»Ja, Mama, sehr gern. Aber es tut mir leid, daß dadurch Streit entstanden ist zwischen ...« Sie sah Sammy an. »Würdest du versuchen, das wiedergutzumachen?«

»Nein. Oh, nein. Wie mein Dad zu sagen pflegte ...« Sammy neigte den Kopf und ließ den Satz unvollendet. Auch ohne wiederzugeben, was sein Dad zu sagen pflegte, ahnten die Erwachsenen, daß Willies besitzergreifendes Verhalten Sammy manchmal auf die Nerven ging und er mit seinem Vater darüber gesprochen hatte. Die freien Donnerstagabende mußten vor Willies Besitzansprüchen sicher bleiben.

»Dann werde ich mit ihm sprechen.« Verwundert starrten alle Katie an. Zwischen ihr und Willie hatte Dauerkrieg geherrscht, seit ihrer frühesten Kindheit. Nach Angelas Geburt kam es zu einer leichten Besserung, doch auch dann war die Situation angespannt geblieben. Jetzt wirkte Katie mit einem Mal völlig verändert. Wieder ein Beispiel dafür, daß man seine Kinder niemals wirklich kannte, dachte Fiona. Nie wäre ihr in den Sinn gekommen, daß sich ihre Tochter Katie, dieser eigenwillige, starrsinnige Hitzkopf, tatsächlich bei ihrem Bruder Willie entschuldigen könnte.

Ähnliche Gedanken gingen Katie durch den Kopf, als sie die Treppe hinaufstieg und durch den breiten Korridor zu Willies Zimmer ging. An der Tür zögerte sie eine geschlagene Minute, bevor sie klopfte. Es kam keine Antwort. Sie klopfte noch einmal, dieses Mal lauter. Schließlich öffnete sich die Tür, und ihr Bruder stand mit rotem Gesicht und feuchten Augen vor ihr.

»Was willst du?« schnauzte er sie an.

»Das sage ich dir, wenn du mich hereinläßt.« Katies Antwort war so überraschend, daß Willie sich umdrehte und zurück in sein Zimmer ging. Sie folgte ihm und schloß leise die Tür hinter sich.

Katie beobachtete, wie Willie sich hinter seinen Schreibtisch setzte, der unter dem Fenster stand. Er hob eines der drei Bücher hoch, die darauf lagen, und warf es auf die Tischplatte zurück. »Verzeih mir, Willie«, drang Katies Stimme zu ihm. »Ich hätte nicht gesagt, daß ich gern mitgehen würde, wenn mir klar gewesen wäre, daß dadurch Unfrieden zwischen euch entsteht. Und ... ich versichere dir, er hat mich nur gefragt, weil ... na ja, ich habe ihm leid getan, wegen der Sache im letzten Jahr, als Dad nicht mehr mit mir reden wollte und ich bei allen im Haus schlecht angeschrieben war. Ich habe mich furchtbar gefühlt bei dem Gedanken, daß ich dieses Mädchen hätte umbringen können, und dann die Vorstellung, welche Folgen das nicht nur für mich, sondern für die ganze Familie gehabt hätte. Ich weiß, es war auch so schon schlimm genug für uns alle, und Sammy hatte einfach Mitgefühl mit mir.«

Willie fuhr auf seinem Stuhl herum. Seine Antwort kam leise: »Wir waren jahrelang gute Freunde.«

»Ja, das weiß ich, Willie. Ihr wart wie Brüder und habt euch sehr nahegestanden. Du hast ... regelrecht mit Mam darum gekämpft, daß er zu uns ins Haus kommen darf, weil sie am Anfang nichts mit ihm zu tun haben wollte. Erst als Dad beinahe ermordet wurde und er ihn gerettet hat, hat sie Sammy akzeptiert. Aber … du hast die ganze Zeit zu ihm gehalten. Ich … weiß, wie dir zumute ist.« Katie sah, daß Willie den Kopf hängen ließ.

Er murmelte gebrochen: »Jetzt … will er … sicher nichts mehr mit mir zu tun haben, nicht nach diesem Auftritt. Außerdem hat er dich.«

Katies Stimme wurde laut. »Er hat mich nicht. Sammy tut nichts weiter, als mich mitzunehmen und mich mit dem Karatelehrer bekanntzumachen. Außerdem glaube ich, daß es sehr vernünftig ist, Selbstverteidigung zu lernen, denn … ein paar Mädchen aus meiner Klasse sind bereits auf der Straße belästigt worden. Aber wenn du dich nicht mit Sammy versöhnen willst oder nicht mitkommst ins Zentrum, werde ich hierbleiben.«

»Du wirst gehen müssen. Wegen dir hat der ganze Ärger doch angefangen. Na ja, eigentlich nicht … angefangen hat Sammy. Und ich verzeihe ihm sein Schweigen nicht. Er hätte was sagen müssen.«

»Ja.« Katie nickte ihrem Bruder zu. »Eigentlich finde ich das auch. Vielleicht hat er geschwiegen«, suchte sie nach einer Erklärung, »weil das Zentrum so nahe bei Bog's End liegt, und aus der Familie sollte niemand denken, er hätte etwas mit den Leuten aus dieser Gegend zu tun. Du weißt, wie stolz sein Vater war, als du dich mit Sammy angefreundet hast.«

Willie stand auf. Er fuhr sich mit der Daumenspitze über den Mund und fragte: »Hat es weh getan, als er dich zu Boden geworfen hat?«

»Nein. Aber ich war völlig verblüfft, das kannst du mir glauben. Es war komisch, wirklich. Nicht, daß ich zu Boden ging, sondern wie er es gemacht hat. Sammy meint, ich sollte einen anderen Sport wählen, wenigstens am Anfang. Jiu-Jitsu wäre besser. Stell dir vor« – Katie lächelte ihren Bruder an – »er hat gesagt, das bedeutet ›sanfte Berührung‹.«

Beide sahen sich ziemlich hilflos an, bis Katie ruhig fragte: »Kommst du jetzt mit uns? Ich möchte wirklich eine Beschäftigung neben der Schule.«

Als wäre er am Nachdenken, blickte Willie zur Seite. »Mal sehen«, murmelte er schließlich. »Aber eines merk dir.« Er sah wieder geradeaus. »Mit diesem albernen Kram fange ich gar nicht erst an.«

»Nein, mußt du ja auch nicht«, gab Katie ihm rasch recht. »Beim ersten Mal kannst du dich einfach umsehen, ganz unverbindlich, wie ich auch.« Wieder entstand eine Pause. »Jetzt komm mit nach unten«, bat Katie schließlich, doch Willie entgegnete sofort:

»Nein, ich kann nicht. Noch nicht. Ich habe das Gefühl, ich habe mich lächerlich gemacht. Was mir öfter passiert, oder?« Willies Stimme war lauter geworden. »Nein, ich mache mir nichts vor, Katie. Bis jetzt war es so. Wie ich mich an diesen bäurischen dickköpfigen Iren geklammert habe ... Immer kam er an erster Stelle.«

»Das ist ihm bewußt, und er weiß es zu schätzen. Wie ich schon sagte, ohne dich wäre er heute nicht bei uns. Das hat er mir anvertraut.«

»Tatsächlich?«

»Ja, allerdings.« Es tat gut, zugunsten einer anderen Person zu lügen. Man kam sich irgendwie vor wie ein besserer Mensch. »Dir gegenüber würde er nie ein Wort darüber verlieren«, fuhr Katie fort, »aber es brach aus ihm heraus, als wir uns wieder einmal gestritten haben ... bis die Fetzen flogen.«

Willie schüttelte den Kopf, und Katie sprach weiter: »Wenn du nach unten in den Fitneßraum gehst, sind die anderen wahrscheinlich wieder im Wohnzimmer. Sollte Sammy nicht da sein, dann warte auf ihn. Er wird gleich kommen.«

Wortlos starrte Willie sie an. Katie nickte ihm zu und lächelte. Dann wandte sie sich um und ging nach unten.

Ihre Mutter trat aus dem Wohnzimmer, Mamie vor sich her schiebend. »Ich nähe keine Pailletten auf dieses Kleid. Es ist hübsch und sieht festlich genug aus. Außerdem gehst du nur auf eine Party.«

»Nancy hat auf ihrem Kleid überall Pailletten.«

»Es ist mir egal, was Nancy hat. Du bekommst keine Pailletten. Auf dieses Kleid nicht.«

»Warum?«

Fiona holte tief Luft. Nie hätte sie geglaubt, daß einmal der Moment kommen würde, in dem sie ihre Adoptivtochter haßte, doch während der vergangenen zwei Jahre war das Mädchen zu einer Last geworden. Schon als kleines Kind hatte Mamie immer ihren Kopf durchsetzen wollen, doch seit sie wußte, daß sie eigenes Geld besaß, das von ihrem Großvater verwaltet wurde, benahm sie sich einfach ... abscheulich. Sie hatte sich zu einer widerwärtigen kleinen Person entwickelt. Dankbar sah Fiona zu Katie, die Mamies Frage beantwortete:

»Weil eine Frau mit Pailletten billig aussieht.«

»Das stimmt nicht! Nancy sieht wunderbar damit aus.«

»Schrei mich nicht an!«

»Ach, du!« Empört wandte sie sich zur Treppe, halblaut etwas vor sich hin murmelnd. Das brachte Fiona in Rage. »Wag es nicht, kleines Fräulein. Nicht wieder die Geschichte mit deinem Großvater. Ich habe dir schon einmal gesagt, wenn du lieber bei deinem Großvater leben willst, ist mir das recht, und allen anderen im Haus auch. Merk dir das. Ich bin jederzeit bereit, deine Koffer zu packen.«

»Ärger dich nicht über sie, Mam. Sie fordert dich nur heraus und hat Sehnsucht nach ein paar Ohrfeigen. Ich wette, sie besitzt mehr Kleider als du, ich und Angela zusammen.«

»Das mag stimmen.«

Im Wohnzimmer sprach Bill Katies Empfindungen aus, nur sehr viel deutlicher. »Dieses Mädchen legt es darauf an, daß ich ihr den Hintern versohle«, sagte er zu Fiona. »Lange reicht meine Geduld nicht mehr, dann mache ich Ernst. Und eines ist sicher, sie ähnelt weder ihrem Vater noch ihrer Mutter. Manchmal wünsche ich mir fast, sie wäre bei dem Unfall mit ihnen ums Leben gekommen.«

»Oh, Bill.«

»Nein, nicht ›oh, Bill‹.« Er wies mit dem Finger auf

Fiona. »Du bist es, die mit ihr fertig werden muß. Halt dich mit Worten zurück und mach lieber von deinen Händen Gebrauch. Du wirst sehen, das wirkt.«

»Ist es, weil Nancy etwas Neues zum Anziehen bekommen hat?« fragte Nell dazwischen.

»Pailletten.«

»Pailletten?«

»Ja, Pailletten. Offensichtlich hat sie ein Kleid, das überall mit Pailletten besetzt ist, und unser kleines Fräulein möchte, daß ihr Partykleid genauso aussieht.«

»Aber es ist doch so ein hübsches Kleid. Du meinst ihr neues Kleid, oder?«

»Ich nehme an, daß es neu ist. Ganz auf dem laufenden bin ich nicht. Aber es ist eines ihrer Ausgehkleider. Im vergangenen Jahr hat sie drei bekommen.«

»Komische Sache«, sagte Bill und senkte den Kopf. »Wenn es um ihre Kleider geht, sitzt dem alten Herrn das Geld merkwürdig locker, aber beim Schulgeld knausert er herum. Ich weiß nicht, was er nächstes Jahr tun wird, wenn Mamie in die Oberstufe wechselt. Dann steigen die Kosten um das Dreifache. In seinem letzten Brief hat der Alte gefragt, ob diese Schule wirklich nötig wäre. Heutzutage würde man überall eine gute Ausbildung bekommen. Übrigens, diese andere Familie, was für Leute sind das eigentlich? Mamie geht seit Monaten dorthin, jeden Freitag zum Tee, nicht wahr?«

»Ja, aber du kennst die Leute doch. Du hast sie bei dem Fest kennengelernt, das die Eltern gegeben haben. Erinnerst du dich nicht? Die Frau hat sich als Mrs. Polgar vorgestellt, aber hinzugefügt, sie würde meist Gertie genannt.«

»Ja, natürlich erinnere ich mich. Ziemlich redselige Person. Gewitzt, und sah auch nicht übel aus.« Leicht zur Seite gewandt, blinzelte er Bert zu, der prompt konterte. Fiona und Nell brachen in Gelächter aus, während Bill warnte: »Sei vorsichtig, was du sagst, alter Junge.« Denn Bert hatte ihn gefoppt: »Boß, daß sie dir nur nicht auf dem Bordstein entgegenkommt und du ins Schleudern gerätst. Immerhin nennt sie sich Gertie und trägt Glitzerkleider.«

»Laß uns gehen, Bert«, sagte Nell hastig. »Wir sind schon viel zu lange geblieben. Bis bald, Fiona.«

»Auf Wiedersehen, Fiona.«

Fiona nickte Bert zu, noch immer lachend, und Bill dröhnte hinter den beiden her: »Wenn ihr uns das nächste Mal besuchen wollt, laßt euch einen Termin geben.«

»Klar. Wird gemacht.« Bert und Nell wandten sich um und nickten, wieder ernst geworden. »Wir werden dran denken.« Und Bert fügte hinzu: »Schönes Wochenende, Boß.«

Als sich die Tür hinter ihnen geschlossen hatte, warf Bill den Kopf in den Nacken und sagte: »Wie Menschen sich doch ändern können. Dieser Ormesby verblüfft mich wirklich. Er steckt voller Überraschungen. Bert hat mehr zu bieten, als ich jemals gedacht hätte. Ich ... werde ihn in den Vorstand holen.« Den letzten Satz sagte er beiläufig, während er sich bückte und Angela hochhob, die auf dem Teppich mit ihrem Plüschpudel gespielt hatte. Bill setzte sich mit seiner Tochter auf das Sofa und fügte hinzu: »Er hat es verdient.«

»Oh, Bill!« Fiona rückte dicht neben Bill, legte ihm die Hand an die Wange und wandte sein Gesicht dem ihren zu. »Weißt du, manchmal habe ich dich wirklich gern. Wenn ich dich nicht liebe, mag ich dich; und wenn ich dich liebe, mag ich dich um so mehr. Ja, du gefällst mir, Bill Bailey. Nell wird vor Entzücken aus dem Häuschen sein.«

»Ja, das wette ich. Und für Bert ist es die Überraschung seines Lebens. Sicher, er wird einwenden, daß er das Angebot nicht annehmen kann. Er wäre nicht der Richtige für diese Position. Und ich werde ihm antworten, daß ich damals genauso gedacht habe. Aber sieh mich an, was heute aus mir geworden ist.«

»Ja, ich sehe es. Der Artikel in der Zeitung gestern über die Häuser war wirklich gut, und das von unabhängiger Seite: ›Die Leistung von Baileys Bauunternehmen wird kaum zu überbieten sein‹. Und dann haben sie etwas über das Mosaik geschrieben, das eine Käuferin in ihrer Wohnung anbringen läßt.«

»Ha!« Bill lachte. »Sie hält mich auf Trab, diese Dame. Muß Millionärin sein, mehrfache. Sie hat bereits den halben Kaufpreis gezahlt und drängt mich pausenlos zur Eile, weil sie einziehen will. Und ich muß jedes Mal sagen: ›Nein, Madam, schneller können wir nicht bauen‹. Das Mosaik hat sie aus Italien kommen lassen, das setzen zwei italienische Kunsthandwerker wieder zusammen. Es wird die gesamte Breite ihres Wohnzimmers einnehmen. Beinahe hätte ich der Dame vorgeschlagen, auch die Eingangshalle mit einem Mosaik zu verschönern, aber ich habe es dann gelassen. Ihre Wohnung wird ohnehin wie ein Palast aussehen, wenn alles fertig ist. Diese Vorstellung muß den Reporter fasziniert haben, der den Artikel geschrieben hat. Dabei ist das Mosaik erst zur Hälfte fertiggestellt.«

»Hat sie eine große Familie?«

»Keine Ahnung, Liebling. Aber zu ihrem Haushalt gehören drei Hunde. Zwei davon sind so groß wie Ponys. Der dritte, ein kleiner Pekinese, würde in meine Westentasche passen, und er reitet bei einem der Afghanen auf dem Rücken. Ach, ich habe übrigens noch eine Neuigkeit für dich.«

»Was denn? Heraus damit, Mr. Bill.«

»Wir sind zum Jägerball eingeladen.«

»Oh! Keine umwerfende Neuigkeit, aber eine erfreuliche.«

»Ja, vor allem, weil die Einladung von Mr. George Ferndale persönlich kommt.«

»Ferndale, der Anwalt?«

»Genau der, und einer der wichtigsten Männer im Trust von Sir Charles. Sie sind die eigentliche Macht, die hinter dem Vorstand die Fäden zieht, falls du verstehst, was ich meine.«

»Vollkommen. Hast du angenommen?«

»Ich habe ihm gedankt und zugesagt. Er meinte, seine Frau würde sich mit uns in Verbindung setzen.«

»Wie nett. Hoffentlich ruft sie an.«

»Das hoffe ich auch.« Sie neigten höflich den Kopf voreinander und lachten. Nachdenklich sagte Fiona: »Es ist wunderbar. Du bist wunderbar. Ich meine, was du erreicht hast.«

»Du vergißt dabei, was ich noch erreichen werde, Mrs. Bailey. Dieser große Auftrag wird noch ungefähr drei Jahre Arbeit garantieren. In der Zwischenzeit muß ich mich umsehen, denn es gibt nicht mehr viele große Flächen in und um Fellburn, die sich als Bauland eignen. Außerdem würde ich kaum wieder eine Crew wie meine jetzige zusammenbekommen, und bei allem, was ich unternehme, muß ich auch an die Männer denken, Liebling. Du weißt, in meinen Augen sind wir eine große Familie, alle elf. Ich habe etwas aus ihnen gemacht. Heute hat jeder von ihnen einen guten Job, und sie danken es mir auf ihre Weise, indem sie mich ›Big Boß Bill, der brüllende Bär‹ nennen, natürlich hinter meinem Rücken.«

»Der Spruch ist neu.« Fiona schüttelte sich vor Lachen.

»Früher hieß ich nur ›Bailey, der brüllende Bär‹, aber jetzt bin ich ›Big Boß Bill‹. Ich sollte wohl stolz auf den Titel sein, wie die akademischen Klugscheißer auf ihren Doktor.«

Fiona beugte sich vor, um mit einer langsamen Bewegung Angela eine Haarsträhne aus dem Gesicht zu streichen. Mit lachenden Augen sagte sie: »Gerade gestern habe ich daran gedacht, was für eine Last wir für dich sein müssen. Na ja, keine echte Last, aber immerhin sind vier Kinder zu versorgen, mit Sammy natürlich. Und wie es aussieht, ist Mark wild entschlossen, als Mediziner die große Karriere zu machen. Nicht als einfacher Hausarzt. Er will Chirurg werden.«

»Chirurg? Das ist mir neu. Andererseits hätte ich mir denken können, daß aus ihm kein einfacher Arzt wird. Er wüßte überhaupt nicht, wie er mit den Patienten umgehen soll. Wahrscheinlich wäre er wie unser Arzt, der grußlos ins Haus stürmt, ans Bett tritt und fragt: »Und was fehlt Ihnen?«

Fiona lachte. »Ja, genau so. Das ist echt Dr. Pringle. Aber er ist trotzdem ein wunderbarer Arzt.«

»Allerdings. Bei ihr hat er sich auch wunderbar verhalten.« Bill zeichnete mit dem Zeigefinger die Gesichtszüge seiner Tochter nach. Die mongoloiden Merkmale waren erkennbar, aber kaum ausgeprägt, und Bill ließ sich von niemanden, auch nicht von Dr. Pringle, einreden, daß Angelas Verstand nicht richtig funktionierte. Eher noch war Angela manchen Kindern ihres Alters voraus, und sie würde sich ganz normal entwickeln.

Fiona sprach weiter. »Aber er ist sich durchaus bewußt, daß zehn Jahre Schufterei auf ihn warten, wenn er nächstes Jahr von der Royal Grammar School abgeht. Und das Studium wird Geld kosten.« Fiona warf einen Blick zu Bill. »Mark sagt, er würde am liebsten in London studieren oder in Edinburgh. Aber ich habe ihm bereits erklärt, daß die Lebenshaltungskosten in London entsetzlich hoch sind. Er meinte, das wäre ihm klar und er wüßte nicht, wie er das Thema dir gegenüber ansprechen sollte.«

»Aha, er hat dir also aufgetragen, mich weichzukochen, wie?«

»Nein, nein. Das hat er nicht. Überhaupt nicht. Aber er sitzt am Schreibtisch und brütet vor sich hin. Als ich ihn gefragt habe, was mit ihm los ist, hat er geantwortet, er grübelt darüber nach, was er tun soll. Natürlich, auch hier gibt es eine medizinische Hochschule, und offenbar eine sehr gute, aber die Schulen in London und Edinburgh haben einen ganz anderen Namen. Sie sind angesehener und älter. Mark meint aber, daß er besser hierbleiben sollte.«

»So, meint er? Nur um die zusätzlichen Kosten zu sparen? Wenn du ihn das nächste Mal beim Grübeln überraschst, kannst du ihm sagen, Geld wäre kein Thema. Aber ich erwarte, daß er mir alles zurückzahlt und im Alter für mich sorgt.«

Fiona schlang den Arm um Bills Hals. »Vorsicht vor den Folgen, Frau!« warnte er sie. »Und keine Zärtlichkeiten vor dem Kind. Die Kleine merkt sich alles genau. Nicht wahr, mein Liebling?«

»Da...da. Mam...mam.«

»Hörst du? ›Da...da‹ und ›Mam...mam‹. Das ist deutlich, oder? Du sagst selbst, daß du kaum ein Wort gesprochen hast, bis du fünf warst. Na, und das mit Mark haben wir auch geregelt. Jetzt bleiben nur noch die anderen Kinder. Die beiden Jungen sind bei Dame Allen gut untergebracht, und es wird noch eine Weile dauern, bis wir uns über sie Gedanken machen müssen. Weißt du, ich finde noch immer, daß es sehr anständig von Sammy war, sich für Dame Allen zu entscheiden, als er zwischen der Royal Grammar School und Dame Allen wählen konnte. Wie Willie, der wußte, daß er auf der Royal Grammar School immer mit seinem großen Bruder verglichen würde.«

Merkwürdig, überlegte Fiona, dieses Bedürfnis von Bill, ständig nach Sammys guten Taten zu suchen und sie hervorzuheben. Wenn es um Mark oder Willie ging, fand er selten etwas Lobenswertes. Andererseits handelten die beiden auch kaum wie Sammy, der sehr selbstlos sein konnte. Mit einem winzigen Funken Eifersucht dachte Fiona, daß Bill diesen Jungen mehr liebte als ihre eigenen Söhne. Aber sie durfte nicht vergessen, daß er Sammy mehr verdankte als den beiden anderen zusammen. Außerdem wirkte Sammy mit seiner Schlagfertigkeit und dem frechen Mundwerk wie eine jüngere Ausgabe von Bill in seiner Kindheit und Jugend.

Bill küßte Fiona rasch auf den Mund und setzte das Kind wieder auf dem Teppich ab. »Ich muß noch einmal ins Büro, aber ich verspreche dir, es ist nur für eine Stunde. In der Zwischenzeit blättere du deine Modezeitschriften durch und überleg dir, in welcher Nobelboutique du ein Ballkleid für dich kaufen gehst. Aber bitte«, Bill hob warnend den Finger, »keine Pailletten.«

Fiona schwieg. Erst als Bill an der Tür war und sie hinter sich schließen wollte, murmelte sie halblaut: »Wer weiß, vielleicht jetzt erst recht.«

Bill wandte sich um und warf ihr einen langen Blick zu, bevor er die Tür weiter aufstieß und sie dann hinter sich ins Schloß warf. Fiona lehnte sich auf dem Sofa zurück. Ja, etwas Glitzerndes würde ihr gefallen, bildlich gesprochen. Hier saß sie, mit ihren sechsunddreißig Jahren, zog drei Söhne und drei Töchter groß und hatte einen Mann zu versorgen, der ihre ganze Liebe forderte und der mit einem Schwur bekräftigt hatte, was er mit ihr tun würde, falls sie jemals einen anderen ansah. Fiona wußte, daß Bill meinte, was er sagte. Sie hatte dieses wunderbare Haus und besaß alles, was eine vernünftige Frau sich wünschen konnte. Und doch ... da gab es noch etwas. Aber *was*? Fiona hatte keine Ahnung. Aber früher, wenn Rupert früher vorbeigekommen war, hatten sie über andere Dinge gesprochen, nicht über die Kinder oder das Baugeschäft. An den Inhalt ihrer Unterhaltungen konnte Fiona sich nicht mehr erinnern. Sie wußte nur noch, daß sie diese Gespräche genossen hatte. Ruperts Gesellschaft wirkte anregend auf ihren Geist. Das war es.

Sie rutschte auf die Vorderkante des Sofas. Ja, in der Tat, das war die Antwort. Anregung für den Geist. Ihr Alltag bestand aus Bill und den Kindern. Bill tat alles, um ihr jede Last außerhalb des Hauses abzunehmen, während sie sich um die Kinder kümmerte; nur für sich selbst tat sie nichts. Warum sollte sie sich keine Beschäftigung außer Haus suchen? Sie schüttelte den Kopf. Nein, lieber nicht. Fiona hörte im Geiste schon Bills ohrenbetäubendes Gebrüll. Und wie sie selbst gesagt hatte, besaß sie nicht alles, was ihr Herz begehrte? Sechs Kinder und ihn, ein wunderschönes Zuhause, eine Mutter, die ein völlig anderer Mensch geworden war, Freunde wie Nell und Bert. Sie wurde zum Essen in teure Restaurants ausgeführt und war zum Jägerball eingeladen.

Aber ein Teil ihres Verstandes fragte, ob das alles war.

2.

»Versteh doch! Es ist in Ordnung, wenn ihr den Bus nehmt, aber wie kommt ihr dann in der Dunkelheit zurück?« Fiona redete mit Sammy, Katie und Willie standen daneben. Beide wußten, was Sammy jetzt vorbringen würde. Sie hatten sich vorher abgesprochen.

Jetzt sagte Sammy: »Ich schlage einen Kompromiß vor, Mrs. Bill. Wir fahren mit dem Bus hin, und auf dem Rückweg lassen wir uns irgendwo auf halber Strecke abholen. Aber wenn Sie uns mit dem Wagen hinfahren, verliere ich einige meiner Freunde.«

»Was meinst du damit, du verlierst sie?«

»Genau das, was ich sage. Dann bin ich in ihren Augen ein hochnäsiger Angeber.«

»Sei nicht albern, Sammy. Ich wette, dort hat jeder ein Auto. Zumindest die Eltern.«

»Da irrst du dich gewaltig, Mrs. Bill. Längst nicht alle, die dort trainieren, haben ein Auto. Und der Rest ... na ja, die Rostlauben kann man kaum als Autos bezeichnen.«

Sammy und Fiona blickten sich an. »Ist die Gegend so heruntergekommen?« fragte sie dann.

»Nein, keine Spur. Das Zentrum liegt auch nicht mitten in Bog's End, sondern ein ganzes Stück außerhalb.«

»Aber Sammy, du hast selbst gesagt, daß die meisten *Besucher*« – sie betonte das Wort – »aus diesem Stadtteil kommen.«

»Ja, das stimmt.« Sammys Stimme klang plötzlich schroff, und er streckte das Kinn vor. Fiona beeilte sich zu sagen:

»Schon gut! Schon gut! Steig nur nicht aufs hohe Roß, Sammy Love.« Sie knuffte ihn kameradschaftlich in die Schulter, und Sammy ballte die Finger zur Faust, als wollte er ihre Geste erwidern.

»Also abgemacht. Wir nehmen den Bus, und später lassen wir uns mit dem Wagen abholen. Weißt du noch, wo meine alte Schule ist? Einmal hattest du die Güte, dort vorbeizufahren.« Sammy verzog das Gesicht, als er zu Fiona blickte. »Und was mußten deine Augen sehen?« Er zeigte mit dem Daumen auf Willie. »Dein Sohn stand draußen und wartete. Was für ein Tag, nicht wahr, Willie?«

Willie bestätigte: »Allerdings.«

Seit dem Ausbruch am Samstag war Willie sehr schweigsam gewesen. Er kam an diesem Abend nur widerstrebend mit, und auch das nur, nachdem er unmißverständlich klargestellt hatte, nichts mit den Aktivitäten der anderen zu tun haben zu wollen. Sammy hatte erwidert, niemand im Zentrum würde auf die Idee kommen, ihn zu etwas zu zwingen. Für jede Sportart gäbe es lange Wartelisten, bis man einen freien Trainingsplatz bekam.

Auf dem Weg zur Tür sagte Fiona zu Katie: »Schlag den Mantelkragen hoch, Liebes. Draußen ist es kalt. Ach, und ... du hast gar keinen Schal umgebunden.«

»Ich trage meinen Rollkragenpullover unter dem Mantel, Mam. Für einen Schal ist kein Platz mehr.« Katie lächelte ihre Mutter an, und Fiona sagte:

»Paß auf dich auf, Liebes.«

»Das tue ich, Mam. Mach dir keine Sorgen.« Breit lächelnd fügte sie hinzu: »Ich brauche nur eine einzige Trainingsstunde, dann schleudere ich Willie und Sammy zu Boden, und zwar beide gleichzeitig. Verlaß dich drauf.«

Mit übermütigem Lachen folgte Katie den beiden Jungen nach draußen.

Sie nahmen den Bus an der Kreuzung, und fünfundzwanzig Minuten später stiegen sie in der Denham Road aus, denn dieser Bus fuhr nicht am Sportzentrum vorbei.

Die Denham Road befand sich beinahe am Rand von Bog's End, das Katie daran erkannte, daß man mit dem Abriß der Häuser schon begonnen hatte und noch bewohnte Häuser teilweise mit Brettern vernagelt waren. Auf einem unbebauten Grundstück spielten kreischende und lachende Kinder mit einem Schrottauto.

Als Willie damals zum ersten Mal zu Sammys Schule gekommen war, hatte er unterwegs ähnliche Ecken von Bog's End gesehen. Aber für Katie war die Verwahrlosung, die sie hier sah, neu. Sie wußte, daß Sammy pausenlos redete, um ihre Aufmerksamkeit von der Umgebung abzulenken.

Dann hatten sie den Straßenzug durchquert und gingen wieder durch ein ordentliches Wohngebiet. Hier seien von der Stadt neue Sozialwohnungen gebaut worden, erklärte Sammy.

Katie atmete tief durch. Sammy wandte sich zu ihr und sagte: »Hier ist es besser.«

Im Gehen innehaltend, starrte Katie ihn an. »Verstehe ich dich richtig? Du nimmst diesen Weg also nicht immer? Ich meine ...« Sie reckte den Kopf nach hinten.

»Ja, du hast recht. Ich gehe nicht immer hier entlang. Ich dachte, ich sollte dir die andere Hälfte nicht vorenthalten. Aber bis jetzt hast du eigentlich nichts zu sehen bekommen. Willie kennt sich besser aus. Meine Schule und mein früheres Zuhause waren eine gute Einführung. Aber keine Sorge, wir werden diesen Weg nicht wieder gehen. Ich dachte nur, wenn du mit eigenen Augen siehst, unter welchen Bedingungen die meisten Jugendlichen hier leben, verstehst du besser, was für ein Segen das Zentrum ist.«

Welchen Eindruck Sammy erwecken wollte, indem er Katie das wirkliche Bog's End zeigte, spielte keine Rolle. Hätte er geahnt, was in Katie vorging, wäre es mit Sicherheit zum Krach gekommen. Sie war wütend. Sammy behandelte sie wie ein verwöhntes Kind, das nie sein schützendes Zuhause verlassen hatte. Aber hatte er nicht recht? Verglichen mit den Menschen in dieser Gegend war sie ein verwöhntes Kind gewesen, bevor Bill Bailey in ihr Leben trat, und noch mehr, seit er ihr Stiefvater war. Ja, sie war verwöhnt, ebenso wie Mark und Willie. Nein, vielleicht nicht Willie. Schon in sehr jungen Jahren hatte er die Grenzen seiner sozialen Herkunft überschritten und sich um die Freundschaft mit Sammy Love, ihrem herrischen Begleiter, bemüht. Warum war das so? fragte Katie sich, während sie zwischen den neuerrichteten Sozialbauten weitergingen. Einige Häuser hatten gepflegte Vorgärten, in anderen lagerten inmitten von wucherndem Unkraut alte Kinderwagen oder ausgemusterter Hausrat.

Warum wirkte Sammy älter als sie? Schon bevor er in die Höhe geschossen war, hatte er sich benommen, als wäre er ihr um Jahre voraus. Seufzend gab Katie sich selbst die Antwort. Sammy war der Sohn seines Vaters und ein Einzelkind. Einzelkinder wirkten immer älter, und vor allem war Sammy der Sohn von Mr. Davey Love. Das konnte schließlich so schlecht nicht sein.

»Du bist doch nicht eingeschnappt, oder?« Sammy hatte

sich herübergebeugt und blickte Katie an. Sie erwiderte sein Lächeln.

»Nein, natürlich nicht. Ich genieße jeden Augenblick unseres Spaziergangs. Es ist wirklich schön hier.« Sie knuffte Sammy in die Seite. »Über das Warum reden wir später, okay?«

»Ganz, wie das gnädige Fräulein wünscht.«

»Hallo, wie geht's?«

Sie blieben stehen, und Sammy rief zurück: »Hallo, Jimmy.«

Als der hochgewachsene junge Mann vor ihnen stand, blickte er von einem zum anderen. Sein Lächeln verschwand, als er sich an Sammy wandte: »Was soll das bedeuten, daß du durch unsere Straße gehst?«

»Oh, ich wollte ihnen nur die Slums zeigen, Jimmy.«

»Paß nur auf!« Jimmys Lächeln kehrte zurück. Dann sagte Sammy:

»Das ist Mr. … das ist Jimmy, Jimmy Redding. Falls ihr Fechten lernen wollt, wird er euch zeigen, wie ihr die Füße einsetzen müßt.«

Sie waren weitergegangen, und der junge Mann sah Katie an. »Du willst auch zum Zentrum?«

»Sicher. Sonst würde sie wohl nicht durch diese verwahrloste Drecksgegend laufen.«

»Wieder auf dem hohen Roß, wie? Paß auf, ich habe dich gewarnt. Du weißt, wie meine Füße treffen.«

»Versuch es nur. Ach, übrigens, ich habe euch erst zur Hälfte vorgestellt. Das ist Katie, und das« – Sammy wandte sich zur Seite – »ist Willie. Beide Baileys.«

Der junge Mann blieb stehen, und die anderen mit ihm. Er streckte Katie die Hand entgegen. »Freut mich, deine Bekanntschaft zu machen.« Mit der gleichen Geste wandte er sich an Willie. »Das gilt auch für dich, Willie.« Beim Weitergehen sagte Jimmy zu Sammy: »Irgend etwas amüsiert dich anscheinend.«

Ja, es gab etwas, das Sammy amüsierte. Es war der Ausdruck in den Gesichtern von Katie und Willie, als Jimmy sie zum Stehenbleiben veranlaßte und ihnen die Hand reichte.

Sammy mochte Jimmy. Er war ein prima Kumpel, und früher waren sie sogar befreundet gewesen. Irgendwann würde er Katie mehr von ihm erzählen. Es gab eine Geschichte über ihn, die sie kaum glauben würde.

Katie reagierte ebenfalls belustigt auf den Händedruck. Auch bei Willie hatte er seine Wirkung nicht verfehlt. Merkwürdig, ihm war, als würde sein altes Selbst zurückkehren. Er fühlte sich entspannt und irgendwie freundlicher gestimmt, wie schon seit Tagen nicht mehr. Eine komische Sache, wie dieser junge Mann sie auf der Straße anhielt und ihnen die Hand schüttelte, so kräftig, als wären sie alte Bekannte, die wiederzutreffen er sich freute.

An einer Straßenkreuzung endete die städtische Sozialsiedlung abrupt, und man hatte den Eindruck, als wäre die Kreuzung gleichzeitig das Tor zu einer anderen Welt, zumindest zu einer anderen Lebensweise. Hinter der Kreuzung, in einiger Entfernung vor ihnen, befand sich ein Park, dessen hohe Eisentore weit offen standen. Im rechten Winkel davon erstreckte sich ein Straßenzug hoher, solide gebauter Reihenhäuser mit kleinen umzäunten Vorgärten.

Als die Ampel auf Grün sprang, wollten sie die Straße überqueren, aber Jimmys Pfiff bremste ihre Schritte. Es war ein hoher, schriller Ton. Ein junges Mädchen am Parkeingang reagierte darauf und blieb stehen.

Zu Sammy herabblickend, sagte Jimmy: »Das ist Daisy.«

Statt einer Antwort lächelte Sammy, obwohl er hätte sagen können: »Natürlich ist das Daisy. Daisy ist nicht zu übersehen. Sogar ein Blinder würde sie sofort erkennen.«

Wieder sprang die Ampel auf Grün, und alle eilten auf das Mädchen zu, das direkt vor dem Tor wartete. Sie trug einen Superminirock. Schließlich erlaubte die Mode alles, Röcke bis zu den Knöcheln oder so kurz, daß sie kaum die Hüften bedeckten. Und Daisy hatte eindeutig ihre Wahl getroffen. Ihr Rock war leuchtend blau, und ein drei Zentimeter breiter Fransenstreifen am Saum verlängerte ihn gerade so weit, daß die Gesäßrundungen bedeckt waren. Darüber trug sie einen hautengen roten Pullover. Um den Hals hingen Perlenketten in mindestens drei Reihen übereinander, und von ihren Ohrläppchen baumelte ein Gehänge mit bunten Glasperlen.

Die ursprüngliche Farbe ihrer Haare mußte Daisy längst vergessen haben, denn die bis auf die Schultern reichenden Strähnen leuchteten in einem Pinkton. Zur Haarwurzel hin veränderte sich die Farbe zu einem dunklen Blau, und der Scheitel schließlich zeigte ein deutliches Braun. Daisys Gesicht war stark und schlecht geschminkt. Während sie auf die anderen wartete, hatte sie einen kleinen Spiegel herausgeholt und versucht, den zu dick aufgetragenen Lippenstift von ihrer Unterlippe zu wischen, damit eine klare Kontur entstand. Sie ließ sich auch nicht stören, als die drei stehenblieben und ihr zusahen. Schließlich steckte sie den Spiegel und ihr Taschentuch in die Schultertasche zurück und sagte beiläufig: »Mußte Hals über Kopf los.«

Jimmy starrte sie einen Augenblick an. Dann sagte er: »Das sind Sammys Freunde, Katie und Willie Bailey.«

Daisy sah zuerst Willie und dann Katie an, die sie mit einem langen Blick musterte. Das war ihre Art der Begrüßung. Dann ging sie weiter, und die anderen begleiteten sie.

Nach einigen Minuten des Schweigens sagte Jimmy: »Warum die Eile?« Sie antwortete: »Zu Hause ist die Hölle los, wegen Lucy. Und Dad tobt wieder. Anscheinend hat der Erzengel Gabriel auch dieses Mal versagt, meint Mam. Und Oma sagt, man sollte Lucy die Unterhose mit Heftpflaster an den Beinen festkleben.« Daisy blickte seitwärts zu Jimmy und lachte. »Oma glaubt, Mädchen würden noch immer Schlüpfer mit langem Beinteil tragen. Dad wollte mit dem Gürtel auf Lucy losgehen. Und er hätte es getan, so wie er vor Wut raste. Mam hat Lucy gerettet und Dad sein Essen samt Teller ins Gesicht geklatscht. Er ist hingefallen. Dann mußte Mam flüchten. Wir sind auch abgehauen.«

»Wo seid ihr hin?« erkundigte sich Jimmy ruhig, doch seine Stimme bebte, und in seine Augen war ein Leuchten getreten, obwohl er nicht lächelte.

»Wo wir immer hingehen. Zu den Fräuleins nebenan, den Browns.«

»Sie müssen langsam die Nase voll von euch haben. Waren die Jungen zu Hause?«

»Die Nase voll? Nicht so sehr, wie von … deinesgleichen, Jimmy Redding. Nein, die Jungen waren nicht da. Und wenn sie dagewesen wären, hätten sie genug Verstand gehabt, ebenfalls zu verduften, denn sie wissen, wie Dad ist, wenn er sich aufspielt wie Vater Hankin und der liebe Gott in einer Person. Außerdem …« Daisy schüttelte den Kopf, und dann schrie sie aus voller Kehle: »Sieh dich doch selbst an! Zu dir kann man auch nicht gehen, weil kein Platz ist. Ja, sieh dich doch an!«

Sie waren stehengeblieben. Jimmy hatte Daisy bei den Schultern gepackt und schüttelte sie. Dabei sagte er: »Ich nehm's mir zu Herzen, Daisy. Aber hör auf mit dem Gebrüll. Du willst doch nicht, daß alle im Park mitbekommen« – er senkte die Stimme, und wieder lag die Andeutung eines Lachens darin – »was für gewöhnliches Pack wir sind.«

Von Katie kam ein Geräusch, als würde sie halblaut lachen. Daisy fuhr zu ihr herum und sagte spitz: »Und du, vornehme Zicke, hör gefälligst auf, den Mund zu verziehen, sonst wische ich dir das Grinsen persönlich aus dem Gesicht.«

»Halt deine große unflätige Klappe, Mädchen.«

Obwohl Jimmy noch immer leise sprach, beobachtete Katie verblüfft, wie seine Worte auf die ordinäre Person mit dem pinkfarbenen Haar wirkten.

Der Park lag hinter ihnen, und unterwegs hatte niemand etwas gesagt. Auch nachdem sie scharf nach rechts abgebogen waren und das Sport- und Freizeitzentrum Fickleworth in Sicht kam, kommentierten weder Katie noch Willie den Anblick.

Es war ein imposantes Gebäude. Genauer gesagt bestand es aus mehreren flachen Trakten, die sich zu beiden Seiten des höheren Hauptgebäudes erstreckten. In diesem erhöhten Teil befand sich der von Säulen flankierte Eingang. Man ging durch zwei automatische Türen und betrat eine große Halle.

Sammy bedeutete Katie und Willie stehenzubleiben, während er zur Anmeldung ging. Der Empfangstisch war wie in einem großen Hotel gestaltet. Jimmy und Daisy hatten beschlossen, auf Sammy zu warten, und schlenderten in der Halle umher.

Sammy sprach mit dem jungen Mann hinter dem Schalter und wies auf Katie und Willie. Willie sagte leise: »Alles in Ordnung mit dir, Katie?«

»Ja, alles in Ordnung. Sie ist ziemlich ordinär, nicht wahr?«

»Ich bin froh, daß du die Sache so ruhig aufnimmst.«

Katie entgegnete nichts darauf. Nach einer Weile sagte sie: »Willie.«

Leise fragte er: »Ja?« Was er als nächstes hörte, war eine Überraschung für ihn.

»Wir haben ziemlich viel Glück gehabt, was? Ich meine, mit dem Zuhause, in dem wir aufwachsen.«

Willie konnte nichts entgegnen, denn Sammy schob sie zum Schalter. Der junge Mann dort fragte: »Sie … wollen sich einschreiben? Und Sie können den Beitrag bezahlen?« Bevor einer von beiden antworten konnte, ergänzte er lächelnd: »Das ist gut. Ich trage immer gern neue zahlungskräftige Mitglieder ein. Aber mit Geld oder ohne, hier sind alle willkommen.« Er sah zu Katie. »Für welchen Kurs interessieren Sie sich, Miß?«

»Ich … ich dachte, Judo wäre nicht schlecht.«

»Oh, Selbstverteidigung. Gut, in Ordnung. Und Sie?« Er wandte sich an Willie. Willie befeuchtete die Lippen, schluckte und sagte: »Eigentlich … bin ich nur gekommen, um mich umzusehen. Aber ich glaube, die Sache könnte … ziemlich interessant werden. Ich würde … wäre es möglich, daß ich mich später entscheide?«

»Später entscheiden? Natürlich können Sie sich später entscheiden. Stimmt doch, Sammy?« Mit vorgeschobenen Lippen blickte er in Sammys Richtung. »Sechs Tage in der Woche. Sie haben die Auswahl. Wir beginnen um neun Uhr morgens mit Schwimmen, und der letzte Termin um zehn Uhr abends ist Boxen. Dazwischen gibt es jede Menge andere Angebote. Ja, daran mangelt es nicht. Und wir haben sonntags geöffnet. Allerdings gibt es dann ein anderes Programm. Es finden Gespräche, Diskussionsrunden und jede Menge Aktivitäten statt. Auf diesem Faltblatt hier steht, was wir zu bieten haben.« Der junge Mann hinter dem Empfangsschalter sah zur Seite, wo Jimmy stand und mit Daisy sprach. Daisy blickte zu Boden. »Haben die beiden sich wieder in den Haaren gelegen?« fragte er. »Daisy hat ein freches Mundwerk, wie? Aber sie meint es nicht so. Die Gallaghers sind schon eine wilde Bande, die ganze Familie.« Er schüttelte den Kopf. »Was sie nicht daran hindert, jeden Sonntag vollzählig in der Kirche zum Gottesdienst zu erscheinen. Wenn sie auch in der letzten Reihe sitzen.« Er nickte Katie zu und fragte: »Katholisch?«

»Nein, wir sind nicht katholisch.«

»Gut. Dadurch wird das Verhältnis etwas ausgeglichener. Die Hälfte der Besucher hier ist katholisch. Vater Hankin lädt seine Schäfchen alle bei uns ab.«

»Du redest zu viel, Sandy.« Sammys Stimme klang barsch, und er schob Katie und Willie zu Jimmy und Daisy. »Kommt mit«, sagte er. »Wir machen jetzt die Runde. Sonst bleibt hinterher keine Zeit mehr zum Trainieren.«

Wie das Zentrum auf Willie gewirkt habe, könne sie nicht sagen, erstattete Katie später am Abend Fiona Bericht, doch sie sei verblüfft gewesen über das, was sie zu sehen bekam. Sie fuhr mit ihrer Beschreibung fort. Es gab einen Fechtraum, und um den Boxring erhoben sich wie in einem kleinen Amphitheater die Zuschauerränge. Außerdem verfügte das Zentrum über Räume für Badminton und Tischtennis, hatte ein Restaurant und einen Raum, den Jimmy stolz den Gemeinschaftsraum nannte. Dorthin konnte man sich zurückziehen, wenn man in Ruhe einen Brief schreiben oder sich erholen wollte. Im Zentrum gab es auch ein Schwimmbecken, dazu Gesundheitsbäder mit Salzwasser und Seetang. Dies alles bildete nur die erste Etage. Im zweiten Stock befand sich eine wunderbare Rollschuhbahn, und hier war auch ein großes Café, in dem man verschiedene kleine Mahlzeiten bestellen konnte. Zwei Mal pro Woche gab es Fish and Chips. Da sie an einem Dienstag abend gekommen waren – Dienstag war offenbar Fish-and-Chips-Tag –, war das Café voll besetzt gewesen.

Und über Daisy sagte sie: »Oh, Mam, du hättest Jimmys Freundin sehen sollen. So etwas wie sie sieht man nicht einmal in der Zeitung.« Nachdenklich fügte sie einen Augenblick später hinzu: »Und trotzdem, übel ist sie nicht. Wenn man ihr die Gelegenheit gäbe, könnte ich mir vorstellen, daß sie mehr aus sich machen würde. Dumm ist sie wirklich nicht. Von ihrer Familie muß ich dir bei Gelegenheit erzählen, wenn Dad auch dabei ist. Du solltest hören, wie Daisy über ihre Familie redet.«

Im Augenblick befanden sich Katie, Willie, Sammy und die anderen noch im Zentrum, und Willie erhielt eine Einführung in die Kunst des Fechtens. Von der eben erwähnten Daisy, die seit zwei Jahren zwei Mal in der Woche zum Training kam, wie er erfuhr, und das Florett ziemlich gekonnt führte. »Ich mache bald mit Säbeln weiter, egal, was Mr. Davies meint«, brüstete sie sich. Sie äffte den Trainer mit seinem walisischen Akzent nach: »Säbel sind nichts für Damen, nicht einmal für junge Damen. Mit Säbeln kämpfen nur echte Männer. Bleib bei deinem Florett, Mädchen, und du wirst es nicht bereuen. Als Frau kannst du dich nur blamieren mit einem Säbel in der Hand.« Daisy fügte hinzu, wie froh sie wäre, daß Jimmy nicht wie der altmodische Mr. Davies dachte.

Sie befanden sich in dem kleinen Raum, in dem die Fechtausrüstungen aufbewahrt wurden. Nicht gerade leise forderte Daisy Willie auf: »Beug deine Knie, noch weiter. Und jetzt führst du die rechte Ferse an deinen linken Spann.«

Bei dem Versuch, das Knie gebeugt zu halten und gleichzeitig Daisys Anweisung zu befolgten, verlor Willie die Orientierung. Daisy sagte: »Du weißt doch, wo deine Ferse sitzt, oder? Es ist der Körperteil, der nach deinem Hintern am weitesten vorsteht.«

Durch die rasche Bewegung, mit der Willie sich aus der verdrehten Haltung aufrichtete, stieß er Daisy beinahe um.

Willie lehnte sich gegen ein Regal mit dickwattierten weißen Jacken und hielt sich die Hand vor den Mund, um sein Lachen zu unterdrücken. Daisy zischte ihn an: »Sei still! Sonst hören sie uns nebenan. Jimmy ist mitten in einem Kampf. Er haßt Lärm. Er kann dabei seine Stimme nicht hören, wenn er Anweisungen gibt.« Jetzt lächelte sie. »Komm schon.« Sehr leise fügte sie hinzu: »Du sahst gerade so komisch aus. Wie ein Lämmchen, das auf seinen ungeschickten Beinen durch die Gegend stolpert. Jimmy sagt immer Lämmchen zu mir, wenn er mich mit meiner Unerfahrenheit ärgern will.«

Willie trat vom Regal weg und setzte sich auf eine Bank am anderen Ende des Raums. »Wie alt bist du?« fragte er, sich mit der Hand über die Augen fahrend.

»Bald sechzehn.«

»Nein, wirklich?«

»Ja, du kannst mir ruhig glauben.« Ihr Ton war bestimmt.

»Du liebe Güte! Das hätte ich nicht gedacht.«

»Wie alt hättest du mich geschätzt?«

»Tja, vierzehn.«

Daisy richtete sich mit ihrer zierlichen Figur auf und schüttelte vorwurfsvoll den Kopf. »Dann laß dir sagen, daß ich sehr oft auf neunzehn geschätzt werde.«

»Nein, das kann nicht sein, höchstens im Dunkeln.«

»Wie meinst du das?« Wieder nahm Daisy ihre verteidigende Haltung ein.

»Mag sein, daß die Leute dich für neunzehn halten, wenn sie dich reden hören, aber dem Äußeren nach gehst du nie für neunzehn durch.« Willie lachte erneut. »Ja, wenn sie dich im Dunkeln hören, denken sie bestimmt, du wärst älter.«

»Du hältst dich wohl für sehr witzig.«

Willie wurde ernst. »Nein. Ich wollte nur ... ich wollte nur scherzen.«

»Komischer Humor. Ich kann jedenfalls nicht darüber lachen.«

Er war aufgestanden. »Ich sage immer das Falsche. Jemandem wie dir bin ich noch nie begegnet. Oh, jetzt passiert es mir schon wieder.« Willie schüttelte den Kopf. »Ich meine, ich kenne nur einen Menschen wie dich, und das ist ... Sammy, und wir sind seit vielen Jahren dicke Freunde.«

»Du und Sammy, ihr seid Freunde?«

»Allerdings.«

Daisy bekam große Augen, und sie wies mit dem Finger auf ihn. »Sein Vater ist vor kurzem gestorben, und seitdem lebt er bei ... seid ihr das, du und dieses Mädchen ... wohnt er bei dir und deiner Schwester?«

»Ja.«

»Wirklich?«

»Ja, wirklich. Wir mögen Sammy sehr. Wir alle, die ganze Familie.«

»Hast du seinen Dad gekannt?«

»Ja, natürlich. Mr. Love war ein wunderbarer Mann.«

»Mr. Love, ein wunderbarer Mann? Das meinst du ernst?«

»Ja, das meine ich ernst.«

»Weißt du, wo die Familie gewohnt hat? Das heißt, bis Sammy irgendeinem Kerl das Leben gerettet hat. Oh ...« Wieder schüttelte Daisy den Kopf. »Es war doch nicht dein Dad, dem er das Leben gerettet hat?«

»Doch.«

»Und deshalb ... habt ihr ihn in eure Familie aufgenommen?«

»Ja, aber er hat schon lange vorher viel Zeit bei uns verbracht.«

»Und du kanntest Mr. Love?« fragte Daisy wieder.

Willie wiederholte: »Ja, ich kannte Mr. Love. Wir waren alle gut mit ihm bekannt, und wir liebten ihn. Sein Name hätte nicht treffender sein können. Als er starb, waren wir sehr traurig. Vor seinem Tod haben wir uns ziemlich lange um ihn gekümmert.«

»Bei euch zu Hause?«

»Ja, bei uns zu Hause.«

»Er war Katholik, zwar nicht strenggläubig, aber immerhin katholisch, wie Sammy.«

»Ich weiß.«

»Und die Fäuste saßen ihm locker. Er hat ständig Leute zusammengeschlagen.«

Willie lächelte Daisy breit an. »Ja, ich weiß. Aber das lag eigentlich nicht an ihm.«

»Nein?« Man hörte das Fragezeichen förmlich.

Willie wiederholte: »Nein. Es lag an den Verhältnissen, in denen er lebte, und an seinem hitzigen Temperament.« Fast hätte er hinzugefügt: »Wie bei dir.« In seiner Gegenwart hatte Daisy bislang nur ihre spitze Zunge als Waffe eingesetzt, aber er traute dem Mädchen zu, daß sie auch körperlich auf andere losging. Bei diesem Gedanken fragte er sich, was sie außer Fechten im Zentrum tat. »Machst du sonst noch etwas, ich meine … außer dem Fechttraining?«

»Ja, außer Fechten lerne ich Judo.«

»Nein!«

»Doch.« Daisy sprach das Wort gedehnt und ruhig aus. Sie lächelte und fügte hinzu: »Also … sei … vorsichtig.«

»Das werde ich. Danke für die Warnung.« Dann sagte er: »Denkst du, daß Katie auch damit anfängt?«

»Das kann sie halten, wie sie will. Ich habe damit angefangen, weil ich nicht nur Selbstverteidigung lernen, sondern auch die Möglichkeit haben wollte, auf andere loszugehen, die mir zu nah kommen, ganz gleich, warum.« Daisy schüttelte den Kopf. »Aber das verstehst du nicht, glaube ich.«

»Ich glaube, das verstehe ich wirklich nicht, jedenfalls noch nicht.« Daisy wurde still und fuhr mit dem Finger an den Konturen ihrer geschminkten Lippen entlang. »Was … für ein Haus habt ihr? Ist es groß?« fragte sie dann.

»Ja, riesig.«

»Mit Garten?«

»Ja, mit einem großen Garten.«

Es sah aus, als würde Daisys Hals noch ein Stück aus dem perlenumschlungenen Kragen hervorwachsen. »Ich nehme an, ihr habt auch einen Swimmingpool und alles, was sonst zu einem piekfeinen Haus gehört?«

Willy sagte nichts. Als sie nachbohrte: »Habt ihr?«, antwortete er ruhig: »Welche Bedeutung hätte das für dich? Für mich hat es keine, und die anderen zu Hause bilden sich auch nichts darauf ein. Wir haben außerdem einen Gymnastikraum mit allen möglichen Trainingsgeräten. Natürlich bescheidener als hier, aber die Geräte erfüllen ihren Zweck. Nur schade, daß ich nie Interesse in dieser Richtung hatte. Ich bin überhaupt kein sportlicher Typ. Ich spiele ein wenig Kricket und früher Rugby, wie alle in der Schule.«

»Auf welche Schule gehst du?« Daisy stellte die Frage in ruhigem Ton.

Nach einigem Zögern antwortete Willie. »Dame Allen in Newcastle.«

In diesem Augenblick wandte Daisy sich von ihm ab, nahm eine Jacke vom Haken und reichte sie Willie. »Ich habe fünf Brüder, aber John ist nach Australien ausgewandert. Er hätte auf eine gute Schule gehen können, aber mein Dad hat es nicht erlaubt. Sein Lehrer kam sogar zu uns nach Hause und hat erklärt, wie ausgezeichnet Johns Leistungen in Mathematik und Naturwissenschaften wären und daß er noch besser werden könnte, denn er hätte den Kopf dazu. Aber mein Dad wollte davon nichts wissen. John war das älteste von neun Kindern. Dad sagte, er muß arbeiten gehen und helfen, seine jüngeren Geschwister zu ernähren.« Mit zur Seite gedrehtem Kopf beendete sie ihre Rede: »Er sagte, John ist verpflichtet, seine Geschwister zu unterstützen.« Daisy sprach wie zu sich selbst, und ihre Stimme klang bitter: »Eltern sollten Kinder bekommen, weil sie Freude an ihnen haben. Aber was tun sie? Sie sehen nur eine Last in ihnen und erwarten, daß die Kinder ihnen ihr Leben lang den Lohn für ihre Mühe zurückzahlen.«

Sie wandte sich wieder zu Willie. »Weißt du, Eltern zerstören die Zukunft ihrer Kinder. Das ist eine Tatsache. Wir alle, die wir in solchen Drecklöchern leben, sind ein Beispiel dafür, auch die Browns nebenan. Früher waren es drei Schwestern. Heute sind sie zu zweit, denn Janet ist letztes Jahr gestorben. Annie ist über sechzig und die älteste. Ihre jüngere Schwester heißt Bella. Sie alle hätten verheiratet sein können, wie sie sagen, wäre da nicht ein Versprechen, das sie ihrer Mutter am Totenbett geben mußten. Ihre Mutter wollte, daß sie sich nach ihrem Tod um den Vater kümmerten. Der Vater war neunzig, als er starb, und er war unser Nachbar.

Wir Gallaghers sind vielleicht ein wilder Haufen, aber mit den Browns sind wir zu einer Familie zusammengewachsen. Ich bin sicher, Annie und Bella freuen sich jedes Mal, wenn es bei uns kracht und mein Dad seine Tobsuchtsanfälle bekommt. Sie wissen, daß wir dann zu ihnen rennen. Annie und Bella lassen uns bei sich schlafen, und das schon seit Jahren. Weißt du, meine Mam denkt manchmal komische Sachen. Sie meint, es gäbe einen einfachen Grund, warum die drei Schwestern am Totenbett versprechen mußten, für ihren alten Vater zu sorgen. Alles wäre vorherbestimmt. Gott würde jedes Schicksal nach einem bestimmten Muster zuschneiden und zusammenfügen. Hätten die drei geheiratet, wären sie weggezogen. Dann hätte es keine Browns gegeben, zu denen wir gehen könnten, vor allem, als wir Kinder noch kleiner waren und ... mein Dad uns mit dem Schürhaken durchs Haus gejagt hat. Ja, es war seltsam, zu den Browns kam er nie, und wenn er ihnen auf der Straße begegnete, legte er immer höflich die Hand an die Mütze, um sie zu grüßen. Sehr merkwürdig, denn zu Hause hat er die fürchterlichsten Dinge über die drei unverheirateten Fräuleins gesagt und erklärt, er wüßte schon, wie sie ihre Jungfräulichkeit loswerden könnten, wenn sie ihn nur ließen. Hier!« Sie schob ihm die Jacke hin. »Und mach kein so blödes Gesicht. Ich halte dir das Ding nicht unter die Nase, damit du das Innenfutter untersuchst. Zieh sie lieber an.«

»Aber ... warum?«

»Ganz einfach. Wenn diese Jacke bis zum Hals zugeknöpft ist und du das Florett in der Hand hältst, kannst du gar nicht anders und mußt die Knie beugen. Dann weißt du auch, wohin dein Hintern und deine Ferse zeigen sollen.«

Willie sah Daisy an, und ein merkwürdiges Gefühl stieg in ihm auf. Etwas Ähnliches empfand er in Sammys Nähe. In diesem Augenblick war ihm, als könnte er gar nicht schnell genug nach Hause zurückkehren, um seinen Eltern von Daisy und von den Dingen, die sie sagte, zu erzählen. Sie klang beinahe wie der alte Mr. Love.

Aber es war komisch. Als er später nach Hause kam, erwähnte er die einseitige Unterhaltung mit keinem Wort. Überhaupt hatte er während des folgenden Jahres nach dieser ersten Fechtstunde im Sportzentrum nur wenig über Daisy Gallagher zu berichten.

Katie war die Wortführerin, als sie nach Hause zurückkehrten. Sie hatte zwei Demonstrationskämpfe gesehen, in Judo und Karate. Die Technik sei unterschiedlich, doch beide Sportarten dienten der Selbstverteidigung. Mit Judo werde sie anfangen, denn dadurch lerne sie das richtige Fallen. Karate galt als die elegantere Art der Selbstverteidigung, doch dafür brauchte man viel Kraft in den Armen. Andererseits, erklärte Katie, als hätte sie selbst den Unterricht gegeben, hing die Wirkung eher von der eigenen Reaktionsfähigkeit und den exakten Körperbewegungen ab. Man beugte sich nach hinten und nahm dadurch in einer Art Fallrückzieher den Angreifer mit. An dieser Stelle führte sie die Übung vor, mit Sammy als willigem Partner. Sie beendete ihren Vortrag mit der Bemerkung:

»Und alle waren so nett!«

Worauf Sammy einwandte: »Ach! Und was war mit Daisy?«

»Ach so, ja … Daisy. Von Daisy muß ich dir bei Gelegenheit mehr erzählen, Mam. Sie ist zum Schreien komisch. Weißt du, an wen sie mich erinnert?« Katie wandte sich an Sammy. »An deinen Vater. Wenn sie den Mund aufmacht, muß man unwillkürlich lachen. Am meisten, wenn sie wütend ist.«

»Ja, und du bist sofort bei ihr ins Fettnäpfchen getreten. Mit beiden Füßen. Weil du an den falschen Stellen gelacht hast.« Sammy hatte sich Bill zugewandt. »Sie hat Katie eine vornehme Zicke genannt und gedroht, ihr das Grinsen persönlich aus dem Gesicht zu wischen.« Bill sah Katie an und fragte: »Das hat dieses Mädchen zu dir gesagt?«

Katie lachte ebenfalls. »Ja, hat sie.«

»Und du hast nichts erwidert?«

»Nein. Ich weiß, wann ich den Mund halten muß.«

Bill blickte seine Stieftochter an und dachte: »Ich wünschte, mein liebes Kind, das hättest du früher gelernt, dann würde Rupert noch in diesem Haus ein- und ausgehen.« Bill fühlte sich oft, als hätte er die Hälfte seiner Familie verloren, seit sein Freund nicht mehr kam und Davey tot war. Fiona empfand ebenso, das spürte er. Und es gab etwas, das sie beunruhigte, nur konnte Bill nicht ergründen, was es war. Mit dem Kind hatte es nichts zu tun. Nein, das war es nicht. Fiona liebte Angela mittlerweile ebenso wie er, und ihre Fürsorglichkeit war sogar noch größer. Trotzdem war da etwas mit ihr. Manchmal benahm sie sich, als fühlte sie sich einsam. Aber das war lächerlich, mit sechs Kindern, um die sie sich kümmern mußte, und dann hatte sie ihn. Natürlich, es gab Nell, die ihr half und außerdem ihre Freundin war. Und mit ihrer Mutter verstand sie sich mittlerweile ausgezeichnet.

Was also bereitete ihr Kummer? Vielleicht sollte er öfter mit ihr ausgehen. Ja, wenn er die Zeit dafür fand, würde er es tun. Der Jägerball wäre ein Anfang. Es gab ein Sprichwort: »Was nützt es, einen Hund zu halten, wenn man das Bellen selbst besorgt?« Bill hatte genügend Hunde in seinem Betrieb, auf die er sich verlassen konnte, darunter zwei fähige Geschäftsführer. Außerdem waren seine Vorarbeiter alles gute Leute aus eigenem Stall. In Zukunft würde er sich mehr Freizeit gönnen. Wahrscheinlich geriet dadurch alles von allein wieder ins Lot.

3.

Der Jägerball war ein großer Erfolg. In der Halle wurden sie persönlich von George Ferndale und seiner Gemahlin Elsa willkommen geheißen.

George Ferndale war ein begeisterter Reiter. Außerdem

war er Anwalt mit einer Zulassung vor Gericht und Vorstandsmitglied in der Stiftung von Sir Charles Kingdom.

Bill hatte ihn sofort sympathisch gefunden. Er war groß und kräftig gebaut, und zu seinem robusten Äußeren paßte der rauhe Charme. Bill hätte den Charakter von George Ferndale als ehrlich und direkt beschrieben. Seine Gemahlin war das genaue Gegenteil, in Bills Augen eine Plastikpuppe mit glattpolierter Oberfläche, unter der nur Leere existierte. Für Fiona war Elsa Ferndale die typische Vertreterin der anglikanischen Oberschicht, deren Leben sich zwischen Wohltätigkeitsveranstaltungen und erlesenen Einladungen in kleinem Kreis abspielte. George Ferndale dagegen sah in Bill den hart arbeitenden Aufsteigertyp, und in gewisser Weise verglich er ihn mit einem ungeschliffenen Diamanten. Als der Abend fortgeschritten war, nach einem ausgezeichneten Essen, überlegte Ferndale, wie dieser Rohdiamant zu einer Frau wie Fiona kommen konnte. Sie sah nicht nur umwerfend aus, sondern stammte aus der Mittelschicht und war in jeder Hinsicht eine Klassefrau. Ja, den anderen Damen, die um den Tisch versammelt saßen, war sie haushoch überlegen. Er kannte diese Damen beinahe besser, als ihm lieb war, denn man begegnete sich ständig auf Gesellschaften in den verschiedenen Häusern. Sie und ihre Ehemänner bildeten eine Clique, aber immerhin ermöglichten diese Kontakte George Ferndale einträgliche Geschäfte. Jetzt saß hier jemand, besser gesagt ein Paar, das sich in Charakter und Klassenzugehörigkeit völlig von seinem üblichen Umgang unterschied, und George Ferndale hätte gern mehr über Fiona Bailey erfahren. Nicht nur über Fiona, sondern auch über ihren Mann.

Als die Musik zum Tanz aufspielte, waren die vier am Tisch zurückgeblieben. Mr. Ferndale blickte Fiona an und fragte: »Wie viele Kinder haben Sie?«

»Sechs.« Fiona lächelte ihm zu. Bill schaltete sich ein. »Ich glaube, das solltest du erklären, sonst könnte es Mißverständnisse geben.« Den Blick zu George Ferndale gewandt, sagte er: »Sie hat drei eigene Kinder, eines von mir, und zwei sind adoptiert.«

»Ach, Sie haben Kinder adoptiert?« Die Frage kam von Elsa Ferndale. »Wie mutig von Ihnen.«

»Das hatte nichts mit Mut zu tun. Das kleine Mädchen kam mit drei Jahren zu uns, nach dem Tod ihrer Eltern. Es waren Freunde von Bill. Und danach haben wir den Jungen adoptiert, der Bill das Leben gerettet hat, als diese beiden Schurken ihn umbringen wollten.«

»Ach ja, natürlich. Der Sohn dieses Iren«, sagte George Ferndale nun. »Über den weiß ich allerdings eine Menge. Nein, nicht über den Jungen, obwohl die Zeitungen damals voll von der Mördergeschichte waren. Ich kannte seinen Vater. Ich war damals im Gericht anwesend, als er zu seiner Gefängnisstrafe verurteilt wurde. Ein Wunder, daß er nicht lebenslänglich bekommen hat. Er hat den Liebhaber seiner Frau beinahe zu Tode geprügelt. Schwer zu ertragen, der Mann, wie?«

»Nein, überhaupt nicht.« Fiona hatte die Hand auf Bills Knie geschoben und preßte es spürbar, als wollte sie sagen: »Überlaß das mir.« Dann fuhr sie fort: »Es tut mir leid, das sagen zu müssen, aber Sie haben eine völlig falsche Vorstellung von Davey Love. Er war ein wunderbarer Mensch.«

»Sie wollen sagen, bei Davey Love handelt es sich um den Vater des Jungen, der … der …?«

»Ja, er war der Vater des Jungen, der Bill gerettet hat. Eben dieser Davey Love. Er war ein kluger, weiser Mann. Sein einziger Fehler war sein Temperament. Ansonsten spielte er den Clown, könnte man sagen. Er gab sich nach außen als der unbedarfte Ire, doch in Wirklichkeit war er tief und weise. Auch wenn Sie es vielleicht nicht glauben …« Fiona lächelte George Ferndale an, der mittlerweile mit starren Gesichtszügen dasaß. »Ja, auch wenn Sie es vielleicht nicht glauben, aber im Grunde ihres Herzens liebten ihn alle, die mit ihm in Berührung kamen.« Fionas Lächeln wurde breiter. »Bis auf den Mann, der ihm die Frau ausgespannt hat, oder bis auf die Leute, die so ignorant waren, ihn einen dämlichen alten Iren zu nennen. Man hätte sich kaum einen freundlicheren Menschen vorstellen können.«

»Wissen Sie, Mrs. Bailey, Sie verblüffen mich.« George Ferndale wandte sich an Bill. »Hat Ihre Frau recht?«

»Ja, in jedem Wort.«

»Tja«, sagte George Ferndale. »Wie gut, daß man selbst im Alter nicht vor Überraschungen sicher ist.«

Fiona drehte sich zu Elsa Ferndale und fragte: »Sie haben einen Sohn, der ungefähr im gleichen Alter ist wie meiner, nicht wahr?«

»Ja, das stimmt.« Mrs. Ferndale nickte bestätigend. »Roland ist gerade siebzehn geworden, und er hat sein erstes Auto bekommen.«

»Sein erstes, ja. Und wenn er nicht aufpaßt, wird es auch sein letztes sein.«

Alle blickten nun George Ferndale an, der sein Glas mit Kirschlikör leerte und fortfuhr: »Junge Leute sollte man nicht ans Steuer lassen, bevor sie zwanzig sind, und selbst das ist noch früh. Sobald sie einen fahrbaren Untersatz haben, spielen sie verrückt.«

»Jung ist man nur einmal im Leben.«

George Ferndale beugte sich zu seiner Gemahlin. Er redete sehr langsam: »Das ist eine dumme Bemerkung, Elsa. Sicher, wir waren alle einmal jung, aber ich finde, man sollte diese Zeit nutzen, um den Jugendlichen rechtzeitig Verstand einzubleuen.«

»George«, sagte Elsa Ferndale mit leisem Vorwurf in der Stimme. »Glaubst du nicht, daß du dein Quantum für heute abend konsumiert hast?«

»Oh, Frau!« George sah von seiner Gemahlin zu Fiona und fragte unvermittelt: »Auf welche Schule geht Ihr Sohn? Und was will er werden?«

Fiona antwortete ruhig: »Er besucht die Royal Grammar School, aber er hofft, in London Medizin zu studieren. Das heißt, falls er seine Prüfungen besteht, und die sind ziemlich schwer.«

»Alle Prüfungen sind schwer. Einfach entsetzlich.«

Wieder blickte die Tischgesellschaft zu Elsa Ferndale, die an ihrem Likör nippte. »Ich weiß nicht, warum man von den jungen Leuten erwartet, daß sie diese vielen Fragen beantworten können. Ich glaube, manche Eltern verlangen einfach zu viel von ihren Kindern. Und du erwartest zu viel von deinem Sohn. Das habe ich dir schon öfter gesagt.«

»Ja, Liebling. Und zweifellos wirst du auch in Zukunft nicht damit aufhören.«

Fiona besaß Takt genug, nicht zu fragen, welche Schule der Sohn der Ferndales besuchte, Bill jedoch verfügte nicht über diese Zurückhaltung. »Auf welche Schule geht Ihr Junge, Mrs. Ferndale?«

»St. Augustine's Academy. Es ist eine sehr gute Schule mit ausgezeichnetem Ruf.«

Ja, dachte Fiona, für Leute, die zahlungskräftig genug sind. Die Institution war als Paukschule bekannt. Fiona erinnerte sich, daß Mark gesagt hatte, es gäbe dort einen Jungen, der die gleichen Fächer büffelte wie er und ebenfalls Medizin studieren wollte.

»Möchten Sie tanzen, Mrs. Bailey? Ich glaube, meine Beine tragen mich noch. Nur für die Füße kann ich nicht garantieren. Sollten Sie sich plötzlich auf dem Fußboden wiederfinden, habe ich Sie gewarnt. Aber ich werde den Fall gleich nächste Woche zur Verhandlung vorlegen.« George lächelte sie offen an, und Fiona lächelte zurück. Bill beobachtete, wie seine Frau vom stattlichsten Mann des Abends auf die Tanzfläche geführt wurde, und er gefiel sich in der schmeichelhaften Erkenntnis, daß keine andere Frau sich mit ihrer Ausstrahlung messen konnte.

Bill hatte darauf bestanden, daß Fiona sich ein neues Kleid kaufte. Es war hübsch, aus weichfließendem apfelgrünem Samt, mit gebauschtem Rock und an der Hüfte angesetzter Corsage. Am Bügel hatte das Abendkleid nichtssagend ausgesehen, obwohl Fiona erklärte, der Schnitt wäre das Besondere. Davon verstand Bill nichts, aber das Kleid schien wirklich wie für sie gemacht. Sie sah bezaubernd darin aus, und wie kurz vorher George Ferndale fragte sich Bill, wie er an diese Frau gekommen war. Er hatte deutlich gesehen, daß Ferndale von ihr beeindruckt war. Und nicht nur er. Fiona war bereits drei Mal zum Tanzen aufgefordert worden, von Männern, die nicht an ihrem

Tisch saßen, aber offenbar mit den Ferndales bekannt waren. Alles Reitkünstler, vermutete Bill.

»Was haben Sie gesagt, Mrs. Ferndale?«

»Daß manche Männer einfach zu hart mit ihren Kindern sind, Mr. Bailey. Sie vergessen, daß sie selbst einmal jung waren. Und Männer wollen immer, daß Söhne in ihre Fußstapfen treten. Meinen Sie nicht auch?«

»Davon verstehe ich nicht genug, Mrs. Ferndale. Hätte ich einen Sohn, ich meine einen eigenen Sohn, wäre es mir egal, welchen Beruf er ergreift. Mein einziger Wunsch wäre, daß er damit glücklich wird.«

Der Tanz war zu Ende, und George Ferndale führte Fiona an ihren Tisch zurück. Noch immer lachend setzten sie sich wieder hin. George Ferndale beugte sich zu Bill, der ihm gegenüber saß und sagte: »Ihre Gemahlin hat mir gerade erzählt, Ihre gemeinsame Tochter leide am Down-Syndrom.«

Bill warf einen raschen Blick zu Fiona, und sie lächelte ihn an. Dann wandte er den Blick wieder zu George Ferndale, der fortfuhr:

»Meine kleine Nichte, die Tochter meiner Schwester, ist ebenfalls mongoloid. Und wie Ihre Gemahlin sagt, bringt ein solches Kind das Glück ins Haus. Nirgends geht es fröhlicher zu als bei meiner Schwester Lorraine. Betsy ist jetzt fünfzehn. Sie ist ein wunderbares Mädchen. Ich finde es bemerkenswert, Bailey, aber diese Kinder verfügen über große Gaben. Finden Sie nicht auch?«

Bill ging begeistert auf das Thema ein. »Ja, allerdings. Das finde ich auch. Unsere Angela kann beinahe jedes Tier modellieren. Mit Knetmasse natürlich.«

»Nicht möglich!«

»Doch, doch.«

»Betsy kann sich nicht so deutlich artikulieren, wie man es erwartet, aber sie kann singen. Und wenn sie singt, ist es wirklich ein Genuß, ihr zuzuhören. Und tanzen ... ich sage Ihnen etwas im Vertrauen ...« Ferndale senkte die Stimme, als spräche er nur für seine direkten Tischnachbarn, doch auch andere merkten auf, als er leise sagte: »Lorraine hat vier Fehlgeburten gehabt, und die Ehe war kurz vor dem Scheitern. Es war eine Katastrophe. Hugh ist wirklich kein geduldiger Mann, aber wissen Sie, seit dem Augenblick, als dieses Kind da war, geschah ein kleines Wunder. Man hätte glauben können, Lorraine und er wären frisch verheiratet und noch in den Flitterwochen. So war es doch, Elsa, oder? Es herrschte plötzlich eine völlig andere Atmosphäre im Haus.«

»Wenn du es sagst, George. Aber ja, es war ein Unterschied zu spüren.«

»Natürlich war ein Unterschied zu spüren.« Er sprach mit erhobener Stimme. »In das Haus meiner Schwester war das Glück eingekehrt.« Ferndale sah wieder Bill an. »Sie nehmen Betsy bei allem mit, was sie unternehmen, und das Mädchen ist überall willkommen.«

Dieser Bursche war Bill sympathisch. Ja, wirklich, er mochte ihn. Im Laufe des restlichen Abends nickte Bill immer wieder wie zu sich selbst. Noch im Wagen, auf dem Heimweg, wiegte er versonnen den Kopf. Zu Hause angekommen, bemerkte er als erstes: »Ferndale ist ein netter Kerl.«

»Ich mag ihn auch.«

»Solange du ihn aus den gleichen Gründen magst wie ich …« Bill beugte sich vor und küßte Fiona.

»Schsch!« machte sie. »Du weckst das ganze Haus auf.«

Sie waren auf dem Weg zur Treppe, als die Wohnzimmertür aufging und Mark mit schlaftrunkenem Blick fragte: »Ihr seid zurück?«

»Mark! Warum bist du aufgeblieben, um alles in der Welt? Was ist los? Stimmt etwas nicht?«

»Doch, alles in Ordnung. Ich wollte nur wissen, wie es war. Habt ihr das Fest genossen?«

»Es war wunderbar. Ja, wunderbar.«

»Sie war der Star des Abends.« Bill schob Fiona vor sich her ins Wohnzimmer und schloß leise die Tür. »Du hättest die anderen Männer sehen sollen, Mark. Die Kerle hätten eins auf die Nase verdient, sage ich dir. Alle waren hinter ihr her.«

»Red kein dummes Zeug. Aber …« Sie sah Mark an. »Es war wirklich ein schöner Abend. Ich habe viel Neues erfahren und bin einer Menge netter Leute begegnet. Gut, einige waren auch weniger nett. Aber mit meiner Familie und meinen Freunden können sie nicht konkurrieren.«

»Da wir gerade von Freunden sprechen. Mr. und Mrs. Ormesby konnten bis weit nach Mitternacht nicht schlafen gehen, weil ihr wunderbarer Sohn sich die Lunge aus dem Leib gebrüllt hat.«

»Er zahnt.« Bill ließ sich in einen Sessel neben dem erlöschenden Kaminfeuer sinken. »Übrigens, weißt du etwas über Roland Ferndale?«

»Du meinst den Sohn des Anwalts? Der, von dem die Einladung kam?«

»Genau der.«

»Nicht viel. Nur, daß die Mädchen bei ihm Schlange stehen. Ich glaube, er kann sich jede nehmen, die ihm gefällt. Natürlich, er sieht gut aus, blond und braungebrannt, was die Mädchen eben mögen.«

»Er ist genau in deinem Alter, nicht wahr?«

Mark blickte seine Mutter an. »Ein bißchen älter, glaube ich. Wenn ich jetzt darüber nachdenke, fällt mir ein, daß er weder in die Royal Grammar School noch bei Dame Allan's aufgenommen wurde. Angeblich wollte er ohnehin auf keine dieser Schulen, aber das kann er seiner Großmutter erzählen, wie unsere liebe Nell sagen würde. Jetzt ist er auf einer Paukschule, oder? In St. Augustine.«

»Ja, genau da.«

»Was ist mit ihm? Hat er etwas angestellt?«

»Nein, nein.« Bill und Fiona sprachen gleichzeitig. Dann sagte Bill mit gespitzten Lippen: »Wenn man davon absieht, daß er anscheinend die Erwartungen seines Vaters nicht erfüllt. Andererseits, welcher Sohn tut das schon? Du bist auch auf dem besten Weg dahin mit deiner verflixten Idee, Arzt zu werden.«

»Chirurg.«

»Ja, Chirurg. Aber wer will denn Chirurg werden? Damit wird man nicht reich.«

»Doch, Dad. Nach meinen Informationen bringt es eine Menge Geld, andere Leute aufzuschneiden.«

»Ja, vielleicht. Aber was passiert, wenn nur ein einziger armer Teufel auf dem Operationstisch liegt und die Chirurgen sich mit gewetztem Skalpell um ihn drängeln?«

Fiona sprang vom Sofa auf. Sie machte ein Geräusch, als würde ihr übel. »Ihr könnt meinetwegen bis zum Morgengrauen hier sitzen und über aufgeschnittene Bäuche diskutieren. Ich gehe jetzt ins Bett und träume von einem Märchenprinzen, der mich auf einen Ball mitnimmt. Dieser Prinz heißt sicher nicht Bill Bailey, was ja auch kein passender Name für einen Prinzen wäre, oder?«

Als Fiona stolz aufgerichtet aus dem Zimmer schritt, sah Mark grinsend Bill an: »Hat sie getrunken?«

»Nur ein Glas Wein und zwei kleine Liköre. Aber jetzt weiß ich, welche Medizin sie in Zukunft braucht. Ein Glas Wein und zwei kleine Gläser Likör. Komm Junge, ab ins Bett.« Bill legte Mark den Arm um die Schultern, und die beiden verließen das Zimmer wie Vater und Sohn.

4.

Während der folgenden Monate schien das Leben im Haus der Baileys in seine normalen Bahnen zurückzukehren. Im allgemeinen herrschte Harmonie. Bill hatte es sich zum Prinzip gemacht, Fiona mindestens jede zweite Woche in ein gutes Restaurant auszuführen. Auch mit den Ferndales waren sie wieder zusammengetroffen, eher zufällig, bei einem Besuch im eleganten Country Hotel am Stadtrand. Das Hotel verfügte über eine kleine Kapelle, die zum Tanz auf der ebenfalls kleinen Tanzfläche aufspielte, und das Hotelrestaurant besaß einen erstklassigen Ruf. Aus unerfindlichen Gründen genoß Fiona diese Einladung nicht so sehr. Dabei waren alle Voraussetzungen dafür erfüllt, einen höchst vergnüglichen Abend mit Bill zu verbringen. Sogar der Mond hatte geschienen, als sie bei Kaffee und Likör auf der Terrasse saßen.

Einmal hatte Fiona abgelehnt, von Bill zum Essen und

Tanzen ausgeführt zu werden. Wenn es ihm nichts ausmachte, würde sie lieber einen ganzen Abend mit ihm zu Hause verbringen. Wie ein solides altmodische Ehepaar, hätte sie auch sagen können. Sie würde an einer Seite neben dem Feuer sitzen und stricken, während Bill auf der anderen Seite saß und las.

Auch die Kinder hatten für angenehme Abwechslung im Haus gesorgt, beispielsweise als Sammy seinen braunen Gürtel errang. An diesem Abend veranstalteten die Kinder eine kleine, private Discoparty. Der Fitneßraum war leergeräumt worden, und Nell und Fiona hatten ein kaltes Buffet vorbereitet. Als Showeinlage zeigten Katie und Sammy eine Probe ihres Könnens, und Willie entfachte johlende Begeisterungsstürme, als er bewies, wie geschickt er mit einem Besenstiel fechten konnte. Sammy, der gegen ihn angetreten war, ging häufiger zu Boden als bei seinem Karatekampf mit Katie.

An diesem Abend war eine ansehnliche Gesellschaft zusammengekommen, in der die männlichen Gäste jedoch überwogen. Mark hatte zwei Schulfreunde mitgebracht, und Sammy hatte Jimmy Redding sowie zwei weitere Clubfreunde eingeladen. Katies Gäste waren Sue Bellingham und Marion Cuthbert, während Willie ausgerechnet Daisy Gallagher zu der Party eingeladen hatte. Aus diesem Grund war Katie zu Sammy gegangen und hatte gesagt:

»Es tut mir leid, Sammy, aber irgendwie paßt sie nicht zu uns. Sie wird sich unbehaglich fühlen.« Dieses eine Mal war von Sammy keine Belehrung gekommen, was Klassenunterschiede anging, sondern er hatte erklärt:

»Er kann einladen, wen er will. Aber sie wird nicht kommen.«

Als Katie fragte: »Wie kommst du darauf?«, antwortete Sammy geheimnisvoll:

»Ich weiß es eben. Ich kenne Daisy sehr gut, und ich bin sicher, sie wird nicht kommen.«

Katie fragte sich, was sie eigentlich über Daisy wußte. Wie gut kannte sie das Mädchen? Und wieviel wollte sie überhaupt über sie erfahren? Ihre Nachforschung ergab, daß Sammy in gewisser Weise Daisy näher war als ihr. Trotz der Erziehung, die er seit Jahren genoß, existierte unter der Oberfläche noch immer der alte Sammy Love, den sie damals kennen und hassen gelernt hatte.

Als Willie Daisy zu der kleinen Feier einlud, hatte sie ihm gerade ins Gesicht geschaut und gefragt: »Bei dir zu Hause?«

»Natürlich bei mir zu Hause«, hatte er geantwortet, worauf Daisy tonlos sagte:

»Sei nicht blöd.«

»Warum bin ich blöd?« hatte Willie sich ziemlich lautstark gewehrt.

»Weil du es eben bist. Du kannst nur bis zu deiner Nasenspitze denken.«

»Vielleicht. Aber ich dachte, ihr hättet wenigstens auch gesehen, daß meine Fersen ebenso weit wie mein Hintern abstehen.«

Daisy schickte ihm einen Blick, den man verächtlich nennen konnte. »Du sagst es. Für meine klare Ausdrucksweise war ich schon immer bekannt.« Dann holte sie zu einem letzten Schlag aus: »Eines muß man dir lassen, du bist leicht zu beeindrucken.«

Fiona hatte sich bei Katie erkundigt. »Wollte Willie nicht dieses Mädchen einladen? Seine Fechtpartnerin?«

Und Katie erwiderte: »Ja. Er hat sie gefragt, aber sie wird nicht kommen.«

»Warum? Hält sie sich für etwas Besseres?«

Katie hätte beinahe laut aufgelacht. Es dauerte eine Weile, bis sie Fionas Frage beantwortete: »Daisy ist Daisy. Sie selbst würde sagen, sie wäre einfach sie selbst. Und wie sie das ist, Mam! Du hast sicher schon in der Stadt gesehen, wie manche Jugendliche herumlaufen, den Hintern nur knapp bedeckt, mit dicken Beinwärmern, das Haar pinkfarben oder in anderen grellen Tönen gefärbt.«

»Ach, eine von denen ist sie? Und nimmt Fechtunterricht?«

»Ja, allerdings. In ihrer Gegend laufen viele Mädchen so herum. Nicht so grell wie Daisy, aber es ist Mode, sich provozierend zu kleiden. Eines habe ich bei Daisy begriffen. Ihre Zunge ist schärfer als jedes Florett. Man könnte sie eher mit einer Degenklinge vergleichen.«

»Wie meinst du das?« fragte Fiona, worauf Katie erwiderte: »Das kann ich nicht erklären. Du mußt sie erleben, Mam. Aber dazu wirst du kaum die Gelegenheit bekommen, denn Daisy ist sehr vernünftig. Sie weiß ziemlich gut, wohin sie paßt. Wenn jemand seinen Platz in der Gesellschaft kennt, dann Daisy, und sie würde dich und jeden anderen zurechtweisen, der versucht, sie ihrer Schicht zu entfremden. Sie besitzt Charakter, und ich kenne nur einen Menschen, der zu ihr durchdringen kann. Das ist ihr Fechtlehrer. Ich habe dir von ihm erzählt. Es ist Jimmy. Er kommt heute abend. Dann kannst du ihn kennenlernen. Jimmy hat seine eigene Theorie über dieses Thema. Aber ich glaube, im Grunde hat er völlig recht. Er sagt, eine Person kann gehen, wohin sie will, solange sie sich selbst treu bleibt. Jimmy scheint der einzige Mann zu sein, den sie beachtet. Aber weißt du was? Ich glaube, Dad würde Daisy verstehen. Ja, Dad hätte Verständnis für sie.«

»Dann ist sie wohl ein weiblicher Sammy?«

»O nein, Mam. Aber sie könnte Sammy zu Brei schlagen ... den Sammy von früher jedenfalls.«

»Benutzt sie unflätige Ausdrücke?« Fionas Gesicht war leicht angespannt, und Katie antwortete:

»Obszöne Wörter von der Sorte, mit denen unser Mr. Love dich begrüßte, habe ich sie nicht sagen hören, aber ›verdammt‹, ›Mist‹ und ›verflucht‹ sind bei ihr ganz normal.«

»Katie!«

»O Mam!« Katie wandte den Kopf leicht zur Seite. »Du lebst in einer sehr behüteten Welt. Schon immer. Du hattest einfach Glück im Leben.« Sie senkte die Stimme. »Und ich auch. Als wir zum ersten Mal im Zentrum waren, habe ich zu Willie das gleiche gesagt: Daß wir viel Glück hatten mit den Verhältnissen, in denen wir aufwachsen durften. Niemand in diesem Haus hat eine Ahnung, wie die weniger vom Schicksal Begünstigten leben. Sogar Dad weiß heute nichts mehr davon. Dafür ist er zu weit auf der Erfolgsleiter nach oben geklettert. Ich wette, von seinen Arbeitern lebt keiner wie manche Leute in Bog's End. In den letzten Monaten habe ich viel gesehen, und ich mußte oft darüber nachdenken, was Menschen dazu treibt, bestimmte Dinge zu tun, und warum sie zu dem wurden, was sie sind. Weißt du, was ich glaube, Mam? Es ist die Umgebung, die uns prägt. Nimm Daisy zum Beispiel. Wäre sie mit dir als Mutter aufgewachsen, würde sie sich heute auf die Universität vorbereiten, denn sie besitzt einen wachen Verstand.«

»Warum geht sie denn nicht mehr zur Schule? Heutzutage kann man doch länger bleiben.«

»Nicht, wenn man aus einer Familie kommt wie sie. Ich glaube, sie sind zu zehnt. Soweit ich mitbekommen habe, ist der Vater seit fünf Jahren arbeitslos. Und von ihren fünf Brüdern hat nur einer ein regelmäßiges Einkommen. Ich würde die Familie gern kennenlernen. Ja, wirklich. Und auch die Leute nebenan, zwei ältere unverheiratete Damen, die ihr Vergnügen daran haben, die Familie vor dem Vater zu beschützen, wenn der betrunken ist – mordsmäßig, wie Daisy sich ausdrückt – und randaliert. Er rennt dann durchs Haus und bedroht jeden mit dem Schürhaken.«

»O je!« Fiona war schockiert. Mit Schrecken mußte sie erkennen, daß sie soeben die andere Seite des Sport- und Freizeitzentrums Fickleworth kennenlernte, oder zumindest die der Besucher. Für einen Moment erwachte ihr alter, von der Mutter ererbte Snobismus, und sie fragte: »Gibt es denn überhaupt keine netten Leute dort?«

»Sie sind alle nett, Mam. Zumindest alle, die ich dort kennengelernt habe, einschließlich Daisy.«

»Katie! Merkst du gar nicht, daß du mich anschreist?«

»Tut mir leid, Mam. Entschuldige bitte.«

Fiona hielt kurz inne. »Mir tut es auch leid, Liebling. Ich habe wohl ziemlich von oben herab geklungen. Deine liebe Freundin Sue würde man auch als nett bezeichnen, und trotzdem konnte ich sie nie ausstehen. Sie wußte in zu zartem Alter zu viele Dinge, die sie an dich weitergegeben hat. Dann kamst du nach Hause, mit lauter Fragen über das

Leben einer Frau, die damals noch lange Zeit gehabt hätten. Dennoch würde man Sue Bellington als nettes Mädchen bezeichnen, was ich allerdings nie getan habe und auch nicht vorhabe. Wie ich hörte, wird sie bald heiraten. Stimmt das?«

Dann ereignete sich in dem Gespräch etwas, das Fiona tatsächlich schockierte. »Darf ich dich etwas fragen, Mam?« Es waren die gleichen Worte, mit denen sich ihre Tochter vor einigen Jahren jedes Mal an sie wandte, wenn sie für die Bemerkungen von ihrer Busenfreundin Sue eine Erklärung wollte.

»Komm her und setz dich zu mir«, sagte Fiona. »Gibt es etwas, das dich bedrückt?«

»Nein, nein. Mich bedrückt nichts, Mam. Es gibt nur eine Sache ... Aber sag nicht, ich wäre zu jung, um so zu reden. Mir ist bewußt, daß ich erst sechzehn bin. Aber eines weiß ich genau. Ich werde niemals heiraten. Schon gut, Mam. Schon gut. Mach nicht so ein Gesicht und schüttle nicht den Kopf. Ich weiß es tief in mir. Einmal habe ich mich lächerlich gemacht, aber mir wird immer klarer, daß dieses Gefühl echt war. Der Gedanke, ich könnte mich erneut verlieben und müßte das alles ein zweites Mal durchstehen, macht mir Angst. Ich glaube, ich würde mich umbringen. Ich könnte es nicht ertragen. Überleg mal, was ich getan habe, Mam! Ich hätte dieses Mädchen umbringen können. Und heute weiß ich, daß ich wirklich dazu fähig gewesen wäre. Ich war besessen von ihm. Dieser Mann war wie eine fixe Idee für mich. So etwas darf nie wieder passieren. Seltsam nur, daß Jungen oder junge Männer, ganz gleich, wie gutaussehend oder begehrenswert sie sind, mich überhaupt nicht interessieren. Roland Ferndale, der Sohn eures neuen Freundes, bringt die Hälfte der Mädchen in meiner Klasse zur Raserei. Sie sind dauernd hinter ihm her. Ich habe gehört, er hätte die freie Wahl, und er nimmt sich eine nach der anderen, um sie anschließend wie abgebrannte Streichhölzer fallen zu lassen.«

»Oh.« Fiona lachte. »Mich wundert, daß er dafür Zeit hat. Nach allem, was seine Mutter sagt, muß der arme Junge pausenlos für die Schule lernen.«

»Mag sein. Aber anscheinend weiß sie nicht, was er unter Lernen versteht. Egal, darum geht es auch gar nicht. Ich wollte dich etwas anderes fragen. Hoffentlich bist du nicht schockiert.«

»Wahrscheinlich schon, Liebling. Aber ich werde nichts sagen und mich beherrschen.«

Sie stießen einander vertraulich in die Seite. Dann sagte Katie: »Es geht um etwas, das Sue gesagt hat.«

»Wußte ich's doch. Die unvermeidliche Sue.«

»Ja.« Katie nickte. »Natürlich Sue. Manchmal geht sie mir etwas auf die Nerven, sogar ziemlich stark, aber jetzt wird sie heiraten, und sie hat darüber geredet, na ja …« Katie zuckte mit den Schultern. »Ich meine … was dann passiert. Sie hatte vorher mit ihrer Mutter darüber gesprochen.« Katie unterbrach sich, und Fiona sah ihre Befangenheit. Ihre Tochter sprach weiter, und Fiona wäre fast von der Sofakante gerutscht: »Als du zum ersten Mal mit Bill geschlafen hast, ich meine natürlich, nachdem ihr verheiratet wart, hat es da lange gedauert, bis du dir vorgestellt hast … du wärst mit jemand anderem im Bett? Ja, genau das. Ob es lange gedauert hat bis dahin?«

»Katie! Was redest du da? Was ist das für eine Frage?«

»Eine Frage eben.«

»Schon, aber ich verstehe den Sinn nicht. Sag mir, was Sue gesagt hat. Und was du mit deiner Frage meinst. Hat Sue dir erzählt, worum es ging?«

Katie lehnte sich zurück und schloß die Augen. Nach einer Weile sagte sie: »Ihre Mutter hat gesagt, sie hätte wahrscheinlich sehr bald genug … von dem, was im Bett passiert … vor allem, wenn es zu oft vorkäme und sie erschöpfte.« Wieder unterbrach Katie sich und befeuchtete die Lippen. »Wenn das einträfe, sagte Sues Mutter, sollte sie sich vorstellen, sie würde mit jemand anderem im Bett liegen. Am besten suchte sie sich einen Filmstar aus oder einen … Schwarzen oder …«

»Wie … bitte?« Fiona war aufgesprungen, und Katie saß steif aufgerichtet. »Ich wußte, du würdest schockiert sein«, sagte sie. »Ja, ich wußte es.«

»Ich bin nicht schockiert. Ich bin empört, daß dieses Mädchen … Ich mochte sie noch nie. Sie hätte dich wirklich verderben können. Aber ich habe den Eindruck, du bist vernünftig genug, um zu wissen, was sie ist. Was sie in Wirklichkeit ist.«

Sie starrten sich an, bis Katie ruhig sagte: »Es stimmt also nicht, oder?«

»Nein, natürlich nicht. Aber … ich spreche nur für mich, und ich muß zugeben, über diese Seite des Lebens weiß ich nicht allzu viel. Wenn du einen Mann innig liebst, ist er alles, was du willst, das heißt, wenn er dich ebenfalls liebt. Katie …« Fiona ließ sich wieder auf dem Sofa nieder und nahm Katies Hand. »Hör zu! Versprich mir, daß du die Freundschaft mit diesem Mädchen beendest. Mir scheint, während der ganzen Jahre gab es immer nur ein interessantes Thema für sie, und das war Sex. Ich erinnere mich an Fragen und Bemerkungen, mit denen du zu mir gekommen bist, und ich habe sie einfach abgetan. Manchmal habe ich dir, wenn ich ehrlich bin, kein Wort geglaubt. Ich dachte, es wäre deine eigene Neugier und du würdest nur vorgeben, Sue hätte davon angefangen.«

»Sie hat mich gebeten, ihre Brautjungfer zu sein, Mam.«

»Und was hast du geantwortet?«

»Ich habe abgelehnt.«

Fiona holte tief Luft. Dann atmete sie langsam aus und sagte: »Gut, das beruhigt mich. Aber warum hast du abgelehnt?«

»Wenn ich genau darüber nachdenke, habe ich wohl genauso auf ihr Gerede reagiert wie du auf das, was ich eben gesagt habe.« Auch jetzt bezweifelte Katie, ob ihre Mutter ihr glauben würde, hätte sie sämtliche Einzelheiten berichtet, die Sue ihr, unter pausenlosem Gekicher, anvertraut hatte …

Abends hatte Fiona versucht, Bill von der sexuellen Aufklärung zu erzählen, die ihre Tochter durch Sue erhalten hatte. Bill nahm Fiona in die Arme und wiederholte, was bereits Katie gesagt hatte: »Du hast eben immer ein sehr behütetes Leben geführt, meine Liebe.«

Fiona hielt erschrocken den Atem an und fragte: »Du wußtest Bescheid?«

Bill beeilte sich zu antworten: »Oh, das war kein Geheimnis. Ich habe viel gehört, und manches auch nicht. Aber in einer Sache stimme ich mit dir überein. Ich bin froh, daß Katie dieser kleinen Lolita den Laufpaß gegeben hat.«

»Was meinst du damit? Woher weißt du Bescheid? Du sprichst doch von Sue, oder?«

»Ja, ich spreche von Sue. Natürlich, sie ist älter als Katie, ungefähr ein Jahr, aber immer noch viel zu jung, um einem erwachsenen Mann wie mir eindeutige Angebote zu machen …«

»Das ist doch nicht wahr, Bill. Oder?« Fiona rückte von ihm ab, und er zog sie fest an sich. Dabei wiederholte Bill im gleichen Tonfall wie sie: »Doch, Fiona. Das hat sie. Und vor gar nicht langer Zeit.«

»Sie muß dich mißverstanden …«

»Vergiß nicht, Mrs. Bailey, ich bin ein Mann mit Erfahrung. In diesem Punkt gibt es bei mir keine Mißverständnisse. Weißt du noch, wie wir uns kennengelernt haben? Ich war auf der Flucht vor zwei Frauen. Und wem lief ich in die Arme? Deiner Mutter, die bereitstand, um mich einzufangen. Es gibt viele Formen der Verführung. Dazu muß eine Frau keinen Striptease vorführen.«

»Oh, Bill!«

»Oh, Fiona!«

Sie umarmten sich und schüttelten sich vor Lachen. Einige Zeit später, als Bill eingeschlafen war, lag Fiona mit offenen Augen im Bett und dachte nach. Es stimmte, was Bill gesagt hatte. Er war ein Mann mit Erfahrung und wußte über Frauen Bescheid. Dennoch war sie die einzige in seinem Leben, die er begehrte. Seine Drohung, was er tun würde, falls sie ihn jemals verließ, war ernst gemeint. Alles gute Gründe, um sich vollkommen erfüllt zu fühlen, dachte Fiona. Aber immer wieder, und während der vergangenen Wochen häufiger, tauchte diese seltsame Empfindung auf. Was aber hatte sie zu bedeuten? Eines wußte Fiona genau. Sie wollte ihre freie Zeit nicht mit Essengehen und Tanzen verbringen, oder in der Gesellschaft von Leuten wie den Ferndales. Es sah so aus, als würde sie in Zukunft sogar häufiger mit diesen Einladungen rechnen müssen. Was wollte sie wirklich? Ja, was wollte sie?

5.

Wie gewöhnlich war Mamies Verhalten unberechenbar. Wochenlang benahm sie sich tadellos, ohne jeden Wutanfall. Man hörte kein: »Nein, das will ich nicht.« Oder: »Ich will dies, ich will das.« Die wenigen Auseinandersetzungen, die es gab, drehten sich meist um ihre Freundin Nancy Polgar. Mamie wollte Nancy unbedingt zum Tee einladen, aber nicht in das alte Schulzimmer, das jetzt als Spielzimmer diente, sondern sie verlangte, daß Nancy ins Wohnzimmer gebeten wurde, um mit der ganzen Familie den Tee einzunehmen. Als Fiona sagte, das wäre unpassend, gab Mamie patzige Antworten und drohte, ihrem Großvater zu schreiben. So ging es immer. Mamie drohte, ihr Großvater würde alles erfahren, und dann ... dann ... die Familie konnte es schon nicht mehr hören.

Als Mamie mit der Nachricht nach Hause kam, Mrs. Polgar hätte sie eingeladen, das Wochenende bei sich zu verbringen, vermutete Bill selbstverständlich, daß Fiona dieser Mrs. Polgar zunächst einen Besuch abstatten würde. Sicher, er hatte sie einmal auf dem Elternabend gesehen und hielt sie, wie er damals äußerte, für eine ziemlich redselige Person, aber ansonsten fand er nichts an ihr auszusetzen. Andererseits kannte er die Frau kaum. Er wußte nur, daß ihr Mann als Handelsvertreter arbeitete und sie sehr geschickt im Herstellen von ausgestopften Puppen und anderen Spielzeugfiguren war. Fiona besuchte Mrs. Polgar in ihrem Haus und fand normale Verhältnisse vor, auch wenn sie nur das behaglich eingerichtete Wohnzimmer zu sehen bekam. Mrs. Polgar servierte Fiona Tee und erging sich wortreich in Erklärungen, wie entzückt sie wäre, daß Nancy und Fionas

Tochter gute Freundinnen waren. Obwohl ein Jahr älter, wäre Nancy noch immer sehr schüchtern.

Nach dem Besuch erhob Fiona keine Einwände mehr und erlaubte Mamie, das Wochenende bei ihrer Freundin zu verbringen. Sie schloß sich jedoch nicht der Meinung von Mrs. Polgar an, daß Nancy schüchtern war. Im Gegenteil. Kritisch betrachtet, fand Fiona die Tochter von Mrs. Polgar eher verschlagen, denn das Mädchen schien Schwierigkeiten zu haben, ihr direkt ins Gesicht zu sehen. Fiona hatte bemerkt, daß ihre Augen sehr gut waren und sie alles wahrnahm, doch wenn das Mädchen angesprochen wurde, richtete sie den Blick jedes Mal nach unten.

Ein Vorfall weckte Fionas Mißtrauen Mamie gegenüber. Später mußte sie feststellen, daß sie sich geirrt hatte, und zwang sich, besonders liebevoll und nachsichtig mit dem Mädchen zu sein. Es ging um Geld, das aus Willies Sparbüchse verschwunden war. Willie legte regelmäßig von seinem Taschengeld Beträge zurück, damit er nicht um Geld bitten mußte, wenn er etwas Größeres kaufen wollte. Fiona hatte ihm vor einigen Jahren ein mit Intarsien verziertes viktorianisches Nähkästchen geschenkt, das er immer bewundert hatte. Jetzt diente das Kästchen Willie als Sparkasse. Eines Tages kam er zu Fiona und sagte:

»Etwas … Komisches ist passiert. Ich dachte zuerst, ich hätte mich letzte Woche beim Zählen geirrt, aber als ich heute einen Fünfer hineingelegt und nachgezählt habe, stimmte der Betrag wieder nicht.«

Bill wurde informiert, nachdem Fiona bereits mit Katie und Sammy gesprochen hatte. Alle hatten Mamie in Verdacht. Bis Sammy die Plastikspielkiste von Angela vom Regal nahm und feststellte, daß etwas Hartes an einem Stück Knetmasse klebte. Es war ein Fünf-Pence-Stück. Am Boden des Behälters lagen noch mehr lose Geldstücke, von einem Penny bis zu einem Fünfzig-Pence-Stück.

Die Entdeckung schien für sich selbst zu sprechen. Angela bewegte sich frei in allen Räumen. Wahrscheinlich hatte sie den Deckel von Willies Spardose gehoben und die Münzen und das Papiergeld gesehen. Das ließ sich nachprüfen. Obwohl durch Sammys Entdeckung der Fall gelöst zu sein schien, tauchte der Fünf-Pfund-Schein auch nach eingehender Suche nicht wieder auf.

Einige Monate später, an einem Samstagnachmittag, waren Sammy, Willie, Katie und Daisy mit anderen Clubmitgliedern seit zehn Uhr morgens im Zentrum gewesen und hatten vor einem Fernsehteam ihr Können vorgeführt. Das Zentrum sollte durch den Bau neuer Tennisplätze auf einem angrenzenden Grundstück noch attraktiver gestaltet werden, und das Planungskomitee hatte die Idee, sich mit einem Spendenaufruf zur Finanzierung des geplanten Projekts an die Öffentlichkeit zu wenden. Nach den Aufnahmen standen die vier Freunde neben dem Parkeingang und waren in einen Streit verwickelt, der als Gespräch begonnen hatte. Willie fragte: »Gibt es einen guten Grund, warum du nicht kommen kannst?«

»Ja«, erwiderte Daisy. »Weil ich nicht will.«

»Hast du Angst?«

»Wovor sollte ich Angst haben?«

»Davor, dein Ghetto zu verlassen.«

Sammy stieß Willie unsanft in die Seite. »Das reicht.«

Dann sprach Katie. Sie sah Daisy direkt ins Gesicht. »Ich habe dich zu meiner Geburtstagsparty eingeladen, weil du zur Mannschaft gehörst. Alle anderen haben zugesagt. Es muß also einen Grund für deine Weigerung geben. Willie will nur sagen, daß er diesen Grund gern erfahren würde. Und ich ebenfalls. Aber Sammy mit seinem Weisheitsgetue wie ein indischer Guru sagt immer nur: ›Du hast deine Gründe, die nur dich etwas angehen, und deshalb sollte niemand versuchen …‹«

»Halt sofort deinen Mund! Sonst werfe ich dich hier auf der Straße nieder!«

Katie lachte über die Antwort, genauso Sammy. Willies Gesicht war ernst wie das von Daisy, als er sie ansah und sagte: »Du gehst in Discos. Du gehst mit Jimmy aus. Und uns ist völlig gleichgültig, wie oft du dir das Haar färbst, oder daß du Beinwärmer trägst oder …«

»Von allen Hohlköpfen auf diesem Planeten bist du der größte, Willie.« Sammy schien wirklich wütend zu sein, und Willie entgegnete:

»Dankeschön! Herzlichen Dank! Und ich nehme an, du hältst dich für den verdammt größten Weisen aller Zeiten.«

Bei dieser Bemerkung prustete Daisy laut los, und Katie mußte ebenfalls lachen. Dann blickte Katie in die betretenen Gesichter der beiden Jungen. »Oh, ich wünschte, Dad wäre hier.«

Daisy hörte zu lachen auf und wandte sich an Katie: »Du meinst, er hätte mitgelacht?«

»Ja, sicher. Und wenn es nur wegen Willie gewesen wäre, als er ›verdammt‹ sagte.«

»Hätte deine Mutter auch gelacht?«

»Amüsiert wäre sie bestimmt gewesen. Aber wahrscheinlich hätte sie gesagt: ›Willie!‹ Vor einigen Jahren hat sie das immer gesagt, wenn Willie die wenig stubenreinen Ausdrücke übernahm, die Dad zu Hause anbrachte.«

Alle wandten sich an Daisy, die meinte: »Ja, ich habe mir schon gedacht, daß deine Mutter anderer Ansicht über dieses Thema ist als dein Dad. Das ist einer der Gründe für meine Absage. Ich weiß, daß Öl sich nicht mit Wasser verbindet, außer an Orten wie dort drüben.« Sie wies zu dem großen Gebäude, aus dem sie gekommen waren. »Aber selbst da kann es gelegentlich schwierig werden.« Wieder sah sie Katie an. »Hätte ich deine Geburtstagseinladung angenommen, was wäre dann passiert? Du hättest erwartet, daß ich dich auch zu mir nach Hause einlade, oder?«

»Nein! Nein!« Willie und Katie sprachen gleichzeitig. Dann fügte Katie hinzu: »Nicht unbedingt, obwohl ich keinen Grund sehe, warum ich deine Familie nicht kennenlernen sollte.«

Alle starrten Daisy an. Sie hatte den Kopf in den Nacken geworfen, und ihre Augen blickten himmelwärts. In dieser Haltung verharrte sie einige Sekunden und sah dann Sammy an. »Sie haben keine Ahnung, wovon sie reden, stimmt's? Sie sind noch dümmer als Ausländer.«

»Warum machst du nicht die Probe aufs Exempel?«

»Was?« Daisy starrte Sammy an, und er wiederholte: »Ja, warum lädst du sie nicht gleich jetzt ein? Heute ist Samstag. Du hast selbst gesagt, wenn niemand in der Familie Geld zum Ausgeben hätte, wäre es Samstag nachmittags bei euch voll wie in einem Fußballstadion.«

»Weißt du, wo wir wohnen?« fragte Daisy ruhig. Sammys Antwort kam in dem gleichen ruhigen Ton. »Ja, ihr wohnt Brompton Grove West fünfundvierzig. Das Haus hat drei Schlafzimmer, ein Vorderzimmer, eine Wohnküche, eine Waschküche, und hinter dem Haus gibt es ein winziges Stück Garten. Meine Großmutter hat früher in einem ähnlichen Haus gelebt, keinen Steinwurf von Brompton Grove West entfernt. Ich kenne die Gegend gut, denn ich war oft bei ihr. Und ich mochte das Haus ebenso sehr, wie ich meine Großmutter mochte, was nicht viel zu bedeuten hat. Der Umzug in das Hochhaus war kein sozialer Aufstieg. Trotzdem erschien mir die neue Wohnung wie der Himmel auf Erden. Meine Großmutter war nicht da.«

Den Blick zu Katie gewandt, fügte er grinsend hinzu: »Ich habe jeden Abend ein Ave Maria für sie gebetet und als Fürbitte eine Krankheit hinzugefügt, an der sie sterben soll – natürlich eine sehr schmerzhafte Krankheit.«

Alle lachten, und Katie fand, daß Sammy im gleichen Stil wie sein Vater erzählte, was in letzter Zeit nicht sehr häufig vorkam.

Als das Gelächter verstummte, zog Sammy ein Taschentuch hervor, um die Tränen zu trocknen. Sich noch immer mit dem Tuch im Gesicht herumfahrend, fragte er: »Was ist? Warum nimmst du die Herausforderung nicht an?«

Daisy sog heftig an ihrer Unterlippe. Als sie losließ, war jede Spur von Lippenstift verschwunden. »Also gut«, murmelte sie. »Aber ich warne meine Mutter besser vor.«

»O nein.« Sammy schüttelte den Kopf. »Keine Vorwarnung. Sie nehmen uns, wie wir sind, und umgekehrt.«

»Aber was ist, wenn mein Dad einen gehoben hat?« Daisy wandte sich an Sammy. »Er wird sicherlich nicht mordsmäßig betrunken sein, dazu ist das Geld zu knapp. Aber seine Kumpel, die noch Arbeit haben, spendieren ihm gern ein Glas, wenn er in der Kneipe ist. Er kommt abgefüllt nach Hause, und dann ist alles möglich.« Sie nickte, von Katie zu Willie blickend. »Gotteslästerung, ein dickes Veilchen im Gesicht, und natürlich Asyl bei den Browns nebenan. Bei dem, was er manchmal über die beiden alten Damen von sich gibt, würde sogar ein Zotenerzähler rot anlaufen. Also, jetzt wißt ihr Bescheid.«

»Gut«, grinste Willie. »Wir sind dabei. Was meinst du, Katie?«

»Ich ... würde deine Familie sehr gern kennenlernen. Wirklich, Daisy. Als wir uns zum ersten Mal begegnet sind, hätte ich so etwas nicht gesagt, aber jetzt kann ich es.« Die beiden Mädchen sahen sich mit festem Blick an. Daisy schüttelte ihr mittlerweile blondes Haar und sagte: »Warum stehen wir noch hier herum? Los, bringen wir die Sache hinter uns ...«

Das Haus Brompton Grove West fünfundvierzig hatte eine grün gestrichene Tür. Unten befand sich ein Briefkasten, und oben hing ein Türklopfer. Eine Klingel gab es nicht. Daisy hätte ohnehin nicht geklingelt, auch den Türklopfer benutzte sie nicht, um die Besucher anzukündigen, obwohl bei dem lauten Stimmengewirr, das zu ihnen drang, eine Vorankündigung tatsächlich ratsam schien. Daisy betrat ihr Zuhause, als wäre sie allein. Sie stieß die Eingangstür auf und ging geradewegs in das überfüllte Zimmer. Dort drehte sie sich um und hielt die Tür auf. »Also, kommt herein!« Sie forderte die drei Fremden auf, in den Kreis der Familie zu treten.

Ein Mann in Hemdsärmeln saß am hinteren Ende des Tisches, und eine ziemlich kleine Frau mit dichtem kastanienbraunem Haar stand neben ihm, hielt sich an der Tischplatte fest und wandte ihm den vorgebeugten Körper zu, als würde sie heftig auf ihn einreden. An den Längsseiten saß jeweils ein junger Mann, und beide waren in ein Kartenspiel vertieft. Offenbar war es ihnen ernst mit dem Spiel, denn in der Mitte des Tisches stand ein kleiner Teller mit Münzen, deren höchster Wert ein Zehn-Pence-Stück war.

Ein langes abgewetztes Chesterfield-Sofa stand an der

hinteren Wand des Zimmers, im rechten Winkel zum Kamin. Dort räkelten sich zwei Halbwüchsige und blätterten in Zeitschriften. Beim Eintritt der Besucher richteten die beiden Jugendlichen sich kerzengerade auf und starrten die Fremden an.

Die Tür schlug klappend hinter Willie zu, und er fuhr leicht zusammen. Daisy schob sich an ihm vorbei und verkündetete: »Das sind meine Freunde aus dem Zentrum. Sie wollten vorbeikommen und … Guten Tag … sagen.«

»Oh!« Der Ausruf kam von dem Mann in Hemdsärmeln. »Oh!« sagte er noch einmal, und dann: »Immerhin wäre es nett gewesen, wenn du uns vorher Bescheid gesagt hättest, oder? Dann hätte ich wenigstens ein sauberes Hemd anziehen können oder ein Jackett. Und mein Sprößling hier« – er wies zum Tisch – »hätte mit dem Glücksspiel aufgehört. Die beiden Faulpelze auf dem Sofa hätten sich den Rotz aus dem Gesicht gewischt und wären aufgestanden. Und meine bessere Hälfte« – er sah zu der Frau neben sich – »hätte einen Kuchen gebacken, wie es sich gehört. Nicht wahr, Annie?«

»Mach langsam, Dad«, sagte Daisy. »Deine Zunge hat heute ihren trockenen Tag. Egal …« Sie wandte sich an die Besucher, die sie als ihre Freunde vorgestellt hatte, und war im Begriff, etwas zu sagen, doch Katie kam ihr zuvor. Sie hatte die Situation erfaßt und sich gefragt, was Miß Armitage, ihre Schulleiterin und der Inbegriff damenhaften Betragens, in dieser Lage getan hätte.

Katie trat an Daisy vorbei und blickte zu dem Mann, der auf seinem Stuhl sitzengeblieben war. »Es ist unverzeihlich von uns, Mr. Gallagher, und ich möchte mich entschuldigen.« Katie wandte sich an die wortlos starrende, rundgesichtige Frau: »Und Sie, Mrs. Gallagher, hätten wir vorher … wenigstens hätten wir vorher fragen sollen, ob Ihnen der Besuch recht ist. Manchmal ist man wirklich gedankenlos, wissen Sie. Deshalb werden wir wieder gehen.«

Plötzlich schien Leben in die kleine Frau zu kommen. »Nichts da. Kommt überhaupt nicht in Frage. Jetzt sind Sie da und müssen auch hereinkommen. Setzen Sie sich, das heißt, wenn Sie einen Platz finden.«

Mrs. Gallagher wandte sich zum Sofa: »Ihr beiden, bewegt euren Hintern. Geht ins Vorderzimmer und holt noch mehr Stühle. Mein Mann hat recht. Hätte ich gewußt, daß Sie kommen, hätte ich einen Kuchen gebacken. Im Vorderzimmer würde das Feuer im Kamin brennen, und wir könnten dort sitzen. Aber das Zimmer ist ungeheizt, so daß wir es hier wärmer haben. Sie beide« – sie wies auf Willie und Sammy – »nehmen auf dem Sofa Platz. Und du, Frank ...« Sie wandte sich an einen der Kartenspieler. »Beweg deinen ... erhebe dich von dem einzig vernünftigen Stuhl, den wir in der Küche haben, und laß die junge Dame dort sitzen.«

Der junge Mann stand langsam auf, die ganze Zeit zu Katie starrend. Dann schob er ihr den Stuhl hin, als wollte er sagen: »Da, nimm.«

Katie entgegnete: »Danke. Aber ... das war wirklich nicht nötig.« Sie blickte sich um. »Ich hätte auch auf dem Sofa sitzen können.«

Als Katie auf dem Stuhl Platz genommen hatte, stellte sie fest, daß sie dem Hausherrn auf Armeslänge entfernt gegenüber saß. Sie lächelte ihm zu. »Wenn wir unerwartet mit Besuchern ins Haus geschneit kämen, würde mein Vater nicht viel anders als Sie reagieren, Mr. Gallagher.«

»Wer ist denn Ihr Vater? Und wie heißen Sie?«

»Ich bin Katie, und mein Vater heißt Bailey.« Katie wies zum Sofa. »Das ist mein Bruder Willie, und neben ihm sitzt unser Freund Sammy. Sammy Love.«

»Sammy Love? Es gibt nicht viele Leute, die Love heißen. Und wir haben den Namen in letzter Zeit selten gehört. Bist du zufällig der Junge von Davey Love?«

»Ja, Mr. Gallagher. Der bin ich.«

»Soso. Ich habe Davey Love gekannt. Der ging nur zur Messe, wenn man ihn am Ärmel hineinzerrte, aber den Papst hat er bis zum letzten Atemzug verteidigt, wie alle verrückten Iren.«

»*Len!*«

»Ja, ja, ich weiß.«

»Nein, du weißt eben nicht. Und wenn du keine Ahnung

hast, hältst du besser den Mund. Erinnerst du dich nicht? Das riesige Begräbnis vor nicht langer Zeit, das war seine Beerdigung. Und am nächsten Sonntag hat Vater Hankin bei der Predigt so gut über ihn gesprochen.«

»Ja, sicher. Sicher.« Mr. Gallagher nickte und sah zu seiner Frau. »Trotzdem, ich bleibe dabei. Der Tod macht aus Sündern keine Heiligen. Soweit ich mich erinnern kann, war Sammy Love ein Schläger.«

Willie stieß Sammy den Ellenbogen in die Seite. Ohne Erfolg. Erst Katies Stimme hinderte Sammy an einer Entgegnung. Sie sagte: »Dann kennen Sie unseren Mr. Love nicht, Mr. Gallagher. Denn er war ... um es im Sinne seines Namens zu sagen, ein liebenswerter Mann. Natürlich, er wußte seine Fäuste zu gebrauchen, und wie ich gehört habe, hat er das erste Mal bei dem Mann richtig zugeschlagen, der ihm die Frau weggenommen hat. Ich bin sicher, Mr. Gallagher, hätte jemand das gleiche bei Ihnen versucht, wären Sie auch wütend auf ihn losgegangen.«

Katie lächelte ihren Gastgeber an, und nach kurzem Schweigen sprach sie weiter: »Es stimmt, für diese Tat wurde er zu einer Gefängnisstrafe verurteilt, aber das war, wie mein Dad sagt, ein Justizirrtum. Mr. Love hätte statt dessen einen Orden verdient.«

Als keine Antwort kam, blickte Katie zu den beiden Jungen, die auf dem Sofa saßen. Wieder an Mr. Gallagher gewandt, sagte sie: »Sie müssen wissen, Sammy dort drüben war noch sehr klein, als seine Mutter ihn zurückließ, und er hat sie vermißt. Dann hat er immer uns besucht, und auch sein Vater ist oft gekommen. Ja, so war es.« Katie nickte in das Gesicht, das sie anstarrte, als wollte sie möglichem Widerspruch begegnen. »Mr. Love wurde sofort ein Freund unserer Familie. Ja, ich weiß, er hat diesen Arbeiter verprügelt. Aber täten Sie das nicht auch, Mr. Gallagher, wenn jemand Sie einen großmäuligen irischen Trottel nennen würde?«

Im Zimmer entstand Unruhe, und man hörte aus verschiedenen Zimmerecken unterdrücktes Kichern.

»Oder nicht, Mr. Gallagher?« drängte Katie.

Len wirkte nachdenklich, er holte tief Atem und schob die Schultern zurück. Dann antwortete er: »Das hängt davon ab. Betrunken hätte ich es sicher getan. Aber nüchtern würde ich hoffen, genug Verstand zu haben, ihn mit Worten fertigzumachen. Ich kenne mein Strafregister. Wenn ich die Fäuste nehmen würde, könnte man mich wieder einlochen. In Ihren Augen mag Mr. Love ein liebenswürdiger Mensch gewesen sein, aber an Verstand hat es ihm gefehlt.«

»O nein, er hatte Verstand. Und er war weise.«

Katie sprach mit veränderter Stimme, und sie warf Mr. Gallagher die Worte brüsk an den Kopf. Wieder zog sie die Aufmerksamkeit aller auf sich. Besonders Daisy starrte Katie mit offenem Mund an, wie dieses vornehme Mädchen sich zu ihrem Vater beugte und ihn zurechtwies: »Ich sage Ihnen, Mr. Gallagher, er war ... der weiseste Mann, den ich kannte oder den unsere Familie jemals kennen wird. Und er fehlt uns allen.« Abrupt lehnte Katie sich in ihrem Stuhl zurück und blickte in die schweigende Runde. Sie schloß die Augen, senkte leicht den Kopf und sagte: »Es tut mir sehr leid.«

»Was sollte Ihnen leid tun?«

Katie hob den Kopf und sah wieder zu dem Mann, der ihr gegenüber saß.

»Wenn Sie mich fragen, gibt es nichts, das Ihnen leid tun müßte«, sagte er. »Ich kenne Sie erst wenige Minuten, und Sie haben verdammt viel Mut bewiesen, mir eine Lektion zu erteilen und einen Mann zu loben, von dem ich nicht mehr hielt als von mir selbst oder sogar weniger. Also, Sie haben Ihre Meinung gesagt, und das war gut so. Wenn ich Ihnen einen Rat geben darf, sprechen Sie immer aus, was Sie denken.« Mit einem Blick zum Sofa fuhr er fort: »Ihre Begleiter haben wohl keinen Mund zum Reden, wie?«

»Wir hatten kaum Gelegenheit, ihn zu benutzen.« Die Antwort kam natürlich von Sammy. An Katies Worte anknüpfend, fügte er vermittelnd hinzu: »Eines stimmt sicher. Würde mein Vater noch leben, nach einem guten Freund bräuchte er nicht lange suchen.«

Der Mann am Tisch erwiderte nichts. Es schien, als wüßte er nicht recht, wie er die Bemerkung auffassen sollte. Er hatte den Blick auf das Mädchen ihm gegenüber gerichtet. Anscheinend genoß Davey Love bei ihr hohes Ansehen. Also kam er dem Sohn von Mr. Love auf halbem Weg entgegen. »Da der arme Kerl tot ist, wird das kaum mehr zu beweisen sein. Aber« – er nickte von einem zum anderen – »im Zentrum nehmen Sie auch nicht die Fäuste, es sei denn, im Boxring. Sonst verlassen Sie sich auf Ihre Füße. Und werfen Ihre Gegner kopfüber zu Boden. Meiner Tochter hier« – er zeigte auf Daisy – »habe ich gesagt, daß es sich für ein Mädchen nicht gehört, Männer zu überwältigen, auch nicht, wenn es Gleichaltrige sind. Mit mir wollte sie auch kämpfen, aber ich bin immer noch ein verdammt schwerer Gegner für sie. Allerdings!« Len Gallagher richtete sich auf, blickte in die Runde und sah wieder zu Katie. »Heutzutage wissen diese Kerle nicht mehr, wozu sie geboren sind. Bis auf Harry haben sie bis jetzt alle vom Staat gelebt.« Len Gallagher wies mit dem Kopf zu seinem Sohn. »Montag fängt er wieder zu arbeiten an, das erste Mal seit einem Jahr, und er ist schon zwei Jahre aus der Schule. Meine Güte! Früher, zu meiner Zeit …«

»Ja, früher, zu deiner Zeit.« Die Entgegnung kam von dem jungen Mann mit dem Kartenspiel, der noch immer am Tisch saß, ohne den Kopf zu heben.

Sein Vater schnauzte ihn an: »Ja, Mike. Früher, als ich jung war, hätten wir nicht an einem Samstagnachmittag zu Hause gesessen und um Halfpennies gezockt. Wir wären draußen, um Fußball zu spielen, oder wir hätten uns auf unsere alten Fahrräder geschwungen und wären aufs Land gefahren, statt von Montag morgen bis Samstag abend dazuhocken und zu warten, ob die Arbeit zu uns kommt.«

»Len!«

Er drehte sich zu seiner Frau und brüllte: »Sag nicht ›Len‹ zu mir in diesem Ton, Annie! Ich sitze hier und bin nüchtern, aber ich spreche aus, was ich denke. Wenn dieser junge Hüpfer, der ohne Einladung hereinschneit, seine Meinung offen aussprechen darf, kann ich das auch.« Er wies auf Katie. Im nächsten Moment änderte er seinen Ton und die Haltung. »Das mit dem jungen Hüpfer habe ich nicht so gemeint, Miß Katie. Natürlich sind Sie eine junge Dame. Manchmal redet man aus Gewohnheit dummes Zeug, ohne nachzudenken. Aber es macht mich verrückt, wenn ich zurückdenke. Wissen Sie …« Len beugte sich zu ihr. »Als ich vierzehn war, wurde ich zur Arbeit unter Tage geschickt. Ja, an meinem vierzehnten Geburtstag mußte ich runter in die Grube fahren. Und ich blieb in der Zeche, bis ich zwanzig war. Lieber Gott! gelobte ich damals. Ich weiß nicht, wie lange mein Leben dauert, aber ich werde den Tag erleben, an dem ich den Sonnenuntergang sehe und frische Luft zu atmen bekomme, ganz gleich, in welchem Job. Denn in dieses Loch kehre ich nicht mehr zurück. Und das habe ich wahr gemacht. Ich bin zur Werft gegangen und von dort in das Stahlwerk. Ja, so ist es gewesen.«

Wieder schob er die Schultern zurück. »Ich war Stahlarbeiter. Ich habe viele, viele Jahre am Hochofen gestanden, und ich bin stolz darauf. Sehen Sie, hier …« Er bohrte sich mit dem Mittelfinger in die Wange und sagte: »Erkennen Sie die geschwollenen Adern? Das kommt von der Hitze und verschwindet nicht wieder. Und die blauen Striche über den Augenbrauen, das ist von der Kohle und geht auch nicht mehr weg. Aber Stahlarbeiter zu sein, damals, das war schon etwas. Fünfzehn Jahre bin ich dort gewesen, und es gibt keinen großartigeren Anblick als den Stahlanstich, wenn das flüssige Metall sich aus dem Ofen ergießt. Bei uns hat ein Bursche gearbeitet, der hat darüber Gedichte geschrieben. Er hat gesagt, der Stahl würde wie ein richtiges Kind gezeugt. So war es auch. Und wenn das heiße Zeug fertig war, kam es heraus wie bei einer Geburt. Das war ein Anblick! Wunderschön! Ja, wirklich. Aber dieser Bursche hat auch gemeint, Stahl wäre ein heimtückisches Baby. Er hatte recht, denn der Stahl konnte einem die Haut vom Leib brennen. Einmal habe ich so etwas gesehen …«

»Len! Es reicht. Wir kennen die Geschichte.« Annie blickte geradewegs zu Daisy. »Setz den Wasserkessel auf. Ich bin sicher, deine Freunde wollen eine Tasse Tee trinken.«

Als Daisy zurückkehrte und das Tablett mit den vier Teetassen abstellte, stand der junge Mann, der auf den Namen Mike hörte, rasch auf und räumte die Karten und Münzen von der gläsernen Tischplatte. Annie rief Willie und Sammy zu: »Möchten die beiden jungen Herrn da drüben Tee trinken oder lieber zum Tisch kommen?«

»Gib her, Mam.« Entschlossen nahm Daisy zwei Tassen und trug sie zum Sofa. »Nehmt ihr Zucker?« fragte sie.

»Ja, gern.« Willie lächelte sie an, während Sammy sagte: »Nein danke, Daisy. Für mich keinen Zucker.«

Daisy beugte sich zu Willie, und mit heiserem Flüstern sagte sie dicht an seinem Ohr: »Sag jetzt nur nicht, Sammy ist so süß, daß er keinen Zucker braucht. Sonst skalpiere ich dich.«

Mrs. Gallager reichte Katie eine Tasse und fragte: »Nehmen Sie Zucker?«

Katie entgegnete: »Nein, danke.« Sie beobachtete, wie die kleine Frau vier gehäufte Löffel in die nächste Tasse gab, umrührte und ihrem Ehemann reichte. Er nahm sie ohne Dank entgegen und fuhr fort, über die Ereignisse im Stahlwerk zu erzählen, als wäre er nie von seiner Frau gemaßregelt worden.

»Damals war ich stark, Miß Katie«, sagte er. Er hob das Teegedeck bis fast unter sein Kinn. Der Wasserdampf stieg vor seinem Gesicht auf, so daß die rot angelaufenen Stellen und blauen Kratzer nur verschwommen sichtbar waren. Durch den Dampf hindurch konnte Katie erahnen, wie Mr. Gallagher in seiner Jugend ausgesehen haben mochte, ein stämmiger junger Mann, stolz auf seine Körperkräfte. Sie fragte sich nach dem Grund für seinen jetzigen Zustand. Lange brauchte sie nicht auf eine Antwort warten, denn Len erzählte weiter:

»Damals konnte ich allein eine Eisenstange heben«, sagte er. »Heute kriegen diese Schwächlinge nicht einmal zu zweit so ein Ding hoch. Und man kannte mich. O ja, Miß Katie, man kannte mich. Ich war ein Stahlarbeiter.« Nach einem langen Schluck aus seiner Tasse fragte er: »Trinkt Ihr Dad?«

»Er trinkt gern mal einen Whisky.« Wieder lächelte Katie ihn an. »Manchmal, nach einem anstrengenden Tag, kommt er aufgebracht nach Hause, und wenn meine Mutter oder Nell, eine Freundin, ihn fragen, ob er Tee will, antwortet er entrüstet: ›Tee? Nein, ich möchte etwas Handfesteres‹. Dann trinkt er einen Whisky, oder auch zwei.«

»Der Glückliche. Wenn er etwas verträgt und weiß, wann er aufhören muß. Aber« – Len kräuselte die Nase – »noch glücklicher ist er, das Zeug im Haus zu haben, wenn er es braucht. Ich für meinen Teil konnte sechs Whisky und einen Nachtrunk hinunterkippen, Sie wissen schon, ein Glas Bier hinterher, und alles, ohne mit der Wimper zu zucken. Aber … seit dem Unfall ist alles anders geworden. Nach einem Unfall verändert sich der Körper, wissen Sie.«

Jemand murmelte: »Ja, er hat versucht zu schwimmen«, und Mr. Gallagher machte eine Bewegung, als wollte er von seinem Stuhl aufstehen.

Wieder sprach seine Frau, dieses Mal nicht an ihn, sondern an seinen Sohn gerichtet, in scharf zurechtweisendem Ton: »Das reicht, Mike. Ich rede später mit dir, und zwar deutlich. Verlaß dich darauf.« Von Katie zu Willie und Sammy blickend, sagte Annie Gallagher mit verändertem Ton: »Wir kennen Ihre Namen, aber Sie wissen noch nicht, wie wir heißen. Gut, der junge Mann, mit dem ich eben gesprochen habe, ist mein Ältester, das heißt, der Älteste hier zu Hause. Der eigentlich Älteste ist John, und er lebt in Australien. Lucy, meine älteste Tochter, ist auch nicht hier. Dann haben wir da Frank«, sie zeigte auf den anderen Kartenspieler, »und diese beiden Faulpelze.« Lächelnd drehte sie sich zu den beiden Jungen, die sich vorher auf dem Sofa geräkelt hatten und nun auf den Stühlen aus dem Vorderzimmer saßen: »Diese beiden Taugenichtse sind Sep und Harry. Sep tritt Montag seine erste Stellung an. Bei einem Bauunternehmer, der Mr. Bailey heißt. Wenn Daisy recht hat, ist das Ihr Vater, stimmt's?«

»Ja, das stimmt.« Katie wandte sich um und sah zu dem jungen Mann, der sie schüchtern anlächelte. »Wer ist Ihr Vorgesetzter?«

»Ich … weiß noch nicht genau, Miß. Ein Mr. Ormesby hat mich angesprochen. Er kommt immer in den Club, und er sagt, er wird etwas für mich finden. Zuerst soll ich aushelfen, wo jemand gebraucht wird, als Springer, wissen Sie.«

»Zigaretten und Bier holen.« Die Bemerkung kam von Mike.

»Nein, nicht Zigaretten und Bier holen, Mike. Mr. Ormesby sagt, ich könnte eine Lehre machen, entweder als Zimmermann oder Maurer, je nachdem, wo ich am meisten gebraucht würde. Du …«

»Ruhig, Sep. Beruhig dich.« Seine Mutter hob begütigend die Hand. Dann fuhr sie zu ihrem ältesten Sohn herum und schrie: »Wart's ab, nicht mehr lange, und es knallt. Ich stopf' dir das Maul. Verlaß dich drauf. Warum kümmerst du dich zur Abwechslung nicht selbst um Arbeit? Aber nein, du kriegst den Hintern nicht hoch.«

Der junge Mann schrie ebenso laut zurück: »Ich war in der Lehre, Mam. Hast du das vergessen? Drei Jahre, und sieh mich an, was aus mir geworden ist. Seit zwei Jahren mache ich die Runde und suche. Ich hab' keine Lust mehr. Die können mir den Buckel runterrutschen.«

»Entschuldigung, es tut mir leid.« Die kleine Frau sah in Sammys und Willies Richtung. Dann wandte sie sich an Katie und murmelte: »Wirklich, Miß Katie, es tut mir leid. Familienstreitigkeiten sollten nicht vor Gästen ausgetragen werden. Aber … ein paar meiner Sprößlinge sind nicht nur stinkfaul, sondern auch ziemlich dumm. Ich muß es schließlich wissen.« Annie faltete die Arme unter ihren mächtigen Brüsten und hob sie an. Dann sagte sie in sanfterem Ton: »Trinken Sie Ihren Tee, Mädchen.«

Katie setzte die Tasse an die Lippen und hätte sich fast verschluckt, als sie Daisys Stimme hinter sich hörte: »Ich habe es dir gesagt, oder etwa nicht?«

Mit einer abrupten Bewegung, die den Tee überschwappen ließ, stellte Katie das Gedeck auf den Tisch zurück und wandte sich an Daisy: »Ja, das hast du. Und ich kann dir das gleiche versprechen, wenn du zu uns kommst. ›Der

Teufel macht keinen Unterschied‹, pflegte Sammys Vater zu sagen, wenn du verstehst, was ich meine, Daisy. Ich weiß, was bei uns zu Hause los ist. Ich habe eine Adoptivschwester. Sie ist viel jünger als ich, sorgt aber für die wildesten Szenen. Willie ... wenn Willie anfängt, weiß er nie, wann er aufhören muß. Und dann mein Dad. Du liebe Güte!«

Sie drehte ihr zorniges Gesicht von Daisy weg und wandte sich wieder, mit weicherem Ausdruck und ruhiger Stimme, an Mrs. Gallagher. »Wie gesagt. Was meinen Dad angeht, könnte es hier niemand mit ihm aufnehmen, wenn er loslegt. ›Big Bill Bailey brüllender Bär‹, so wird er von seinen Leuten auf der Baustelle genannt. Und zu Hause benimmt er sich manchmal genauso. Und noch jemand bei uns kann unangenehm werden, nämlich mein Bruder Mark, der demnächst in London Medizin studiert. Was Mark angeht, kann ich nur sagen, Gott helfe seinen Patienten. Er hat weder mit sich selbst noch mit anderen die nötige Geduld. Willie und er« – Katie wies über ihre Schulter nach hinten – »sind sich früher regelmäßig an die Kehle gegangen.« Sie blickte in die Runde. »Was zeigt, Streit in der Familie kennen wir auch. Und ich selbst habe früher sicher für mehr Aufruhr gesorgt als alle anderen zusammen.« Sie lachte kurz auf. Wieder an Sep gewandt, sagte sie ruhig: »Sie werden sehen, wenn Mr. Ormesby Sie empfohlen hat, geht alles glatt. Sie kommen in Riesenschritten voran, vorausgesetzt, Sie wollen es. Alle Vorarbeiter auf Dads verschiedenen Baustellen suchen ehrgeizige junge Männer. Und wer zu Dad loyal ist, wird es nicht bereuen. Auf jeden Fall würden wir gern erfahren, wie es Ihnen ergeht.«

»Danke. Vielen Dank.« Der blasse Junge nickte zu Katie und fragte: »Kennen Sie Mr. Ormesby gut?«

»Ja, sogar sehr gut.«

Wieder nickte Sep, und seine Augen leuchteten. »Da sieht man es wieder«, bemerkte seine Mutter. »Freunde bei Hof können nie schaden.« Und Daisy fügte hinzu: »Vor allem bei Ärger mit der Polizei.«

Nur Mike stimmte in das anschließende Gelächter nicht mit ein. Er stand neben dem Fenster und starrte auf die

Straße hinaus. Die Aufmerksamkeit der Familie galt wieder dem Vater, denn er bekam einen Hustenanfall. Es klang, als würde sein Brustkorb auseinandergerissen. Wie zur Entschuldigung blickte Len in Katies Richtung und klopfte sich auf die Brust. »Ich hasse den verfl… den kalten Winter und die dunklen Nächte.«

»Jetzt sei aber ruhig.« Seine Frau klopfte ihm heftig auf die Schulter und ging zum Feuer. »Du hast Glück, noch am Leben zu sein. Ein weniger starker Mann läge längst im Grab.«

Der versöhnliche Ton seiner Frau schien eine beruhigende Wirkung auf Mr. Gallagher zu haben. Katie konnte sich nicht vorstellen, daß Annie Gallagher fähig sein sollte, ihrem Mann das Abendessen ins Gesicht zu werfen, wie Daisy erzählt hatte.

Len sah wieder in Katies Richtung und sagte: »Sechs Stunden habe ich im eiskalten Wasser am Dock gelegen, bis sie mich herausgefischt haben. Fast steifgefroren war ich.« Er grinste Katie an. »Immerhin hatte ich einen fröhlichen Abend hinter mir, Miß, und war bis an die Augen abgefüllt.« Er erwähnte diesen Umstand, als ob es sich um eine Heldentat handelte, auf die er stolz sein konnte. Als Len Gallagher weitererzählte, erkannte Katie, daß er wirklich daran glaubte: »Damals konnte ich eine Menge vertragen. Junge, Junge! So schnell hat mich der Alkohol nicht umgeworfen. Aber dieser Wind war schuld. Er hat mich glatt vom Boden gehoben, und dann bin ich im Dock gelandet. Gut schwimmen konnte ich noch nie. Um ehrlich zu sein, ich habe Wasser immer gehaßt. Ich habe Leute verabscheut, die damit sogar ihren Whisky verdünnten.«

Die kleine Frau, die neben Katie Platz genommen hatte, erklärte: »Er bekam eine Lungenentzündung. Eine ganz schlimme. Er wäre beinahe draufgegangen.« Annie nickte ihrem Ehemann zu, der den Blick gesenkt hatte und mit den Fingern auf der Tischkante trommelte, als spielte er ein Lied. Seine Frau erzählte weiter: »Es dauerte ein ganzes Jahr, bis er wieder auf die Beine kam. Deshalb können wir von Glück sagen, daß er noch lebt.«

»Ach, ich weiß nicht.« Len blickte wieder auf und nickte. »Mir kommt die Galle hoch, wenn ich daran denke, daß das verdammte Stahlwerk pleite gegangen ist. Aber noch mehr ärgert mich, daß manche Schwachköpfe nach nicht einmal zehn Jahren Arbeit den goldenen Handschlag bekommen haben. Die sind für den Rest ihres Lebens versorgt. Manchen ist das Geld zu Kopf gestiegen. Ich dagegen, nach fünfzehn Jahren Betriebszugehörigkeit, was habe ich bekommen? Gar nichts. Keinen Penny.«

»Schon, aber …« Seine Frau blickte wieder zu ihm. »… du wußtest, daß du nicht wieder dort anfangen konntest. Natürlich wußtest du das. Und das Stahlwerk ging erst drei Jahre später bankrott. Ich beneide niemanden um das Geld. Um die Wahrheit zu sagen, es steigt den Leuten nicht nur zu Kopf, sondern kann zum Fluch werden und ganze Familien zerstören. O ja, das kann es.«

»Möge dieser Fluch auch unsere Familie treffen.« Die feierliche Stimme war die von Mike Gallagher. Er klang, als würde er eine Fürbitte in der Kirche vortragen. Im nächsten Moment wandte Mike sich vom Fenster ab und verließ das Zimmer. Niemand sprach, bis die Tür mit einem Knall ins Schloß gefallen war.

Daisy zog einen Stuhl heran und setzte sich neben ihren Vater. Ihn sanft mit dem Ellenbogen anstoßend, sagte sie: »Warte nur, Dad, bis ich im Lotto gewinne. Dann zeigen wir es allen.«

Len Gallagher sah seine Tochter an, und Katie konnte den Ausdruck in seinem Gesicht nur als liebevoll bezeichnen. Als Len mit Daisy sprach, war seine Stimme weich: »Ja, das wird ein großer Tag, Mädchen. Dann zeigen wir es allen. Darauf können sie sich verlassen.«

»Hört euch das an! Unsere Stromer kommen zurück«, ging Mrs. Gallagher dazwischen. »Mal sehen, was sie dieses Mal mitgebracht haben. Sie sind Strandräuber, müssen Sie wissen, Miß Katie, meine beiden Jüngsten. Sie sind Zwillinge. Wahrscheinlich haben sie wieder Treibgut eingesammelt und sind jetzt dreckig wie die Schornsteinfeger … Was habe ich Ihnen gesagt?«

Ein Junge und ein Mädchen standen auf der Türschwelle, beide noch klein, mit schwarzen Händen und Gesichtern, die nicht viel sauberer waren. Ihre Mutter schrie sie an: »Schaut euch mal eure Mäntel an!«

Das kleine Mädchen schrie zurück: »Ach, Mam! Sei doch ruhig! Sieh nur, was wir gefunden haben.« Sie streckte die Hände vor, und ihr kleiner Bruder tat das gleiche.

»Leg die Sachen dort auf den Tisch. Und dann sagt Guten Tag. Wir haben Besuch.«

Die beiden Kinder starrten mit großen Augen die Gäste auf dem Sofa an. Dann wanderte ihr Blick zu Katie, und sie sagten wie aus einem Mund: »Guten Tag zusammen.«

Willie, Sammy und Katie erwiderten ebenfalls einstimmig: »Guten Tag, ihr beiden.«

»Das ist Jean«, erklärte Mrs. Gallagher und wies auf das kleine Mädchen. »Und das hier ist Dan, unser kleiner Draufgänger«, fügte sie hinzu, wobei der Knirps sie angrinste. Dann wandte sie sich an Katie. »Haben Sie schon einmal zwei Kobolde in Menschengestalt gesehen, und kaum elf Jahre alt?«

»Was haben wir denn da?« Len Gallagher betrachtete die Muschel, und das kleine Mädchen antwortete: »Wir haben sie im Fluß gewaschen, Dad. Ist hübsch, nicht wahr?«

»Ja, das ist sie. Sieht aus wie Perlmutt. Schau dir das an, Annie!« Er reichte seiner Frau die Muschel. Annie untersuchte das Fundstück und erklärte: »Ja, es ist Perlmutt, und die Muschel sieht sehr schön aus. Aber was habt ihr in dem Kästchen?«

»Das wissen wir nicht. Wir haben beides gefunden. Das Kästchen ließ sich nicht öffnen.«

»Ach, du liebe Güte! Nein, wirklich!« Die gesamte Familie versammelte sich um den Tisch.

»Gib mir ein Messer«, sagte der Vater. Kurz darauf versuchte er vergeblich, die Klinge unter den Deckel zu schieben.

Schließlich stellte er fest: »Es ist verschlossen. Aber ein Kästchen verschließt man nur, wenn man etwas Wertvolles darin aufbewahrt, oder?« Len Gallagher betrachtete das

Objekt seiner Bemühungen, und die beiden Kinder folgten voller Eifer seinem Blick. Dann sagte das kleine Mädchen: »Danny findet auch, daß man nur wichtige Dinge einschließt, ich meine, wertvolle Sachen.«

»Du sagst es, mein Schatz. Also, was ist? Wir haben keinen Schlüssel im Haus, der klein genug ist, um in das Schloß zu passen. Sollen wir es aufbrechen?«

Ein Chor von Stimmen rief: »Au ja. Ja, brich es auf, Dad. Mach schon.«

Len schritt nicht sofort zur Tat, sondern sah Sammy und Willie an, die bei der um den Tisch gedrängten Familie standen. »Was sagen die jungen Herren? Was würden Sie in ein Kästchen einschließen?«

»Geld«, antwortete Willie ohne zu zögern. »Ich mache das, wenn ich auf etwas spare.«

»Und Sie?«

Sammy dachte einen Augenblick nach. »Ein Schmuckstück vielleicht. Aber es könnte auch eine Urkunde oder ein anderes Dokument sein.«

»Ja, könnte sein.«

Für alle Umstehenden war klar, daß Len Gallagher den Augenblick, das Kästchen zu öffnen, genüßlich hinauszögerte. Dann sagte er: »Vergeßt nicht, was immer in dem Kästchen ist, die beiden Jüngsten haben es gefunden. Auch wenn alle etwas bekommen, verdienen sie den größten Anteil.«

»Nein, Dad, den kriegst du.« Das kleine Mädchen meldete sich zu Wort. »Du bist der Größte von uns, und deshalb bekommst du auch das meiste.«

»Mach schon, Dad. Spann uns nicht auf die Folter!« Daisys Stimme drückte die Ungeduld aller aus. Len Gallagher stieß das Messer in das Kästchen, und dann hörte man das Splittern von Holz. Das Geräusch klang, als würde ein kleines Tier schreien. Der Deckel löste sich, und Len hob ihn an. Alle beugten sich vor, um den Inhalt zu sehen.

Einige Sekunden lang herrschte vollkommene Stille in der Küche, bis Len Gallagher den Kopf auf die Hände sinken ließ und in halblautes Gelächter ausbrach. Das war das Zeichen für den Rest der Familie und die Gäste.

»Wer würde denn in so ein Kästchen Haarnadeln legen, noch dazu so viele?«

Mrs. Gallagher sah zu Daisy. »In früheren Zeiten, und auch noch, als ich jung war, haben Frauen ihre Haare hochgesteckt getragen, Mädchen. Dafür brauchte man eine Menge Nadeln. Verstehst du?«

»Aber das müssen Hunderte sein, Mam«, rief Daisy.

»Es könnte etwas anderes darunter verborgen liegen. Vielleicht ein wertvoller Gegenstand.«

Alle Augen richteten sich auf Sammy. Mr. Gallagher nickte ihm zu. »Sie haben recht, Junge. Gut möglich. Wir starren hier wie die Ölgötzen und warten, daß sich die Haarnadeln von selbst erheben, um uns ihre Geschichte zu erzählen.« Len nahm das Kästchen und kippte den Inhalt auf den Tisch.

Es fand sich nichts am Boden. Mr. Gallagher hielt sich das Kästchen einen Moment dicht vor die Augen. »An der Unterseite ist ein Name eingebrannt, aber meine Augen sind zu schwach, um ihn zu lesen.« Er reichte Katie das Kästchen. Sie mußte genau hinsehen, bevor sie entzifferte: »Diese Schatulle gehört Eliza Fair…chield.« Katie wiederholte den Namen: »Eliza Fairchield. Geboren 1841.«

»Das ist alles?«

Katie nickte und sah in die Runde. »Aber 1841, das war im letzten Jahrhundert.«

»Es steht nicht drauf, wann sie gestorben ist, Miß?«

Katie blickte zu Sep. »Nein, Sep. Das steht nicht drauf. Aber sie muß die Jahreszahl zu ihren Lebzeiten selbst eingebrannt haben. Jemand anderes hätte wahrscheinlich auch ihr Todesdatum dazugeschrieben.«

»Es ist ein sehr hübsches Kästchen.« Sammy hielt die Schatulle in der Hand. »Ich … glaube, es ist aus Teakholz. Schade, daß das Schloß zerbrochen ist. Sonst wäre es vielleicht wertvoll. Es gibt Leute, die solche Sachen sammeln.«

»Holzkästchen sammeln?«

Sammy nickte Mr. Gallagher am anderen Tischende zu. »Oh, ja. Es gibt Sammler für alle möglichen Dinge. Und durch den eingebrannten Namen bekommt das Kästchen einen gewissen Wert, denke ich ... zumindest für manche Leute.«

»Mr. Slater im Trödelladen kann gut Sachen reparieren, Dad. Er war früher Tischler. Wir könnten ihm das Kästchen bringen und hören, was er sagt. Er verkauft alles mögliche.«

»Ja, du hast recht, Frank.« Sein Vater nickte ihm zu. »Das machen wir. Aber egal, was wir dafür bekommen, und ich glaube, es wird eher wenig sein, der Erlös geht an die Kleinen. Haben wir uns verstanden?«

»Ja, Dad. Klar. Ich bin nicht auf Geld aus. Es gehört ihnen.«

»Ich könnte mir vorstellen, daß auch die Muschel etwas wert ist.«

Jetzt galt die Aufmerksamkeit Willie. Daisy sah ihn an. »Wie meinst du das?«

»Wegen der Perlmuttschicht. Manche Leute sammeln Muscheln wie andere Münzen oder Briefmarken. Was sagst du dazu, Sammy?« Er reichte Sammy die Muschel, und dieser sagte:

»Ehrlich gesagt, mit Perlmutt kenne ich mich nicht aus. Aber es klingt teuer, nach Perlen. Zum Trödler würde ich die Muschel nicht bringen. Ich würde sie noch einmal gut waschen und dann ... was meinen Sie, Mrs. Gallagher? ... Man könnte einen Juwelier fragen, ob sie etwas wert ist.«

»Meinen Sie, Junge? Möglich ...«

»Ich weiß es auch nicht. Aber wie Willie gesagt hat, hat Mrs. B. ...« Sammy lächelte und erklärte: »So nenne ich seine Mutter. Mrs. B. besitzt eine Schmuckkassette mit Intarsien aus dem gleichen Material. Ich habe sie gesehen. Was sagst du, Katie?«

»Ja, Mutter hat eine Schmuckkassette aus Perlmutt. Aber ich weiß nicht, ob sie wertvoll ist. Ich habe mich nie sonderlich dafür interessiert. Mutter bewahrt Broschen, Ohrringe und kleine Andenken darin auf.«

»Wie ich Mrs. B. kenne«, sagte Sammy und fesselte erneut die Aufmerksamkeit der Anwesenden, »steht nichts Billiges auf ihrem Ankleidetisch. Ich würde die Muschel auf ihren Wert schätzen lassen.«

Len Gallagher holte tief Atem. »Gut, dann tun wir das.« Er streckte die Hand aus, um seinen Jüngsten und seine kleine Tochter zu tätscheln. »Euer Ausflug ist also nicht umsonst gewesen«, sagte er. Mit einem Lächeln beugte er sich zu den beiden Kindern und begann zu singen:

»Er rannte durch den freien Raum,
Erreichte niemals dessen Saum,
Er purzelte vom Felsenkliff,
lag unten dann, in Matsch und Siff.
Es hat ihn aus der Bahn gehau'n.«

Die beiden Kinder sangen die letzte Zeile mit ihm gemeinsam, und wieder tätschelte Len die Köpfe der Kleinen. Dann wandte er sich ab und sah zu Katie, die am Tisch saß und ihn anstarrte.

»So geht es uns allen, nicht wahr?« fragte er. »Es haut uns aus der Bahn. Und obwohl wir noch leben, liegen wir zerschmettert am Boden und können uns nicht rühren.« Wehmütig lächelnd drehte Len den Kopf zur Waschküchentür, durch die seine Frau die Zwillinge schob. »Die Kinder mögen das Lied, aber sie verstehen die Bedeutung noch nicht. Die Melodie gefällt ihnen.« Prüfend sah er Katie an. »Das war ein merkwürdiger Nachmittag heute. Kurz bevor Sie kamen, habe ich überlegt, was mir vom Leben blieb, außer mich zum Sterben hinzulegen. Dann sind Sie zur Tür hereingeschneit, angeschleppt von diesem verflixten Teufelsbraten.« Len deutete mit dem Kinn zu Daisy, die in ein intensives Gespräch mit ihrem Bruder Sep vertieft schien. »Sie fällt überall aus dem Rahmen, wissen Sie. Aber sie hat ihre Prinzipien, an die sie sich hält. Was Daisy sagt, meint sie auch. Ich denke oft, Vater Hankin sollte sich von ihr beibringen lassen, was Anstand ist. Der Pfaffe ist ein Heuchler vor dem Herrn. Wer Geld hat, ist sein Freund. Um alle anderen kümmert er sich nicht. Kennen Sie ihn?«

»Nicht so richtig. Er ist einmal zu uns nach Hause gekommen«, antwortete Katie und neigte lächelnd den Kopf in Sammys Richtung. »Aber Sammy kennt ihn gut.«

»O ja.« Sammy grinste von der anderen Tischseite zu ihnen herüber. »Wenn es nach Vater Hankin geht, steht fest, wo ich ende. Hölle und ewige Verdammnis würden auf mich warten. Aber ich sage immer nur, wenn ich dort lande, wird er vorangehen und mir den Weg zeigen.«

»Er hat Ihnen also keine Angst vor Gottes Zorn beibringen können?«

»Nein, Sir. Und auch keine Angst vor dem Teufel.«

»Soso.« Mr. Gallagher nickte Sammy zu. »Dann sind Sie und unsere Daisy aus dem gleichen Holz. Warum tun Sie sich nicht zusammen und heizen Vater Hankin ordentlich ein? Daisy braucht nur den Mund aufzumachen, und er geht vor Empörung in die Luft. Mein Gott, ich erinnere mich an einen Besuch. Es ist noch kein Jahr her. Jede Wette, damals hätte der Pfaffe unsere Daisy am liebsten exkommuniziert. Nicht, daß es ihr etwas ausgemacht hätte, was Daisy? Ich meine, daß Vater Hankin dich exkommuniziert – natürlich nur durch den Papst. Oder was sagst du?«

»Nein, Dad.«

Zur Seite gebeugt, raunte Len Gallagher in Sammys Richtung: »Wissen Sie, was sie zu ihm gesagt hat?«

»Nein, Mr. Gallagher, keine Ahnung.«

»Sie hat ihm gesagt, die Kirche sollte den zweiten Teil des Ave Maria ändern.«

»Warum ausgerechnet den zweiten Teil?«

»Warum? Also wirklich! Wissen Sie nicht, wie es dort heißt?«

»Doch. ›Heilige Mutter Gottes, bitte für uns …‹«

Len Gallagher unterbrach ihn mit erhobener Hand. »Das ist es, die Sache mit der Mutter Gottes. Sie haben nicht verstanden, worum es dabei geht, nicht wahr, Junge?«

»Nein, und ich verstehe noch immer nicht.«

»Gut, dann erkläre ich es Ihnen.« Len nickte wieder in Katies Richtung. »Unsere Daisy hat ihm gesagt, daß Maria die Mutter von Jesus wäre, würde sie verstehen. Und so sollte der Text auch heißen: ›Heilige Maria, Mutter von Jesus …‹ und so weiter, denn Maria wäre ein Mensch gewesen und Jesus auch. Deshalb konnte sie ihn neun Monate in ihrem Körper tragen. Aber niemals ein Wesen wie Gott. Der paßte nicht in ihren Bauch. Denn die Kirche würde lehren, Gott wäre überall und größer als die ganze Welt, größer als der Himmel, das Meer, die Planeten, die Sterne und das gesamte Universum. Wie sollte eine gewöhnliche Frau dieses gewaltige göttliche Wesen in sich tragen können? Das wäre gegen alle Vernunft, hast du gesagt, nicht wahr? Und das Gebet hätten sich verknöcherte Mönche und vertrocknete alte Jungfern in Nonnenklöstern ausgedacht.« Len nickte in die Runde. »Ich verbürge mich für jedes Wort, das sie zu ihm gesagt hat. Und wissen Sie was? Normalerweise sieht Vater Hankins Gesicht frisch und rotwangig aus, aber als er dieses Mal zur Tür hinausging, war er weiß wie die Wand. Ja ...« Len Gallagher lehnte sich schmunzelnd auf seinem Stuhl zurück. »Es gibt schon etwas zu lachen in diesem Haus, vor allem wenn ausnahmsweise jemand die Wahrheit sagt. Auf diese Momente kann man sich freuen, und die Last der Vergangenheit ist für kurze Zeit leichter zu tragen.« Er wandte sich an Willie und Sammy. »Bekäme ich eine zweite Chance und wäre wieder ein kräftiger junger Mann, würde ich alles tun, um mir eine glanzvolle Vergangenheit zu schaffen. Dann hätte ich im Alter etwas, worauf ich mit Freude zurückblicke. Aber die Jugend besitzt nie den Verstand des Alters. Wenn es stimmt, daß Gott unser Schöpfer ist, hat er versäumt, den Menschen die Mittel zu geben, die jeder einzelne braucht, um mit der Welt zurechtzukommen, in die er uns geworfen hat. Wie viele von uns müssen hart um ihr tägliches Überleben kämpfen? Da bleibt kaum Kraft übrig, um für eine glanzvolle Vergangenheit zu sorgen. Verstehen Sie, was ich meine?«

Sammy und Willie neigten beide den Kopf, aber nur Sammy sagte etwas: »Ich verstehe, was Sie meinen, Mr. Gallagher, und ich bin ganz Ihrer Meinung. Doch manchmal streckt sich einem völlig unerwartet eine helfende Hand entgegen. Sie glauben mir vielleicht nicht, aber was ich heute bin, verdanke ich meiner rüpelhaften Ausdrucksweise.«

»Ach, wahrhaftig!«

»Ganz bestimmt, Mr. Gallagher, und eines Tages werde

ich Ihnen die ganze Geschichte erzählen.« Sammy neigte den Kopf. »Ich war sehr … geschickt und habe die Aussprache vereinfacht, wie mein Lehrer sich ausdrücken würde«, sagte er und fiel absichtlich in den nachlässigen Tonfall der Arbeiterschicht. »Aber wie hätte ich wissen sollen, wie man richtig spricht? Meine Ohren waren taub, weil mein Dad mir dauernd eins hinter die Löffel gegeben hat.«

Mr. Gallagher lachte.

»Mein Dad war hinter mir her wie der Teufel hinter der armen Seele. Er peitschte mich mit dem Gürtel und verpaßte mir Ohrfeigen. Manchmal mußte ich den Kopf mit beiden Händen festhalten, damit er nicht wegflog. Und alles nur, weil ich mit dem Fluchen aufhören sollte. Während Dad mir predigte, warum ich bestraft wurde, habe ich mehr Schimpfwörter gelernt, als ich ohnehin schon kannte. Eines Tages war ich dann bei ihm auf dem Grundstück.« Sammy zeigte auf Willy.

»Ich war wütend und trampelte die Osterglocken nieder, während ich Willie alle üblen Ausdrücke an den Kopf warf, die mir einfielen. Stellen Sie sich vor, wie seine damenhafte Mutter reagierte, als sie hörte, daß ihr Sohn mir keine Beleidigung schuldig blieb. Diesen Tag werde ich nie vergessen. Dann erschien sein Dad auf der Bildfläche, hob mich am Jackenkragen hoch und schüttelte mich wie eine Ratte. Anschließend nahm er mich mit ins Haus und bot mir Tee an. So hat alles angefangen. Danach passierte noch eine ganze Menge mehr. Wenn ich Sie wieder besuchen darf, Mr. Gallagher, erzähle ich Ihnen davon. Und Katie wird Ihnen von unseren Streitereien berichten. Du meine Güte! Sie haßte meine wilde Art. In ihren Augen war ich ein dummer rotznäsiger Lausebengel, und das bin ich, fürchte ich, noch immer.« Sammy wandte sich zu Katie und lächelte. Sie blieb ernst, schickte ihm jedoch eine stumme Warnung. Sammy schob seinen Stuhl zurück. »Ich glaube, wir machen uns besser auf den Weg.«

Len Gallagher beugte sich zu Katie. »Alles in Ordnung mit Ihnen, Mädchen?« erkundigte er sich ruhig. »Sie sind plötzlich so still. Ganz anders als am Anfang.«

Katie stand auf. Sie mußte schlucken, bevor sie sprechen konnte. »Ja, danke, Mr. Gallagher. Alles in Ordnung«, sagte sie dann. »Es … war mir ein Vergnügen, Sie und Ihre Familie kennenzulernen. Ich würde … gern wiederkommen, wenn ich darf.«

Mit einem Seitenblick auf seine Schwester dachte Willie: »Gütiger Himmel! Das meint sie doch nicht ernst?« Dann schloß er sich Sammy an. Er verabschiedete sich von Mrs. Gallagher und bedankte sich für die Gastfreundschaft und für den Tee.

Len Gallagher war aufgestanden, und Katie stellte fest, daß sie zu ihm aufblicken mußte. Sie hatte nicht bemerkt, wie hochgewachsen Daisys Vater war. Aber er war sehr hager und hatte hängende Schultern. Katie konnte sich kaum vorstellen, daß dies der Mann sein sollte, der Angst und Schrecken verbreitete, so daß seine Familie bei den Nachbarn Schutz suchen mußte. Ein weiterer Gedanke durchfuhr sie. Dieser gleiche Mann hätte vor nicht langer Zeit am liebsten seine Tochter umgebracht, weil sie schwanger nach Hause kam, und das zum zweiten Mal. Niemand hatte von Lucy gesprochen. Katie fragte sich, wo sie nun wohnte. Bei ihrer ersten Begegnung außerhalb des Zentrums hatte Daisy die Geschichte ihrer Schwester erzählt. Mittlerweile mußte das Kind zur Welt gekommen sein. Aber wo war es, und wo war das Mädchen?

In diesem Haus geschah so viel Tragisches. Die ganz alltäglichen Tragödien könnte man sie nennen. Von den Anwesenden hatten nur Daisy und einer der jungen Männer Arbeit. Katie spürte, daß sie nicht mehr von diesen Verhältnissen ertrug. Ein starkes Bedürfnis, aus dem Haus zu rennen, überfiel sie. Aber sie blieb stehen und blickte zu Mr. Gallagher auf. Dann streckte sie ihm die Hand entgegen. Len Gallagher nahm sie nicht einfach, sondern bedeckte Katies Hand mit seiner breiten knochigen Handfläche. Den anderen in der Familie nickte Katie zu. An der Tür, wo Mrs. Gallagher stand, um die Besucher zu verabschieden, sagte sie: »Es … war sehr nett von Ihnen.«

»Ach, keine Ursache.« Dann beugte sie sich vor. »Ich

staune noch immer. Zu wissen, daß Daisy Freunde wie Sie und die beiden … jungen Herrn hat, das ist wirklich ein Lichtblick in meinem Leben. Jimmy hat uns von Ihnen und dem schönen Haus erzählt, in dem Sie wohnen, aber ich hätte nie geglaubt, Sie persönlich kennenzulernen. Es war wirklich mir ein Vergnügen. Ein großes Vergnügen.«

»Uns auch, Mrs. Gallagher.« Katies Stimme klang sehr dünn.

Sep, einer der jungen Männer, war zur Tür getreten. »Soll ich mitkommen, Schwesterchen?«

»Nein, Sep. Ich bring sie nur zum Bus. Wenn ich immer im Licht der Straßenlaternen bleibe, wird sich schon niemand an mir vergreifen, oder?«

Die selbstironische Bemerkung reizte Willie zu antworten: »Ich schon.« Aber der Moment war nicht für Witze geeignet. Katie schien verstimmt, obwohl niemand etwas Falsches zu ihr gesagt hatte. Willie verstand seine Schwester nicht. Am Anfang hatte sie wie ein Wasserfall geredet, auf eine Art, die für sie völlig ungewohnt war.

Sie hatten das Ende der Straße erreicht und mußten ein Abrißgrundstück überqueren. An einer Seite des Weges stand noch eine Steinmauer, die der Zerstörung entgangen war. Plötzlich blieb Katie stehen, wandte ihr Gesicht zur Mauer und verbarg den Kopf in der Armbeuge.

»Was ist los?« rief Willie. »Was hast du?«

»Laß sie in Ruhe! Laß sie!« Sammy zog Willie zur Seite, der Katie von der Mauer wegdrehen wollte: »Laß sie einen Moment in Ruhe.«

Daisy, die sich neben die nun laut schluchzende Katie stellte, hielt er nicht zurück. Sie legte Katie den Arm um die Schulter. »Ja, laß es raus. Dein Zuhause und deine Familie wird auf mich wahrscheinlich die gleiche Wirkung haben, wenn ich zu eurer Party komme.«

Durch den schwachen Lichtschein, der von der Laterne am Ende der Mauer zu ihnen drang, blinzelte Willie Sammy hilflos an und flüsterte: »Verstehst du das? Ich meine, was mit ihr los ist? Alle waren so höflich und nett, und sie …«

»Ich weiß, was du meinst, Willie. Ja, du hast recht, alle waren höflich und nett. Aber sie hat etwas gesehen, das ich kenne und wovon du keine Ahnung hast. Katie weiß jetzt, was Armut ist, und etwas anderes hat sie noch mehr verstört. Sie hat eine gescheiterte Existenz gesehen, ein vergeudetes Leben. Deshalb wollte Daisy nicht, daß wir herkommen. Daisy weiß Bescheid. Sie kennt die Wahrheit.«

Sammy schwieg, als er Daisy sagen hörte: »Komm jetzt. Komm schon, Mädchen. Es ist alles vorbei. Jetzt kennst du die Verhältnisse, und vielleicht verstehst du mich in Zukunft besser. Los, wisch dir die Tränen ab. Ich wette, wenn du mit diesem Gesicht nach Hause kommst, steht als nächstes dein mächtiger Dad wütend bei uns vor der Tür und will wissen, was dich aufgeregt hat.«

Daisys Tonfall war aufmunternd, und Katie murmelte: »Es tut mir leid, ehrlich, denn ich fand es sehr … schön … bei euch. Aber es gab da noch etwas.«

»Ja, es gab da noch etwas«, wiederholte Daisy langsam, hakte sich bei Katie unter und zog sie weiter über das Abrißgrundstück. Die Jungen folgten. »Und Dad wußte es auch, denn er mochte dich von Anfang an. Das habe ich genau gespürt. Er ist nicht der Hohlkopf, für den die Leute ihn halten, weißt du. Auch wenn er immer noch gern den trinkfesten Stahlarbeiter herauskehrt. Ich wette, du würdest es nicht glauben, aber er schreibt Gedichte, trauriges und poetisches Zeug, wie das Lied über das Scheitern, das er vorgesungen hat. Einige seiner Gedichte sind tiefgründig, mit einer doppelten Bedeutung. Aber vor allem hat er Mam. Zwischen den beiden gibt es etwas, das sie für immer zusammenhält. Mein Dad mag ja ein rauher Mann sein, aber dumm ist er nicht. Trotzdem war, wenn ich zurückdenke, seine Dummheit schuld, daß er John nicht zur High School gehen ließ, denn sogar damals gab es Unterstützung, wenn er sie nur in Anspruch genommen hätte. Andererseits konnte John vielleicht nichts Besseres passieren. Er ist nach Australien ausgewandert und sollte von dort die Familie unterstützen, mit Geld. Zwei Mal hat Mam einen Brief von ihm bekommen, aber es waren immer nur kleine

Beträge darin, und das ist Jahre her. Meine Mam spricht nie von John, und von Lucy auch nicht. Lucy könnte tot im Grab liegen, wie ihr Kind. Es ist gestorben, wie das andere auch. Die letzte Nachricht von Lucy kam aus Brighton. Sie arbeitet dort in einem Kloster. Wer weiß, wenn sie nicht aufpaßt, bleibt sie womöglich für den Rest ihres Lebens dort in die Küche gesperrt. Solche Geschichten kenne ich von Nonnen. Vielleicht könnte Lucy nichts Besseres passieren. Wenigstens ...« Daisy begann zu kichern. »... solange es dort keine jungen Priester gibt. Lucy braucht Männerhosen bloß zu sehen, und schon verliert sie die Beherrschung.«

Hinter Daisy hörte man ebenfalls Kichern. Sie drehte sich um und sagte: »Ihr beiden spitzt wohl die Ohren wie ein Esel, wie?«

An der Bushaltestelle verabschiedeten sie sich von Daisy. »Bis Dienstag abend.« Und Katie bat ein letztes Mal: »Du kommst also Samstag?«

»Was glaubst du wohl?«

Daisy hatte Katie die Stufe hinaufgeschoben und sah dem Bus nach, als er abfuhr. Dann machte sie sich auf den Heimweg. Unterwegs dachte sie: »Das war ein Knüller. Wer hätte geglaubt, daß ich mit Katie Bailey Freundschaft schließen würde? Mit Dad konnte sie auch. Sehr merkwürdig.«

Zu Hause war Fiona verblüfft, wie zurückhaltend Katie war, als es um den unangemeldeten Besuch in Daisys Elternhaus ging. Katie sagte nur, sie wäre müde und hätte leichte Kopfschmerzen. Morgen würde sie ihrer Mutter alles erzählen.

Obwohl Willie in lebhaften Farben schilderte, was vorgefallen war, wunderte sich Fiona und sogar Bill, als er sagte: »Mam, ich habe sie noch nie so erlebt. Wir waren kaum im Haus, da legte sie los. Sie hat sich nicht mit Mr. Gallagher unterhalten, sondern hat auf ihn eingeredet, wenn du verstehst, was ich meine. Regelrecht angegriffen hat sie ihn, als er Sammys Vater als Schläger bezeichnet hat. Sammy wollte sich aufs hohe Roß schwingen, aber ich habe ihn rechtzeitig gebremst. Katie hat den Faden aufgenommen und gesagt, Mr. Davey wäre ein wunderbarer Mann gewesen und Mr. Gallagher würde ihn nicht kennen. Dann war sie sehr taktvoll, beinahe einschmeichelnd, und meinte, Mr. Gallagher hätte Davey Love bestimmt gemocht, wenn sie besser miteinander bekannt gewesen wären, und daß er und du, Dad, prima miteinander gekonnt hätten. Und so ging es die ganze Zeit.«

»Das hat sie alles gesagt?« wunderte sich Fiona.

»O ja. Ich habe sie noch nie so in Fahrt erlebt. Man hätte meinen können, ihre Worte wären einstudiert. Dabei kam alles unerwartet, ich meine, unser Besuch dort. Wir sind hingegangen, weil Daisy gesagt hat, sie würde nicht auf unsere Party nächste Woche kommen. Katie wollte die Erklärung, mit der sie absagte, nicht anerkennen. Also hat Daisy uns alle zu sich nach Hause geschleppt, um uns den Grund zu zeigen. Daisy meinte, wenn sie unsere Einladung annähme, würden wir erwarten, auch von ihrer Familie eingeladen zu werden. Sie wollte uns vorführen, was für eine Familie sie hatte. Weiß Gott, das ist ihr gelungen. Dann sind noch ein paar komische Sachen passiert. Es war wirklich ein amüsanter Nachmittag. Du kannst es dir kaum vorstellen.«

Willie erzählte von der Kassette mit den Haarnadeln und dem Auftritt des ältesten Sohnes. »Gegen Ende unseres Besuchs, aber lange bevor wir das Haus verließen, war Katie dann plötzlich schweigsam und verschlossen. Sie saß noch immer gegenüber von Mr. Gallagher am Tisch, er unterhielt sich mit ihr, aber sie hat ihm nicht länger widersprochen. Einmal habe ich gesehen, daß Katie sich auf die Lippen biß, als müßte sie die Tränen zurückhalten. Sie hat auch tatsächlich geweint, aber erst später, als wir auf einem Abrißgrundstück angekommen waren. Sie hat sich gegen eine stehengebliebene Mauer gelehnt, den Kopf in der Armbeuge, und losgeheult.«

Fiona und Bill sahen sich verwundert an, und Bill fragte: »Es war doch niemand grob zu ihr, oder?«

»Nein, ganz im Gegenteil. Ich habe ja gesagt, sie hat das Gespräch bestimmt. Dann ist ihr Redeschwall plötzlich versiegt.«

»Irgend jemand muß etwas gesagt haben.«

»Nein, Mam. Niemand. Alle waren furchtbar nett. Na ja, so nett solche Leute eben sein können. Sie sind eine ziemlich rauhe Bande, vor allem der Vater.«

Später am Abend nahm Bill Sammy beiseite: »Was ist bei diesem Besuch heute nachmittag wirklich passiert?«

Sammy sah Bill einige Sekunden an. Dann wandte er sich ab, setzte sich auf das Sofa dem Kamin im kleinen Wohnzimmer gegenüber und schwieg. Bill nahm am anderen Ende des Sofas Platz und wartete. Schließlich sagte Sammy: »Es ist ... schwer, Gefühle zu beschreiben, Mr. B. Meine Erklärung ist, daß Katie zum ersten Mal in ihrem Leben gemerkt hat, wie es ist, wenn ein Mensch im Leben scheitert. Mr. Gallagher leidet an einer chronischen Bronchitis, glaube ich. Davor hatte er eine Lungenentzündung. Und er war ein starker Trinker. Er hat fünfzehn Jahre im Stahlwerk gearbeitet. Diese ganze Geschichte hat er Katie erzählt, auch, wie er eines Nachts ins Dock gefallen ist und beinahe an Unterkühlung gestorben wäre. Er konnte nicht schwimmen, und die Lungenentzündung, die er sich im eiskalten Wasser holte, machte ihm lange zu schaffen. Danach konnte er nicht mehr arbeiten und sitzt jetzt seit vier oder fünf Jahren zu Hause herum. Er ist verbittert und trauert verpaßten Chancen nach. Katie ... hat das gespürt. Ich glaube, sie vergleicht sein Leben mit ihrem. Katie denkt viel nach, Mr. B. Im Moment vielleicht mehr, als ihr gut tut. Oberflächlichkeit liegt ihr nicht. Sie muß immer tief graben, bis sie an das Wesentliche kommt. Ich weiß, wie ihr zumute ist, und ich habe ihre Tränen verstanden. Auch Willie war bestürzt ... obwohl er anders ist als sie. Bei ihm ist alles entweder schwarz oder weiß, nicht wahr, Mr. B?«

»Ja, ich glaube, das stimmt, Sammy. In dem Punkt hast du recht. Aber bei dir wüßte ich nicht, wie ich dich einschätzen soll.«

»Ach, das wechselt. Manchmal sieht es schwarz aus, dann wieder weiß.«

»Kommt denn das Mädchen, diese Daisy, am nächsten Samstag?« wollte Bill wissen.

»Ja, sie kommt. Und mach dich auf etwas gefaßt. Sie wird in voller Kriegsbemalung und in ihren schrillsten Klamotten erscheinen. Hat Willie dir erzählt, was sie bei der ersten Begegnung gesagt hat, als sie ihm die Grundkenntnisse im Fechten beibringen wollte?«

»Nein. Davon hat er nie gesprochen.«

»Wie es schien, konnte er seine Füße nicht richtig setzen, und Daisy hat ihn gefragt, ob er nicht wüßte, wo er seine Fersen hätte. Die Ferse wäre der Körperteil, der nach seinem Hintern am weitesten absteht.«

»Ich freue mich darauf, die Bekanntschaft dieses Früchtchens zu machen«, kommentierte Bill.

»Du wirst dich gut mit ihr verstehen, Mr. B., und sie mag dich bestimmt auch.«

»Was willst du damit andeuten? Nach allem, was du sagst, hat sie ein unverschämtes Mundwerk und kleidet sich wie ein Punk. Und trotzdem meinst du, wir würden uns mögen?«

»Ja, das meine ich.« Sammy war aufgestanden. »Ich gehe jetzt nach oben. Noch ein oder zwei Stunden büffeln, bevor ich mich schlafen lege.«

»Übertreib es nicht. Du machst deine Sache ganz gut.«

»Gut ist nicht gut genug, Mr. B. Vor allem, wenn es um Prüfungen geht. Dreien und Zweien reichen nicht, ich will Einsen.«

Bill blieb noch fünf Minuten allein auf dem Sofa zurück. Dann ging die Tür auf, und Fiona kam im Hausmantel herein. Sie setzte sich dicht neben ihn. »Bill, ich möchte mit dir über Mamie sprechen. Es muß dringend etwas geschehen. Ich habe noch nichts gesagt, weil ich den Tag nicht verderben wollte, aber gestern abend wurde sie frech zu mir, regelrecht unverschämt. Außerdem habe ich Zigarettenrauch an ihr gerochen.«

»Zigarettenrauch?«

»Ja. Als ich sie gefragt habe, ob sie rauchen würde, hat sie alles abgestritten und gesagt, Mrs. Polgar hätte Gäste gehabt, die rauchten.«

»Das könnte immerhin sein. Du weißt, wie es ist, wenn

jemand neben dir raucht. Oder wenn sich Raucher in einem Raum aufhalten.«

»Bei Mamie bin ich mir nicht sicher. Weißt du, Bill, ich denke wirklich, sie sollte eine Weile zu ihrem Großvater gehen. Er ist strenggläubiger Baptist und könnte vielleicht etwas bewirken. Und noch etwas, ich mag dieses Mädchen nicht, diese Nancy, mit der sie dauernd zusammensteckt. Ich glaube, sie übt einen schlechten Einfluß auf Mamie aus. Aber wie soll ich die beiden auseinanderbringen?«

»Schreib Mrs. Polgar einen Brief und teil ihr mit, daß du die Verbindung für unpassend hältst. Nancy wäre so viel älter ... und so weiter.«

»Das kann ich nicht tun.«

»Dann werden wir darüber schlafen müssen, Schatz. Neben dir sitzt ein Mann, der beinahe vor Verlangen stirbt, mit einer bestimmten Frau ins Bett zu gehen, aber wenn sie sich weigert, kann sie gern die Nacht unten verbringen. Du darfst wählen.« Bill stand auf, nahm Fiona in die Arme und küßte sie. Auf dem Weg nach oben schmiegten sie sich eng aneinander, und wieder fragte Fiona sich, was sie sich Besseres wünschen könnte. Für heute abend erübrigte sich die Antwort.

6.

In den vergangenen vier Jahren hatte Katie die Privatschule St. Catherine besucht, die gegen Ende des letzten Jahrhunderts als St. Catherine's Academy für junge Damen von einer gewissen Miß Gregson gegründet wurde. Das Gebäude lag tief in einen Park gebettet und sah aus wie ein Landschlößchen. Ein Anbau beherbergte sogar eine eigene Kapelle.

Ein Bus in Richtung Gateshead fuhr jede halbe Stunde an den Toren vorbei, und an diesem Dienstag abend stand Katie an der Bushaltestelle wenige Meter vom Haupteingang. Sie rechnete damit, ein paar Minuten auf den Bus warten zu müssen. Draußen herrschten Minusgrade, und sie stapfte mit den Füßen auf den weißgefrorenen Boden.

Wenn Katie direkt von der Schule nach Hause zurückkehrte, wurde sie normalerweise von Fiona oder Nell abgeholt. An diesem Dienstag abend jedoch hatte Katie sich mit Sammy in Mr. Fenwicks Buchladen verabredet. Von dort wollten sie gemeinsam ins Zentrum zum Training fahren.

Willie würde nicht dabei sein, denn er spielte in einem Theaterstück seiner Schule mit und hatte heute abend Probe. Als Katie den Wagen sah, der langsam vor das Tor rollte, offenbar mit der Absicht, dort zu halten, dachte sie zunächst, es wäre jemand von zu Hause, obwohl sie wußte, daß ihre Mutter ein anderes Auto fuhr.

Das Fenster wurde heruntergelassen, und ein Blondschopf kam zum Vorschein. »Hallo. Kann ich dich mitnehmen?«

Katie trat einen Schritt auf dem Gehweg zurück. »Nein, danke.«

»Komm schon. Zier dich nicht so. Was ist schon dabei?«

»Ich habe dir schon früher gesagt, daß ich keine Mitfahrgelegenheit brauche.«

»Ich frage dich nicht, ob du mitfahren willst, sondern ich biete dir einen Platz in meinem Wagen an. Willst du nach Hause? Oder woanders hin? Ich bringe dich hin. Du brauchst es nur sagen.«

»Nein, ich fahre nicht nach Hause, und wenn doch, würdest du mich nicht hinbringen.«

Katie bemerkte, daß der Motor abgestellt wurde und die Wagentür aufging. Dann stand der Fahrer vor ihr und sagte in ruppigem Ton: »Paß auf! Ich will dich mal etwas fragen. Rieche ich vielleicht schlecht?«

Katie hätte antworten können: »Ja, allerdings, für mich stinkst du.« Statt dessen sagte sie: »Hör zu! Einmal habe ich dein Angebot angenommen, und was hast du gemacht? Du bist in eine Seitenstraße gebogen, hinter dem Bahnhof, hast angehalten und Bezahlung verlangt.«

»Das stimmt nicht. Ich soll Bezahlung verlangt haben?

Was soll das Gequatsche? Ich habe nur meine Hand auf deinen Arm gelegt.«

»Ja, deine Hand auf meinen Arm, mit der Absicht, mich an dich zu ziehen. Und ich habe dir klipp und klar gesagt, daß ich nicht zu der Sorte Mädchen gehöre, die du bevorzugst. Scheinbar hast du überhaupt nichts mitbekommen, als ob du taub wärst.«

»Wie willst du wissen, ob du mir gefällst oder nicht? Du hast mir nie eine Chance gegeben.«

»Warum sollte ich? Außerdem frage ich mich, warum du es nötig hast, mir nachzusteigen. Dein Harem ist stadtbekannt.«

Das Lachen klang selbstzufrieden, als wäre die Beschreibung, die Katie da von ihm lieferte, für ihn eher schmeichelhaft. Im nächsten Moment war das Lachen aus seinem Gesicht verschwunden.

Katie schrie ihn an: »Jetzt paß gut auf, Roland Ferndale! Unsere Familien mögen gesellschaftlichen Umgang pflegen, aber das heißt nicht, daß ich mit dir Kontakt haben will. Habe ich mich deutlich ausgedrückt? Wenn du nicht aufhörst, mich zu belästigen, werde ich die Sache selbst in die Hand nehmen. Dann könntest du eine Überraschung erleben.«

»Ach, ja? Das müßten wir einmal ausprobieren, was meinst du?«

»Kann schon sein. Zum letzten Mal, ich will nicht in deinem Wagen mitfahren, und die Einladungen zum Tanzen, ins Kino oder sonstwohin kannst du dir sparen. Und noch etwas. Du bist nur hinter mir her, weil ich die erste bin, die sich geweigert hat, mit dir zu knutschen. Die Mädchen, die du hattest und die du wieder fallen gelassen hast, sind dumme Gänse, sich mit dir abzugeben.«

»Soso! Das ist also das Ergebnis der Erziehung von St. Catherine, was?« schleuderte ihr der junge Ferndale höhnisch entgegen. »Ich finde, dann solltest du die ganze Wahrheit über dumme Gänse erfahren, denn deine Mutter gehört auch dazu. Meine Mutter hat sie gleich richtig eingeschätzt, wenn du es genau wissen willst. Neureich und halbgebildet. Mehr ist dazu nicht zu sagen!«

Katie war einen Schritt zurückgewichen, und ihre Stimme war durchdringend laut: »Noch ein Wort, und du liegst mit am Boden, bevor du merkst, wie dir geschieht.« Sie stand mit ausgestrecktem Unterarm da, das Bein zum Tritt bereit.

»O Gott!« Roland Ferndale eilte zur Wagentür. Bevor er aufmachte, verharrte er einen Moment. »Hättest du das versucht, du kleine Schlampe, wärst du schneller auf dem Rücken gelandet, als deine Beine treffen können. Und du bist wirklich eine dumme Gans. Keine Ahnung, wie ich jemals etwas an dir finden konnte. Dein Gesicht ist abgrundtief häßlich, und von einer Figur kann keine Rede sein.«

Der Wagen rollte davon, als der Bus nahte. Am ganzen Körper zitternd, konnte Katie kaum einsteigen.

Der Laden von Mr. Fenwick war so ungewöhnlich wie sein Besitzer. Über beide Schaufenster erstreckte sich ein Schild mit der verblichenen Aufschrift »W. Fenwick & Sohn, Süßwaren- und Tabakgeschäft«, dazu die kaum lesbare Jahreszahl »1899«. Mr. Fenwick weigerte sich beharrlich, den Zustand des alten Ladenschilds zu verändern, aber der restliche Schaufensterrahmen glänzte in frischem Mahagonibraun.

Wenn man den Laden durch die Doppeltür betrat, erstreckte sich zur Rechten ein langer Tresen. Hier wurden die Süßwaren verkauft, und auf den Regalen hinter dem Tresen reihten sich weitere Gläser mit Naschereien. Gegenüber der Tür, am Ende des Tresens, befand sich die Kasse und der alte, quer zum Eingang stehende Ladentisch, der bereits von Mr. Fenwicks Großvater oder Urgroßvater dort aufgestellt worden war. Das Ladenmöbel aus Mahagoniholz hatte abgerundete Kanten, und die Rückwand bestand aus Fächern verschiedener Größe, in denen Zigaretten, Tabak und Zigarren zum Verkauf angeboten wurden. Auf dem obersten Regalbrett, fast unter der Decke, standen fünf braune Behälter mit der leicht zu entziffernden Aufschrift »Schnupftabak«.

Die linke Wand des Ladens existierte nur zur Hälfte. Der

Rest war ein Durchbruch in den Nebenraum. Die halbe Wand im Hauptgeschäft nahmen zwei Regale mit Taschenbüchern ein. Früher war der Laden nicht größer als dieser eine Raum gewesen, doch Mr. Fenwick hatte das Ladengeschäft nebenan dazugekauft, eine ehemalige Leihbücherei, und dieser zweite Raum war nach eigener Auskunft seine Schatztruhe, während andere den Laden als Mr. Fenwicks Rumpelkammer bezeichneten. An zwei Wänden standen noch die alten Bücherregale, bis oben vollgestopft mit ungeordnet durcheinanderstehenden gebundenen Büchern. An der anderen Wand erstreckte sich ein Tresen, auf dem die verschiedensten Porzellanfiguren, Teller in allen Größen und Dekors, Blechbüchsen und Krüge mit Zinndeckeln sowie Glasflaschen in allen Größen, Formen und Farben lagerten. Es handelte sich um die zusammengetragenen Schätze eines Sammlers. Auf der gegenüberliegenden Seite, an der durchbrochenen Wand, standen vier Waschkörbe. Sie enthielten eine weitere Sammlung, und zwar mit Küchenutensilien. Die letzte Besonderheit des Nebenraums waren zwei Spiegel, die seitlich versetzt über den Stufen links vom Eingang angebracht waren. Ein Spiegel zeigte, was im Laden vor sich ging, und der andere gewährte teilweise Einblick in den Raum mit den Trödelwaren. Mr. Fenwick hatte die Spiegel vor einigen Jahren anbringen lassen, denn sein Herz mochte einer gestrigen Welt gehören, doch sein Verstand war auf die Gegenwart ausgerichtet. Obwohl beinahe ständig drei Personen den Laden hüteten – Mr. Fenwick selbst, seine Frau und seine Tochter –, verschwanden häufig Waren aus beiden Räumen. Der Trödelladen war nur von Dienstag bis Donnerstag geöffnet. In der restlichen Zeit durchstöberte Mr. Fenwick am liebsten alte Keller, auf der Suche nach seltenen Fundstücken, denn der Trödelladen war gleichzeitig sein Hobby. Mr. Fenwick pflegte auch Geschäftsbeziehungen zu Mr. Parker, einem kleinen Umzugsunternehmer. Mr. Parker entrümpelte Häuser gegen einen festen Betrag, ein sehr einträgliches Geschäft, das es ihm erlaubte, den Kleinkram und alte Bücher seinem Freund Mr. Fenwick zu überlassen. Der Rest der Ausbeute wurde auf Auktionen versteigert, oder Mr. Parker verkaufte die Sachen an seinen Antiquitätenstand auf dem Markt …

Hier, in Mr. Fenwicks Laden, wollte Katie sich mit Sammy treffen. Mr. Fenwick kannte Katie gut, obwohl sie alles andere als häufig Kundin war, Sammy dagegen kam seit Jahren. Schon als kleiner Junge hatte er den Trödelladen besucht, natürlich nur, wenn er genügend Geld besaß, das er sich mit Funden auf der Müllkippe verdiente. Früher kaufte Sammy sich Kleinigkeiten, die nur wenige Pennys wert waren. Heute kam er, um zwischen den Büchern nach Erstausgaben seiner Lieblingsautoren zu suchen.

Auf dem Weg zum Durchgang drehte Katie sich um und erwiderte das Lächeln von Mr. Fenwick, der gerade einen Kunden bediente. Katie bemerkte leicht verwundert, daß Mr. Fenwick die Hand hob, einen Finger vorstreckte und damit winkte.

Im Trödelladen waren fünf Leute, aber Sammy befand sich nicht unter den Kunden. Katie beschloß, sich umzusehen, während sie auf ihn wartete.

Sie zog ein beinahe neu aussehendes Buch aus dem Regal, als Mr. Fenwick erschien. Er winkte Katie zu sich und flüsterte: »Miß!« Sie kam näher. »Suchen Sie Master Love?«

Mr. Fenwick nannte Sammy seit vielen Jahren so. Damals war der Titel scherzhaft gemeint, denn Sammy war noch ein kleiner Bengel, und die besaßen bekanntlich flinke Finger. Dann wurde aus dem Bengel ein Junge und schließlich ein junger Mann. Heute war aus dem Titel eine Ehrenbezeichnung geworden. »Vor … vier Minuten war er noch hier. Er hat gefunden, wonach er suchte. Es liegt auf dem Tresen.« Mr. Fenwick nickte anerkennend. »Ich denke, es handelt sich um einen echten Fund. Die neunte Ausgabe. Ist nicht zu verachten. Dann rannte Master Love aus dem Laden, als hätte er etwas vergessen. Vorher hat er mich gebeten, Ihnen zu sagen, er wäre in wenigen Minuten zurück. In Ordnung?«

»Ja, danke, Mr. Fenwick.« Katie blickte sich im Raum um. »Jedenfalls werde ich mich nicht langweilen.«

»Nein, bestimmt nicht, Miß. Nicht in meinem Laden. Dafür garantiere ich.«

Sie trennten sich lachend, und Katie begann, die Bücher durchzusehen, während sie wartete ... und wartete ...

Sammy hatte eine gute halbe Stunde vor dem mit Katie verabredeten Zeitpunkt Mr. Fenwicks Geschäft betreten. Da Willie zur Theaterprobe mußte, gab es keinen Streit darüber, warum Sammy unbedingt in diesen muffigen Laden wollte. Willie interessierte sich nicht für Bücher, nicht einmal, wenn sie sauber waren. Er war der Meinung, in der Schule müßte er genug lesen. Als einzige Ausnahme ließ er Bücher gelten, die von Autos handelten.

Sammy freute sich über die Gelegenheit, allein zu sein, besonders in Mr. Fenwicks Laden. Mit den Jahren war seine Liebe zu Büchern noch größer geworden. Vor allem fühlte Sammy sich zu historischen Werken über das Altertum hingezogen, und er las gern Gedichte, was er aber lieber für sich behielt. Vor kurzem hatte er bei Mr. Fenwick ein nicht ganz vollständiges Exemplar mit Gedichten von John Donne entdeckt. Hier und da war etwas hineingekritzelt, und es fehlten einige Seiten. Aber die Person, die das Buch gelesen hatte, mußte es geliebt haben, denn am Rand einer Seite stand:

Auch ich habe Mutiges getan;
Aber noch mutiger war die Tat,
Daß ich es für mich behielt.

In der Nähe des Durchgangs war eine neue Buchlieferung auf den Regalböden gestapelt. Die Bände sahen armselig aus. Sammy suchte gern zwischen solchen Büchern, denn dort fand man wahre Schätze. Stammkunden betraten den Laden, die nie miteinander sprachen. Jeder hatte nur ein Ziel vor Augen, eine Erstausgabe zu ergattern. Sammy hatte noch nie gehört, daß jemand fündig geworden wäre. Aber auch eine frühe Ausgabe war bereits wertvoll.

In dem Haus, aus dem diese Bücher stammten, hatten

Kinder gelebt. Die Bücher waren nicht vollgekritzelt, aber stark abgegriffen, und einige Seiten zeigten Risse. Sammy mußte über ein gereimtes Gedicht in einem der Bücher lachen:

Kaputt
Die Uhr muß zerlegt werden, sagt mein Oller.
Ich tu's, und er kriegt einen Koller.
Komisch geht's zu auf dieser Welt.
Niemand sagt, was er meint,
Und eh man sich's versieht, hat man ihn zum Feind.

Noch immer über die Szene lächelnd, die das Scherzgedicht vor seinem inneren Auge erstehen ließ, nahm Sammy ein anderes Buch zur Hand und hätte beinahe laut gesagt: »Das ist nicht möglich!« Aber doch, es stimmte. Um welche Ausgabe handelte es sich? Um die neunte. Trotzdem ein bemerkenswerter Fund. Es war der dritte Band. Irgendwo mußte also auch der erste und zweite Band herumliegen. Nein, wirklich! *Briefe des Grafen Chesterfield an seinen Sohn Philipp Stanhope.* Bei der Lektüre über die Lage in England, die zu den Napoleonischen Kriegen führte, hatte Sammy hin und wieder Auszüge des Werkes gelesen. Er fuhr mit dem Finger über eine Seite. Es war tatsächlich eine Originalausgabe, gedruckt auf wunderbar dickem Papier mit Büttenrand, das an einigen Stellen braune Altersflecken aufwies. Du liebe Güte! Sammy klemmte sich das Buch unter den Arm. Er würde es nicht wieder hergeben. Neben ihm suchte ein anderer Junge, von dem er wußte, daß er ebenfalls Sammler war. Rasch ging Sammy die anderen Bücher im Stapel durch, ohne Ergebnis.

Weiter oben war noch ein Regalbrett. Vielleicht wurde er dort fündig. Seine Küchenutensilien sortierte Mr. Fenwick sorgfältig, aber bei den Büchern, die er zusammentrug, herrschte wildes Durcheinander. Sammy legte den Kopf in den Nacken und streckte die Hand aus. Im nächsten Moment verharrte er reglos. In den über Eck angebrachten Spiegeln sah er, scheinbar über sich, ein Gesicht vorbeihuschen. Es war Mamie. Was tat sie hier? Sie sollte in der Schule bei der Probe sein. Sammy ließ die Hand sinken und trat einen Schritt vom Regal weg, um einen besseren Blick auf Mamie zu haben. Jetzt konnte er sie von hinten erkennen. Sie stand vor dem Tresen mit den Papierwaren, aber dort bediente niemand. Heute abend schien Mr. Fenwick allein im Geschäft zu sein. Sammy drehte den Kopf zur Seite, und sein Mund blieb offen stehen, denn jetzt konnte er Mamie ganz sehen. Sie hatte eine dicke Zeitschrift genommen und schlenderte am Tresen entlang zu den Abendzeitungen. Sammy stockte der Atem. Mamie schob die Zeitschrift in die Mitte einer Zeitung und knickte alles einmal zusammen. Neben ihr stand ein größeres Mädchen. Sammy konnte sie im Profil sehen. Es war Mamies Freundin Nancy. Was Mamie als nächstes tat, ließ Sammy laut nach Luft schnappen. Mamies rechte Hand wanderte zu einem Gitterregal, in dem Marsriegel, Minzstangen und andere Süßwaren lagen. Blitzschnell fuhr sie mit der Hand zweimal an den Regalreihen entlang und ließ die Päckchen in die offene Schultasche des dicht neben ihr stehenden Mädchens fallen. Das Mädchen wandte sich um, schritt ruhig durch den Laden und verschwand nach draußen, während Mamie am Tresen stehenblieb und auf Mr. Fenwick wartete, bis dieser einen anderen Kunden bedient hatte. Sie schob Geld über den Tresen und zeigte ihm die Zeitung mit der geknickten Längsseite. Sammy sah, wie Mr. Fenwick ihr zunickte. Dann verließ auch Mamie das Geschäft.

Ladendiebstahl! Gütiger Himmel! Und zu Hause glaubten alle, Mamie wäre in … Nein! Hier stimmte etwas nicht. Sammy hastete durch den Laden zu Mr. Fenwick, der sich einem anderen Kunden zugewandt hatte, und schob ihm das Buch hin. »Das … habe ich gefunden«, sagte er. »Ich bin gleich zurück. Ich war hier, um auf Kat… um auf Miß Bailey zu warten. Sie wird gleich kommen.«

Sammy rang nach Luft. »Würden Sie ihr sagen, daß ich gleich zurückkomme? Mir ist noch etwas eingefallen.«

»Ja, sicher, Master Love. Ich sage ihr Bescheid. Klar,

mache ich. Oh, Sie haben etwas gefunden? Du liebe Zeit, zeigen Sie mal her.«

Sammy wartete nicht auf Mr. Fenwicks Kommentar zu seinem Buch. Er hastete aus dem Laden und kam gerade rechtzeitig, als die Mädchen ein Straßenstück weiter bei einer Kreuzung abbogen. Sammy rannte hinterher und sah, wie sie die Pembroke Avenue entlangschlenderten und sich wie alberne kleine Mädchen gegenseitig anstießen.

Sein erster Gedanke war, hinterherzurennen und sie zu packen. Nah genug war er. Aber wohin wollten die beiden? Und was hatten sie mit dem Diebesgut vor? Himmel und Herrgott! Mrs. B. würde durchdrehen, wenn sie diese Geschichte erfuhr. Und dann erst Mr. B. Das würde ein Donnerwetter geben! Naja, Mamie benahm sich schon seit längerer Zeit merkwürdig. Zu Hause schienen jedenfalls alle genug von ihr zu haben. Aber Ladendiebstahl! Und so professionell. Wahrscheinlich war es nicht das erste Mal. Nein, dahinter steckten Erfahrung und Übung. Vor seinem inneren Auge sah Sammy erneut, wie das größere Mädchen die Klappe ihres Schulranzens anhob, um Mamies Beute aufzufangen. Eines war sicher. Sammy würde der Sache auf den Grund gehen. Und wenn er Mamie nicht selbst ins Gebet nahm, würde sich jemand zu Hause um sie kümmern.

Die Mädchen waren in den Woodbine Grove eingebogen. Gut, diese Straße endete als Sackgasse, an einem schmalen Stück Brachland, hinter dem eine Halle stand, mit einem kleineren Haus daneben. Ein Tischler hatte dort seinen Betrieb. Es wurde schon dunkel, und Sammy vermutete, daß die Mädchen durch das Tor zum Haus gegangen waren.

Sammy hielt inne, bevor er das freie Grundstück überquerte. Beim Tor angekommen, stieß er es vorsichtig auf. Seine Hand berührte eine schwere Eisenkette mit einem Vorhängeschloß am Ende. Anscheinend war das Tor normalerweise geschlossen.

Geräuschlos huschte Sammy an einer fensterlosen Wand entlang und erreichte einen großen Innenhof, in den durch ein Fenster etwas Licht fiel. Dem Fenster gegenüber befand sich eine Tür. Sammy schlich an der Tür vorbei und blieb neben dem Fenster stehen. An beiden Seiten hingen Vorhänge, die nicht geschlossen waren. Er beugte sich langsam vor und warf einen Blick in das Innere. Was er im Spiegel von Mr. Fenwicks Laden gesehen hatte, hatte ihm den Atem verschlagen, doch was er jetzt entdeckte, ließ ihn innerlich erstarren. Auf einem Tisch lagen haufenweise Schokoladenriegel, Minzstangen, kleine Kärtchen mit Broschen, Ohrringen und anderem aufgesteckten Modeschmuck. Eine Frau schob die Gegenstände umher, als würde sie das Beutegut sortieren. Dabei redete und lächelte sie. Sammy konnte ihre Stimme hören, verstand aber nicht, was sie sagte. »Guter Gott!« stieß er hervor, als er Mamie erkannte, die am entgegengesetzten Tischende stand und sich mit geübten Fingern eine Zigarette anzündete. Als sie einen Zug nahm und den Rauch in die Luft blies, konnte Sammy sich nicht mehr beherrschen. Er löste sich vom Fenster und war mit einem Satz bei der Tür, stieß sie auf und stürzte ins Zimmer. Die Anwesenden fuhren vor Schreck zusammen und stolperten fast. Ein Mann fiel gegen den Schrank und schrie: »Was ist los? Was willst du? Verdammt, raus hier! Verschwinde!«

»Ich kriege euch alle, und dich auch. Du verdammtes dreckiges Miststück.« Sammy fühlte sich wie nach Bog's End zurückversetzt. Er spie Worte aus, die er seit Jahren nicht benutzt hatte. »Und du, Mamie, wirst mir einige Fragen beantworten müssen. Das verspreche ich dir!«

»Nein! Niemals! Ich komme nicht mit. Sie wird zu mir halten. Sie werden alle zu mir halten. Und ich werde zu meinem Großvater gehen. Ich hasse dich! Ich hasse euch, die ganze Familie!«

»Also gut, dann gehst du eben zu deinem Großvater.«

Sammy wollte Mamie packen, doch die Frau ging mit Fäusten auf ihn los. Sammy fuhr herum, riß den Arm hoch, und im nächsten Moment lag die Frau am Boden. Mamie verschwand durch die Tür am anderen Ende des Raumes. Als Sammy ihr nacheilte, stellte er überrascht fest, daß er sich in einem breiten gepflasterten Durchgang befand, der seiner Vermutung nach entlang der rückwärtigen Hallenwand verlief. In diesem Augenblick ließ ein Mann eine Kiste fallen, die er herausgetragen haben mußte, packte Mamie beim Mantelkragen und schleppte sie über die Schwelle einer anderen Tür.

Auch Sammy stürmte in das Zimmer und blieb abrupt stehen. Was er sah, blitzte nur kurz vor seinen Augen auf. Im nächsten Moment ging der Mann, der Mamie zur Seite geschleudert hatte, auf ihn los und verpaßte ihm einen Schlag auf die Schulter.

Es kam zu einem wilden Tumult. Jemand kreischte: »Mach die verdammte Tür zu!« Ein anderer Mann kam näher. Sammy spürte den Hieb unter das Kinn, und sein Kopf kippte in den Nacken. Ein Fußtritt traf ihn in die Leistengegend, so daß er sich zusammenkrümmte.

Sammy hatte im Training gelernt, daß die Kunst der Selbstverteidigung alles andere als sanft sein konnte, wenn die Umstände es erforderten. Jetzt war die Situation gekommen, denn wieder griff ihn ein anderer Mann an. Sammy schaffte es tatsächlich, die Oberhand zu gewinnen und den Mann zu Boden zu schleudern, als eine Flasche ihn an der Schläfe traf. Hätte der Mann richtig gezielt, wäre Sammy sofort bewußtlos zusammengebrochen. Benommen schwankte er. Als er mit dem Gesicht nach vorn zu Boden fiel und seine Arme nach hinten gedreht wurden, kam er ganz zu sich. Er spürte, wie jemand seine Beine im Kniegelenk bog und zusammenband. Dann wurde er mit einem Tritt auf die Seite gerollt. Sammy schrie vor Schmerz laut auf, und jemand schob ihm einen Knebel aus Stoff in den Mund.

Sammy lag mit dem Rücken zur Wand und konnte den Tisch sehen, über dem eine Lampe mit grünem Schirm hing. Sie ähnelte den Lampen in Zeitungsredaktionen. Ein Mann sammelte kleine Tüten von der Tischplatte auf und warf sie in einen Karton, während ein anderer sorgfältig Glasampullen zusammenräumte. Wohin diese gepackt wurden, konnte Sammy nicht erkennen, aber sein erster Blick auf den Tisch hatte genügt, um zu erraten, was in diesem Raum vor sich ging.

Er hörte, wie die Tür geöffnet wurde, und die Frauenstimme drang wieder an sein Ohr. Sie sagte: »Allmächtiger Gott!«

Ein Mann erwiderte: »Ja, Allmächtiger! Das haben wir nun von Ihrem verdammten Nebengeschäft.«

»Sei vorsichtig und vergiß nicht, mit wem du redest, Johnny Hatter. Mein Nebengeschäft war ziemlich einträglich und wird es auch in Zukunft sein. In der Zwischenzeit mach, daß du ins Haus kommst und räum die Schubladen leer, aber nicht in Kartons, sondern in Koffer. Dann bringst du alles zum Brunch.«

»O nein, Mrs. Polgar. Sie wissen, was der Boß zu uns gesagt hat. Er muß an seinen Namen und an sein Geschäft denken.«

»Wenn er sich mit der Polgar anlegt, weiß er, was ihm blüht. Also los. Und du, Napier, machst hier sauber, wie du noch nie geputzt hast. Wenn dieses Bürschchen dort vermißt wird, sehen sie sogar unter den Fußbodenplatten nach.«

Als die Tür hinter Mrs. Polgar ins Schloß fiel, sagte eine Stimme leise: »Wir können nicht dieses ganze Zeug zum Brunch schleppen.«

»Du hast gehört, was die Dame gesagt hat, oder? Mein Gott, wie ich diese Frau hasse! Egal, das muß alles weg, hat sie gesagt. Wenn der Boß kommt, ist der Teufel los. Und dann ihr verdammter Marktstand. Da hätte er den Daumen drauf haben müssen.«

»Das Ding ist eine gute Tarnung, aber sie muß von dort aus eine ganze Menge für sich auf die Seite gebracht haben.«

Jemand unterbrach die beiden und schrie ärgerlich: »Verflucht, jetzt ist keine Zeit, über Geld zu streiten. Was machen wir mit dem Kerl da unten?«

»Du hast doch gehört, was sie gesagt hat.«

»Ja, und sie hat recht. Er hat uns alle gesehen.«

»Na ja, an viel wird er sich nicht erinnern. Mach die Spritze fertig. Je eher er sie bekommt, desto besser. Und die andere kriegt auch etwas.«

»Lassen wir ihn dann hier liegen?« fragte Breezy.

»Wer hat dir bloß diesen Spitznamen gegeben? Dein blödes Hirn hat der Wind doch längst weggepustet, Breezy.«

Es folgte kurze Stille. Dann fragte jemand: »Hast du die Zeitung von heute hier?«

»Ja.«

»Sieh nach, wann Flut ist.«

Wieder herrschte Stille. »Um ein Uhr.«

»Gut. Dann haben wir noch Zeit. Ist die Spritze fertig?«

Ein dunkler Schatten beugte sich über Sammy, und er wand sich in seinen Fesseln. Als er spürte, wie seine Hose heruntergezogen wurde und die Nadel in sein Gesäß stach, stöhnte er hörbar auf.

Eine Stimme über ihm fragte: »War es eine anständige Dosis?«

Der andere antwortete: »Groß genug, um ein Pferd umzuhauen.«

Ein schwammiges Gefühl breitete sich in Sammys Kopf aus, und er fuhr jäh hoch, als er meinte, seinen Vater zu erkennen, der neben ihm kniete. »Dad! Dad!« murmelte er. »Hol mich hier raus!«

»Du hast dich selbst reingeritten, Junge.«

»Habe ich nicht, Dad. Hab ich nicht. Es war Mamie.«

»Ja, es war Mamie. Aber du hättest zuerst nach Hause gehen und dort alles berichten sollen.«

»Aber Dad, das hättest du doch auch nicht getan. Oder?«

»Nein, das hätte ich nicht.«

»Dad! Geh nicht weg. Geh nicht weg.«

»Hier ist meine Hand. Halt dich fest.«

Sammy spürte eine Hand in seiner. »Ich ... kann dich nicht sehen, Dad«, sagte er. »Ich kann dich nicht sehen. Geh nicht weg. Ich ... bin müde. Sie haben mich betäubt. Das hier ist ein Nest von Drogendealern. Sie verpacken das Zeug und verkaufen es auf der Straße, Dad. Sie verkaufen es auf der Straße. Auf der Straße, Dad.«

»Ja, mein Junge, ja.«

Sein Vater ging weg. Er verließ ihn. Sammy wollte, daß er wegging und Katie alles erzählte. »Oh, Katie. Katie.«

Dann war die Erscheinung verschwunden, und es folgte das Nichts. Als wäre er nie geboren worden …

Breezy blickte zu Sammy herunter und sagte: »Er ist weggetreten! Und was ist mit ihr?« Er warf den Kopf in den Nacken.

»Gib ihr die gleiche Portion von dem Zeug und überlaß sie der Polgar. Um die Kleine soll sie sich kümmern.«

7.

Die Gallaghers litten im ganzen Haus unter der Enge, aber vor allem fehlten Schlafzimmer.

Der Raum, der als das dritte Schlafzimmer bezeichnet wurde, war nicht größer als eine Abstellkammer, in der zwei schmale Betten übereinander standen. Mike Gallagher gehörte die untere Koje, der kleine Danny schlief oben.

Aus verschiedenen Gründen mochte Danny das Zimmer. Der erste Grund war, daß er es mit seinem Bruder teilte, der schweigsam war. Als er noch im großen Jungenzimmer schlief, hatte er sich ans Fußende verkriechen müssen, um seine Ruhe zu haben. Hier in der Kammer konnte er mit seinem alten Empfänger den CB-Funk abhören, ohne Mike zu stören. Danny verfolgte mit Begeisterung die Unterhaltungen der Fernfahrer, aber noch lieber hörte er den Polizeifunk ab. Wenn er die richtige Frequenz erwischte, bekam er mit, wie die Polizisten Autodiebe jagten und über Funk Nachrichten austauschten. Es war aufregend. Manchmal schlief er ein, den Kopfhörer noch aufgesetzt. Danny hatte das Gerät für zwanzig Pence von einem Schulfreund gekauft, der behauptete, in Wirklichkeit würde solch ein Empfänger dreißig Pfund kosten. Sein Dad war wütend gewesen. »Wer wäre so blöd, dir etwas für zwanzig Pence zu verkaufen, das dreißig Pfund wert ist?« höhnte er. »Und welcher Idiot würde Geld für wertlosen Schrott hinlegen?« Trotzdem, manchmal funktionierte der Empfänger einwandfrei, wie heute abend. Danny bekam mit, wie die Polizei ein paar Typen verfolgte, die in einem Wagen abhauten. Er drehte weiter am Einstellknopf und suchte den lokalen Radiosender.

Es mußte Mitternacht sein, denn die Spätnachrichten hatten gerade angefangen. Danny hörte gern Nachrichten. Unten liefen nur selten Nachrichten im Fernsehen, denn sein Dad regte sich über Politik furchtbar auf, so daß seine Mutter jedes Mal umschaltete, sobald irgendwo Nachrichten kamen.

Bei der Radiomeldung, die Danny jetzt hörte, fuhr er im Bett hoch: »He!« sagte er laut. »Dieser Typ war Samstag hier. Zusammen mit diesem Mädchen und ihrem Bruder. Dad hat sich gut mit ihr verstanden, und Mam konnte gar nicht fassen, was Dad alles mit ihr beredet hat.«

Beim Lauschen sackte Dannys Kinn immer tiefer. Die Polizei nahm die Angelegenheit sehr ernst. Die Beamten hatten ein Mädchen gefunden. Nicht das, das bei ihnen zu Besuch war, sondern ihre Adoptivschwester. Man hatte sie mit Drogen vollgepumpt. Weiter sagte der Sprecher, die Polizei vermutete, daß der junge Mann in Gefahr sei. Dannys Augen weiteten sich. Es ging um Rauschgift. Die Polizei hatte ein Gebäude durchsucht und das betäubte Mädchen gefunden. Sie befand sich im Krankenhaus, war aber noch nicht wieder zu sich gekommen. Außerdem hatte die Polizei Kontrollen in der Gegend am Fluß gemacht.

Abrupt drehte Danny den Ton ab. Der Fluß. Ja, jetzt fiel es ihm wieder ein. Diese Männer an der Mole heute, die er im Dämmerlicht kaum erkennen konnte. Sie luden anscheinend etwas ab und brausten dann mit einem Lieferwagen davon. Danny hatte sofort hingehen wollen, um nachzusehen, was die Männer dort gemacht hatten, doch seine Zwillingsschwester Jean hatte Angst bekommen und gesagt:

»Sag Dad bloß nichts davon. Wir gehen morgen früh vor der Schule noch mal hin und schauen nach.«

Danny hockte auf den Knien, steckte die Daumenspitze in den Mund und kaute daran. Unter ihm schnarchte Mike in seinem Bett seit einer Stunde. Aber … ohne jemandem von seiner Beobachtung zu erzählen, würde Danny nicht einschlafen können. Er wurde selten von Mike angeschnauzt, im Gegensatz zu seinen Geschwistern, die oft Mikes schlechte Laune abbekamen.

Danny glitt vom oberen Bett, beugte sich über Mike und schüttelte ihn sanft an der Schulter. »Mike! Mike!«

Mike grunzte und murmelte etwas Unverständliches. Dann fragte er: »Wer? Was? Was ... ist los? Ach, du! Bist du krank?«

»Nein, Mike. Nein. Aber ich muß dir etwas sagen!«

»Es ist spät. Und ich bin müde. Was mußt du mir sagen?«

»Es ... könnte ernst sein, Mike.«

Mike stützte sich auf die Ellenbogen und blinzelte. »Was könnte erst sein? Was ist los mit dir? Hattest du einen Alptraum?«

»Nein, Mike. Nein. Aber ... wir sind gestern abend auf dem Rückweg vom Kino über die Uferstraße gelaufen, obwohl ... ich weiß, Dad hat uns verboten, dort hinzugehen. Wir waren trotzdem da, und dann ...«

Als Danny seinen Bericht beendet hatte, saß Mike auf der Bettkante und sagte: »Du hast den Polizeifunk abgehört?«

»Ja, auch. Aber es war in den Lokalnachrichten.«

Das anschließende Schweigen erschien Danny endlos, bis Mike sagte: »Zieh dich an.«

»Ja, Mike.«

Wenige Minuten später fragte Danny: »Wohin gehen wir?«

»Zu Dad ins Schlafzimmer.«

»Zu Dad?«

»Ja, natürlich. Wir verlassen nicht einfach das Haus, ohne zu wissen, ob an der Sache etwas dran ist. Dad soll entscheiden.«

Sie traten leise auf den Treppenabsatz, öffneten vorsichtig die Tür zum Elternschlafzimmer und knipsten das Licht an.

Ihre Mutter wachte als erste auf. »Im Namen aller Heiligen! Sehe ich richtig?« Sie blinzelte schlaftrunken. »Was ist los mit euch beiden?«

Mike flüsterte: »Der Kleine hat etwas im Radio gehört. Es hat mit dem Besuch zu tun, der Samstag bei uns war.«

»Mmmh!« Das Brummen kam vom Bett. Annie Gallagher schüttelte ihren Ehemann und sagte: »Wach auf, Len. Hör dir an, was sie zu sagen haben.«

Len Gallagher richtete sich langsam auf und sah blinzelnd auf die beiden Gestalten neben ihm. Dann fragte er ruhig: »Was habt ihr? Stimmt etwas nicht?«

»Ich möchte, daß du dir etwas anhörst, Dad. Danny wird dir erzählen, was er gerade in den Nachrichten erfahren hat. Vorher mußt du wissen, daß er und Jean an einem Ort waren, an dem sie nicht sein durften. Aber sie haben etwas beobachtet. Los ...« Mike stupste Danny an. »Sag es Dad selbst.«

Der Junge begann mit dem Augenblick, als er den Nachrichtensprecher hörte, und fuhr fort: »Ich weiß, wir sollen abends nicht über die Uferstraße gehen.«

Len sagte: »Nein, weiß Gott! Das sollt ihr nicht. Du warst auch nicht dort, oder?«

Nach einer Pause gestand Danny leise: »Doch, Dad. Als wir aus der Nachmittagsvorstellung im Kino kamen, sind wir dort entlanggegangen.« Bevor Len seinem Jüngsten Vorwürfe machen konnte, schaltete Mike sich rasch ein: »Sie haben Männer gesehen, die etwas unterhalb der Kaimauer abgeladen haben, an der Hochwasserlinie. Und heute nacht ist Hochflut. Ich denke, wir sollten die Polizei informieren. Was meinst du?«

»Ja, das sollten wir, und zwar schnell. Du weißt mehr über die Mole, als dir gut tut, Junge. Aber zuerst müssen wir Gott danken, daß euch nichts passiert ist. Ich stehe auf und ziehe mich an.«

»Das tust du nicht, Len. Du gehst heute nacht nicht nach draußen, in diese Eiseskälte. Da holst du dir den Tod.«

»Mam hat recht, Dad. Paß auf, wir sind schon angezogen. Ich begleite den Kleinen zur Polizei. Möglich, daß alles falscher Alarm ist und die Kerle mich auslachen. Was ich ihnen nicht raten will«, brummte Mike.

»Schon gut, Mike. Reg dich nicht auf. Egal was geschieht, Nerven bewahren. Du kennst die Polizei.«

»Allerdings, Mam. Ich kenne die Polizei.«

»Und ... ihr packt euch warm ein, alle beide.«

»Nimm meinen Wintermantel von der Tür«, fügte Len leise hinzu. »Er ist wärmer als deiner.«

»Mach ich.«

»Und binde Danny einen Schal um«, mahnte seine Mutter. »Ich komme mit nach unten und lasse euch durch die Hintertür nach draußen, damit Daisy nicht aufwacht, denn sie würde unbedingt mitgehen wollen. Und kein Wort, bevor ihr das Haus verlassen habt. Das gilt für euch beide. Mich können die anderen ruhig hören. Sie sind daran gewöhnt und bleiben im Bett liegen, wenn ich nachts durchs Haus gehe, um Dad zu versorgen.«

Kurz darauf waren Danny und Mike draußen auf der Straße, und zehn Minuten später betraten sie das Polizeihauptquartier von Fellburn.

Der Polizist im Nachtdienst starrte sie an. »Was ist? Habt ihr ein Problem?«

Mike wäre nicht Mike, wenn ihm keine Entgegnung eingefallen wäre: »Es ist nicht unser Problem. Das Problem haben Sie, und wir können vielleicht helfen. Wenigstens sollten wir es versuchen, habe ich mir gedacht.«

»Wenn Sie mir sagen, um was es geht, Sir, kann ich Ihnen vielleicht weiterhelfen.«

Bei der Anrede »Sir« ging Mike innerlich hoch. Wie er diese Kerle haßte!

»Mein Bruder hier«, er deutete mit dem Kopf zu Danny, »hat etwas gesehen, das offensichtlich nicht für seine Augen bestimmt war, als er gestern am frühen Abend die Uferstraße entlangging. Ein paar Männer haben einen ziemlich schweren Gegenstand an der Mole abgeladen. Es könnte sich um Abfall handeln, aber vielleicht war es auch ein menschlicher Körper. Obwohl mein Bruder längst hätte schlafen sollen, hat er die Mitternachtsnachrichten im Radio gehört und von dem vermißten jungen Mann und dem Mädchen erfahren. Da er nicht auf den Kopf gefallen ist, hat er sich den Rest zusammengereimt. Wie klug das wirklich von ihm war, wird sich zeigen, aber ich dachte, wir sollten herkommen und Bericht erstatten. Haben Sie verstanden, worum es geht?«

Der Polizist starrte Mike einen Augenblick an. Dann änderte er seinen Ton: »Nehmen Sie bitte dort drüben Platz. Ich hole den Sergeant.«

Fünf Minuten später betrat der Kriminalbeamte das Büro und wandte sich an Mike: »Guten Abend, Sir.«

Meine Güte! Was für ein Unterschied im Ton. Mike verzichtete auf eine schlagfertige Entgegnung, und der Kriminalpolizist fuhr fort: »Der Officer sagt, Ihr Bruder hätte möglicherweise etwas gesehen, das uns bei der Suche nach dem vermißten jungen Mann helfen könnte.«

»Ja, deshalb sind wir hier.«

Der Sergeant blickte zu Danny und sagte: »Könntest du uns genau zu der Stelle an der Mole führen, wo du den Vorfall beobachtet hast?«

»Ja, Sir.«

Der Kriminalbeamte wandte sich ab und sprach kurz mit dem Polizisten in der Wache, der daraufhin zum Telefonhörer griff. Im nächsten Moment ging die Tür auf, und zwei weitere Beamte erschienen.

»Begleiten Sie diesen jungen Mann und seinen Bruder zum Wagen«, sagte der Sergeant. »Ich komme in einer Minute nach.« Wieder wandte er sich an den wachhabenden Polizisten. »Benachrichtigen Sie Fuller und Stoddard, und sagen Sie, sie sollen nachkommen, an die Uferstraße, dort wo die Mole ist.«

Eine Viertelstunde später führten Danny und Mike die Polizisten zum Wasser herunter an den Außenpier. Im grellen Licht der Taschenlampen und Scheinwerfer wirkte die Umgebung auf Danny unwirklich. Bis zur Hochflut waren es noch zwanzig Minuten, als die Beamten mit Danny und Mike durch die Balkenkonstruktion kletterten. Der Kripobeamte führte den Lichtschein seiner Taschenlampe nach rechts und links, ohne Erfolg. Dann richtete er den Lichtstrahl nach unten, auf den bewegten Saum des auflaufenden Wassers, das bereits gegen die Holzpfähle klatschte. Fast im gleichen Moment entfuhr ihm ein Ausruf. Direkt vor ihm, bereits halb von Meerwasser bedeckt und träge in der Flut schwappend, lag ein langes schwarzes Bündel, das nur zu erkennen war, weil ein Ende höher herausragte und zu schwimmen schien. Der Kripobeamte sprang von der Plattform und schrie, bis zu den Waden im Schlick versinkend: »Kommen Sie! Hier herunter!«

Drei Paar starker Männerarme waren nötig, um das Bündel den gierig heranströmenden Wassermassen zu entreißen und durch den Schlamm zu hieven. Die Männer legten das Paket oben ab, wo Mike und Danny warteten. Gebückt und mit offenem Mund starrten die Brüder in das leblos wirkende, von Scheinwerfern angestrahlte Gesicht.

8.

Das Haus war hell erleuchtet. Fiona, Nell und Katie saßen im Wohnzimmer. Die Tür zur Halle stand offen, und sie warteten auf das Wagengeräusch.

Bill, Willie und Bert Ormesby suchten seit sieben Uhr mit dem Auto die Umgebung ab, nachdem Katie verstört nach Hause gekommen war und erzählt hatte, daß sie seit sechs Uhr vergeblich auf Sammy gewartet hätte, bis Mr. Fenwick seinen Laden schloß. Es mußte etwas passiert sein.

Bill kam nach Hause und rief Mr. Fenwick an, der ihm erzählte, der junge Herr, Master Love, wäre plötzlich aus dem Laden gestürmt, als wollte er unbedingt jemanden einholen. Vorher hätten aber nur zwei junge Mädchen seinen Laden verlassen.

Hier begann die Spur. Fiona hatte in der Schule angerufen, um Bescheid zu sagen, sie würde Mamie etwas später als verabredet abholen, und dabei erfahren, daß Mamie das Schulgelände nach dem normalen Unterrichtsschluß verlassen hatte. Nein, an diesem Abend hätte sie keine Theaterprobe gehabt. Diese neue Information führte die Polizei zum Haus von Mrs. Polgar, nachdem bereits bekannt war, daß ein junger Mann und ein Mädchen vermißt wurden.

Die Polizisten fanden das Haus leer, aber es gab Anzeichen für einen übereilten Aufbruch. Als die Beamten in die Tischlerei eindrangen, entdeckten sie das fensterlose Zimmer hinten in der Werkhalle, in dem das Mädchen gefesselt und betäubt lag.

Bill hatte zu Hause angerufen und Bescheid gesagt. Er war im Krankenhaus, zusammen mit der Polizei; sie warteten, daß Mamie wieder aufwachte. Man hatte eine Blutwäsche bei ihr vorgenommen. Sonst wäre sie wahrscheinlich schon tot.

Fiona sagte zu Katie: »Geh zu Bett, Liebes. Du hast morgen Unterricht.« Worauf Katie rasch erwiderte: »Ich gehe morgen nicht zur Schule, Mam. Wenn Sammy etwas zugestoßen ist, gehe ich nie wieder hin. Das meine ich ernst ... ja, ich meine es ernst.«

Fiona und Nell starrten zu ihr hinauf. »Er war mein Freund«, stieß Katie hervor. »Der einzig wirkliche Freund, den ich habe oder jemals hatte. Wenn ihm etwas passiert ist, gebe ich auf. Dann habe ich alles verloren, was schön oder wertvoll ist auf dieser Welt. Sein Vater mußte sterben, aber er blickte auf ein langes Leben zurück. Sammys Leben hatte kaum begonnen, und er hatte so viel zu geben. Ach, was wißt ihr schon? Sammy und ich stehen uns sehr nah.«

»Ja, mein Liebes, ich weiß, daß ihr euch mögt.« Fiona war aufgestanden. »Wenn du dich nicht ausruhst, wirst du morgen keine Kraft mehr haben. Wir alle brauchen Ruhe.«

Das Telefon klingelte, und Katie raste vom Wohnzimmer in die Halle. Dort nahm sie den Hörer ab: »Ja, was ist?«

»Katie?«

»Ja, Dad. Ich bin es.«

Es folgte eine lange Pause, bis Bill sagte: »Sie haben ihn gefunden.«

»Oh, Dad! Oh, Dad! Wo denn? Wo ist er? Ist alles in Ordnung mit ihm?«

»Das wissen wir noch nicht. Er liegt im Krankenhaus. Er wurde schwer zusammengeschlagen, aber ...« Wieder entstand eine lange Pause. Schließlich sagte Bill: »Aber er lebt. Würdest du bitte deine Mutter ans Telefon holen?«

Fiona stand bereits neben Katie und übernahm den Hörer: »Bill.«

»Ja, Liebling. Sie haben ihn gefunden. Ist ... sie noch da?« Fiona wandte sich um und sah Katie, die mit langsamen Schritten und die Hände an den Kopf gelegt ins Wohnzimmer zurückkehrte. »Nein, Bill.«

»Es ... geht ihm sehr schlecht, Liebling. Sie haben nicht viel Hoffnung, daß er durchkommt. Er wurde unter Drogen gesetzt und lag stundenlang gefesselt und betäubt im eiskalten Schlick. Die Flut sollte ihn ins offene Meer hinaustragen.«

»Ist er im Krankenhaus?«

»Nicht in Fellburn. Wir sind in Newcastle, im Allgemeinen Krankenhaus. Du kannst dir kaum vorstellen, was hier los ist. Überall lauern Reporter. Diese Kerle schlafen anscheinend nie. Ich bin es leid, höflich zu ihnen zu sein. Paß auf, Liebling. Bert und Mark kommen jetzt nach Hause. Ich wollte, daß Willie mit ihnen fährt, aber er weigert sich.« Bill sagte nichts davon, daß auch er im Krankenhaus blieb. Das war selbstverständlich, und Fiona würde es verstehen.

»Kannst ... du dich dort ausruhen?«

»Mach dir darüber keine Gedanken, Schatz. Sie haben bequeme Liegesessel aus Leder für uns ins Wartezimmer gestellt. Die Schwestern und Ärzte sind alle sehr freundlich. Jedenfalls ... möchte ich hier sein, wenn Sammy zu sich kommt. Falls er zu sich kommt. Es tut mir leid, Fiona ... aber so steht es um ihn. O Gott!« Fiona hörte, wie seine Stimme brach. »Das mit dem Jungen geht mir wirklich nah. Wir haben eine gemeinsame Tochter, und du hast eigene Söhne und eine Tochter, aber ... seit dem Tag, als ich Sammy zum ersten Mal begegnet bin, hatte ich das Gefühl, er könnte mein Sohn sein.«

In der Leitung herrschte Schweigen, bis Fiona leise sagte: »Das habe ich immer gewußt. Schon immer ... Wenn er zu sich kommt, oder wenn nur die geringste Veränderung eintritt, rufst du mich an?«

»Sicher. Selbstverständlich. Gute Nacht, Liebling.«

»Gute Nacht, Bill.«

Mit Tränen auf den Wangen wandte sich Fiona an Nell. »Ist er in Sicherheit?« fragte diese.

Fiona schluckte heftig. Dann hob sie den Blick zur Wohnzimmertür und sagte leise: »Vorerst. Aber sein Leben hängt an einem seidenen Faden.«

9.

Am nächsten Morgen machte die Geschichte Schlagzeilen. Eine Zeitung gab die Ereignisse mit knappen Worten wieder:

> Elfjähriger Zwilling führt Polizei zu bewußtlosem und unter Drogen gesetzten Schüler Samuel Love. Mr. William Baileys Adoptivtochter Mamie wurde schon früher gefunden. Auch das Mädchen stand unter Drogen, war aber sonst unverletzt. Im Krankenhaus von Fellburn warten Beamte der Polizei auf ihr Erwachen, in der Hoffnung, daß sie nähere Angaben über ihre Angreifer machen kann. Samuel Love wurde ins Allgemeine Krankenhaus in Newcastle eingeliefert und schwebt noch in Lebensgefahr.

Eine andere Zeitung erzählte die Geschichte in aller Ausführlichkeit:

> Die abenteuerlustigen Zwillinge Danny und Jean Gallagher trieben sich an einem verbotenen Ort herum und sahen etwas, das nicht für ihre Augen bestimmt war. Für den Oberschüler Sammy Love erwies sich der Ungehorsam der beiden Elfjährigen als Glücksfall. Danny und Jean war vom Vater strikt untersagt worden, die alten Pieranlagen zu betreten. Vor allem durften sie sich nicht in der Nähe der einsturzgefährdeten Mole aufhalten. Die beiden Kinder waren dort schon früher auf Schatzsuche gewesen. Am letzten

Samstag entdeckten sie eine Kassette mit Haarnadeln im Treibgut. Dieses Mal waren sie dort unten, als die Dunkelheit schon hereinbrach, und wurden Zeuge eines mysteriösen Geschehens. Aus Angst vor dem Zorn ihres Vaters verschwiegen sie zu Hause, was sie gesehen hatten. Gegen Mitternacht liegt der kleine Danny unter der Bettdecke und hört heimlich die Nachrichten. Er erfährt, daß jemand mit dem Namen Sammy Love vermißt wird. Er kennt ihn, denn der junge Mann war am vergangenen Samstag bei den Gallaghers zu Besuch. Der ungehorsame Zwilling überwindet seine Furcht und weckt seinen Bruder. Zusammen gehen sie zum Vater, um mit ihm zu sprechen. Zwanzig Minuten nach Mitternacht erscheinen die zwei Brüder auf dem Polizeirevier, und Mr. Michael Gallagher erklärt dem diensthabenden Beamten, daß sein Bruder Danny einen Vorfall melden möchte. Er und seine Zwillingsschwester hätten beobachtet, wie ein schwarzes Bündel unterhalb der alten Mole in den Schlick geworfen wurde. Als die Polizei vor Ort nachsah, stellte sich heraus, daß es sich bei dem Bündel um den unter Drogen gesetzten und zusammengeschlagenen Sammy Love handelte. Nach Auskunft des Krankenhauses wurde der Bewußtlose gerade noch rechtzeitig entdeckt, bevor die Flut ihn ins offene Meer tragen konnte.

Der regionale Radiosender gab den Vorfall in einer schlichteren Version wieder. Am nächsten Tag stand die Nachricht in verschiedenen überregionalen Zeitungen auf der ersten Seite, weniger wegen der Zwillinge und der Rolle, die sie beim Aufdecken eines Verbrechens gespielt hatten, sondern weil die Fellburner Polizei endlich das Lagerhaus entdeckt hatte, von dem aus der Drogenhandel auf den Straßen der Stadt organisiert wurde. Man hoffte, daß Sammy Love bald soweit genesen war, um weitere Informationen zu liefern, die zur Festnahme der Drahtzieher führten.

Mr. Gallagher sagte nach der Lektüre der Zeitung: »Wer wird denn so blöd sein? Die Rädelsführer der Bande sind doch längst über alle Berge. Sie werden nicht warten, bis die Polizei vorbeikommt und sie mitnimmt.« Sein gewöhnlich wortkarger Sohn Mike entgegnete: »Nein, Dad, so blöd sind sie sicher nicht, um auf ihre Festnahme zu warten. Aber in der großen Kette sind auch sie nur Mittel zum Zweck. Sie stellen das Zeug her, tüten es ein und verkaufen es. Ich wette, die richtigen Bosse sitzen irgendwo auf Brampton Hill in Fellburn, oder in den besseren Vierteln von Newcastle. Sie leben dort als angesehene Bürger und gehen einem ordentlichen Beruf nach. Erinnerst du dich an den Fall mit dem Versicherungsagenten letztes Jahr, der so viel für die Jugendarbeit getan hat? Jetzt sitzt er im Knast. Niemand wollte glauben, daß ein netter Mann wie er im Drogenhandel tätig war. Natürlich hatte er selbst nie etwas angerührt. Es war für die Polizei ein schweres Stück Arbeit, ihn davon zu überzeugen, besser den Mund aufzumachen. Du weißt, wie ich meine Freunde auf der Wache liebe, aber in diesem Fall war ich auf ihrer Seite.«

Len Gallagher sah seinen Sohn an und lachte. »Und ich dachte, du hättest deine Meinung über die Polizei geändert. Die beiden Beamten, die heute morgen hier waren, hast du wie Menschen behandelt.«

»Ich war nur höflich. Zumindest habe ich es versucht.«

Wieder lachte Len. »Morgen ist dein Foto in jeder Zeitung. Und die Zwillinge neben dir. Es wäre wohl besser, wenn du das verhinderst. Eine Schande, daß es kein Geld zur Belohnung gibt.«

»Ich will kein verdammtes Geld«, brummte Mike. »Und von der Polizei schon gar nicht. Außerdem habe ich nur geredet. Wenn es eine richtige Belohnung gibt, verdient Danny sie. Aber wer sollte in dieser Sache Geld locker machen?«

»Das weiß man nie, Junge. Man weiß nie, aus welcher Richtung der Segen kommt«, sagte seine Mutter.

»Ach Mam.«

»Jaja. Wenn deine Mam etwas sagt. Aber bis jetzt ist kein

Geld in Sicht. Im Gegenteil. Daisy hat einen ganzen Tageslohn verloren, weil sie dauernd im Krankenhaus war. Und wenn Sammy bis morgen nicht aufwacht, wird sie noch einen Tag verlieren.«

»Aber Mam, warum machst du dir Gedanken, daß sie einen oder zwei Tage kein Geld verdient?« Mike sprach mit sarkastischem Unterton. »Wo ist sie denn im Augenblick? Bei den Baileys oben im Herrenhaus. Und wer hat sie dort hingeschleppt? Niemand anderes als die hochnäsige Tochter, die du nicht ausstehen kannst. Bei den Gallaghers tut sich etwas. Wir steigen gesellschaftlich auf. Du wirst sehen.«

»Im Scherz wurde schon viel Wahres ausgesprochen.«

»Ach, Annie!« Der Seufzer kam von ihrem Ehemann. Sie wandte sich zu ihm: »Wenn man im Kellerloch sitzt, gibt es nur einen Ausweg, und der führt nach oben. Auch auf Magermilch bildet sich eine Haut, wenn man sie kocht.«

Aus der Waschküche drang Gelächter von Frank und Sep herüber, und ihre Mutter rief: »Wartet nur, bis ich komme und euch das Gekicher austreibe.«

Einen Moment entstand Schweigen in der Wohnküche. Dann sagte Mike mehr zu sich selbst: »Sep hat gut lachen.«

Seine Mutter erwiderte ebenso leise: »Ach, Mike. Laß ihn doch, Junge. Die Dinge können nicht ewig bleiben, wie sie sind. Glaub mir.«

Bill betrat das Wartezimmer und sah Daisy dort sitzen. »Ich dachte, Sie wären mit Katie nach Hause gegangen, um eine Kleinigkeit zu essen«, sagte er.

»Ja, stimmt. Aber Katie war total erledigt, und ihre Mutter meinte, sie müßte ein paar Stunden schlafen.« Lächelnd fügte Daisy hinzu: »Mrs. Bailey wollte, daß ich mich auch hinlege, aber ich habe ihr gesagt, wenn ich das tue, schlafe ich durch bis zum Morgen. Trotzdem, ich muß bald nach Hause. Sonst denkt meine Familie, ich wäre verschollen. Aber ich mußte unbedingt noch einmal ins Krankenhaus, um zu erfahren, wie es ihm geht.« Sie machte eine Pause. »Gibt es eine Veränderung?«

»Nein. Aber Sie fahren jetzt nach Hause und legen sich ins Bett. Ich bleibe für ein oder zwei Stunden hier. Dann löst Mrs. Bailey mich ab. Und machen Sie sich keine Sorgen. Wenn sich etwas Wesentliches ändert, sorge ich dafür, daß Sie sofort benachrichtigt werden. Willie ist jetzt bei ihm. Aber auch er muß ein paar Stunden schlafen, sonst bricht er zusammen. Gehen Sie jetzt. Und lassen Sie uns das Beste hoffen.«

Als Daisy den Raum verlassen hatte, blieb Bill Bailey nachdenklich stehen. Dieses Mädchen war seit über vierundzwanzig Stunden auf den Beinen. Gestern morgen war er ihr zum ersten Mal begegnet und hatte innerhalb kurzer Zeit eine Menge über sie und ihre Familie erfahren. Am meisten überraschte Bill der Einfluß, den Daisy offenbar auf Katie besaß. Katie war völlig außer sich gewesen und sprach pausenlos von Sammy. Weder Fiona noch er konnten vernünftig mit ihr reden. Dann hatte diese Daisy Katie regelrecht ins Gebet genommen. Sie erzählte – noch ausführlicher als Len Gallagher am vergangenen Samstag – von ihrer eigenen Familie und von den Schicksalsschlägen, die in den letzten Jahren über sie hereingebrochen wären. Sie hatte zu Katie gesagt, sie wüßte, wieviel Sammy ihr bedeutete, doch Katie wäre nicht der einzige Mensch, der ihn gern hätte. Alle würden ihn lieben, jeder auf seine Weise.

Eines wußte Bill Bailey. Er war den Gallaghers zu großem Dank verpflichtet, gleichgültig, ob Sammy überleben würde oder starb.

Obwohl Bill Bailey kein religiöser Mensch war, hatte er in diesem Moment das intensive Bedürfnis, in die Krankenhauskapelle zu gehen. Nicht, um vorgefertigte Gebete zu sprechen. Bill hoffte, dort eine höhere Macht zu finden, die mehr bewirken konnte als alle Ärzte zusammen. Diese Macht wollte er bitten, Sammy zu retten.

Als Bill vorhin der Schwester sagte, Sammy würde dauernd schwitzen, hatte sie erwidert, das wäre tatsächlich kein gutes Zeichen. Die starke Schweißbildung könnte auf eine beginnende Lungenentzündung hindeuten. Man müsse abwarten und sich um das Wesentliche zuerst kümmern. Im Augenblick würde Sammy vor allem mit den Nachwirkungen des Rauschgifts kämpfen, das man ihm aus der Blutbahn gewaschen hatte. Aber der stundenlange Aufenthalt im eiskalten Wasser dürfte mit Sicherheit zu einer Lungenentzündung führen, die in seinem gegenwärtigen Zustand gefährlich sein konnte …

In der Kapelle war Bill allein, und er fühlte sich unbehaglich. Er kniete nicht nieder, sondern setzte sich auf die Kirchenbank. Sein Blick ging starr zu dem glänzenden Messingkreuz auf dem kleinen weißen Altar.

Es war seltsam. Bill konnte sich an keine Einzelheiten erinnern, um die er bitten wollte.

Später merkte er, daß ihm nicht bewußt gewesen war, wie lange er einfach dagesessen hatte, bis er mit einem tiefen Seufzer wieder zu sich kam. Dann war ihm, als würde er mit einem Wesen sprechen, das in diesem Altar wohnte, und er hörte sich selbst denken: »Du weißt, was ich möchte. Ich kann es nicht in Worte kleiden. Aber ich nehme an, du verstehst mich auch so.«

Bill blieb auf der Bank sitzen, und ein noch nie erlebtes Gefühl des Friedens durchströmte ihn. Schließlich stand er auf. Beim Verlassen der Kapelle durchfuhr ihn ein Gedanke, der noch merkwürdiger schien. Vielleicht, überlegte Bill, war doch etwas dran, und es gab diesen Gott wirklich.

10.

Am folgenden Tag stürmte Daisy in die Küche und verblüffte ihre Familie, die zum Abendessen um den Tisch versammelt saß, mit der atemlosen Mitteilung: »Ich … fahre zu den Baileys. Sie haben mich zum Essen eingeladen, Mam, in ihr Haus.«

»Was?« Annie Gallagher stand auf.

Deutlich leiser sagte Daisy: »Er … wartet draußen im Auto. Er hat mich gebeten, Katie Gesellschaft zu leisten. Ich glaube zwar, das ist nur ein Vorwand, aber ich fahre trotzdem hin.« Daisy nickte den männlichen Familienmitgliedern zu, als hätten diese etwas gesagt, worauf noch eine Antwort ausstünde.

Sep stand von seinem Stuhl auf und fragte ehrfürchtig: »Du meinst, Mr. Bailey, mein Boß? Er wartet draußen im Wagen?«

»Ja, genau der.«

Die leise zurechtweisende Stimme seiner Mutter hielt Sep auf. »Wirst du wohl vom Fenster weggehen! Sonst holst du dir ein Paar heiße Ohren.«

Daisy sah zu ihrem Vater, der bis jetzt nichts gesagt hatte. »Die Leute sind nett, Dad. Sie meinen es gut. Von Herablassung keine Spur. Manchmal redet Bill Bailey genauso grob wie du.« Sie grinste Len an. Dieser fragte: »Wie geht es dem Jungen?«

Daisys Züge wechselten wieder in den üblichen verschlossenen Ausdruck, und sie senkte den Kopf: »Ziemlich mies.«

»Also ist er noch nicht wieder zu sich gekommen?«

»Nein, Dad. Aber ... wenn du nichts dagegen hast, will ich jetzt ... zu den Baileys fahren.«

»Ich habe nichts dagegen.«

Daisy drehte den Kopf in die Familienrunde, und für einen Moment hellte sich ihr Gesicht auf. »Morgen werde ich zur Hofberichterstattung erscheinen.«

»Ja, mach das, Daisy.« Das war Frank. »Wär nicht schlecht, wenn du herausfindest, ob sie einen Butler brauchen. Ich würde sogar als Lakei gehen. Die Hilfsarbeit auf dem Bau steht mir bis hier.« Er deutete mit der Hand zum Mund.

Ihren Bruder anlächelnd, ging Katie wieder zur Tür. »Ich halte die Augen für dich offen und frage, ob eine Stelle frei ist.«

»Ja, mach das, Daisy«, antwortete Frank und lachte ...

Daisy war in den Wagen gestiegen. Bill fuhr los und blickte über die Schulter zum Rücksitz. »Alles in Ordnung?«

»Ja. Danke.« Daisy konnte nicht widerstehen und mußte eine flapsige Bemerkung loswerden. »Meine Familie war eingeschnappt, weil nicht alle eingeladen sind. Aber mein Dad meint, er hätte ohnehin nicht mitkommen können. Seine Smokingjacke wäre gerade in der Reinigung.«

»Ach, Daisy! Ich glaube, ich muß Ihnen etwas erklären. Sie kommen zwar in ein riesiges Haus, umgeben von einem parkähnlichen Garten, aber für uns ist es ein gemütlicher Ort, an dem normale Menschen leben. Weiß Gott! Wir sind ganz gewöhnliche Leute. Auch bei uns gibt es Streit und Zank. Wir haben Sorgen, wie andere Menschen auch. Der einzige Unterschied zwischen Ihnen und uns ist das Geld. Aber Geld bedeutet nicht alles ...«

Mein Gott! Was redete er da? Geld war nicht alles? In dieser Zeit bedeutete Geld unendlich viel.

Bill mußte sich nur die Gegend ansehen, durch die er mit seiner Nobelkarosse fuhr. Warum war denn alles heruntergekommen? Weil das Kapital ausgegangen war. Natürlich, auch hier waren die Menschen nicht völlig mittellos. Viel Geld wurde sinnlos verschwendet, wie überall. Am meisten für Alkohol und Wetten. Die Leute brauchten Schnaps. Doch fast immer war Arbeitslosigkeit der eigentliche Grund für den sozialen Abstieg. Was würde geschehen, wenn sein Bauprojekt beendet war und er zweihundert oder mehr Leute entlassen mußte? Bill wußte es nicht. Verdammt, bloß keine Grübelei! Das Projekt würde noch mindestens drei Jahre für Arbeit sorgen. Außerdem bewarb sich Bill bereits um neue Aufträge. Allerdings lagen die Baustellen in anderen Gegenden. Damit würde der alte Ärger wieder beginnen. Viele Arbeiter wollten nicht pendeln ... Verdammt, was war nur los mit ihm? Zu Hause würde er sofort ein heißes Bad nehmen. Die Sorge um den Jungen machte ihn ganz krank. Und dann diese unverschämte kleine Hexe. Wenn es nur möglich wäre, die Wahrheit aus ihr herauszubringen. Sie blieb dabei, daß sie nichts wüßte und wiederholte steif und fest, die ganze Zeit auf der Probe gewesen zu sein. Eines war klar. Bill würde sich mit ihrem Großvater in Verbindung setzen. Der Alte mußte das Mädchen nehmen. Fiona hatte die Nase voll von ihr ...

Als Daisy das Haus betrat, versuchte sie, nicht neugierig

in der Halle umherzublicken. Im Wohnzimmer ging es ihr ebenso, und auch im Eßzimmer unterdrückte sie den Drang, mit offenem Mund die Einrichtung zu begutachten, vor allem den gedeckten Abendbrottisch.

Mit einem kurzen »Hallo« begrüßte sie den sehr überraschten Willie und den verblüfft starrenden Mark, der für einen Moment seine guten Manieren vergaß. Die einzige Person im Haus, die entspannt wirkte und nichts Seltsames in der Besucherin zu sehen schien, war Angela. Das Kind ging geradewegs auf sie zu, hob die Arme und schlang sie um Daisys Hals. Daisy erwiderte die Umarmung herzlich. Als das Kind einen Kuß auf ihre von hellblondiertem Haar gerahmte Wange preßte, spürte Daisy einen Kloß im Hals.

Nell beobachtete die Begrüßungsszene und dachte: »Was für ein Paar, die beiden. Wunderwesen voller Liebe aus einer anderen Welt, jedes auf seine Weise.« Sie konnte verstehen, warum Willie von diesem Mädchen hingerissen war. Seine Freude, als sie das Haus betrat, war offensichtlich gewesen. Wäre Sammy gesund, hätte Nell sich gesagt, daß es gut so war, ganz gleich, wie die Sache ausging, denn so gewann der Junge mehr freie Zeit für sich.

»Dad, warum legst du dich nicht ein paar Stunden hin«, sagte Willie jetzt. »Ich bleibe bis zwölf bei Mam im Krankenhaus, und dann kannst du mich ablösen, Mark.

»Und was mache ich?« Katie blickte von einem zum anderen. Bill antwortete: »Katie, Liebes, wenn du klug bist, bleibst du zu Hause und legst dich ins Bett. Dann bist du morgen früh ausgeruht und kannst den ganzen Tag im Krankenhaus verbringen. Niemand kann ohne Schlaf leben und … wenn es Sammy wieder besser geht, werden wir ohnehin nicht mehr rund um die Uhr an seinem Krankenbett bleiben dürfen. Sie erlauben nur, daß jemand Wache hält, damit er ein bekanntes Gesicht sieht, wenn er zu sich kommt. Dann erzählt er vielleicht schneller, was geschehen ist. Der Familie wird er mehr vertrauen als den Polizisten, vor allem am Anfang. Ganz gleich, was er sagt, verwette ich mein letztes Hemd, daß die kleine verlogene Hexe damit zu tun hat.«

Das Gespräch endete damit, daß Willie seinen Willen bekam. Bert Ormesby fuhr ihn und Daisy zum Krankenhaus zurück. Dort vergewisserte sich Daisy, wie es Sammy ging. Ihr war sofort klargeworden, daß sie mit dieser Frau, mit Willies Mutter, allein im Wartezimmer sitzen würde, falls sie länger im Krankenhaus bleiben wollte, zumindest bis Mrs. Bailey ihren Sohn an Sammys Bett ablöste. Daisy wußte, lange würde es nicht dauern, bis sie und Mrs. Bailey merkten, daß sie ihre Bälle gegen verschiedene Wände warfen. Sie konnten nicht in einer Mannschaft spielen. Früher, beim Ballspielen, mußte der Partner aus der Nachbarschaft stammen und nicht aus einer anderen Straße. Daisy war nicht dumm. Mrs. Bailey kam ganz sicher aus einer anderen Straße. Daher fragte sie Mr. Ormesby, ob er sie im Brompton Grove West absetzen könnte. Sie wollte schlafen, um morgens vor der Arbeit noch einmal im Krankenhaus vorbeizusehen.

»Und glaubst du, das Besteck war aus Silber?«

»Ich weiß nicht genau, Mam, aber es war schwer.«

»Wie war das Essen?«

Daisy wandte sich an ihren Vater. »Einfach, würdest du wahrscheinlich sagen, aber es hat sehr gut geschmeckt. Mrs. Baileys Freundin hat gekocht. Sie heißt Nell und ist Mr. Ormesbys Frau, du weißt schon, der ehrenamtliche Trainer im Jugendclub, der Sep die Stelle besorgt hat. Sie scheint ganz zur Familie zu gehören. Ein Baby hat sie auch. Zuerst gab es Suppe und dann Auflauf aus Hackfleisch und Kartoffelbrei. Deiner schmeckt anders, Mam.«

»Kann ich mir denken ...« Annie Gallagher nickte ihrer Tochter zu. »... wahrscheinlich aus frischem Rinderhack.«

»Es gab drei verschiedene Sorten Gemüse. Alles wurde in Schüsseln serviert, die am Tisch weitergereicht wurden. Jeder nahm sich der Reihe nach.«

»Na sowas! Kein Drängeln und Grabschen?«

Daisy lächelte ihren Vater an. »Nein, Dad. Alle waren sehr wohlerzogen.«

»Haben sie Personal?«

»Es waren keine Dienstboten zu sehen, aber offensichtlich kommt eine Mrs. Green aus Fellburn jeden Morgen ins Haus. Als Nell mit Willie schimpfte – ja, wirklich, sie meinte, in seinem Zimmer sähe es aus wie in einem Schweinestall –, sagte sie, Mrs. Green hätte gerade geputzt, und deshalb müßte er selbst sein Zimmer sauberhalten.«

»Und der junge Herr … Willie, hat er es geschluckt?«

»Ja, das hat er. Mrs. Ormesby, Nell, hat eine Menge zu sagen im Haus, glaube ich. Schon immer, soweit ich mitbekommen habe. Aber ich konnte nicht die ganze Zeit zuhören. Es gab so viel zu sehen. Du würdest es nicht glauben, Mam. Du weißt, ich mache mir nicht viel aus Besitz, zumindest habe ich immer so geredet. Aber die Halle, sie ist wunderschön. Mit Fliesen ausgelegt. Du würdest wahrscheinlich Mosaik dazu sagen. Im Wohnzimmer lagen überall Teppiche, auch im Eßzimmer, in schönem dunklen Rosa gemustert. Und stell dir vor, im Wohnzimmer die Polster und Vorhänge aus schwerem Goldbrokat paßten im Muster dazu. Das Zimmer sah aus wie bei den Leuten in den Fernsehserien.«

»Hast du das ganze Haus gesehen?«

»Nein, nicht das ganze Haus, Dad. Willie hat mich in den Fitneßraum mitgenommen. Er wußte, daß ich mich dafür interessiere. Sie haben alle Geräte dort. Willie sagte, es fehlte nur noch ein Reck und ein Trampolin.«

»Du hast erzählt, sie hätten auch einen Swimmingpool?«

Daisy sah ihre Mutter einen Augenblick stumm an. Dann sagte sie: »Ja, Mam. Den haben sie. Aber ich konnte den Anblick nicht ertragen. Ich mußte mir immer vorstellen, wie es wäre, jeden Morgen nach dem Aufstehen dort zu schwimmen. Meine Güte! Manchmal kam Bitterkeit in mir hoch, und ich dachte, diese Leute haben keine Ahnung, wie gut es ihnen geht. Dann hat Katie mich nach oben mitgenommen. Ihr Schlafzimmer war längst nicht so schick, wie ich es mir vorgestellt hatte. Eher etwas altmodisch. Die Möbel waren riesengroß. Katie sagte, sie gehörten zum Haus, und das Holz wäre so schön gewesen, daß ihre Mutter sich nicht davon trennen wollte. Auch das Bad war etwas altmodisch. Dort stand eine Badewanne aus Eisen mit kleinen geschwungenen Füßen. Die Wanne war mindestens zwei Meter lang, wette ich. Ich habe nur eines der Bäder gesehen. Oben soll es noch drei geben. Neben dem Elternschlafzimmer lag ein zweites Zimmer. Ihr würdet vielleicht Boudoir dazu sagen.«

»Sie ist mit dir ins Elternschlafzimmer gegangen?«

»Nein, Mam. Nicht direkt. Sie wollte mir das Zimmer nicht zeigen, sondern hat einen warmen Mantel für ihre Mutter geholt. Wir sind durch das Schlafzimmer in den anderen Raum gegangen. Heute steht er voll mit Schränken. Das Schlafzimmer war wie Katies Zimmer mit alten Möbeln eingerichtet. Ich fand es nicht besonders schick, wenn du mich fragst.« Daisy warf den Kopf in den Nacken. »Gut, alles ist Geschmackssache. Dir hätte der Raum gefallen, Mam. Dir und Dad. Trotzdem, über keinem Bett gab es einen Baldachin, und moderne Messinggestelle habe ich auch nirgends gesehen. Alle Betten waren aus Holz oder hatten ein gepolstertes Rückenteil ... Aber unten war das Haus einfach phantastisch, Mam! Die Küche hättest du sehen müssen. Es hätte dich umgehauen. Mindestens zehn Meter lang!«

»Die Küche war zehn Meter lang?« Len reckte den Kopf in Daisys Richtung.

»Ja, Dad. Sie war so lang wie dieses Zimmer und das Vorderzimmer zusammen.«

»Was du nicht sagst!«

»Ja, wirklich.«

»Aber am wichtigsten ist doch«, fiel ihre Mutter ein, »was du von den Leuten denkst. Wie findest du sie?«

Daisy senkte den Blick und trommelte einen Moment mit den Fingern auf die Tischplatte. Dann sagte sie ruhig: »Wenn ich ehrlich bin, finde ich die Leute in Ordnung. Du weißt, wie mir diese Vornehmtuer sonst auf die Nerven gehen. Als ich Katie kennenlernte, habe ich gedacht, sie gehört auch zu dieser Sorte. Aber sie ist anders, genau wie Willie. Er ist nicht von oben herab. Bei seinem älteren Bruder Mark könnte es anders sein. Immerhin war er freundlich, auch wenn er mich angestarrt und kaum ein Wort gesagt hat.«

»Kannst du ihm das etwa verdenken?« fragte ihr Vater. »Bei deiner Haarfarbe! Wann hörst du auf, dir dieses Zeug reinzuschmieren? Komm schon, du weißt doch selbst, daß die Farbe aus der Mode ist. Ich verstehe ja vielleicht nicht viel davon, aber ich lese Zeitung, auch die Frauenseite.«

Len sah Daisy an und lachte. »Der Look ist aus der Mode. Genau wie deine Beinwärmer.«

»Ich gehe nicht mit der Mode, Dad. Das habe ich noch nie getan. Ich bin ich selbst, und wenn dir das nicht paßt, weißt du, was du mich kannst.«

»Ja, mein Fräulein, und wenn du in diesem Ton mit mir sprichst, weißt du auch, was passiert.«

»Jetzt hört aber auf, alle beide!«

»Stimmt doch, Mam.« Daisy warf den Kopf in den Nacken. »Wenn man sich nicht von den anderen unterscheidet, merkt kein Mensch, daß es einen gibt. Man geht in der Menge unter, wird herumgeschubst und behandelt wie der letzte Dreck, eine Frau wird gegen ihren Willen geschwängert, muß zur Untermiete wohnen, bekommt Ärger mit der Polizei oder …«

»Das reicht! Genug!«

»Du hast damit angefangen, Dad. Laß halt mich und meine Haare in Ruhe. Bei den Baileys ist auch niemand in Ohnmacht gefallen, als sie mich gesehen haben. Naja, Mrs. Ormesby … Nell hat gegrinst und ›Mädchen‹ zu mir gesagt. Wir scheinen uns zu verstehen. Und Mr. Bailey … das habe ich erzählt. Er kann grob wie Schmirgelpapier sein, und im nächsten Moment spricht er wie Mr. Fowler.«

»Wie wer?«

Daisy schob ihr Kinn vor und lachte. »Oh, Mam! Ich kenne Mr. Fowler nicht persönlich. Er hat nur ein Buch geschrieben, und die Englischlehrerin in der Schule, du weißt schon, unsere Barmherzige Schwester Felicia … Wir haben immer gesagt, sie würde mit Mr. Fowler ins Bett gehen, weil er korrektes Englisch schrieb. Mann, wenn ich daran denke, wieviel Zeit sie mit uns vergeudet hat.« Sie wandte sich lachend ihrem Vater zu. Statt ihr Lachen zu erwidern, sagte er: »Und wieviel Zeit du vergeudet hast, nicht auf sie zu hören.«

»Ich kann so gut Englisch wie alle anderen auch, Dad.«

»Du beherrschst ein bestimmtes Englisch, aber es gibt Leute, die besser sprechen.«

Daisy sprang auf. »Immer erwischst du mich an der falschen Stelle, Dad. Und jetzt gehe ich schlafen. Ich muß morgen früh aufstehen, weil ich ins Krankenhaus will.«

»Gehst du morgen nicht zur Arbeit?.«

»Doch, Mam ... doch. Ich gehe arbeiten. Mach dir keine Sorgen. Sie werden mich schon nicht rauswerfen. Ich bin die beste Arbeiterin in der ganzen Abteilung. Aber es gibt ein paar faule Typen dort. Hätte ich das Sagen, wären sie längst gefeuert.«

»Mr. Fowlers Englisch!«

»Gleichfalls! Könnte dir auch nicht schaden, Dad.«

Daisy ging aus dem Zimmer, und man hörte sie auf der Treppe. Len sagte ruhig: »Wie ich die Sache sehe, Annie, ist es die Chance ihres Lebens, diese Familie kennenzulernen. Aber ... da sie nun einmal Daisy ist, wird sie alles verpfuschen. Und es ist weniger ihre Aufmachung als ihr Mundwerk. Komisch, ich habe noch nie erlebt, daß Daisy sich so um jemanden sorgt. Allzu lange kennt sie diesen Jungen doch noch gar nicht.«

Dannys Stimme drang vom anderen Tischende zu ihnen. Er hatte während des Gesprächs mit Jean stumm Flohhüpfen gespielt. »Sep sagt, das kommt, weil sie in ihn verliebt ist. Und sie würde nur versuchen, auch in die Zeitung zu kommen, damit jeder ihr Haar sieht.«

Seine Mutter wandte sich an ihn. »Und ich sage, daß du ein kleiner Dummkopf bist. Zu denken, sie wollte nur, daß ihr Bild in die Zeitung kommt. Aber was dein Bruder Sep gesagt hat, war noch dümmer.« Annie drehte sich um und ging zum Kamin. Dort stocherte sie heftig in der Glut. Len sagte: »Ich weiß nicht, ob das, was Sep sagt, wirklich so dumm ist. Dieser Junge ist nicht mit den Baileys verwandt. Er ist immer noch der Sohn von Davey Love. Und was ich über ihn gesagt habe, stimmt. Davey Love war ein grober Kerl, milde ausgedrückt. Aber die Baileys scheinen ihn richtig in ihr Herz geschlossen zu haben, so wie das Mädchen über ihn gesprochen hat, das letzten Samstag bei uns war. Da sieht man es wieder. Jeder Mensch hat zwei Seiten. Ich habe Davey Love erlebt, wenn er loslegte, und er hatte keinerlei Hemmungen. Deshalb weiß ich nicht, wo der Unterschied zwischen diesem Jungen und unserer Daisy sein sollte. Bis auf ihre unmögliche Kleidung, das gebe ich zu. Anständig angezogen und in einer Umgebung, wo sie mit ihrer Sprache nicht aneckt, kann sie gut mithalten. Vor dem Vergleich mit diesem jungen Mann braucht sie keine Angst haben. Seine Schulbildung hat sie allerdings nicht. Aber das ist ihre eigene Schuld. Sie hätte ohne Probleme weitermachen können. Wie oft habe ich das schon gesagt, Annie? Sie hätte weitermachen können, oder?«

Annie sagte nichts. Len hatte in vielen Dingen recht. Auch was Daisy und ihre Kleidung betraf. Wenn sie sich anders anziehen würde, ständen dem Mädchen viele Türen offen. Aber nach allem, wie sie die Baileys und ihr Haus beschrieb, würden diese Leute sie niemals als ebenbürtig behandeln. Eine Verbindung, wie Sep sie andeutete, hätte die Aufnahme in den Familienkreis zur Folge. Das wäre unmöglich. Der junge Mann, der im Krankenhaus mit dem Tod rang, war vielleicht kein Bailey, aber die vielen Jahre in deren Haus hatten den Unterschied verwischt, zumindest, was das Äußere betraf. Sein Englisch klang ebenso gepflegt wie das des jungen Herrn, diesem Willie. Wenn ihre Tochter klug war, würde sie sich einen Mann aus ihren eigenen Kreisen suchen. Aber wer sollte Daisy das klarmachen? Annie wußte niemanden, der den Mut dazu hatte.

11.

Katie war entsetzlich müde. Sammy lag seit vier Tagen im Koma.

Ihr gegenüber, an der anderen Seite des Bettes, saß ein Polizist. Auch er wirkte sehr erschöpft.

Eine Krankenschwester betrat das Zimmer, und Katie rückte zur Seite, damit sie Sammys Temperatur und den Blutdruck messen konnte. Als die Krankenschwester die Ergebnisse auf einer Karte eintrug, kam vom Bett ein Laut. Der Polizist sprang von seinem Stuhl hoch, und Katie rief: »Er hat etwas gesagt! Er hat gesprochen!«

»Schsch!« machte die Krankenschwester, während sie auf Sammy starrte.

Wieder ertönte der Laut. »Regen Sie ihn nicht unnötig auf. Ich muß die Oberschwester holen«, sagte die Pflegerin hastig.

Als sich die Tür hinter ihr schloß, konnte Katie sich nicht zurückhalten und legte die Finger auf Sammys Wange. »Sammy! Sammy!« sagte sie. »Ich bin es, Katie. Hörst du mich? Komm schon, Sammy! Wach auf! Komm, sieh mich an!«

Der Kopf des Polizisten und Katies Kopf berührten sich fast. Der Polizist sagte: »Seien Sie einen Moment ruhig, Miß. Er versucht zu sprechen ... Was haben Sie gesagt? Wiederholen Sie es noch einmal.«

Beide sahen, wie Sammys Lippen sich bewegten, als wollte er das Wort »Mama« aussprechen.

Die Oberschwester kam ins Zimmer geeilt und zischte: »Lassen Sie ihn in Ruhe! Aus dem Weg jetzt!« Sie schob den Polizisten zur Seite, und er protestierte:

»Er versucht, uns etwas zu sagen, Oberschwester, und wenn Sie nichts dagegen haben, möchte ich gern hören, was.«

Die Antwort war ein weiteres Zischen. »Wenn Sie nichts dagegen haben, Officer, treten Sie jetzt zur Seite und warten, bis ich mich um den Patienten gekümmert habe.«

Der Polizist machte Platz und blickte über das Bett zu Katie, die ebenfalls aus dem Weg geschoben wurde.

»Wachen Sie auf, Mr. Love! Wachen Sie auf«, sagte die Oberschwester. »Es ist alles in Ordnung. Sie sind in Sicherheit. Machen Sie die Augen auf. Mr. Love, wachen Sie auf.«

Ohne die förmliche Anrede hätten die Worte der Schwester zärtlich klingen können, dachte Katie, doch das »Mr. Love« machte einen Befehl daraus. Als Sammys Augenlider flatterten, gab Katie aufgeregt einen Laut von sich. Dann blinzelte er mit halbgeöffneten Augen.

»Oh, Sammy« rief Katie. »Ich bin es … Katie.«

Die Schwester schalt sie: »Miß!«

Katie ließ sich nicht einschüchtern. »Wahrscheinlich wird er mir eher antworten, als einer …« Beinahe hätte Katie gesagt: »Schwester in blauer Uniform.« Sie besann sich rechtzeitig und ergänzte: »… als einer Krankenschwester in Arbeitskleidung.«

Die Krankenschwester richtete sich auf und blickte über das Bett zu Katie. Ihre Stimme war kaum ein Flüstern: »Es wird noch eine ganze Weile dauern, bis er sprechen kann. Im Augenblick darf er nicht weiter gestört oder aufgeregt werden.« Sie wandte sich direkt an den Polizisten: »Haben Sie das gehört, Officer?«

Die Antwort kam leise, aber prompt: »Ja, Schwester. Ich habe es gehört. Aber ich bin hier im Dienst. Dieser Patient kann uns wertvolle Informationen liefern, die womöglich« – er sprach noch leiser – »vielen Menschen das Leben retten oder Karrieren zerstören können. Je nachdem, von welcher Seite man die Sache betrachtet.«

Der Hals der Oberschwester schien sich aus dem Kragen ihrer blauen Uniform zu schieben, als sie über das Bett blickte und die Pflegerin anwies: »Sie bleiben vorerst hier und beobachten den Patienten, Schwester.«

Ebensogut hätte sie sagen können: »Passen Sie auf, daß diese beiden Individuen sich an meine Vorschriften halten.«

Die Tür schloß sich hinter der Oberschwester. Der Polizist murmelte leise: »Ein richtiger Drachen. Ich dachte, die wären längst ausgestorben.«

Die jüngere Krankenschwester verzog amüsiert das Gesicht und sagte leise: »Sie erledigt nur ihren Job, genau wie

Sie.« Dann schob sie Katie einen Stuhl hin. »Erwarten Sie keine sofortige Veränderung. Wir brauchen Geduld. Irgendwann wird er aufwachen.«

In diesem Fall irrte sich die Schwester, genau wie ihre Vorgesetzte. Es dauerte weniger als eine halbe Stunde, bis Sammy erneut die Lider hob. Er blinzelte und bewegte die Augen von rechts nach links, während sein Kopf reglos liegenblieb. Dieses Mal sagte er deutlich: »Mamie!«

»Es ... geht ihr gut, Sammy. Ich bin's, Katie. Du bist hier in Sicherheit und wirst bald wieder gesund.«

»Mamie!«

Der Polizist stand über Sammy gebeugt. »Ja, Sir. Mamie, ich habe verstanden. Können Sie sich noch an anderes erinnern?«

Katie legte dem Polizisten die Hand auf die Schulter und zischte: »Drängen Sie ihn nicht. Es wird schon noch kommen.«

»Er könnte wieder ins Koma fallen ... Erinnern Sie sich an weitere Namen, Sir?« fragte der Beamte hartnäckig weiter.

»Wenn Sie ihn nicht in Ruhe lassen, rufe ich augenblicklich die Oberschwester«, drohte die Pflegerin.

Der Polizist richtete sich auf und sagte steif: »Jedes Wort, das er sagt, ist von Bedeutung und könnte eine Spur sein.«

Bevor die Krankenschwester etwas entgegnen konnte, sprach Sammy erneut: »Ka...tie«, murmelte er.

»Ja, mein Lieber?«

»Mr. ... Bill.«

Angespannt hörte der Polizist, was Sammy als nächstes sagte: »Ma...mie ... Bunch ... Schnee.«

Als Sammy die Augen wieder schloß, schimpfte die Schwester leise: »Bitte, lassen Sie ihn in Ruhe! Lassen Sie ihn schlafen.«

Katie und der Beamte richteten sich auf, und der Polizist notierte rasch einige Stichwörter. »Na ja, das war immerhin ein Anfang«, stellte er fest, und Katie erklärte: »Mit Mr. Bill meint er meinen Vater.«

Leicht enttäuscht sagte der Polizist: »Und was hat Bunch zu bedeuten? Wissen Sie etwas darüber?«

»Nein«, antwortete Katie.

»Setzen Sie sich hin!« befahl die Schwester beiden. »Und verhalten Sie sich bitte ruhig.«

Gegen acht Uhr am gleichen Abend nahm Bill den Platz von Katie ein. Ein anderer Polizist hatte Dienst. Als Bill das Krankenzimmer betrat, stellte sich der Beamte vor: »Police Constable West, Sir.«

Bill nickte ihm zu und wandte sich an Katie: »Deine Mutter wartet auf dich.«

Katie flüsterte zurück: »Dad, er hat gesprochen. Er hat ›Mamie‹ gesagt und noch einen Namen, es hörte sich an wie Bunch.«

»Ach ja? Wirklich?« Bill nickte nochmals und schob seine Tochter zur Tür.

Im Korridor sagte er ruhig: »Wahrscheinlich wollte Sammy etwas über dieses kleine Miststück sagen. Mir will der Gedanke nicht mehr aus dem Kopf, daß sie hinter allem steckt. Sie weigert sich noch immer, den Mund aufzumachen und sagt nur, sie will zu ihrem Großvater. Mir scheint, sie kann gar nicht schnell genug hinkommen. Sorg jedenfalls dafür, daß deine Mutter nicht mehr ins Krankenhaus fährt. Willie wird mich später ablösen.«

Als Bill an Sammys Bett Platz nahm, fragte der Polizist: »Er ist zusammengeschlagen worden … der junge Bursche hier, nicht wahr?«

Bill antwortete: »Ja, richtig«, und der Polizist sagte: »Sie würden nicht glauben, was heutzutage alles passiert.« Es folgte eine lange Aufzählung. Bill wünschte, der Constable würde endlich den Mund halten, im Geist schickte er ihn zur Hölle.

Bill lehnte sich auf seinem Stuhl zurück und schloß die Augen. Als er Sammys Stimme hörte, schnellte er nach vorn.

»Mr. B. … Mr. B.«

»Ja, Sammy, ich bin hier. Ganz ruhig. Mach langsam.«

»B…Bill.«

»Ja, mein Junge. Ich bin Bill.«

»Laden… Diebstahl …«

Bill und der Polizist wechselten einen Blick. Der Polizist fragte: »Was haben Sie gesagt, Sir?«

Beide hatten Sammys Worte gehört. Er sagte noch einmal: »Laden… Diebstahl.« Nach kurzem Atemholen folgte: »Mamie … gestohlen.« Jetzt wiederholte der Polizist: »Er sagte Ladendiebstahl.«

Bill hatte alles verstanden, doch Mamies Namen in diesem Zusammenhang zu hören, schockierte ihn.

Sammy bewegte den Kopf auf dem Kissen und blickte direkt in das Gesicht, das sich über ihn beugte. »Br…Br…Brunch«, sagte er noch einmal.

»Was haben Sie gesagt, Sir? Brunch?«

Sammys Lider sackten nach unten. Er wiederholte: »Brunch.«

In diesem Augenblick ging die Tür auf, und die Oberschwester kam wieder herein. Als sie zum Bett trat, sagte Bill zu ihr: »Er hat etwas gesagt, Schwester.«

»Gut.« Die Stimme klang unbeteiligt. »Aber er darf nicht gedrängt werden. Er braucht jetzt Schlaf, normalen Schlaf. Morgen wird er wahrscheinlich richtig wach sein.« Die Schwester maß Sammys Puls, seinen Blutdruck und die Temperatur. Dann sagte sie: »In einer Minute bin ich wieder hier.« Zu Bill gewandt und mit weicherer Stimme ergänzte sie: »Vielleicht gehen Sie dann lieber ins Wartezimmer, wie vorher?«

»Ja, wenn Sie meinen, Schwester.«

»Bis morgen wird er nicht mehr sprechen. Das sagte ich bereits.«

Aber Sammy sprach. Die Tür war kaum ins Schloß gefallen, als der Polizist sich nah über Sammy beugte und fragte: »Heißt jemand so, Sir? Branch?«

»Bru… Bru… Brunch.«

»Es klingt wie Brunch, nicht Branch«, sagte Bill ruhig.

Wieder bewegte Sammy leicht den Kopf und blickte Bill an. »Werkstatt, Bill.«

»Werkstatt, Sammy?«

»Johnny … Johnny Hatter.«

Bill richtete sich kurz auf. Werkstatt? Johnny Hatter? Bei diesem Namen fiel ihm ein junger Mann ein. Er hieß Hatter, und Rupert hatte ihn vor einigen Wochen entlassen. Nicht wegen schlechter Arbeit, sondern weil der Bursche zu oft fehlte. Entweder feierte er krank, oder er blieb zu Hause, weil angeblich ein Familienmitglied bettlägrig war. Ja, Bill erinnerte sich. Der junge Mann hieß Hatter.

»Dro… gen …«

»Ja, Sir. Darum geht es. Das wollen wir von Ihnen wissen. Etwas über Drogen.«

Sammy machte einen langen Atemzug. Sein Kopf sank auf die Kissen zurück, und beim Ausatmen stieß er den Namen heraus: »Bru…nch.«

In diesem Augenblick kehrte die Oberschwester zurück und blickte von einem zum anderen. »Würden Sie jetzt bitte so freundlich sein und draußen warten?«

»Es ist meine …«

Die Schwester starrte den Beamten an. »Ich weiß, was Sie sagen wollen, Constable. Es ist Ihre Pflicht. Aber der junge Mann ist kein Gefangener, sondern ein sehr kranker Patient.« Sie senkte die Stimme. »Und zu Ihrer Information, er wird jetzt schlafen. Hoffen wir, daß es ihm morgen besser geht … hoffen wir es, sage ich. Aber wenn Sie die ganze Nacht hier sitzenbleiben wollen, ist das Ihre Sache.« Sie wandte sich zur Seite und sah Bill an. Ihr Blick bedeutete, daß für ihn das gleiche galt.

Im Korridor sagte der Polizist zu Bill: »Ein Besen, diese Oberschwester, was?«

»Das kann man wohl sagen.«

»Was meint er wohl mit dem Wort Branch, Sir?«

»Ich glaube nicht, daß er Branch gesagt hat, sondern Brunch.«

»Brunch?«

»Ja, Brunch. Es gibt ein kleines Restaurant in der Stadt, das heißt The Brunch. Kennen Sie es? Auf dem Schild draußen steht: ›Ins The Brunch zum Lunch‹. Ich glaube, die Amerikaner nennen einen kleinen Mittagsimbiß Brunch.«

»The Brunch?« Das Gesicht des Polizisten war angespannt. »Ja, genau. Sie haben recht, Sir. Und er hat Drogen gesagt, oder?«

»Ja.« Bill nickte nachdenklich. »Das hat er.« In Gedanken fügte er hinzu: ›Von Ladendiebstahl hat er auch gesprochen. Mein Gott! Fiona wird wahnsinnig, wenn das stimmt. Ich hätte nicht übel Lust, dem Mädchen das Fell über die Ohren zu ziehen, falls sie der Grund für dieses Drama sein sollte. Wenn dem Jungen etwas zustößt, werde ich mich nicht mehr beherrschen können ...‹

»Was sagten Sie?«

»Ich sagte Johnny Hatter. Er hat diesen Namen erwähnt.«

Der Polizist holte sein Funktelefon aus der Tasche: »Ist der Inspektor da?« Es folgte eine Pause. »Gut. Dann holen Sie ihn, und geben Sie ihn mir.«

Kurz darauf sprach er wieder: »Sind Sie das, Sir? Der junge Mann hat geredet. Es sieht so aus, als gäbe es eine Verbindung zwischen dem Namen Brunch oder Branch und einem Restaurant in Fellburn. Er hat auch einen Mann genannt, den er erkannt haben muß. Johnny Hatter. Offenbar wurde dieser vor einigen Wochen aus Mr. Baileys Werkstatt entlassen. Außerdem sprach der junge Mann im Zusammenhang mit dem Mädchen Mamie von Ladendiebstahl.«

Nach einer weiteren Pause sagte der Polizist: »Danke, Sir.« Er steckte das Telefon wieder in die Tasche und bemerkte zu Bill: »Wenigstens haben wir jetzt eine Spur.«

12.

Am nächsten Morgen war Sammy etwas länger bei Bewußtsein, obwohl er noch immer glaubte, sein Vater wäre bei ihm und hielte seine Hand. »Dad, ich habe Schmerzen.«

»Kein Wunder, mein Junge. Das ist völlig normal.«

»Aber warum?«

Darauf sagte sein Dad: »Das wirst du bald wissen. Ruh dich erst einmal aus.«

»Dad, werden sie mich umbringen?«

»Geschafft hätten sie es beinahe. Aber das wirst du noch alles erfahren.«

Als Davey seine Hand von ihm löste, packte Sammy sie erneut. »Geh nicht weg, Dad. Geh nicht weg. Ich … habe Angst, Dad.«

Eine Hand zog sich zurück, dafür kam eine andere, und eine Stimme fragte: »Sammy, bist du wach?«

Sammy hob die Lider und blickte in Bills Augen. Gequält sagte er: »Oh, Mr. B.«

»Ach, Sammy. Wie schön, daß du aufgewacht bist.« Bills Stimme brach.

»Ich habe Schmerzen, Mr. B. Und ich kann mich nicht bewegen.«

»Natürlich hast du Schmerzen, aber es wird dir bald besser gehen.«

»Mein Dad war bei mir, Mr. B.«

»Na, einen besseren Menschen hättest du dir nicht an dein Bett wünschen können. Was meinst du, könntest du jetzt mit dem Polizisten sprechen und ihm sagen, an was du dich erinnerst?«

»Polizisten … Polizisten?« murmelte Sammy. »Sie sind nicht gekommen.«

»Nein, aber jetzt sind sie hier, und du kannst ihnen helfen.«

Mühsam folgte Sammy mit dem Blick Bills Finger, der auf ein Gesicht deutete, das ihn erwartungsvoll ansah. Bill stellte vor: »Das ist Inspektor Mason. Kannst du ihm sagen, an was du dich erinnerst?«

Als versuchte er, die Erinnerung zurückzuholen, seufzte Sammy. Dann murmelte er: »Küche … Diebe. Tisch … vollgepackt … schmutzig.«

Sammy rang nach Luft, und Bill sagte: »Ganz ruhig, mein Junge.« Er strich das feuchte Haar von Sammys Braue. Dann hob er die Hand, um dem Inspektor zu bedeuten, er sollte sich Zeit nehmen.

Der Beamte sagte: »Sir, jedes Wort könnte wichtig sein. Der Name Brunch, den er uns genannt hat, war ein guter Anfang. In nächster Zeit werden im *The Brunch* keine

Gäste mehr bewirtet. Hätten Sie den Keller und die Tarnung gesehen, Sie wären beeindruckt gewesen. Der Besitzer ist Halbgrieche. Aber die Leute, die für ihn gearbeitet haben, sind mit Sicherheit keine Ausländer, sondern alles junge Kerle von nebenan. Einen haben wir gefaßt. Aber es muß noch mehr geben. Wenn er sich nur an Namen erinnern könnte …«

Erneut hob Bill die Hand, denn Sammys Augen waren wieder geöffnet, und der Junge sah den Inspektor an. »Polgar«, brachte er hervor.

»Ja, Sir«, bestätigte der Beamte. »Sie ist in dem Haus gewesen. Gertie Polgar. Zumindest ist das der Name, unter dem sie gegenwärtig lebt. Sie hat ein beachtliches Strafregister, und sie ist aalglatt. Aber wir werden sie finden. Dieses Mal hat sie ihre Tochter im Schlepptau. Ebenfalls ein nettes Früchtchen, die Kleine.«

Der Polizist blickte zu Bill hinüber, war mittlerweile aber taktvoll genug, nicht zu erwähnen, in wessen Gesellschaft sich die Tochter von Mrs. Polgar befunden hatte.

»Hatter, und ich glaube …« Sammy stockte und holte mühsam und tief Atem. »Breeze.«

»Breeze? Wie ›Wind‹?«

Sammy schloß die Augen. Er wünschte, sich deutlicher erinnern zu können. Wenn nur sein Dad nicht weggegangen wäre. Dann tauchte vor Sammys innerem Auge das Gesicht eines Mannes auf, und noch ein weiterer Mann, der auf ihn losging. Rasch sagte er: »Breezy. M…Morley. Ja, Morley.«

Voller Eifer fragte der Polizist nach: »Breezy? Ja, wir kennen einen Breezy. Er ist oft Kunde.«

Wieder schloß Sammy die Augen. Er sehnte sich danach, wieder einzuschlafen, denn sein Dad war zurückgekehrt. Er hielt Sammys Hand und sagte: »Erinnerst du dich an Pembroke Place? Weißt du noch, wo das war? Pembroke Place und Mr. Campbell? Mr. Campbell?«

Langsam hob Sammy die Lider und murmelte: »Ein Mann, Mr. Campbell. Sie waren unterwegs oder wollten hin, sagte Breezy.«

»Wohin? Wohin, Sir?« drängte der Inspektor.

»Pembroke Place, glaube ich.« Sammys Augen schlossen sich. »Ist das richtig, Dad? Er sagte: ›Pembroke Place‹.«

»Ich ... glaube, das reicht vorerst.« Bill sah zu dem Inspektor, der sich aufrichtete und Sammy lobte:

»Er hat seine Sache hervorragend gemacht, sich an alle diese Namen zu erinnern. Und das, obwohl er immer noch eine schwere Gehirnerschütterung hat. Meine Güte! Der Junge hat wirklich Glück gehabt.«

Der Inspektor hatte Sammys Aussage notiert und wandte sich an den Sergeant: »Wir gehen den Hinweisen nach. Campbell wird übernehmen.« An Bill gerichtet, sagte er: »Man kann nicht wissen, was ihm noch einfallen wird.«

Die Krankenschwester kam herein, blickte von Bill zu dem neuen Polizisten und sagte lächelnd: »Die beiden wirkten recht zufrieden.« An Bill gewandt fuhr sie fort: »Ihre Frau ist gekommen. Sie sitzt mit dem Mädchen im Wartezimmer.« Sie sagte nicht »mit diesem sonderbaren Mädchen«, aber sie wunderte sich, daß Leute wie die Baileys mit so einer Person Umgang pflegten. Vielleicht war sie mit dem jungen Mann befreundet. Ja, wahrscheinlich, denn es hieß, er hätte früher in Bog's End in Fellburn gelebt. Natürlich wußte die Schwester, daß ein tieferer Abstieg als nach Bog's End kaum möglich war.

Bill begrüßte Daisy im Wartezimmer: »Hallo.«

Sie stand auf und fragte: »Wie geht es ihm?«

»Schon erheblich besser. Ich würde jetzt zu ihm gehen. Er ist allein, bis auf den Polizisten.«

Daisy wandte sich an Fiona: »Bis später.« Fiona antwortete im gleichen Tonfall: »Ja, bis später, Daisy. Wir sehen uns noch.«

Als Bill sich neben Fiona setzte, sah er, daß sie die obere Kante ihrer Handtasche umklammert hielt. »Was hast du, Liebling?« fragte er. »Was ist los?«

Fiona blickte zu ihm auf. »Es geht um ... sie, Bill. Mamie. Ich ... kann sie nicht ins Haus zurücknehmen. Ich hätte keine Ruhe mehr. Heute morgen habe ich sie besucht, und sie hat mir immer noch ins Gesicht gelogen. Sie hätte noch nie im Leben etwas gestohlen. Und sie hat mit ihrem Großvater gedroht, was er uns antun würde, wenn er von den Anschuldigungen erfährt. In diesem Stil ging es weiter. Sie plapperte und plapperte. Natürlich hat sie zugegeben, im Haus von Mrs. Polgar gewesen zu sein, hat aber darauf bestanden, sie wäre erst nach der Probe hingegangen. Nach ihrer Version sind zwei Männer in das Haus gestürmt, haben sie gefesselt und ihr etwas injiziert, bevor sie Mrs. Polgar und Nancy mitgenommen haben. Dann kam sie auf den Ladendiebstahl zu sprechen und ist in Tränen ausgebrochen. Es war so absurd, Bill. Ich konnte nicht anders und habe sie bei den Schultern gepackt und geschüttelt. Wir waren allein im Zimmer nebenan, aber eine Krankenschwester ist hereingekommen und hat mich gescholten. Du … du mußt etwas tun. Ich weiß nicht mehr weiter. Auf keinen Fall möchte ich Mamie wieder bei uns zu Hause haben.«

»Mach dir keine Sorgen, Schatz. Ich kümmere mich darum, und ich nehme einen Polizisten mit. Dann stelle ich die Kleine zur Rede. Ob sie auspackt oder nicht, sie hat die Wahl zwischen ihrem Großvater und einem Heim für schwererziehbare Mädchen. Wir sind für sie nicht mehr zuständig. Aber ich mache ihrem Großvater Beine, damit er so schnell wie möglich herkommt. Er hat sich bis jetzt nicht gerührt, obwohl er benachrichtigt worden ist.« Bill beugte sich zu Fiona und küßte sie. »Komm jetzt. Vergeude keine Tränen mehr. Du hast jahrelang vergeblich versucht, etwas aus dem Mädchen zu machen. Es ist alles meine Schuld. Ich habe den Großmütigen gespielt und das Kind fremder Leute aufgenommen.« Er zog Fiona auf die Füße. »Komm jetzt. Ich begleite dich hinüber. Dann nehme ich Daisy mit und setze sie bei ihrer Fabrik ab.«

Bill öffnete die Tür zu Sammys Zimmer und nickte Daisy zu. »Kommen Sie jetzt, Minnehaha«, sagte er leise. »Ich bringe Sie zur Fabrik.«

Sie waren eine Weile schweigend durch den Korridor gegangen, als Daisy ihn verblüffte, indem sie unvermittelt zu ihm sagte: »Sie sind ein glücklicher Mann. Wissen Sie das?«

»Ach? Und woran können Sie das erkennen?«

»Sie haben Ihre Frau. Sie trägt die Nase hoch, aber sie ist in Ordnung.«

»Das wird meine Frau freuen.«

»Ja, Sie sollten ihr das sagen, und zwar oft. Männer sind Dummköpfe, die meisten wenigstens.« Daisy warf ihm einen Seitenblick zu, als sie auseinandertraten, um den Verpflegungswagen durchzulassen. Als sie wieder nebeneinander gingen, sagte Bill: »Und wo haben Sie Ihre tiefschürfenden Wahrheiten über Männer gelernt?«

»In unserer Küche.«

»Aha.« Bill nickte. »Aber durchaus möglich. Ich kann es mir vorstellen. Von einem bestimmten Familienmitglied? Oder von der ganzen Männerhorde?«

»Eigentlich nur von einem. Meinem Dad.«

»Was Sie nicht sagen. Und er weiß, wie man mit Frauen umgehen muß?«

»Wenigstens bei einer Frau. Manchmal streiten sie wie die Verrückten, aber nicht mehr so schlimm wie früher. Als er noch Arbeit hatte, war ein handfester Krach beim Abendessen normal.«

»Und Sie glauben, dieser Mann versteht etwas von Frauen?«

Auf dem Weg zu den Parkplätzen überquerten sie den Vorplatz des Krankenhauses, und Daisy schwieg. Dann sagte sie nachdenklich: »Ja, was seinen Frauentyp angeht und ihre Vorstellungen von einem Mann.«

Bill warf Daisy einen Blick zu. Sie sah frech aus in ihrem kurzen Mantel, der weit über dem Knie endete und von einem enggeschnallten Gürtel zusammengehalten wurde. Und dann ihr Gesicht. Die Augen waren mit Mascara geschminkt, als dunkler Kontrast zu den totenbleichen Wangen, die womöglich ihre natürliche Farbe hatten, aber durch den blutroten Lippenstift hervorgehoben wurden. Immerhin trug sie das Haar heute teilweise verdeckt unter einem hauchdünnen Schal. Ihre Beine steckten nicht in den üblichen dicken Wadenwärmern, auch wenn die Strümpfe in knalligen Farben leuchteten. Und sie trug keine Turnschuhe, sondern normale schwarze Straßenschuhe. Dazu gab sie ungeniert Weisheiten von sich, offenbar aus eigener Erfahrung gewonnen, die Gesellschaftswissenschaftler oder Psychiater ausschließlich durch das Studium trockener Bücher erwarben, ohne mit dem wirklichen Leben in Berührung zu kommen, das die Mehrheit der Menschen führte. Du liebe Güte! Bald würden Mark, Willie und Katie auch zu diesen verknöcherten Typen gehören. Nein, Katie war auf ihre Weise bereits wissend. Vielleicht hatten Frauen überhaupt mehr im Kopf, als ihnen allgemein nachgesagt wurde. Und das Mädchen neben ihm hatte ihm angedeutet, daß manche Frauen klug genug waren, darüber zu schweigen …

»Steigen Sie ein.«

»Vorn oder hinten?«

»Wenn ich Sie chauffieren würde, gnädige Frau, dürften Sie hinten Platz nehmen. Aber wie es den Anschein hat, gehören Sie jetzt zur Familie, und deshalb müssen Sie mit dem Beifahrersitz zufrieden sein. Irgendwelche Einwände?«

Daisy grinste ihn an. »Ich könnte mir noch etwas ausdenken.«

»Steigen Sie ein!«

Es sah tatsächlich aus, als wäre Sie ein Mitglied der Familie geworden. Dabei hatte Bill das Mädchen erst vor fünf Tagen kennengelernt. Immerhin, er hatte schon viel über sie gehört, vor allem von Willie. Ja, Willies Zuneigung zu Daisy war nicht zu übersehen. Das wunderte Bill nicht, denn Daisy ähnelte Sammy in vielem. Dem Sammy von früher, und unter der Oberfläche war er noch immer derselbe. Aber was genau weckte Willies Interesse an Daisy? Herr im Himmel! Worüber grübelte er jetzt schon wieder nach? Die Antwort auf diese Frage lag in der Zukunft. Wenn man Daisy in andere Kleider steckte, würde sie bestehen. War sie der Typ, der sich auf eine Veränderung einließ? Bill bedachte sie mit einem langen Seitenblick. Sie sah durch die Windschutzscheibe und sagte ruhig: »Das ist ein toller Wagen. Die Jungen würden sich nicht mehr einkriegen vor Begeisterung. Aber eines sage ich Ihnen …« Daisy wandte sich an Bill, beinahe kampfbereit. »… Mit Autoknacken hat keiner von ihnen jemals zu tun gehabt. Nein, keiner von ihnen. Wir hatten ein Auto … ich meine, Frank hatte eines. Es war eine alte Kiste, aber er mußte sie wieder loswerden. Die Versicherung, und dann ging immer etwas kaputt, das er nicht selbst reparieren konnte. Aber meine Brüder haben nie Spritztouren mit geklauten Wagen gemacht. Kein einziger. Das hätten sie nicht gewagt. Dad hätte sie umgebracht. Trotzdem passieren bei uns in der Gegend dauernd solche Sachen. Ich glaube, Sep hätte manchmal gern bei einer Autoknackerbande mitgemacht, aber jetzt hat er richtige Arbeit. Oh, ja. Bei Ihnen in der Firma.«

»In meiner Firma?«

»Ja. Mr. Ormesby hat ihn eingestellt.«

»Wenn Mr. Ormesby ihn genommen hat, muß der Junge in Ordnung sein.«

»Ja, er ist in Ordnung, unser Sep. Und er hat Grips. Bloß, wo braucht er den schon? Sep ist mit sechzehn von der Schule abgegangen und hat einen anständigen Job bei Bryants bekommen, im Lager. Er war dabei, sich zum Angestellten hochzuarbeiten. Dann ging der Laden bankrott. Sep war zwei Jahre ohne Arbeit. Er war zunehmend verzweifelt, und irgendwann hätte er bestimmt bei einer Bande mitgemacht, Autos aufbrechen, denn das Geschäft bringt viel Geld ein. Einen Tag lang genug Kassetten und Radios eingesammelt, und man hat einen ganzen Wochenlohn verdient.«

Bill bremste scharf und brüllte: »Warum passen diese Idioten nicht auf, wie sie fahren?«

»Und Sie schleichen, als hätten Sie alle Zeit der Welt.«

»Was haben Sie gesagt?«

»Nichts.«

»Sie haben etwas gesagt, und es war nichts Schmeichelhaftes über mich oder den Wagen.«

»Ich habe nur gemeint, warum so eilig, die Leute sitzen eben nicht in einer Nobelkarosse.«

Eine biestige Nervensäge, die Kleine.

Sie fuhren durch Gateshead und Low Fell, ohne ein weiteres Wort zu wechseln. Als sie nach Fellburn kamen, sagte Daisy: »Wissen Sie, wo die Fabrik ist?«

»Ja, Miß. Ich weiß, wo die Fabrik ist.«

Als Bill anhielt, gingen einige Frauen gerade durch das Werkstor. Sie blieben stehen, um zu sehen, wer da ausstieg. Dann beobachteten sie, wie das Mädchen sich in den Wagen zurückbeugte, verstanden aber nicht, was sie sagte: »Danke für das Mitnehmen, Mr. Bailey. Aber bitte, sagen Sie nicht wieder Minnehaha zu mir. Sonst bekommen Sie es mit Großer Häuptling Brüllendes Wasser zu tun. Das ist mein Beschützer, und er heißt Jimmy. Er paßt auf, daß Leute nicht frech werden.«

»Raus jetzt!« Bill spannte seine Gesichtszüge, um nicht loszuprusten. Daisy schlug die Wagentür zu, aber nicht fest genug. Um die Tür richtig zu schließen, beugte Bill sich über den Beifahrersitz, stieß die Tür auf und zog sie ins Schloß. Er verharrte einen Moment und erwiderte die starrenden Blicke der Frauen auf dem Bürgersteig.

Daisy würde auf ihre Kosten kommen. Wenn ihn nicht alles täuschte, hatte ihr Auftritt schon jetzt hitzige Diskussionen unter ihren Kolleginnen entfacht.

Auf der Heimfahrt mußte Bill schmunzeln. Er fühlte sich fast wie damals, wenn er mit Davey Love zusammengewesen war. Daisy besaß die gleichen Eigenschaften wie auch Sammy, obwohl der Junge sich nicht mehr so gehen ließ. Durch Erziehung und höhere Schulbildung verschwand sein Naturell hinter einer Fassade. In gewisser Weise war das gut.

Sobald Bill im Haus war, wechselte seine Stimmung. Er mußte sich auf die Schlacht mit dem alten Großvater dieses unverschämten Früchtchens einstellen.

Bill bekam sofort eine Verbindung.

»Ja?« begrüßte ihn die missmutige Stimme.

»Hier spricht Bill Bailey.«

»Oh! Ist schon eine Weile her, seit ich das letzte Mal von Ihnen gehört habe. Was macht das Kind?«

»Das Kind, wie Sie es nennen, ist ein Mädchen von nicht ganz dreizehn Jahren und steckt in ernsthaften Schwierigkeiten.«

»Was?«

»Sie haben gehört, was ich gesagt habe. Sie steckt in ernsthaften Schwierigkeiten. Sie hätte beinahe den Tod eines jungen Mannes verschuldet. Er schwebt noch immer in Lebensgefahr. Als würde das noch nicht reichen, hat sie sich außerdem als Ladendiebin schuldig gemacht.«

»Soso, was Sie nicht sagen!« brüllte der Alte. »Sie haben Sie gut abgerichtet.«

»Hüten Sie sich, so etwas zu sagen. Wir haben alles Menschenmögliche für das Mädchen getan. Sie hat eine gute Schule, eine Privatschule, besucht. Aber im Lügen ist sie eine Meisterin. Ich frage Sie, woher sie das hat. Von ihren Eltern jedenfalls nicht. Ihr Vater und ihre Mutter waren anständige Leute. Deshalb habe ich der Kleinen ein Zuhause gegeben, als sie mit drei Jahren Waise wurde. Sie wollten sich nicht um sie kümmern, aber ihr Geld haben Sie nicht aus den Klauen gegeben. Jetzt können Sie auch das Mädchen nehmen. Wir wollen nichts mehr mit ihr zu tun haben. Sie werden unverzüglich hier erscheinen und die Entscheidung treffen. Entweder nehmen Sie Mamie zu sich, oder sie kommt in ein Heim für schwer erziehbare Mädchen. Im letzteren Fall verlieren Sie auch das Geld. Meine Frau und ich haben wirklich alles für Mamie getan, aber in ihren Adern muß einfach schlechtes Blut fließen.«

»Ich werde Ihnen schon das Gegenteil beweisen! Schlechtes Blut, ich muß doch sehr bitten! Und das ausgerechnet von Ihnen, der noch nie im Leben seinen Fuß in eine Kirche gesetzt hat«, gellte es durch die Leitung.

»Hören Sie auf, von Ihrer Kirche zu reden, kommen Sie lieber her! Wenn nicht, überlasse ich das Mädchen der Polizei. Als ich die Pflegschaft übernommen habe, haben Sie darauf bestanden, ihr Vormund zu bleiben. Ihnen ging es um das Geld, stimmt's? Sie haben gedacht, ich würde Anspruch darauf erheben, für den Unterhalt. Und noch etwas. Wenn Sie bis morgen um diese Zeit nicht hier erscheinen, sorge ich dafür, daß sich die Polizei mit der Dienststelle an Ihrem Ort in Verbindung setzt. Eine letzte Information: Es geht auch um Drogen, und Ihre Enkelin hat damit ebenfalls zu tun.« Bill knallte den Hörer auf die Gabel.

Er verharrte einen Moment, die Hände vor die Augen gelegt. Wie stand er eigentlich zu Mamie? Wer besaß nun das Sorgerecht, er oder der Großvater? Auf jeden Fall verwaltete der Alte das Geld. Ärgerlich stapfte Bill zu seinem Arbeitszimmer. »Du bist doch nicht blöd«, sagte er zu sich selbst. »Natürlich besitzt du das Sorgerecht. Fiona und ich haben das Kind in die Familie aufgenommen und sind seine Adoptiveltern.«

Im Arbeitszimmer setzte er sich an den Schreibtisch, stemmte die Ellenbogen auf die Platte und senkte den Kopf auf die Hände. Eines war sicher. Fiona wollte, daß das Mädchen nicht zurückkehrte. Und der Gedanke, Mamie könnte wieder bei ihnen im Haus leben, bereitete auch Bill Übelkeit. Gut, dann mußte er die nötigen Schritte unternehmen. Es würde ohnehin zu einem Gerichtsverfahren kommen, denn man hatte Spuren von Rauschgift in Mamies Blut gefunden. »Geringe Spuren«, meinte der Arzt, »aber nicht unerheblich.«

Nicht unerheblich wofür? Reichte die Menge aus, um Mamie süchtig zu machen? Womöglich schon. Wenn sie bereits längere Zeit Drogen nahm, in ihrem Alter.

Bill lehnte sich in seinem Sessel zurück und atmete schwer. Es gab nur einen Lichtstreifen am Horizont. Mamie wollte nicht mehr bei ihnen leben. Das hatte sie ihm gesagt. Freiwillig käme sie nicht zurück. Sie wollte zu ihrem Großvater. Gut, dann mußte der Alte sich mit dieser Sache befassen. Wenn er nichts davon wissen wollte, würde Bill dafür sorgen, daß das Mädchen in ein strenges Internat kam. Solche Einrichtungen gab es bestimmt. Natürlich könnte auch das Gericht beschließen, daß Mamie wegen Drogenmißbrauch und Ladendiebstahl in ein Heim für schwererziehbare Mädchen kam.

Bill verstand noch immer nicht, warum sie stehlen mußte. Mamie hatte alles, was sie sich wünschen konnte, in vernünftigen Grenzen natürlich, was hieß, keine Pailletten und goldenen Armkettchen. In letzter Zeit hatte sie ihrem

Großvater geschrieben und auch Antwortbriefe erhalten, wahrscheinlich mit beigefügten Postanweisungen. Es wäre unklug von dem Alten gewesen, ihr das Geld zu verweigern. Wenn Bill sich richtig erinnerte, enthielt die Treuhandvereinbarung eine Klausel, die besagte, daß Mamie nicht vor ihrem sechzehnten Geburtstag über das volle Vermögen verfügen durfte. Aber für Sonderausgaben konnte Geld entnommen werden. Gut, wenn Mamie auf dieses Internat gehen mußte oder in eine andere strenge Schule, würde Bill diese Sonderausgabe durchsetzen. Er würde keinen Penny mehr für ihren Unterhalt zahlen.

Energisch erhob er sich von seinem Schreibtischsessel, nickte und sagte zu sich: »Das wäre geklärt! Die Entscheidung ist gefallen.« Eine Menge Arbeit lag nun vor ihm.

13.

Bill hatte das Baustellenbüro um halb fünf verlassen und sich direkt auf den Weg zum Krankenhaus in Fellburn gemacht. Jetzt saß er an Mamies Bett. Sie hatte den Kopf gesenkt und schien sich nur dafür zu interessieren, einen Fingernagel mit dem anderen zu reinigen.

Seit beinahe fünf Minuten hatte Bill auf sie eingeredet, doch sie nahm keine Notiz von ihm. »Also gut, dann werde ich deutlich«, fuhr er fort. »Meine Frau«, begann er und sagte nicht ›Mrs. B‹, wie auch Mamie Fiona nannte, sondern wiederholte: »Meine Frau will dich nicht mehr im Haus haben. Und ich möchte auch nicht, daß du zu uns zurückkehrst. Nachdem das geklärt ist, dürfte dich die Nachricht interessieren, daß dein Großvater und sein Cousin dich ebenfalls nicht in ihrem Haus haben wollen.« Bill wußte nicht, warum er das sagte, aber innerlich war er davon überzeugt. Immerhin war Mamie so überrascht, daß sie aufhörte, ihre Nägel zu säubern. »Er wird mich nehmen!« sagte sie. »Er wird … ganz bestimmt wird er!«

»Wenn du ihn morgen siehst, hörst du wahrscheinlich

das gleiche aus seinem Mund. Aber ich möchte betonen, daß alles von der Polizei abhängt. Sammy ist zu sich gekommen und hat weitere Einzelheiten berichtet, über deinen Ladendiebstahl hinaus …«

»Ich habe nicht gestohlen! Nein, das habe ich nicht getan!«

»Du lügst, und das weißt du genau. Wenn Sammy wieder ganz bei Bewußtsein ist, wird er es beweisen, vor Gericht. Hast du gehört? Auch vor dem Untersuchungsrichter, denn er hat bereits einige Männer genannt, die mit Rauschgift zu tun haben, die du kennst. Die Ärzte wissen, daß du Drogen genommen hast.«

»Habe ich nicht! Nein, habe ich nicht!«

Bills Stimme war ein drohendes Knurren: »Sei kein Dummkopf, Mädchen! Die Krankenschwestern haben zwei Einstiche am Oberarm und einige an deiner Hüfte gefunden.«

»Das sind Kratzer! Ich habe nichts mit Drogen zu tun!«

»Das erzählst du besser dem Richter, wenn du deine Aussage machst.«

Mit einer gewissen Befriedigung beobachtete Bill die aufflammende Röte in ihrem Gesicht.

»Ich gehe zu meinem Großvater. Er nimmt mich bestimmt. Und niemand kann mich davon abhalten.«

»Gut, dann sag ihm das, wenn er kommt.« Bill stand auf und verließ das Zimmer.

Am Nachmittag des nächsten Tages saßen zwei Männer Bill in seinem Arbeitszimmer gegenüber. Beiden hatte das riesige Grundstück und das große Haus förmlich die Sprache verschlagen, und sie staunten noch mehr, als sie die Inneneinrichtung sahen.

In seiner direkten Art sagte Bill: »Sie sind überrascht, daß Mamie in dieser Umgebung gelebt hat, nicht wahr?«

Der ältere Mann kniff die Lippen zusammen und murmelte: »Häuser machen noch keinen Charakter.«

»Da haben Sie recht. Ja, in der Tat. Wie ich bereits am Telefon sagte, trotz unserer Bemühungen ist das aus ihr geworden, was wohl schon immer unter der Oberfläche verborgen war. Und ich wiederhole, von ihren Eltern kann sie die Verdorbenheit nicht haben, denn weder ihr Vater noch ihre Mutter hätten sie zum Lügen und Stehlen angehalten. Hinterhältig wie die Kleine ist, kam das alles erst heraus, als sie vermißt wurde. Und was ist meinem Jungen passiert, der sie beim Ladendiebstahl erwischt hat und ihr nachgegangen ist? Er ist auf ein Nest von Drogendealern gestoßen und wäre fast ermordet worden. Zum Glück ist er inzwischen wieder so weit bei Bewußtsein, um bei der Polizei eine lückenlose Aussage zu machen.«

Der ältere Herr nahm eine drohende Haltung ein. »Dazu kann ich nur eines sagen. In diesem Haus müssen sämtliche Bewohner blind gewesen sein, um den Zustand nicht zu bemerken, in dem sich das Mädchen befunden hat.«

»Das Mädchen ist beinahe dreizehn, und sie war gewitzt genug, um zu wissen, daß meiner Frau etwas auffallen könnte, wenn sie den Swimmigpool benutzte. Schon seit einigen Wochen ist sie nicht mehr ins Wasser gegangen, mit der Begründung, sie würde sich erkälten. Oder sie hat eine andere Ausrede erfunden. So geschickt, daß niemand von uns Verdacht schöpfte.«

Der jüngere Mann richtete sich in seinem Sessel auf und fragte aggressiv: »Was erwarten Sie von uns? Was sollen wir tun, wenn sie tatsächlich in diesem furchtbaren Zustand ist?«

»Von Ihnen nichts, Sir. Aber von ihrem Großvater. Ich erwarte, daß er sich wie ein Großvater verhält.« Bill nickte in die Richtung des älteren Herrn. »Ja, sie möchte zu Ihnen ziehen. Hierher will sie nie mehr zurück, hat sie erklärt. Wir würden sie auch nicht nehmen. Außerdem sind Sie ihr gesetzlicher Vormund. Wofür Sie gesorgt haben, als Sie die Vermögensverwaltung übernommen haben.«

»Ich bitte Sie«, unterbrach der jüngere Mann. »Warum sollte von meinem Onkel erwartet werden …?«

»Würden Sie sich bitte heraushalten? Vor zehn Jahren wollten Sie auch nichts mit ihr zu tun haben, oder? Deshalb verhandle ich nur mit Ihrem Onkel.«

»Er ist ein alter Mann.«

Bill blickte den älteren Herrn an: »Alt? Aber nicht zu alt, um als Geschäftsmann tätig zu sein, nicht wahr, Sir? Ich betrachte Sie nicht als alt. Nun gut, wenn Sie meinen, Sie wären zu alt, werden die Richter über den Aufenthaltsort des Mädchens entscheiden, und damit auch über ihr Vermögen.«

Bill sah, wie beide Männer unruhig in ihren Sesseln rutschten und der jüngere Mann dem älteren einen raschen Blick zuwarf, und er sagte: »Das Geld wurde in einem Treuhandfonds angelegt. Daher dürfte die Angelegenheit leicht zu regeln sein. Ich nehme an, bis jetzt wurde kaum Geld entnommen. Außerdem müßten sich Zinsen angesammelt haben.«

»Ich hatte Auslagen«, sagte der Großvater.

»Was für Auslagen?«

»Sie hat immer wieder Geldbeträge angefordert, und ich mußte die Korrespondenz erledigen ...«

»Geldbeträge? Gelegentliche Zahlungen von fünf Pfund oder zehn Pfund? Ich sehe alle Post durch, die bei uns im Haus eintrifft. Im letzten Jahr hat sie meines Wissens nur zwei Briefe von Ihnen erhalten. Und was die Auslagen betrifft, was meinen Sie damit? Diese Form der treuhänderischen Vermögensverwaltung kostet nichts, es sei denn ... Haben Sie einen Sekretär bezahlt, Ihren Neffen hier? Beim letzten Mal sagten Sie noch, er wäre Ihr Cousin, oder war er Ihr Schwiegersohn?«

»Es gab Bankdokumente zu unterzeichnen, und ich mußte einen Briefwechsel ...«

»Seien Sie doch still! Mich können Sie nicht für dumm verkaufen. Ich bin selbst Geschäftsmann. In meiner Firma arbeiten genug Sekretärinnen und Buchhalter, und ich weiß, wie der Hase läuft. Im Augenblick arbeite ich an einem Vertrag, der den von Sir Charles Kingdom hinterlassenen Treuhandfonds betrifft. Außerdem bin ich Ausschußmitglied einer Stiftung der Krebshilfe.«

»Das ... sind ganz andere Fonds.«

»Die Gesetzesgrundlage ist die gleiche, und wir wollen

doch prüfen, was rechtens ist, nicht wahr? Ich jedenfalls werde mich sofort darum kümmern, wenn das Mädchen in ein Heim eingewiesen wird.«

»Ich will aber nicht, daß sie in so ein Haus kommt.«

»Sie wollen nicht?« Bill schob den Kopf vor und sah den Alten an. »Welche Alternative gibt es denn, wenn Sie das Mädchen nicht zu sich nehmen wollen?«

»Habe ich gesagt, daß ich sie nicht will? Ich hatte bislang keine Gelegenheit, mit ihr zu sprechen.«

»Was ist mit dem Platz, Onkel?«

Der Alte brüllte seinen Begleiter regelrecht an: »Laß das meine Sache sein, Owen. Bitte!«

Wieder blickte Bill von einem Besucher zum anderen. »Platz?« fragte er. »Was meinen Sie mit Platz?«

Der Großvater antwortete: »Keine Sorge. Wenn wir das Mädchen unterbringen müssen, schaffen wir das.«

»Also gut. Sie bringen das Mädchen unter. Aber was soll das heißen, Sie schaffen es? Ich dachte, Sie hätten ein sehr schönes Haus.« Bill wandte das Gesicht dem jungen Mann zu. »Was meinen Sie mit Platz? Davon haben Sie doch gesprochen, oder?«

Der Alte atmete langsam ein. »Mein ... Owen und seine Frau wohnen zur Zeit bei mir.«

Bills Aufmerksamkeit wechselte zu dem jüngeren Mann, der brütend das Tischende anstarrte. »Wenn ich mich nicht irre, waren Sie und Ihre Frau auf dem Weg ganz nach oben, oder?« fragte Bill. »Ich dachte, Sie hätten Ihr kleines Dorf in Wales verlassen und wären in einer Nobelgegend in Ihr Traumhaus gezogen. Damals hatten Sie beschlossen, keine Kinder zu haben. Es hieß, entweder das Haus oder Kinder, wenn ich mich recht entsinne. Sie waren ganz groß in irgendein Geschäft eingestiegen, nicht wahr?«

Der Mann richtete den Blick noch immer auf die Schreibtischplatte, und sein älterer Begleiter setzte zu einer Erklärung an: »Seine Situation ist ... nur im Augenblick etwas eng. Aber das wird sich bald ändern.«

»Nicht, wenn er pleite ist, mein Freund. Ich weiß nicht, wann der Konkurs angemeldet wurde, aber Sie wissen, daß es drei Jahre dauert, bis er wieder ein Gewerbe anmelden darf. Auch dann ist ein Neuanfang schwierig. Die Vermögensverwaltung von Mamies Treuhandkonto würden Sie ihm nicht überlassen, habe ich recht?« Röte überzog das knochige Gesicht, und der Alte spie Bill entgegen: »Seien Sie ... nur vorsichtig mit Ihren Bemerkungen und Andeutungen.«

»Ich bin ja vorsichtig. Sehr vorsichtig sogar.« Mehr sagte Bill nicht. Eine Pause entstand. Dann fragte Bill den Alten ruhig: »Sie werden das Mädchen also zu sich nehmen?«

Mamies Großvater hob den Kopf, doch seine Augen blieben gesenkt, während er sprach: »Ja, ja. Das wird wohl so sein. Wir nehmen sie.« Scharf fügte er hinzu: »Für eine gewisse Zeit.«

»Ich weiß zwar nicht, wie lang für Sie eine gewisse Zeit ist, aber das Mädchen erhält mit sechzehn die Verfügung über ihr Vermögen. Wenn keine andere Regelung existiert, wird das der früheste Zeitpunkt sein. Sie ist übrigens sehr verschwenderisch und gibt gern Geld aus.«

»Sie ... wird sich fügen müssen, wenn ich die Verantwortung habe. O ja, das wird sie.« Der Alte senkte nachdrücklich den Kopf. »Das garantiere ich.«

Mamies Großvater stand auf, und der jüngere Mann tat das gleiche. »Wir fahren jetzt zum Krankenhaus zurück und holen sie ab.« Bill hob die Hand. »Oh, nein. So schnell geht das nicht. Zuerst müssen wir bei der Polizei die Genehmigung einholen, denn der Fall kommt wahrscheinlich vor Gericht. Zwei der Halunken sind bereits gefaßt. Jetzt suchen sie noch nach der Frau und Mamies Freundin Nancy.«

Da anscheinend beide Männer kein Wort mehr herausbrachten, schloß Bill: »Sie können zum Krankenhaus fahren und Mamie besuchen. Am besten nehmen Sie ein paar von ihren Sachen mit. Den Rest schicke ich nach.«

Bill ging an den beiden vorbei zur Tür und dachte für einen Moment, sie würden ihm nicht nach draußen folgen. Als sie dann alle in der Halle standen, rief Bill: »Nell!«

Fionas Freundin erschien in der Wohnzimmertür. Bill bat

sie: »Würdest du so freundlich sein und diese beiden Herren nach oben in Mamies Zimmer führen? Dort packst du einige Koffer mit Mamies Kleidern und was sie sonst brauchen könnte. Wenn du dann noch so nett sein würdest, die zwei Herren zum Krankenhaus zu fahren?«

Nell erwiderte im gleichen Tonfall wie Bill: »Ja, gern, Mr. Bailey.« Dann führte sie die Männer nach oben.

Eine Viertelstunde später kamen die drei wieder nach unten. Der jüngere Mann trug einen kleinen Koffer, und auf Bills fragenden Blick antwortete Nell: »Der Herr fand, daß die Kleider des Mädchens unpassend für sie seien. Ich habe etwas von ihrer ... einfachen Unterwäsche eingepackt, dazu ein Kleid, einen Mantel, einige Strümpfe und feste Schuhe.« Nell sah Bill ins Gesicht, doch dieser entgegnete nichts. Mamies Großvater sagte: »Passen wird ihr das nicht, ich meine, daß sie nicht ihre eigenen Kleider bekommt.«

Zum ersten Mal wandte sich Mamies Großvater mit einem Bibelspruch an Bill: »Eitelkeit kommt vor dem Fall. Das dürfen auch Sie sich zu Herzen nehmen.« Er schritt durch die Halle zur Eingangstür. Nells Stimme hielt ihn auf: »Warten Sie eine Minute. Wenn ich Sie fahren soll, muß ich zuerst meinen Mantel holen.« In der Eile rief sie Bill zu: »Sag Fiona Bescheid, ja? Sie ist oben im Kinderzimmer.«

Bill verharrte oben an der Treppe und beobachtete die beiden Männer auf dem Kiesweg, die mit dem Rücken zu ihm standen. Sie rührten sich nicht von der Stelle, bis Nell zu ihnen trat. Dann wandten sie sich um und folgten ihr zur Garage. Bill schloß die Haustür und kehrte in sein Arbeitszimmer zurück. Wieder stemmte er die Ellenbogen auf den Tisch und vergrub das Gesicht in den Händen. »Eitelkeit kommt vor dem Fall. Das dürfen auch Sie sich zu Herzen nehmen.« Ob eine gute Tat immer das Böse heraufbeschwor? Als dreijähriges Kind hatte Bill das Mädchen aufgenommen, und zehn Jahre eines annehmlichen Lebens reichten aus, um Mamie zu dem zu machen, was sie heute war. Sammy lebte nicht nur in seinem Haus, sondern hatte einen Platz in seinem Herzen, und obwohl es keine Adoption gegeben hatte, wußte Bill, daß Sammy sein richtiger

Sohn war. Aber was mußte der Junge erleben, und was hatten die Ärzte heute morgen gesagt? Selbst wenn er wieder auf die Beine kam, würde es lange dauern, bis er seine Gesundheit vollständig wiederfand. Als man ihn zusammenschlug, könnten seine Nieren in Mitleidenschaft gezogen worden sein. Außerdem hatte Sammy einige gebrochene Rippen, die jedoch mit der Zeit heilen würden.

Zeit. Zeit. Oh, er war müde. Alle waren müde. Aber die Geschichte hatte gerade erst begonnen. Man mußte nur warten, bis die Zeitungen sich darauf stürzten.

Bill stieg langsam die Treppe hinauf, während er für sich wiederholte: Eitelkeit kommt vor dem Fall ... Da will man helfen, und was kommt dabei heraus? Drogen, Ladendiebstahl und ein tiefer Fall, weil man das Gute wollte und das Böse schuf.

14.

Die Erwartung ist quälender als das Ereignis selbst.

Wer hatte das gesagt? Er wußte es nicht mehr, aber irgendwo hatte Bill diese Lebensweisheit gehört. Der Satz stimmte, denn die Zeitungen verzichteten darauf, ihn wegen der Geschichte mit dem Mädchen anzugreifen. Statt dessen gab es einige überraschend freundliche Artikel. Sammy, der in manchen Berichten als Schuljunge bezeichnet wurde, bekam viel Lob, da er versucht hatte, das in die Sache verwickelte junge Mädchen von Mrs. Polgars Haus wegzubringen. Das zumindest wäre der Name, unter dem die besagte Drogenhändlerin in einem angesehenen Stadtviertel lebte. Aber was geschah mit ihm, als er das Mädchen aus den Fängen dieser Frau befreien wollte? Er überraschte die Drogenhändler auf frischer Tat und erkannte sofort einen der Männer, der früher in einer Werkstatt gearbeitet hatte. Da der junge Mann Mitglied in einem Karateclub war, hatte er alle Kampfkünste angewandt, über die er verfügte, erst ein Schlag auf den Hinterkopf konnte ihn außer

Gefecht setzen. Er fiel zu Boden und wurde zusammengeschlagen. Anschließend fesselte man ihn, steckte ihn in einen Plastiksack und überließ ihn unterhalb der Mole den Gezeiten.

Der Bericht schloß mit dem Satz, das junge Mädchen befände sich jetzt in der Obhut seines Großvaters …

Weder gegen Bill noch Fiona wurden Vorwürfe erhoben. Nur eine Zeitung erwähnte, daß das Mädchen vor Gericht erscheinen mußte und ihr die Entscheidung auferlegt wurde, in ein Erziehungsheim oder zu ihrem Großvater zu gehen. Offenbar hatte sie nicht nach Hause zu ihren Adoptiveltern zurückkehren wollen. Dort hatte sie in den vergangenen zehn Jahren ein bequemes, fast luxuriöses Leben geführt, war aber selbst nicht unvermögend. An ihrem sechzehnten Geburtstag würde sie einen großen Geldbetrag erben, den ihr Großvater treuhänderisch verwaltete.

Das hatten sie also überstanden. Die Schlagzeilen der folgenden Ausgaben würden sich mit den Gerichtsverfahren gegen die gefaßten Drogenhändler beschäftigen. Die Polgar jedoch blieb spurlos verschwunden.

Morgen war Heiligabend, und Bill hoffte, Sammy würde das Fest zu Hause verbringen können. Der Junge lag seit fast drei Wochen im Krankenhaus. Seit einer Woche konnte er wieder aufstehen, doch er war noch immer wacklig auf den Beinen. Die Ärzte beruhigten ihn allerdings, das läge nur an den Verletzungen, die seine linke Körperseite überzogen und noch nicht völlig verheilt waren. Auch wenn es ihm widerstrebte, müßte er für einige Zeit einen Rollstuhl benutzen.

»Im Rollstuhl fahren!« hatte Sammy zu Bill gesagt. »Lieber krieche ich auf Händen und Knien.«

Worauf Bill entgegnete: »Du tust, was man dir sagt und nimmst den Rollstuhl. Zu Hause steht einer für dich bereit.«

»Glaub nur nicht, daß du mich da hineinbekommst, Bill.«

»Weißt du was, Sammy Love?«

»Was?«

»Du verweigerst mir den nötigen Respekt.«

»Ja, ich weiß, was du sagen willst … ich habe den Mister vergessen.«

»Du hast meine Anrede vergessen.«

»Legst du so viel Wert darauf?«

»Nein, mein Junge …« Bill boxte Sammy gegen die Schulter. »… natürlich nicht. Mir gefällt der Titel zwar. Und natürlich gibt es ein Wort, das mir noch besser gefällt. Aber du hattest bereits einen Vater, und ich möchte ihm seinen Platz nicht streitig machen. Aber was rede ich da? Nur ein Idiot würde dich zum Sohn haben wollen, oder? Hätte ich dich großgezogen, wärst du nicht mitten in dieses Rattennest von Dieben und Drogensüchtigen getreten. Nein, du hättest mehr Verstand besessen. Egal …« Bill war aufgestanden und wirkte verlegen. »… Ich werde jetzt mit dem Arzt sprechen, ob wir dich morgen nach Hause holen können.«

»Ich werde auf jeden Fall nach Hause kommen. Dieses Loch hier habe ich satt. Und diese Krankenschwestern hier sind dreiste Biester. Mir stehen die Haare zu Berge, wenn ich nur daran denke.« Sammy grinste. »Eine hat mir sogar einen Antrag gemacht, und ich überlege, ob ich ihn annehmen soll. Ein Klasseweib. Sie stammt nicht von hier, sondern aus Somerset. Ihren Reden nach muß sie aus wohlhabender Familie sein. Ja, wirklich. Ich überlege, ob ich ja sagen soll. Wenn man mit siebzehn den Führerschein machen darf, wird es wohl erlaubt sein, in diesem Alter auch zu heiraten. Was meinst du?«

Bill war bei der Tür angekommen und drehte sich zu Sammy, mühsam sein Grinsen unterdrückend. »Warte, bis ich das zwei weiblichen Wesen erzähle, und du kennst ihre Namen, Minnehaha und Katie Bailey. Ehe deine Verehrerin sich versieht, ist sie ihren Skalp los.«

»Wer ist Minnehaha?«

»Das frage ich dich. Welches Mädchen in deiner Bekanntschaft sieht aus wie Minnehaha?«

»Daisy?«

»Ja, Daisy.«

»Oh, mein Gott! Da bellst du den falschen Baum an. In die Richtung wage ich mich besser nicht. Ich möchte keinen neuen Streit mit Willie.«

Bill hatte die Tür einen Spalt aufgestoßen und blieb wieder stehen. »Willie und Daisy?«

»Wer sonst?«

»So ein Quatsch!« Bill zog die Tür hinter sich zu, ohne einen Knall, aber auch nicht allzu leise.

Auf dem Weg aus dem Krankenhaus sprach er mit sich selbst. Da hörte er es wieder. Willie in Daisy verliebt. Au wei, au wei! Aber Moment mal. Bill hielt inne. Daisy war ständig im Krankenhaus gewesen. Jeden Tag, seit Sammy eingeliefert wurde, hatte sie hier mehrere Stunden verbracht. War der Junge schwer von Begriff? Wußte er nicht, daß er im Rennen war? Und wer war dieser Jimmy, von dem Daisy behauptete, er wäre ihr Beschützer? Was für ein Durcheinander. Am Ende klärte sich bestimmt alles von allein. Hoffentlich. Bevor er auf die Baustelle zurückkehrte, würde Bill Fiona anrufen müssen …

»Bist du das, Liebling?«

»Wer sollte sonst ans Telefon kommen, Mr. Bailey?«

»Meine Geliebte vielleicht … Nell.«

»Hör auf! Sag lieber, was du willst. Ich bin sehr beschäftigt. Wir stecken bis zum Hals in Arbeit.«

»Hast du alles für die Gallaghers vorbereitet?«

»Ja, Liebling, bis zum jüngsten Familienmitglied, von Mr. Len und Mrs. Annie bis zu Jeannie mit dem hellbraunen Haar.«

Bill lachte. »Heute abend wäre ich gerne dort, wenn das Zeug ankommt.«

»Ich auch, Liebling.« Fionas Stimme wurde weich. »Weißt du, ich kann es dir ruhig sagen. Es hat mir große Freude gemacht, zu sehen, wie dieser Geschenkkorb zusammengestellt wurde. Mr. Graves hat mir versprochen, daß die anderen Päckchen in sein bestes Geschenkpapier gewickelt werden. Ich habe ihm gesagt, das Ganze wäre deine Idee, und … halt dich fest, damit du nicht abhebst … er meinte, du müßtest wirklich ein guter Mensch sein, nach allem, was er gehört hätte. Moment, er hat hinzugefügt: ›im Grunde‹. Er hat also nicht gesagt, daß das für alle sichtbar wäre.«

»Paß auf, was du da sagst, Mrs. Bailey.«

»Nein, ernsthaft. Er hielt es für eine wunderbare Geste, Liebling. Und er konnte verstehen, warum du so handelst. Ich habe ihm noch mehr erzählt, von einigen deiner Projekte, und er hat ungemein interessiert zugehört.«

»Du solltest dich lieber um deine eigenen Projekte kümmern, Mrs. Bailey.«

»Das werde ich, Mr. Bailey. Das werde ich. Um wieviel Uhr kommst du nach Hause?«

»Heute abend schließen wir die Baustelle. Deswegen möchte ich länger bleiben und sehen, welche Wachmänner dieses Mal geschickt werden.«

»Du mußt dableiben? Bleiben auch deine leitenden Angestellten?«

»Ja, auch die. Du kennst mich doch. Und vergiß nicht, wir haben eine neue Firma mit der Bewachung beauftragt. Ich möchte die Leute persönlich vorwarnen, was ihnen blüht, wenn sie sich während der Arbeit aufs Ohr legen.«

»Du bist ein furchtbarer Mann, aber auf deine Weise schlau.«

Bill lachte und sagte: »Du bist auch ziemlich gerissen, Frau. Bis bald.«

Fiona legte auf und sah zu ihrer Mutter, die Stechpalmenzweige in die Zwischenräume des schmiedeeisernen Treppengeländers flocht. »Bill sagt, er würde sich wünschen, heute abend bei den Gallaghers zu sein, wenn der Präsentkorb und die Päckchen eintreffen.«

Mrs. Vidler unterbrach ihre Arbeit. Sie setzte sich auf eine Treppenstufe. »Weißt du was, Fiona. Ich auch. Ja, das würde ich auch gern. Und wenn es nur wäre, um dieses Mädchen noch einmal zu sehen. Sie macht mich neugierig. Ich habe noch nie jemanden wie sie kennengelernt. Gestern abend kam sie mir in den Sinn, und ich dachte, sie muß wirklich Mut haben, in diesen Sachen herumzulaufen. Und dann ihr Haar. Es ist ganz aus der Mode, es so zu tragen, weißt du.«

»Nicht völlig, Mutter. Es scheinen sich noch viele so zurechtzumachen, um in die Disco zu gehen.«

»Und du sagst, sie macht Judo und eine Ausbildung im Fechten?«

»Ja, und sie ist ziemlich gut, nach allem, was ich weiß.«

»Da sieht man es wieder. Man sollte Menschen nie nach ihrem Äußeren beurteilen.«

Fiona antwortete nichts. Sie ging durch das Zimmer zu dem großen offenen Kamin und legte ein neues Holzscheit in die eiserne Halterung. Du liebe Zeit! dachte sie. Ausgerechnet ihre Mutter sagte, man sollte Menschen nie nach ihrem Äußeren beurteilen! Früher wäre dies ihr einziger Bewertungsmaßstab gewesen, natürlich neben der richtigen Aussprache. Wenn ein Mensch auf dieser Welt sich gewandelt hatte, dann ihre Mutter.

Die Stimme ihrer Mutter drang zu Fiona: »Ich freue mich so auf Sammys Heimkehr morgen. Weißt du, Fiona, in letzter Zeit mußte ich oft an seinen Vater denken. Ob du es glaubst oder nicht, ich habe große Zuneigung für ihn empfunden.«

»Ich weiß, Mutter. Und er hat das zu schätzen gewußt.« Noch während sie dies sagte, stieg das Bild von Davey Love, von Sammys Vater, vor ihr auf, einem Mann, der das völlige Gegenteil ihrer Mutter war. Vor ihrer unglücklichen, oder sollte man sagen glückbringenden Erfahrung in Amerika, die ihre Rückkehr nach England als geläuterte Frau zur Folge hatte, war Fionas Mutter eine gezierte hochnäsige Person gewesen. Neben ihr mußte man sich Davey vorstellen. Er war halb so alt wie sie und brachte keine drei Worte heraus, ohne daß ein derber Fluch folgte, wobei die Derbheit oft für Lacherfolge sorgte. Die Aufmerksamkeit ihrer Mutter versetzte den armen Davey in Angst und Schrecken, so daß er zu Fiona gekommen war und sie um Hilfe gebeten hatte. Damals hatten sie viel Spaß gehabt. Fiona stand vor dem Kamin und blickte in das lodernde Holzfeuer. Ja, es gab viel zu lachen damals, alle hatten viel gelacht, als Davey Love noch lebte. Er spielte für sie den Narren. »Gottes Idiot« hatte er sich selbst genannt. Unter der Maske des

Hanswurst war er ein wirklich weiser Mann gewesen. Im letzten Jahr dann hatte man kaum noch Lachen im Haus gehört. Die Fröhlichkeit schien irgendwie aus der Familie verschwunden, und das alles wegen dieses Mädchens. Fiona hatte es versucht. Und wie sie versucht hatte, Mamie zu erreichen. Vergebens. Das Mädchen entwickelte sich zur Ladendiebin und nahm Drogen. Lieber Gott im Himmel! Für einen Moment schloß Fiona fest die Augen und dachte, von nun an würde alles anders werden. Das Mädchen war bei ihrem Großvater, und dort blieb sie wahrscheinlich. Der Alte ließ sie nicht mehr gehen, und sei es nur wegen des zu erwartenden Vermögens. Fiona kannte Mamie und bezweifelte, ob er viel davon zu sehen bekam, wenn sie erst einmal selbst darüber verfügte. Wenigstens war Sammy am Leben und würde morgen nach Hause kommen. Wie sein Vater damals, aber nicht ganz, denn Sammy würzte seine Sprache nicht mehr mit kraftvollen Adjektiven … und Substantiven. Aber er verbreitete Fröhlichkeit. Fiona betete zu Gott, daß von nun an das Lachen ins Haus zurückkehrte.

Die Stimme ihrer kleinen Tochter riß Fiona aus ihren Gedanken. Angela kam die Treppe herunter und fragte: »Ich helfen Oma? Ich helfen Oma?«

»Nein, Schatz, du piekst dich an den Blättern der Stechpalmen.«

»Piekst dich?« Helles Kinderlachen schallte zu ihr. Fiona richtete den Blick nach oben und wußte, hier war ein Wesen, daß auf eigene Weise Fröhlichkeit ins Haus brachte. Und nicht nur Fröhlichkeit, sondern Liebe, durch die die Familie zusammengehalten wurde. Selbst dieses liebevolle Familienband hatte im vergangenen Jahr durch dieses Mädchen beinahe Schaden genommen. Oh! Warum konnte sie nicht einfach …?

Fiona fuhr herum. Auf dem Weg zur Küche hätte Fiona es beinahe laut ausgesprochen: Warum konnte sie dieses Mädchen nicht einfach vergessen? Sie war aus ihrem Leben und dem der anderen verschwunden und würde nie mehr zurückkommen. Niemals! Niemals!

15.

»Willst du deinen Brotpudding mit dem Eintopf essen, oder hebst du ihn dir für danach auf, Sep?«

»Für danach, Mam.«

»Ich auch«, warf Danny ein. »Aber mit Zucker, Mam.«

»Das mit dem Zucker werden wir sehen, wenn es soweit ist.«

»Wenn ich keinen Zucker bekomme, will ich ihn mit Butter und Marmelade essen.«

»Das kommt davon, wenn man in der Zeitung gestanden hat.« Frank nickte über den Tisch seinem kleinen Bruder zu. »Wenn ich freie Hand hätte bei dir, würde ich dir die Ohren langziehen, sobald du den Mund aufmachst.«

»Ich werde mich an deine Worte erinnern, wenn ich groß genug bin, Frank. Dann bist du zu alt und klapprig, um es mit mir aufzunehmen. Ich zahle dir heim, daß du mir jedes Mal den Mund verbietest. Also wart's ab.«

Bis auf Daisy und ihre Mutter, die das Essen von einem Beistelltisch holten, begann die ganze Familie zu schmunzeln und zu kichern.

Daisy stellte den letzten Suppenteller mit Lammeintopf vor ihre Mutter, die am unteren Ende des Tisches saß, nahm ihren eigenen Teller und setzte sich. Niemand begann zu essen, bis Annie sagte: »Dann wollen wir anfangen.«

Sie hatte eine Weile schweigend die Suppe gelöffelt, als ein hustendes und spuckendes Geräusch von der anderen Seite zu hören war. Annie schalt ihre jüngste Tochter: »Hör auf, mit dem Essen zu spielen, Mädchen! Leg den Löffel hin. Hättest du richtigen Hunger, wärst du froh, so etwas zu bekommen. Du wirst mit der Zeit immer wählerischer. Dieses Essen gibt es nur einmal die Woche.«

»Aber es ist immer fettig, Mam.«

Es folgte noch ein spuckendes Geräusch. Am anderen Ende des Tisches sagte Frank: »Dann spuck es doch aus! Und frag sie, warum sie uns nicht gelegentlich einen Lendenbraten oder Rumpsteaks auftischt? Ich mag Rumpsteak mit Pommes Frites.« Harry ergänzte: »Ich auch, Frank. Ein

Rumpsteak mit Pommes Frites, dazu jede Menge Tomatensauce, dagegen ist nichts einzuwenden.« Etwas leiser und den Kopf zu seinem Bruder vorgestreckt, sagte er dann: »Bei der Tomatensauce spart sie immer, findest du nicht auch?«

Wieder hörte man das spuckende Geräusch. Annie schwieg und umfuhr mit dem Löffel den Rand ihres Tellers. Als wollte er gepflegte Konversation machen, sagte Sep: »Rostbraten vom Lamm ist sehr schmackhaft, serviert mit grünen Bohnen und jungen Kartoffeln. Ich erinnere mich, es war vor langer Zeit, vor sehr langer Zeit, daß ich eine solche Delikatesse zu mir nehmen ...«

Das Scharren von Stuhlbeinen brachte ihn zum Schweigen. Verblüfft sahen alle, wie ihre Mutter durch die Küche eilte und die Tür zum Vorderzimmer aufstieß. In diesem Moment stand Mike auf und blickte den Tisch entlang: »Ihr seid eine hirnlose Bande von Idioten. Kapiert ihr das denn nicht?«

»Setz dich. Setz dich wieder hin, Mike.« Len tätschelte den Arm seines Sohnes. »Normalerweise hätte sie den Spaß verstanden, doch jetzt, wo Weihnachten naht ... das müßt ihr verstehen, sie ist ein bißchen empfindlich. Setz dich hin, Junge.« Er zog Mike zurück auf seinen Stuhl.

Als Mike wieder saß, sprang Daisy auf und sagte mit rauher Stimme: »Wenn ihr solche Sachen essen wollt, müßt ihr auch das nötige Kleingeld dazu verdienen.« Dann folgte sie ihrer Mutter ins Vorderzimmer.

Frank wandte sich an seinen Vater: »Ich gebe einen ordentlichen Teil meines Lohns zu Hause ab, Dad. Das habe ich immer getan.«

»Ich weiß, Junge. Ich weiß.«

»Was ich verdiene, reicht kaum, um etwas abzugeben.« Seps Stimme klang wieder normal, aber man hörte Bedauern darin.

Gute zehn Minuten später kehrte ihre Mutter in die Küche zurück. Frank trat auf sie zu und sagte: »Es tut mir leid, Mam. Das war alles bloß Spaß.«

»Ja, ich weiß. Aber mit den Jahren werde ich einfach dünnhäutig. Ich sollte vernünftiger sein. Weißt du was?«

Sie blickte sich um. »Ich hasse Weihnachten. Ja, wirklich, ich hasse Weihnachten. »Ach …« Sie ging zum Beistelltisch, und ihr Ton wurde heiterer: »… übrigens, Danny, möchtest du Zucker auf deinen Brotpudding?«

»Nicht so wichtig, Mam«, tönte die Kinderstimme. »Ich esse ihn ohne alles.«

»Mit etwas Zucker wird er dir noch besser schmecken.«

»Ich hätte gern heißen Sirup über meinen Pudding, wenn es dir nichts ausmacht, Mrs. Gallagher.« Len zwinkerte den überrascht blickenden Kindern zu. Es geschah nicht oft, daß ihr Vater einen Scherz machte. Im Raum entstand Schweigen, bis Annie sagte: »Du weißt, was ich tun würde, wenn ich einen Topf Sirup im Haus hätte, Len Gallagher. Nicht wahr?« Len antwortete: »Oh, ich ahne es, Mrs. Gallagher. Ich ahne es.« Wieder lachten alle, doch dieses Mal weniger ausgelassen …

Eine halbe Stunde später war der Tisch abgeräumt, und Daisy hatte mit der Hilfe von Jean das Geschirr gespült. Frank kam herein, zum Ausgehen angezogen.

Er wandte sich an Mike, der neben dem Kamin saß und Zeitung las. »Komm mit den anderen in den Club. Ich kann es mir leisten, dir ein Bier zu spendieren. Heute war Zahltag.«

»Nein, danke.« Mike hatte nicht einmal von der Zeitung aufgeblickt. Frank brüllte ihn an: »Verdammt, laß dich nicht dauernd hängen! Was soll das nützen? Du bist nicht der einzige, der ohne Arbeit zu Hause herumsitzt.«

Mike sprang aus seinem Sessel, schleuderte die Zeitung zu Boden und brüllte zurück: »Ich sitze nicht zu Hause herum. Ich laufe die Straßen und Wege ab, jeden verdammten Tag.«

Annie drängte sich zwischen die beiden Streithähne und schob sie mit beiden Händen auseinander. »Um Gottes willen! Hört auf, alle beide.« Sie blickte mit gesenktem Kopf von einem zum anderen. Dann sah sie zu Len, der mit eiligen Schritten aus dem Zimmer ging, und zischte ihre Söhne an: »Was glaubt ihr, wie ihm zumute ist? Er sitzt hier herum, weil es sonst nichts für ihn zu tun gibt …«

Als jemand an der Eingangstür klopfte, traten Annie und ihre Söhne auseinander. Das Klopfen klang eher wie ein Hämmern. Annie ging los, um dem Besuch, der wahrscheinlich eine Weihnachtssammlung durchführte, die Meinung zu sagen.

An der Tür angekommen, brachte sie kein Wort heraus. Ihr gegenüber standen zwei Männer, und auf dem Gehwegpflaster zwischen ihnen stand ein großer Präsentkorb. An der Bordsteinkante parkte ein Lieferwagen.

»Mrs. Gallagher?«

»Ja.«

»Wir sollten das hier besser ins Haus tragen.«

»Einen Moment! Moment mal!« Sie hinderte die Männer, den Korb hochzunehmen. »Ich glaube, Sie sind an der falschen Adresse. Ich erwarte keine Lieferung.« Annie erinnerte sich an die Werbeanzeigen für Präsentkörbe, die mit der Post ins Haus gekommen waren. Allein der Anblick hatte sie maßlos geärgert.

»Dies ist doch Brompton Road West Nummer fünfundvierzig?«

»Ja, das ist hier.«

»Und der Name ist Gallagher? Mrs. Gallagher?«

»Ja, das stimmt auch.«

»Dann ist der Korb für Sie.«

Annie machte langsam einen Schritt rückwärts und zog die Tür weiter auf. Die Männer mußten den Korb schräg hereinwuchten. Als sie ihn neben den Tisch gestellt hatten, blickten sie in die verblüfften Gesichter. Das brachte einen der Männer zum Lächeln, und er wandte sich an Mike: »Ich glaube, wir brauchen Hilfe, das Ding auf den Tisch zu heben.«

Mike zögerte einige Sekunden. Dann trat er wie betäubt vor. Als der Korb auf dem Tisch stand, sah der Mann in die Runde und sagte: »Das war noch nicht alles. Es folgen noch mehr Sachen.«

Erst das Geräusch der aufgehenden Küchentür, als Sep hereinkam, unterbrach die Stille, die sich über die Gallaghers gebreitet hatte.

Beide Lieferanten nickten befangen in die Familienrunde und sagten: »Fröhliche Weihnachten! Fröhliche Weihnachten!« Sie lächelten breit, erhielten aber keine Antwort, bis schließlich ein Chor aus hohen und tiefen Stimmen verkündete: »Ihnen auch! Ihnen auch!« Dann folgte Annie allein: »Vielen Dank. Vielen herzlichen Dank.«

Sie begleitete die Männer hinaus. Als sie auf dem Gehsteig waren und zum Lieferwagen gingen, zog Annie die Haustür bis auf einen Spalt breit zu und eilte ihnen hinterher. Im Flüsterton fragte sie: »Wer ... hat das ganze Zeug geschickt?«

»Mr. und Mrs. Bailey.«

Annie nickte, ohne den Namen zu wiederholen. Als die beiden Männer in den Lieferwagen einstiegen, drehte sich einer noch einmal um: »Die Sachen dürften Ihnen über die Feiertage helfen, Missis.«

Annie konnte nur wortlos nicken. Dann fuhr der Wagen los, und sie blieb allein auf der Straße zurück. Von der Tür rief eine Stimme: »Komm rein, Mam. Draußen ist es kalt. Du wirst noch erfrieren.«

Langsam ging Annie zurück zu Daisy, die ihr die Tür aufhielt. »Mr. und Mrs. Bailey«, sagte sie zu ihrer Tochter.

Daisy schüttelte wortlos den Kopf, und beide stießen zur aufgeregt um den Tisch stehenden Familie.

»Gott im Himmel!« Frank hatte offenbar seine gute Laune wiedergefunden. »In meinem ganzen Leben habe ich noch keinen Korb von dieser Größe gesehen. Von wem ist er?«

»Von Mr. und Mrs. Bailey.«

Alle Augen wanderten von dem Präsentkorb zum kleinen Danny, der gewichtig den Kopf neigte und erklärte: »Wahrscheinlich, weil Mike und ich diesem Burschen das Leben gerettet haben.«

»Du eingebildeter unverschämter Lümmel.« Sein Vater versetzte ihm eine Ohrfeige.

»Jetzt mach schon auf und sieh nach, was drin ist, Mam.« Harry schob seine Mutter zum Tisch. »Mir läuft schon das Wasser im Mund zusammen.«

»Halt dich zurück, Junge«, warnte Annie. Sie wandte sich um und sah Len an. »Dein Dad wird ihn aufmachen.« Sie lachte: »Den Lederriemen zu lösen, ist eine sehr schwere Aufgabe. Kümmer du dich darum, Len.« Len trat vor wie ein Kind, das einer Bitte nachkam.

Als er den Riemen gelockert und den Korbdeckel hochgeklappt hatte, blieb er einen Augenblick stehen und betrachtete die vielen Flaschen, Gläser und Dosen, die um einen in Papier gewickelten Gegenstand gepackt waren. Mit beherrschter Stimme sagte er: »Es sind eine Menge Gläser im Korb. Die nehme ich am besten zuerst heraus.« Len sah seine Frau an, reichte ihr ein Glas, das sie an Daisy weitergab, und Daisy gab es Sep. Alle zusammen kommentierten: »Pickles!«

Frank warf einen genaueren Blick auf den Inhalt und erklärte: »Walnuß-Pickles! He, gut! Eingelegte Walnüsse!«

Eine Konserve folgte auf die andere. Zuerst Honig, zwei Gläser, dann Erdbeermarmelade, wieder zwei Gläser, zwei Büchsen mit Aprikosen, zwei Büchsen Pfirsichhälften, zwei Gläser mit Weinbrandfrüchten. Zusammen mit dem anwachsenden Turm von Eßwaren auf dem Tisch steigerte sich das Stimmengewirr in der Küche. Alle riefen durcheinander und wiederholten, was Len an Annie weitergab, und verteilten Gläser und Dosen an die vielen sich ausstreckenden Hände.

Als nächstes kam eine große Büchse mit eingekochter Zunge zum Vorschein, dazu zwei Dosen Lachs. Len unterbrach die wunderbare Bescherung für einen Moment, und Harry sagte ruhig: »Du kannst jetzt den Gegenstand in der Mitte herausnehmen, Dad.«

Len hob das unförmige Ding heraus und stellte es auf den Tisch, nachdem dort Platz freigemacht worden war. Als das Papier entfernt war, kam ein Truthahn zum Vorschein. Ein riesiger Truthahn!

»Ich kann noch immer nicht glauben, daß wir so etwas erleben«, sagte Annie.

»Das geht mir genauso«, erwiderte Daisy. »Ich komme mir vor wie in einer Geschichte, die man irgendwo liest.

Man rümpft die Nase und sagt, das kann doch dir nicht passieren. Ist noch etwas in dem Korb, Dad?«

»Ja, noch viel mehr, soweit ich sehen kann.« Lens Stimme klang belegt. Aus jeder Korbecke beförderte er eine Flasche zum Vorschein. In der ersten war Sherry, die zweite enthielt Whisky, die dritte Weißwein und die vierte Rotwein.

Als die Flaschen auf dem Tisch standen, war keinem in der Familie mehr zum Scherzen zumute. Was da geschah, schien allzu unwirklich. Mit Kraftanstrengung hob Len ein schweres Paket heraus, und auf dem Tisch mußte noch mehr Platz geschaffen werden. Der Inhalt wurde sichtbar, und andächtig ertönten die Worte: »Ein Schinken!«

Zum ersten Mal sagte Mike etwas: »In der Ecke liegen noch mehr Pakete, Dad.«

»Und ich dachte, das wäre nur Stroh.«

Wieder griff Len in den Korb, zwischen das Strohpolster. Er zog mehrere Päckchen heraus. Nach genauerer Prüfung stellte sich heraus, daß es sich um verschiedene Käsesorten handelte.

Als der Korb vom Tisch genommen und zur Seite gestellt war, sagte die kleine Jean: »Und dann sind da noch die anderen Päckchen, Mam.«

Annie antwortete ruhig: »Ja, Schätzchen. Leg sie auf den Tisch, wo der Korb stand.«

Es handelte sich um vier in Geschenkpapier gewickelte Päckchen. Alle standen erwartungsvoll davor und warteten, daß ihre Mutter sie öffnete. Annie überraschte ihre Familie mit der Bitte: »Bring mir den Stuhl.« Daisy zog rasch einen Stuhl vom Kamin herüber und rückte ihn für ihre Mutter zurecht. Annie setzte sich, tief Luft holend, und sah ihren Ehemann an. Dann sagte sie ruhig: »Komisch, aber ich dachte immer, es wären nur die schlechten Nachrichten, die einen Menschen umhauen würden.«

»Ja«, bestätigte Len mit einem Nicken. »Ich weiß, was du meinst, Frau. Ich weiß, was du meinst. Aber … warum läßt du die Kinder nicht die Päckchen öffnen?«

Annie erwiderte: »Ja. Aber einer nach dem anderen. Jean zuerst.«

Jean hatte den Vortritt. Ihr Päckchen war das längste, und als sie es öffnete, kamen zwölf wunderbar dekorierte Weihnachtskracher zum Vorschein. »Es scheint, sie haben wirklich an alles gedacht«, murmelte Len.

Danny durfte das nächste Geschenkpäckchen öffnen. Es handelte sich um eine große flache Schachtel mit Markenpralinen.

Sein Vater sagte zu Mike: »Komm Junge, jetzt bist du an der Reihe. Ohne dich hätten wir das hier nie erlebt.« Mikes Päckchen enthielt ein Sortiment mit kandierten Früchten.

Ein Päckchen war noch übrig. Alle wandten sich um und sahen Daisy an. Ihre Mutter sagte: »Jetzt noch du.«

Ruhig und gelassen löste Daisy die Verpackung, nahm die Schachtel hoch und behielt sie für einen Moment in der Hand. Sie hob den Deckel und starrte auf den Inhalt.

Offenbar lagen neun schlichte Umschläge darin, nicht die üblichen Weihnachtskarten.

Daisy nahm sie heraus und warf einen kurzen Blick darauf. Abrupt drehte sie sich zu ihrer Mutter. »Sie sind mit Namen versehen, alle neun.«

»Gütiger Gott!« Frank machte ein kicherndes Geräusch. »Ist mein Name auch dabei?«

»Ja«, sagte Daisy und reichte ihm den Umschlag. Er öffnete ihn nicht sofort, sondern blickte in die Runde und verkündete: »Ich warte, bis alle ihren Umschlag haben.«

»Dann wollen wir mal sehen«, sagte Len. »Wer öffnet seinen zuerst?«

»Ich«, krähte Danny. »Weil ihr das alles nur mir zu verdanken habt …«

Bevor er weitersprechen konnte, warf Daisy ihren Umschlag auf den Tisch und war mit einem Satz bei ihrem Bruder. Sie umklammerte seine Schultern und schüttelte ihn. Dabei schrie sie: »Ich habe es satt, wie du dich aufspielst! Wenn Mike nicht schnell genug aufgestanden, zu Dad gegangen und dann zur Polizei gerannt wäre, hätte deine Beobachtung nichts genützt, klar? Ohne Mike hätte man nach einer halben Stunde keine Spur mehr von Sammy gefunden.«

Danny, der jetzt still war und nicht nur körperlich, sondern seelisch erschüttert, daß seine Lieblingsschwester ihn derart zurechtweisen konnte, öffnete seinen Brief. Er zog ein Stück Papier und eine kleine Karte heraus. Er hielt sich das Stück Papier vor die Augen und schien fasziniert vom Anblick des Zwanzig-Pfund-Scheins. Sein Vater fragte: »Von wem ist es?« Dannys Blick wanderte zur Karte, und langsam las er vor: »Danny, ich schulde dir mehr als das und kann wohl nie wiedergutmachen, was du für mich getan hast … Sammy Love.«

Danny hob die Augen und sah zu seiner Mutter, die auf den Zwanzig-Pfund-Schein starrte. Ganz der kleine Junge, der er noch war, fragte er: »Kann ich etwas davon ausgeben, Mam?«

»Natürlich kannst du, mein Sohn. Natürlich. Aber jetzt wollen wir hören, was Sammy Love an Mike geschrieben hat.«

Alle Augen richteten sich auf Mike, der gehorsam den Umschlag öffnete, als wären die Worte seiner Mutter ein Befehl gewesen. Mike nahm einen Fünfzig-Pfund-Schein aus seinem Brief, den er mit dem gleichen Ausdruck anstarrte, wie sein kleiner Bruder vorher. Sein Gesicht lief rot an, bis die Farbe den schwarzen Haaransatz erreichte, und er brachte kein Wort heraus.

Frank brach das Schweigen. »Fünfzig Mäuse! Lieber Gott! Fünfzig Mäuse, und ich wollte ihm ein Bier spendieren. Jetzt kann er mich einladen.«

»Was steht in dem Brief, Junge?«

Mike las, ohne seinen Vater zu beachten. Dann sah er aus, als wollte er das Papier zerknüllen, und er reichte den Brief Len. Sein Vater nahm ihn: »Willst du, daß ich für dich lese … laut vorlese?«

Mike antwortete noch immer nicht, und Len begann: »›Wie Sammy bin auch ich Ihnen und Ihrem Bruder zu Dank verpflichtet und werde wohl nie zurückzahlen können, was Sie für mich getan haben. Sammy ist wie ein Sohn für mich, und sein Verlust hätte mir tiefen Schmerz bereitet. Wie ich höre, sind Sie derzeit ohne Arbeit. Ich weiß zwar nicht, was Sie bisher gearbeitet haben, aber in meiner Firma gibt es viele Beschäftigungsmöglichkeiten. Wenn Sie am dritten Januar gegen zehn Uhr in meinem Büro vorbeikommen, können wir uns unterhalten und vielleicht sofort etwas für Sie finden. In ewiger Dankbarkeit, Ihr William Bailey.‹«

Alle blickten zu Mike, der mit gesenktem Kopf dastand, noch immer den Fünfzig-Pfund-Schein in der Hand. Als er sich mit einem Mal umwandte, Sep und Harry beiseite stieß und zur Treppe rannte, hob seine Mutter warnend den Finger in Franks Richtung, damit er den Mund hielt.

Sep brach das Schweigen. »Ich freue mich. Wirklich, ich freue mich für ihn. Die Firma ist in Ordnung. Man hat mich zwar von Baustelle zu Baustelle geschickt, aber es gibt keinen Grund zur Klage.« Er nickte seinem Vater zu, der sagte: »Ich muß mich hinsetzen. Das alles ist zuviel für mich.« Bleich lächelte er in den Rest der Runde. Dann wanderte sein Blick zu den Flaschen auf dem Tisch. »Ich könnte einen Schluck gebrauchen, um meine Lebensgeister zu wecken. Aber es hat wohl keinen Sinn, überhaupt zu fragen, Mrs. Gallagher, oder?«

Annie antwortete lächelnd: »Nein, das hat es nicht, Mr. Gallagher. Du mußt bis Weihnachten warten. Dann bekommst du, was dir zusteht. Den Löwenanteil. Bis dahin kein Tropfen.«

»Dann werde ich jetzt meinen Umschlag öffnen und sehen, was das Glück mir beschert.«

»Nein! Nein!« Annie drohte mit dem Finger. »Deinen und meinen Brief machen wir zuletzt auf. Zuerst sind die anderen dran. Harry, du bist der nächste.«

Rasch öffnete Harry seinen Umschlag, und auch er zog einen Zwanzig-Pfund-Schein und eine Karte heraus. Mit leuchtendem Gesicht sagte er: »Es steht nur ›Frohe Weihnachten, Harry, von Willie Bailey‹ drauf.«

»Von Willie?« Erneut galt alle Aufmerksamkeit Daisy. Sie sah zu ihrer Mutter und erklärte: »Der Junge, der an diesem Samstag da war, weißt du.«

»Ach, das ist ja wirklich nett von ihm.«

»Jetzt du, Sep. Komm, wir wollen sehen, was du bekommen hast.«

Auch Sep zog einen Zwanzig-Pfund-Schein und eine kleine Karte heraus. Er las vor: »Dir Fröhliche Weihnachten, Sep.« Ein Lächeln breitete sich über sein Gesicht, als er den Blick hob: »Die Karte ist mit ›Katie Bailey‹ unterschrieben. Mensch, Mam! Was sagst du dazu? Das ist die Kleine mit der scharfen Zunge, die an diesem Samstag hier war. Glaubst du, ich könnte jetzt den Kopf nach ihr umdrehen?«

Gelächter schallte durch die Küche. Dann sagte Len: »Komm, Frank. Du bist dran. Mach auf.« Bevor Frank den Umschlag aufschlitzte, wandte er den Blick zu seinem Vater und sagte: »Ich habe Arbeit. Es wird nur eine Karte drin sein, auf der ›Frohe Weihnachten‹ steht. Mehr nicht.«

»Ich arbeite auch«, schaltete sich Sep ein. »Und werde von ihrem Da… von ihrem Vater bezahlt.«

Frank entnahm seinem Brief ebenfalls einen Zwanziger und las langsam die Karte vor: »Fröhliche Weihnachten, Frank, von Mark Bailey.« Mit festem Blick sah Frank seine Mutter an und sagte ruhig: »Sie haben sich ziemlich viel Mühe gemacht, findest du nicht auch, Mam? So etwas habe ich noch nicht erlebt, ich meine, daß mir jemand zwanzig Pfund schickt. Ich hatte nichts mit der Angelegenheit zu tun, und außerdem verdiene ich eigenes Geld. Scheint, als hätte die Bailey-Familie sich abgesprochen, oder er und seine Frau. Eines jedenfalls ist sicher, sie sind verflucht … ich wollte sagen, sie sind alle sehr nett.« Frank wandte sich an seine Schwestern. »Es scheint dich in den Fingern zu jucken, Jean. Komm, mach auf.«

Jean zog einen Fünf-Pfund-Schein aus ihrem Umschlag, und auf der Karte stand: ›Frohes Fest, von Angela‹.

Mit bebenden Lippen sah Jean ihre Mutter an. »Ist das nicht nett, Mam?« Annie antwortete mit rauher Stimme: »Ja, mein Kind. Das ist es.«

Auch Daisy holte mit einer langsamen Bewegung einen Geldschein aus ihrem Umschlag und hielt ihn ihrem Vater hin. Sie las die beiliegende Karte und schloß für einen

Moment die Augen. »Nein! Nein, wirklich! Mam, sieh dir das an!«

Annie warf einen Blick auf die Karte. Es war ein Gutschein für Mark und Spencer über fünfzig Pfund.

Schließlich zog Daisy eine kleinere Karte heraus und las die schlichten Worte: »Für unsere Freundin, in herzlicher Verbundenheit, Katie und Fiona Bailey.« Beinahe mit Gewalt schob Daisy die drei Papiere in den Umschlag zurück und schluckte heftig. Sie wandte sich an ihren Vater, und ihre Stimme klang, als wäre sie zornig: »Das ist zuviel, Dad! Man kann auch zu viel des Guten tun. Ich fühle mich ...«

»Nein, Mädchen. Jetzt hörst du mir mal zu!« Lens Stimme war genauso rauh wie Daisys. »Heute abend bringst du mir keines deiner modernen Argumente. Das hier ist mehr als eine Geste, es ist ein Wunder, verstehst du? Dabei habe ich meinen Umschlag noch gar nicht geöffnet, und auch deine Mam nicht. Jeder Weihnachtsgruß auf den Karten wurde mit Freude und aus ganzem Herzen geschrieben. Und, weiß Gott, jeder hier im Haus hat Freude beim Lesen empfunden! Komm du mir jetzt nicht mit deinen hochtrabenden Erkenntnissen, ich warne dich. Ich bin kein Priester und gehöre auch nicht zu den durchgeknallten Typen, mit denen du Umgang hast und die von Freiheit und Selbstbestimmung reden. Das kenne ich alles schon. Ich verlange, daß du einfach dankbar bist!«

»Öffne deinen Brief, Len.« Annies Stimme war ruhig. »Ich habe meinen aufgemacht, und mir ist, als müßte ich augenblicklich auf die Knie sinken. Sieh dir das an.« Annie hielt ihm einen Fünfzig-Pfund-Schein hin, und sie schmunzelte: »Und was meinst du, was auf der Karte steht? Einfach ›Fröhliche Weihnachten, Bill Bailey‹. Wäre er jetzt hier, würde ich ihm das Lied von Bill Bailey vorsingen. Dieser Mann hat heute abend wirklich Freude in dieses Haus gebracht. Und du Len, was steckt in deinem Umschlag?«

Len blickte Annie an und sagte ruhig: »Das gleiche, Frau. Genau das gleiche. Aber wie wollen wir uns für diese Wohltaten bedanken?« Er breitete die Arme aus und wies auf die überladenen Tische. »Ein Kärtchen oder ein Brief scheint mir zuwenig. Jemand sollte hingehen.« Sein Blick kehrte zu Annie zurück. Sie sagte rasch: »Du kannst nicht gehen. Das ist dir klar, oder?« Es entstand eine Pause, und beide sahen Daisy an. Ihr Vater sagte: »Was ist, Mädchen? Willst du morgen hingehen und ihnen sagen ... du sagst ihnen, wie uns zumute ist.«

»Morgen ist Heiligabend. Sie werden mitten in den Vorbereitungen sein. Wie ich gehört habe, feiern sie Weihnachten mit allem, was dazu gehört.«

»Und wie wäre es, wenn du heute abend vorbeischaust, Mädchen?«

»Ach, Dad. Du weißt, wie selten die Busse dort hinaus fahren.«

»Bus? Einen Teufel wirst du tun! Wir haben genug Geld, daß du dir ein Taxi leisten kannst.«

»Ich komme mit, Daisy.« Frank grinste seine Schwester an. »Die Weihnachtsvorbereitungen möchte ich sehen.«

»Nichts da. Du bleibst hier.« Sein Vater sah ihn an. »Wenn jemand mitkommt, dann wäre Mike der richtige.«

»Oho!« sagte Frank. »Mike ist also vornehm genug, um mitzukommen, wie?«

»Mike hat mehr zu bieten als nur sein störrisches Temperament.«

»Ach, ich wünschte, ich könnte das Haus sehen, Dad. Wirklich. Das wollte ich schon lange.«

Jeans Kleinmädchenstimme fragte dazwischen: »Mam, weißt du, was noch fehlt?« Alle sahen sie an, und ihre Mutter fragte: »Nein, kleines Fräulein. Was denn? Was meinst du damit?«

»Es war kein Kuchen dabei. Kein Weihnachtskuchen.«

Harry stupste seine Schwester sanft am Kopf. »Sie hat recht. Ja, sie hat tatsächlich recht. Am besten rufen wir an und sagen Bescheid.«

Bereits auf dem Weg zur Treppe, drehte Daisy sich um und sagte an ihre Mutter gewandt: »Ich ... habe Mrs. Bailey von den Fräuleins nebenan, den Browns erzählt und gesagt, sie würden uns jedes Jahr zu Heiligabend einen Weihnachtskuchen vorbeibringen.« Sie erwähnte nicht, daß sie mit Fiona über die Geschichte von früher gelacht hatte, als die Browns jahrelang ein Zufluchtsort für die Familie gewesen waren, wenn ihr Dad seine Tobsuchtsanfälle bekam, und sie sich das letzte Mal herübergerettet hatten, als ihre älteste Schwester mit der Nachricht nach Hause zurückkehrte, sie sei wieder schwanger. Daisy hatte die Geschichte mehrmals erzählt und auch Einzelheiten erwähnt, um sie und sich selbst von der Sorge um Sammy abzulenken.

Daisy stieg nach oben und klopfte an die Tür der Abstellkammer. Leise fragte sie: »Kann ich kurz mit dir reden, Mike?«

Die Tür ging auf, und Mike stand in Hemdsärmeln vor ihr. »Sie wollen, daß ich zu den Baileys gehe und ihnen unseren Dank überbringe«, sagte Daisy. »Ich soll ein Taxi nehmen. Aber ich will nicht allein fahren. Frank hat angeboten, mitzufahren, aber Dad meint, du solltest mich begleiten. Kommst du mit?«

»In ihr Haus?«

»Ja. Genau.«

»Nein, Daisy. Nein. Ich kenne dort niemanden.«

»Ich habe auch niemanden gekannt. Es sind … einfache Leute wäre falsch gesagt, aber sie sind auch nicht hochnäsig. Mr. Bailey, der Bauunternehmer, ist manchmal grob wie Sandpapier, kann ich dir sagen. Und er muß genauso viel einstecken, wie er austeilt.«

»Er muß …?«

»Genau.« Daisy nickte und sah ihren Bruder lächelnd an. »Er nennt mich Minnehaha, und ich gebe es ihm ordentlich mit Ha-ha zurück.«

Mike wandte sich wieder in die Kammer, und Daisy folgte ihm hinein. Drinnen drehte Mike ihr sein Gesicht zu. »Ich kann mir gar nicht vorstellen, daß es solche Leute gibt. Diese vielen Sachen da unten, die heute abend gekommen sind …«

»Das ist ihre Art, danke zu sagen, Mike«, erwiderte Daisy. »Sehen wir die Dinge, wie sie sind. Ohne dich gäbe es heute keinen Sammy mehr, und das wissen sie. Übrigens bin ich neulich über die alte Mole gegangen und habe mir das Schlammloch angesehen, in das sie ihn geworfen haben. Es stimmt, eine halbe Stunde später wäre er ins Meer hinausgezogen worden, und die nächste Flut hätte ihn zurückgeschwemmt!«

»Du bist dort gewesen?« Mike sprach leise. »Ich auch. Heimlich, wie du.«

Sie sahen sich an, und beide schüttelten den Kopf. Dann sagte Daisy: »Komm jetzt, Mike. Es wird sonst zu spät.«

»Daisy, ich habe nichts Anständiges anzuziehen.«

»Deine Kleidung wird ihnen gleichgültig sein. Aber ich denke schon länger, daß du neue Sachen brauchst. Weißt du was? Oxfam hat in der Nähe von Brampton Hill einen Dritte-Welt-Laden eröffnet, und sie erhalten viele Spenden aus der Gegend, meist Männerkleidung. Ein Lagerarbeiter in der Fabrik kleidet sich dort ein. Du solltest den schönen Mantel und die anderen Sachen sehen, die er trägt. Ich habe Frank auch davon erzählt, aber er ist zu stolz, diesen Laden zu betreten. Ich möchte mir selbst ein paar Sachen kaufen. Wie wär's, wenn wir morgen mal vorbeisehen?«

»Einverstanden, Daisy. Das machen wir. Ich weiß, wofür ich dieses Geld ausgeben werde, nämlich dafür, anständig angezogen zu sein.«

»Gut. Morgen gehen wir hin. Aber jetzt komm und zieh dir den Mantel an. Nimm einen Schal mit, denn die Kälte draußen beißt dich in Stücke.«

Mike lachte fröhlich. »Mit deinem halbnackten Hinterteil fragt sich, bei wem die Kälte zubeißt. Wie bringst du es nur fertig, daß dir die Beine nicht abfrieren?«

»Die Wollstrümpfe halten mich warm.«

»Kann ich mir nicht vorstellen. Außerdem, unter uns gefragt, bist du nicht über das Alter hinaus, so herumzulaufen?«

»Kümmer dich um deine Angelegenheiten.« Mit einem Lachen fügte Daisy hinzu: »Stell dir die Gesichter vor, wenn ich morgen in einem Kleid und mit braunen Haaren zur Tür hereinspaziert käme. Komisch, wie?«

»Ja, allerdings. Sie würden sich wundern. Aber mach langsam, nicht alles auf einmal. Es ist, als würdest du versuchen, mit dem Rauchen aufzuhören. Wenn du zu schnell machst, stehst du morgen wieder in Shorts da.«

»Das werden wir ja sehen. Los, komm jetzt ...«

In der Küche gab Annie keinen Kommentar dazu ab, Mike mit Daisy zu erblicken. »Ah, ihr startet », sagte sie nur. »Hört zu, alle beide.« Sie nickte ihren Kindern zu. »Sagt ihnen nur, mit wenigen Worten, daß wir den schönsten Abend unseres Lebens hatten.«

»Ich sage es ihnen, Mam.«

»Zieh dir etwas Wärmeres an, Mädchen.«

Daisy sah zu ihrem Vater und sagte aufsässig: »Ich *bin* warm angezogen, Dad.«

Als die Tür hinter Daisy und Mike zugefallen war, sagte Len zu Annie: »Weißt du was? Die Baileys müssen eine ungewöhnliche Familie sein, wenn sie das Mädchen nehmen, wie sie ist, zumindest im Äußeren.«

»Ja, Len. Aber vielleicht können sie tiefer blicken und den wahren Kern sehen, wie du.«

Licht strahlte aus jedem Fenster, als Daisy und Mike sich dem Vordereingang des Hauses näherten. Daisy drückte die Klingel und flüsterte: »Zieh nicht so ein Gesicht, Mike. Du wirst sehen, es geht alles gut.«

Hinter der Tür hörten sie Stimmen und Gelächter. Das Klingeln ließ eine Stimme lauter sprechen: »Würdest du bitte aufmachen. Du stehst der Tür am nächsten.« Mike und Daisy sahen sich an. Dann öffnete sich die Tür nach innen, und Willie sagte atemlos: »Daisy!« Über die Schulter rief er seiner Mutter zu: »Es ist Daisy, Mam ...« Er streckte Daisy die Hand entgegen und zog sie über die Schwelle. Sein Blick fiel auf ihren männlichen Begleiter. »Mike?« fragte er. »Ja, Sie sind Mike, nicht wahr?«

»Ja, ich bin Mike.«

Mike hatte seine Mütze abgenommen und versuchte, die neue Umgebung wie ein Bild in sich aufzunehmen. Die Halle war festlich erleuchtet. Hinten im Raum knisterte ein Kaminfeuer, und um die Bilderrahmen waren Stechpalmenzweige geschlungen.

Jemand trat auf sie zu und stellte sich vor: »Ich bin Bert Ormesby.« Dann kam ein Mädchen und reichte Mike die Hand. »Ich bin Katie. Erinnern Sie sich?« Sie wies auf einen Stuhl. »Ihre Mütze legen Sie am besten dort ab.« An Daisy gewandt sagte sie: »Zieh deinen Mantel aus, Daisy. Wenn du später in die Kälte zurückkehrst, wirst du froh darüber sein.«

»Wir bleiben nicht lange«, antwortete Daisy. »Wir sind nur hier, um …«

»Du bist eben erst zur Tür hereingekommen. Mam!« Katie rief die Treppe hinauf.

»Was ist los? Warum dieser Lärm?« donnernde eine Baßstimme aus dem Wohnzimmer. Willie rief zurück: »Es ist Daisy und ihr Bruder, Dad!«

»Gut, gut. Aber ich steige erst von dieser Leiter, wenn ich das verdammte Zeug festgebunden habe.« Bill hockte in halber Höhe auf einer Trittleiter und brüllte: »Fiona!«

Fiona, gefolgt von Nell, war bereits auf dem Weg nach unten. Als sie Daisy erblickte, rief sie aus: »Oh, hallo! Was für eine nette Überraschung.« Die Überraschung wurde noch größer, als Daisy sagte: »Das ist mein Bruder Mike«, und Mike Fiona mit den Worten begrüßte: »Guten Abend, Mrs. Bailey. Ich freue mich, Sie kennenzulernen.«

»Guten Abend, Mike. Ich freue mich auch.«

Daisy lächelte von einem zum anderen. Sie war stolz auf Mike. Er hatte sauberes Englisch gesprochen und war galant gewesen.

Als sie ins Wohnzimmer traten, kletterte Bill von der Leiter herunter, blickte den Besuchern entgegen und rief: »Oh, hallo. Was sehen meine Augen? Minnehaha!« Daisy ging auf Mr. Bailey zu und erwiderte strahlend: »Hallo, Brüllender Bulle Buffalo Horn!« Im Zimmer brach allgemeine Heiterkeit aus, während Bill mit gesenktem Kopf dastand, als würde er mit sich selbst sprechen. Dabei sog er fest an der Unterlippe, um sein eigenes Lachen zu unterdrücken.

Dann schrie er Daisy entgegen: »Was willst du hier zu dieser nachtschlafenen Zeit?« Sie gab zurück: »Ich will Geld borgen.« Wieder bogen sich alle vor Lachen.

Bill wandte sich an Mike, der mit verblüffter Miene neben Daisy stand. Er erlebte seine Schwester in einer völlig neuen Rolle und konnte nicht glauben, was er da sah. Sie blieb dem großen Mr. Bailey keine Bemerkung schuldig. Bill fragte Mike: »Und wer aus der Sippe sind Sie?«

»Ich bin Mike, Sir. Und wir sind nur gekommen, um … um unseren Dank auszusprechen, den Dank von Mam und Dad, für ihre übergroße Freundlichkeit.« Mikes Blick wanderte zu Fiona. »Sie wissen nicht … wie sehr …« Er schluckte hart, und Bill sagte rauh: »Es ist, wie ich sagte. Wir werden für immer in Ihrer Schuld stehen. Was bedeuten da ein paar Geschenke?« Überrascht hörte Bill, was der junge Besucher entgegnete: »Für Sie vielleicht, Sir, aber unsere Familie sieht Ihre Gaben als Gottesgeschenk. Und ich auch, ich meine …« Wieder schluckte Mike. »… was in dem Brief stand.«

»Ach, das. Darüber reden wir am dritten Januar. Das ist eine ganz andere Geschichte.« Bill blickte nickend in die Runde, und seine Augen blieben auf Bert Ormesby ruhen. »Es ist ein verdammter Skandal …«

»Bill!«

»Schon gut, Frau. Schon gut. Aber dir gegenüber kann ich es ja aussprechen. Es ist ein Skandal. Knochentrockenes Wetter, man hätte die ganze Woche arbeiten können. Aber nein, es müssen Betriebsferien durchgesetzt werden … bis zum dritten Januar. Unzumutbar, die Leute am Tag nach Weihnachten auf der Baustelle zurückzuerwarten, oder am übernächsten. Eines sage ich dir, wenn sie am dritten nicht pünktlich erscheinen … die Männer wissen selbst, was dann passiert.«

»Bill, heute ist Weihnachten. Kannst du denn nicht für einen Tag die Arbeit vergessen! Komm … setz dich hin. Bitte, setz dich.« Fiona zeigte auf das Sofa.

Daisy wandte sich an Fiona, mit veränderter Stimme: »Wir sind nur kurz vorbeigekommen, Mrs. Bailey, um Ihnen den Dank unserer Eltern zu überbringen. Mein Dad wäre selbst gekommen, aber es geht ihm nicht gut.«

»Und … draußen wartet das Taxi auf uns.«

»Oh! Ein Taxi wartet ...« Bill machte eine Geste in Willies Richtung und sagte: »Geh nach draußen und sag dem Fahrer ... ist es schon bezahlt?« Er sah Daisy an. Sie sagte: »Nein, noch nicht. Wir zahlen, wenn wir wieder zu Hause sind.«

»Nein, kleines Fräulein, ihr fahrt nicht gleich wieder nach Hause. Willie, du gehst und regelst das.«

»Bitte!« Mike sprach leise, aber bestimmt. »Ich ... werde mich darum kümmern. Ich kenne den Fahrer zufällig.«

»Gut, dann tun Sie das!« Bill machte eine ruckartige Bewegung, und Mike ging nach draußen.

Den Blick zu Katie gewandt, sagte Bill: »Ist Nell noch in der Küche?«

Fiona antwortete an Katies Stelle: »Nein, sie ist oben im Kinderzimmer und bereitet ein Bett für Andrew vor.«

Bill wandte sich mit stahlhartem Blick an Bert. »Warum zieht ihr beide und euer Sprößling nicht gleich bei uns ein? Euer Haus muß langsam Schimmel ansetzen.«

»Ja, Bill. Das stimmt. Genau das habe ich auch schon zu Nell gesagt. Unser Haus setzt Schimmel an, weil wir nach deiner Pfeife tanzen und Tag und Nacht auf Abruf bereitstehen. Wie ich den Tag herbeisehne, an dem ich nach Hause komme und meine Frau an ihrem rechtmäßigen Platz vorfinde.«

»Was soll das heißen?« fragte Nell, die ins Wohnzimmer kam. »Ich bin immer zur Stelle, wenn du nach Hause kommst. Es ist doch meine Sache, wie ich vormittags und abends meine Zeit verbringe. Du kannst mich hier jederzeit finden.«

Mike kehrte zurück. Rede und Widerrede klang, als wäre ein Streit ausgebrochen. Langsam ging er zu Daisy, die auf dem Sofa saß, und nahm neben ihr Platz. Beinahe im selben Moment ließ sich Katie neben ihm in die Polster fallen und erklärte: »Es hat keinen Sinn, daß ich mich für das Benehmen meiner Familie entschuldige. Es ist nicht nur unhöflich, sondern ungehobelt. Jedenfalls war es sehr nett, daß ihr gekommen seid.« Statt zu antworten, starrte Mike sie an. Dann sagte Fiona, die in einem Sessel neben dem Kamin saß: »Morgen kommt Sammy endlich nach Hause, wenigstens hoffe ich das. Er haßt den Gedanken, im Rollstuhl sitzen zu müssen. Aber besser hier im Rollstuhl als dort, finde ich. Er dagegen behauptet, Rollstühle gehörten ins Krankenhaus und hätten hier nichts zu suchen.« Fiona wechselte das Thema: »Möchten Sie etwas trinken? Sherry?« fragte sie an Daisy gerichtet und sah dann zu Mike. »Etwas Stärkeres? Oder lieber Kaffee oder Tee?«

»Um Himmels willen, bloß keinen Kaffee oder Tee mehr«, sagte Bill. »Ich will etwas richtiges haben. Ihr Frauen könnt trinken, was ihr wollt.« Er beugte sich zu Mike. »Womit vergiften Sie sich? Ich nehme Whisky.«

»Ich auch, Sir. Whisky klingt gut.«

»Das wäre geregelt. Ihre zimperliche Schwester will sicher Tee.«

»Seine zimperliche Schwester trinkt Gin.«

»Nein!« Mike hatte die Stimme erhoben und blickte sich entschuldigend um. Dann nickte er Bill zu. »Sie will sich nur aufspielen.«

»Will ich nicht, Mike. Ich habe schon Gin getrunken, stimmt's Willie?« Sie sah durch das Zimmer zu Willie. Er erwiderte den Blick mit einem breiten Lächeln. »Ja, hat sie.«

Fiona sah ihren Sohn an und fragte mit scharfer Stimme: »Wann habt ihr Gin getrunken?«

»An einem Abend haben wir alle Gin getrunken. Jimmy, das ist einer der Betreuer, Sammy, Katie ... und Daisy ... und ich. Nach dem Training waren wir zusammen in Jimmys Club und haben Gin bestellt.«

»Sieh an! Sieh an!«

Alle blickten zu Bill. Willie nickte und sagte: »Ja, Gin mit Limone.«

»Was machst du jetzt, Mike?« fragte Daisy. »Erzählst du Dad alles?«

Mike antwortete seiner Schwester nicht. Er sah zu Fiona. »Unser Dad ... kann saufen wie ein Loch, aber er erträgt es nicht, wenn Mam ein einziges Glas anrührt, höchstens ein Bier, aber keine harten Sachen. Unsere älteste Schwester hat er aus dem Haus geworfen, weil sie anfing, Alkohol zu trinken ...«

»Das war nicht deswegen, Mike«, unterbrach ihn Daisy. Sie sah zu Fiona hinüber und erklärte: »Der eigentliche Grund war, daß sie so dumm war, zum zweiten Mal in bestimmten Umständen nach Hause zu kommen.«

Katie, an Daisy gewandt, sprudelte beinahe heraus: »Und dieses Mal hatte der Erzengel Michael seine Finger nicht im Spiel, oder?« Daisy stieß Katie in die Seite und lachte hell.

»Nein, dieses Mal nicht. Du erinnerst dich an die Geschichte … bei unserer ersten Begegnung? Ich hatte eine Stink…« Sie bewegte rasch die Augenlider, schluckte und sah in die Runde, bis ihr Blick bei Bill ankam. »Ja, an dem Abend war ich völlig von der Rolle. Zu Hause hatte es mordsmäßig Stunk gegeben.«

Das Zimmer schien unter dem allgemeinen Gelächter zu beben, und Bill trocknete sich mit der Hand die Wangen: »Ich will etwas zu trinken. Wir alle haben Durst«, sagte er und murmelte: »Mordsmäßig Stunk! Wie lange ist es her, seit ich das nicht mehr gehört habe. Mordsmäßig Stunk!«

Das Gelächter verklang. Mike sah Fiona an. »Enttäuschungen gibt es in jeder Familie. Sie wissen doch, was ich meine, Mrs. Bailey?«

Noch immer mit dem Lachen kämpfend, brauchte Fiona einen Augenblick, bis sie antwortete: »Das hängt davon ab, was man unter Enttäuschung versteht, Mike.«

Daisy nahm den Faden nicht direkt auf, sondern sah zu Nell und sagte: »Es gibt so viele Heuchler auf dieser Welt, finden Sie nicht auch?«

Überrascht gab Nell eilig zur Antwort: »Ja, ja. Da haben Sie recht. Eine Menge Heuchler, allerdings.«

»Dafür kann man dich nicht halten, Daisy, was?« fragte Willie, und Daisy wehrte sich sofort: »Du willst mir unbedingt etwas anhängen, he?«

»Nein. Nein.«

Daisy wandte sich an Fiona und erklärte: »Er schämt sich, mit mir auf der Straße gesehen zu werden. Den anderen ist es egal.«

Willie wurde ernst, und er sagte scharf: »Red keinen

Blödsinn! Natürlich schäme ich mich nicht!« Mike schaltete sich ein: »Wen würde es wundern, wenn er sich schämt, mit dir gesehen zu werden? Das kann ihm niemand verdenken. Du weißt, was Dad über deine Anziehsachen gesagt hat.« Mike sah seine Schwester mit weichem Blick an. »Eines Tages wird er seine Drohung wahrmachen, glaub mir.« An Fiona gerichtet erklärte er: »Er hat gedroht, das ganze Zeug zu verbrennen.«

»Ja«, bestätigte Daisy. »Und weißt du, was ich zu ihm gesagt habe? Wenn er das macht, renne ich splitternackt auf die Straße, oder mit dem, was er von meinen Sachen übriggelassen hat.«

Alle brüllten vor Lachen. In dem Moment kam Bill mit einem großen Tablett zurück, auf dem die Getränke standen. »Was war das? Splitternackt auf die Straße?« polterte er.

Katie sagte ausgelassen: »Daisy und ich wollen splitternackt über das Kricketfeld rennen, um den alten Knaben zu zeigen, was ein knackiger Hintern ist.«

»Das wird ein Augenschmaus. Sag mir Bescheid, wenn es soweit ist, und ich setze mich dazu.«

Fiona versuchte, das Thema zu wechseln und fragte Mike: »Sie feiern Weihnachten in der Familie?«

»Ja«, antwortete Mike. »Aber dieses Jahr wird das Fest etwas ganz Besonderes.« Er bewegte den Kopf nach links und rechts, und alle wußten, daß er erneut seinen Dank ausdrückte.

Bill reichte Daisy ihr Glas. »Wie alt sind Sie?«

Daisy wiederholte die Frage: »Wie alt ich bin? In zwanzig Jahren werde ich siebenunddreißig sein, Mr. Bailey. So etwas nennt man eine witzige Antwort, stimmt's Katie?«

Mit lachenden Augen erwiderte Katie: »Ja, finde ich auch. Könnte man so sagen, Daisy. Aber sie war genau passend.«

Voller Unbehagen rutschte Mike auf die vordere Sofakante, leerte sein Glas und wandte sich an Bill: »Wir sollten jetzt besser gehen, Sir. Sie haben noch viel zu tun, und wir sind nur im Weg. Komm jetzt, steh auf!« Er streckte Daisy eine Hand entgegen. »Du hast genug freche Antworten gegeben.«

Daisy erhob sich vom Sofa und sah Fiona an. »Ich tue immer, was man von mir erwartet.«

Auf Fionas Lächeln und Willies schallendes Gelächter sagte Bill: »Warum haben Sie Ihren Beschützer nicht mitgebracht?«

»Beschützer?« Willies Lachen war erstorben. »Was meinst du mit Beschützer?«

»Sie hat mir erzählt, sie hätte einen Beschützer. So ähnlich wie dieser Fernsehheld, der Cockney spricht.«

Den Blick auf Daisy gerichtet, lachte Mike auf. »Beschützer? Du hast einen Beschützer? Wer ist es denn?«

»Jimmy.«

»Jimmy Redding?«

Bevor Daisy wieder etwas sagen konnte, ging Willie dazwischen. »Er ist ... ein Trainer und Betreuer im Zentrum. Die meiste Zeit wenigstens. Außerdem ist er ein guter Bekannter.«

»Er ist mein Guru.« Aus Daisys Gesicht war das Lächeln verschwunden, als sie in die Runde blickte. Dann sah sie Willie an. »Er hat mich an die Hand genommen, als ich zwölf war. Seitdem gilt, was er sagt.« Alle starrten Daisy an. »Bis zu einer gewissen Grenze natürlich.«

Mike schüttelte den Kopf. »Das höre ich zum ersten Mal«, sagte er und fügte hinzu: »Die Grenze sind deine Klamotten und wie du dich zurechtmachst, nehme ich an.«

Für einen Moment sagte niemand etwas. Willie brach das Schweigen. »Jimmy ist ein guter Kumpel und kann mit jedem. Er betreut auch die Jungengruppe. Wahrscheinlich beschützt er alle im Club.«

Daisy nickte ihm zu. »Das würde mich nicht wundern. So ist er.«

Bert verhinderte, daß erneut peinliches Schweigen folgte und sagte: »Ich bin dran mit dem Abwasch, hat Mrs. Ormesby zu mir gesagt. Wenn niemand etwas dagegen hat, würde ich gern die Gläser einsammeln.«

Fiona sah zu Nell. »Er macht Ernst, wie? Dann gehe ich

besser selbst und räume auf, damit die Arbeit anständig erledigt wird.« Sie wandte sich an Mike und Daisy, die aufgestanden waren: »Ich verabschiede mich schon einmal. Wie Sie sehen, muß man in diesem Haus ran, wenn man satt werden will. Noch einen schönen Abend, wir sehen uns.« Sie wandte lächelnd den Kopf von einem zu anderen. Bert trat zu den beiden Gallaghers. »Heiraten Sie nie, wenn es sich vermeiden läßt«, erklärte er ruhig. »Jimmy ist sicher ein guter Beschützer, Daisy, aber mehr nicht. Er hat schon eine Familie, um die er sich kümmern muß, und er macht seine Sache gut.« Er streckte Mike die Hand entgegen. »Wir sehen uns noch. Ach, übrigens, haben Sie manchmal freie Zeit, die Sie nicht brauchen?«

»Bis jetzt hatte ich jede Menge davon.«

»Wenn Sie wieder einmal zu viel Zeit haben, sagen Sie Bescheid. Ich wäre froh.«

»Ab in die Küche mit dir!« Das Gebrüll kam von Bill. »Der Junge fängt nach den Feiertagen mit der Arbeit an.«

Wenige Minuten später standen alle in der Eingangshalle, und Bill zog seinen Mantel an. »Dauert keine Minute«, sagte er. »Ich fahre jetzt den Wagen vor.«

Bill hatte kaum die Halle verlassen, als Mark langsam die Treppe herunterkam und ihm alle entgegenblickten.

Er blieb auf der vorletzten Stufe stehen, und Fiona rief: »Fertig, Schatz?«

»Ja, Mam. Vorerst.« Mark war jetzt unten angekommen. Er sah Mike und Daisy an. Fiona nahm seinen Arm und führte ihn zu den Besuchern. »Daisy kennst du ja schon«, sagte sie. »Aber das ist ihr Bruder Mike.«

Mike streckte die Hand aus, und Mark schien einen Moment zu zögern, bevor er sie nahm: »Nett, Sie kennenzulernen.« Dieses Mal entgegnete Mike: »Gleichfalls.«

»Dad holt gerade das Auto«, erklärte Fiona.

»Sind Sie beim Büffeln?« fragte Daisy.

Wieder entstand eine Pause, bis Mark antwortete: »Ja, ja. Das könnte man sagen. Ich büffle.«

»Ich mußte auch büffeln, um meinen Sekundarabschluß zu machen, weißt du noch, Mike?«

»Ja, ich erinnere mich. Du hast eine Menge Bücher durchgeackert, und deine Laune war noch übler als sonst.«

»Stimmt«, bestätigte Daisy. Sie wandte den Kopf zu Fiona: »Auf Wiedersehen, Mrs. Bailey, und Fröhliche Weihnachten. Danke nochmals … für alles, was Sie unserer Familie Gutes getan haben.«

»Ja, dem schließe ich mich an, und ich spreche für alle zu Hause«, fügte Mike hinzu.

»Das war nicht der Rede wert«, erklärte Fiona. »Wir haben es gern getan. Und mein Mann sagt, wir stehen für immer in Ihrer Schuld, wie Sammy. Oh ja, auch Sammy.«

»Könnte ich ihn nächste Woche hier besuchen?«

»Natürlich! Selbstverständlich. Jederzeit.«

Sofort kam Katies Kommentar: »Wenn nicht, sorgen wir dafür, daß du kommst … und Sie auch.« Sie nickte in Mikes Richtung.

Draußen wurde laut gehupt, und Fiona schob ihre Gäste zur Tür. »Lassen Sie ihn um Himmels willen nicht warten.« Ein vielstimmiger Chor mit Weihnachtswünschen und Verabschiedungen folgte Daisy und Mike auf ihrem Weg nach draußen …

»Sie ist beeindruckend, wie?« Nell ging neben Fiona ins Haus zurück.

»Das kann man sagen. Jemanden wie sie habe ich noch nie kennengelernt.« Mark hatte die Bemerkung aufgeschnappt.

»Wäre auch kaum denkbar.«

»Was soll das heißen?« Willie baute sich vor seinem Bruder auf, als dieser ins Wohnzimmer gehen wollte, und Mark antwortete: »Was ich gesagt habe. Solche Heuler sind von der billigsten Sorte … Warum regst du dich auf? Was ist los mit dir?«

»Nichts, was dich etwas angehen würde, du Großmaul, aber mit dir stimmt etwas nicht. Du siehst nicht weiter als bis zur Nasenspitze. Laß dir gesagt sein, einige von diesen Heulern, wie du sie nennst, würden dich in der Schule glatt überrunden, hätten sie nur den Hauch einer Chance. Sie würden die Prüfung nicht verpatzen, wie du letztes Jahr.«

»Ich habe die Prüfung nicht verpatzt.«

»Willie! Mark! Aufhören, und zwar sofort!«

Sie schienen beide ihre Mutter nicht gehört zu haben. Ohne auf Fiona zu achten, blieben sie auf der Türschwelle stehen und starrten sich an. Willie schrie mit erhobener Stimme: »Wäre Daisy an deiner Stelle gewesen, hätte sie bestimmt mehr als deine miesen Noten herausgeholt. Es stimmt, was sie sagt. Du mußt büffeln, bis du schwarz wirst, sonst schaffst du den Abschluß nie und kannst deinen hochgestochenen Freund in seinem Londoner Krankenhaus vergessen. Ein ignoranter Aufsteiger bist du, ein elendes neureiches …« Nell hatte Willie an der Schulter gepackt und schob ihn in die Halle zurück. »Gib auf! Oder ich verpasse dir selbst eins hinter die Ohren.«

Fiona schlug die Wohnzimmertür zu. »Was ist plötzlich in Willie gefahren?« fragte sie. Katie erwiderte: »In Willie ist überhaupt nichts gefahren. Frag lieber, was dem hier einfällt.« Sie zeigte auf ihren Bruder, der sie ärgerlich anfuhr: »Fang du auch noch an. Du wirst schon sehen, was du davon hast.«

»Mark! Hör auf, sofort.«

»Ach, laß ihn doch, Mam. Laß ihn doch. Wenn er mir Angst machen will, braucht er Mumm, und genau das fehlt ihm. Stimmt's, lieber Bruder? Und Willie hat recht. Ich würde sogar sagen, hättest du nur halb so viel im Kopf wie Daisy, wärst du einer der besten bei der Prüfung gewesen.«

»Katie! Jetzt hör auf, bitte! Hör auf, es ist Weihnachten.« Fiona hielt sich den Kopf. »Meine Güte!« Katie sagte ruhig: »Sicher, Mam, es ist Weihnachten, aber das mußte mal ausgesprochen werden. Er ist einfach unerträglich, seit langem schon. Und du hast immer wieder Entschuldigungen für ihn gefunden. Das ist ja nichts Neues, du tust das seit Jahren.«

»Unsinn, Katie! Unsinn! Was ist nur in dich gefahren?«

»Eines ist wenigstens sicher, Mam«, schaltete Mark sich rasch ein. »Ich habe dir keinen Kummer gemacht, wie früher Willie mit der Wahl seiner Freunde. Und wie du mit deiner Liebesaffäre.«

Statt einer Antwort ging Katie zum Sofa, setzte sich und starrte ihren Bruder wütend an. Er sah mit schiefgelegtem Kopf zu ihr herüber und sagte: »Wie würde der Heuler dir als Schwägerin gefallen?«

Katie blieb reglos sitzen und erwiderte nichts. Aber Fiona rief erschrocken: »Was? Was meinst du damit? Wovon redest du?«

»Ich rede nur von meinem jüngeren Bruder und dieser ausgeflippten Type, denn genau das ist sie, eine ausgeflippte Type, diese Person, die eben unser Haus verlassen hat. Hast du Willie nicht gehört, wie er in den letzten Wochen redet, immer nur von ihr? Aber ich bekomme noch mehr mit. Ich weiß, daß er ehrfürchtig alle Aussprüche sammelt, die sie von sich gibt. Er ist wie berauscht von ihr. Was meinst du, warum er Sammy nicht mehr hinterher rennt?«

Fiona starrte ihren Sohn an. Katie stand vom Sofa auf und sagte: »Mach dir keine Sorgen, Mam. Wer weiß, ob es jemals soweit kommt? Außerdem, laß sie ein paar anständige Sachen anziehen, und sie wird überall gern gesehen sein. Daisy hat mehr zu bieten als ihre Beine.«

Als Katie die Tür hinter sich schloß, sagte Mark: »Wenn jemand scharf darauf ist, flachgelegt zu werden, dann sie.«

»Mark! Du sprichst von deiner Schwester. Und jetzt hör mir zu.« Fiona legte die Hand auf seine Schulter und drehte Mark zu sich herum. »Ich spreche mit dir, nicht mit Katie oder sonst jemandem. Du warst in den letzten Monaten eine Plage. Früher hattest du immer Verständnis. Da hättest du mir beigestanden, vor allem in der Sache mit Mamie. Und du weißt, wieviel Mühe ich mir in den vielen Jahren mit ihr gegeben habe. Aber du hast dich nur um dich selbst gekümmert.«

»Mam!« Mark klang tief verletzt. »Ich habe gebüffelt. Ja, das hat Katie gesagt. Und es stimmt. Monatelang habe ich nur gebüffelt.«

»Erst als du die Ergebnisse der Sommerprüfungen erhalten hast. Davor warst du wie immer, höflich und zuvorkommend.«

Mark löste sich von seiner Mutter. »Ja, viel zu höflich

und zuvorkommend. Die anderen gingen immer vor, und ich habe zuwenig das tun können, was ich wollte, nämlich lernen.«

»Sei nicht albern, Mark. Niemand hat dich am Lernen gehindert. Du hast zu viel Zeit auf dem Tennisplatz und im Squashcenter verbracht und mit Roland Featherstone.«

»Roland Featherstone war ebenso oft beim Sport, und er hat bestanden. Dabei ist er nicht besser als ich.«

Fast hätte Fiona bissig gesagt: »Oh doch. Er lernt viel leichter als du, und er hat ein gutes Gedächtnis. Aber vor allem ärgert dich, daß er vor dir sein Medizinstudium in London aufnehmen kann.«

Fiona entfernte sich von ihrem Sohn und setzte sich in den tiefen Polstersessel neben dem Kamin. Sie war müde. In letzter Zeit war sie immer erschöpft, nicht so sehr körperlich, sondern seelisch. Manchmal hatte sie das Gefühl, ihr Kopf wäre völlig leer, als suchte sie etwas und könnte nicht sagen, was es war. Als die Geschichte mit Mamie ausgestanden war, hatte Fiona gedacht, das Leben ihrer Familie würde wieder fröhlich und unbeschwert sein. Doch es war anders gekommen. Zwischen den beiden Brüdern hatte es immer Konflikte gegeben. Sie waren zu gegensätzlich. Willie bestand nur aus Herz, während Mark völlig vom Verstand bestimmt wurde. Willie hatte letztes Jahr in neun Fächern mit guten Noten die Mittelschule abgeschlossen, während Mark darum kämpfte, die Zulassungsvoraussetzungen für die Medizinische Hochschule in London zu erfüllen. Er hatte in drei Fächern eine Vier und brauchte für London mindestens drei Fächer, in denen er mit einer Zwei abschloß.

Fiona hatte nie verstehen können, warum Mark ausgerechnet den Arztberuf gewählt hatte. Als Chirurg würde er natürlich kein einfacher Arzt sein. Bill hatte recht. Mark besaß eine Kälte, die ihm als Chirurg zugute kommen würde, aber als praktischer Arzt am Bett seiner Patienten konnte Fiona sich ihren Sohn nicht vorstellen.

Die berufliche Zukunft ihrer Kinder war wichtig, aber noch mehr wünschte sich Fiona eine glückliche Familie.

Aber niemand schien glücklich zu sein. Andererseits, gab es denn überhaupt Heranwachsende, die in dieser Zeit wild durcheinander wirbelnder Gefühle glücklich waren? Wenn die Spannungen aufbrachen, dann entluden sie sich jedes Mal mit fürchterlicher Heftigkeit. Fiona erinnerte sich an ihre eigene Jugend und die Angst, die sie krank gemacht hatte, als ihr bewußt wurde, daß sie ihre eigene Mutter haßte. Bei der Erinnerung an ihre Mutter mußte sie daran denken, welches Wunder in ihrem Leben geschehen war, denn heute konnte Fiona ehrlich sagen, daß sie ihre Mutter liebte. Wie gern hätte sie gesehen, daß ihre Mutter in den Nebenflügel zog. Aber nein, sie hatte ihren Bungalow. Es stimmte, was Bill sagte, das Haus war völlig überflüssig. Fionas Mutter verbrachte die meiste Zeit bei ihnen und kümmerte sich um Angela.

Oh, wie sehr hoffte Fiona auf ein harmonisches Weihnachtsfest, schon allein wegen Bill. Er arbeitete so schwer und gönnte sich nie eine Pause. Jetzt lag eine ganze freie Woche vor ihnen. Doch wie konnte das Fest gelingen, wenn die beiden Jungen sich an die Kehle gingen? Fiona streckte den Arm zu Mark aus, der am Kamin stand und ins Feuer blickte, eine Hand auf den Sims gestützt. Obwohl er erst neunzehn war, wirkte er wie ein Mann. »Mark, Schatz. Geh doch und versöhn dich mit Willie.«

»Was?« Mark fuhr herum, als wollte er sich auf Fiona stürzen. »Versöhnen? Ich habe doch nicht angefangen. Und du hast gehört, was er zu mir gesagt hat. Oh, nein! Mam, verlang nicht von mir, mich zu demütigen und um Vergebung zu bitten, wenn es mir nicht leid tut. Leid tut mir nur, daß ich sie Heuler und nicht Malkasten genannt habe. So wie sie aussah, das ganze Gesicht mit Make-up verschmiert.«

Fiona erhob sich aus ihrem Sessel, und ihrer Stimme war die Kälte anzuhören: »Egal, was du denkst oder zu Willie gesagt hast, wäre ich an deiner Stelle vorsichtig und würde Sammy gegenüber den Mund halten. Er mag das Mädchen sehr gern.«

»Ja, das ist verständlich, Mam. Findest du nicht auch? Immerhin stammt er aus dem gleichen Viertel wie sie.«

Fiona starrte ihren Sohn an. Nie hätte sie sich träumen lassen, daß der Tag kommen würde, an dem sie auf Mark blickte und ihr das, was sie sah, mißfiel. Dabei war er der Sohn gewesen, der den Mann in ihrem Leben ersetzt hatte, als sie Witwe wurde. Im nächsten Moment fragte sie sich, wie Mark heute zu Bill stand, der ihm ein wunderbarer Vater gewesen war und immer noch für ihn sorgte, indem er die teuren Schulgebühren zahlte, und weitere Summen, wenn Mark für fünf Jahre, wenn nicht länger, zum Studium nach London ging. Bill spielte nie den Vornehmen und blieb in jeder Situation er selbst. Und er stammte aus ähnlichen Verhältnissen wie Sammy und Daisy. Fiona konnte nicht anders und mußte ihren Sohn fragen: »Gehört dein Vater für dich in die gleiche Gruppe wie Sammy und Daisy?«

Mark bewegte nervös die Lider, befeuchtete die Lippen und sagte: »Dad ist anders. Er … ist ein Mann.«

Mit kühler Stimme sprach Fiona weiter: »Er ist ein Mann, der niemals seine Herkunft vergessen hat. Deshalb versteht er Sammy und Daisy. Er war einer von ihnen. Denk darüber einmal nach. Und vergiß nicht, was du ihm schuldest und in Zukunft schulden wirst. Außerdem solltest du würdigen, was er aus seinem Leben gemacht hat, ohne die Ausbildung, die du genießen durftest. Daran solltest du denken, Mark.«

»Mam.«

»Gute Nacht, Mark. Ich gehe jetzt zu Bett.«

Fiona verließ beinahe fluchtartig das Zimmer und war auf dem Weg zur Treppe, als ihr Blick in den breiten Korridor fiel und sie Nell, Bert, Willie und Katie zusammenstehen sah. Sie hielt einen Moment inne und trat zu ihnen. »Was ist los?«

»Nichts. Nichts.« Nell schüttelte den Kopf. Dann sagte Bert: »Willie wird sich entschuldigen. Es ist Weihnachten und …«

»Nein!« Das Wort kam scharf aus Fionas Mund, und den Blick auf Willie gerichtet, sagte sie: »Nein, Willie. Es gibt keinen Grund, warum du dich entschuldigen müßtest.«

»Aber … Mam, ich … ich weiß, daß ich die Beherrschung verloren habe.«

»Ja, und es gab genug Gründe dafür. Ich will, daß du den Vorfall vergißt und dich beruhigst. Wie gesagt, es ist Weihnachten. Wir wollen es uns gutgehen lassen und fröhlich sein.«

Überrascht sahen die anderen Fiona den Kopf in den Nacken werfen. Als sie sich umwandte und zur Treppe ging, sagte Nell leise: »Sie schlafen beide fest.«

»Das werde ich hoffentlich auch bald«, erwiderte Fiona. »Ich gehe ins Bett. Wenn Bill kommt, sagt ihm bitte, ich wäre oben.«

Bert und Nell wechselten einen raschen Blick. Dann eilte Nell durch den Gang zu Fiona, die noch auf der Treppe stand. Sie legte ihrer Freundin den Arm um die Schultern und sagte: »He, wenn du schlafen gehst, mußt du die Kleider ablegen.«

Niemand lachte. Auch Fiona nicht. Unten in der Halle standen Willie, Katie und Bert. Sie sahen sich schweigend an, und Bert murmelte: »Oh, oh! Im Wohnzimmer muß etwas Drastisches vorgefallen sein. Ich habe noch nie erlebt, daß Fiona derart auf Mark losgeht. Er war immer ihr Liebling.«

»Ja.« Katie nickte. »Mark war immer etwas Besonderes. Vielleicht sieht sie ihn jetzt, wie er wirklich ist, oder was er geworden ist. Dad würde sagen, ein karrierebesessener Emporkömmling. Aber ich habe bemerkt, daß Mark gegenüber Dad vorsichtig ist und sich mit seiner Meinung zurückhält. Hätte Dad gesehen, wie er sich weigerte, eine Karte für die Gallaghers zu unterzeichnen, dann wüßte er, was Mark denkt.«

Sie sahen einander schweigend an. In diesem Augenblick hörte man ein Auto über die Zufahrt heranfahren. Den Blick in die Halle gerichtet, sagte Willie ängstlich: »Ich hoffe, sie erzählt Dad nichts. Er würde ihn fertigmachen. Dabei ist in Wirklichkeit alles meine Schuld …« Willie hob den Kopf und sagte hastig: »Ich … gehe hinauf und sage ihr, sie soll es nicht tun.«

Katie und Bert lauschten dem dumpfen Geräusch von Willies Schritten auf der Empore.

Auf Katies Gesicht erschien ein leichtes Lächeln, und sie sah Bert an. »Er ist sanft, weißt du … Willie. Als wir kleiner waren, haben wir uns wie Katzen und Hunde gebalgt. Ich war immer auf Marks Seite. Seltsam, wie die Sympathien sich ändern können, nicht wahr, Bert?« Ihre nächste Frage hatte nichts mit dem Vorhergehenden zu tun: »Dieser Jimmy … du weißt, Jimmy Redding, betrachtet er Daisy als seine Freundin? Ich meine, seine feste Freundin? Vorhin, als wir dort drüben waren…« Katie wies zum Wohnzimmer. »… hast du angedeutet, er wäre verheiratet.«

Bert murmelte seine Antwort: »Ach, Katie, dazu kann ich nicht viel sagen. Ich weiß nur, daß er sich um eine junge Frau und drei Kinder kümmert. Er wohnt sogar in ihrem Haus. Was seine Verbindung mit Daisy betrifft, hat Jimmy sie unter seine Fittiche genommen, als sie zum ersten Mal im Club auftauchte. Damals war sie vierzehn und hatte Umgang mit wilden Schlägertypen.«

»Daisy sagt, er wäre ihr Beschützer. Es ist komisch, aber er scheint der einzige Mensch zu sein, auf den sie hört. Ich meine, sie macht immer was sie will und sagt unverblümt ihre Meinung, bis er ihr eine Grenze setzt.« Katie lachte leise. »Du solltest sie manchmal hören. Hätte sie eine höhere Schulbildung, wäre sie sicher in die große Politik gegangen. Ihr Lieblingsthema sind die sozialen Unterschiede.«

»Ja, ich habe sie gehört. Aber warum willst du das mit Jimmy wissen?«

»Aus dem einfachen Grund, weil Willie Hals über Kopf in die gleiche Richtung rennt.«

»Nein!«

»Doch.«

»Ach du liebe Güte!«

Als Bill ins Schlafzimmer kam, lag Fiona auf der Seite, das Gesicht von ihm abgewendet. Er legte ihr die Hand auf die Schulter und drehte sie sanft auf den Rücken. »Was ist los?«

fragte er. »Was hast du? Du siehst aus, als hättest du geweint.«

»Ich war müde und hatte Kopfschmerzen.«

»Nein, nein. Komm mir nicht mit Kopfschmerzen. Nicht nach dem wunderschönen Abend, den wir verbracht haben. Aber ich habe Kopfschmerzen. Also schließen wir Frieden. Wenigstens für heute, einverstanden?«

»Oh, Bill!« Fiona richtete sich in den Kissen auf.

Bill hatte sich auf die Bettkante gesetzt und sagte sanft: »Was ist los, meine Liebe? Ist etwas passiert? Das kann doch nicht sein. Ich war kaum eine halbe Stunde weg.«

»Mark und Willie haben sich gestritten.«

»Worüber?«

Das Gesicht zur Seite gewandt, sagte Fiona: »Minne ... Daisy.«

»Willie hält sie für ein tolles Mädchen, und Mark meint, sie wäre das Allerletzte. So war es doch, oder?«

»Wenn du so willst, ja.«

»Mark hat die Nase über sie gerümpft, und Willie ist auf ihn losgegangen. War es so?«

»Genau so.«

»Ich würde sagen, gut gemacht, Willie. Aber ... deswegen solltest du nicht weinen. Du weißt doch, daß sich die beiden dauernd streiten. Sie finden immer einen Grund.« Bill hatte Fionas Hände genommen, zog sie an seine Brust und fragte zärtlich: »Was ist passiert?«

Fiona schüttelte den Kopf. Ihre Lippen bewegten sich, als versuchte sie, die Worte zu formen. Dann sagte sie: »Mark hat sich verändert.«

Der Widerspruch kam prompt. »Nein. Das hat er nicht. Mark ist Mark. Man spürt seinen Charakter nur deutlicher, weil er erwachsen wird. Ich denke, du mußt der Wahrheit ins Gesicht sehen, Liebling. Das wollte ich dir schon längst sagen. Ich weiß, welchen Weg Mark für sich gewählt hat. Er will nach ganz oben. Mark schlägt zu neunzig Prozent seinem Vater nach, während Willie und Katie ganz wie du geraten sind. War sein Vater ein Snob?«

Wieder fiel Fiona die Antwort schwer. Schließlich sagte

sie: »Ja, ich glaube schon. Vor allem, was seine Arbeit und die Literatur betraf.«

»Und er hat es nicht weit darin gebracht, nach allem, was ich weiß. Mark glaubt jedoch etwas anderes. Es ist ein paar Jahre her … wir haben schon hier gewohnt. Mark hat jemandem den Swimmingpool gezeigt, und die Stimmen schallten laut herüber, weißt du. Ich war im Ankleidezimmer, als Mark sagte: ›Er ist nur mein Stiefvater. Mein richtiger Vater war Schriftsteller. Er schrieb Reisebücher und Romane, und er war sehr berühmt.‹«

»Das hat er gesagt?«

»Allerdings. Aber dein früherer Mann hat nie ein Buch geschrieben, oder?«

»Er hat Zeitungsartikel über Reisen geschrieben … Artikel über alles mögliche. Dazu hat er sich Wissen angelesen und es gestreckt. Wir hatten einmal einen heftigen Streit, weil ich meinte, das wäre eine Form des Betrugs. Er dagegen hat erwidert, er veröffentlichte Ergebnisse seiner Forschungen.«

»Ich nehme an, Mark nannte Minnehaha gewöhnlich?«

»Das und noch mehr. Seine Wortwahl hat Willie auf die Palme gebracht. Und du weißt, wie er reagiert, wenn er wütend ist. Beinahe hätten die beiden sich geprügelt.«

»Ich glaube, Mark hält Sammy noch immer für gewöhnlich. Aber Sammy hat dazugelernt und weiß sich zu benehmen. Seine Fassade mag an manchen Stellen dünn sein, aber sie ist vorhanden. Im Gegensatz zu mir. Ich werde wohl immer meinen Hang zur Gewöhnlichkeit behalten.«

»Bill, sag doch so etwas nicht. Du hast überhaupt nichts Gewöhnliches an dir. Du bist …« Fiona streichelte seine Wange. »… grob, laut und dominant, aber etwas Gewöhnliches kann ich an dir nicht erkennen, mein Liebling.«

Fionas Mann fragte leise: »Glaubst du das wirklich, Mrs. B?«

»Ja, das glaube ich, Mr. B. Das glaube ich wirklich. Und … ich übertreibe nicht, wenn ich sage, daß meine Liebe zu dir mit jedem Tag wächst. Und sie wächst noch mehr, wenn du wie neulich mit Ideen kommst wie der, den Gallaghers zu Weihnachten eine Freude zu machen.«

»Ach, das! Das war das mindeste, was ich tun konnte wegen Sammy … Es war seltsam, als ich vor ihrer Haustür anhielt. Ich habe überlegt, ob Minnehaha mich ins Haus bitten würde. Hätte sie es getan, wäre ich mitgekommen. Aber sie hat auf ihre unnachahmliche Weise gefragt: ›Wollen Sie, daß ich Sie hereinbitte?‹ Worauf ihr Bruder sie scharf zurechtwies: ›Daisy!‹ Sie hat sich zu ihm umgedreht und erklärt: ›Hör zu! Ich weiß, was ich tue. Und er versteht mich.‹ Meine Antwort war: ›Nein, ich möchte nicht hereingebeten werden. Wenn ich Ihre Familie besuchen will, werde ich aufpassen, daß Sie nicht zu Hause sind, damit wir uns unterhalten können, ohne daß Sie sich einmischen, Miß Oberschlau.‹«

Fiona mußte lächeln. »Das hast du wirklich zu ihr gesagt?«

»Ja, habe ich. Wortwörtlich.«

Bill stand von der Bettkante auf, beugte sich über Fiona und küßte sie mit Nachdruck auf den Mund. »Ich gehe jetzt nach unten und mache dir eine heiße Milch, gieße zum Abkühlen eine ordentliche Portion Brandy hinein, und du trinkst das, Mrs. B. Dann wird geschlafen.«

»Aber … was hast du denn noch vor? Kommst du nicht ins Bett?«

»Nein, noch nicht. Ich habe eine Menge zu tun, wie beispielsweise mich um meine eigenen Angelegenheiten kümmern. Und vergiß nicht …« Bill beugte sich noch einmal über Fiona und küßte sie auf die Nasenspitze. »… Es ist Weihnachten. Denk nicht mehr an die Gereiztheiten deiner Sprößlinge. Morgen kommt Sammy nach Hause. Dann kehrt wieder Fröhlichkeit ein. Der Junge ist ganz wie sein Vater, dieser alte Zauberer.«

Fiona starrte die Tür an, die Bill hinter sich geschlossen hatte. Bills Gefühle für diesen Jungen waren stärker als alles, was er für ihre Kinder empfand. Er liebte Sammy auf die gleiche Weise wie seine eigene Tochter. Fiona mochte den Jungen auch, sie liebte ihn sogar. Ja, und es stimmte.

In dem Augenblick, wenn er das Haus betrat, würde sich die Atmosphäre ändern ... Fiona war froh, mit Bill über Mark gesprochen zu haben. Jetzt fühlte sie sich besser. Nach einem Gespräch mit Bill hatte sie immer Erleichterung gespürt. Es war die Wahrheit, was sie zu Bill gesagt hatte. Ihre Liebe zu ihm schien zu wachsen, je länger sie miteinander lebten. Aber die einsame Stelle in ihrem Herzen? Sie war noch immer da. Eine ihr unerklärliche Unruhe machte sich dort breit, und Fiona erinnerte sich, wie ihr während der Auseinandersetzung mit Mark dieses beklemmende Gefühl bewußt wurde. Es war wie die Angst vor einem bevorstehenden großen Verlust gewesen. Und das konnte stimmen. Sie würde ihren Sohn nie wieder mit den gleichen Augen wie früher sehen. Er hatte seinen wahren Charakter offenbart, der Fiona nicht gefiel. Sie mußte sich eingestehen, daß Bill recht hatte. Mark war das Abbild seines Vaters. Plötzlich saß Fiona aufrecht im Bett. Eine Frage beschäftigte sie. Könnte es sein, daß sie nie Gebrauch von ihrem Verstand gemacht hatte? Insgeheim hatte sie immer handeln, hatte immer irgend etwas tun wollen. Aber was war aus ihrem Leben geworden? Sie hatte sich durchgekämpft, ganz allein, um drei Kinder großzuziehen. Dann kam die Heirat mit Bill. Sie hatte Mamie angenommen, später Sammy. Schließlich kam das große Ereignis in ihrem Leben, und sie hatte Bills Kind geboren. Aber was für ein Kind? Es litt am Down-Syndrom. Fiona hatte dieses Kind eine Zeitlang gehaßt, dann begann sie, es zu lieben, sogar leidenschaftlich. Angela strahlte so viel Liebe aus, wie sie selbst niemals zurückgeben konnte. Seit einem Jahr fühlte sie jetzt diese nagende Leere in sich. Nein, es war nicht die Vorahnung, die Menschen zu verlieren, die sie liebte, sondern eine gewisse Sehnsucht. Aber wonach? *Wonach*?

16.

Die Türglocke läutete. Katie war auf dem Weg durch die Halle und öffnete. Als sie die Gestalt auf der Treppe sah, sperrte sie verblüfft den Mund auf. Es war Daisy Gallagher, und doch war sie es nicht, zumindest nicht die Daisy, die sie kannte.

»Es wird Schnee geben.«

»Ja, Daisy. Komm herein.« Katie zog das Mädchen beinahe über die Schwelle. Dann blieb Katie stehen und betrachtete Daisy. Ein erstauntes Lächeln breitete sich langsam über ihr Gesicht.

»Mach schon. Lach mich aus«, sagte Daisy.

»Nein, Daisy. Nein. Ich werde nicht lachen. Du siehst ... gut aus, einfach wunderbar!«

»Wunderbar, was für ein Ausdruck! Ich weiß nicht, wie ich über die Straße gekommen bin. Niemand hat mich erkannt.«

»Gib mir deinen Mantel.«

»Nein, nein. Ich möchte, daß Sammy mich so sieht.«

»Ach so, ja natürlich. Dann komm weiter. Wir haben ihn im kleinen Wohnzimmer untergebracht, bis er wieder Treppen steigen kann.«

»Ist die ganze Familie zu Hause?«

»Nein, nur Großmutter und Angela. Sie sind oben. Mutter ist bei Nell zu Besuch. Es geht Nell nicht gut. Dad und Willie sind im Garten, um Äste wegzuräumen, die der Sturm gestern von den Bäumen gerissen hat. Mark verbringt ein paar Tage bei seinem Freund Roland Featherstone.«

Katie klopfte gegen die Tür am Ende des Korridors. Sie öffnete sie nur einen Spalt und steckte den Kopf herein. »Rate mal, wer hier ist«, sagte sie.

»Männlich oder weiblich?«

»Weiblich.«

»Oh, dann muß es die Prinzessin Fandango sein. Führ sie herein, meine Dienerin.«

Katie stieß die Tür auf, und Daisy folgte ihr ins Zimmer. In dem Augenblick, als Sammys Blick auf sie fiel, fuhr er kerzengerade in seinem gepolsterten Liegesessel hoch und sagte in beinahe gleichem Ton wie kurz vorher Katie: »Daisy!«

»Los, mach schon weiter und frag, was in mich gefahren ist.«

»Das werde ich nicht tun. Ich warte, bis du es mir erzählst. Aber wirklich! Wie du aussiehst …«

»Wie denn? Ganz stinknormal, eine Frau eben. Alle Modepuppen sehen gleich aus.«

Sammy stand schwankend auf, doch Katie streckte eine Hand aus und sagte scharf: »Nein, du bleibst sitzen, bevor du hinfällst.«

»Komm her!« Sammy machte Daisy ein Zeichen. »Laß dich aus der Nähe ansehen.«

Als Daisy neben dem Sessel stand, begutachtete Sammy sie von Kopf bis Fuß. Wieder erschien ein Lächeln auf seinem Gesicht, und er sagte: »Oh, Daisy! Du siehst umwerfend aus. Wie bist du auf diese Idee gekommen?«

»Das ist eine lange Geschichte.«

»Hier, setz dich.« Katie schob Daisy einen Stuhl hin. »Ich mache uns Tee. Jetzt zieh deinen Mantel aus und nimm den Hut ab. Sonst erfrierst du, wenn du wieder nach draußen gehst.«

Daisy schüttelte den Kopf. »Nein. Ich ziehe meinen Mantel nicht aus.«

»Warum nicht? Hast du noch immer die alten Klamotten darunter an?«

»Nein, habe ich nicht. Also gut, ich zeige es euch.« Sie stand wieder auf und knöpfte den grünen Lodenmantel mit dem weichen Pelzkragen auf, der ihr bis unter die Knie reichte. Von ihren Beinen waren nur wenige Zentimeter sichtbar, denn sie trug lange dunkelbraune Wildlederstiefel dazu.

Daisy hängte den Mantel über die Stuhllehne, nahm den Filzhut ab und posierte befangen. Überwältigt von dem Eindruck waren Katie und Sammy für einen Moment sprachlos. Dann brach Katie das Schweigen: »Toll! Du siehst wirklich toll aus.« Sie betastete den langen Ärmel von Daisys hellem malvenfarbenen Wollkleid. Das Kleid verwandelte das Mädchen noch mehr als der Mantel. Sie hatten Daisy als eigenständige Persönlichkeit akzeptiert, als jemand, der sich in kein Schema pressen ließ. Und jetzt stand sie hier … wie sollte Katie den Anblick beschreiben? Ihr fiel nur ein Wort ein, umwerfend, absolut umwerfend.

»Es ist wunderschön. Wo hast du das Kleid her?«

»Tja, wie gesagt, das ist eine lange Geschichte. Wenn ich den Tee getrunken habe, erzähle ich sie euch.« Daisy blickte zu Sammy. »Das Wetter sah aus, als könnte Schnee kommen, und es war so verflucht kalt, daß ich unmöglich meine luftigen Klamotten anziehen konnte.«

Lachend ging Katie aus dem Zimmer. Das war die alte Daisy, die sie kannten.

Daisy hatte sich wieder neben den Sessel gesetzt und sah Sammy an. »Und?« fragte sie. Es dauerte einen Moment, bis Sammy kopfschüttelnd murmelte: »Beeindruckend! Du siehst hübsch aus, Daisy, wirklich hübsch … sogar schön!«

»Ach, hör auf!«

Daisy fuhr sich mit dem Finger über die Lippen. Sie leuchteten nicht mehr knallrot, sondern waren in hellem Rosa geschminkt. Als sie die Lider senkte, waren ihre Wimpern in der natürlichen Farbe zu erkennen.

»Deine Haare … sind sie gefärbt?«

»Ja, das habe ich selbst gemacht. Gut, im Nacken sind sie etwas bunt.« Sie wandte den Kopf, und Sammy sagte: »Nein, überhaupt nicht. Höchstens etwas dunkler als der Rest. Aber dein Haar sieht besser aus.« Sammy schüttelte den Kopf, und seine Stimme wurde weicher: »Lauf nicht wieder wie früher herum, Daisy. Du bist wirklich hübsch so. Ich kenne dich seit Jahren, und heute sehe ich dich zum ersten Mal wirklich. Du hast dich die ganze Zeit versteckt. Warum die wilden Klamotten und diese Schminke?«

»Ach, ich wollte anders sein. Du kennst die Geschichte. Mein Lehrer hat gemeint, ich sollte mit der Schule weitermachen. Mein Dad war arbeitslos, und es ging ihm schlecht. Niemand in der Familie hatte Arbeit. Und in der Fabrik haben sie für gutes Geld Arbeiterinnen gesucht.

Dann ging es los. Die alte Sache mit dem Ego. Ich wollte mich von den anderen unterscheiden, jemand anders sein. Und anders war ich wirklich, oder?«

»Das warst du, Daisy. Allerdings. Aber du wirst immer Daisy sein, ganz gleich, was du anhast. Mensch …« Sammy lehnte sich zurück. »… du siehst so hübsch aus. Ich kann es noch immer nicht fassen. Ich bin stolz auf dich, Daisy. Warte, bis die anderen dich sehen.«

»Gleich werde ich rot. Ich sehe nicht hübsch aus. Der einzige Unterschied zu früher ist, daß ich mir die Farbe aus dem Gesicht gewaschen habe. Gott weiß, wann ich das letzte Mal Wasser genommen habe. Ich creme die Haut nur ein. Das ist gut gegen Falten, sagt man. Aber jetzt zu dir. Wie fühlst du dich?«

Einen Augenblick zögerte Sammy mit der Antwort. Dann sagte er: »Anders.«

»Anders?«

»Ja. Es kommt mir vor, als würde ich nie wieder wie früher sein.«

»Red keinen Blödsinn. Natürlich wirst du wieder wie früher.«

»Das ist kein Blödsinn, Daisy. Unter uns gesagt, ich habe das Gefühl, als wäre alle Kraft aus mir gewichen. Ich kann mir nicht vorstellen, jemals wieder einen Schulterwurf hinzubekommen.«

»Das wird sich ändern. Du bist fürchterlich zusammengeschlagen worden. Ein Wunder, daß du noch lebst. Weißt du das überhaupt?«

»Ja, schon. Das weiß ich. Und ohne den kleinen Danny wäre ich jetzt nicht hier.«

»Alle Welt lobt den kleinen Danny für seine Geistesgegenwart, aber in Wirklichkeit war es Mike, der dich gerettet hat. Er hätte Danny auch sagen können, er sollte schlafen, und der Kleine wäre brav ins Bett zurückgegangen. Nein, es war Mike, der gehandelt hat.«

»Ich muß ihn unbedingt sprechen.«

»Ja, sicher. Die Gelegenheit wird kommen. Weißt du übrigens, daß er demnächst Arbeit hat? Der große Boß, Big

Bill Brüllender Bär hat dafür gesorgt!« Mit einem Lächeln zog Daisy die Schultern hoch. »Ich zahle ihm alles mit gleicher Münze heim.« Ihre Züge wurden wieder ernst. »Es ist komisch, Sammy. Mit dir habe ich mich immer verbunden gefühlt, weil wir aus demselben Holz geschnitzt sind, und wir haben die harte Schule kennengelernt. Weißt du, als er, Big Bill, das erste Mal mit mir sprach, hatte ich das gleiche Gefühl, denn ich konnte freche Bemerkungen bei ihm machen. Jetzt kenne ich den Grund. Er stammt aus ähnlichen Verhältnissen und hat sich hochgearbeitet. Frank sagt, er wäre früher Maurer in Liverpool gewesen, und sein Geschäft hätte er mit drei Leuten angefangen. Deswegen fühle ich mich anscheinend wohl mit ihm. Trotzdem, ich weiß, wie weit ich gehen darf, und mehr würde ich auch nicht sagen, denn ich bewundere ihn. Ja, wirklich. Er besitzt Tatkraft und weiß, was er will, genau wie ich früher.«

»Oh, Daisy ...« Sammy lachte. »... Du sprichst wie eine alte Frau.«

»Das bin ich auch, innerlich. In gewisser Weise. Denn ich habe verschiedene Stufen durchlaufen. Gut, es ist besser, die Vergangenheit nicht mehr aufzuwärmen. Aber ... verstehst du, was ich über dich, mich und Mr. Bailey sagen will? Der Rest der Familie ist anders. Nett und freundlich, das schon, aber anders, sogar Katie.«

»Katie ist nicht anders.«

»Doch, das ist sie, Sammy. Sie steht auf der anderen Seite der Trennlinie. Und dann ihr großer Bruder. So oft bin ich ihm nicht begegnet, aber in meinen Augen ist er ein Ochse, ein richtiger Snob.«

»Dann fehlt ja nur noch Willie.«

»Oh, Willie ... er würde sich ein Bein ausreißen, um auf mein Niveau herabzusteigen. Aber er bleibt trotzdem Willie. Sieh dir dieses Haus an und denk daran, wie sie vorher gelebt haben, als seine Mutter noch nicht mit Bill Bailey verheiratet war. Klar, Fiona Bailey ist die netteste Frau, die ich kenne, aber sie denkt wie jemand aus dem Mittelstand. Was meinst du, was passiert ...« Daisy beugte sich vor, und auf ihrem Gesicht erschien ein schelmisches Lächeln. »... wenn

Willie zu seiner geliebten Mama geht und ihr gesteht, er hätte sich mit Daisy Gallagher angefreundet? Oh, Sammy!« Daisy verzog das Gesicht zu einer Grimasse. »Ich glaube, nicht einmal Big Bill würde das gern sehen.«

Sammy lachte nicht, sondern er klang ernst: »Willie hält große Stücke auf dich, Daisy. Er meint es ernst.«

»Jaja. Das ist aber sein Bier. Ermutigt habe ich ihn nicht, im Gegenteil. Dir kann ich das sagen. Ich habe alles versucht, um noch schriller auszusehen, damit er abgeschreckt wird. Er muß Gehirnerweichung haben, denn er hat nur gegrinst. Aber ernsthaft, Sammy, ich habe nichts mit Willie im Sinn, und er ist nicht für mich bestimmt. Je eher er das begreift, um so besser. Ich …« Daisy blickte Sammy starr ins Gesicht. »… habe andere Sachen im Kopf. Ich weiß, was ich will und wen ich will.«

»Jimmy?«

Das Kinn vorgeschoben, fragte Daisy beinahe barsch: »Wie kommst du darauf?«

»Du nennst ihn immer deinen Beschützer, und … es ist offensichtlich, daß er dich sehr mag. Er sorgt für dich.«

»Nein, er sorgt nicht für mich.«

»Dann sage ich es anders. Er gibt dir Ratschläge, und sagt dir, was du tun oder nicht tun solltest. Das kannst du nicht leugnen, Daisy.«

»Ich leugne es auch gar nicht. Aber über Jimmy weiß ich besser Bescheid als du. Er betrachtet sich als Vatergestalt und sorgt für eine Frau mit drei Kindern. Die Kinder sind nicht von ihm. Der Mann ist abgehauen.«

Sammys Augen weiteten sich. »Wirklich?« fragte er. »Seit wann weißt du das?«

»Ach, frag mich nicht. Schon ewig.«

In diesem Moment drehte Sammy den Kopf zur Tür. »Oh, da kommt ein Holzfäller.«

Auch Daisy wandte sich bei dem Geräusch zur Tür. Vom Korridor drang Bills Stimme zu ihnen: »Ach, eine Tasse Tee. Die könnte ich auch gebrauchen. Und dann lasse ich mir den Rücken vom Kaminfeuer wärmen. Weißt du, daß es draußen schneit?«

»Wir haben Besuch.«

Als Bill in der Tür erschien, verharrte er und starrte das Mädchen in dem eleganten Wollkleid an. Es dauerte einige Sekunden, bis er die Sprache wiederfand und mit erhobener Stimme sagte: »Daisy!«

»Zu Ihren Diensten, Sir.«

Daisy hatte sich von ihrem Stuhl erhoben und stand keine Armlänge von Bill entfernt. Er blickte an ihr herunter. »Ich will verdammt sein! Aber auf diesen Augenblick habe ich nicht mehr gehofft. Sie sind tatsächlich ein menschliches Wesen!«

»Nur bis zum Hals. Im Denken bin ich immer noch die alte Daisy.«

Wieder musterte Bill sie von oben bis unten. »Eines muß ich sagen, und ich meine es ernst. Ich hätte nie geglaubt, daß sich unter der schrillen Aufmachung ein derart hübsches Mädchen verbirgt.«

Daisy ahmte die Haltung einer Katze nach und stieß Bill die gebogenen Finger entgegen: »Machen Sie nur so weiter. Meine Mam hat es verboten.«

»Was?«

In normalem Ton wiederholte sie: »Meine Mam hat es verboten. Das erkläre ich Ihnen später.«

»Nicht nötig, kleine schamlose Person!«

»*Daisy!*«

Alle drehten sich zu Willie, der in der Tür stand. Als er »Daisy!« rief, hatte seine Stimme geklungen, als würde ein Chorknabe das hohe C singen.

Mit langsamen Schritten trat er auf Daisy zu. »Du hast … dein Äußeres verändert.«

»Ach, ist das so offensichtlich?«

Willie warf einen Blick zu Bill und sagte: »Ich kann es nicht glauben.«

»Dann hast du eben noch nichts gesehen. Aber wenn wir Tee trinken wollen, geh in die Küche und hol noch zwei Tassen. Und bring die Kuchenplatte mit, die auf dem Tisch steht.«

Kopfschüttelnd eilte Willie aus dem Zimmer. Im nächsten Moment hörte man ihn rufen: »Ich bringe drei Tassen. Mam kommt auch.«

Als Fiona das Zimmer betrat, sah sie zuerst zu Sammy und dann fiel ihr Blick auf das fremde Mädchen, das neben ihm saß. Im nächsten Moment sackte ihre Unterlippe nach unten, und sie murmelte fragend: »Daisy?«

»Ja, Mrs. Bailey. Ich bin es.« Daisy war aufgestanden.

»Ich fasse es nicht!« Langsam kam Fiona näher. »Sie sehen … wunderbar aus, meine Liebe.« Fiona streckte den Arm aus und nahm Daisys Hand in ihre. »Sie müssen mir den Grund nicht sagen, aber eines möchte ich doch wissen. Warum haben Sie Ihr wahres Selbst so lange verborgen?«

»Ich habe mein wahres Selbst nicht verborgen, Mrs. Bailey. Das sind nur die Kleider. Hier oben bin ich immer noch die alte.« Sie fuhr sich mit der Hand an den Scheitel.

»Das reicht jetzt«, ging Bill dazwischen. »Ihr Kopf ist schon jetzt zu groß für den Hut. Laßt uns Tee trinken.«

»Mam, möchtest du auch? Willie holt noch mehr Tassen.«

»Nein, danke, Schatz. Ich habe schon bei Nell zwei Tassen Tee getrunken.« Fiona trat zu Bill, der neben dem zweisitzigen Sofa stand. Als sie sich setzte, fragte er: »Wie geht es ihr?«

»Schon viel besser. Aber sie hatte einen schweren grippalen Infekt … Weißt du, daß es zu schneien angefangen hat?«

»Ja, natürlich weiß ich, daß es schneit. Ich habe draußen Holz gesägt.«

»Das kann nicht sein. Es hat eben erst angefangen.«

Bill wandte sich an Daisy und fragte: »Was halten Sie von unserem Invaliden?«

»Ich finde, er sieht gut aus, viel besser als erwartet. Aber ich an seiner Stelle würde die Situation ausnutzen und mich bedienen lassen.«

»Du wirst uns bedienen«, sagte Sammy. »Steh auf und zieh deinen Mantel an. Dann kannst du Mrs. B. deine Neuerwerbungen vorführen. Wenigstens vermute ich, daß du die Sachen gekauft hast.«

Der Aufforderung folgend, erhob sich Daisy, zog den

Mantel an, klappte den Pelzkragen am Nacken hoch und zeigte sich von allen Seiten. Bill und Fiona starrten sie beinahe eine Minute an. Schließlich sagte Bill: »Sehr schön! Wo um alles in der Welt haben Sie diese Sachen aufgetrieben?«

»Sie sind aus einem Second-Hand-Geschäft. Ich habe gehört, dort kann man exklusive Kleidung kaufen. Der Laden liegt in der Nähe von Brampton Hill. Das Gesindel aus unserer Gegend würde sicher nicht dort einkaufen, weil die Sachen immer noch als teuer gelten. Ich glaube, die Leute bei uns glauben, Almosen müßten kostenlos verteilt werden. Sie geben kein Geld für anständige Kleidung aus, es sei denn, sie werden dazu gezwungen. Ich weiß von dem Geschäft durch einen Kollegen, der dort einen wunderbaren Mantel für sich gefunden hat. Das habe ich Mike gesagt. Er wollte sich von einem Teil des Geldes, das Sie ihm geschenkt haben« – Daisy nickte Bill zu – »gute Kleidung kaufen. Am nötigsten brauchte er einen warmen Mantel. Ich habe Mike versprochen, mit ihm hinzugehen, falls der Laden während der Weihnachtszeit geöffnet war. Wir mußten lange suchen, bis wir ihn endlich fanden. Er liegt am entgegengesetzten Ende der Stadt, in einer kleinen Seitenstraße. He! War das ein Erlebnis! Zwei Frauen bedienten uns ... nein, eigentlich waren es Damen in reiferem Alter.« Daisy unterstrich jedes Wort mit einer Kopfbewegung. »Ja, richtige Damen. Eine hieß Gwenda. Sie kümmerte sich um den ersten Stock, in der Männerkleidung verkauft wurde. Wie meine Dame hieß, weiß ich nicht mehr, aber sie war nett. Sie sortierte Kleidungsstücke, die in einem großem Korb lagen.«

Daisy nickte Bill zu und fuhr fort: »Der Korb hatte die gleiche Größe wie das Mordsding, das Sie uns geschickt haben.« Bill sah Daisy mit vorgeschobenem Kinn an, und sie erzählte weiter: »Sie zog diesen Mantel heraus und hielt ihn hoch. Dabei sagte sie zu sich selbst: ›Hübsch, der Mantel, und sogar mit Pelzkragen. Meist haben sie keinen Pelz, nicht bei dem Schnitt.‹ Sie hat mit sich selbst gesprochen, wissen Sie. Die Dame breitete den Mantel auf dem Ladentisch aus. In diesem Moment fiel mein Blick darauf. Ich weiß nicht, was mich getrieben hat, aber ich fragte: ›Kann ich ihn anprobieren?‹ Einfach so.« Daisy nickte in die Runde. »Als ich den Mantel anhatte, sah die Verkäuferin mich ernst an und sagte: ›Ja, meine Liebe. Das sieht besser aus. Viel besser. Und es ist ein wunderschöner Mantel.‹ Der Stoff heißt Loh... irgendwas.«

»Loden.«

Daisy nickte in Fionas Richtung. »Ja, genau. Ich kann mir das Wort nicht merken. Dann hörte ich mich fragen: ›Wieviel kostet der Mantel?‹ Die Dame antwortete: ›Oh, der Preis ist noch nicht festgelegt, meine Liebe. Ich sortiere die Kleidungsstücke nur aus. Aber warten Sie einen Moment! Geben Sie ihn her.‹ Ich habe den Mantel ausgezogen und ihr gegeben. Die Dame verschwand in einem Durchgang, und ich hörte sie rufen: ›Gwenda!‹ Nach einigem Hin und Her kehrte sie zurück und sagte: ›Es ist wirklich ein guter Mantel und kaum getragen, verstehen Sie. Gwenda sagt, und sie kennt sich aus mit Pelzen, daß der Kragen aus russischem Mink ist. Aber der Pelz ist angeheftet. Sehen Sie, hier. An der Rückseite.‹ Sie zeigte mir die Stelle. Dann sagte sie: ›Trotzdem, sechs Pfund wird er kosten, fürchte ich. Woanders bekommen Sie ein solches Stück nicht unter sechzig Pfund.‹

Als ich ohne zu zögern sagte: ›Ich nehme ihn‹, antwortete sie: ›Oh, das ist gut, meine Liebe ... Und sehen Sie hier!‹ Und was hat sie gemacht? Sie hat das hier aus ihrem Korb geholt!« Daisy zog ihren Mantel wieder aus und zupfte vorn an ihrem Kleid. »›Das würde Ihnen stehen‹, hat sie gesagt. ›Und es wurde ebenfalls nicht viel getragen. Unter den Armen leiden die Sachen, wissen Sie, meine Liebe. Der Achselschweiß. Aber an diesem Stück sind keine Spuren zu erkennen.‹« Als Daisy den Arm anhob, lachten alle. »Sie hatte recht«, erklärte Daisy. »Als nächstes nahm sie ein Kostüm heraus. Braun, aus wunderbar dickem Stoff. Es gefiel mir sofort. Der Rock endete knapp über dem Knie.«

»Wieviel hast du dafür bezahlt?«

»Drei Pfund fünfzig. Ich verstand auch, warum nur bestimmte Leute in diesem Laden einkaufen. Für drei Pfund fünfzig bekommt man in dem Oxfam-Laden in der Broad Street eine komplette Ausstattung.«

»Stammen deine Stiefel auch aus dem Korb?« Willie stellte die Frage mit einem Lächeln.

»Die Stiefel?« wiederholte Daisy. »Nein. Das war ein echtes Geschäft. Die Dame hat mir die Geschichte erzählt. Unzählige Kundinnen müssen diese Stiefel anprobiert haben, und jedes Mal hat die Dame ihnen gesagt, sie sollten den Reißverschluß des rechten Stiefels nicht bis oben schließen, denn am Rand würde er klemmen und dann könnten sie ihn nicht wieder öffnen. ›Es ist wahr, was ich Ihnen erzähle‹, sagte sie. ›Einmal haben wir eine halbe Stunde gebraucht, um die Kundin aus dem Stiefel zu befreien. Seitdem warne ich jede Interessentin, mit dem Reißverschluß vorsichtig zu sein. Das scheint abschreckend zu wirken. Seit einem Jahr liegen die Stiefel hier im Laden, dabei sind sie wirklich schön.‹ Die Dame fragte nach meiner Größe, und als ich ›Fünf‹ antwortete, sagte sie: ›Wunderbar! Würden Sie die Stiefel anprobieren?‹ Das habe ich gemacht. Und sieh her!« Daisy drehte ihr rechtes Bein nach außen, um den Reißverschluß zu zeigen, der am oberen Rand wenige Millimeter offen stand.

»Warum versuchen Sie nicht, ihn ganz zu schließen?« fragte Bill lachend. »Ich mache ihn wieder für Sie auf.«

»Nie im Leben! Ich würde sie im Bett anbehalten.« An Fiona gewandt, fuhr Daisy fort: »Aber die Dame meinte, innen wären sie herrlich weich und warm. Schaffell.«

»Wieviel hat sie dir dafür abgeknöpft?« fragte Sammy.

»Nur ein Pfund«, erwiderte Daisy. »Ich glaube, sie war froh, die Dinger los zu sein.«

»Ein Pfund!« staunte Fiona. »Wissen Sie, was Sie in einem normalen Geschäft für ein Paar Stiefel dieser Qualität und in dieser Schaftlänge bezahlen müssen, Daisy? Zwischen achtzig und hundert Pfund.«

»Wirklich?«

»Ja, wirklich. Katies Stiefeletten haben fünfundsechzig Pfund gekostet, dabei sind Ihre Stiefel viel besser.«

Daisy streckte den Arm aus und stieß Katie an die Schulter. »Jetzt habe ich dir endlich etwas voraus, he!«

Bevor Katie etwas erwidern konnte, fragte Sammy: »Was hat Mike gefunden?«

»Du würdest es nicht glauben.« Daisy schüttelte den Kopf. »Du hättest dabei sein sollen, als er die Treppe runterkam. Ich habe ihn noch nie so … es gibt nur ein Wort dafür … so glücklich gesehen. Du weißt, wie Mike ist, Sammy. Er hat einen Groll auf das Leben. Aber er sah gut aus, wirklich gut. Andererseits, schlecht sah er nie aus.«

»Ich fand ihn äußerst gutaussehend«, fügte Katie ein.

»Oh, wirklich?« Daisy fuhr zu Katie herum. »Das werde ich ihm sagen.«

»Ja, mach das. Ein ziemlich machohafter Typ.«

»Oho!« lachte Daisy. »Das wird ihm schmeicheln.«

»Jetzt sag uns schon, was er gekauft hat«, drängte Sammy.

»Also, zwei richtig gute Hosen, aus wunderbarem Stoff, und ein Tweedjackett. So etwas hatte er noch nie. Doch das Wichtigste war der Mantel. Er hörte gar nicht auf, mir zu erklären, es wäre ein Crombie, in Schottland hergestellt. Ich habe Mike noch nie so begeistert erlebt, was Kleidung betrifft. Aber es war auch das erste Mal, daß er sich ordentliche Sachen geleistet hat.«

»Wenn es wirklich ein Crombie ist, hat er das Feinste vom Feinen erwischt.«

Daisy sah Bill an. »Der Mantel sieht aus wie ein Crombie. Rehbraun, fast hellbraun, und ich könnte wetten, es ist Maßarbeit. Ich sage Ihnen, ich habe Mike noch nie so glücklich gesehen. Außerdem hat er zwei Hemden und ein Paar Lederstiefel gefunden. Und ein Paar Schuhe. Miß Gwenda muß ihn wirklich ins Herz geschlossen haben, denn sie hat seine alten Sachen und alles, was er nicht gleich anbehielt, in eine neutrale Tüte gepackt. Als mein Dad das ganze Zeug gesehen hat, war er regelrecht beleidigt. Jetzt geht meine Mam auch in den Laden, um ihm etwas zu kaufen.«

»Wieviel hat er für alles bezahlt?« wollte Willie wissen.

»Achtzehn Pfund.« Wieder nickte Daisy zu Bill herüber. »Von Ihrem Geschenk. Sonst hätte er sich die Sachen nicht leisten können. Ich glaube, Mike haben Sie von uns allen am glücklichsten gemacht. Ich werde nie sein Gesicht vergessen, als er in diesem Mantel die Treppe herunterkam.«

»Und was haben deine Sachen gekostet?« fragte Katie.

»Vierzehn Pfund fünfzig. Aber vergiß nicht, dafür hätte ich mich vier Mal mit meinen alten Klamotten einkleiden können, plus einmal Haare färben.«

»Der Himmel sei gepriesen, daß uns weitere Schrecken erspart bleiben.«

»Ach, Sie!« Daisy reckte Bill das Gesicht entgegen. Er antwortete: »Sowieso!« Sie lächelten sich an. Den Blick zu Fiona gewandt, sagte Daisy: »Wissen Sie, mir geht diese alte Dame in dem Laden nicht aus dem Kopf. Sie muß mindestens … siebzig gewesen sein. Die Adern auf ihrem Handrücken traten vor wie blaue Röhren.«

»Bestimmst du danach das Alter?«

Sie sah zu Willie. »Ja, schon. Tatsächlich. Aber … stell dir vor, an einem Feiertag stand sie im Laden und sortierte diesen Kram. Die Arbeit ist ehrenamtlich, mußt du wissen. Und so sah die Dame auch aus. Geldverdienen hatte sie bestimmt nicht nötig. Jemand, der Chanel trägt, hat genug auf der hohen Kante.«

»Sie meinen Parfüm von Chanel?«

»Ja, ich meine das Parfüm.«

Daisy warf Bill einen Blick zu. Als er fragte: »Woher kennen Sie den Duft von Chanel?« antwortete sie beinahe schnippisch: »Das ist meine Sache! Außerdem wette ich, daß ich mehr davon verstehe als Sie.«

»Ich wette, da irren Sie sich. Ich habe dreißig Pfund für eine Flasche bezahlt, ein Geschenk für ihre Mutter. Und das freche Ding da«, er zeigte mit dem Finger auf Katie, »gießt das ganze Zeug über sich. Aber …«, und jetzt lächelte Bill, »… es hat dich immerhin davor bewahrt, umgebracht zu werden.«

»Wieso denn das?«

»Och, das ist eine lange Geschichte. Aber warum kennen Sie den Duft von Chanel?«

»Das ist eine Privatangelegenheit.«

»Was Sie nicht daran hindern wird, uns einzuweihen, oder?«

Daisy sah Fiona an. »Er ist neugierig, finden Sie nicht auch?«

»Ja, er ist neugierig, Daisy. Aber ich bin es auch und würde gern hören, was Sie zu erzählen haben.«

»Also gut. Aber ich warne Sie.« Wieder zu Bill gewandt, neigte Daisy ehrerbietig den Kopf. »Es war so. In unserer Fabrik ab es drei Chefs. Einen nannten wir Highchurch. Er hatte den Konzern aufgebaut und kam hin und wieder zu Besuch. Lowchapel, so nannten wir den zweiten Chef, war ein Sturkopf. Den dritten nannten wir Mister X. Er war sehr beliebt. Nicht, daß ich ihm regelmäßig begegnet wäre. Die Büros befanden sich auf der anderen Seite des Hofes, und da wir unten im Keller arbeiteten … Übrigens, habe ich schon erzählt, daß ich befördert worden bin? Ich bin jetzt Leiterin in der Verpackung. Mir unterstehen acht Leute.«

»Herzlichen Glückwunsch!« kam es von allen Seiten. Alle im Zimmer Versammelten konnten die Freude in Daisys Gesicht bemerken. Sie strahlte, und ihre runden dunklen Augen glitzerten. Daisy fuhr fort: »Die Geschichte mit dem Chanel-Parfüm spielte sich lange vorher ab. Ich habe die neue Stelle erst seit fünf Wochen, und die Sache hat einen Haken. Vorher konnte ich mich krankmelden oder sagen, meine Mam liegt krank im Bett. Irgendeine Entschuldigung fiel mir immer ein, obwohl niemand sie glaubte. Unsere Personalchefin sagt immer«, zitierte Daisy und ahmte die Stimme nach, »›wenn Probleme auftauchen, geben Sie den Mädchen ein bißchen mehr Verantwortung. Das wirkt Wunder.‹ Damit haben sie mich auch geködert.«

Als das Gelächter verebbte, sprach sie weiter: »Ich hatte diesen Typen … den dritten Chef, nur zwei oder drei Mal von ferne gesehen. Eines Abends überquerte ich mit den anderen den Hof, und er kam uns entgegen, um zu seinem Wagen zu gehen, einem riesigen BMW, ein tolles Ding, und er lächelte uns an. Die Mädchen fingen an zu kichern und wurden albern, nur ich nicht. Immerhin sah er verdammt gut aus, und sogar meine Kollegen starrten ihn mit offenem Mund an. Ich habe noch nie jemanden angestarrt. Warum sollte ich bei ihm damit anfangen?« Daisy zog eine Grimasse. »Außerdem sah ich nicht aus wie die anderen, wie alle wissen. Das muß er bemerkt haben.«

»Hätte ich auch. Jede Wette.«

Daisy nickte erneut in Bills Richtung. »Klar, was sollte man von Ihnen als Mann auch anderes erwarten.« Rasch zur Seite gewandt, sagte sie entschuldigend zu Fiona: »Ich kann nichts dafür, Mrs. Bailey. Er fordert es selbst heraus.«

»Wenn er es herausfordert«, sagte Fiona, »geben Sie ihm, was er verdient hat. Meine Erlaubnis haben Sie.«

»Das genügt mir. Wo war ich? Ach ja. An einem Abend kam ich etwas später als sonst aus der Fabrik. Es war Freitag, und die Pakete mußten verschickt werden. Ich ging allein durchs Tor zur Bushaltestelle. Mister X kam im Wagen vorbei, fuhr an den Bordstein, bremste und fragte: ›Kann ich Sie mitnehmen?‹ Oh je!« Daisy holte tief Luft. »Was sollte ich dazu sagen? Ich steckte den Kopf durch das Seitenfenster und antwortete: ›Meine Mam hat es verboten!‹«

Im Zimmer hörte man ein glucksendes Geräusch. Bill sagte: »Was war das?«

»Das haben Sie doch gehört. Ich sagte: ›Meine Mam hat es verboten!‹«

»War das die Antwort, die er verdient hatte?«

»Allerdings. Ich konnte mir denken, was er wollte.«

Fiona saß zurückgelehnt im Sofa und schüttelte sich vor Lachen. Daisy hörte, wie sie lachte und bemerkte: »Das hat er auch gemacht. Plötzlich hat er den Kopf in den Nacken geworfen und schallend zu lachen begonnen. Man hätte ihn bis Bog's End hören können. Ich war schon fast an der Bushaltestelle, und das Lachen hörte nicht auf. Sein Wagen stand immer noch da. Gut, das war's, dachte ich. Eine Woche später sah ich ihn wieder. Es schien, als hätte er auf mich gewartet. Sein Wagen parkte an der gleichen Stelle. Dieses Mal fragte er nicht, ob ich mitfahren wollte, sondern hielt den Arm nach draußen und schob mir ein kleines Päckchen in die Hand. ›Ein schöner Duft für ein braves Mädchen‹, sagte er. Bevor ich etwas antworten konnte, hatte er den Wagen angelassen und war davongefahren.

Ich machte das Päckchen erst zu Hause auf. Sobald meine Mam sah, was darin war und hörte, wie ich an das Geschenk gekommen war, erklärte sie: ›Und deine Mam ist dagegen!‹ Ich erwiderte: ›Das habe ich ihm schon gesagt, Mam.‹ Es war eine Redensart zwischen uns. Als ich noch klein war, quengelte ich dauernd ›Ich will dies‹, ›Ich will das‹ oder ›Ich will hierhin‹, ›Ich will dorthin‹. Eines Tages hat meine Mam mich bei den Schultern gepackt und gesagt: ›Und deine Mam ist dagegen!‹ Seitdem ist dieser Satz unser Wahlspruch. Aber wieder zu der Geschichte mit dem Chanel. Wir haben beide herzhaft über die Sache gelacht. Dann hat sie gesagt: ›Du bewahrst das Parfüm auf, aber wehe, du benutzt es. Wenn der Wagen das nächste Mal anhält, wirfst du das Päckchen wieder hinein.‹ In der folgenden Woche habe ich das Päckchen jeden Tag mit mir herumgeschleppt, aber am Straßenrand hielt kein Wagen.

Dann begannen die Gerüchte. In der Verwaltung müssen sie schon länger getratscht haben, aber wir unten im Verpackungsraum waren die letzten, die etwas erfuhren. Anscheinend hatte es in der Chefetage einen gewaltigen Krach gegeben, und Mister X wurde versetzt, nach Deutschland in eine andere Filiale. So lautete ein Gerücht. Es hieß auch, er hätte gekündigt und wäre ohne großen Ärger gegangen. Irgend etwas muß passiert sein, denn der Chef gab Anweisung, das Büro von Mister X auszuräumen. Aber niemand wußte wirklich Bescheid. Ein ganzer Monat verging. Einige meinten, er wäre auf Urlaub und käme bestimmt zurück. Deswegen habe ich die Parfümflasche immer noch aufbewahrt. Dann kam alles heraus. Eine der Sekretärinnen erwartete ein Kind, und wir erfuhren, daß seine Frau sich scheiden lassen wollte. Die Sekretärin war nämlich nicht die erste, die er geschwängert hatte.«

Daisy unterbrach ihre Erzählung, blickte in die Runde und sagte todernst: »Da sieht man, welchem Schicksal ich mit knapper Not entkommen bin, nur, weil meine Mam dagegen war! Als ich ihr davon erzählte, haben wir vor Lachen gebrüllt. Sie hat gesagt: ›Ohne meine berühmten Worte wärst du eine von den vielen gewesen.‹ Außerdem hat sie gemeint, das Kind wäre bestimmt in voller Staffage und hätte Springerstiefel angehabt, denn das reizte Mister X an mir.«

Fiona lehnte sich gegen Bill, Katie preßte ihr Gesicht an Daisys Schulter, Willie hing über die Rückenlehne von Sammys Liegesessel gebeugt, und Sammy stöhnte: »Oh, nein! Liebe Güte, nein!« Dabei hielt er sich die Seite.

Es dauerte eine Weile, bis wieder Ruhe einkehrte. »Also haben Sie doch etwas von dem Parfüm gehabt?« fragte Fiona schließlich.

»Richtiges Parfüm war es nicht, Mrs. Bailey. Schon Chanel, aber Eau de Toilette. Der Duft war der gleiche, aber er verflog schnell wieder. Nicht wie bei echtem Parfüm, wissen Sie. Das Zeug war dafür gedacht, daß man es nach dem Händewaschen benutzte. Ich habe es nicht nur auf die Hände getan, sondern mich am ganzen Körper eingesprüht. In diesem Laden roch ich sofort das Parfüm der alten Dame und erkannte den Duft. Er ist dezent, aber unverkennbar.«

Die Lachtränen aus den Augen wischend, forschte Fiona weiter: »Und wie war Weihnachten? Hatten Sie ein schönes Fest?«

»Oh, Mrs. Bailey, Sie können sich dieses Weihnachten gar nicht vorstellen. Es war einmalig. Von den Browns nebenan habe ich Ihnen schon erzählt, glaube ich. Die beiden ältlichen Fräuleins. Sie kamen auch vorbei. Wenn ich nur daran denke! Die beiden stecken voller Überraschungen, das sage ich Ihnen. Die Geschichten, die sie zum besten gaben. Wir haben Tränen gelacht. Dann meinten sie, ein kräftiger Tropfen würde ihnen nicht schaden. Also genehmigten sie sich eine ordentliche Portion von Ihrem Whisky. Das gefiel meinem Dad überhaupt nicht. Hinterher meinte er, den Tafelwein hätten sie ruhig trinken können, aber der gute Whisky wäre vergeudet. Wir haben die beiden für vertrocknete alte Jungfern gehalten, obwohl sie sehr nett sind. Und sie waren immer gut zu uns. Dann lockerte der Alkohol ihre Zungen, und sie versuchten sich gegenseitig zu übertreffen, wer die wildeste Geschichte erzählen konnte. Die beiden müssen früher ziemlich flotte Bienen gewesen sein. Ich weiß nicht, ob ich jemals so gelacht habe. Einige Erzählungen waren kaum zu glauben.

Schwer vorzustellen, wie ein Mädchen so unschuldig gewesen sein soll.

Eine der Schwestern wurde von einem Schulleiter angesprochen, der ihr ein Angebot machte. Sie hat gedacht, er meinte eine Stelle als Lehrerin. Dann hat sich herausgestellt, daß er sie zu seiner Geliebten machen wollte. Es war die unschuldige Art, in der die beiden ihre Erlebnisse schildern. Ja, wirklich« – Daisy nickte – »wir hatten ein wunderbares Fest. Dann ist noch etwas passiert.« Sich auf die Unterlippe beißend, blickte Daisy zu den anderen. »Ich weiß nicht, warum ich das erzähle. Ich meine, es ist etwas sehr Persönliches. Man sollte gesetzlich verbieten, daß einem intime Einzelheiten entlockt werden.« Wieder preßte sie die Zähne auf die Unterlippe und sog dann daran. Schließlich sagte sie leise und mit weichem Gesichtsausdruck: »Mein Dad hat mich geküßt.«

Es herrschte völlige Stille. Niemand rührte sich. Aber alle Augen waren auf Daisy gerichtet, als sie ruhig weitersprach: »In meinem ganzen Leben hat er mich nicht geküßt. Ich … habe noch nie gesehen, daß er jemanden geküßt hätte, nicht einmal die kleine Jean, und sie ist erst neun. Und auch nicht meine Mam. Aber … mich hat er geküßt.« Daisy fiel in ihre alte Redeweise zurück. »Auch wenn es nur ein Schmatzer war, auf die Wange. Außerdem hatte er vorher zwei doppelte Whisky gekippt.« Wieder wurde ihre Stimme leiser, und sie sagte, den Blick auf ihre Hände gesenkt, die in ihrem Schoß lagen, die Finger nervös ineinander verschlungen: »Trotzdem … es war schön. Für mich war es der wunderbarste Moment eines wunderbaren Weihnachten.« Sie hob den Kopf und sah zu Fiona und Bill.

Bill sagte: »Sie sind ein sehr küssenswertes Mädchen, Daisy.«

Da stöhnte Katie laut, und alle sahen sie an. Sie hatte den Kopf zur Seite gewandt und fuhr sich hastig mit einem Taschentuch über das Gesicht.

Daisy berührte Katie an der Schulter und versuchte, sie zu sich zu drehen. »Verflixt! Was hast du? Hör doch auf. Himmel Herrgott! Ich hätte besser nicht …«

In diesem Moment fuhr Katie herum und sagte: »Menschen wie du, Daisy Gallagher, sollten bei der Geburt ausgesetzt werden.«

Einen Moment später erwiderte Daisy: »Ja, ich weiß.«

»Du bist eine Aufrührerin und wühlst überall herum. Nie kannst du bei einem Thema bleiben.«

»Nein?«

»Nein. Zuerst spielst du den Clown, und im nächsten Augenblick wirst du … o nein!« Katie warf den Kopf in den Nacken. »Ich mache neuen Tee.«

Niemand sprach, während Katie klappernd die Tassen auf das Tablett stellte und hinausging. Dann sagte Daisy ruhig: »Ich muß jetzt gehen. Der Bus fährt um kurz nach drei.«

»Dann lassen Sie ihn um kurz nach drei fahren.« Bill stand auf. »Bleiben Sie hier, und essen Sie mit uns. Es gibt Reste. Davon leben wir seit Weihnachten.«

»Nein, nicht nur von Resten. Im Backofen brutzelt ein Schweinebraten.«

»Schweinebraten! Das ist eine gute Nachricht. Ich hoffe, du hast auch an die knusprige Kruste gedacht. So richtig knusprig, daß es kracht, kriegt nur Nell den Braten hin.«

»Also, wirklich!« Fiona entzog sich ihm. Den Blick zu Daisy gewandt, sagte sie: »Bleiben Sie zum Essen, Daisy. Das heißt, falls Sie keine Verabredung haben.«

»Nein, ich habe keine Verabredung, Mrs. Bailey. Und ich bleibe gern, wenn es Ihnen keine Umstände macht.«

»Ach, die alte Leier. Natürlich macht es uns Umstände. Deswegen laden wir Sie ja ein.«

»In Ordnung, Großer Häuptling. Sie haben das letzte Wort.«

Bill streckte den Kopf in ihre Richtung und sagte: »Wissen Sie eigentlich, daß ich diese Frechheiten bei meinesgleichen in diesem Haus nicht dulde?«

»Wissen Sie, Sir«, entgegnete Daisy und nahm die gleiche Haltung wie Bill ein, »ich gebe anderen immer, was Sie haben wollen, es sei denn … meine Mam ist dagegen!«

Bills Hand streifte spielerisch ihren Kopf, und Daisy ließ

sich gegen Willie fallen, der ihr den Arm um die Schulter legte und sagte: »Er hat zugeschlagen, nicht wahr? Er hat dich wahrhaftig geschlagen.«

Fiona war im Begriff, das Zimmer zu verlassen. »Kommen Sie, Daisy. Sie können Katie beim Tischdecken helfen. Und du, Mr. Bailey, kümmerst dich um das Kaminfeuer im Wohnzimmer und in der Halle. Also, alle an die Arbeit.«

Bill blieb einen Moment, nachdem Daisy mit Fiona hinausgegangen war. Den Kopf zu den beiden Jungen geneigt, sagte er: »Wunder geschehen anscheinend doch. Dieses Mädchen könnte eine Wucht sein, findet ihr nicht auch? Ach, sie sieht jetzt schon umwerfend aus. Wenn ich mir vorstelle, wie sie sich mit diesem Zeug im Gesicht verunstaltet hat ...« Er richtete sich auf und schüttelte den Kopf. »Frauen sind das schwächere Geschlecht. Sie können nicht denken. Dieses Mädchen ahnt nicht, wie attraktiv sie ist, obwohl sie ein freches Mundwerk hat. Ein reichlich freches.«

Lächelnd bemerkte Sammy: »Was Mister X nicht abzuschrecken schien.«

Bill ging lachend zur Tür. Dort angekommen, sagte er mit einem Blick über die Schulter: »Komm jetzt, Willie. Beweg dich. Wir brauchen trockenes Holz aus dem Schuppen, bevor draußen alles zugeschneit ist.«

Willie machte sich nicht gleich an die Arbeit, sondern sah Sammy an. »Das habe ich die ganze Zeit gewußt.«

»Was meinst du damit? Was hast du die ganze Zeit gewußt?«

»Was für ein Klassemädchen sie ist.«

»Aber nicht, was jetzt zum Vorschein gekommen ist. Das konnte niemand wissen.«

»Ich schon.« Willies Stimme klang triumphierend.

»Mag sein, auf den zweiten Blick.«

»Nein, auf den ersten. Ich war von Anfang an in sie verliebt. Die gefärbten Haare und ihre schrillen Klamotten konnten mich nicht abschrecken.«

»Hör zu, Willie.« Mit leicht schmerzverzerrtem Gesicht rückte Sammy in seinem Sessel nach vorn. »Es ist besser, du machst dir kein falsches Bild«, sagte er ruhig. »Sie hat Jimmy, weißt du.«

»Das stimmt nicht. Jimmy hat sie. Aber er ist nur wie ein Bruder zu ihr und hat sich immer um sie gekümmert.«

»Gut. Aber warum macht er das? Glaubst du, aus reiner Wohltätigkeit? Du sagst, du hättest dich auf den ersten Blick in sie verliebt und konntest unter die Schminke sehen. Jimmy könnte es ebenso gegangen sein.«

»Er ist älter als sie.«

»Sei doch nicht blöd. Vier, fünf, sechs Jahre älter ... was macht das schon? Wenn der Blitz einschlägt, spielt das Alter keine Rolle mehr.«

»Ich möchte wissen, warum ausgerechnet du glaubst, dich in diesem Thema auszukennen.« Für einen Moment vergaß Willie, daß er mit seinem Freund sprach, der obendrein nicht völlig gesund war. »Du rümpfst die Nase über Mädchen. Wahrscheinlich hast du Angst vor ihnen.«

»Ja, vielleicht. Ich habe Angst, ich könnte einer ins Netz gehen.«

»Klammerst du dich deshalb an Katie?«

Die Stimme, mit der Sammy antwortete, gehörte keinem Kranken. »Läge ich nicht hier, würde ich dich jetzt zusammenschlagen, Willie Bailey. Ich klammere mich nicht an Katie. Ich mag ihre Gesellschaft. Bei ihr kann ich mich von dir und deiner Taktlosigkeit erholen.« Sammy sackte gegen die Lehne zurück und rang erschöpft nach Luft.

Plötzlich war Willie zerknirscht. »Tut mir leid, Mann. Es ist meine Unbeherrschtheit. Ich sollte besser den Mund halten. Tut mir wirklich leid, Sammy. Ich weiß, du hast dich mit Katie beschäftigt, weil sie nach der Geschichte mit Rupert eine schwere Zeit durchgemacht hat, als Dad nicht mehr mit ihr gesprochen hat ...«

»Ich habe mich nicht nur deswegen mit ihr ›beschäftigt‹.« Sammy sprach langsam und betont. »Ich mag Katie. Man könnte sagen, wir sind auf derselben Wellenlänge.«

»Ach, du ... magst sie?«

»Genau. Ich mag sie.«

»So habe ich die Sache noch nie betrachtet. Ich meine ...«

»Mir ist egal, was du meinst. Wir sind gute Freunde. Kriegst du das in deinen Kopf?«

»Ach, gute Freunde.«

»Ja! Gute Freunde.«

Wieder sagte Willie: »Ach!« als würde sich in seiner Vorstellung etwas ändern. Eine Freundin zu haben oder gut miteinander befreundet zu sein war ein Unterschied. Willie wollte Daisy zur Freundin, während Sammy offensichtlich mit Katie ... eine Freundschaft suchte.

»Darf ich dich etwas fragen?«

»Du fragst mich, ob ich es will oder nicht.«

»Ich will nur deine Meinung hören. Denkst du, daß ich bei Daisy eine Chance habe?«

»Da du direkt fragst, bekommst du eine direkte Antwort. Deine Chancen sind so groß wie meine. Aber ich bin im Vorteil. Daisy und ich sprechen die gleiche Sprache und haben den gleichen Hintergrund, wenn man so will. Und noch etwas. Du wirst Daisy niemals ändern, nicht von innen. Andere Kleider machen keine andere Person aus ihr. Sie wird immer ein Spaßvogel bleiben, der andere zum Lachen bringt, und gleichzeitig ist sie unendlich tief. Um zu der wahren Daisy vorzudringen, muß jemand kommen, der klüger ist als du oder ich. Daisy hat Grips, auch wenn sie ihn zu verbergen sucht.«

»Das macht sie für mich noch anziehender.«

Sammy seufzte, als wäre er müde. Seine Stimme klang schleppend. »Du siehst Daisy, wie du sie haben willst, Willie. Mit mir hast du das auch gemacht. Du bestürmst sie und drängst, bis du glaubst, sie wäre zu dem geworden, was du in ihr siehst. Bei mir hat es funktioniert. Äußere Umstände haben dafür gesorgt. Als ich deinen Dad aus der Müllhalde rettete, war mein Schicksal beschlossen. Die Baileys glaubten, mir etwas schuldig zu sein, und du hast bekommen, was du haben wolltest. Eine Sache dürfen wir nie vergessen. Du bist der einzige Grund, warum ich hier sitze und verwöhnt und gepflegt werde. Wenn du die Ereignisse zurückverfolgst, wirst du mir zustimmen. Irgendwie ... nein, ich bin wirklich froh, daß es so gekommen ist.« Leise lachend, fuhr Sammy fort: »Auch wenn ich nie ein Wort darüber gesagt habe, ist mir bewußt, daß ich dir dieses Leben verdanke, das ich heute führe. Ich gehöre hierher, in dieses Haus, zu deiner Familie, und ich bekomme eine gute Ausbildung. Das alles nur, weil du lernen wolltest, wie ich zu fluchen und zu schimpfen.«

Sammy sah lächelnd zu Willie auf, der ernst blickte. Willie grübelte noch immer darüber nach, was Sammy über seine Chancen bei Daisy gesagt hatte, und seine Antwort zeigte, daß er bei den letzten Worten nicht richtig zugehört hatte: »Ich werde mich weiter um sie bemühen. Mam akzeptiert Daisy, nachdem sie ihr Aussehen verändert hat. Du wirst sehen.« Willie nickte Sammy zu, drehte sich um und verließ mit raschen Schritten das Zimmer.

Den Blick zur Tür gewandt, wiederholte Sammy: »Mam akzeptiert Daisy, nachdem sie ihr Aussehen verändert hat.« Eine Stimme neben ihm schien zu sagen: »Den Teufel wird sie tun!« Es war sein Vater, und Sammy hörte sich fragen, als wäre er wirklich im Raum: »Du glaubst, sie wird Daisy nicht akzeptieren?« Die Antwort lautete: »Mrs. Bailey ist nicht Mr. Bailey. Es gibt niemanden in der Familie, der für Daisy eintritt wie Mr. B. für dich. Aber die Entscheidung liegt bei Daisy.«

Ja, die Entscheidung lag bei Daisy.

TEIL 2

1.

Im Juni legte Mark seine Prüfungen ab, aber die Ergebnisse wurden erst Mitte August bekanntgegeben. Mark wußte nur, daß er drei Zweien brauchte, um von der London Hospital Medical School angenommen zu werden, wo Roland Featherstone bereits sein zweites Studienjahr beginnen würde. Seit Fiona ihren Sohn mit anderen Augen sah, hatte sie sich oft gefragt, wie sie in Zukunft mit ihm umgehen sollte.

Aber die Zeit verstrich, und morgen würde Mark sein neues Leben in London beginnen. Durch Glück hatte er ein Zimmer im selben Haus wie Roland Featherstone gefunden. Heute sah Fiona ihren Sohn zum ersten Mal seit langer Zeit, die ihr wie eine Ewigkeit vorkam, wieder.

Sie saßen beim Abendessen. Es war die letzte Mahlzeit mit der ganzen Familie. Nell hatte gemeint: »Bevor das erste Küken flügge wird.« Mark sagte dazu nichts, aber Willie mußte unbedingt ins Fettnäpfchen treten.

»Um Ratten aufzuschneiden«, kommentierte er trocken.

Fiona beobachtete ihren Sohn. Er verzog das Gesicht zu dem verächtlichen Ausdruck, den sie mittlerweile an ihm haßte, und fuhr Willie an: »Du bist so blöd, daß du deine Dummheit noch zeigst.«

Er wollte in seinem üblichen Ton zu einer Entgegnung ansetzen, als er einen warnenden Blick von Nell auffing, die ihm gegenüber saß. Einen Moment später sagte er: »Ich weiß es von Ralph Conway. Sein Bruder ist im zweiten Studienjahr, und Ralph sagt, er würde jetzt keine Ratten mehr sezieren, sondern sich mit größeren …«

»Das reicht!« fuhr Bill barsch dazwischen. »Ich esse, oder zumindest versuche ich es.« Er hob sein Weinglas und sagte: »Laßt uns auf den zukünftigen Chirurgen anstoßen.« Bill stand auf, und die anderen folgten ihm, mit Ausnahme von Mark, der sitzenblieb und auf seinen Teller starrte. »*Auf den zukünftigen Chirurgen.*«

Als sie wieder Platz genommen hatten, folgte ein Moment des Schweigens, das von Mark gebrochen wurde. Er sah Bill an und sagte ruhig: »Danke, Dad. Für alles, was du für mich getan hast und noch tun wirst. Ich weiß es zu schätzen.« Bevor Bill zu einer Antwort ansetzen konnte, wandte sich Mark an seine Mutter. »Ich … bin dir in letzter Zeit ziemlich auf die Nerven gegangen, nicht wahr?«

Im selben Moment riefen zwei muntere Stimmen: »Du sagst es!« Katie und Willie stießen sich an, und am Tisch wurde laut gelacht.

Gegen seinen Willen verzog Mark das Gesicht. »Ich weiß, ihr beide seid froh, mich von hinten zu sehen. Aber ich hoffe, eines Tages liegt ihr vor mir auf dem Operationstisch.« Das anschließende Gelächter brach endgültig die Spannung.

»Recht so!« dröhnte Bill gutgelaunt. »Laßt uns ins Wohnzimmer gehen. Katie hat einige Ragtime-Stücke ausgegraben, und Willie wird auf seiner Flöte das Bill-Bailey-Lied spielen. Erinnerst du dich, Mrs. B., als eine gewisse Dame am Telefon war und sang: ›Willst du nicht heimkommen, Bill Bailey?‹ Das war die beste Tat in deinem Leben.«

Fiona legte die Hände an den Kopf. »Oh, dieser Mann und sein Ego! Nun mach schon, daß du ins Wohnzimmer kommst, damit wir hier abräumen können.«

»Heute abend wirst du überhaupt nichts abräumen«, sagte Fionas Mutter. »Ich werde Nell helfen.«

»Nein, das wirst du nicht tun! Wir alle helfen abräumen«, rief Bill. »Los, kommt! Jeder bringt seinen Teller selbst in die Küche.« Bill nahm seine Puddingschale und das Weinglas und verließ singend den Raum: »Willst du nicht heimkommen, Bill Bailey?«

Katie und Willie folgten ihm, und kurze Zeit darauf Mark.

Als sie später um das Klavier standen, die alte Melodie sangen und sich Mark mit seinem klaren Tenor über alle Stimmen erhob, sah Fiona ihren Sohn an. In diesem Augenblick wünschte sie sich sehr, er würde bleiben. Mark war wieder wie früher, aber nur weil er wußte, daß er nach London ging. Das sagte ihr der gesunde Menschenverstand.

In der folgenden Zeit hatte Fiona den Eindruck, das Leben würde wieder in die alten Bahnen zurückkehren, wie es früher war, vor Mamies Trotzanfällen, der Beinahe-Tragödie mit Sammy und Marks unerträglichem Benehmen.

Mindestens einmal wöchentlich, manchmal auch öfter, gingen Katie, Willie und Sammy ins Zentrum und übten Fechten, Karate und Judo. Abends lernten sie meist für die Schule. Katie absolvierte das letzte Jahr vor dem höheren Schulabschluß. Sie hatte die Mittlere Reife in zehn Fächern bestanden, und das paßte Willie, der nur neun Fächer schaffte, nicht. Sogar Sammy, der lange Fehlzeiten in der Schule hatte, erreichte diese Zahl. Dennoch trug Willie das Ergebnis mit Fassung. In letzter Zeit war er ruhiger als sonst, und Fiona ahnte den Grund. Es hatte etwas mit Daisy zu tun. Daisy entpuppte sich als sehr attraktives Mädchen und tauchte oft neu eingekleidet auf, mit Sachen aus ihrer ›privaten Quelle‹, wie sie das nannte. Eine Bemerkung von Katie ließ Fiona allerdings vermuten, daß Daisy die Bewunderung nicht erwiderte, die Willie ihr entgegenbrachte. Sie hatte sogar seine Einladung ins Kino mit den Worten abgelehnt, ›so etwas‹ würde sie gar nicht erst anfangen. Für diese Haltung war Fiona ihr doppelt dankbar.

Sie mochte Daisy und fand sie erfrischend, ausgesprochen amüsant sogar, aber als zukünftige Frau für Willie? Du liebe Güte! Sogar Fiona konnte erkennen, was Willie in seiner Blindheit nicht wahrnahm. Nicht nur, daß Daisy einen starken Willen besaß und ihren eigenen Kopf durchsetzte. Fiona kannte ihren zweitgeborenen Sohn und wußte, er würde nicht fähig sein, ihr geistig das Wasser zu reichen. Außerdem gab es ihre Familie, die von Daisy leidenschaftlich verteidigt wurde. Daisy würde ihre Herkunft nie verleugnen und sich nie hinter einer kultivierten Maske verstecken. Fiona mochte die Gallaghers, zweifellos – es waren anständige Menschen, und insgeheim mußte sie zugeben, daß Bill und Sammy, und sogar Katie die Familie akzeptieren würden –, aber auch Fiona konnte nicht aus ihrer Haut. Sammy erkannte sie an, und sie liebte ihn sogar. Aber Daisy als Schwiegertochter in der Familie willkommen zu heißen, erschien ihr undenkbar. Außerdem zeigte Daisy nicht das geringste Interesse. Fionas Sorgen waren daher unbegründet. Willie würde bald darüber hinwegkommen. Er war noch jung. Jung? In wenigen Monaten wurde er siebzehn.

Es war Dienstag abend, und Willie saß verschnupft vor dem Kaminfeuer im Wohnzimmer. Er fehlte bereits den zweiten Tag in der Schule. Sammy war gleich nach dem Unterricht nach Hause gekommen, um ihm Gesellschaft zu leisten und Stoff aufzuarbeiten, obwohl er gern mit Katie im Zentrum gewesen wäre. Sie probten eine Pantomime, die sie aus dem Trainingsprogramm entwickelt hatten und Weihnachten vorführen wollten. Gewöhnlich nahm Sammy den Bus um viertel nach sechs und fuhr in die Stadt, um Katie am Laburnum Walk abzuholen. Von dort gingen sie gemeinsam zu Bills Club. Die Zusammenkunft, an der Bill teilnahm, war gegen sieben Uhr beendet. Dann kehrte er mit Katie und Sammy im Wagen nach Hause zurück.

Immer, wenn Katie in den letzten Wochen allein zum Training gegangen war, hatte sie Sammy gebeten, sie abzuholen. Sammy hatte nicht nach dem Grund gefragt, warum sie plötzlich Begleitung wollte, aber er vermutete, es hing mit dem Fußweg durch den Laburnum Walk zusammen. Zwar war der Weg an beiden Enden von Straßenlaternen beleuchtet, aber im mittleren Teil war es ziemlich dunkel.

Der Laburnum Walk war eine schmale Gasse, die rechts und links von hohen Gartenmauern begrenzt wurde. Über die Mauern hingen Zweige von Goldregen, auf lateinisch Laburnum.

Katie hatte keine Angst, diesen Weg zu gehen. Sie fürchtete sich nie im Dunklen. Aber sie gestand sich ein, Angst davor zu haben, daß Roland Ferndale ihr auflauern könnte. Der Sohn des Anwalts belästigte sie regelmäßig, wenn sie allein unterwegs war. Zum ersten Mal geschah es auf einer Wohltätigkeitsveranstaltung mit Tanz. Sammy, Willie und Daisy waren gemeinsam zu der Disco gegangen, und Katie hatte mit einem Mitglied aus ihrer Judogruppe getanzt. Der Junge war ungefähr fünfzehn. Ein hochgewachsener Kerl hatte ihn auf der Tanzfläche brutal zur Seite geschoben, und für einen Moment hatte Katie geglaubt, ihr Partner würde den Angreifer zu Boden werfen. Wahrscheinlich wäre es auch dazu gekommen, hätte Katie ihn nicht durch ein Kopfschütteln abgehalten. Sie starrte den sich vor ihr aufbauenden Mann an, und im nächsten Augenblick hob dieser die Hand, als wollte er Katies Arm greifen. Sie wehrte ihn mit einem Handkantenschlag ab, drehte sich um und verließ die Tanzfläche.

Für den Rest des Abends sah er sie wütend an, wenn sie ihm begegnete. Mit dem gleichen Blick, den er ihr an dem Abend zugeworfen hatte, als sie sich weigerte, in seinen Wagen zu steigen. Seit dem Vorfall damals hatte sie Roland Ferndale zwei Mal in einem parkenden Wagen sitzen sehen, als sie aus der Schule kam. Aber er machte keinen Versuch, sich ihr zu nähern. Das letzte Mal war sie ihm am Parktor begegnet, aber an diesem Abend wurde sie von ihren Brüdern und von Daisy begleitet. Trotz der Dunkelheit wußte Katie, daß Roland sie anstarrte. Es ging ein Gerücht, er hätte sich verlobt, aber daß die Verbindung nicht hielt. Das Mädchen, wer immer sie war, hätte sich wieder von ihm getrennt.

Heute abend verließ Katie mit Daisy das Zentrum. Daisy wollte nach Hause, daher trennten sie sich am Park, und Katie machte sich auf den Weg zum Laburnum Walk, wo Sammy auf sie warten würde.

Katie bog in die schmale Gasse ein und meinte, Schritte zu hören, als versuchte jemand, so schnell wie möglich ans andere Ende zu kommen. Als das Geräusch aufhörte, dachte sie nicht mehr daran.

»Ach, hallo!« Ein ausgestreckter Arm versperrte ihr den Weg, und Katie hielt hörbar den Atem an. Sie mußte nicht fragen, wer sie angesprochen hatte und schrie: »Laß mich vorbei, Roland Ferndale. Sonst kriegst du einen Riesenärger. Das verspreche ich dir.«

»Große Sprüche von einem kleinen Mädchen.« Er machte sich über sie lustig. Dann änderte er den Ton. »Was finde ich bloß an dir? Schließlich bist du nichts Besonderes. Und deine Familie auch nicht. Was ist dein Vater schon? Ein großmäuliger Angeber, das weiß schließlich jeder.«

Der Stoß, den Katie ihm versetzte, schleuderte Roland Ferndale gegen die Wand. Das schien ihn wütend zu machen. Er packte Katie bei der Schulter und riß sie herum, doch Katie nutzte den Schwung, um sich zu befreien. Als geübte Fechterin machte sie einen Ausfallschritt nach hinten, schnellte den Fuß hoch und zielte mit dem dickbesohlten Lammfellstiefel auf Roland Ferndales Leistengegend. Der Tritt ließ ihn zur Seite kippen. Den Arm ausgestreckt, um nicht zu fallen, packte er Katie erneut bei der Schulter und ließ sie seitlich gegen die Wand prallen. Dann riß er an ihrem Mantel. Katie leistete heftige Gegenwehr. Sie zog ihn an den Haaren und schlug ihm die Fingernägel ins Gesicht. Ohne Erfolg. Er ließ nicht von ihr ab.

Die Mantelknöpfe und der oberste Knopf ihrer Bluse sprangen ab. Als Rolands Hände ihre Brust umfaßten, geriet Katie in Rage. Die gleiche weißglühende Wut wie damals packte sie, als sie die beiden Nackten auf dem Bett sah und die schwere Holzschale nach ihnen schleuderte. Unwillkürlich stieß Katie mit dem Knie zwischen Rolands Beine und umkrallte seine Kehle. Sie merkte nicht, daß sie schrie.

Bevor er sich zusammenkrümmen konnte, trat sie ihm in den Magen. Dann hörte sie Schritte. Jemand kam. Keuchend lehnte Katie an der gegenüberliegenden Wand. Sie wußte, daß Blut in ihre Augen rann und ihre Bluse naß war.

»Mein Gott!« Sammy hatte die Arme um sie gelegt.

Er holte eine kleine Taschenlampe aus seiner Tasche und richtete den Lichtkegel auf die mit dem Gesicht nach unten liegende Gestalt. »Mein Gott!« wiederholte er. In diesem Augenblick drang das Geräusch von Stimmen und hastenden Schritten zu ihnen. Sammy zog Katie von der Wand weg und sagte: »Lauf! Weg von hier! Schnell!«

Einen Moment blickte er ihr nach, wie sie durch die Dunkelheit davonstolperte. Dann bückte er sich, packte den Mann am Kragen und zog ihn in eine sitzende Haltung. Dabei spürte er Blut über seine Hände rinnen. Das Gesicht des Mannes war übel zugerichtet. Um Gottes willen! Was hatte Katie mit ihm gemacht, als sie ihn niederschlug? War … er tot?

»Was ist los? Was ist passiert? Was haben Sie getan?«

Sammy wandte sich um und blickte in die kaum zu erkennenden Gesichter über sich. Es waren zwei Männer und eine Frau.

»Ich habe ihn so gefunden. Er wurde zusammengeschlagen«, murmelte Sammy.

»Zusammengeschlagen? Mein Gott! Wie das Gesicht aussieht. Sie wollen wohl sagen, daß Sie ihn zusammengeschlagen haben. Was haben Sie mit ihm gemacht?«

Roland Ferndale hob den Arm und umklammerte Sammys Handgelenk. Dabei murmelte er etwas.

»Was hat er gesagt?« fragte die Frau.

»Es klang wie ›du, du‹!« erwiderte einer der Männer. Der andere sah Sammy mißtrauisch an. »Und Sie sagen, Sie haben ihn hier gefunden?«

»Ja. Vor ungefähr … einer Minute.«

»Und wie kommt es, daß auch Sie blutbeschmiert sind?«

»Oh.« Sammy blickte auf seine Hände. Sie waren feucht. Er konnte nicht erkennen, ob es wirklich Blut war. Aber natürlich, es mußte Blut sein.

»Hier stimmt etwas nicht«, erklärte die Frau.

»Ich denke, das ist ein Fall für die Polizei«, fügte einer der Männer hinzu. »Und wir brauchen einen Krankenwagen. Der arme Kerl wird kaum aufstehen können. Lauf nach Hause, Carrie, und ruf den Rettungsdienst an. Wir bleiben hier und passen auf, daß der andere sich nicht aus dem Staub macht.«

Sammy hatte sich wieder aufgerichtet und protestierte: »Wenn Sie den Krankenwagen und die Polizei holen, sagen Sie auch, daß ich den Verletzten hier gefunden und ihm aufgeholfen habe, Missis.«

Der bullige Zwei-Meter-Mann, der jetzt mit ihm sprach, war mindestens einen Kopf größer als Sammy, und seine Stimme klang drohend: »Glauben Sie bloß nicht, daß Sie abhauen können, junger Mann.«

Sammy überlegte einen Augenblick, ob er es schaffte, ihn zu Boden zu werfen. Nein, er wartete besser auf die Polizei. Die Beamten nahmen alles zu Protokoll. Aber Ferndale würde kaum die Wahrheit sagen, wenn er zu sich kam.

Was sollte er den Polizisten erklären? Daß ein junges Mädchen ihn so zugerichtet hatte, weil er versucht hatte, sie zu vergewaltigen? Das war die Frage. Und wie würde Ferndale der Polizei seinen Zustand erklären?

Eine Stimme rief zu ihnen herüber: »Es ist ein Streifenwagen unterwegs, und der Krankenwagen kommt auch gleich.«

Keine Minute später sagte der Riese: »Da sind sie.« Und zu Sammy gewandt: »Jetzt werden wir erfahren, was los ist, Bürschchen.«

»Allerdings«, fuhr Sammy ihn an. »Das werden wir. Und hoffentlich lernen Sie, in Zukunft keine vorschnellen Schlüsse zu ziehen. Ich habe Ihnen gleich gesagt, daß ich nichts damit zu tun habe.«

Die Polizisten waren noch einige Meter entfernt, als die Frau ihnen entgegenrief: »Das ist eine üble Sache hier, Officer.«

Wortlos leuchteten die Beamten den zusammengesunken an der Wand sitzenden Roland Ferndale an. Dann fragte einer: »Also, was ist passiert?« Er wandte sich an Sammy, begutachtete seinen blutbeschmierten hellgrauen Mantel und die Hände. »Eine Schlägerei?« erkundigte er sich ruhig.

»Nein, Sir. Ich hatte keine Schlägerei. Ich bin vorbeigekommen und habe ihn in diesem Zustand gefunden. Er lag mit dem Gesicht am Boden. Ich habe versucht, ihn aufzurichten. Dann kamen diese Leute.« Sammy machte eine Handbewegung. »Sie sahen das Blut an meinen Händen und haben mich zu unrecht verdächtigt.«

Ohne Kommentar beugte sich der Polizist über Roland Ferndale. »Können Sie aufstehen, Sir?«

»Mein ... Kopf ... tut weh.«

»Ja, sicher. Kann ich mir denken, Sir. Kommen Sie, wir helfen Ihnen beim Aufstehen.«

Jeder an einer Seite, hievten die Polizisten ihn hoch und stellten ihn gegen die Wand. Noch immer benommen suchte Roland Ferndale nach seinem Taschentuch und wischte sich das Blut von den Augen. Er blinzelte in das grelle Licht der Taschenlampe, die auf die zwei Männer, die Frau und Sammy gerichtet war, und fixierte schließlich Sammy. Die Hand an die Leistengegend gepreßt, löste er sich stöhnend mit dem Oberkörper von der Wand.

Der Polizist fragte: »Wissen Sie noch, wer Sie angegriffen hat, Sir?«

Den Oberkörper noch immer vorgebeugt und eine Hand am Unterbauch, hob Roland Ferndale zittrig die andere Hand und zeigte auf Sammy.

Augenblicklich hallte Sammys Schrei durch die enge Gasse: »Nein, ich war es nicht! Du bist ein verdammter Lügner, Roland Ferndale! Du weißt genau, daß ich es nicht war.«

»Das genügt.« Einer der Polizisten hatte Sammy gegen die andere Wand geschoben. »Sie kennen ihn?«

»Ja, ich kenne ihn. Und er lügt. Ich habe bereits gesagt, daß ich ihn gefunden habe.«

»Ach, Sie haben ihn gefunden?« Erneut mischte sich die Frau mit ihrer hohen Stimme ein. »Zufällig haben wir gesehen, was passiert ist. Sie wollten sich von ihm losreißen.«

Jetzt schrie Sammy die Frau an: »Er hat mein Handgelenk umklammert, um sich an mir festzuhalten. Ich habe versucht, ihn aufzurichten.«

Der zweite Polizist legte Sammy die Hand an die Schulter und preßte ihn gegen die Mauer. »Das reicht. Hören Sie auf mit dem Gebrüll.«

»Und Sie nehmen Ihre Hand weg!«

Ohne Sammy loszulassen, sagte der Polizist: »Erst wenn ich es will. Und jetzt kommen Sie.«

In Ferndals Richtung nickend, sagte der andere Beamte mit gedämpfter Stimme zu seinem Kollegen: »Sein Hosenschlitz steht offen.« Er wandte sich an Sammy und fragte vermittelnd: »Hat er Sie sexuell belästigt, Junge?«

»Mich belästigt? Nein, hat er nicht! Aber vielleicht jemand anderen. Würden Sie mich jetzt bitte loslassen?« Er wandte sich wieder an den anderen Polizisten, der die gleiche Antwort wie vorher gab:

»Ich habe schon gesagt, erst wenn ich es will. Vorher werden Sie auf der Wache einige Fragen zu beantworten haben.«

Der Ton des Beamten löste in Sammy ein vertrautes Gefühl aus. Er meinte, sein Vater würde neben ihm stehen und ihn drängen, den Polizisten niederzuschlagen. Als Sammy grob von der Wand gerissen wurde, wandte er sich zur Seite und sagte: »Nehmen Sie Ihre verdammten Hände weg. Sonst setzt es Hiebe.«

»Das reicht jetzt wirklich, Sir. Wissen Sie, mit wem Sie reden?«

»Mit zwei verdammten Idioten, die nicht weiter als bis zur Nasenspitze sehen können. Würde ich ohne blaue Flecken und Kratzer im Gesicht hier stehen, wenn ich mich mit dem Kerl geprügelt hätte? Immerhin ist er fast doppelt so groß. Schalten Sie lieber Ihre Bir...« Das Wort Birne brachte er nicht mehr heraus. Er wurde von der Wand weggerissen.

»Wohl 'n starker Typ, wie?«

»Ja. Und wenn ich wollte, lägen Sie jetzt beide auf dem Rücken.«

»Aha! So Jiu-Jitsu-mäßig, was?«

»Genau.«

Der erste Polizist sagte zum anderen: »Setzen Sie sich mit dem Hauptquartier in Verbindung, und sagen Sie, sie sollen Ben schicken. Wir haben einen Verdächtigen für die Wache und einen Verletzten, der ins Krankenhaus muß.«

»Nein, nein«, keuchte Ferndale. »Nicht ... ins Krankenhaus ... nach Hause.«

»In Ordnung, Sir. Wir bringen Sie nach Hause.« Der Officer wandte sich an die beiden Männer und die Frau. »Würden Sie meinem Kollegen bitte Ihren Namen und Ihre

Adresse geben? Und danke für Ihre Mithilfe.« Wieder an Sammy gerichtet, sagte er: »Hör auf zu zappeln und sei ruhig, Junge. Es hat keinen Sinn. Heute wirfst du niemanden mehr zu Boden.«

Tatsächlich überfiel Sammy eine plötzliche Ruhe, denn in ihm stieg Angst auf … er würde auf die Wache gebracht werden … und das bedeutete polizeilichen Gewahrsam. Sein Dad war zweimal eingesperrt gewesen, und er hatte das Gefängnis wirklich gefürchtet. Jetzt ging es Sammy genauso.

Katie stolperte durch den Laburnum Walk zum anderen Ende und lehnte sich gegen eine Wand. Sie beugte mehrmals den Oberkörper vor, um nicht ohnmächtig zu werden. Vage nahm sie die Geräusche am Eingang zum Laburnum Walk wahr. Wahrscheinlich waren Leute gekommen, die Sammy halfen. Dann redete sie mit sich selbst: »Wach bleiben. Lieber Gott, laß mich nicht ohnmächtig werden! Tief einatmen. Tief und gleichmäßig.«

Als Katie sich wieder aufrichtete, stieß sie hervor: »Oh, mir wird schlecht.« Sie nahm sich zusammen. »Nein, ich darf nicht schlappmachen. Ich muß zu Dad. Ich muß zu Dad.«

Wieder hörte sie die Stimmen und murmelte: »Komm schon, Sammy. Laß ihn in Ruhe! Sammy! Komm, weg von da!«

Von Ferne drang Sirenengeheul zu ihr, und Katie murmelte: »Wahrscheinlich bringen sie ihn ins Krankenhaus. Morgen steht alles in der Zeitung. Oh, Mam! Oh, Dad!« Sie schob ihre Hand unter den Mantel und stöhnte. Wieder sprach sie laut: »Oh, meine Brust. Meine Brust. Er hatte tatsächlich vor, mich zu vergewaltigen. Er muß verrückt sein. Lieber Gott! Und ich auch. Dieses Gefühl ist furchtbar. Oh, Gott! Mam, hilf mir!«

Sie fuhr herum und erbrach sich gegen die Mauer. Dreimal hintereinander. Als Katie sich weiter über den Weg schleppte, zur Laterne ins Licht, begegnete ihr ein Paar, das seinen Hund ausführte. Die Frau blieb kurz stehen und sagte: »Sie ist betrunken. Du liebe Zeit, nein. Pfui, pfui! Komm weg da, Cherry.« Sie zerrte den Hund an der Leine, und nach einigen Schritten hörte Katie den Mann laut sagen: »Ein junges Mädchen! Wahrscheinlich Alkohol und Drogen. Wo wird das alles hinführen, frage ich dich?«

Katie umklammerte den Laternenmast und preßte die Braue dagegen. »Er hat es vorgehabt. Er hat es gewollt. Seine Hose … seine Hose hat offengestanden. Warum gerade ich? Er hat Mädchen genug. Warum ich? Ich … muß zu Sammy zurück.«

Sie blickte an sich entlang und stellte fest, daß ihr Mantel offen war, und an einer Seite hing ihre Schulbluse zerrissen herunter. »Dreckiges Schwein!« murmelte sie. Und dann wieder: »Oh, meine Brust!« Mit einer Hand hielt sie ihre Brust und wimmerte: »Dieses Schwein! Dieses elende dreckige Schwein!« Tränen liefen ihr über das Gesicht. Den Mantel fest um sich gezogen, stolperte Katie in den Laburnum Walk zurück. Sie spähte zum anderen Ende, wo die zweite Laterne stand. Dann bemerkte sie die ungewöhnliche Helligkeit und sah das blinkende Blaulicht eines Polizeiautos.

Sie rannte los und bekam nur noch die Rücklichter des offenbar zweiten Streifenwagens zu sehen, der rasch davonfuhr.

Zwei Männer und eine Frau, die etwas entfernt auf dem Gehsteig gestanden hatten, kamen ihr entgegen und unterhielten sich. Als sie in den Laburnum Walk einbogen, hörte Katie einen Mann sagen: »Ich sehe die Sache jetzt anders. Wahrscheinlich war es doch ein Überfall, und der junge Bursche hat sich gewehrt. Deswegen hat der Kerl ihn beschuldigt.«

Katie sah ihnen nach, wie sie in der Dunkelheit verschwanden, und murmelte: »Er muß Sammy beschuldigt haben.« Natürlich, irgendeinen Schuldigen mußte er ja finden. Er würde nie zugeben, daß ich es gewesen bin. Nein, nicht Roland Ferndale, dieser anmaßende Macho! Nie und nimmer! Den letzten Satz stieß sie laut hervor. Dann machte sie kehrt und hastete unsicher stolpernd los, zu ihrem Vater, der noch im Club war.

Der Bristol's Club war der exklusivste in der Stadt, und am Eingang wachte ein Türsteher. Erst als Katie auf dem kleinen Parkplatz neben dem Gebäude stand und Bills Wagen sah, fragte sie sich, was sie ihrem Vater sagen wollte. Wahrscheinlich würde Mr. Ferndale auf der Versammlung heute abend anwesend sein. Katie konnte schlecht zu ihrem Vater gehen und sagen: »Der Sohn dieses Mannes hat soeben versucht, mich zu vergewaltigen.« Welche Folgen hätte das? Mr. Ferndale gehörte zur Stiftung, die an dem Bauunternehmen ihres Vaters beteiligt war. Durch diese Verbindung war Bill Bailey dahin gekommen, wo er heute stand. Aber ihr Vater würde zur Polizei gehen müssen, damit Sammy freikam. Und Sammy würde ihm alles erzählen. Katie stand in Gedanken versunken auf dem Parkplatz, als die Tür aufging und Bill in Begleitung eines anderen Mannes nach draußen trat.

»Gute Nacht, Ralph«, sagte Bill und bewegte sich in Katies Richtung.

»Dad!«

»Oh, du bist allein. Wo ist …? Guter Gott! Was hast du?« Bill sah auf ihren Mantel, den sie fest um die Taille gezogen hatte. Dann bemerkte er den halb auf die Schulter gerutschten Schal und die abstehenden und zerzausten Haare.

»Dad! Dad!« war alles, was Katie wimmernd hervorbrachte.

»Hat dir jemand Gewalt angetan? Wo ist … Sammy?«

»Dad, bitte laß mich ins Auto steigen, nur eine Minute, bitte!«

Bill half ihr vorsichtig auf den Beifahrersitz. Dann sagte Katie: »Jemand hat mich überfallen. Sammy … ist mir zu Hilfe gekommen … und hat mich beiseite gestoßen. Er hat gesagt, ich soll weggehen … weil … Dad, ich habe wieder die Beherrschung verloren und … jemanden schwer verletzt.«

Wortlos umklammerte Bill ihre Hand fester und fragte: »Wer war es? Kennst du ihn?«

»Ja … aber ich kann es nicht sagen … noch nicht.«

»Warum nicht? Um Gottes willen, Mädchen, warum nicht?«

»Schrei nicht so, Dad. Bitte, hör auf zu schreien. Sammy hat mich weggestoßen … er wollte nicht, daß ich in die Sache hineingezogen werde. Ich weiß … was er gedacht hat. Aber jetzt muß er … die Folgen ausbaden. Die Polizei hat ihn weggebracht.«

»Wann war das?«

»Vor ungefähr … einer halben Stunde. Fährst du zur Polizei und … holst ihn da heraus, wenn es geht? Wenn … sie dich mit ihm allein reden lassen und ihr ungestört seid, würdest du etwas für mich tun?«

»Das weißt du doch. Sag mir, was.«

»Sagst … du ihm, ich will nicht, daß er den Namen sagt … ich meine, von dem Mann, der mich überfallen hat. Er soll ihn jetzt noch nicht sagen. Wir müssen vorher … darüber sprechen.«

»Großer Gott! Sehr mysteriös, wirklich. Aber zuerst bringe ich dich nach Hause, einverstanden?«

»Nein, Dad. Ruf mir ein Taxi, und dann fährst du direkt zur Polizei.«

»Wenn er auf der Wache ist, wird er noch etwas länger warten können, bis ich komme. Lieber Gott! Der Sohn von Davey Love. Hat er den Mann verprügelt? Sammy hat viel von seinem Vater geerbt.«

»Nein, Dad. Sammy hat ihm nichts getan. Ich habe den Mann zusammengeschlagen. Ich habe vollkommen die Beherrschung verloren. Wie schon einmal. Aber … der Mann … wollte mich vergewaltigen.«

»Du sagst, du hast die Beherrschung verloren? Warte, bis ich den Kerl zu fassen kriege. Ich bringe ihn um.«

»Dad! Bitte tu, was ich sage. Ich flehe dich an! Fahr sofort zu Sammy und sag ihm, ich wollte nicht, daß er den Namen nennt. Ich würde ihn darum bitten. Machst du das für mich? Und frag ihn nicht.«

»Die Polizei wird bereits Bescheid wissen.«

»Nein, sie haben keine Ahnung. Sie glauben, es wäre eine Schlägerei zwischen ihm und Sammy gewesen.«

Als Bill den Wagen anließ, flehte Katie erneut: »Dad! Ruf mir ein Taxi.«

So wie heute war Bill noch nie durch die Stadt gerast. Außerhalb der Stadtgrenze mußte er die Höchstgeschwindigkeit weit überschritten haben. Er half Katie aus dem Wagen und brachte sie direkt ins Haus, denn die Tür stand offen. Fiona, Willie und Nell warteten bereits.

»Was ... ist geschehen?« Fiona starrte ihre Tochter an. Katies Mantel stand offen und gab den Blick auf die zerfetzte Bluse frei. »Ach Gott, Kind! Du bist überfallen worden! Jemand hat dich überfallen!«

Katie sank schluchzend in die Arme ihrer Mutter, und Fiona sah Bill an. »Sammy ist bei der Polizei«, sagte sie. »Er möchte, daß du so schnell wie möglich hinkommst. Was hat das alles zu bedeuten? Was ist passiert?«

»Vielleicht erzählt sie dir mehr als mir. Bei mir schweigt sie sich aus, aber ich werde der Sache auf die Spur kommen, noch heute abend. Kümmer du dich um Katie. Ich fahre zu Sammy.«

»Dad! Dad!« Katie riß sich von Fiona los. »Tu, was ich gesagt habe. Bitte! Es gibt einen Grund dafür. Bitte!«

Für einen Moment starrte Bill seine Tochter an, schüttelte dann den Kopf und verließ das Haus.

Auf dem Polizeirevier waren nur zwei Beamte anwesend. Einer blickte auf: »Guten Abend, Sir.«

Ohne den Gruß zu erwidern, sagte Bill: »Wie ich erfahren habe, halten Sie meinen Jungen hier fest.« Er hatte ihn nicht seinen Sohn genannt.

»Mr. Bailey?«

»Ja, ich bin Mr. Bailey.«

»Wir halten einen Jugendlichen in Gewahrsam, der Sammy Love heißt.«

»Ja, Sie halten Sammy Love fest, und er ist mein Junge. Bitte lassen Sie mich zu ihm. Ich möchte mit ihm sprechen.«

»Natürlich, Sir. Sie ... wissen, was gegen ihn vorliegt?«

»Nein, das weiß ich nicht. Aber Sie werden es mir sicher sagen.«

»Sicher. Offenbar hat er einen anderen jungen Mann angegriffen und ziemlich übel zugerichtet. Er wird der vorsätzlichen Körperverletzung verdächtigt. Aber vor allem hat er die Beamten am Tatort beleidigt und sich seiner Verhaftung widersetzt.«

»Ist das alles?«

Der Gesichtsausdruck des Beamten veränderte sich, genau wie sein Ton: »Ich denke, für eine Anklage reicht das, Sir.« Der Polizist drehte sich um und nickte seinem Kollegen zu, der Bill ansah und aufstand. »Würden Sie bitte mitkommen. Hier entlang.«

Sammys Anblick in der nackten Zelle, auf der hölzernen Pritsche sitzend und die Ellenbogen auf die Knie gestützt, ließ Bill innerlich aufstöhnen. Ihm war, als hätte er Davey vor sich, denn der Ausdruck in Sammys Gesicht war der gleiche wie bei seinem Vater, als dieser mit dem Gesetz in Konflikt gekommen war.

Der Polizist blieb in der Zellentür stehen, als zögerte er, Bill mit dem Gefangenen allein zu lassen. »Er ist noch nicht offiziell angeklagt, oder?« fragte Bill.

»Nein, Sir. Aber …« Der Beamte machte eine Pause. »… das Opfer hat ihn als Täter angegeben. Und er hat sich seiner Verhaftung widersetzt, neben anderen Vorwürfen gegen ihn.«

»Aber er wurde noch nicht offiziell angeklagt?«

»Nein, Sir. Bis jetzt noch nicht, soweit ich weiß.«

Die Antwort kam prompt: »Gut, dann würde ich ihn jetzt gern allein sprechen.«

Die Tür wurde geschlossen, und Bill zog den einzigen Stuhl neben die Pritsche. Sammy verharrte in seiner Stellung, als könnte er sich nicht bewegen. Aber er sagte sofort: »Ich habe nichts getan, Mr. B. Gar nichts.«

»Das weiß ich, Junge.« Bill legte ihm die Hand auf die Schulter. »Und bevor du weitersprichst, habe ich eine Nachricht von Katie. Ich mußte ihr versprechen, dir zu sagen, daß du auf keinen Fall den Namen des Mannes nennst, der sie angegriffen hat. Aber jetzt frage ich dich, warum macht sie ein solches Geheimnis daraus? Weißt du, wer sie überfallen hat?«

Sammy starrte Bill ins Gesicht. Es dauerte einige Sekunden, bis er sagte: »Ja, ich weiß, wer es war. Und Katie wollte nicht, daß ich es sage?«

»Ja. Zumindest jetzt noch nicht. Kannst du mir den Grund erklären?«

Wieder starrte Sammy Bill an, und es vergingen einige Sekunden. »Ich ... Die Wahrheit wird ans Licht kommen, Mr. B.«

»Trotzdem weißt du nicht, warum sie will, daß der Name noch ungenannt bleibt?«

»Nein, das weiß ich nicht.«

Bill rückte den Stuhl näher zu Sammy. Etwas leiser fragte er: »Hat sie ihn wirklich so übel zugerichtet?«

»Ja, das hat sie. Er sah schlimm aus. Sie muß einen Moment lang regelrecht ausgerastet sein, denn der Typ ist breit wie ein Kleiderschrank.«

»Aber warum hat sie dich allein zurückgelassen? Warum ist sie nicht geblieben, um selbst mit der Polizei zu sprechen?«

»Ich ... wollte, daß sie geht. Die Sache hätte große Schlagzeilen gemacht. Wir wußten beide ... ich meine, wir ahnten, was auf sie zukommen würde. An mehr habe ich in dem Moment nicht gedacht. Was dann passiert ist, hat keiner von uns gewollt. Aber soviel kann ich sagen, ohne seinen Namen preiszugeben. Er ist ein Dreckschwein. Weil er den Gedanken nicht ertragen konnte, daß er von einem Mädchen Prügel bezogen hat, hat er mich beschuldigt, ich hätte ihn angegriffen.« Sammy senkte die Stimme. »Kannst du mich heute abend noch hier herausholen, M. B?«

Bill schüttelte langsam den Kopf. »Das ... bezweifle ich, Sammy. Aber wenn du mir den Namen des Mannes nennst, könnte ich es vielleicht. Du weißt, wer er ist, und Katie auch. Warum sagst du ihn nicht einfach? War es jemand vom Zentrum?«

»Nein, nein.«

»Wie dem auch sei. Du hättest wissen sollen, daß du die Polizisten nicht beschimpfen darfst. Das war nicht sehr klug von dir. Findest du nicht auch?«

»Du weißt nicht, wie sie mich behandelt haben. Sie haben nur ihm geglaubt. Und …« Sammy schüttelte den Kopf. »Es ist komisch. Nein, nicht komisch, eher unheimlich. Seit der Sache mit Mamie, als ich am Boden gelegen und gedacht habe, das wäre mein Ende, und mein Dad da war und mit mir geredet hat, davon habe ich dir ja erzählt … seit dieser Geschichte ist mein Dad noch mehrmals gekommen, und das macht mir angst. Heute war er wieder da, und mir war, als würde er die Polizisten anbrüllen, während ich sie Idioten genannt und beschimpft habe.«

»Du hast sie Idioten genannt und beschimpft? Mehr nicht?«

»Nein. Außer daß ich einem von ihnen Hiebe angedroht habe.«

»Mein Gott! Einem Polizisten Prügel anzudrohen! Das reicht, um dich eine Nacht hier festzuhalten. Aber ich komme morgen wieder, gleich in der Früh. Wahrscheinlich wirst du dem Haftrichter vorgeführt und kommst dann auf Kaution frei. Allerdings mußt du dich wohl schuldig bekennen, wie dein Dad.«

»Und wenn ich mich nicht schuldig bekenne, bleibe ich hier?«

»Sieht so aus. Oh, mein Gott!« Bill warf den Kopf in den Nacken. »Es ist genau wie damals, als ich das deinem Dad erklären mußte.«

»Aber ich bin nicht schuldig. Gut, das mit den Polizisten war nicht in Ordnung, aber die andere Sache, nein! Und darum geht es doch. Ich werde nichts zugeben, was ich nicht getan habe.«

»Sagst du dann, wer es war?«

»Nein, natürlich nicht.« Jetzt stöhnte Sammy. »Was glaubst du, wer ich bin? Aber … er wird sagen müssen, daß er mich verwechselt hat, damit ich aus der Sache herauskomme.«

»Keine Sorge, Junge. Wir holen dich aus der Sache heraus. Auf jeden Fall wirst du morgen wieder zu Hause sein. Dafür sorge ich.«

Als Bill aufstand, erhob sich Sammy von der Pritsche. Er

sah seinen Adoptivvater an und sagte leise: »Weißt du was? Hier habe ich mehr Angst als damals in diesem fensterlosen Zimmer, als ich gefesselt auf dem Fußboden lag und sie mir die Nadel reinjagten. Vermutlich geht es mir wie meinem Dad. Gitterstäbe und verschlossene Türen versetzen uns in Panik.«

Bill ging zu Sammy und drückte ihn fest an sich. Mit belegter Stimme sagte er: »Die Nacht wird schnell vorbei sein. Und morgen früh bin ich gleich wieder hier.« Er schob Sammy auf die Pritsche zurück. »Ich rede mit den Beamten. Du wirst sehen. Bald bist du wieder zu Hause.« Bill hörte seine Stimme brechen und wußte, daß er mehr nicht ertragen würde. Er wandte sich um und verließ mit raschen Schritten die Zelle. Auf dem Korridor wartete er, bis der Beamte die Zellentür verschlossen hatte.

Während Bill dem Officer folgte, versuchte er seine Fassung wiederzugewinnen. Im Dienstzimmer wandte er sich an den Beamten hinter dem Tresen und sagte: »Es gibt eine Sache, die mir noch unklar ist. Aber bis morgen wird alles aufgeklärt sein. Bis dahin hoffe ich« – er machte eine Pause und blickte dem Beamten ins Gesicht – »daß Sie anständig mit ihm umgehen.«

»Darum bemühen wir uns immer, Sir.« Etwas verbindlicher und mit der Andeutung eines Lächelns fragte der Officer: »Ich habe gehört, er ist ein geübter Karatekämpfer?«

»Ja, das ist er.« Bill nickte ihm zu. »Er hat den braunen Gürtel und bereitet sich auf den nächsten Grad vor.«

Der Polizist beugte sich vor. Leise und leicht belustigt sagte er: »Einem meiner Kollegen hat er angedroht, ihn zu Boden zu werfen!«

Bill konnte nicht anders und mußte ebenfalls lächeln. »Schade, daß er das Angebot nicht angenommen hat.«

»Ja, kann schon sein, Sir. Gute Nacht.«

»Gute Nacht, Officer.«

Es gab auch anständige Menschen bei der Polizei. Oh ja, auch hier gab es anständige Leute …

Zu Hause kam Fiona ihm in der Halle entgegen. »Du hast ihn nicht mitgebracht?«

»Nein, ich habe ihn nicht mitgebracht, Mrs. B. Er wird über Nacht in der Zelle bleiben, weil er die Folgen trägt für die Prügel, die Katie diesem Kerl verpaßt hat. Und darin tut er recht. Er hat den Polizisten ein paar Ausdrücke seines Vaters an den Kopf geworfen und damit gedroht, von seinen Karatekenntnissen Gebrauch zu machen. Der letzte Punkt wird einige Schwierigkeiten bereiten.«

»Ach, du meine Güte!«

»Schläft sie?«

»Nein. Sie hat sich umgezogen und trägt ihren Morgenmantel. Aber sie hat mir ihre Kleider gegeben. Die zerrissenen Sachen, meine ich. Sie sind ganz blutig. Und sie sagt, sie weiß, wer sie überfallen hat, will aber den Namen nicht nennen. Warum bloß?«

»Das darfst du mich nicht fragen, Mrs. B.« Bill schob sich an ihr vorbei ins Wohnzimmer. »Ich komme gerade von jemandem, der mir die gleiche Antwort gegeben hat. Das heißt, nachdem ich übermittelt hatte, was sie ihm durch mich mitteilen ließ. Morgen würde sich alles aufklären, sagte sie … Was in diesem Haus alles geschieht. Ich frage mich, was als nächstes kommt. Willie, schenk mir einen Drink ein, bitte. Ach, ich habe deine Erkältung ganz vergessen. Bleib am Feuer sitzen, ich hole mir das Zeug selbst.«

»Das machst du nicht. Setz dich hin.«

Fiona drückte ihn beinahe aufs Sofa. Als sie das Zimmer verließ, rief Bill hinter ihr her: »Zu Befehl, Missis. Ich sage ja, was in diesem Haus nicht alles geschieht. Die Polizei scheint uns keine Ruhe mehr zu lassen. Zuerst Sammy, dann Mamie, jetzt Katie, und natürlich …«

»Und natürlich wieder Sammy.«

Bill wandte sich an Willie. »Ich habe ihn noch nie so verloren gesehen, Willie. Der Anblick hat mir fast das Herz gebrochen. Mir war, als hätte ich seinen Vater vor mir.«

Willie antwortete ruhig: »Sammy ist nicht in Form, um sich mit jemandem anzulegen, egal, ob er Karate, Judo oder sonst eine Technik anwendet. Er hat immer noch Schmerzen in der Seite, von seiner Verletzung.«

»Ja, ich weiß.«

»Katie muß durchgedreht sein. Sie hat es selbst gesagt. Und ich bin froh darüber. Gott weiß, was dieser Kerl ihr sonst angetan hätte.«

»Hatte jemand im Zentrum etwas gegen sie?«

»Nein, nicht daß ich wüßte. Sie war überall beliebt. Außerdem hat sie nie jemanden ermutigt, in keinem der Kurse, und die Jungen haben sie auch in Ruhe gelassen. Es sind anständige Burschen, Dad. Viele stammen aus Bog's End, benehmen sich aber besser als die meisten anderen, zumindest was Mädchen angeht. Einige der bessergestellten Kerle halten sich anscheinend für unwiderstehlich.« Willie schüttelte den Kopf. »Nein, es gibt niemanden dort, dem ich so etwas zutraue. Aber sie muß ihn kennen, und Sammy auch. Ich verstehe nur nicht, warum sie nichts sagt.«

»Ich auch nicht. Wirklich nicht.«

Bill nahm das Whiskyglas entgegen. »Danke, Liebling.« Dann fragte er: »Hat sie viel geweint?«

»Nein, nicht nach dem ersten Anfall. Sie sagt, daß sie nicht darüber sprechen will. Dann hat sie gebadet, und ich habe ...«

Als Fiona abbrach, fragte Bill: »Du hast was gesehen?«

»Ach, das ist nicht wichtig.«

»Mam«, schaltete sich Willie beruhigend ein. »Ich bin kein Kind mehr. Und ich bin mit Katie aufgewachsen, vergiß das nicht.«

»Er hat recht«, sagte Bill. »Also, was hast du gesehen?«

Fiona holte tief Luft. »Ihre Brust ist überall zerkratzt, und an einer Stelle ist die Haut grün und dunkelblau unterlaufen. Da muß er sie gepackt haben. Seine Nägel haben die Haut aufgerissen, und die Wunden müssen stark geblutet haben. Zwei tiefe Kratzspuren laufen an der Brust herunter, wo die Bluse aufgerissen war. Außerdem hat sie an einer Schulter einen dicken Bluterguß.«

Es entstand eine Pause, dann sagte Bill: »Mein Gott! Ich wünschte, ich kriegte diesen Kerl zu fassen.«

»Ich glaube, davor hat sie Angst«, gab Fiona schnell zurück.

»Dann kenne ich ihn also?«

»Anscheinend. Ich habe mir das Hirn zermartert, aber mir fällt niemand ein, den wir kennen und dem ich so etwas zutrauen würde.«

»Wo ist sie jetzt?«

»Im kleinen Wohnzimmer.«

Als Bill aufstehen wollte, warnte Fiona: »Laß sie, Bill. Wenn du jetzt zu ihr gehst, wühlst du alles wieder auf. Und sie will nicht darüber sprechen, zumindest nicht heute abend. Ich wollte bei ihr sein, doch sie hat mich weggeschickt. ›Es wird schon gehen, Mam‹, hat sie gesagt. ›Laß mich hier allein. Ich möchte nachdenken.‹«

»Worüber will sie nachdenken?«

»Bill!« Fiona schloß die Augen und wandte den Kopf zur Seite. »Ich weiß es wirklich nicht. Etwas muß ihr durch den Kopf gehen … das Telefon klingelt.« Sie stand auf und verließ das Zimmer. Innerhalb einer Minute war sie wieder da.

»Es ist … George. George Ferndale.«

»George? Was will er? Ich habe mich erst vor einer Stunde im Club von ihm verabschiedet.«

Bill marschierte in die Halle und nahm den Hörer.

»Hallo? Gibt es etwas Neues?«

Es folgte einen Moment Stille, bis die Stimme am anderen Ende der Leitung sagte: »Das fragen Sie noch?«

»Ja, allerdings frage ich das, George. Ich habe keine Ahnung.«

»Ich dachte, Sie wüßten mittlerweile Bescheid. Sie waren bei der Polizei, nicht wahr?«

»Ja, war ich.«

»Um diesen irischen Flegel zu besuchen? Ich kann ihn so nennen, denn schließlich ist er nicht Ihr Sohn. Aber ganz sicher schlägt er nach seinem Vater.«

»Ja, er kommt nach seinem Vater. Und sein Vater war einer der besten Menschen, die ich jemals gekannt habe. Auch wenn er gern seine Fäuste gebraucht hat …«

»Dann hören Sie einmal zu«, unterbrach ihn die Stimme. »Der Sprößling macht nicht nur von seinen Fäusten Gebrauch, er verteilt auch gern Fußtritte. Sie sollten die Leistengegend meines Sohnes sehen.«

»Die Leistengegend Ihres Sohnes?«

»Ja, genau das. Mein Sohn ist grün und blau geschlagen. Und ich bezweifle, daß die tiefen Kratzspuren in seinem Gesicht jemals ganz verschwinden.«

Bill hielt den Hörer ein wenig von sich weg. Er konnte es nicht glauben. Der junge Roland Ferndale ... war gewaltsam über Katie hergefallen, und sie hatte ihn zusammengeschlagen.

Wieder drang die Stimme an sein Ohr: »Ich habe keine Skrupel, die Sache vor Gericht zu bringen. Wahrscheinlich finden Sie Entlastungsgründe für den Jungen und wollen dagegen vorgehen. Das können Sie gern tun, aber ich werde morgen früh um halb elf für eine nichtöffentliche Sitzung in meinen Amtsräumen sein.«

Bill wollte in den Hörer brüllen, doch die Leitung war bereits tot. Morgen früh um halb elf im Gericht. Weiß Gott! Bill würde ihn persönlich hinzerren. Bis dahin war er auf dem Polizeirevier gewesen, und zwar nicht allein. Nein, nicht allein. Bill fuhr herum und wandte sich zum Wohnzimmer. Die Tür stand offen. Er rief: »Kommt her und hört mir zu!«

Fiona und Willie eilten zu ihm und folgten Bill in das kleine Wohnzimmer, wo Katie zusammengerollt in einem großen Sessel hockte. Bill begrüßte sie mit den Worten: »Was soll das heißen, daß du alles für dich behalten willst, du dumme, kleine Gans?« Dann wandte er sich an Fiona und sagte: »Roland Ferndale!«

»*Was*? Du meinst? Oh, nein.«

»Doch! O ja! Was glaubst du, warum George Ferndale gerade angerufen hat? Er wollte mir mitteilen, was Sammy erwartet, weil er seinen Sohn zusammengeschlagen hat. Er hat gesagt, wäre Sammy mein eigenes Fleisch und Blut, hätte er sich die Sache möglicherweise überlegt, oder so ähnlich. Aber Sammy ist der Sohn von Davey Love. George Ferndale hat damals mitgeholfen, daß er ins Gefängnis kam. Jetzt wird er genauso rücksichtslos gegen Sammy vorgehen und den Jungen vor Gericht bringen.« An Katie gewandt, fragte Bill: »Warum hast du bloß den Mund gehalten?«

Katie arbeitete sich aus der Sesselecke und setzte sich auf die Kante. Sie hob den Blick zu Bill. »Ich hatte meine Gründe. Mir war klar, wenn ich dir sagte, wer es war, würdest du in deiner taktvollen Art hingehen und einen Riesenaufstand machen. Aber Ferndale ist ein großes Tier in der Stiftung, oder? Und …«

»Zur Hölle mit der Stiftung!«

»Genau das hättest du gesagt. Zur Hölle mit der Stiftung! Und deine Zukunftspläne kannst du dann auch begraben. Ich brauchte Zeit, um einen Ausweg zu finden, und ich habe mir etwas überlegt.«

»Gut. Würdest du mich dann bitte davon in Kenntnis setzen, mein Fräulein?«

Bill ließ den Kopf tief auf die Brust sinken, doch Fiona sagte: »Setz dich. Erkennst du nicht, daß alles, was sie getan hat, auch für …«

»Ja, natürlich. Sicher erkenne ich das. Aber ich bin nicht von George Ferndale abhängig. Es gibt andere Männer in der Stiftung. Ja, er ist ein großes Tier, und er kennt sich mit den Gesetzen aus. Anscheinend hat er morgen auch etwas in der Richtung vor. Er hat mich für halb elf in sein Büro bestellt. Und ich werde hingehen. Oh ja, das werde ich.« Er nahm Katies Hand. »Und du wirst mich begleiten. Morgen früh wirst du wieder deine Schulkleidung anziehen. Ich bringe dich zur Polizei, und eine Beamtin wird dich untersuchen.«

»Du wirst nichts dergleichen tun, Dad.«

»Das werden wir sehen, wer morgen früh hier der Boß ist. Das werden wir sehen. Auf jeden Fall muß dieser dumme Kerl mit zwei Anklagepunkten rechnen.« Bill wandte sich an Fiona. »Erstens für grobe Beleidigung eines Beamten im Dienst und zweitens, weil er einem Polizisten Prügel angedroht hat. Nicht zu glauben, wie?«

»Das ist nicht wahr, oder?«

Bill sah wieder Katie an. »Doch, Mädchen. Es ist wahr. Und nach allem, was ich von ihm selbst weiß, hat er sich ganz wie sein Vater benommen.« Er nickte und drehte den Kopf von Fiona zu Willie. »Er hat sogar erzählt, daß er gemeint hätte, sein Vater wäre bei ihm, genau wie an dem Abend, als er gefesselt und zusammengeschlagen wurde. Ich glaube, er hat sich von der Gehirnerschütterung damals noch nicht ganz erholt, und diese Erlebnisse machen ihm zu schaffen.«

»Armer Sammy.«

Den Blick auf Willie gerichtet, meinte Bill: »Das kannst du laut sagen. Armer Sammy.« An Katie gewandt, fügte er hinzu: »Es tut mir leid, daß ich dich angefahren habe, aber es war nur wegen meiner Sorge um dich. Jetzt verstehe ich, warum du geschwiegen hast. Ich wäre tatsächlich hingegangen und hätte dem Burschen den Rest gegeben. Bei Gott, das hätte ich! Wenn ich ihn jemals in die Hände bekomme, müssen wir uns auf eine Schmerzensgeldklage gefaßt machen. Dieses Dreckschwein! Und warum du? Nach allem, was ich aus den Erzählungen seiner Mutter schließe, ist er bei den Mädchen Hahn im Korb. Warum hat er gerade dich überfallen?«

Mit gesenktem Kopf antwortete Katie: »Weil ich nichts mit ihm zu tun haben wollte. Er hat mich ein paar Mal belästigt, und ich habe ihm eine deutliche Abfuhr erteilt. Weil er ein eingebildeter Kerl ist, kann er nicht ertragen, wenn eine Frau ihm nicht zu Füßen liegt.«

Bill starrte Katie einen Moment an, tätschelte ihre Hand und sagte zu Fiona: »Bring sie zu Bett. Der Tag morgen wird anstrengend, soviel ist sicher!« Er neigte sich zu Katie und gab ihr einen Kuß auf die Wange.

Bill war allein mit Willie zurückgeblieben.

»Morgen wird diese Stadt von einer Nachricht erschüttert, Junge. Warte nur ab.«

»Dad?«

»Ja, was ist?« Bill sah Willie an, doch dieser sagte nicht gleich etwas, sondern wartete einige Sekunden.

»Ich glaube, das ist nicht ganz, was sie will. Genau das möchte sie vermeiden.«

»Ja, ich weiß. Sie denkt, ich würde meinem Geschäft damit schaden. Das verdammte Geschäft ist mir egal!«

»Mag sein, daß das ihr Hauptgrund ist. Aber es gibt

noch einen. Ich glaube, Katie will nicht, daß jemand von ihrer Fähigkeit erfährt, jemanden zusammenzuschlagen, vor allem, weil es ein Mann war. Und er ist ein Mann, mit beinahe neunzehn Jahren. Außerdem ist er groß. Katie möchte nicht ins Gerede kommen, ihn auf eine Weise zugerichtet zu haben, wie das nicht einmal ein Mann geschafft hätte. Weißt du, sie kennt jetzt alle Griffe und Tricks im Karate und im Judo. Sie hofft, mit einem guten Schulabschluß nächstes Jahr auf die Universität gehen zu können. Du weißt, wie die Leute sind. Katie hat Angst, man könnte sie meiden. Ich glaube nicht, daß sie darüber schon richtig nachgedacht hat, aber Sammy muß es bewußt gewesen sein, als er sie aufgefordert hat, wegzugehen und den Rest ihm zu überlassen. Denk daran, was sie mit Ruperts Freundin und mit Rupert gemacht hat. An diesem Tag geriet sie richtig in Wut. Heute abend muß es ähnlich gewesen sein, oder schlimmer, denn sie war in einen Kampf mit Körperkontakt verwickelt.«

Bill sah Willie schweigend an. Manchmal ging seine Zunge mit Willie durch, doch jetzt hatte er die Gefühle seiner Schwester in dieser Angelegenheit genau analysiert, und wahrscheinlich hatte er recht. Ganz sicher hatte Willie recht. Trotzdem würde Bill in diesem Fall Katies Willen nicht erfüllen, so leid es ihm tat. Er war für sie verantwortlich, wenn auch nicht als leiblicher Vater, und ein Vater, der es hinnahm, daß seine Tochter vergewaltigt wurde, nur um sein Geschäft zu retten, war einen Dreck wert. Nein, Bill würde sie mitnehmen, nicht ins Gericht, aber zur Polizei. Morgen früh. Während er nachdachte, sah er Willie an. Willie war ein netter Bursche. Ja, nett. Das war die richtige Bezeichnung für ihn. Wie Bill besaß er seltsamerweise kein Bewußtsein für Klassenunterschiede. Das war der Grund für seine hartnäckige Werbung um Daisy. Komisch, dachte Bill. Er könnte tatsächlich mein Sohn sein. Was unsere Einstellung in Klassenfragen angeht, sind wir auf derselben Wellenlänge. Und wie Willie nahm auch Bill den Mund oft zu voll und trat ins Fettnäpfchen. Willie verfügte noch über eine dritte Eigenschaft. Tief in seinem Innern hatte er etwas für andere Menschen übrig. Ja, er besaß ein gutes Herz.

Bill legte die Hand auf Willies Schulter. »Wir brauchen jetzt alle Schlaf. Geh du auch nach oben. Ich schließe ab. Gute Nacht, Willie.«

»Gute Nacht, Dad.«

Zwei Stunden später erwachte Willie aus dem Schlaf und blinzelte in das Licht einer Taschenlampe. »Was ist los?« murmelte er. »Was ist passiert?«

»Schsch! Ich bin es, Katie.«

»Was ist passiert? Wie spät ist es?«

»Viertel vor zwölf.«

»Ist ... jemand krank?«

»Nein. Hör zu. Würdest du etwas für mich tun?«

Willie richtete sich im Bett auf, fuhr sich mit den Händen durch das dichte Haar und sagte: »Wenn ich kann. Worum geht es?«

»Ich will, daß du Dad morgen früh sagst, er soll keinen Aufstand machen oder herumtelefonieren. Ich wäre unterwegs, um etwas zu erledigen. Sag ihm auch, er soll zwischen halb zehn und zehn Uhr auf dem Polizeirevier sein. Dort wollte er sowieso hin. Aber du weißt, wenn er merkt, daß ich nicht zu Hause bin, wird er sich aufregen.«

»Du willst jetzt weg?« Willie setzte sich aufrecht.

»Nein!« zischte Katie ihn an. »Nicht jetzt. Aber gegen sieben gehe ich aus dem Haus. Soviel verrate ich dir. Ich nehme den Arbeiterbus.«

»Wieso?«

»Das erfährst du später, Willie. Ich ... weiß, wie ich die Sache ausbügeln kann, ohne daß Dad Schwierigkeiten bekommt. Du weißt, wenn er richtig in Fahrt ist, sagt er Dinge, die ihm später leid tun werden. Hier zu Hause macht das nichts, aber er hat eine Firma, für die er verantwortlich ist.«

»Er schert sich einen Dreck um das Geschäft. Ich meine, zuerst kommst du und dann seine Firma.«

»Das weiß ich. Aber er muß seine Firma nicht aufs Spiel setzen, wenn du tust, was ich dir sage.«

»Wohin gehst du morgen früh?«

»Das sage ich dir später. Dann erfährst du alles. Überlaß die Angelegenheit mir. Und tu mir diesen Gefallen, ja? Laß ihn auf keinen Fall vor dieser Zeit zur Polizei gehen. Wahrscheinlich werde ich draußen auf ihn warten, oder auf der Wache.«

»Was führst du im Schilde, Katie?«

»Ich führe nichts im Schilde. Aber ich kann diese Sache auf meine Weise in Ordnung bringen, wenn man mich in Ruhe handeln läßt. Wirst du mir helfen?«

»Ja, natürlich helfe ich dir. Aber das wird schwierig. Ich komme mir vor, als sollte ich einen Tiger in einen Kaninchenstall sperren.«

Katie streckte die Hand aus und lachte leise. »Ein guter Vergleich.«

Willie ergriff die Hand. »Was immer du tust«, flüsterte er, »ich bin auf deiner Seite. Das weißt du, Katie. Ich bin froh, daß du den Kerl erledigt hast.«

»Gute Nacht, Willie.«

»Gute Nacht, Katie. Und mach dir keine Sorgen. Ich tue, worum du mich gebeten hast, und halte ihn auf.«

Der Sieben-Uhr-Bus war der erste, der morgens fuhr. Er war vollbesetzt mit Arbeitern, die sich untereinander zu kennen schienen, und alle Blicke waren ausnahmslos auf das junge Mädchen im Regenmantel und dem Wollhut gerichtet.

Katie mußte nach hinten in den Bus gehen, wo drei Männer saßen. Sie rückten auf dem Sitz zur Seite, um Platz für sie zu machen.

»Ziemlich kühl heute morgen, Miß«, sagte einer von ihnen.

»Ja, es ist sehr kalt.«

»Ich habe die Nase voll von der Dunkelheit morgens«, sagte ein anderer. »Man sieht auf dem Weg zur Arbeit überhaupt nichts.«

»Eine gute Entschuldigung fürs Zuspätkommen«, warf jemand lachend ein. »Aber die brauchst du gar nicht, Dickie, was?«

Katie saß auf ihrem Platz und hörte den Neckereien zu, die vor allem zu ihrer Unterhaltung gedacht waren. An der Haltestelle am Marktplatz war Katie der einzige Fahrgast, der ausstieg.

Die drei Männer auf der Rückbank verabschiedeten sie: »Auf Wiedersehen, Miß.«

Einer fügte hinzu: »Wie die Amerikaner sagen: noch einen schönen Tag.«

Katie drehte sich lächelnd um. »Es wird ein schöner Tag, keine Sorge.« Sie ließ den Mann leicht verblüfft zurück.

Katie wußte, daß die Ferndales in der Lime Avenue wohnten, in einem Haus, das Willow House genannt wurde. Das hatte sie vor einiger Zeit erfahren. Bill hatte gesagt, in diesem Viertel würden viele hohe Tiere aus der Justiz wohnen. Das prächtige Haus des Polizeipräsidenten läge nur vier riesige Grundstücke von George Ferndales Anwesen entfernt. Das könnte für ihre Zwecke nur von Vorteil sein, dachte Katie, als sie den zehnminütigen Fußweg vom Stadtzentrum in die Lime Avenue zurücklegte.

Sie trat durch das Tor und ging die Zufahrt hinauf. In dem Augenblick, als die Vorderfront des Hauses vor ihr auftauchte, war die Umgebung plötzlich in helles Licht getaucht. Katie mußte eine Lichtschranke passiert haben. Viele Hausbesitzer in der Stadt schützten sich durch diese Methode, so daß Katie sich nicht abschrecken ließ. Sie stand im hellen Lichtschein, als auf ihr Klopfen die Tür geöffnet wurde und ein Dienstmädchen sie mißtrauisch anblinzelte.

»Ja? Was ist? Was wollen Sie?«

»Ich möchte Mr. Ferndale sprechen.«

»Ach! Wer sind Sie denn? Um diese Zeit morgens empfängt Mr. Ferndale keine Besucher. Haben Sie etwas zu verkaufen?«

Katies Ton belehrte das Dienstmädchen schnell, daß sie keine Hausiererin war. »Nein, ich habe nichts zu verkaufen.

Sind Sie jetzt bitte so freundlich und sagen ihrem Dienstherrn, Miß Bailey würde unten auf ihn warten und wünschte ihn zu sprechen?« Katie streckte die Hand vor. »Und machen Sie mir nicht die Tür vor der Nase zu.« Sie trat in die Halle und sagte: »Ich warte hier.«

Das Mädchen trug ein blaues Baumwollkleid und hatte eine Arbeitsschürze vorgebunden. Sie bückte sich und hob eine Schaufel und einen Handbesen vom Boden, wobei sie Katie nicht aus den Augen ließ. Dann murmelte sie: »Es wird ihm nicht passen. Er hat eben erst geduscht. Besser, Sie … warten, bis er unten ist.«

»Darauf werde ich nicht warten. Wenn Sie jetzt nicht nach oben gehen und ihm meinen Besuch melden, erscheine ich persönlich in seinem Schlafzimmer. Wie würde Ihnen das gefallen?«

Mit offenem Mund starrte das Mädchen, das höchstens Ende Zwanzig war, Katie an. Dann wandte sie sich um und eilte zur Treppe. Unterwegs fiel ihr ein, was sie in der Hand trug, und legte die Schaufel und den Besen beiseite. Es dauerte nur eine Minute, bis Katie eine Männerstimme hörte: »Was?«

Dann fragte eine Frauenstimme: »Was gibt es? Was ist los?«

»Das Mädchen der Baileys ist unten.«

Die Worte drangen klar verständlich zu Katie in die Halle. Sie nickte und dachte, ja, das Mädchen der Baileys ist unten.

Als George Ferndale am Fuß der Treppe stand, sah er angestrengt zu Katie, überflüssigerweise, da die Halle durch den Kronleuchter in hellem Licht strahlte. Mr. Ferndale kam die letzte Stufe herunter und trat drei Schritte auf Katie zu. Dann blieb er stehen. »Darf ich nach dem Grund für Ihren frühen Besuch fragen, Miß Bailey?«

»Ja, das dürfen Sie, Mr. Ferndale. Ich komme mit einem Vorschlag.«

»Womit?« Er drehte den Kopf zur Seite, und seine Augen verengten sich.

»Mit einem Vorschlag, Sir, wenn ich meine Worte wiederholen darf. Zuerst muß ich Ihnen etwas mitteilen. Ihr Sohn ist nicht nur ein Lügner, sondern außerdem ein Feigling und ein Dreckschwein.«

Katie beobachte, wie die Züge von George Ferndale sich spannten und seine Kieferknochen hervortraten. Als er zu sprechen ansetzte, löste sie den Gürtel von Fionas Regenmantel und zeigte ihren teilweise entblößten Oberkörper. Ihre Schulbluse hing zerfetzt herab, wie am Abend vorher, und ein BH-Träger war abgerissen, so daß die linke Seite unter ihrer Brust baumelte. Katie ließ den Regenmantel zu Boden gleiten, schob den Ärmel ihres blutbeschmierten Mantels weg und zeigte die blutunterlaufenen Stellen an der Schulter. Schließlich zog sie ihren BH in der Mitte herunter und wies auf die zwei roten Striemen, die ihre Brust verunstalteten.

Sie befahl ihm: »Sehen Sie mich an! Das hat Ihr Sohn gestern abend getan, als er versucht hat, mich zu vergewaltigen. Aber er war nicht auf meine Reaktion gefaßt. Eines sollen Sie wissen, Sir. Es ist ein Wunder, daß ich ihn nicht erwürgt habe. Fähig dazu war ich.«

»Wovon um alles in der Welt reden Sie?« Er sprach mit der gleichen dröhnenden Stimme wie Bill, wenn er sich aufregte.

»Muß ich das noch erklären?« fragte Katie zurück. »Ihr feiger Sohn hat versucht, mich zu vergewaltigen. Er hat mir im Laburnum Walk aufgelauert, im mittleren Teil, wo es dunkel ist. Dort hat er mich gepackt. Mit offener Hose, das habe ich schnell gesehen.«

»Oh, mein Gott! Oh, mein Gott!« Ferndale wandte sich um zu seiner Frau, die auf der vorletzten Treppenstufe stand und sich am Geländer festhielt.

»Ja, das können Sie laut sagen, Mrs. Ferndale. Oh, mein Gott! Das gleiche habe ich auch geschrien. Mein Freund Sammy Love, der mich am anderen Ende des Laburnum Walk erwartet hat, hat mich gehört. Er war es auch, der mich von Ihrem Sohn weggerissen und verhindert hat, daß ich ihn erwürge. Dann schob Sammy mich weg. In diesem Moment wäre ich beinahe zusammengebrochen. Offen gesagt, wußte ich nicht mehr, wo ich war. Erst am anderen Ende des Weges kam ich wieder zur Besinnung und mußte mich übergeben. Wenn Sie den Beweis brauchen, werden Sie die Spuren dort noch finden!«

»Sie ist … verrückt! Sie lügt! Sie ist total durchgedreht!«

»Nein, Mrs. Ferndale. Ich bin nicht verrückt und auch nicht durchgedreht. Aber gestern abend war ich es. Ihr Sohn hat mich seit Wochen verfolgt. Sogar noch länger. Im letzten Jahr habe ich ihn mit einem Judogriff abgewehrt. Seitdem war er hinter mir her. Gestern abend habe ich jeden Trick angewandt, den ich kannte. Sein Leben verdankt Ihr feiges Söhnchen allein Sammy Love. Aber er konnte vor niemanden zugeben, von einem Mädchen überwältigt worden zu sein, noch dazu von einer, die kaum halb so groß ist wie er. Also beschuldigt er Sammy Love.«

»Ich kann es nicht glauben! Das ist unmöglich!«

»Halt den Mund, Weib! Und Sie verschwinden!« schrie er das gebannt starrende Dienstmädchen an und holte tief Luft. Dann sagte er: »Kommen Sie für eine Minute herein, Miß. Und du kommst mit!« sagte er an seine Frau gewandt.

»Nein! Nein! Ich muß zu …«

»Du mußt nicht zu ihm, verdammt. Das werde ich tun. Komm sofort von der Treppe und folg mir in den Salon.«

Katie beobachte, wie die hochgewachsene dürre Frau in die Halle trat und hinter ihrem Ehemann herging, als wäre sie ein Automat. Jede Bewegung war steif, als müßte sie die Füße mit Gewalt vom Boden heben.

»Setzen Sie sich.«

»Nein, danke. Ich habe noch mehr zu sagen, und dafür stehe ich lieber. Als erstes setze ich Sie davon in Kenntnis, daß ich meinem Vater den Namen Ihres Sohnes gestern abend nicht genannt habe. Ich hatte Angst, er könnte etwas tun, das ich nicht wollte. Wahrscheinlich hätte er Ihren Sohn endgültig fertig gemacht. Dann kam Ihr Anruf, und Sie sagten den Namen, den ich verschweigen wollte. Meine Mutter brauchte ihre ganze Überredungskunst, um ihn davon abzuhalten, sofort zu Ihnen zu fahren.« Der letzte Punkt stimmte nicht ganz, verstärkte aber die Wirkung. »Aber zwischen halb zehn und zehn Uhr heute morgen«, fuhr Katie fort, »wird er mich aufs Polizeirevier mitnehmen. Das ist eine Stunde vor dem Termin in Ihrem Büro, und bis dahin hat er Ihren Sohn wegen versuchter Vergewaltigung angezeigt. Aufgrund dieser Beweise.«

Erneut hielt Katie die Hand an ihre Brust. Sie war sich bewußt, daß Mr. Ferndales Gattin angewidert das Gesicht abwandte. »Ich sehe keinen Grund, mich für das Verhalten meines Vaters zu entschuldigen. Und Sie können sich vorstellen, was auf der Wache passiert. Dort treiben sich immer Reporter herum. Es dauert keine vierundzwanzig Stunden, und in dieser Stadt geht eine Bombe hoch. Mein Vater ist entschlossen, jede Einzelheit zu Protokoll zu geben, angefangen bei meinen zerrissenen Kleidern, den blutenden Wunden an meiner Brust bis zu der offenen Hose. Ich sagte bereits, daß sein Hosenschlitz geöffnet war, als er mich angegriffen hat.«

»Sie sind schamlos!«

Mrs. Ferndale war von ihrem Platz aufgesprungen. Ihr Ehemann wandte sich herum und schrie sie an: »Natürlich ist sie das. Dein Sohn hat sie dazu gemacht … unser Sohn. Bei Gott, ich schäme mich, ihn meinen Sohn nennen zu müssen. Seit Jahren schon sage ich, daß er eine festere Hand braucht, erinnerst du dich? Geh nach oben und hol ihn her.«

»Das kann ich nicht!« Ihre Stimme klang fest und kalt. »Es geht ihm nicht gut. Du hast gesehen, in welchem Zustand er ist.«

»Schon gut. Wenn er nicht herunterkommen kann, gehen wir eben zu ihm hinauf. Folgen Sie mir, Mädchen.«

Katie beobachtete, wie die Eheleute sich ansahen. Der blanke Haß, der aus ihren Augen zu sprechen schien, erfüllte sie für einen Moment mit Traurigkeit.

»Kommen Sie.« George Ferndale machte eine Handbewegung in Katies Richtung. Sie zögerte kurz, bevor sie ihm folgte.

Oben auf der Empore begann Katie am ganzen Körper

zu zittern. Es drängte sie, Mr. Ferndale aufzuhalten und zu sagen: »Ich kann nicht. Nein, ich möchte ihn nicht sehen.« Doch er hatte die Schlafzimmertür bereits aufgestoßen, und Katies Blick fiel auf eine männliche Person, die mit Kissen gestützt im Bett saß. Der junge Mann hielt eine Tasse in der Hand, die er klirrend auf das Nachtschränkchen stellte, bevor er sich ganz aufrichtete. Die Augen weit aufgerissen, starrte er seinen Vater an, der brüllte: »Nur herein.« Katie blieb wie angewurzelt stehen, bis Mr. Ferndale ihren Arm faßte und sie ins Zimmer zog.

Katie betrachtete ihn. Auf beiden Wangen waren rote Striemen erkennbar. Ein Auge zeigte leichte Verfärbungen, und seine Unterlippe war angeschwollen. Der Ausdruck in seinem Gesicht ließ sich nicht beschreiben. Angst war zu wenig, um wiederzugeben, was Katie sah. Eher ein maßloses Entsetzen und panikartige Furcht. Auf der leichenblassen Haut hoben sich die Kratzer und Prellungen ab, als wären sie aufgemalt. Roland Ferndale fiel gegen das Kopfende, sein Atem ging hektisch, und er murmelte: »Ich ... war es nicht. Ich nicht. Ich meine, ich habe ...«

»Was meinst du?« Sein Vater stand neben ihm. »Sieh dir ihre Brust an. Die Brustwarze ist so groß wie eine Walnuß. Und Sie haben geblutet, nicht wahr?«

»Mutter! Mutter!«

»Ach, werd nur nicht ohnmächtig! Sie hat dich vom Rugbyspielen befreien lassen, aber hier holt sie dich nicht heraus. Ein Guß kaltes Wasser bringt dich schnell wieder zur Besinnung.«

»Sie ... ist völlig durchgedreht.«

»So? Und wer trägt daran die Schuld?«

»Ich ... wollte sie ... nur küssen.«

»Mit offenem Hosenschlitz?«

»Meine Hose ... war nicht offen!«

»Lügner.« Das Wort kam gepreßt über Katies Lippen. Sie trat einen Schritt vor und fügte hinzu: »Und ein dreckiger Feigling bist du auch. Du konntest es nicht ertragen, daß ein Mädchen dich zusammenschlägt, stimmt's? Jetzt hast du eine Menge wiedergutzumachen. Aber wenn mein Vater sich einmischt, geht es dir so schlecht, daß du kaum noch Gelegenheit dazu erhältst.«

George Ferndale drehte sich um und nahm ihren Arm. »Kommen Sie«, sagte er ruhig. »Kommen Sie. Sie haben recht. Hier muß etwas wiedergutgemacht werden.« Unten sagte er noch einmal: »Ich bringe das in Ordnung.«

»O ja. Ich weiß, daß Sie das tun werden. Aber es gibt da noch etwas.«

»Noch etwas?« George Ferndales Stimme wurde wieder laut. »Was denn noch?«

»Sammy Love wird nicht nur wegen Körperverletzung angeklagt, oder wie immer der juristische Fachausdruck lautet. Er war so wütend auf die Polizisten, daß er sie beleidigt hat, denn sie wollten ihm nicht glauben, daß er erst später dazugekommen ist und Ihrem Sohn nur aufgeholfen hat. Er hat nicht nur Schimpfwörter benutzt, sondern einem Beamten gedroht, ihn niederzuschlagen, oder es tatsächlich versucht.«

Katie sah, wie George Ferndale die Augen schloß. »Lieber Himmel! Das ... ist wirklich ein anderer Fall, nicht wahr?«

»Nein, überhaupt nicht. Es ist der gleiche Fall.«

»Was soll das heißen?«

»Ganz einfach. Sammy muß aus der Untersuchungshaft entlassen sein, bevor mein Vater auf der Wache eintrifft. Ich habe meinen Bruder gebeten, dafür zu sorgen, daß mein Vater nicht vor halb zehn das Haus verläßt, so daß Sammy bereits frei ist, wenn er bei der Polizei erscheint. Dabei rechne ich mit Ihrer Hilfe.«

»Ich kann nichts gegen die Polizei tun.«

»Sie nicht, aber der Polizeipräsident. Er ist ein Freund von Ihnen und wohnt nur vier Häuser weiter.«

Die Augenbrauen von George Ferndale näherten sich seinem Haaransatz, während die Nase immer länger wurde. Er öffnete den Mund und schloß ihn wieder. Schweigend wartete er auf Katies nächste Worte. »Sie könnten hinübergehen und ihn um einen Gefallen bitten. Er weist die Polizisten im Revier der Dene Street an, die Vorfälle der vergangenen Nacht zu vergessen, oder welche Formulierung ihm lieber ist. Wenn Sammy nicht von dem Vorwurf entlastet wird und um halb zehn in Freiheit ist, kann ich Ihnen versprechen, daß mein Vater auf dem Revier erscheint und tut, wozu er felsenfest entschlossen ist. Er wird von mir verlangen, daß ich Ihren Sohn anzeige, wegen versuchter Vergewaltigung und Körperverletzung.« Katie beobachtete, wie Mr. Ferndale seinen breiten Kopf langsam von einer Seite zu anderen drehte. »Jetzt?« war alles, was er entgegnete.

»Ja, die Zeit schreitet voran. Es ist beinahe halb acht, und ich werde Ihr Haus nicht eher verlassen, bis ich erreicht habe, weshalb ich gekommen bin. Und das ist Gerechtigkeit, um ein Wort zu verwenden, das Ihnen vertraut sein müßte. Gerechtigkeit für jemanden, der zu Unrecht ins Gefängnis gesperrt wurde.«

»Er ist nicht ins Gefängnis gesperrt worden.« Mr. Ferndales Ton war gespannt.

»Er hat die Nacht in der Zelle verbringen müssen. Wenn das kein Gefängnis ist, weiß ich nicht, was Sie darunter verstehen. Wie dem auch sei, Sie müssen jetzt handeln.« Katie wandte sich um, nahm den Regenmantel vom Stuhl, zog ihn an und band den Gürtel fest, während Mr. Ferndale sie sprachlos anstarrte. Auf dem Weg zur Treppe drehte er sich noch einmal um und fragte: »Welche Garantie habe ich, daß Ihr Vater nicht doch Anzeige erstattet, nachdem alle Ihre Forderungen erfüllt wurden?«

»Ich kann Ihnen versichern, daß er nichts unternimmt, wenn er sieht, daß Sammy bereits aus der Haft entlassen wurde. Um sicherzugehen, sollte dies bis halb zehn geschehen sein. Danach wird er einige Zeit brauchen, um sich mit mir zu beschäftigen, und der Rest ist Ihre Sache.«

»Der Rest?« Seine Stimme klang fragend, und Katie gab prompt zurück: »Ja, der Rest.« Sie fügte hinzu: »Sie haben meinen Vater für halb elf in Ihr Büro bestellt. Wahrscheinlich wollten Sie ihm den Kopf zurechtsetzen, weil er für seinen Adoptivsohn eingetreten ist. Jetzt herrschen umgekehrte Verhältnisse. Er wird Ihnen gehörig die Meinung sagen.«

Sarkastisch fragte Ferndale: »Gewähren Sie mir die Zeit zum Ankleiden?« Katie antwortete nicht. Sie blickte ihm nach, wie er rasch die Treppe nach oben ging. Dann ließ sie sich in dem Holzsessel nieder, der in der Halle stand.

Nach weniger als fünf Minuten kehrte Ferndale zurück, in einem dunkelblauen Anzug und mit graugestreifter Krawatte. Er ging zum Garderobenschrank und zog einen dunklen Mantel heraus. Katie würdigte er keines Blickes. Es schien abgemacht, daß sie in der Halle sitzenblieb und auf seine Rückkehr wartete. Als Ferndale auf dem Weg zur Vordertür war, tauchte seine Frau in einer Tür an der entgegengesetzten Seite der Halle auf und rief: »Wohin willst du? Dein Frühstück ist fertig.«

»Ich will kein Frühstück.«

Sie eilte zu ihm. »Wohin willst du?«

»Zu Arthur.«

»Zu Arthur!« Ihre Stimme klang schrill, und sie wiederholte: »Zu Arthur? Warum?«

»Weil ich seine Hilfe brauche. Ich mußte erfahren ...«, George Ferndale sah zu Katie, die immer noch auf dem Holzlehnstuhl saß, »... daß wir ohne sein Eingreifen morgen in allen Zeitungen stehen. Wie würde dir das gefallen, Gnädigste?«

Mrs. Ferndale drehte den Kopf zu Katie, und ihre Stimme kippte über: »Das würde sie nicht wagen.«

»O doch, das würde sie, meine Liebe. Diese junge Dame besitzt einen ungewöhnlichen Charakter. Deswegen gehe ich jetzt zu Arthur. Hinterher kann Jean kommen und dich trösten.«

Er ging an ihr vorbei, riß die Tür auf und ging nach draußen. Seine Frau wandte sich zur Seite, kam langsam auf Katie zu und blieb vor ihr stehen, die Hände ringend.

»Sie sind ein durchtriebenes und böses Ding.« Es klang, als würde sie die Worte zwischen den Zähnen hervorpressen. »Ja, böse und durchtrieben! Nie hätte mein Sohn so etwas versucht, wenn Sie ihn nicht dazu ermuntert hätten. Er konnte jedes Mädchen haben, das er wollte. Warum sollte er dann Sie nehmen?«

»Das habe ich ihn auch gefragt, Mrs. Ferndale. Es gab nur einen Grund. Er konnte mich nicht bekommen. Ich war keine leichte Beute wie die anderen. Er hat den Gedanken nicht ertragen, daß ein Mädchen ihn abwies. Das war zuviel für Roland Ferndale! Ich habe ihn immer abgewiesen, denn ich wußte von Anfang an, daß er nichts taugte. Um es vulgär auszudrücken, Madame, Ihr Sohn ist eine taube Nuß.«

Jetzt preßte Mrs. Ferndale wirklich die Zähne zusammen und schluckte zweimal. Dann murmelte sie: »Und Sie, Mädchen, sind ganz wie Ihr Vater. Gewöhnlich wie Straßendreck und eingebildet wie Ihre Mutter mit ihrem vornehmen Getue.«

»Gut, so sehen Sie meine Eltern. Sie haben ein Recht auf Ihre eigene Meinung. Und ich möchte Sie nicht noch mehr verletzen, als heute morgen schon geschehen ist. Sonst würde ich sagen, was Mr. und Mrs. Bailey umgekehrt von Ihnen halten. Soviel will ich verraten, daß es dabei vor allem um Ihren Mangel an Intelligenz geht.«

Einen Moment glaubte Katie, Mrs. Ferndale würde vor ihren Füßen zusammensinken. Sie schwankte und rang mehrmals nach Luft. Dann wandte sie sich ab.

Während Katie wartend in der Halle saß, hätte sie Grund zur Belustigung gehabt. Das Hausmädchen durchquerte auffallend oft den Raum, und jedes Mal musterte sie Katie mit einem Blick, als wäre die Besucherin ein Wesen von einem anderen Stern.

Wieder begann Katie zu zittern. Sie fühlte sich, als hätte ihr Körper jeden inneren Zusammenhalt verloren. Ihr war bewußt, daß sie grob zu Mrs. Ferndale gewesen war. Bill hätte ihr applaudiert, aber nicht ihre Mutter. Katie überlegte, was ihr nächster Schachzug sein würde. Wenn nun der Polizeipräsident keine Möglichkeit sah, seinem Freund zu helfen und dieses spezielle Revier anzuweisen, von einer Weiterverfolgung des Vorfalls abzusehen? Andererseits wußte Katie, daß die Verwaltungsmaschinerie immer ihre Möglichkeiten hatte. Sie brauchte nur an die Gespräche zu denken, die ihre Eltern über die Machenschaften der Stiftung führten. Ein paar Gefälligkeiten hier und ein paar Zuwendungen dort, und alles lief glatt. »Man kann nie genug Freunde bei Hof haben.« Einer von ihnen, der Anwalt George Ferndale, würde nicht länger dazugehören. Auch nicht der Polizeipräsident, der zwar kein Freund gewesen war, aber immerhin zu den Bekanntschaften bei Hof gezählt hatte, da er Mitglied im gleichen Club wie Bill war.

Katie warf einen Blick auf ihre Armbanduhr. Sie zeigte zwanzig vor neun.

Schließlich rückten die Zeiger auf zehn vor, und Katie stand auf. In diesem Moment wurde die Vordertür geöffnet, und George Ferndale betrat das Haus. Er schloß die Tür wieder und lehnte sich für einen Moment dagegen. Dann straffte er seinen Körper und sagte: »Sicher werden Sie erfreut sein, zu hören, daß Ihr Plan funktioniert. Ich muß Ihnen wohl noch dankbar sein für die Mühe, die mich das gekostet hat. Aber ich weiß, es geht nicht darum, daß ich mein Gesicht wahre, und erst recht nicht das meines Sohnes. Ihnen liegt vor allem daran, Ihren impulsiven Stiefvater vor übereilten Reaktionen zu bewahren, die auch sein Unternehmen in Gefahr bringen könnten. Habe ich recht?«

»Ja.« Katie nickte in seine Richtung. »Sie haben recht. Ich wollte nicht mit ansehen, wie er alles verliert, wofür er viele Jahre gearbeitet hat. Sicher, die Stiftung kann den Auftrag nicht einfach kündigen, aber seine Zukunftspläne würden womöglich platzen. Sie wissen schon, die vierzigtausend Quadratmeter Bauland auf Bishop's Farm.«

»Sie sind sehr gut informiert.«

»Der Zusammenhalt in unserer Familie ist stark.«

»Ja, offenbar.« Ferndale nickte bedächtig und sah sie an. Katie erwiderte den Blick. Es tat ihr erneut leid, hart zu ihm sein zu müssen, denn er wirkte erschöpft. Jetzt sagte Ferndale: »Wenn Sie auf dem Polizeirevier eintreffen, wird Ihr Freund bereits frei sein.«

»Danke.« Katie machte sich auf den Weg zur Tür. »Haben Sie schon berufliche Pläne?« fragte Ferndale.

»Nein, noch keine konkreten. Im Juni beende ich die Oberschule.«

»Wie alt sind Sie?«

»Ich werde achtzehn.«

»Warum studieren Sie nicht Jura? Sie besitzen das Zeug zu einer ausgezeichneten Anwältin. Heutzutage gibt es viele Frauen vor Gericht.«

Katie wußte nicht, ob er sich über sie lustig machte, und antwortete selbstbewußt: »Ich könnte es ausprobieren. Größeren Blödsinn als andere Juristen werde ich auch nicht verzapfen.«

Jetzt lächelte George Ferndale tatsächlich. Ruhig sprach er aus, was er dachte: »Was immer Sie auch anfangen, es muß etwas sein, bei dem Sie reden und Ihren rationalen Verstand einsetzen können.«

Sie starrten einander an. Dann erwiderte Katie ruhig: »Ich danke Ihnen, und ... es tut mir leid, daß ich so handeln mußte.«

Um die plötzlich hervorquellenden Tränen zu bekämpfen, mußte sie blinzeln. Mr. Ferndale streckte die Hand aus und berührte sacht ihren Arm. »Seien Sie unbesorgt, meine Liebe. Mir tut es auch leid. Vor allem, daß Sie unter meinem Sohn gelitten haben. Glauben Sie mir, vor allem deswegen.«

Katie senkte den Kopf. Dann öffnete Mr. Ferndale die Tür, und sie ging nach draußen.

Auf dem Weg zur Polizei beeilte sie sich nicht. Statt dessen versuchte sie, sich zu beruhigen. Am liebsten hätte Katie einfach losgeheult und sich irgendwo verkrochen. Sie war entsetzlich müde und fühlte sich wie ausgehöhlt. Jetzt hoffte sie nur noch, daß ihr Dad keine Szene machte, wenn sie auf dem Revier erschien. Das würde ihr den Rest geben. Sie war am Ende ihrer Kräfte.

Als sie in die Dene Street bog, erkannte sie Sammy schon von weitem. Er stand am Straßenrand, und bei ihrem Anblick rannte er mit ausgestreckten Armen auf sie zu. Beinahe wäre Katie gegen ihn gefallen.

»Ich bin ... gerade eben freigekommen. Die Polizisten sagten, ich müßte auf dich warten.«

»Mehr haben sie nicht gesagt?«

»Etwas von einem ausgesetzten Verfahren. Ach, Katie!

Katie! Ich bin so froh, dich zu sehen. Jetzt weiß ich, was mein Dad durchgemacht hat. In meinem ganzen Leben werde ich nie wieder etwas Ungesetzliches tun. Dieses Eingesperrtsein war schlimmer als die Hölle. Wo ist Mr. B.?«

»Er müßte jeden Augenblick kommen. Ach, das ganze ist eine lange Geschichte. Aber im Augenblick kann ich nicht darüber reden. Da ist ja der Wagen. Gott sei Dank!«

Sammy sah sie an und nahm ihren Arm. Als der Wagen am Bordstein hielt, steckte Katie den Kopf durch das Fenster. »Dad, steig nicht aus. Bitte, steig nicht aus. Mam ... laß Sammy vorn neben Dad sitzen und komm du mit mir nach hinten. Bitte!«

»Hör mal! Ich will ...«

Katie schrie fast ins Wageninnere: »Halt den Mund! Um Himmels willen, Dad. Halt den Mund und fahr mich nach Hause! Dann kannst du soviel brüllen, wie du willst. Aber zuerst fährst du mich nach Hause.«

Fiona erhob sich vom Beifahrersitz, öffnete die hintere Seitentür und schob Katie hinein. Als sie wieder im Wagen saß, sagte sie leise zu Bill: »Fahr uns nach Hause.«

Wortlos trat Bill aufs Gaspedal und setzte den Wagen mit einem Ruck in Bewegung. Im gleichen Moment drehte Katie sich zur Seite, vergrub das Gesicht an der Schulter ihrer Mutter und begann hemmungslos zu schluchzen.

Bei ihrer Ankunft zu Hause hörte Katie nicht mit dem Weinen auf. Sie weinte auch noch, als zwei Stunden später der Arzt kam. Er gab ihr ein Beruhigungsmittel und erklärte, die Patientin würde an verzögertem Schock leiden. Mehr als vierundzwanzig Stunden später saß Katie wieder unten und erzählte, wie sich alles zugetragen hatte. Dann begann auch Bill, der Katie fest in den Armen hielt, in gebrochenen Worten zu berichten, was geschehen war, während sie schlief. Die Geschichte handelte von einem Treffen mit Mr. Ferndale und der Strafe, die dieser seinem Sohn zugemessen hatte.

2.

In der Stadt machten vage Gerüchte die Runde. Eines betraf die Tochter des Bauunternehmers. Sie wäre vergewaltigt worden und frühmorgens im Haus eines Anwalts erschienen.

Aus sicherer Quelle wußte man, daß der Sohn dieses Anwalts bald bei Gericht arbeiten sollte, in einer Position, die nicht viel bedeutender als die Tätigkeit eines Laufburschen war. Bisher hatte man angenommen, er ginge demnächst auf die Universität, aber anscheinend besaß der junge Mann nicht den nötigen Schneid, sich den Plänen zu widersetzen.

Etwas mußte also an den Gerüchten dran sein. Bestimmt wurden einige Hände gut gefüllt, damit die Geschichte nicht an die Öffentlichkeit geriet. So regelte man heutzutage diese Dinge. Wer genug Bargeld vorweisen konnte, kam sogar bei Mord davon.

Merkwürdig, daß die Baileys wieder in die Sache verwickelt waren. Vor nicht langer Zeit gab es diese Drogenaffäre. Damals hatte auch jemand von der Familie damit zu tun gehabt …

Ach, aber wen kümmerte das wirklich? Die Züge fuhren regelmäßig, die Wasserversorgung funktionierte, und bis jetzt hatten die Stadtwerke den Strom nicht abgestellt. Wenn allerdings einem pfiffigen Lümmel eine Methode einfallen sollte, auf einen Strommast zu klettern und an den Leitungen herumzufummeln, ohne vom Schlag getroffen zu werden, würden sie es womöglich versuchen. Auch mit der Miete war man nicht mehr als einhundertfünfundsechzig Pfund im Rückstand. Warum sich also Sorgen machen? Schlimmstenfalls kam die Kündigung, und das Sozialamt mußte eine neue Wohnung zuweisen.

Das war Daisys Meinung zu Gerüchten und den allgemeinen Zuständen im Land. Als ihr Vater sie so heftig zur Seite schob, daß sie gegen die Schubladenkommode fiel, schrie sie ihn an: »Hör auf, mich herumzustoßen, Len Gallagher. Ich bin nicht deine Ehefrau, sondern nur das Ergebnis von ein paar Bieren zu viel.«

»Aber Daisy!«

»Stimmt doch, Mam. Du hast es selbst gesagt. Ich erinnere mich genau. Du hast mir den nackten Hintern versohlt und behauptet, ich würde weder Tod noch Teufel fürchten. Und er wäre schuld.« Daisy wies mit dem Finger auf ihren Vater. »Weil er eines Nachts grölend nach Hause kam, abgefüllt bis zum Rand. In diesem Zustand fürchtete er weder Tod noch Teufel. Und als er mich gemacht hätte, wäre das auf mich übergegangen.«

Daisy warf einen lachenden Blick zu Len, der langsam den Kopf schüttelte. »Weiß Gott! Ich war der Übeltäter, und heute müssen wir alle dafür bezahlen.«

»Warum bist du über Mittag nach Hause gekommen, Mädchen?« Annie schob einen Teebecher zu Daisy, die an der Ecke des Tisches saß, neben ihrem Vater. »Ich dachte, das wäre die einzige Tageszeit, zu der das Haus leer ist, bis auf euch beide«, entgegnete Daisy. Sie sah in die Teetasse und erklärte ruhig: »Ich habe eine Frage an euch beide, und zwar eine ernste.«

Len und Annie Gallaghers Aufmerksamkeit war geweckt, und sie starrten ihre Tochter an. Als sie nicht weitersprach, nahm Annie einen Stuhl und setzte sich ebenfalls an den Tisch. »Was ist los, Mädchen?« fragte sie. »Bedrückt dich etwas?«

»Ja, könnte man so sagen, Mam.« Daisy nickte ihrer Mutter zu. »In meinem Kopf ist alles längst beschlossen. Ich will nur eure Meinung hören.«

»Du überlegst, ob du von zu Hause ausziehen sollst?« fragte Len knurrig. Daisy sah ihn an: »Das hat noch Zeit, Dad. Und es ist nicht so, wie du meinst. Nein.«

»Was denn dann?«

Von einem zum anderen blickend, sagte sie: »Wenn ihr jemanden wirklich gern habt, ihr versteht, wie ich das meine ... und diese Person will euch nicht, wenigstens nicht auf diese bestimmte Weise, weil sie schon jemand anderen hat, denkt ihr, es wäre gut, die zweite Wahl zu nehmen?«

Daisy beobachtete, wie ihre Eltern Blicke wechselten. Dann antwortete ihr Vater: »Das ist eine ziemlich schwierige Frage, Mädchen. Aber zufällig kann ich aus persönlicher Erfahrung etwas dazu sagen.« Er drehte das Gesicht ganz zu seiner Frau und sagte: »So ist es doch, Annie, oder?«

Annie antwortete nicht. Sie hob ihren Becher und nahm langsam einen Schluck Tee. Dann wanderte ihr Blick wieder zu Len. »Erzähl weiter.«

Len wandte sich an Daisy und begann: »Ich war fertig mit der Welt, als mich ein Mädchen, von dem ich glaubte, ich könnte nicht ohne sie leben, verlassen hat. Damals war ich ein junger Kerl, und an dem Tag, als sie einen anderen heiratete, habe ich mich betrunken. Vorher hatte ich Alkohol kaum angerührt. Er schmeckte mir nicht. In meinem Leben gab es nur ein Ziel, genug Geld sparen, um meiner zukünftigen Frau ein Zuhause bieten zu können. Oh je! Habe ich auf den Putz gehauen! Dann traf ich sie …« Len sah zur Seite. »… Annie war jemand, bei dem ich mich anlehnen und ausheulen konnte. Ich mochte sie, aber Liebe war es nicht.« In sein Gesicht trat ein weicher Ausdruck, als sein Blick auf den gesenkten Kopf fiel. »Wir waren kaum verheiratet, als ich erkannte, was für ein wertvoller Mensch sie ist. Ich wußte, hätte ich die andere bekommen, wäre ich keine fünf Minuten mit ihr froh geworden. Damals machte sie meinem Rivalen bereits das Leben schwer. Er mußte Überstunden machen, um ihre Kleiderrechnungen zu bezahlen. Nach zwei Jahren trennten sie sich. Damals arbeitete ich noch draußen auf dem Werksgelände. Als ich in die Gießerei versetzt wurde, siegte manchmal der Durst über meinen Verstand. Also trank ich ein paar Biere zu viel und begann zu randalieren. Aber in den Zeiten dazwischen, wenn ich nüchtern war, wußte ich, daß die zweite Wahl, wie du es nennst, für mich die Richtige war.« Len streckte den Arm aus, nahm die Hand, die den Teebecher hielt, und tätschelte sie. »Sonderlich wortgewandt war ich nie, außer bei Flüchen und derben Ausdrücken. Aber Annie weiß, was ich meine.« Mit einem

Nicken zu Daisy schloß er: »Das Leben löst Probleme auf eigene Art, wenn du es zuläßt. Beantwortet das deine Frage?«

»Ja, Dad. Ein bißchen wenigstens.«

Ihre Mutter sah sie an. »Wer hat dich verlassen, Mädchen?«

»Niemand, Mam. Niemand. Ich habe mich selbst verlassen. Er war nie mehr als ein Kumpel, und die roten Warnlampen habe ich schon ewig gesehen. Ich wollte sie nur nicht beachten. Auf seine Weise hat er mir sogar die Laterne vor die Augen gehalten, wenn du begreifst, was ich meine.«

»Wer ist es, Mädchen?«

Daisy senkte die Lider. »Sammy.«

»Sammy Love?«

»Ja, Dad. Sammy Love. Ich kenne nur einen Sammy.«

»Dazu kann ich nur sagen, er ist ein verdammter Narr. Die rote Warnleuchte muß vor seinen eigenen Augen baumeln.«

»Nein, Dad. So ist es nicht.«

»Hat er eine andere?«

Daisy sah ihre Mutter an. »Ja, und ich glaube, schon die ganze Zeit.«

»Ich brauche wohl nicht zu fragen, wer deine zweite Wahl ist?«

»Wirklich nicht, Dad?«

»Es ist doch dieser Willie, oder?«

Kurz auflachend, sagte Daisy: »Nein, nicht Willie, Dad. Obwohl er es gern wäre. Manchmal wünsche ich mir das auch, denn Willie hat Schneid. Ich meine, er hatte nie Angst, mit mir gesehen zu werden, als ich noch die schrillen Klamotten trug. Außerdem ist er ein netter Kerl. Aber ich bin weder dumm noch blind. Selbst wenn ich auf ihn eingehen wollte, gäbe es Widerstand. Nicht von Big Boß, und auch nicht von Katie oder Sammy. Es ist seine freundliche damenhafte Mam. Ich glaube, sie kann in mir nicht ihre zukünftige Schwiegertochter erkennen. Dann hat er noch seinen großen Bruder, der jetzt in London Medizin studiert. Wenn jemand hochnäsig zu mir war, dann er. Er hat mich jedes Mal angesehen, als wäre ich Ungeziefer, das er eigentlich zertrampeln sollte.«

»Dieser Mistkerl. So war er zu dir?«

»Ja, Dad. So war dieser Mistkerl zu mir. Ich konnte mich oft kaum beherrschen, ihm die Meinung zu sagen. Keine Ahnung, wem er in der Familie ähnlich ist. Natürlich …« Daisy lachte. »… Big Boß Büffelhorn ist nicht sein Dad. Der hätte sonst diesem Schnösel sein hochnäsiges Gehabe sicher ausgetrieben. Aber Stiefväter müssen vorsichtig sein, nehme ich an.«

»Wer ist deine zweite Wahl, Mädchen?«

Daisy sah ihre Mutter an und beantwortete die Frage ebenso ruhig, wie sie gestellt wurde: »Jimmy.«

Beide Eltern wiederholten wie aus einem Mund: »Jimmy?« Daisy nickte. Dann sagte sie: »Ja, Dad. Jimmy.«

»Hast du ihn deshalb in letzter Zeit zwei Mal zu uns nach Hause mitgenommen?«

»Ja, könnte man so sagen, Mam. Ihr solltet euch eine Meinung bilden. Natürlich nur oberflächlich, denn ihr kennt ihn nur aus meinen Erzählungen. Es war Jimmy, der damals dafür gesorgt hat, daß ich aufgehört habe, blöd zu sein und auf die richtige Bahn zurückgekehrt bin.«

»Empfindet er etwas für dich?«

»Das weiß ich nicht genau, Dad. Irgendwie schon, denn er schien immer ein Auge auf mich zu haben, im Club und auch sonst. Im Scherz nenne ich ihn meinen Beschützer.«

»Was bedeutet er dir wirklich?«

»Oh, ich mag ihn. Schon immer. Und wenn ich eine zweitbeste Wahl habe, dann könnte er es sein.«

»Warum muß es unbedingt der Zweitbeste sein, Mädchen? Warum wartest du nicht ab?« Besorgt schüttelte Annie den Kopf über ihre Tochter. Daisy erwiderte: »Es gibt einen Grund, Mam. Du sagst sicher, es wäre nicht richtig, so zu handeln. Aber wenn Sammy mich gewarnt hat, muß ich jetzt dasselbe mit Willie tun. Sonst dauert es nicht mehr lange, und die Katastrophe ist da. Vielleicht muß ich mich sogar trennen, ich meine, von der Familie. Aber ich mag die Baileys. Wenn Willie sieht, daß ich mit einem anderen zusammen bin, holt ihn das hoffentlich auf den Teppich zurück.«

»Mädchen, Mädchen!« Len schüttelte den gesenkten Kopf. »Ich dachte, du hättest mehr Verstand, als dich auf dieses Spiel einzulassen. Und noch etwas.« Er richtete den Zeigefinger auf Daisy. »Jimmy war nur kurz hier, aber soweit ich sehen und hören konnte, hat er deutlich zu verstehen gegeben, daß er seit Jahren auf dich aufpaßt und das auch in Zukunft tun wird. Würde er sich nicht nur als dein Beschützer sehen, hättest du es längst erfahren, denn … wie alt ist er? Einundzwanzig?«

»Dreiundzwanzig«, warf Annie ein.

»Das stimmt nicht, Mam. Er ist noch keine dreiundzwanzig.«

»Doch, ist er, Mädchen.« Annie stieß einen langen Seufzer aus. »Und bis vor einigen Monaten lebte er mit einer Frau in Pilot Road.«

Fast kippte Daisys Stuhl um, als sie aufsprang und schrie: »Nein, das ist nicht wahr! Er hat nie mit einer Frau zusammengelebt. Wer sagt so etwas?«

»Mrs. Anderson, zwei Türen weiter. Ich weiß, sie ist eine Klatschbase, aber im Supermarkt hat sie zu mir gesagt: ›Ich habe Daisy mit Jimmy Redding gesehen. Er ist ein netter Junge. Ich habe seine Familie gut gekannt, als sie in der Dene Street wohnten. Sie waren ziemlich sauer, daß er bei dieser Schlampe in der Pilot Road eingezogen ist. Jetzt ist er wieder zu Hause, wie ich gehört habe.‹ Magst du ihn so sehr, Mädchen?«

»Nein, das nicht. Aber ich hatte keine Ahnung, daß er mit einer Frau zusammengelebt hat.«

»Wovon redest du?« Ihre Mutter schlug einen groben Ton an. »Was wäre es dich angegangen? Bis auf die Tatsache, daß er dort gewohnt hat. Er ist ein junger Mann und kann tun und lassen, was er will. Heutzutage lebt alle Welt mit irgendwem zusammen. Niemand wartet bis dreiundzwanzig. Aber davon rede ich nicht … ich will auch nicht sagen, daß so jemand der richtige Mann für dich ist. Nein, bestimmt nicht! Du bist jung und unschuldig und … ach!«

Sie warf den Kopf in den Nacken und ging zur Spüle. Dort klapperte sie mit dem Geschirr, und Daisy sagte: »Ich habe nichts ... mit ihm gehabt. Aber wer hätte gedacht, daß er zu dieser Sorte gehört.«

»Paß auf, Mädchen!« Len streckte wieder den Finger in ihre Richtung. »Du wolltest ihn als zweite Wahl nehmen, und daraus hast du kein Geheimnis gemacht. Aber ich sage dir etwas. Der falsche Eindruck, den er bei dir und den anderen im Zentrum erweckt hat, war viel schlimmer als die Tatsache, daß er mit einer Frau zusammenlebte. Das war hinterhältig. Bei uns ...«, Len wies auf Annie, »... gab es keine Hintergedanken. Es ist einfach passiert. Du willst, daß alles nach deinem Plan läuft, und der Mann muß hineinpassen. Mädchen, du überraschst mich. Du wolltest meinen Rat, und hier ist er. Verzichte auf deine zweite Wahl. Aus einer Affäre könnte mehr werden. Außerdem ist es sein Leben. Wer hätte das Recht, ihm Vorwürfe zu machen? Jimmy hat nichts Falsches getan, soweit ich sehe. Er hat nur auf dich achtgegeben und dich gebändigt, als du über die Stränge geschlagen hast. Du warst wirklich ein unmögliches Mädchen.«

»Vielen Dank, Dad. Vielen Dank.« Daisy griff ihren Mantel, der auf dem Sofa lag. Es war nicht der Lodenmantel mit dem Pelzkragen, sondern ein molliger, ziemlich langer Wintermantel, der ebenfalls aus ihrer ›privaten Quelle‹ stammte. Sie stülpte sich den Wollhut über den Kopf und stürmte zur Tür. Ihre Mutter versperrte ihr den Weg und flehte sie leise an: »Sei nicht böse. Dein Dad hat recht.« Sie schob eine verirrte Strähne unter Daisys Hut zurück. »Außerdem bist du viel zu hübsch, um dich an einen Mann zweiter Wahl zu vergeben. Warte noch eine Weile und gebrauch deinen Verstand. Dann werden sich alle deine Sorgen in Wohlgefallen auflösen.« Annie sah in die braunen Augen ihrer Tochter, die tiefen Schmerz verrieten. Tröstend versprach sie: »Zum Abendessen mache ich eine große Fleischpastete. Und zum Nachtisch gibt es Früchtepudding.« Annie fügte noch weiteren Balsam für Daisys Seele hinzu. »Und morgen könntest du mir diesen Laden zeigen.

Das wäre wirklich nett von dir. Ich brauche dringend etwas Neues zum Anziehen.«

»Oh, Mam!«

Die Worte sprachen Bände. Niemand außer Mutter, Tochter und Vater, der neben den beiden stand, hätte sie in ihrer ganzen Bedeutung erfassen können. Dann verließ Daisy das Haus.

TEIL 3

1.

»Ich fühle mich einsam, Bill. Immer einsamer. Katie ist fast immer in Durham, das ganze letzte Jahr schon. Und Sammy hätte zwar in Newcastle studieren können, will aber unbedingt auch an die Universität von Durham. Wer bleibt mir noch ab Oktober? Willie verbringt ein letztes Jahr zu Hause, dann geht auch er weg.«

»Du hast noch eine Tochter.« Bills Stimme klang kalt.

»Ja, ich habe noch eine Tochter. Aber soll ich meiner Mutter sagen, sie bräuchte nicht mehr jeden Tag zu kommen, um Angela zu besuchen? Du verstehst nicht, Bill, wieviel dieses Kind meiner Mutter mittlerweile bedeutet. Angela hat ihrem Leben einen neuen Sinn gegeben, und die überströmende Liebe, die sie dem Kind schenkt, wird bedingungslos erwidert. Manchmal ... bin ich sogar eifersüchtig. Trotzdem, ich empfinde auch Dankbarkeit, denn Angela braucht den ganzen Tag Zuwendung. Sie muß immer in der Nähe anderer sein. Früher hat Nell sich mit mir abgewechselt, aber ihr kleiner Sohn beansprucht jetzt viel Zeit. Ich kann verstehen, daß es ihr schwerfällt, dauernd zwischen beiden Häusern hin und her zu hasten.«

»Und du hast zuviel zu tun, um sie zu besuchen?«

»Sprich nicht so mit mir, Bill. Du hast Angst vor der Wahrheit. Ich liebe das Kind, Bill. Ich liebe das Mädchen von ganzem Herzen. Aber du kommst abends um fünf, sechs oder sieben Uhr nach Hause, stürmst auf sie zu und widmest ihr eine halbe Stunde. Anschließend badest du und ißt zu Abend, um dann in dein Arbeitszimmer zu verschwinden und Akten zu wälzen. Das tust du an vier von fünf Tagen in der Woche. Sicher, du willst, daß ich im Zimmer sitze und dir Gesellschaft leiste. Aber was soll ich dabei tun? Stricken, häkeln oder warten, daß du mir ein paar Worte zuwirfst und mich fragst, wie mein Tag war?

»Einen Moment, Frau.«

»Nenn mich bitte nicht ›Frau‹. Du weißt, daß ich das nicht leiden kann.«

»Gut, meine Liebe. Aber hast du es schon vergessen? Vor ein paar Tagen habe ich dich wieder gefragt, ob wir zum Essen ausgehen sollen. Und was war deine Antwort?«

»Ich habe nein gesagt, weil du den ganzen Abend in diesem Sessel dort gehockt hast.« Fiona zeigte auf den schweren Polstersessel, der neben dem Sofa stand, auf dem Bill jetzt saß. »Du hattest die Beine von dir gestreckt und gegähnt. Als ich deine Einladung abgelehnt habe, hast du dir etwas zu Trinken geholt, bist zu deinem Sessel zurückgekehrt und eingedöst.«

»Das tut mir furchtbar leid. Ich sollte nicht müde sein, bei meinem leichten Leben.«

»Sarkasmus steht dir nicht, Bill.«

Eine schmerzliche Stille breitete sich aus. Dann sagte Fiona leise: »Es ist über ein Jahr her, seit ich zu dir gesagt habe, ich würde mich nach einer Beschäftigung außer Haus sehnen. Deine Antwort lautete, in ziemlicher Lautstärke, meine Beschäftigung wärst du. Ich habe inzwischen Wege gefunden, aber die Leere in mir ist nicht verschwunden. Ich liebe dich, Bill. Selbst wenn ich mich zwingen würde, damit aufzuhören, ich könnte es nicht. Aber wieviel Zeit verbringen wir tatsächlich miteinander? Du verläßt jeden Morgen um neun Uhr das Haus, und über Mittag kommst du nicht zurück. Manchmal rufst du an, aber nicht mehr so oft wie früher. Immerhin, du tust es. Abends hast du dein festes Programm. Nur die Wochenenden sind anders. Trotzdem, es kommt vor, daß du ganze Samstagvormittage im Büro verbringst. Und sonntags machst du dich meist rar, wenn die Freunde der Kinder zu Besuch kommen. Mit einer Ausnahme, und das ist Daisy. Wenn das Mädchen da ist, sieht man dich häufiger, weil du gern mit ihr deine Wortgefechte führst. Bis jetzt war meine Zeit mit der Sorge für die Familie ausgefüllt. Ich habe mich um die Mahlzeiten gekümmert, dafür gesorgt, daß alle etwas Ordentliches zum Anziehen hatten, und wenn Mrs. Watson nicht da war, habe ich auch geputzt. Ende September wird wieder ein Kind das Haus verlassen, und ich sehe mich bereits, wie ich meine Zeit mit Telefonaten totschlage, unser Abendessen vorbereite und gelegentlich auf einen Sprung bei Nell vorbeischaue. Aber diese Beschäftigungen werden die Leere nicht ausfüllen, Bill. Ob es dir paßt oder nicht, ich habe eine Entscheidung getroffen.«

Bill hatte den Kopf vorgestreckt und wartete, die Lippen zu einer Linie zusammengepreßt und mit einem harten Ausdruck in den Augen. Ruhig erwiderte Fiona seinen Blick. »Ich werde mich an der Open University einschreiben und einen Abschluß machen.« Sie sah, wie sich die rosa Färbung in Bills Gesicht zu einem dunklen Rot vertiefte. Sein Adamsapfel bewegte sich unruhig, und er öffnete zweimal den Mund, bevor er durch die zusammengepreßten Zähne sagte: »Du willst studieren? Ein richtiges Studium wie die Kinder? Das kann nicht dein Ernst sein.«

Fiona hielt ihm stand und erwiderte unerschrocken: »Doch, Bill. Das möchte ich. Früher hatte ich nicht die Möglichkeit dazu. Dabei wäre ich gern auf die Universität gegangen. Heute kann ich das. Es ist nichts Ungewöhnliches für Leute in meinem Alter. Natürlich habe ich ein Haus zu versorgen und eine *Tochter*.« Fiona betonte das Wort. »Aber wenn mich die Familie braucht, falls dies tatsächlich der Fall sein sollte, bin ich da.«

Fiona spürte den Zorn mit Macht in ihm aufsteigen, wie Hitze, die von seinem Körper ausstrahlte. Aber sie zwang sich weiterzusprechen: »Wir sind seit elf Jahren verheiratet, Bill, und ich habe mich nie gegen dich gestellt. Der Wunsch, den ich jetzt habe, erscheint mir so unbedeutend. Aber egal. Ob unbedeutend oder nicht, ich bin entschlossen, ihn mir zu erfüllen und habe mich bereits beworben.«

Bill preßte die übereinandergelegten Hände gegen seinen Oberschenkel. Fiona wußte, wäre sie eine Frau seiner Herkunft, würde er ihr jetzt ins Gesicht schlagen. Bill Bailey war Bill Bailey. Langsam wandte sie sich von ihm ab und verließ das Zimmer.

Die Sonne schien und sprenkelte am Waldrand, wo der Baumbestand spärlicher wurde, den Boden mit kleinen

Schattenflecken. Als ein leichter Wind bewirkte, daß die Blätter fielen, blickte Katie nach oben. »Wo kamen diese Zeilen vor?

Ich weine um jedes Blatt, das zur Erde fällt,
Und liebe doch die Zeit, wenn alle Säfte stocken,
Tanze im Feuerschein der lodernden Flammen,
Und sehe die Erinnerung an den Sommer verglühen.«

»Keine Ahnung. Weißt du … von wem das ist?« fragte Sammy.

»Nein, ich weiß es auch nicht. Ich erinnere mich nur, die Zeilen irgendwo gelesen zu haben. Als ich die fallenden Blätter sah, fielen sie mir wieder ein.«

Sie traten zwischen den Bäumen hervor und blieben vor der niedrigen Umzäunung stehen, über die der Blick auf das freie Feld fiel.

»Wie fühlst du dich an diesem letzten Tag? Ich meine, bevor dein neuer Lebensabschnitt beginnt? Morgen wird es soweit sein.«

»Ich kann dazu nichts sagen«, entgegnete Sammy. »Nur, daß ich traurig bin, und zugleich froh. Mir kommt es vor, als hätte ich mein ganzes Leben in diesem Haus verbracht, mit dieser Familie. Das ist der traurige Teil. Ab morgen nachmittag wird nichts mehr sein wie früher. Ging es dir auch so, als du letztes Jahr nach Durham gezogen bist?«

»Ja, schon. Eine Zeitlang hatte ich Heimweh, und meine Familie schien unendlich weit weg. Dabei waren es nur knapp zwanzig Kilometer. Für dich wird es anders sein, denn du …« Sie sagte nicht, du hast mich, sondern fuhr fort: »Du hast bereits jemanden aus der Familie, der dort lebt.«

Als Katie fühlte, wie sich seine Hand um ihre schloß und den Ausdruck in seinem Gesicht sah, wußte sie, daß der Augenblick gekommen war, auf den sie seit langem wartete … sehnsüchtig wartete. Trotzdem hob sie die andere Hand und verschloß seine Lippen. »Laß mich zuerst etwas sagen. Worte, die seit langer Zeit in mir klingen. Ich liebe dich, Sammy. Ich liebe dich so sehr.«

Sie sah ihn die Augen zukneifen und sich auf die Unterlippe beißen. Einen entsetzlichen Moment lang dachte sie: »Nein! Nein! Habe ich mir am Ende alles eingebildet?«

Im nächsten Moment erschrak Katie. Sammy riß sie in seine Arme und drückte sie an sich. Dabei murmelte er: »Oh, Katie! Das von dir zu hören! Ich ... hatte es gehofft. Wir waren gute Freunde, und ich habe gedacht, weiter würde unsere Beziehung niemals gehen. Aber ich wollte dir sagen, was ich im Herzen empfinde. Heute will ich es sagen.«

Katies sah ihn mit feuchten Augen an. Sammy war so nah, daß ihre Gesichter sich fast berührten. Sie nahm seine vertrauten Züge, die weder gutaussehend noch schlicht auf sie wirkten, in sich auf. Er sah anders aus, irgendwie asketisch. Bill hatte einmal gesagt, Sammy sähe aus wie ein buddhistischer Mönch. Damals hatte Sammy mit einem Kissen nach ihm geworfen und die Fäuste gehoben, als wollte er ihn zu einem Zweikampf auffordern. Für Katie hob sich Sammys Gesicht von dem aller anderen Jungen oder Männer ab, wahrscheinlich wegen ihrer Gefühle für ihn. Es war länglich geformt, und die Haut zeigte eine leichte Bräunung. Er hatte runde Augen, buschige dunkle Augenbrauen und dichtes braunes Haar. Seine Nase wurde zur Spitze hin ein wenig breiter, und obwohl seine Lippen nicht eigentlich voll waren, war der Mund schwungvoll geformt. Wenn Sammy verärgert war, verzog er ihn zu einer ausdrucksvollen Grimasse. Die Oberlippe schien die Unterlippe wegdrücken zu wollen, und sein Kinn spannte sich. Mit diesem Gesicht wirkte er auf sympathische Weise komisch, und er regte sich jedesmal auf, wenn Katie über ihn lachte. Doch es war lange her, seit er ihr zum letzten Mal böse gewesen war.

Leise sagte Sammy zu ihr: »In der Schule haben alle geglaubt, wir würden miteinander gehen. Jeder Junge hatte eine Freundin, du weißt ja, es wurde viel geknutscht. In den letzten vier Jahren habe ich angenommen, wir wären eben einfach dicke Freunde, wir haben uns ja ... nie geküßt.«

Tastend näherten sich ihre Lippen, und jeder zog den anderen fester an sich. Ihre Bewegung hatte eine solche

Wucht, daß Katie und Sammy den Halt verloren und gegen einen Baumstamm fielen. An die Eiche gelehnt blieben sie stehen. Ihre Lippen waren leicht geöffnet, und sie sahen einander in die Augen. Wieder ließ ein Windstoß Blätter auf sie herabrieseln. Sie sahen ihnen zu, und Katie sagte mit leisem Lachen: »Nie hätte ich mir vorgestellt, war für ein Gefühl das ist. Nie im Leben. Die Zeit nach dieser albernen und fürchterlichen Geschichte mit Rupert, wegen der mein Dad ein Jahr lang nicht mit mir gesprochen hat, außer wenn es sich nicht vermeiden ließ, war schrecklich. Damals dachte ich, das Schöne und Anständige wäre für immer aus meinem Leben verbannt. Dann kam der Abend nach der Beerdigung deines Vaters. Du bist zu mir ins Zimmer gekommen und hast gesagt, dein Vater hätte dich aufgefordert, mit mir zu reden, weil ich mich bestimmt einsam fühlen würde. Wie mich das aufgerüttelt hat. Noch lange später habe ich jedesmal beim Gedanken daran geweint. Ich glaube, seit diesem Tag liebe ich dich. Erinnerst du dich? Du hast meine Hand genommen, und so sind wir die Treppe hinuntergegangen. Mit einem Mal wurde uns bewußt, daß uns alle mit hochgezogenen Augenbrauen anblicken würden, wenn wir händchenhaltend zur Wohnzimmertür hereinkämen.«

Sammy lachte. »O ja, daran erinnere ich mich gut. Für mich war es ein Glückstag. Deine Hand halten zu dürfen, während wir die Treppe hinuntergingen. Ich durfte wieder hoffen, nachdem ich schon jede Hoffnung begraben hatte.«

»Was meinst du damit, du hattest jede Hoffnung begraben?«

»Ach, weißt du, in meiner ersten Erinnerung sehe ich dich in der Küche sitzen und habe ein merkwürdiges Gefühl. Es war eine Mischung aus Zorn, Rachedurst und etwas anderem, das ich nicht verstand. Du hast mich angesehen, als wäre ich ein totes Tier, das die Katze hereingeschleppt hatte. Eure Katze wäre vernünftiger gewesen und hätte mich draußen gelassen. Jedenfalls war das deine Meinung, stimmt's?«

Katies Schultern bebten vor Lachen. »Ja. Das habe ich gedacht. Ich konnte dich nicht ausstehen. Mam war wild entschlossen, die Freundschaft zwischen dir und Willie nicht zu dulden. Jedesmal, wenn mein Blick auf dich fiel oder ich dich kommen sah, sagte ich voller Verachtung zu mir selbst: ›Bog's End‹. Ich war eine dumme kleine Gans.«

»Ja, das warst du. Weißt du, was merkwürdig ist? Du … hast überhaupt keine Vorurteile mehr, was die Herkunft angeht. Darin ähnelst du jetzt Willie und deinem Dad. Aber nicht deiner Mutter. Sie wird immer ihre Vorbehalte haben. Ich liebe sie dennoch, denn sie hat mir die Mutter ersetzt, die ich kaum gekannt, aber immer vermißt habe. Aber nach dem, was ich Mr. B. Gutes getan habe, konnte sie gar nicht mehr genug für mich tun, oder? Ich frage mich, was sie über uns sagen wird. Meinst du, sie ahnen etwas?«

»Nein, bestimmt nicht. Wir sind nur befreundet, und so hat es immer ausgesehen. Aber sie werden sich freuen. Das weiß ich. Dad auf jeden Fall … und Mam auch. Du bist nicht länger ›Bog's End‹, weißt du, sondern jemand, auf den sie stolz sein kann. Ich habe gehört, wie sie mit Mrs. Watson über dich gesprochen hat. Als ihr Sohn die Aufnahmeprüfung für die Royal Grammar School machte. Unsere Haushaltshilfe meinte, wie wunderbar es wäre, wenn ihr Sohn die Prüfung schaffte. Sie wüßte, wie gut Mr. Willie und Mr. Sammy wären. Mam bestätigte dies, sehr freundlich, und das hat mich damals überrascht. Dann sagte sie, Willie müßte sich immer abrackern, während du ein Überflieger seist.«

»Überflieger?« lachte Sammy. »Ja, bei der Abschlußprüfung haben meine Nerven geflattert.«

»Gezeigt hast du es nicht. Das tust du nie. Und was in deinem Herzen vor sich geht, hast du auch geheimgehalten. Und nie hast du von deinem Familiennamen Gebrauch gemacht, um mir zu sagen, was du für mich empfindest, Sammy Love.«

»Oh, Katie.« Wieder preßte er sie fest an sich. »Muß ich es aussprechen? ›Ich liebe dich‹, das sind Worte, die mir nicht genügen und zu prosaisch sind. Nur als du sie gesagt hast, klangen sie wunderbar, so schön …«

»Sammy, hör doch auf! Sag einfach ›Ich liebe dich, Katie‹. Los, sag es. ›Ich liebe dich, Katie Bailey‹.«

Ernst und mit Entschlossenheit in der Stimme wiederholte er: »Ich … liebe dich, Katie Bailey. Ich bete dich an, Katie Bailey. Für mich bist du das wunderbarste Mädchen auf der ganzen Welt, Katie Bailey. Aber noch besser kann ich meine Gefühle mit Shakespeare zum Ausdruck bringen.«

»Laß den verdammten Shakespeare. Hin und wieder höre ich den Lümmel von Bog's End viel lieber. Nicht immer, wohlgemerkt …«, sie schüttelte den Kopf, »… aber gelegentlich. Im vergangenen Jahr hat er sich rar gemacht. Seit Monaten habe ich keinen Fluch mehr von dir gehört.«

»Ich übe Selbstkontrolle. Du willst sicher nicht, daß ich nach Durham komme und perfektes Bog's Englisch spreche, oder? Was nicht heißt, daß ich dazu keine Lust mehr habe. Wenn ich genug studiert habe, gewöhne ich es mir vielleicht wieder an. Bis dahin allerdings …« Sammy unterbrach sich, nahm Katies Gesicht zwischen die Hände und sagte sehr leise: »Was meinst du, wie lange wird es dauern, bis wir heiraten können?«

»Ach, Sammy. Ich mag gar nicht daran denken, daß bis zu meinem Abschluß noch zwei Jahre vergehen, und dann folgt ein weiteres Jahr im Lehrerseminar. Auch du hast drei Jahre Studium vor dir. Du sagst zwar, daß du kein Lehrer werden, sondern in die Wirtschaft gehen willst, aber wir müssen trotzdem drei Jahre warten, bis wir beide fertig sind.« Katie entzog ihm ihren Kopf und sah den baumbestandenen Weg entlang. Ohne den Blick abzuwenden, sagte sie: »Es sei denn, wir beschließen etwas anderes.«

Sie wartete auf einen Kommentar. Als nichts kam, drehte sie sich wieder zu Sammy und sah ihn an. Er sagte langsam: »Ja, das könnten wir. Wir werfen unsere Sachen einfach zusammen. Das heißt, wenn wir Geld hätten, was nicht der Fall ist. Immerhin, es wäre möglich. Gleich morgen. Und damit würden wir die besten Menschen, die wir kennen, vor den Kopf stoßen. Deine Mutter findet sich womöglich damit ab, weil heute viele unverheiratete Paare zusammenleben, aber nicht Mr. Bill. Es ist komisch, aber ich kenne ihn gut genug, um zu wissen, wie er reagieren würde. Er würde mir die Schuld geben, und noch mehr. Er würde mich verachten, weil ich, in seinen Worten ausgedrückt, Schande über seine Tochter gebracht hätte. Mr. Bill sieht nicht, daß es heute gang und gäbe ist, zumindest bei den über Sechzehnjährigen, in wilder Ehe zusammenzuleben. Das würde er nicht wahrhaben wollen. Und das weißt du, habe ich recht?«

Wieder blickte Katie die Allee entlang. Sie sprach leise, und ihre Stimme klang erschöpft: »Ja, ich weiß. Aber ich sage es trotzdem, zu uns und zu allen anderen. Wir haben nur ein Leben. Es mag eine abgedroschene Phrase sein, aber die Jugend von heute kennt die Wahrheit. Inzwischen ist zuviel geschehen, und die Hälfte aller Eltern verdient gar nicht, daß man Rücksicht auf sie nimmt. In unserem Fall verdienen sie diese Achtung zwar, aber ich möchte ihnen trotzdem entgegenrufen: ›Ihr habt auch getan, was ihr wolltet. Ihr seid euren Weg gegangen und glücklich zusammen. Ihr genießt euer Leben. Uns könnte schon morgen etwas zustoßen, oder in den nächsten drei Jahren‹. Aber natürlich sprechen wir das nicht aus, oder?«

Sammy trat gegen den Baumstamm und stieß leise den Atem aus. »Nein, das tun wir nicht. Aber du hast gerade gesagt, sie wären glücklich. Das waren sie immer, aber in letzter Zeit wirkte deine Mam bedrückt, fand ich. Sie war so still. Ich dachte, es wäre wegen Nell und ihrem zweiten Kind. Aber daran müßte sie gewöhnt sein.«

Katie richtete ihren Blick wieder auf Sammy. »Du ... meinst, sie hat Sorgen? Ich habe auch bemerkt, daß sie manchmal sehr still ist. Aber so war sie immer. Sie nannte es ihre grüblerische Phase. Ich habe sie einmal gefragt, ob sie Schmerzen hätte oder sich nicht wohl fühlte. Da hat sie geantwortet, sie würde nur eine ihrer grüblerischen Phasen durchmachen. Wie Hennen, die aufhören zu gackern, wenn sie brüten.«

Sammy lächelte breit. »Es wäre hübsch, wenn alle Frauen ihre grüblerischen Phasen hätten.«

»Ach, willst du damit sagen, ich sollte mir auch das Brüten angewöhnen?«

»Genau das, Frau.«

Die Arme um Sammys Hals geschlungen, löste sich Katie mit dem Körper von ihm. Lachend sagte sie: »Ich mag es, wenn du mich ›Frau‹ nennst. Nächstes Jahr werde ich zwanzig. Dann kannst du mit Recht ›Frau‹ zu mir sagen. Komisch, ich bin über ein Jahr älter als du, aber ich denke noch immer, du wärst mir um Jahre voraus.«

»Bin ich auch. In allem. Mit meinem Wissen von der Welt, meiner Arbeitskraft, und natürlich was Frauen angeht.«

Tadelnd schüttelte sie den Kopf.

Sie blieben noch einige Minuten eng umschlungen an den Baum gelehnt stehen, bis Katie fragte: »Was meinst du? Sollen wir zu ihnen gehen und es ihnen sagen?«

»Ja, das sollten wir wohl.«

Den Arm um die Taille des anderen gelegt, wanderten sie die Allee entlang. In dem parkähnlichen Garten angekommen, blieb Katie stehen. »Du hast gesagt, Mam wäre so still. Jetzt fällt mir ein, daß ich sie gehört habe, am letzten Wochenende, kurz nachdem Willie und Daisy das Haus verlassen hatten. Ich meine, Mam und Dad. Sie waren im Wohnzimmer. Es hörte sich nach einem Streit an. Deshalb bin ich nicht hineingegangen. Aber ich habe mich gefragt, ob es um Daisy ging. Sie ist zwar jetzt ordentlich angezogen. Aber trotzdem bleibt sie Daisy. Dad hält große Stücke auf sie, wirklich, im Gegensatz zu Mam. Sicher, Mam mag Daisy, aber wohl kaum als Schwiegertochter. Ich dagegen hätte sie gern zur Schwägerin. Es macht Spaß, mit ihr zusammenzusein, sie verstellt sich nicht. Daisy wüßte überhaupt nicht, wie das geht. Dich frage ich besser nicht nach deiner Meinung. Weißt du eigentlich, daß sie früher einmal in dich verliebt war?«

»Nein!«

»Doch, war sie.«

»Oh, wenn ich das geahnt hätte. Ich wäre nicht untätig geblieben. Sie hätte mich trösten können.«

»Paß auf, wo du mich hinstößt. Jetzt bin ich auf die Azaleen getreten. Du liebe Zeit! Arthur macht Hackfleisch aus mir, wenn er das sieht. Gärtner sind eine komische Sorte. Dad sagt, sie meinen immer, der Garten, den sie pflegen, würde ihnen gehören.«

In Sichtweite des Hauses tauschten sie einen Blick, faßten sich bei den Händen und begannen zu rennen. In der Halle erholten sie sich einen Moment, aneinander gelehnt. Dann stießen sie die Wohnzimmertür auf und traten über die Schwelle. Sammy hob die Hand, Katies Hand in der seinen, und rief laut: »Seid gegrüßt und habt acht! Wir bringen große Neuigkeiten.«

Bill lag gegen die Sofaecke gelehnt und hatte eine Zeitung über die Knie gebreitet. Es war offensichtlich, daß er gedöst hatte, während Fiona an einem Beistelltisch saß und Tee in eine zweite Tasse goß. Sie drehte sich um, die Teekanne in der Hand, und sah Katie und Sammy an. Dann, mit leichtem Klappern, stellte sie die Kanne ab und wandte sich zu Bill. Er hatte sich aufgerichtet und blinzelte Richtung Tür. »He, he. Was ist los?«

»Ich glaube, ihr trinkt beide zuerst einen Tee.« Katie löste sich von Sammy und ging zu Fiona. »Komm, setz dich. Ich bringe dir die Tasse.«

Stumm starrte Fiona das Paar vor sich an. Sie ging zum Sofa und setzte sich, entgegen ihrer Gewohnheit etwas von Bill entfernt. Katie ging hinterher und reichte ihr und Bill eine Tasse. Bill zeigte auf einen kleinen Tisch. »Stell sie dort hin.« Dann fuhr er fort: »Was hat das alles zu bedeuten? Übt ihr etwas Neues ein?«

»So könnte man es nennen, Mr. B.« Sammy sah Bill direkt ins Gesicht. »Ich werde mich genauer ausdrücken.« Zu Fiona gewandt, fügte er etwas leiser hinzu: »Wir hoffen, es ist der erste Schritt auf dem Weg zur Ehe.«

»Guter Gott!« stieß Bill überrascht hervor. »Ihr beiden? Ich dachte, ihr wärt nur befreundet, nichts weiter.«

»Nicht von meiner Seite, Mr. B. Seit langem schon, seit sehr langer Zeit.«

Katie machte einen Schritt auf Sammy zu. »Bei mir auch

nicht, Dad. Es war wohl so, daß wir beide unsere Gefühle voreinander lange verborgen haben, obwohl sie uns längst bewußt waren.« Sie wandte sich an Fiona. »Nun sag etwas, Mam.«

»Ich … weiß nicht, was ich sagen soll. Ein paarmal habe ich mir meine Gedanken gemacht, Sammy … über dich und deine Gefühle. Aber ich muß gestehen, daß ich vor allem mit Willie beschäftigt gewesen bin. Willie gehört zu den Menschen, die sich immer an jemanden anhängen müssen. Zuerst warst du derjenige, und jetzt ist es Daisy.«

»Und das gefällt dir nicht, habe ich recht?« Ohne Fiona anzusehen, nahm Bill die Tasse vom Tisch, trank einen Schluck und stellte sie zurück. Dann wandte er den Blick zu Fiona. »Es hat dir schon früher nicht gefallen, und heute immer noch nicht.«

»Meine Haltung dazu ist allein meine Sache, und was du denkst, geht nur dich etwas an.«

Katie und Sammy spürten die frostige Atmosphäre, die zwischen diesen beiden wundervollen und von ihnen geschätzten Menschen herrschte. Was immer die Ursache dafür sein mochte, sie milderte die Überraschung und, wie es schien, auch den Widerstand gegenüber ihren Heiratsplänen.

Sammy sagte zu Fiona: »Daisy ist ein gutes Mädchen, Mrs. B. Sie braucht nur etwas gesellschaftlichen Schliff.«

»Nichts da.« Bills Stimme hatte einen Anklang von Gereiztheit. »Daisy ist in Ordnung, wie sie ist. Sie muß Willie gefallen und sonst niemandem. Jetzt zu euch beiden. Ich kann nur sagen, was für eine Überraschung. Aber eine freudige. Trotzdem, ihr werdet euch noch eine Weile gedulden müssen, bis ihr ernsthaft ans Heiraten denken könnt. Daran habt ihr hoffentlich gedacht, oder?«

»Ja, sicher.« Beide nickten, und Katie sagte: »Wir haben darüber nachgedacht.« Lachend fuhr sie fort: »Aber wenn Mam und du einverstanden seid, könnten wir auch sofort unsere Sachen zusammmenwerfen.«

»Halt den Mund! Davon will ich nichts hören. Ihr werft eure Sachen zusammen, wie du es ausdrückst, wenn ihr ein anständiges Haus habt und über ein eigenes Einkommen verfügt, das euren Lebensunterhalt sichert.«

Sammy klang beinahe so rauh wie Bill: »Es besteht kein Grund, uns unter Druck zu setzen. Wir haben über dieses Thema gesprochen und überlegt, wie es mit uns weitergehen soll. Wir bitten niemanden um etwas, auch nicht um Almosen. Was immer wir tun, die Entscheidung treffen wir. Ich will es so ausdrücken: Wenn wir meinen, daß wir zusammenziehen wollen, dann tun wir das. Und niemand kann uns daran hindern.«

»Sammy.« Fiona klang flehend. Sammy wandte sich zu ihr, neigte den Kopf und murmelte: »Es tut mir leid. Mach dir keine Sorgen.«

»Es muß dir nicht leid tun. Überhaupt nicht.«

Fiona sah Bill nicht an, doch ihre Worte sprachen für sich, als sie zu Sammy sagte: »Geh in die Küche und mach neuen Tee für uns. Und bring noch mehr Tassen mit.«

Bevor Sammy der Aufforderung nachkam, mit der er aus dem Zimmer geschickt sollte, sah er fragend zu Katie, die mit einem gezwungenen Lächeln sagte: »Tu, was dir gesagt wird. Wenigstens einmal im Leben.«

Als sie allein waren, sah Katie ihren Vater an. »Wir könnten es genauso machen, wie Sammy gesagt hat. Und was wolltest du dagegen tun? Unser Studiengeld streichen. Gut, wir würden einen Ausweg finden. Die Hälfte der Studenten muß nebenher arbeiten. Außerdem geben die Banken Kredit.«

»Katie!« Fiona war aufgesprungen. »Hör auf! Hör sofort auf! Bitte!« Sie sah zu Bill, der die hochgewachsene empörte junge Frau vor sich entgeistert anstarrte. Sie schob Katie in die Sofaecke und sagte: »So geht das nicht. Das ist keine Art zu reden. Wir sind ... einfach überrascht, ... angenehm überrascht. Das ist alles. O ja, mein Schatz. Ich freue mich so.«

»Das ist wenigstens etwas, Mam«, erklärte Katie ruhig.

Als Fiona sich wieder setzte, mußte sie neben Bill Platz nehmen, der mit keiner Geste zu erkennen gab, daß er ihre Gegenwart wahrnahm. Niemand sprach, bis Sammy mit dem Teetablett zurückkehrte. Er stellte das Teegeschirr auf den Tisch und wandte sich lächelnd zu den drei Personen auf dem Sofa: »Ihr solltet in die Halle gehen. Draußen findet ein Gesangswettbewerb statt. Großmutter und Angela sind im Wintergarten. Die eine singt *Hickory, Dickory, Dock* und die andere *Drei blinde Mäuse*, aber es klingt harmonisch.«

Fiona lächelte. »Das machen sie oft. Ja, und es klingt wirklich harmonisch.«

»Darf ich deine Tasse nachfüllen?« fragte Sammy an Bill gewandt.

»Wie bitte? Nein, danke.«

»Was ist mit dir, Mrs. B.?«

»Für mich auch nicht mehr, mein Lieber.«

Sammy schenkte zwei Tassen ein und reichte Katie eine. Wieder breitete sich Schweigen im Zimmer aus. »Um wieviel Uhr fahrt ihr morgen ab?«

»Gegen zehn«, sagte Sammy. »Ich muß mich bei meiner Zimmerwirtin melden und meine Sachen einräumen. Nicht alle Studenten haben das Glück ...«, er sah in Katies Richtung, »... in einem Wohnheim einen Platz zu bekommen.«

»Es hat auch seine Nachteile«, warf Katie ein.

»Ich werde euch beide vermissen«, sagte Fiona.

»Ja, ich weiß. Wir haben darüber gestern abend gesprochen«, entgegnete Katie mit einem Blick zu Sammy.

»Wie es aussieht, hat Nell noch weniger Zeit als sonst, und Großmutter scheint Dauergast im Kinderzimmer zu sein.«

»Eigentlich hast du nur Willie und Dad, um die du dich kümmern mußt. Du wirst dich einsam fühlen.«

»Nein. Nicht wirklich. Wir ... haben eine neue Abmachung.«

»Ach?« Sammy und Katie sahen gleichzeitig zu Fiona. Diese neigte den Kopf und sagte zu Katie: »Es war die Idee deines Vaters.«

Rechts von ihr bewegte sich Bill voller Unbehagen. Fiona sah weiter zu Katie und fuhr fort: »Er wußte, wie verloren ich mich fühlen würde, nachdem die Familie aus dem Haus gegangen war, angefangen bei Mark. Nächstes Jahr wird Willie auch nach Durham gehen, es sei denn, er entscheidet sich für Newcastle. Also meinte Bill, es wäre ein guter Gedanke, wenn ich ein Fach an der Open University belegte. Dann hätte ich eine Beschäftigung. Vielleicht könnte ich sogar einen Ab…« Fiona sprach das Wort nicht zu Ende. Sie spürte, daß Bill vom Sofa aufspringen wollte und hielt ihn mit einer raschen Armbewegung zurück. Die Hand um sein Bein geschlossen, sagte sie: »Sprich es nicht aus, Bill. Bitte!« Sie drehte sich zu ihm und lächelte. In seinem Gesicht begann sich die Wut abzuzeichnen, er lief rot an und senkte den Kopf. Katie straffte den Oberkörper. »Wie wunderbar. Ich finde, das ist die beste Nachricht des Tages. Für Sammy kann ich das gleiche sagen, das weiß ich. Wir haben uns in letzter Zeit immer wieder darüber unterhalten, wie leer das Haus sein würde, wenn einer nach dem anderen geht. Oh, Dad. Das hast du gut gemacht!«

Fiona sanft zur Seite schiebend, stand Bill auf und sah auf sie hinunter. Sie hob den Blick und sagte: »Nochmals danke.«

Von Bill kam keine Antwort, wenigstens keine der üblichen Art. Wortlos verließ er das Zimmer. Sammy und Katie sahen Fiona an.

Sie hatte das Kinn gegen die Brust gepreßt und biß sich auf die Lippe. Katie schlang die Arme um die Schultern ihrer Mutter. »Was hast du, Mam? Was ist los?« Fiona antwortete: »Ich hätte es nicht tun dürfen.«

»Was? Was meinst du damit?«

»Zu sagen, das mit der Open University wäre seine Idee gewesen.«

»War … es denn nicht seine Idee?« fragte Sammy.

Fiona schluckte hart. »Nein. Es war nicht seine Idee. Er … ist streng dagegen. Ich wollte mich schon vor zwei Jahren einschreiben, weil ich mich einsam fühlte, weißt du.«

»Ja, Mam! Natürlich. Wie gedankenlos wir die ganze Zeit waren. Aber Sammy und ich haben darüber gesprochen, wie allein du sein würdest. Dad ist wirklich dagegen?«

»Ja, das ist er. Er kann nicht teilen.«

»Was sollte er teilen müssen?« fragte Sammy verblüfft. Fiona sah ihn an und sagte nur: »Mich.«

»O nein! Das ist nicht Mr. Bill.«

Fiona sagte nicht: »Doch, das ist er.« Es war Katie, die sie bestätigte: »Ja, ich verstehe, was du meinst. Für ihn ist es, als ... würde er dich verlieren. Er ... hat immer gewußt, daß du ihm überlegen bist.«

»Nein, Katie. Nein«, widersprach Fiona ihr. »Ich bin ihm nicht überlegen.«

»In seinen Augen und in den Augen aller bist du es, Mam. Du bist anders aufgewachsen. Sammy weiß, was ich meine, nicht wahr, Sammy?«

»Ja. Und ich verstehe ihn. Wäre ich noch der Sammy Love von früher, würde ich bei Katie das gleiche denken. Aber mit Mr. Bills und deiner Hilfe habe ich Selbstsicherheit erworben und begriffen, daß ich einen eigenen Kopf zum Denken besitze. Das wäre in Bog's End nicht möglich gewesen.«

»Aber Bill ist ein sehr kluger Mann, Sammy.«

»Ja, schon. Was seine Arbeit angeht, ist er brillant. Aber er weiß auch, daß er sich nicht über die Schönen Künste unterhalten kann. Nicht so, wie du es kannst. Würde ich von John Donne reden, wüßtest du, daß ich damit einen großen Dichter meine. Mr. Bill würde mich wahrscheinlich fragen, wer John Donne ist. Ob er aus der Gegend stammt oder woher ich ihn kenne. Sollte dann jemand wagen, Mr. Bill auszulachen, würde er zurückschlagen. Weiß Gott! Unter seinesgleichen kann er sich behaupten, aber er kennt seine Mängel, nicht im Vergleich mit anderen, sondern im Vergleich mit dir. Für mich ist und bleibt er der beste Mann, den ich kenne. Und die vielen Professoren, mit denen ich in den nächsten Jahren zu tun haben werde, werden daran nichts ändern. Und noch etwas. Hätte er in seiner Jugend die gleichen Chancen gehabt, wie ich durch euch beide, wäre er auch ein Überflieger gewesen. Damals konntest du nicht einmal meinen Geruch ertragen. Erinnerst du dich, Mrs. B.?«

Katie und Sammy lachten, und Fiona sagte, mit einer tiefen Traurigkeit in der Stimme: »Ich weiß, Sammy. Und das beweist, wie groß meine persönlichen Mängel sind. Ich bin mir dieser schwachen Seite ebenso bewußt wie Bill sich der seinen. Mir fehlt seine Menschlichkeit.«

»Nein, Mam. Das stimmt nicht. Darin hast du unrecht«, protestierte Katie laut. Fiona tätschelte die Hand, mit der Katie ihr einen Klaps gegeben hatte. »Also gut. Dann stimmt es eben nicht.«

»Du läßt doch nicht zu, daß er dich von deinem Plan wieder abbringt, Mam?«

»Nein. Es ist seltsam, aber darin bleibe ich hart. Obwohl es mir unendlich schwerfällt, denn ich liebe ihn von ganzem Herzen. Schon als wir heirateten, habe ich ihn geliebt. Und ich wußte, was für ein Mann er war. Er hat mir sehr ernst gesagt, sollte ich jemals einen anderen ansehen, würde er uns beide erschießen.«

»Oh, Mam!«

»Doch. Er hat es ernst gemeint. Das wußte ich. Der einzige Mann, mit dem ich eine ernsthafte Unterhaltung führen konnte, war Rupert.« Fiona nickte. »Aber Bill war so eifersüchtig auf ihn, daß er ihn praktisch zum Gehen aufgefordert hat. Damals war ich mit Angela schwanger und sah furchtbar unattraktiv aus. Ich glaube, Bill hätte Rupert gewaltsam vor die Tür gesetzt, wäre nicht seine Verbindung mit Sir Charles Kingdom gewesen. Weißt du, seitdem habe ich mit niemandem mehr ein anregendes Gespräch geführt, außer in der Familie. Wenn wir ausgehen, muß ich schwer aufpassen, was ich sage.«

»Ich … kann das nicht glauben«, sagte Katie.

»Du sei ruhig!« erwiderte Sammy. »Eines Tages, wenn ich dich erwische, tief ins Gespräch mit einem polierten Lackaffen verwickelt, wirst du es glauben. Den Beweis liefere ich dir, auf meine Art.« Fiona mußte lächeln. Sie legte ihm die Hand auf den Arm und sagte: »Wahrscheinlich ist er im Garten, Sammy. Geh hinaus und rede mit ihm, auf deine Art. Ich glaube, du verstehst ihn besser als wir alle.«

»Ja, das mag sein. Wahrscheinlich, weil wir aus dem gleichen Nest stammen, auch wenn mir eine doppelte Schale gewachsen ist. Deswegen hält er auch so große Stücke auf Daisy, müssen Sie wissen. Wir sind ein Trio. Mr. Bill wird immer er selbst bleiben, aber für Daisy habe ich noch Hoffnung.«

»Sammy.« Fiona gab ihm einen Schubs. »Ich habe immer gewußt, welche Laufbahn du einschlagen würdest. Du gehst in den diplomatischen Dienst. Ehe wir uns versehen, bist du in London.«

»Selbstverständlich.« Sammy nickte. »Das ist meine Absicht. Ich will ein Haus am Belgrave Square.« Gewichtig stolzierend verließ er das Zimmer.

Sammy fand Bill weder im Garten noch im Wald. Aber als er in die Halle zurückkehrte, hörte er von oben hell kreischendes Entzücken. Zwei Stufen auf einmal nehmend, strebte Sammy zum Kinderzimmer. Bill saß mit Angela in dem alten Schaukelstuhl aus Korb. Er hatte die Arme um das Kind geschlungen, und Angela umfaßte seinen Hals.

Mrs. Vidler drehte sich um und sagte: »Hallo, Sammy. Die beiden werden gleich abstürzen.«

»Wie es aussieht, wollen sie es nichts anders.«

Sammy trat näher und flüsterte ihr ins Ohr: »Mrs. B. hat eine Neuigkeit für dich.«

»Fiona? Eine Neuigkeit für mich?«

»Ja, es betrifft mich und noch eine andere Person.«

»Wirklich?« Sie drehte den Kopf zur Seite, und auf ihrem Gesicht breitete sich ein feines Lächeln aus. »Ich frage mich, was das sein wird. Darf ich raten?«

»Nein. Du kommst doch nicht drauf. Aber unten gibt es Tee.«

»Oh, dann muß ich mich beeilen.«

Mrs. Vidler wandte sich ab und ging zur Tür. Von dort kehrte sie noch einmal zurück und flüsterte Sammy ins Ohr: »Manche Leute sind blind. Meine Augen waren immer ausgezeichnet. Herzlichen Glückwunsch.«

Er knuffte sie sanft in die Schulter. Er mochte die alte Dame. Das war nicht immer so gewesen, oh nein, aber man konnte sich an sie gewöhnen.

Das Schaukeln hatte aufgehört. Angela war von den Knien ihres Vaters geklettert und rannte zu Sammy. »Sam...my. Sammy. Sammy.«

»Ja, gnädiges Fräulein. Was gibt's?«

Angela hob die Arme, und Sammy nahm sie hoch. »O je!« sagte er. »Du wirst jeden Tag schwerer. Bald brauchen wir einen Kran, um dich hochzuheben.«

Sie lachte ihm ins Gesicht. Ihre großen Augen glänzten vor Glück und Liebe. Angela schenkte Sammy ihre überströmenden Gefühle, aber mehr noch liebte sie Bill. Jetzt begann sie zu zappeln, weil Sammy sie absetzen sollte. Wieder unten sagte sie mit einem Lispeln, aber logisch aneinandergereihten Worten: »Schau! Katze. Habichgemacht.« Sie lief zu einem Tisch, auf dem Tiere aus Knetgummi standen, davon einige recht gut getroffen. Daneben lagen Farbstifte und Holzspielzeug.

Angela zeigte auf eine Rolle aus Knetgummi. An ein Ende war eine Kugel, an das andere ein langer Schwanz geklebt. Sie blickte zu Sammy hoch: »Pfotenmitbart.«

»Ja.« Sammy lächelte sie an, und sie fragte: »Was?«

Bill erklärte sanft: »Sie will wissen, ob du erkennst, was es ist.« Sammys Antwort war knapp: »Ich weiß.« Natürlich wußte er es. Er hatte mehr Zeit mit dem Kind verbracht als Bill, der die Kleine schlicht vergötterte. Sammy kratzte sich am Kopf und blickte in das strahlende Gesicht: »Kän...guruh?« Er stellte die Füße nebeneinander, die Arme wie Vorderbeine haltend, und hüpfte umher. Vor Vergnügen kreischend, rief die Kleine: »Nein! Nein! Keinkänguruh ... Dumm!« Jetzt begann Sammy zu galoppieren.

Noch immer lachend, sah Angela zu Bill. »Dada, sag Sam, sag Sam.«

Bill kehrte für einen Moment aus seinem bitteren Nachsinnen zurück. »Es ist eine Miezekatze, Dummkopf.« Angela wiederholte: »Miezekatze. Dummkopf.«

»Ach so, natürlich. Los, mach sie fertig. Dann weiß ich, was es ist.«

Angela setzte sich sofort auf einen kleinen Stuhl und formte schmale Streifen aus Knetgummi.

Beide Männer betrachteten sie eine Weile, bis Bill in den Schaukelstuhl zurückkehrte. Sammy stellte sich daneben. Sie wechselten Blicke, aber keiner sagte etwas. Bills rabenschwarze Stimmung war unübersehbar. Vielleicht hatte er nie einen schwärzeren Moment erlebt. »Ich habe dir einiges zu sagen«, begann Sammy leise und ruhig. »Aber zuerst stelle ich dir eine Frage. Wie stehst du dazu, daß Katie und ich zusammen sind?«

Bills Augen verengten sich, als er zu dem hochgewachsenen, intelligenten jungen Mann aufblickte, zu dem der ›Lümmel aus Bog's End‹ sich entwickelt hatte. »Was soll ich sagen?«

»Bill.« Sammy ließ die übliche Anrede weg. »›Was soll ich sagen?‹ Das ist doch keine Antwort. Es bedeutet mir viel, zu erfahren, wie du zu uns stehst ... weil du mir wichtig bist. Das warst du immer. Klar, ich habe Mister zu dir gesagt, aber im Innern warst du immer mein Dad, wie für die anderen auch. Morgen lasse ich den Schutz und die Geborgenheit hinter mir, die du und dieses Haus mir gewährt habt, noch bevor mein Vater starb. Ich werde niemals in der Lage sein, dir zurückzuzahlen, was du für mich getan hast. Jetzt habe ich dir eine Überraschung bereitet, wenn nicht gar einen Schock, weil das Mädchen, das du als deine eigene Tochter ansiehst, meinen Heiratsantrag angenommen hat. Das könnte wie ein schlechter Dank für deine Großzügigkeit aussehen. Aber ich hoffe, du denkst anders. Ich würde gern von dir hören, daß du dich freust, weil ich durch Katie in der Familie bleibe.«

»Das bleibt abzuwarten.« Bill lehnte sich im Schaukelstuhl zurück. »Verflixt noch mal! Das werden wir sehen. Wenn ihr entscheidet, unverheiratet zusammenzuleben, werdet ihr in der Familie nicht mehr willkommen sein.«

Sammy starrte ihn an. Dieser Mann war großzügig in jeder erdenklichen Weise, bis zur Übertreibung. Er arbeitete in einer männlich geprägten Umgebung, daher hatte Sammy erwartet, daß er auch in seinen Ansichten aufgeschlossen sein würde. Zu seiner Verblüffung hatte Sammy in der letzten Stunde zwei häßliche Makel an Bill Bailey erkannt. Er war so dominant und besitzergreifend, daß er seiner Frau kein eigenständiges Leben zugestand. Und sollten Sammy und Katie gegen seine Moralvorstellungen verstoßen, würde Sammy für immer aus dem Haus verbannt.

In seinem Zorn wagte Sammy, ihn zu fragen: »Und was wäre, wenn wir die Beherrschung verlieren und ohne eine gemeinsame Wohnung zusammenkommen? Du würdest nichts ahnen, es sei denn, Katie wird schwanger. Für dieses Problem gibt es eine einfache Lösung. In der Schule werden schon an Kinder Präservative verkauft. Und du maßt dir an, zwei jungen Menschen mit Konsequenzen zu drohen, wenn sie tun, was heute so selbstverständlich ist wie Kaugummikauen?«

Bill sprang aus dem Sessel und hätte Sammy fast umgestoßen. Steif ging er zum Kamin, umklammerte den oberen Rand des hohen Schutzgitters und rüttelte daran. Dann grollte er: »Mein Gott! Ich habe genug gehört. Mir vorzustellen, daß ausgerechnet du dich hinstellst und so mit mir redest. Und weißt du was?« Er bohrte mit dem Finger in Sammys Richtung. »Ich habe dich immer über die anderen gestellt, bis auf Katie.« Er wies mit dem Kopf zu dem noch immer am Tisch spielenden Kind. »Ja, über die anderen. Und sie sind die Kinder, für die ich die Vaterschaft übernommen habe.«

»Ja, ich weiß. Das hast du getan.« Sammys Stimme klang ebenso rauh wie die von Bill. »Und für mich warst du wie ein Vater. Daher habe ich gedacht, unbefangen mit dir sprechen zu können und nicht wie jemand, der hoch in deiner Schuld steht und, wie ich gesagt habe, nie zurückzahlen kann, was er bekommen hat. Ich dachte, ich könnte wie ein Sohn frei und offen mit dir reden.«

»Frei und offen!« Bill spie die Worte aus. »Hier im Haus will plötzlich jeder seine Freiheit. Mich braucht anscheinend niemand mehr. Alle gehen ihre eigenen Wege, meine Frau eingeschlossen.«

»Und das nur, weil sie an der Open University ein paar Kurse belegen will?«

»Sie hat dich also eingeweiht?«

»Nein, zuerst nicht. Erst nachdem du gezeigt hast, was du davon hältst und aus dem Zimmer marschiert bist.«

»Laß dir eines sagen, junger Mann. Was zwischen meiner Frau und mir vorgeht, bleibt auch dort. Ich diskutiere nicht darüber. Es geht dich verdammt noch mal nichts an, dich nicht und auch sonst niemanden.«

Feindselig starrten sie sich an. Mit hoch erhobenem Haupt ging Sammy zur Tür. Als er sie öffnete, drehte er sich noch einmal um. »Neulich stand eine Geschichte über einen Mann in der Zeitung, der einen Diamanten fand. Es war ein riesiger Stein, und man schätzte, daß er Millionen wert war. Bis sich herausstellte, daß er mit einem häßlichen Fehler behaftet war.«

Bill streckte die Hand nach dem Wäscheständer aus und hob einen Krug aus der Schüssel, die dem Kind zum Händewaschen diente. Mit einem Klirren zersprang das Porzellangefäß in tausend Stücke, als Bill es gegen die Tür warf. Angela schrie gellend auf.

Sammy rannte auf die Empore hinaus und sah, daß Katie und Fiona nach oben stürmten. Er hielt sie mit einer Geste auf, aber Katie schrie: »Was ist los? Was ist passiert?«

»Ach, du meinst das Geräusch, das ihr eben gehört habt? Das war ein Wasserkrug, der für meinen Kopf bestimmt war. Wir haben ein paar unmißverständliche Worte miteinander gewechselt.«

»Sammy! Du und Bill? Oh, nein!«

»Doch, Mrs. B. Ich mit Bill. Ziemlich ungezogen von mir, was? Zum Glück hatte ich vorher die Tür geschlossen. Und ich habe die Abreibung verdient.«

»Was hast du zu ihm gesagt, daß er so wütend würde?«

»Ich habe nur eine Notiz aus der Zeitung wiedergegeben, die ich kürzlich gelesen habe.«

Dann schwieg Sammy. »Was war das für eine Notiz? Erzähl es mir«, sagte Katie, und er fuhr fort: »Am Schluß habe ich ihm von dem Diamanten erzählt, der Millionen wert sein sollte, aber dann hat sich herausgestellt, daß er einen häßlichen Fehler hatte.«

Fionas Mund stand offen. Sie konnte nur flüstern: »Du hast ihn doch nicht damit verglichen?«

»Es tut mir leid, Mrs. B., aber das habe ich. Ein Wort gab das andere. Er hat Katie und mir angedroht, wenn wir zusammenkämen, ohne verheiratet zu sein, ob nun in einer gemeinsamen Wohnung oder nicht, würden wir aus diesem Haus verbannt.«

»Oh, Sammy!« Fiona bedeckte ihre Augen. Dann wandte sie sich an Katie und Sammy. »Ihr geht jetzt zu Nell und Bert und überbringt ihnen die gute Nachricht, denn es *ist* eine gute Nachricht.« Sie streckte beiden die Hände entgegen. Katie sagte: »Nein, wir besuchen Nell nicht, nicht gleich. Lieber gehen wir zu Willie und Daisy, denn ich möchte lachen. Sonst muß ich heulen.«

»Also gut. Macht, daß ihr fortkommt.« Sie schob die beiden zur Tür. Unterwegs griff sie Sammys Arm und sagte: »Ach, Sammy. Wenn ihr zurückkommt, versöhnst du dich mit ihm. Bitte. Er hat durch mich schon genug auszuhalten.«

»Das mache ich. Versprochen.«

Als sie in die Halle traten, kam Mrs. Vidler aus der offenen Küchentür. Mutter und Tochter sahen sich einen Moment an. Dann sagte Mrs. Vidler: »Es tut mir leid, meine Liebe, ich habe alles gehört. Und kannst du dir vorstellen, daß ich mit Bill fühle? Ja, wirklich. Vor allem, weil er Streit mit Sammy hatte. Sammy war immer sein Liebling.«

»Ja, Mutter. Und Bill hat so viel für ihn getan. Ach, es ist furchtbar!«

»Mach dir keine Sorgen, meine Liebe. Auch das geht vorüber, wie alles im Leben. Aber jetzt muß ich nach oben und die Scherben wegräumen, was immer er zerbrochen hat. Dann wird Bill nach unten kommen und sich einen Blitzableiter suchen, denn mich nimmt er dazu nicht. Es ist ein Wunder, wie höflich und nett er zu mir ist. Ich weiß … verdient habe ich es nicht. Aber ich bin ihm dankbar dafür. So, und jetzt gehe ich.«

Fiona sah ihrer Mutter nach, wie diese die Treppe hinaufstieg. Dann kehrte sie ins Wohnzimmer zurück und wartete auf die Lawine, die mit Sicherheit über ihr niedergehen würde.

Im Haus herrschte eine unwirkliche Atmosphäre, wenn niemand sich rührte und kein Geräusch zu hören war. Fiona wartete sehnsüchtig auf das Läuten des Telefons. Vor vier Tagen, als Mark am Ende der großen Ferien nach London aufbrach, hatte er versprochen, gleich bei seiner Ankunft anzurufen. Aber es war kein Anruf gekommen. Fiona hatte entdeckt, daß Mark sich nur meldete, wenn er etwas wollte. Sie konnte sich nicht eingestehen, daß ihr geliebter Mark eine Enttäuschung für sie war. Während seines Aufenthalts hatte sie sein Benehmen der Familie gegenüber geärgert. Er rümpfte die Nase über alles, was Katie oder Willie unternahmen. Und Fiona konnte an einer Hand abzählen, wie oft er zum Abendessen erschienen war. Mark schien Dauergast bei den Featherstones zu sein. Er fuhr sogar mit ihnen in die Ferien, nach Frankreich und Italien.

Katie hatte ein Wort, um ihren Bruder zu beschreiben, das Fiona aber nicht mochte. ›Unerträglich‹ nannte Katie ihn. Bill würde sagen, Mark wäre ein karrierebesessener Emporkömmling. Aber bis jetzt hatte sie ihn das nicht aussprechen gehört.

Fiona hätte am liebsten geweint, doch wenn sie diesem Drang nachgäbe und Bill ins Zimmer käme, würde er ihre Tränen als weibliche Erpressung bezeichnen.

Sie wartete nicht länger. Sie ging in die Küche und bereitete das Abendessen vor.

Als Fiona die Halle durchquerte, fiel ihr Blick auf eines der hohen Fenster. Im Dämmerlicht sah sie Bill die Zufahrt zum Wald hinuntergehen. Er machte langsame Schritte, mit gesenktem Kopf. Fiona blieb einen Moment stehen und sah ihm nach. Er mußte den Hinterausgang benutzt haben.

Sie deckte den Tisch über Eck für zwei Personen. Den kalten Braten vom Vortag legte sie auf eine große Servierplatte, häufte Salat darum und stellte das ganze in den Kühlschrank. Sie rührte Pudding an und stellte ihn zum Kochen auf den Herd. Bill liebte heißen Pudding nach einer kalten Mahlzeit, vor allem mit viel Sirup. Nicht, daß Fiona hoffte, der süße Nachtisch würde seine üble Laune an diesem Abend bessern …

Mittlerweile war es ziemlich dunkel geworden. Fiona hatte die Lichter eingeschaltet und war ins kleine Wohnzimmer gegangen. Nachdem sie neue Holzscheite aufs Feuer gelegt hatte, setzte sie sich in einen der beiden Polstersessel neben dem Kamin. Sie wählte den Sessel, der mit dem Rücken zur Tür stand, da sie nicht Bills Gesichtsausdruck sehen wollte, wenn er den Raum betrat. Bevor er sich hinsetzte, würde er eine Pfeife vom Ständer nehmen, sie mit Tabak stopfen und am Kamin anzünden. Bis dahin hoffte Fiona, auf eine Konfrontation mit Bill, was immer er ihr zu sagen hätte, vorbereitet zu sein.

Fiona nahm ihre Zeitschrift vom Fußhocker und begann zu blättern. Nach einer Viertelstunde beugte sie sich im Sessel vor und sagte laut: »Er wird doch nicht so weitermachen, oder? Erwartet er tatsächlich, daß ich zu ihm komme, mich entschuldige und sage: ›Also gut. Ich verzichte auf meine Pläne. Ich werde in diesem großen leeren Haus sitzen und auf deine Heimkehr warten. Dann bist du müde und willst nur noch dein Bad nehmen, eine Stunde im Arbeitszimmer verbringen und dann ins Bett gehen. Im Bett merkst du dann vielleicht, daß ich auch noch da bin.‹« Nein. Fiona reckte sich. Das würde sie nicht tun. Sie würde hartnäckig bleiben und für eine Sache einstehen, die sie richtig fand … die jeder vernünftige Mann richtig finden würde. Aber was Fiona betraf, war Bill kein vernünftiger Mann. Sie lehnte sich zurück. In diesem Moment ging die Tür auf, und sie schloß die Augen. Fiona hörte, daß Bill nicht zum Pfeifenständer ging. Statt dessen setzte er sich in den gegenüberstehenden Sessel und sah ihr direkt in die Augen.

Sie hob die Lider und begegnete seinem Blick. Bill wirkte müde und abgespannt. Zum ersten Mal sah sie ihm sein Alter an. Er war in den Fünfzigern und kein Mann, der für Mitte Vierzig gehalten werden konnte.

»Und?«

Fiona sagte darauf nichts.

»Bist du zufrieden mit dem Tag?« fragte Bill jetzt.

Sie zwang sich zu antworten: »Teilweise. Die Nachricht über Katie und Sammy hat mich gefreut.«

»Oh, wirklich. Für mich war das die zweite Überraschung des Tages. Jemand aus Bog's End und deine Tochter. Sicher, wir wissen, daß er dazugelernt hat, aber unter der Oberfläche ist er noch immer Sammy Love.«

»Ich halte das nicht für schlecht, wenn man an seinen Vater denkt.«

»Ach, ›Bog's End‹ wird endlich gesellschaftsfähig. Nicht mehr lange, und du erzählst mir, die Verbindung zwischen Willie und Minnehaha wäre ganz in deinem Sinn. Aber paß auf, im Gegensatz zu Sammy wird dieses Mädchen bleiben wie sie ist, auch wenn sie sich heute anders kleidet. Was willst du dann tun?«

»Im Augenblick habe ich andere Sorgen.«

»Ach, wirklich? Das wird sich ändern. Sobald du aufgehört hast, dich mit uns zu beschäftigen. Und dafür erwartest du, daß ich deine verrückten Studienpläne absegne.«

»Deinen Segen habe ich nie verlangt, was das betrifft. Aber ich hatte erwartet, du würdest fair sein und die Angelegenheit auch von meiner Seite sehen: das Leben, das ich in diesem Haus ab morgen führen werde.«

»Verdammt viele Frauen würden sich glücklich schätzen, wenn sie dein Leben hätten, in diesem Haus und mit einer gesicherten Zukunft. Das laß dir gesagt sein.«

»Dann laß du dir gesagt sein, daß ich nicht viele Frauen bin. Ich bin ich. Und im Augenblick schätze ich mich nicht glücklich, hier die Hausherrin zu sein. Und ebenso ungern bin ich Mrs. Bailey. Jedenfalls die Mrs. Bailey, wie sie neuerdings hier lebt.«

Fiona sah die Farbe aus Bills Gesicht weichen. Seine Hände griffen um die Seitenlehnen des Sessels. Sie wußte, daß er in diesem Augenblick sein aufbrausendes Temperament mit aller Kraft unter Kontrolle hielt. Als er sie nicht anbrüllte und nicht einmal laut wurde, wußte Fiona, wie tief sie ihn verletzt hatte. Schließlich sagte er: »Du wußtest damals, was für einen Mann du heiraten würdest. Du bist der Mensch, der du bist, und ich bin es auch. Nachdem die Wahrheit an den Tag gekommen ist, können wir den Fakten ins Gesicht sehen. Du hast mir immer das Gefühl gegeben, dir verdammt unterlegen zu sein. Und kein Mann sollte sich einer Frau gegenüber minderwertig fühlen, vor allem nicht seiner Ehefrau. Anderen Männern gegenüber habe ich keine Minderwertigkeitsgefühle, ganz gleich, auf welcher sozialen Stufe sie stehen. Auch nicht anderen Frauen gegenüber. Nur bei dir war es so, von Anfang an. Du darfst nicht denken, ich würde glauben, du wärst intelligenter als der Durchschnitt. Nein, es war wie eine Aura, die dich umgab, dich und deine Familie. Sie zeigte sich in verfeinertem Benehmen, das aber gekünstelt wirkte, weil es nicht durch vornehme Herkunft oder Bildung erworben war. Dahinter standen nur Geld und ein Bewußtsein von Macht. Deine Mutter besitzt diese Aura auch. Komischerweise fühle ich mich bei ihr nicht klein. Auch früher nicht. Ihr Hochmut hat nur Haß in mir erzeugt. Heute verstehen wir uns prächtig. Ich mag sie sogar, und sie mag mich. Das weiß ich. Ich hätte sie heiraten können. Dann wärst du heute meine Stieftochter. Wie würde dir das gefallen? Aber zum Scherzen ist mir nicht zumute. Ich weiß nur, daß du dich von mir fortbewegst.«

Bill lehnte sich in seinem Sessel zurück. Er hatte endlich ausgesprochen, was er seit Jahren zurückhielt. Aber der Ausbruch war so erschreckend, daß Fiona nicht wußte, was sie sagen sollte. Schließlich sprach Bill weiter, in ruhigerem Ton: »Ich war immer besonders stolz, wenn die Leute mich ›Big Bailey‹ nannten. Ich war der Bauunternehmer, der die größten Aufträge einheimste, die in der Stadt seit langem vergeben wurden. Mein Name galt etwas in der Geschäftswelt. Subunternehmer schmeichelten Bill Bailey, um an seinen Baustellen mitzuverdienen. Bill Bailey hätte in den Stadtrat einziehen können, und er war mächtig genug, das Angebot abzulehnen. Ja, und er hatte eine nette Frau. Sie war Witwe und hatte drei Kinder, denen er seinen Namen gab. Er adoptierte ein weiteres Kind, von einem seiner Leute. Dann nahm er einen Jungen aus Bog's End bei sich auf, als Pflegekind sozusagen. Einen richtigen Rüpel. Und demnächst studiert der ungehobelte Bursche von damals an der Universität. Ja, ›Big Bill Bailey‹ hatte viel erreicht, nicht nur für sich selbst, sondern für alle, die mit ihm verbunden waren. Das muß man sagen. Verdammt viel! Von seinem Minderwertigkeitskomplex, oder wie dieser entwürdigende Zustand genannt wird, weiß niemand etwas. Und jetzt ist seine Frau entschlossen, ihn damit zu Fall zu bringen. In Zukunft wird Bill Bailey zu hören bekommen: ›Oh, seine Frau ist ganz anders als er. Er stammt aus der Gosse, aber sie hat einen Universitätsabschluß.‹«

Bill brach ab. Fiona sah, daß er die Augen fest geschlossen hatte, und mit aufeinandergepreßten Zähnen sagte er: »Warum läßt du mich so klein wirken neben dir, und sogar vor mir selbst, daß ich auf diese Art mit dir reden muß? Ich muß den letzten Rest meiner Selbstachtung verloren haben. Was du empfunden hast, als du mir zugehört hast, weiß ich nicht. Aber mir wird übel von meinen eigenen Worten.«

Fiona konnte das dunkle Stöhnen nicht unterdrücken. Dann strömten die Worte aus ihr hervor: »Es tut mir leid, Bill. Es tut mir so leid. Das habe ich nicht gewußt.« Sie wollte aufstehen, wurde aber von der Wucht seines Körpers in den Sessel zurückgeworfen. Bill kniete neben ihr nieder, legte den Kopf in ihren Schoß und umschlang sie mit den Armen. Fiona beugte sich über ihn und hielt seinen Kopf, der an ihren gelehnt war …

Wie lange sie in dieser tiefen Umarmung verharrten, war keinem der beiden bewußt. Nach einiger Zeit sagte Fiona gebrochen: »Es ist gut, mein Liebster. Es ist vorbei. Ich … werde es nicht tun.« Bill hob den Kopf. Sein Gesicht war tränenfeucht. Bei diesem Anblick wurde Fionas Herz von einem schmerzhaften Krampf erfaßt. Dann hörte sie Bill sagen: »Oh, doch! Du tust es! Du wirst nicht aufgeben, sondern deine Pläne in die Tat umsetzen.«

»Bill, es ist alles in Ordnung. Ich …«

»Es ist nicht alles in Ordnung.« Bill veränderte seine Haltung, stützte sich mit den Armen auf beide Sessellehnen und griff nach Fionas Händen. »Ich möchte mich wegen dir nicht noch schlechter fühlen, als ich das ohnehin tue. Du wirst an die Open University gehen, und wenn ich für dich die Anmeldung ausfüllen muß. Sammy hat mir eben etwas an den Kopf geworfen, bevor ich mit dem Wasserkrug auf ihn gezielt habe. Es ging um einen Mann, der einen riesigen Diamanten entdeckte. Dann stellte sich heraus, daß der Diamant einen häßlichen Fehler hatte. Es kam mir vor, als wäre jedem in diesem Haus, mit Ausnahme von Willie, dieser Fehler heute an mir aufgefallen. Deine Mutter jedoch war die Freundlichkeit in Person. Sie hat nur zu mir gesagt: ›Bill, das war so ein hübscher Krug. Aber was bedeutet schon ein bißchen Porzellan?‹ Sogar die kleine Angela hat Angst vor mir bekommen. Es hat lange gedauert, bis sie sich beruhigen ließ. Ich glaube, das hat mir den Rest gegeben.«

Bill ließ den Kopf auf die Brust sinken, und Fiona schüttelte seine Hände in ihren. »Bill, sieh mich an. Sieh her zu mir! Was du gesagt hast, wußte ich im Grunde. Schon immer. Aber gleichzeitig habe ich mich gefragt, wie ein Mann mit deiner starken Persönlichkeit sich selbst so sehen kann. In meinen Augen bist du jedem anderen Mann weit überlegen, und das wird immer so sein. Es schmerzt mich in tiefster Seele, daß du nur einen Moment glauben konntest … mir unterlegen zu sein. Ich möchte wegen der vielen freien Zeit, über die ich in Zukunft verfügen werde, studieren. Und ich weiß so wenig von der Welt und den Menschen. Meine Ansichten sind eng und einseitig. Durch Reisen kann ich mich nicht bilden, Ortsveränderungen mag ich nicht. Also bleibt mir nur die Lektüre. Aber ich verstehe zu wenig von Literatur. Daher dachte ich, etwas Anleitung würde nicht schaden. Ich wollte ein Interessengebiet haben, in dem ich mich entfalten kann, wie du mit deiner Arbeit. Du gehst auf in deinen Bauzeichnungen, Plänen, Berechnungen und Projekten. Du hast Ziele, bist geachtet in deiner Welt, man sieht zu dir auf, und deine Arbeit gibt dir Befriedigung. Ganz bestimmt. Aber ich hatte nichts, worauf ich mich freuen konnte. Es gab nur die Kinder, wenn sie von der Universität nach Hause zurückkehrten und dann die meiste Zeit über Dinge sprachen, von denen ich nichts verstand. Du siehst also, mein Liebster ...« Fiona lächelte ihn wehmütig an. »... wir haben alle unseren Minderwertigkeitskomplex. Ach, mein Geliebter«, sie nahm sein Gesicht zwischen beide Hände, »ich bin so froh, daß es vorbei ist, diese schreckliche Spannung zwischen uns. Ich hätte nie gedacht, daß uns so etwas widerfahren könnte. Und doch glaube ich, wir haben uns dadurch besser verstehen gelernt.«

Bill sagte nichts, als Fiona sich vorbeugte und ihm einen sanften Kuß auf die Lippen gab. Sie sagte leise: »Komm, laß uns nach oben gehen und sehen, was Angela macht«. Er nickte und stand auf. »Du gehst vor, ich komme dann nach. Ich ...« Verschämt fügte er hinzu: »Ich muß mir zuerst das Gesicht waschen.« Er zog sein Taschentuch hervor, rieb sich die Augen und murmelte: »Für alles gibt es ein erstes Mal. Dafür bin ich der Beweis. Ja, ich habe es heute bewiesen.«

2.

»Mam, was hältst du davon, wenn ich Sep für Sonntag zum Mittagessen einlade? Zum Tee wäre zu spät, denn Sammy und Katie müssen abends früh zurückfahren, und dann hätten wir keine Zeit mehr für ein Spiel ...«

Fiona stand am Küchentisch und bereitete einen Salat zu. Sie unterbrach sich beim Schälen einer Orange und blickte über den Tisch zu Willie. »Wenn du mir sagst, welchen Sep du meinst und warum du ihn zum Essen einladen willst und um welches Spiel es geht, können wir darüber reden.«

»Mam! Es ist Sep Gallagher, Daisys Bruder. Du weißt doch, der, der für Dad arbeitet.«

»Ach so, Sep Gallagher. Und du willst ihn zum Mittagessen einladen?«

»Ja. Weißt du, wir trinken niemals vor sechs Uhr abends Tee ...«

»Das hast du schon gesagt. Aber du hast vorher nie den

Wunsch geäußert, jemanden von der Gallagher-Familie zum Essen einzuladen, außer Daisy.«

»Ach, tatsächlich? Ich dachte, ich hätte dir gesagt, daß Sep hervorragend Tischtennis spielt. Und weißt du, Mam, wir haben eine Tischtennisplatte.« Willie zeigte über seine Schulter. »Drüben im Fitneßraum.«

»Nun aber langsam, Willie Bailey ...«

»Hör zu, Mam. Zufällig hat Sep das Turnier im Club gewonnen. Es war ein ziemliches Ereignis. Sep ist ein Genie im Tischtennis. Er hat trainiert, seit er ein kleiner Junge war. Dann wurde er arbeitslos und hat aufgehört, im Club zu spielen. Aber seit er den Job bei Dad in der Firma hat, trainiert er wieder. Aus einer Laune heraus hat er sich für das Turnier angemeldet. Die Spitzenspieler aus anderen Clubs waren auch da, und einer nach dem anderen ist ausgeschieden. Nur Sep und der Amerikaner sind unbesiegt geblieben. Jetzt erkläre ich wohl besser, was es mit dem Amerikaner auf sich hat. Sein Vater ist Amerikaner. Er ist offenbar während des letzten Krieges nach England gekommen, und der Sohn redet wie ein Yankee. Wenigstens glaube ich, daß Yankees so sprechen. Dieser Amerikaner ist ein As im Tennis. Aber Sep hat ihn geschlagen und die Trophäe gewonnen. Zu Hause nehmen sie ihn nicht ernst, sagt Daisy. Sogar sein Dad nicht. Er hat zwar gelacht, aber gemeint: ›Was hast du schon von einem silbernen Pokal, wenn du ihn nur ein Jahr behalten darfst? Und der freie Eintritt zu einem internationalen Match deiner Wahl bringt kein Bargeld.‹ Da habe ich gedacht, es wäre nett, wenn er eine Runde mit Sammy spielt. Sammy ist wirklich Spitzenklasse im Tischtennis, weißt du, Mam? Und für Sep wäre es eine Anerkennung.«

Fiona sah ihrem Sohn ins Gesicht. Er war ein netter Junge, ihr Willie. Freundlich und zuvorkommend. Und voller Ungestüm, manchmal sprach er, ohne vorher zu überlegen. Aber wenn er einmal nachdachte, dann meistens zuerst an andere Menschen. Jetzt saß er am Küchentisch und wollte Sep Gallagher zum Essen einladen, nur um ihm eine Freude zu machen. Willie war ganz anders als

Mark. Er ähnelte eher Sammy. Die beiden hätten Brüder sein können.

Wie froh Fiona war, daß Sammy in der Familie blieb. Sammy und Katie würden Bill und ihr immer nahestehen. Ja, auch Bill. Was Daisy betraf, konnte sie sich noch immer nicht dazu durchringen, das Mädchen wirklich zu akzeptieren. Aber Willie blieb hartnäckig. Es war seltsam. Fiona wußte von Katie, daß Daisy ihn während des vergangenen Jahres nicht mehr wie früher abgewiesen hatte. Daisy schien ihre Meinung über Willie geändert zu haben. Eines war sicher. Wenn Fiona das Mädchen nicht akzeptierte, würde sie Willie verlieren.

Es war und blieb schwer für Fiona. Daisy kleidete sich zwar anders, aber sonst war sie dieselbe. Fiona hatte den Eindruck, daß Daisy wild entschlossen war, dies unter Beweis zu stellen. Vor allem in Fionas Gegenwart benahm sie sich herausfordernd.

»Schon gut, Mam. Wenn es dir nicht recht ist.« Willie stand von seinem Stuhl auf und wollte hinausgehen. Fiona sagte: »Moment, warte! Ich ... ich habe nicht über Sep nachgedacht. Mir ist etwas anderes durch den Kopf gegangen. Ja, natürlich kannst du ihn einladen. Aber es wird ein normales Sonntagsessen geben. Nell und Bert sind wahrscheinlich auch dabei, und die Kinder. Außerdem Großmutter und Angela.«

»Dagegen wird er kaum etwas haben. Er ist an eine große Familie gewöhnt. Bei ihm zu Hause reicht der Tisch kaum für alle. Sie sitzen eingepfercht wie Ölsardinen.«

»Wenn er kommt, werden wir ungefähr ein Dutzend Leute sein.«

»Danke, Mam.«

Einem plötzlichen Impuls folgend, kam er um den Tisch herum, schlang einen Arm um Fiona und küßte sie. Dann hielt er sie auf Armeslänge von sich. »Weißt du was? In den letzten Wochen siehst du wieder glücklicher aus. Und weißt du noch etwas? Auch ich bin glücklicher. Eine Zeitlang wirkte das Haus düster. Jetzt scheint es wieder wie früher zu sein, als Dad auf der Bildfläche erschien. Erinnerst du dich? Willst du nicht heimkommen, Bill Bailey? Bill Bailey, willst du nicht heimkommen?« Willie sang ihr das Lied vor. »Im nachhinein erscheint mir diese Zeit einfach wunderbar. Mr. Bill hat immer für Aufregung gesorgt; Sammy, den du nicht ausstehen konntest, hat geflucht wie ein Kesselflicker; und du hast uns alle gut versorgt. Atemberaubende Dinge sind passiert, weißt du noch? Katie wurde gekidnappt, und Dad wäre beinahe ermordet worden. Sammys Vater kam ins Gefängnis, und Dad hat ihn wieder herausgeholt. Schließlich wurde Angela geboren. Und wenn du daran denkst, wieviel Liebe die Kleine in uns allen geweckt hat.« Willie sah seine Mutter an und legte den Kopf schief. »Dann wurde es ernst. Katie hat versucht, Rupert den Schädel einzuschlagen, und Mr. Davey ist gestorben. Das Leben hat sich verändert, seit er nicht mehr bei uns war. Wahrscheinlich wurden wir damals erwachsen. Aber eigentlich ist es nicht das Leben, das sich verändert, nicht wahr, Mam? Es sind die Menschen. Mark, Katie und ich, wir alle haben uns verändert. Sogar Sammy. Aber er ist wie Daisy, in gewisser Weise. Unter der Oberfläche wird er immer derselbe sein. Menschen, die wie er und Daisy aufgewachsen sind, besitzen eine gewisse Zähigkeit. Glaubst du nicht auch, Mam? Irgendwie sind sie stärker. Oder vielleicht ist das nicht das richtige Wort.«

»Ich glaube schon, daß es das richtige Wort ist, Willie. Ihre Umgebung macht sie stärker. Verfeinerungen, gleich welcher Art, scheinen die Persönlichkeit nur zu verwässern.« Lächelnd fügte Fiona hinzu: »Nimm mich. Ich bin ein gutes Beispiel dafür.«

»Ach, Mam. Ich mag dich, ganz egal, wie du bist.« Wieder umarmte Willie seine Mutter und tanzte mit ihr um den Tisch. Sie lachte. »Hör schon auf, du Schafskopf. Wenn du dich nützlich machen willst, kannst du das Geschirr unter den Wasserhahn halten und in die Spülmaschine räumen. Was Spülmaschinen angeht, hat dein Vater recht. Eigentlich spart man keine Zeit. Bevor das Geschirr hineingestellt werden kann, muß man es spülen. Mrs. Watson rührt das Ding nicht an, seit bei zwei Tassen die Henkel abgebrochen sind.«

»Sie ist dumm. Ich glaube an die moderne Technik. Geschirrspülen habe ich immer gehaßt. Wenn ich verheiratet bin, wird das ganze Haus elektrisch ausgerüstet. Sogar meine Pyjamahosen werde ich vorheizen lassen.«

Fiona lachte. Wenn er verheiratet war, dachte sie. Das Thema mußte ihn wirklich innerlich beschäftigen. Und er würde das ganze Haus elektrifizieren. Das rundete das Bild ab, denn sollte er Daisy nehmen, bekäme er den Strom dazu gratis. Lieber Himmel! Fiona nahm eine Birne und setzte das Obstmesser an. Sie rutschte aus und schnitt sich in den Finger.

Das Mittagsessen entwickelte sich zu einer fröhlichen Mahlzeit. Es hatte den Anschein, als würde Sep mit seiner Schwester darum wetteifern, der ganzen Gesellschaft Lachkrämpfe zu bescheren.

Fiona war überrascht gewesen, als sie Mr. Sep Gallagher kennenlernte. Nicht nur sein Äußeres erstaunte sie, sie mochte auch seine Stimme. Obwohl er den Dialekt des Nordens sprach, war die Aussprache weniger hart, ja melodischer. Fiona fand die Stimme sehr angenehm, und sie paßte zu seinen guten Manieren. Außerdem besaß Sep Gallagher fein gezeichnete Gesichtszüge, und mit seinen knapp neunzehn Jahren war er fast ein Meter neunzig groß. In Bills Firma arbeitete er als Gipser. Beim Essen erzählte er, wie man ihm, als er erst kurze Zeit in der Firma war, auftrug, ins Hauptbüro zu gehen und um einen Materialschein für zwei Eimer Kalk zu bitten. Natürlich gehorchte er widerspruchslos, denn Kalk war ein Bestandteil des Gipsmörtels, der in großen Mengen auf der Baustelle verarbeitet wurde. Sein Auftrag lautete wörtlich, sich im Hauptbüro den Materialschein zu besorgen, mit den Eimern ins Lager zu gehen und sie dort auffüllen zu lassen.

Das Hauptbüro war eine Ansammlung von Bauwagen und einem großen Wohnanhänger, der dahinter geparkt stand. Sep wußte nicht, welcher der Wagen das Büro für die Materialausgabe war, aber den Wohnanhänger mied er klugerweise. Statt dessen fragte er zwei vorbeikommende Arbeiter: »Ich bin neu hier und habe einen Materialschein für Kalk.« Er wies mit dem Kopf zu den beiden Eimern. Die Männer stießen einander in die Rippen, und einer sagte: »Oh, einen Materialschein für Kalk. In welchem Haus bist du denn beschäftigt?«

»Nummer Sieben, auf dem neuen Abschnitt. So hat man es mir wenigstens gesagt.«

»Ja, richtig. Nummer Sieben auf dem neuen Abschnitt. Paß auf, Junge. Siehst du den großen Wohnwagen da drüben? Das ist das Büro vom Boß. Dort gehst du nicht hinein, aber in den Bauwagen daneben. Dort bekommst du alles, was du brauchst.«

Sep stieß die Bürotür auf und war leicht erschrocken, als er zwei Sekretärinnen hinter Schreibmaschinen sitzen sah. An einem langen Tisch am Ende des Raums standen drei Männer. Einen erkannte er sofort. Es war Mr. Ormesby. Den zweiten kannte er nicht, und über den dritten wußte er ziemlich viel. Die drei Männer starrten ihn an, ebenso die beiden Sekretärinnen. Seps schuldbewußter Blick wanderte von ihnen zu seinen schlammbespritzten Schuhen, mit denen er das mit Teppichboden ausgelegte Büro zu betreten gewagt hatte. Stotternd wandte er sich an die Sekretärin, die ihm am nächsten saß. Kaum lauter als im Flüsterton sagte er: »Ich b… brauche einen … M… Materialschein für Kalk.«

Als nächstes bemerkte Sep, daß die drei Männer ihm den Rücken zukehrten, während die Mädchen hinter ihren Schreibmaschinen ihn zuerst anstarrten und sich dann die Hand vor den Mund hielten. Dann folgte Gebrüll, und Sep hätte beinahe einen Satz zur Tür gemacht. Der Boß stand mitten im Raum, den Arm ausgestreckt, und schrie: »Ich werde dir zeigen, wo hier der Kalk ist. Hau sofort ab und mach dich wieder an die Arbeit. Den Kollegen, die dich geschickt haben, kannst du sagen, sie sollen sich heute abend um fünf Uhr hier melden und ihre Papiere abholen. Alle, hast du mich verstanden? Du auch! Das kommt davon, wenn man kostbare Arbeitszeit vergeudet. Jetzt gehst du und teilst ihnen das mit … auf der Stelle!«

Sep hatte Bills Stimme nachgeahmt, bis auf das Gebrüll. Als sich das Gelächter gelegt hatte, beendete er seine Erzählung: »Ich weiß nicht, wie ich aus dem Bauwagen herausgekommen bin. Ich erinnere mich nur, wie ich plötzlich draußen im Schlamm stand und die beiden Männer sah, die mich in das Büro geschickt hatten. Sie haben sich vor Lachen gebogen. Die zwei habe ich mir zuerst vorgenommen. ›Blöde Dre…‹« Er unterbrach sich und blickte zu den Kindern. »›Idioten seid ihr. Und nicht nur ihr‹«, habe ich zu ihnen gesagt. Und wissen Sie was? Er blickte sich in der Runde um und sah zurück ans Kopfende zu Bill. »Mein Gebrüll, als ich an meinen Arbeitsplatz zurückkehrte, hätten Sie nicht überbieten können. Ich war krank vor Zorn, denn ich hatte den Job gerade angetreten, und jetzt sollte ich mir die Papiere abholen. Es war Mr. Ormesby«, Sep blickte zu Bert, »der mich beruhigte. Es wäre alles in Ordnung, ich sollte nur in Zukunft besser aufpassen. Die Arbeiter in meiner Kolonne wären bekannt für ihre derben Scherze.«

Bill sah Bert über den Tisch hinweg an. »Die beiden Witzbolde auf der Straße waren bestimmt Partridge und Kennedy, oder?«

»Ja, genau. Aber alle beide, und auch die anderen in der Kolonne vergeuden keine Minute. Die Männer arbeiten präzise wie Maschinen, ohne sich übertrieben zu beeilen oder etwas zu überstürzen. Sie funktionieren gleichmäßig wie ein Uhrwerk. Sie gehören auch nicht zu den Leuten, die ihr Werkzeug fallenlassen, sobald die Sirene geht. Wenn jemand durch sie Zeit verliert, wie Sep an jenem Tag«, Bert blickte über den Tisch zu Sep, »bleiben sie länger und helfen, den Rückstand aufzuholen.«

Daisy sah zu ihrem Bruder, der oben am Tisch neben Fiona saß, und eine Welle von Stolz durchströmte sie. Sep kam an in dieser Runde. Sie hatte immer gewußt, daß er anders war, aber nicht geahnt, wie gut er Geschichten erzählen konnte. Er hatte alle zum Lachen gebracht, über etwas sehr Einfaches. Mike an seiner Stelle hätte die meiste Zeit stumm dagesessen. Und Frank … oh, Frank hätte sich eingemischt, indem er einen Streit anzettelte oder etwas

Dummes sagte. Harry wäre sicher auch schweigsam gewesen, aber anders als Mike. Wenn es in der Unterhaltung nicht um Sport ging, bekam man kaum ein Wort aus ihm heraus. Sep dagegen konnte eine ganze Tischgesellschaft unterhalten, wie manchmal Daisy. Sie und Sep waren einander gleich, und doch wieder nicht. Sonst hätte jeder die Natur des anderen besessen. Sep besaß nichts Grobes und war freundlich, während Daisy Angst vor Weichheit hatte, sich jedoch tief im Innern nach diesem Trost sehnte. Freundlichkeit besaß sie auch, aber sie wollte nicht, daß andere es merkten. Nur ein Mensch kannte sie wirklich in ihrer Tiefe, und das war ihr Dad. Nein, es gab noch jemanden. Er lächelte ihr über den Tisch zu, als wäre er stolz auf sie. Willie wußte alles über sie, denn Daisy hatte sich ihm in ihrem Wesen offenbart. Sie wollte ihn damit abschrecken, doch er hatte sich nur noch stärker an sie gebunden. Mittlerweile begann Daisy seine Zuneigung zu genießen. Nicht erst jetzt, schon seit einer ganzen Weile war sie dankbar, daß Willie zu ihr hielt.

Damals hatte Daisy ihre Mam und ihren Dad gefragt, was sie von ihrer zweiten Wahl hielten. Heute wußte Daisy, welche Dummheit sie beinahe begangen hätte. Willie war der dritte, den sie zur Auswahl hatte, und er wollte sie. Im Gegensatz zu Sammy, der die Nummer Eins gewesen war. Und Jimmy? Daisy wurde wütend auf sich selbst, wenn sie nur daran dachte, ihm den Platz des Zweitbesten gegeben zu haben. Willie war die Gegenwart, und sie konnte ihn haben. Allerdings gab es ein Hindernis, zwei Hindernisse sogar. Eines war seine Mutter, und das zweite … das war eine andere Geschichte …

»Wenn wir den Wettbewerb sehen wollen, sollten wir jetzt aufstehen«, bemerkte Bill. »Alle tragen ihre Teller in die Küche. Mrs. Watson möchte heute irgendwann nach Hause gehen. Es ist Sonntag. Man könnte meinen, sie hätte kein eigenes Zuhause, so oft ist sie hier. Sie müßte doppelt so viel verdienen. Zahlst du ihr das eigentlich auch?« Bill sah Fiona an.

»Nein, tue ich nicht«, antwortete sie. »Wenn sie samstags

oder sonntags kommt, ziehe ich ihr die Stunden vom Gehalt ab, weil sie sagt, daß sie gern kommt. Und jeder muß für sein Vergnügen zahlen, oder nicht?«

Kichernd räumten sie das Geschirr ab und marschierten in die Küche. Nell rief hinter ihnen her: »Ich komme in einer Minute. Großmutter Vidler kümmert sich in der Zwischenzeit um die beiden Kleinen. Ich muß nach oben, um nachzusehen, ob das Baby schläft.« Sie war erst bis zur zweiten Treppenstufe, als die Türglocke läutete. Die anderen waren auch stehengeblieben und blickten erwartungsvoll zur Tür. Als sie aufging, sahen sie einen Mann und eine Frau zusammen mit einem jungen Mädchen draußen stehen.

Beim Anblick des Mädchens stockte ihnen der Atem. Aber nein! Mamie? Nein! Das konnte nicht sein. Aber sie war es, und auch wieder nicht.

Fiona sah Bill zur Tür gehen. Sie wußte, daß in seinen Augen nicht nur Erstaunen stand. Er starrte die Besucher an. Vor allem das Mädchen.

»Sind Sie Mr. Bailey?« Es war die Frau, die sprach. Als Bill nicht antwortete, redete sie weiter: »Ich … mußte sie herbringen. Schon aus reiner Menschenfreundlichkeit. Ich konnte ihr die Hilfe nicht verweigern.«

Bill stieß die Tür weit auf. »Kommen Sie herein«, brachte er mit krächzender Stimme hervor.

Die Frau schob Mamie über die Schwelle. Als das Mädchen in Bills Nähe kam, hob sie den Kopf und sah ihm ins Gesicht. »Onkel Bill.« Sie sprach wie ein kleines Kind, mit großen Abständen zwischen den Worten.

Hilflos blickte Bill zu den anderen. Dann schien er sich zu besinnen und rief Willie zu: »Hol deine Mutter.« Er wandte sich wieder an den Mann und die Frau: »Kommen Sie. Hier entlang, bitte.«

Die Frau ergriff Mamies Arm. »Komm, liebes Kind. Es wird alles gut werden. Komm jetzt.«

Bill bugsierte die drei Besucher ins Wohnzimmer. Die Hand am Türrahmen, blickte er sich zu Nell um. »Kümmer dich um alles, Nell. Sei so gut.« Dann schloß er die Tür.

Der Mann und die Frau standen mitten im Raum und ließen den Blick umherschweifen. Mamie sah Bill an. Als er nähertrat, wiederholte sie mit der gleichen monotonen Stimme: »Onkel Bill.«

Bill forderte das Paar auf, Platz zu nehmen. In diesem Moment wurde hastig die Tür geöffnet, und Fiona trat ein. Sie ging nicht weiter, sondern blieb mit dem Rücken zur Tür stehen. Nach einem Blick auf die beiden Erwachsenen, die steif in ihren Sesseln saßen, blieben ihre Augen an dem Mädchen haften. Es war das gleiche Mädchen, das ihr so viel Kummer bereitet hatte. Alle im Haus waren unglücklich und bedrückt wegen ihr gewesen. Aber sie schien nicht mehr dieselbe zu sein. Dieses Mädchen war viel größer und furchtbar mager, und ein seltsamer Ausdruck stand in ihrem Gesicht. Von ihren Wangen war jede Farbe gewichen, und die Kleider konnte Fiona nur als trist und düster bezeichnen, angefangen bei dem flachen Filzhut, den Mamie auf dem Kopf trug, bis zu dem dunkelgrauen wadenlangen Mantel.

Fiona mußte sich zwingen, näher heranzutreten. Als sie dem Mädchen auf Armlänge nahegekommen war, brach es aus ihr heraus: »Tante Fiona.« In der Stimme schwang so viel tiefes Leid, daß Fiona vor Schreck erstarrte. Sie meinte, kein junges Mädchen, sondern eine gequälte alte Frau zu hören.

»Ich werde ein braves Mädchen sein, Tante Fiona. Ganz bestimmt. Das verspreche ich. Ich gehe auch nicht aus dem Haus. Nie wieder! Nie wieder!«

Bill sah, daß Fiona die Sprache verloren hatte, und legte Mamie die Hand auf die Schulter, um sie zum Sofa zu führen, aber sie wich vor der Berührung zurück. Bill starrte sie erschrocken an und beruhigte sie: »Ist ja gut. Es ist alles in Ordnung.«

»Es … tut mir so leid, Onkel Bill.«

Die Frau erklärte: »So ist sie geworden. Sie hat … sie erträgt keine Männer in ihrer Nähe. Ich meine … wenn Männer sie anfassen.«

»Mein Gott!« Bill sah das Mädchen an, das sich in die Sofaecke gesetzt hatte. In diesem Moment jagte Fiona und Bill der gleiche Gedanke durch den Kopf, und sie fühlten sich entsetzlich schuldbewußt. Wohin hatten sie das Kind geschickt? Etwas Schlimmes mußte mit ihr geschehen sein.

Die Frau sagte: »Wir müssen Ihnen die näheren Umstände erklären. Verstehen Sie, wir wohnen zwei Türen weiter und gehören auch zur Kirchengemeinde. Aber wie meine Mam zu sagen pflegte, Mäßigung tut allen Dingen not. Und Harry hier ... das ist mein Mann ...«, sie zeigte auf ihren Begleiter, »Harry hat von Anfang an gesagt, daß etwas getan werden müßte. Aber man mischt sich nicht gern in fremder Leute Angelegenheiten, nicht wahr. Als das Mädchen ankam ...«, sie nickte mit dem Kopf in Mamies Richtung, die mit großen Augen dasaß und vor sich hinstarrte, »... war sie lebenslustig. Ja, zu lebenslustig. Aber das wurde ihr bald ausgetrieben. Sonntags hieß es, zweimal zum Gottesdienst, wie für uns alle. Und dann wechselten sie sich ab, mit ihr Sonntag nachmittags die Bibel zu lesen. Zur Chorprobe wurde sie nie mitgenommen. Einer blieb immer bei ihr zu Hause. Wir im Dorf haben dann erfahren, daß ihr das schlechte Betragen ausgetrieben werden sollte. Worin dies bestand, hat niemand herausbekommen. Dann war da die Schule. Mit nur zwei Lehrern und einer Lehrerin. Das Dorf ist klein, wissen Sie. Bei uns gibt es nur fünfunddreißig Kinder zu unterrichten. Die beiden Lehrer gehören zur Kirche, die Lehrerin nicht. Unsere Lehrer hatten den Auftrag, das Mädchen streng zu überwachen. Die Lehrerin redete gern. So erfuhren wir, was mit dem Mädchen geschah. Das war am Anfang nichts wirklich Schlimmes. Wenn Mamie widerspenstig war, wurde sie auf den Dachboden gesperrt und bekam nur einmal am Tag zu essen. Das schien sich hauptsächlich während der Ferien abzuspielen. Aber die Lehrerin, sie hieß Blackett, sagte auch« – die Nachbarin der Pearsons warf den Kopf in den Nacken – »daß das Mädchen, wenn es einen Schluck Wasser trinken wollte, vorher beten mußte. Dann kam das Kind überhaupt nicht mehr zur Schule. Die Pearsons mußten das Mädchen von einem Arzt untersuchen lassen, denn die Behörden begannen nachzuhaken. Der Arzt stellte fest, daß Mamie am ganzen Körper Ausschlag hatte. Es hieß, die Krankheit wäre ansteckend. Aber das war nicht die Meinung des Arztes, oder?« Die Frage galt ihrem Ehemann, der den Kopf schüttelte und sagte: »Nein, von Ansteckungsgefahr hat er nichts gesagt. Mrs. Edwards ist mit ihrer Glenda auch zum Arzt gegangen, weil die beiden Mädchen in der Schule nah beieinander saßen. Nicht in einer Bank, denn Mamie war in die hinterste Ecke des Klassenzimmers verbannt worden, wo sie einen Einzeltisch bekam, mit Ausnahme der Stunden, die Mrs. Blackett hielt. Mrs. Blackett war tolerant.« Seine Ehefrau sah ihn an. Ihr Gesichtsausdruck veränderte sich. »Nein, sie war neugierig. Eine furchtbar neugierige Person.«

»Mag sein. Aber hier war ihre Neugier nützlich. Es kam so, daß meine Mutter ungefähr zu diesem Zeitpunkt … Sie verstehen, wir wohnten damals nicht mehr in dem Ort meiner Mutter. Wir hatten drei Jahre vorher geheiratet und waren nach Cardiff gezogen. Wenn wir meine Mutter besuchten, berichtete sie immer, was in der Zwischenzeit vorgefallen war. Als sie uns zum ersten Mal von den Schreien erzählte, die zwei Häuser weiter zu hören wären, achteten wir nicht weiter darauf, denn meine Mutter hat viel Phantasie und schmückt Geschichten gern aus, wissen Sie. Es hätte wenig Sinn gehabt, zu Mrs. Wilkins zu gehen, die eine Tür weiter wohnt, denn sie ist stocktaub. Und das Haus der Pearsons ist das letzte in der Reihe. Auf der anderen Seite gibt es nur die Sportplätze. Wohin hätten wir uns wenden sollen, um Beweise zu sammeln? Wir waren mindestens viermal bei meiner Mutter, bevor sie wieder erwähnte, Schreie gehört zu haben. Noch etwas fiel meiner Mutter auf. Der Neffe des Alten, dieser Owen und seine Frau, gaben das Geld mit beiden Händen aus. Sie haben sich teure Kleider und Anzüge gekauft, und vor allem hatten sie plötzlich ein Auto. Zwar kein besonderes Auto, nur aus zweiter Hand. Aber vorher waren sie Bus gefahren. Es gibt eine gute Busverbindung im Dorf, eine sehr gute. Und in der Kirchengemeinde erzählte man sich, das Mädchen hätte immer noch Ausschlag, und nichts schien dagegen zu helfen. Dann muß es ihr wirklich schlecht gegangen sein. Meine Mutter schwört, daß sie in einer Nacht das Mädchen wieder schreien hörte. Jedenfalls kam der Arzt anschließend vier Tage hintereinander ins Haus. Am Sonntag wurde in der Kirche für Mamie gebetet, denn der Alte …« Die Frau wandte sich an ihren Ehemann. »Ich konnte ihn nie ausstehen, weißt du noch?« Ihr Gatte antwortete: »Ja, ich weiß. Es gab nicht viele Leute, die etwas mit ihm zu tun haben wollten.« Seine Frau seufzte tief und sah erst zu Bill, dann zu Fiona. »Könnte ich bitte ein Glas Wasser haben?«

»Ähem, was?« Es war, als erwachte Fiona aus einer Trance. »Natürlich. Bitte … nehmen Sie doch etwas Tee«, sagte sie. »Es … tut mir leid. Ich bitte um einen Augenblick Geduld. Nur einen Augenblick.«

Sie rannte zur Tür und in die Halle. Nell schien wie auf der untersten Treppenstufe angewachsen. Sie stand dort, allein und reglos, als würde sie warten. Fiona flüsterte: »Wir brauchen Tee, Nell. Würdest du uns bitte Tee kochen? Ich … kann es einfach nicht glauben.« Nell schüttelte langsam den Kopf. »Ich auch nicht«, sagte sie und eilte davon.

Die Hand um ihre Kehle gelegt, blieb Fiona für einen Augenblick stehen und murmelte in Gedanken: »Was haben wir nur getan?«

Als Fiona in das Zimmer zurückkehrte, sagte die Nachbarin gerade: »Mamie scheint noch immer Angst zu haben, etwas zu sagen. Nach den wenigen Bruchstücken zu urteilen, die sie uns verraten hat.« Mit einem Blick zu Mamie, die mit gesenktem Kopf dasaß, fuhr sie fort: »Eines ist sicher. Sie hatte Todesangst vor Owen. Ich glaube, er hat sie beinahe um den Verstand geprügelt. Dabei muß noch mehr passiert sein, so wie Mamie sich vor Männern fürchtet. Dich wollte sie gar nicht an sich heranlassen, nicht wahr?« fragte sie, Bestätigung suchend. Und ihr Mann antwortete: »Das stimmt. Ich durfte nicht einmal ihre Hand nehmen, um ihr aus dem Wagen zu helfen.«

»Wie dem auch sei«, fuhr sie gesprächig fort. »Vor einigen Wochen ist wieder etwas geschehen. Mam hat mir gesagt, der Anwalt wäre nebenan gewesen. Meiner Mam entgeht nämlich nichts, wissen Sie …« Sie lächelte und nickte, bevor sie weitersprach. »Ich habe sie gefragt: ›Wie willst du wissen, ob es ein Anwalt war?‹ Sie hat geantwortet, es wäre der gleiche Anwalt gewesen, zu dem sie gegangen ist, als sie gegen die Sportplätze protestiert hat. Nicht nur sie hat protestiert. Die Nachbarn haben sich zusammengetan. Meine Mutter sagte, sie erinnerte sich gut an den Mann. Seine Nase wäre ungewöhnlich groß, und er trüge Koteletten, immer noch. Sie wäre ihm zufällig begegnet, als sie vom Einkaufen zurückkam. Er stieg aus seinem Wagen, und sie hätte ihn gleich an seiner Nase erkannt. Sie wäre nur etwas röter als früher gewesen.«

Die Nachbarin blieb völlig ernst, während sie erzählte. Sie fuhr fort: »Jedenfalls hat Mam gesagt, nach seinem Besuch hätte im Haus der Pearsons große Unruhe geherrscht, und der Alte hat einen Schlaganfall bekommen. Womöglich wäre der Besuch des Anwalts der Grund gewesen. Wenigstens ging nicht alles mit rechten Dingen zu, munkelte man. Man wüßte, daß der Alte das Vermögen des Mädchens verwaltet hatte, bevor sie zu ihm ins Haus kam, und daß sie vor ihrem sechzehnten Geburtstag nicht an das Geld herankonnte. Trotzdem, meine Mam sagte, der Lebensstil der Pearsons hätte sich drastisch geändert, nachdem der Sohn ums Leben gekommen war. Mrs. Pearson wäre regelmäßig nach Cardiff gefahren und mit Einkaufstüten und Päckchen beladen zurückgekehrt, was früher nie vorgekommen wäre. Bis dahin war ihr das Dorf gut genug. Sonntag vor vierzehn Tagen kam keiner von den Pearsons in die Kirche. Der Pastor sah bei ihm vorbei, um sich zu erkundigen, ob sie sich mit dem Ausschlag des Mädchens angesteckt hätten. Er fand Mary Pearson tränenüberströmt, und sie jammerte, Owen und seine Betty hätten sie verlassen, aber sie kämen wieder zurück. Ja, sie kämen bestimmt zurück. Als nächstes sieht meine Mam dann das junge Ding …«, sie deutete Richtung Mamie, »… im Garten den Abfalleimer ausleeren. Die Überraschung ihres Lebens wäre das gewesen, denn seit fast einem Jahr hätte sie das Mädchen nicht mehr zu Gesicht bekommen. Mamie hätte sich bewegt wie ein Gespenst. Beim Anblick meiner Mam hat sie den Eimer fallen lassen und ist zum Gartentor gerannt. Dort hätte sie unverständliches Zeug gebrabbelt. Meine Mam konnte sich zuerst keinen Reim darauf machen. Sie sagt, sie hätte den Arm um das Mädchen gelegt und sie aufgefordert, langsam zu reden. Allmählich verstand sie. Meine Mam sollte ihrem Onkel und ihrer Tante schreiben und fragen, ob sie zu ihnen zurückkehren dürfte. Sie würde alles tun, was man von ihr verlangte, wenn sie nur kommen dürfte. Sie hätte Angst. Als meine Mam fragte, wovor sie Angst hätte, hat sie reagiert wie jetzt. Sie ließ den Kopf hängen und schwieg. Mam hat Mamie versichert, sie würde Ihnen schreiben, oder noch besser anrufen. Aber das Mädchen konnte sich nicht an Ihre Telefonnummer erinnern. Was danach kam, ist wieder eine lange Geschichte. Oh!« Sie sah zur Tür. Nell kam herein und schob einen Servierwagen mit fünf Teetassen vor sich her, auf der unteren Etage standen eine Platte mit gebuttertem Teegebäck und ein Kuchen.

»Das ist Mrs. Ormesby«, stellte Fiona vor. »Eine Freundin von mir.« Die beiden antworteten gleichzeitig: »Freut mich, Sie kennenzulernen.«

Zum ersten Mal beteiligte sich Bill an dem Gespräch und fragte: »Sind Sie heute den ganzen Weg von Cardiff gekommen?«

Der Nachbar nickte. »Ja. Wir sind seit heute morgen unterwegs.«

»Eine lange Fahrt! Haben Sie oft Pause gemacht?«

»Nein, nur einmal.«

»Dann müssen Sie ziemlich müde sein.«

Der Mann lächelte und wiegte leicht den Kopf. »Nicht direkt müde, eher steif. Aber von hier ist es nicht mehr weit bis Morpeth. Bis zum Einbruch der Dunkelheit sollten wir es schaffen.« Er sah seine Frau an, die ihm zunickte. Dann wandte er sich wieder an Bill. »Ja, wenn es dunkel wird, sind wir da. Man erwartet uns, wissen Sie?«

»Ja. Ich verstehe.«

Nell reichte ihnen die Teetassen. »Danke. Vielen Dank.«

Dann bot ihnen Nell Teegebäck und Kuchen an, und jetzt antworteten beide: »Nein, danke. Vielen Dank.«

Nell stand vor dem Mädchen, das mit gesenktem Kopf dasaß und nun zu ihr aufsah. »Hallo, Mamie«, sagte Nell.

»Hallo, M... Mrs. Nell.«

»Trink diesen Tee ... Hättest du gern Gebäck dazu?«

Das Mädchen warf einen raschen Blick zu der Nachbarin ihrer Großeltern, als wollte sie um Erlaubnis bitten. Dann sah sie wieder zu Nell und sagte: »Ja, bitte. Sehr gern.«

Nell brachte ihr von dem mit Butter bestrichenen Teegebäck und ein Stück Kuchen. Als sie Mamie eine Serviette über die Knie breitete, berührte das Mädchen den Stoff wie etwas Fremdes, worauf Nell sich rasch abwandte.

Der Nachbar warf einen Blick auf seine Armbanduhr, und seine Frau sagte: »Wir müssen los. Aber eins will ich noch erzählen: Meine Mam ist zu der alten Mrs. Pearson gegangen und hat klargestellt, wenn sie das Mädchen nicht zu Ihnen ließe, würde sie den Anwalt in Cardiff einschalten und ihm sagen, was sie mit dem Kind gemacht hätten. Dann käme die Sache vor Gericht. Das Mädchen war völlig verstört. Also, hier ist sie.« Sie streckte die Arme zum Sofa aus, wo Mamie saß. Das Mädchen kaute an ihrem letzten Kuchenbissen und schluckte zu rasch, so daß sie husten mußte. Mit beiden Händen den leeren Teller umklammernd, blickte sie von Bill zu Fiona und stieß kläglich hervor: »Wenn ... ich nicht bleiben darf, gehe ich ... nicht zurück. Dann will ich woanders hin.«

»Es ist gut. Alles ist gut.« Fiona ging zum Sofa, setzte sich und löste eine krampfhaft um den Teller geschlossene Hand. »Es ist gut, Mamie. Alles ist gut. Du darfst bleiben.«

Das Mädchen schloß fest die Augen und riß den Mund auf, als wollte sie schreien. Dann preßte sie die Lippen ebenfalls aufeinander. Sie ließ sich gegen die Rückenlehne fallen und saß einige Sekunden schwer atmend da, bis Fiona sie beruhigte: »Mach dir keine Sorgen. Keine Angst. Es wird alles gut.« Fionas Stimme brach. In ihrem Kopf wirbelten die Gedanken durcheinander, und sie kämpfte gegen das Gefühl, dem Mädchen Unrecht getan zu haben. Nein, so war es nicht. Sie durfte nicht vergessen, wie Mamie sich aufgeführt hatte, und damals hatte sie fortgewollt. Sie war entschlossen, die Baileys zu verlassen, auch wenn sie hätte bleiben können. Aber wir konnten sie nicht bei uns behalten. Das war unmöglich! Wegen Mamie wäre Sammy beinahe gestorben. Aber … der Anblick, den sie jetzt bot. Damals hatte sie noch unreif gewirkt, aber die Gestalt, die jetzt vor Fiona saß, war kein Kind mehr … und auch kein junges Mädchen. Sie wirkte müde, wie eine alte Frau. Lieber Gott! Was hatte Mamie bloß durchmachen müssen, daß sie so aussah?

Fiona fuhr herum. Der Gast war aufgestanden und fragte: »Könnte ich ein Gespräch unter vier Augen mit Ihnen führen, Sir?«

»Ja, natürlich. Wenn Sie bitte mitkommen wollen.«

Bill ging zur Tür, und der Besucher folgte ihm in Bills Arbeitszimmer. Dort wies Bill auf einen Stuhl. »Setzen Sie sich.«

»Die Zeit schreitet voran«, begann der Nachbar. »Ich möchte nur noch ein paar Dinge sagen. Mamie muß sofort zu einem Arzt. Etwas ist mit dem Mädchen passiert, wenn Sie mich fragen, und es hat mit diesem Angebertypen, diesem Owen zu tun. Für Geld zu arbeiten war noch nie seine Sache. Wenn ich richtig informiert bin, wird das Mädchen bald vermögend sein. Meine Schwiegermutter sagt, Mamie hätte angedeutet, ihr würde etwas zustoßen, wenn sie nicht bestimmte Dokumente unterschrieb. Es war leicht zu behaupten, sie hätte Anfälle und wäre die Treppe heruntergefallen. Zu der Zeit wurde sie tagelang bei Brot und Wasser eingesperrt. Dann drängte man sie plötzlich nicht mehr zur Unterschrift. Aber Mamie sagte, sie hätte sich nur noch mehr gefürchtet. Eines jedenfalls ist sicher: Dieser Owen muß etwas mit ihr angestellt haben, denn sie hat eine unnatürliche Angst vor Männern. Statt ihr Gottesfurcht beizubringen, wie es angeblich die Absicht der Pearsons war, fürchtet sie sich nun vor Männern. Sie haben ja gesehen, was passiert ist, als Sie Mamie die Hand auf die Schulter legten. Wie gesagt, Sir, ich an Ihrer Stelle würde sie untersuchen lassen. Sie wissen doch, was ich meine?«

»Ja, allerdings. Ich weiß, was Sie meinen. Und ich danke Ihnen, daß Sie Mamie hergebracht haben. Sie ist damals unter sehr schwierigen Umständen von uns weggegangen. Ich nehme an, Sie kennen den Grund.«

»Nein, den haben wir nie erfahren.«

»Nicht? Dann spricht nichts dagegen, daß Sie ihn jetzt erfahren. Mamie war in sehr schlechte Gesellschaft geraten. Sie hat Ladendiebstähle begangen und Drogen genommen. Mein Adoptivsohn ist ihr gefolgt und hat eine Bande von Drogendealern überrascht. Sie haben ihn überwältigt, mit Drogen vollgepumpt und in einen Sack geschnürt. Dann haben sie ihn in den Fluß geworfen und gewartet, daß die Flut ihn entweder ins Meer hinausträgt oder im Schlick vergräbt.«

»Oh Gott! Wie entsetzlich! Was für eine Geschichte!«

»Das können Sie laut sagen. Jetzt verstehen Sie auch, warum ich darauf bestanden habe, daß Mamie zu ihrem Großvater ging. Sie konnte zwischen ihrem Großvater oder dem Erziehungsheim wählen, oder wie die Häuser für junge Straffällige heißen. Ich weiß nicht, was wir mit ihr getan hätten, wenn Sammy, mein Junge, gestorben wäre. Deshalb wollte ich, daß der Großvater sich um Mamie kümmerte. Gesetzlich war ich ihr Vormund, aber ich habe nie einen Penny ihres Vermögens angerührt.«

»Keinen Penny?«

»Nein, nichts.«

»Ist das die Möglichkeit!« Der Nachbar schüttelte den Kopf. »Niemand hat offen darüber gesprochen, aber die Pearsons haben durchblicken lassen, daß für die Unterbringung des Mädchens in all den Jahren Geld überwiesen wurde.«

»Der alte Satansbraten!« Bill reckte verächtlich den Kopf. »Noch etwas, Sir. Der Anwalt kam in den letzten zwei Wochen mehrmals zu den Pearsons, und jedesmal war noch jemand bei ihm. Wir dachten, das könnte nur mit dem Geld des Mädchens zu tun haben. Sie sind Geschäftsmann, Sir, und ich brauche Ihnen nichts zu erklären. Aber ich würde sagen, da stimmt etwas nicht.«

»Das würde ich auch sagen. Und ich kümmere mich darum. Seien Sie versichert. Und nochmals vielen Dank, daß Sie sich die Mühe gemacht haben, das Mädchen herzubringen.«

»Oh …« Der Nachbar blickte zu Boden. »Ich hätte schon früher etwas unternommen, wenn es nach mir gegangen wäre. Aber wir waren aus dem Dorf weggezogen und gehörten nicht mehr zur Kirchengemeinde. Deswegen konnte ich nicht viel tun. Ich habe meine Schwiegermutter gedrängt, sich einzuschalten. Soviel ich weiß, hat sie das auch getan und mit dem Pastor geredet. Der hat ihr anscheinend geraten, sich aus den Angelegenheiten anderer Leute herauszuhalten. Dann bin ich zu Mrs. Pearson gegangen. Stellen Sie sich vor, sie hat nicht einmal protestiert. Das war gestern. Aber sie hat etwas gesagt, was merkwürdig klang: ›Ich wußte, daß es eines Tages vorbei sein würde. Gott wird mein Richter sein, und der Herr weiß, wie sehr ich mich bemüht habe.‹ Wie finden Sie das?«

Sie standen sich gegenüber. »Wenn es nach mir geht«, sagte Bill, »steht sie zuerst vor einem weltlichen Richter, so wie die anderen beiden, wenn man sie gefunden hat. Ihr Großvater erhält seinen gerechten Lohn auch ohne weltliches Gericht, wenn es stimmt, daß er einen Schlaganfall hatte.«

»Da könnten Sie recht haben.«

Der hilfsbereite Nachbar wandte sich zur Tür. »Ich muß aufbrechen, Sir.«

In der Halle erwartete ihn seine Frau. »Es wird dunkel sein, bevor wir dort sind«, sagte sie. »Und du weißt, ich bin ungern im Dunkeln mit dem Auto unterwegs.«

»Wir fahren ja jetzt. Hast du dich von Mamie verabschiedet?«

»Ja. Und Mrs. Bailey hat mir erlaubt, auf dem Rückweg noch einmal nach ihr zu sehen.«

Bill brachte die beiden zu ihrem Wagen und dankte ihnen nochmals. Die Frau murmelte: »Wir danken Ihnen, daß Sie uns so höflich empfangen haben. Manch einer hätte das nicht getan. Und Sie haben wirklich ein wunderschönes Haus und einen herrlichen Park, wenn ich das sagen darf.«

Bill neigte den Kopf und lächelte. Dann beobachtete er, wie der Wagen langsam davonfuhr.

Als er in die Halle zurückkehrte, wartete Fiona auf ihn, zusammen mit Nell, Sammy, Willie und Katie. »Was hat das alles zu bedeuten?« fragte Katie.

»Das erzählen wir euch später. Wo sind Daisy und Sep?«

»Im Fitneßraum. Sie spielen Tischtennis.«

»Meint ihr nicht, ihr solltet auch hingehen? Bis auf dich, Katie. Du kommst mit, zusammen mit deiner Mutter, und redest mit Mamie. Aber ihr zwei ...« Er sah Sammy und Willie an. »... ihr geht nicht in ihre Nähe. Dafür gibt es einen Grund.«

Willie verzog das Gesicht. »Einen Grund?«

»Ja, einen guten Grund. Sie erträgt es nicht ... Himmel und Herrgott! Das erzähle ich euch später. Verschwindet jetzt. Nell, das Mädchen wird heute in einem der Gästezimmer übernachten müssen. Kannst du dich darum kümmern?«

»Kein Sorge. Das mache ich schon.«

Als sie ins Wohnzimmer traten, saß Mamie auf der Sofakante, die Hände zwischen die Knie gepreßt. Ihr ganzer Körper drückte Anspannung aus.

Fiona setzte sich neben sie. »Erinnerst ... du dich an Katie? Sie ist sehr gewachsen, seit du sie zum letzten Mal gesehen hast.«

»Hallo, Mamie. Ich freue mich, dich wiederzusehen.«

Das Mädchen starrte Katie mit hartem Blick an und senkte dann leicht den Kopf. Katie und Fiona tauschten einen Blick.

Betont fröhlich sagte Katie: »Zieh doch deinen Mantel aus.« Worauf Fiona rief: »Ja, natürlich! Wo war ich nur mit meinen Gedanken? Zieh den Mantel aus, Liebes.«

Mamie stand auf, schob mit langsamen Bewegungen die vier Mantelknöpfe aus den Knopflöchern und streifte den Mantel ab. Katie nahm ihn entgegen. Dann starrte sie Mamie an, genau wie Fiona. Der Mantel hatte trist gewirkt, aber das Kleid, das wie ein brauner Sack um den abgemagerten Körper des Mädchens hing, sah beinahe schäbig aus. Es war formlos und aus ziemlich grobem Stoff. Mamie sank auf das Sofa zurück und versteckte ihr Gesicht hinter den Händen. Unter Schluchzen wimmerte sie: »Ich werde nichts Böses tun, das verspreche ich. Hoch und heilig. Und ich gehe auch nicht nach draußen. Nein, nie! Ich will nicht nach draußen! Ich will nicht!«

»Es ist gut, Liebes. Alles ist gut.« Fiona schlang die Arme um Mamie. Das Mädchen drehte sich zur Seite und preßte sich mit einer Heftigkeit an Fiona, daß diese beinahe ins Wanken geriet. Sie strich Mamie übers Haar. »Jetzt ist alles in Ordnung. Du bist zu Hause und in Sicherheit.« Beim letzten Wort sah sie hoch zu Katie, die sich fest auf die Unterlippe biß.

Als das Schluchzen langsam nachließ und das Mädchen schlaff an sie gelehnt saß, merkte Fiona, daß auch sie in diesem Moment kein Wort herausbrachte. Katie sagte: »Komm mit nach oben, Mamie. Du würdest sicher gern ein Bad nehmen nach der langen Fahrt, oder? Außerdem hast du gar kein Gepäck mitgebracht. Eines meiner Nachthemden wird dir sicher passen, glaubst du nicht?«

Mamie wand sich aus Fionas Armen und fuhr sich mit der Hand über ihr nasses Gesicht. Fiona reichte ihr das eigene Taschentuch. »Hier, nimm.« Mamie sagte, an Katie gewandt: »Ja, gern.« Sie stand zögernd auf. Auf halbem Weg zu Katie drehte sie sich plötzlich um und kehrte zu Fiona zurück, die noch immer dasaß, als könnte sie das Geschehen nicht begreifen. »Ich … kann wirklich bleiben?« fragte Mamie ungläubig. »Ich … darf jetzt für immer hierbleiben?«

»Ja, Liebes. Du darfst bleiben. Du bist wieder zu Hause.«

»Oh.«

Fiona betrachtete das Mädchen, das nicht die geringste Ähnlichkeit mit der Mamie hatte, an die sie sich erinnerte. Mamie machte einen langen Atemzug. »Ich … kann helfen und … mich nützlich machen.«

»Jetzt geh und mach dir keine Sorgen. Mach schon, auf.«

Die Tür schloß sich hinter den beiden jungen Mädchen,

und Fiona legte die Hände an die Lippen. Erneut stellte sie sich die Frage, was sie getan hatte. Sie war hart und unerbittlich gewesen. Damals konnte und wollte sie das Mädchen nicht länger ertragen. Sie hatte geglaubt, der Rest der Familie würde dasselbe empfinden. Und was war in zwei kurzen Jahren aus Mamie geworden? Das Mädchen verhielt sich wie ein verängstigtes Tier. Wieder ging die Tür auf. Bill kam ins Zimmer und setzte sich zu Fiona aufs Sofa. Einen Moment lang schwiegen beide. »Mein Gott!« sagte Bill schließlich. »Wie kann ein Mensch sich in so kurzer Zeit derart verändern wie dieses Mädchen?« Fiona entgegnete sofort: »Sie ist schlecht behandelt worden.«

»Schlecht behandelt? Man hat ihr eine Gehirnwäsche verpaßt, und außerdem wurde sie mit körperlicher Gewalt gequält.«

»Nein!«

»Doch. Und ich bin entschlossen, der Sache auf den Grund zu gehen, sobald Mamie ärztlich untersucht worden ist. Nach allem, was die Leute erzählt haben, würde mich außerdem nicht wundern, wenn ihr Geld verschwunden ist. Warum haben sich die beiden denn plötzlich abgesetzt?«

»Willst du nach Wales fahren und Nachforschungen anstellen?«

»Das kann ich im Augenblick nicht. Aber ich werde meinen Anwalt beauftragen, Mamies Anwalt zu schreiben. Und ich werde noch etwas tun, nämlich meinen Buchhalter für ein paar Tage hinschicken. Gerry ist ein sehr gewitzter Bursche. Er merkt sofort, wo etwas faul ist. Aber als erstes rufe ich Dr. Pringle an und schildere ihm den Fall, auch wenn Sonntag ist. Morgen früh wird er vorbeikommen, wenn nicht schon heute abend. Sie fürchtet sich so sehr vor Männern, daß sie keinen an sich heranläßt. Das könnte …« Bill sah zu Fiona und ließ den Satz unvollendet. Fiona sprach für ihn weiter: »Lieber Gott! Hoffentlich das nicht. Ich fühle mich jetzt schon schuldig genug.«

Bill ergriff Fionas Hand. »Hör zu, Liebling. Ich weiß, daß es dir im Augenblick genau wie mir ergeht. Ein Teil von dir ist gepeinigt von Schuldgefühlen, aber wir müssen auch unsere Seite sehen. Was wir damals getan haben, war notwendig. Aber Mamies Rückkehr wird deine Pläne nicht ändern, oder?«

Fiona blickte ihn erstaunt an. Sie hätte gern mit einem entschiedenen ›Nein‹ geantwortet. Nein, weder Mamie noch sonst etwas würde ihre Pläne gefährden. Jetzt war sie sich nicht mehr sicher. »Ich weiß es nicht, Liebling«, sagte sie. »Wir werden abwarten müssen, wie Mamie sich verhält.« Dann erkundigte sie sich: »Hast du den anderen gesagt, was los ist?«

»Ja, so gut ich konnte. Ich habe wiedergegeben, was dieses geschwätzige Frauenzimmer erzählt hat. Aber ihr loses Mundwerk interessiert mich nicht. Es war eine gute Tat von ihr und ihrer Mutter, sich diese Mühe zu machen. Ich muß ihr unbedingt schreiben. Aber vielleicht warten wir noch ein wenig, bis wir mehr wissen.«

»Die Sachen, die sie trägt, sind fürchterlich. Das Kleid sieht aus, als wäre es aus braunem Sackleinen genäht. Sie nimmt gerade ein Bad, und Katie versucht, etwas Passendes für sie zum Anziehen zu finden. Anschließend sollte sie nach unten in den Fitneßraum kommen, damit wir sehen, wie sie reagiert.«

»Ja, gut.« Bill nickte bestätigend. »Wir müssen sowieso hinein und eine Weile zusehen, wie Sep spielt. Und natürlich Willie, der ebenfalls seine Künste vorführen wird. Präsentabler Bursche, dieser Sep, was?«

»Ja, ich bin auch überrascht. Und genauso unterhaltsam wie Daisy, auf seine Art. Schon merkwürdig, mittlerweile arbeiten drei Gallaghers für dich.«

»Weißt du, was Daisy neulich zu mir gesagt hat? ›Das Leben ist seltsam, finden Sie nicht auch? Hätte ich Willie nicht kennengelernt, gäbe es bei uns zu Hause immer noch Armeleute-Essen.‹ Diesen Ausdruck habe ich seit Jahren nicht gehört. Und sie kommt dann damit an. Armeleute-Essen.« Auf dem Weg zur Tür blieb Bill stehen. Er legte Fiona die Hand auf die Schulter. »Ich wünschte mir so sehr, daß du das Mädchen magst.«

»Ich mag sie doch«, protestierte Fiona sofort.

»Ja, vielleicht. Aber in der Familie möchtest du sie nicht haben.«

»Ach, Bill. Das ist ein anderes Thema.«

»Aber du hast auch einen hartnäckigen Sohn, und du willst ihn sicher nicht verlieren, oder?«

»Bill!«

»Ich stelle nur etwas fest, Mrs. Bailey. Willie wird der Stimme seines Herzens folgen. Es mag ihn innerlich zerreißen, aber er hat Daisy gewählt. Wie damals bei Sammy. An dem hing er auch wie eine Klette. Außerdem fällt mir seit einem Jahr auf, daß Daisy ihn ernster nimmt. Er ist nicht mehr der kleine Junge für sie. Und er scheint bei ihr zu Hause ein und aus zu gehen. Die Gallaghers haben ihn offenbar akzeptiert. Er opfert sogar seine Freizeit und hilft den Zwillingen bei den Hausaufgaben, während er hier die Nächte durchmacht, um für seine Abschlußprüfung in der Oberschule zu büffeln. Und wie es scheint, erweist sich der kleine Gallagher als gescheiter Bursche. Das war er schon vorher, meine ich, wenn man an die Geschichte mit unserem Sammy denkt, oder? Aber wie sind wir auf dieses Thema gekommen? Laß uns zu den Kindern gehen und sehen, was sie im Fitneßraum treiben.«

Im Korridor hielten sie inne, als sie Katie geräuschvoll die Treppe herunterhasten hörten. Auf der letzten Stufe beugte sich Katie über das Geländer und sagte: »Sie ist jetzt in meinem Zimmer … Nach dem Bad … wollte ich ihr Kleider … zum Anprobieren geben.« Katie schüttelte den Kopf. »Sie hat überall blaue Flecken, am Rücken und an den Beinen, und sie ist dürr wie ein Gespenst. Ich … glaube wirklich, daß sie einen Arzt braucht.«

»Sie wird einen Arzt bekommen. Dein Vater ruft gleich dort an.«

»Und … sie hat Prellungen an den Armen. Du weißt doch, wie weich und weiß ihre Haut war.«

»Ich komme sofort nach oben.«

»Nein, nein. Ich kümmere mich um sie. Sie ist so ängstlich, richtig verschreckt. Die ganze Zeit schon. Irgend etwas stimmt mit ihr nicht.«

»Ja, das ist uns bewußt. Aber sobald sie angezogen ist, komm bitte mit ihr in den Fitneßraum, damit wir sehen, wie sie sich verhält.« …

Sep und Willie befanden sich mitten in einem Spiel und blickten nicht auf, als Fiona und Bill zur Tür hereinkamen. Aber Sammy und Daisy traten auf sie zu. Sammy erkundigte sich: »Was ist mit ihr? Sie hat doch irgend etwas, oder?«

»Es geht ihr nicht gut. Soviel ist offensichtlich. Sie wird übrigens in einer Minute hier sein.« Sie richtete sich an ihren Sohn. »Und wenn du mit ihr redest, faß sie bitte nicht an, Willie.«

Willie schüttelte den Kopf. »Nein, werde ich nicht.«

Fiona schloß kurz die Augen. Dann sagte sie: »Mamie hat etwas erlebt, von dem wir noch nicht wissen, was es war.«

»Hat es damit zu tun, daß sie sich von keinem Mann berühren läßt, Mam? Das ist deutlich zu merken, oder?«

Nachdenklich sah Fiona ihren Sohn an. Willie würde immer seine Gedanken offen aussprechen.

»Ich habe Mamie noch nie vorher gesehen. Wie alt ist sie?« fragte Daisy.

Fiona und Bill wechselten einen Blick, als stellten sie sich die gleiche Frage. »Knapp sechzehn«, erklärte Bill dann.

»Sie wirkt älter, und andererseits viel jünger.«

»Wer führt?« warf Bill ein und blickte zur Tischtennisplatte, an deren anderem Ende Bert als Schiedsrichter stand. »Willie hat einen Punkt Vorsprung«, antwortete Sammy. »Aber ich glaube, Sep schont ihn.«

»Nein! Tut er nicht! Ich will nicht sagen, daß Sep so etwas nie täte, aber Willie spielt hervorragend.«

»Schon gut, schon gut«, lenkte Sammy lachend ein. »Wenn du es sagst.« Dann wandten alle den Blick zu den beiden Spielern und verfolgten das Match.

Fünfzehn Minuten später, als Willie tatsächlich gewonnen hatte, weil Sep ihn ließ, wurde die Tür aufgestoßen, und Katie kam herein. Sic drehte den Kopf und rief: »Komm weiter. Komm herein, Mamie. Keine Angst.«

Katie zog Mamie an der Hand ins Zimmer. Mit dem

Mädchen war eine verblüffende Verwandlung vor sich gegangen. Sie trug eines von Katies Kleidern. Der Gürtel um die Taille ließ es wie Rock und Bluse aussehen. Mamies Haar, das vorher zu einem Knoten geschlungen war, hing offen über die Schultern, und ihre Füße steckten in leichten Sandalen.

Bill brach das Schweigen. »Na, sowas! Das ist ja fast die Mamie, wie wir sie kennen.«

Als er auf das Mädchen zugehen wollte, hielt Fiona ihn sanft zurück. Statt dessen trat sie selbst zu Mamie, die jetzt, dicht an Katie gedrängt, in der Mitte des Raums stand. Fiona lächelte sie an: »Hübsch siehst du aus, Mamie ... wie früher.« Ohne zu zögern wies Fiona auf Daisy. »Das ist Daisy, Katies Freundin. Und dieser junge Mann«, sie zeigte auf Sep, »ist Daisys Bruder Sep. Jetzt schlage ich vor, wir setzen uns und sehen den Champions zu.«

So geschah es. Sammy und Willie spielten sich die Bälle zu, und die anderen feuerten sie an oder gaben kritische Kommentare ab.

Alle beteiligten sich an einem Spiel, das dazu diente, dieses fremd wirkende Mädchen zu beruhigen.

Die Zeit zum Aufbruch war gekommen. Sie hatten sich in der Halle versammelt, und zufällig stand Willie neben Bert Ormesby. Bert neigte den Kopf und sagte mit gedämpfter Stimme: »Wenn du bei Daisy zu Hause bist, prahl nicht mit deinem Sieg. Sep hat dich gewinnen lassen.«

Willie reckte den Kopf und sah Bert erstaunt an. »Hat er nicht! Nie und nimmer!«

»Doch, hat er. Sep ist ein anständiger Kerl.« Bert stieß Willie sanft mit dem Ellenbogen in die Rippen. »Aber du spielst trotzdem nicht schlecht.«

Willie murmelte: »Ich komme mir vor wie ein Idiot. So geht es mir die meiste Zeit.«

»Weißt du ...« Bert sprach jetzt auch leise. »... Für Idioten, wie du einer bist, hat Gott einen ganz besonderen Platz vorgesehen.«

Mit einem Seitenblick auf diesen herzensguten Menschen, der selten über seine religiöse Überzeugung sprach, grinste Willie und flüsterte: »Und du wirst oben Platzanweiser.«

»Das hoffe ich.«

»Was hoffst du?« fragte Bill laut. »Och«, Bert lachte, »ich sagte gerade, wie sehr ich hoffe, daß die Stadtverwaltung dir morgen den Bauauftrag für die Feldgrundstücke erteilt. Vorausgesetzt natürlich, der Friedhof bleibt unangetastet.«

»Das hoffe ich auch«, rief Daisy von der Türschwelle. »Die armen Seelen sollten ihre Kellerwohnungen behalten. Wahrscheinlich wurden sie zu Lebzeiten oft genug aus ihren vier Wänden geworfen.«

»Jetzt aber raus.« Bill schob Daisy durch die Tür. »Kein Friedhof heißt auch keine Arbeit für die drei Gallagher-Brüder. Darüber würde ich einmal nachdenken, gnädiges Fräulein.«

»Ach, Sie wieder!«

»Sowieso!«

Nach diesem Wortgeplänkel fuhren Sep und Daisy ab. Die Tür hatte sich kaum hinter Bill und den anderen geschlossen, da sagte Nell: »Wir müssen auch aufbrechen. Andrew wird quengelig.«

»Er quengelt dauernd, weil er verzogen ist.«

Nell baute sich vor Bill auf. »Er ist nicht verzogen. Und er quengelt auch nicht dauernd. Trotzdem, nach dem Schuldigen müßte ich nicht lange suchen, stimmt's? Gib dem Jungen dies, gib dem Jungen das, laß doch das Kind.« An Mamie gewandt, die neben Fiona stand, sagte Nell: »Er hat Andrew völlig verdorben. Erinnerst du dich an Andrew?«

Mamie nickte, und Nell sprach weiter: »Jedesmal, wenn das Kind hier war, können wir zu Hause mit der Erziehung von vorn beginnen.«

Fiona lachte. »Vielleicht nicht ganz. Vergiß nicht, Bill hat ihm ein Tischgebet beigebracht.«

»Ja«, fügte Bert ein. »Aber das sollte man besser überhören.«

»Ach, ihr seid zwei richtige Langweiler«, sagte Bill und

wandte sich zum Wohnzimmer. Bert zwinkerte Fiona zu und sagte leise: »Und diese zwei Langweiler müssen jetzt los. Ich fahre den Wagen vor.« Nell antwortete: »Tu das. In der Zwischenzeit gehe ich nach oben und mache die Kinder fertig. Willst du mitkommen und mir helfen?« Sie sah Mamie an. Mamie warf Fiona einen raschen Blick zu, als wollte sie um Erlaubnis fragen. »Ja, wir gehen alle nach oben«, sagte Fiona. »Angela müßte auch längst im Bett liegen.« An Mamie gewandt, fügte sie hinzu: »Du wirst überrascht sein, wie sie gewachsen ist.«

Mamie ging neben Fiona und Nell die breite Treppe hinauf ins Kinderzimmer, ohne ein Wort zu sagen. Auch im Kinderzimmer blieb sie stumm und half nicht beim Anziehen. Mamies Verhalten erinnerte Fiona an das trotzige Schweigen, das Bill an ihr erlebt hatte. Aber dieses Schweigen war voller Angst. Es war unheimlich.

Willies Zimmer befand sich am Ende des langen Korridors, von dem ein kleinerer Gang abzweigte, an dem die drei Gästezimmer lagen. In einem dieser Zimmer hatte Nell für Mamie das Bett bezogen. Es lag dem Raum am nächsten, den Nell als ihren eigenen ansah, wenn sie im Haus der Baileys übernachtete.

Später am Abend, nachdem Willie und Bill sich in ihre Schlafzimmer zurückgezogen hatten, brachte Fiona Mamie nach oben. Sie hatte eines von Katies kurzen Nachthemden dabei und gab es Mamie. »Das wird dir bestimmt passen.«

Fiona stand dabei, während Mamie Katies Kleid auszog, es zusammenfaltete und über einen Stuhl legte. Ihre Augen wurden groß, und sie öffnete erstaunt den Mund, als sie sah, was das Mädchen als nächstes tat. Mamie streifte die Träger ihres groben Leinenunterrocks über die Arme, nahm das Nachthemd vom Bett und zog es über den Kopf. Dann fing sie an, sich aus der Unterwäsche zu arbeiten, hielt aber inne und fragte: »Das muß ich nicht, oder?«

»Was mußt du nicht?«

»Mich unter dem Nachthemd ausziehen«, entgegnete Mamie, zog mit einer energischen Bewegung das Hemd über den Kopf und riß beinahe gewaltsam an ihrem Schlüpfer, der aus dem gleichen groben Material war wie der Unterrock. Einen Augenblick blieb sie stehen und blickte an ihrem mageren Körper hinunter. Als sie das Nachthemd wieder aufnahm, hielt Fiona erschrocken den Atem an und sagte: »Warte! Warte, Liebes!« Sie drehte Mamie sanft zur anderen Seite und murmelte: »Oh, nein! Oh, mein Kind! Wer hat dir das angetan?«

Jetzt erkannte Fiona die alte Mamie. Das Mädchen senkte den Kopf und schwieg. Fiona fand, daß dies die einzige Eigenschaft war, die Mamie aus ihrer Kindheit behalten hatte.

Als Mamie das Nachthemd angezogen hatte, setzte Fiona sich neben sie auf die Bettkante und legte ihr den Arm um die Schultern. Sanft drückte sie Mamie an sich. »Wir werden dieser Sache auf den Grund gehen.«

Sofort riß Mamie den Kopf hoch und stammelte: »Nein, nein! Er könnte kommen.«

»Du meinst, jemand könnte wiederkommen? Keine Angst, du wirst nicht dorthin zurückkehren. Hier bist du zu Hause und in Sicherheit.« Fiona war versucht zu sagen: »Bald wird alles sein wie früher«, schwieg aber, denn das wollte sie Mamie nicht wünschen. Statt dessen sagte sie: »Wir alle mögen dich und sind froh, daß du wieder bei uns bist.«

Fragend und mit angsterfülltem Blick sah Mamie zu Fiona auf. »Doch, du mußt glauben, was ich sage«, beantwortete Fiona den Blick. »Niemand wird dir wieder weh tun. Du mußt versuchen, das Geschehene zu vergessen. Und die Menschen, die dich gequält haben, werden bestraft.«

Fiona spürte, wie der magere Körper zu zittern begann. »Bestraft«, wiederholte Mamie, sehr leise. Als weiter nichts kam, sagte Fiona: »Jetzt komm. Leg dich ins Bett. Nell hat dir Wärmflaschen hineingelegt. Laß mich fühlen. Oh, ja. Das Bett ist schön warm. Du wirst bestimmt bald einschlafen. Und morgen kaufen wir dir neue Kleider, lauter hübsche Sachen wie früher. Was hältst du davon?«

Statt eines Lächelns kam nur ein starrer Blick. Lieber Gott! ging es Fiona erneut durch den Kopf. Als Mamie den Kopf auf dem Kissen niederlegte, beugte Fiona sich über sie und mußte erkennen, daß sie Mamie keinen Kuß geben konnte … noch nicht. Aber sie strich ihr sanft über die Wange. Das Mädchen schloß die Augen, als würde sie bereits schlafen. »Gute Nacht, mein Schatz.«

»Gute Nacht«, murmelte Mamie. Das »Tante Fiona« ließ sie weg. Fiona war noch nicht bei der Tür angekommen, als Mamie im Bett hochfuhr und atemlos sagte: »Du … schließt mich nicht ein, oder?«

»Nein, natürlich nicht, Liebes.«

»Könntest du … die Tür offenlassen?«

»Ja, sicher. Und wenn du heute nacht etwas brauchst, du weißt ja, wo wir schlafen. Unsere Zimmer sind gleich um die Ecke. Jetzt leg dich wieder hin und schlaf. Morgen sehen wir weiter.«

Im gemeinsamen Schlafzimmer sagte Fiona nur drei Worte, als Bill fragte: »Wie geht es ihr?«

»Ich bin erschüttert.«

Der erste, der von dem Schrei wach wurde, war Willie. Blinzelnd und nach Luft ringend saß er aufrecht im Bett. Er hatte geträumt, doch in dem Traum kam kein Schrei vor.

Oder doch?

In diesem Moment ertönte der Schrei erneut, und jemand rief. Willie sprang aus dem Bett und zog seinen Morgenmantel an. Als er aus seinem Zimmer kam, sah er seine Mutter durch den Korridor hasten. Bill folgte ihr, den halb übergestreiften Morgenmantel hinter sich her schleifend. Willie wollte etwas sagen, als wieder der Schrei durchs Haus fuhr.

Die Tür zu Mamies Zimmer stand offen, wie sie es sich gewünscht hatte. Fiona knipste das Licht an, und jetzt war zu sehen, wie Mamie sich auf dem Bett herumwarf, wild mit Armen und Beinen um sich schlagend. Das Bettzeug war am Fußende zu einem Haufen zusammengeschoben. Bill packte Mamies Arm, um das Mädchen wieder gerade ins Bett zu legen, und wich zurück, als sie wieder einen markerschütternden Schrei ausstieß. »Es ist gut, Mamie«, rief er. »Alles ist gut. Wach auf! Wach auf! Es ist alles in Ordnung.«

Plötzlich sank Mamie auf die Kissen zurück und murmelte: »Nicht! Nein! Ich ... werde es tun. Ich tue es. Nicht, Owen! Nein!« Das letzte Wort war klagend. Bill, der Mamie noch immer in den Armen hielt, warf einen Blick zu Fiona. Die Ahnung, die darin stand, wurde von ihr erwidert.

Sanft zog sie die Bettdecke über den nun schlaffen Körper. Willie flüsterte mit scheuem Respekt: »Jemand muß ihr weh getan haben. Sie hat entsetzliche Angst.«

»Schsch!« warnte Bill, denn Mamie hob langsam die Lider. Vorsichtig in die Runde blickend, wimmerte sie: »Ich ... werde unterschreiben. Ich verspreche es.«

Fiona schob Bill zur Seite und strich Mamie das Haar aus der schweißfeuchten Stirn. Mit weit geöffneten Augen sah das Mädchen Fiona an. »Oh! Ich ... habe geträumt«.

»Ja, Liebes. Du hast geträumt. Aber jetzt schlaf wieder ein. Es ist alles in Ordnung.«

»Ich ... bin bei euch?«

»Ja ... du bist wieder zu Hause, hier bei uns. Und alles wird gut.«

Fiona beobachtete, wie die kleinen Brüste sich hoben und senkten. Dann hörte sie ein Geräusch, das wie ein langgezogenes Seufzen klang, und Mamie sagte: »Laßt ihr das Licht brennen?«

»Natürlich, Liebes. Und die Tür lasse ich auch weit offen. Mach dir keine Sorgen. Und jetzt schlaf wieder ein.«

Auf dem Weg zur Tür drang es kaum hörbar zu ihnen: »Tante Fiona?«

Als Fiona wieder neben dem Bett stand, erhob sich Mamie aus den Kissen und flüsterte: »Gestern abend ... habe ich Sammy gesehen, oder?«

»Ja, sicher hast du ihn gesehen, Liebes. Er ist am Leben.«

»Ja, natürlich. Ich dachte, ich hätte geträumt, daß ich ihn sehe. Aber er war hier, nicht wahr?«

»Ja, das war er. Du mußt dir wegen Sammy nicht mehr den Kopf zerbrechen.«

Mamie legte sich in die Kissen zurück. Kläglich sagte sie: »Sie haben gesagt, er wäre tot, und ich trüge daran die Schuld. Wenn ich nicht bei Großpapa bliebe, müßte ich ins Gefängnis. Aber … er war unten, oder?«

»Ja, natürlich. Er war unten, Liebes. Jetzt mußt du versuchen, alles zu vergessen und nur noch daran denken, daß du wieder zu Hause bist. Niemand wird dir mehr weh tun.«

Als das Mädchen den Kopf auf dem Kissen zur Seite wandte und seine großen Augen auf Fiona richtete, ertrug sie den Ausdruck in diesen Augen nicht und sagte rasch: »Nun schlaf, Liebes. Du bist zu Hause. Hier geschieht dir nichts. Niemand kann dir mehr weh tun.« Dieses Mal beugte sich Fiona über das Mädchen, küßte sie sanft auf die Wange, und Mamie schloß die Augen …

Unten in der Küche setzte Bill den Wasserkessel auf und füllte Tee in die Kanne. Fiona saß am Tisch. Sie bedeckte ihr Gesicht mit einer Hand, und sagte zum dritten Mal: »Niemand kann dir mehr weh tun.« Sie sah zu Bill auf. »Ihr Blick schien zu sagen: ›Mir muß niemand mehr weh tun. Ich habe für den Rest meines Lebens genug Schlimmes erlebt.‹«

»Ach, das bildest du dir ein.«

»Nein, Bill. Das bilde ich mir nicht ein. Du hast den Ausdruck in ihren Augen nicht gesehen. Er war alt und müde. Mamie wird nie mehr ein junges Mädchen sein. Andererseits scheint es fast, als wäre sie wieder zum Kind geworden.«

»Ich weiß, was du meinst, Mam«, warf Willie ein. »Ich habe sie gestern abend öfter angesehen. In einer Minute schien sie wieder die kleine Mamie zu sein, höchstens sieben oder acht Jahre alt, und im nächsten Moment war sie eine Fremde. Bevor ich eingeschlafen bin, habe ich lange darüber nachgedacht. Wir sind alle daran beteiligt, daß sie weggehen mußte. Ich konnte Mamie nie ausstehen, nicht einmal ihren Anblick. Als sie klein war, habe ich mich mit ihr geschlagen. Sie war so eingebildet, und dauernd hat sie mit dem Geld angegeben, das ihr Großvater für sie verwaltete. Je älter sie wurde, desto schlimmer fand ich sie. Dann kamen ihre Geschichten heraus, und wir hätten um ein Haar Sammy verloren. Das dürfen wir nicht vergessen, Mam. Immerhin hat sie gestohlen und dich auf üble Weise hinters Licht geführt. Als sie mit den Zigaretten und den anderen Drogen anfing, muß sie gewußt haben, was sie tut. Sicher, sie hat das Zeug vielleicht noch nicht lange genommen, aber sie hätte weitergemacht. Deshalb dürfen wir uns nicht vorwerfen, daß wir sie nicht mehr im Haus haben wollten. Andererseits ... was immer sie bei diesen Leuten erlebt hat, hat schreckliche Folgen für sie gehabt. Gestern abend hat sie manchmal wie eine alte Frau gewirkt.«

»Willie hat recht.« Bill setzte sich Fiona gegenüber. »Du darfst dir keine derartigen Vorwürfe machen. Ich würde jederzeit wieder genauso handeln, sollte es notwendig sein. Im Interesse der ganzen Familie. Wir dürfen nicht vergessen, daß Sammy durch Mamies Verhalten beinahe ums Leben gekommen ist. Trotzdem ist auch das andere wahr, was Willie sagt. Mamie ist auf schreckliche Weise behandelt worden. Ich habe den schlimmen Verdacht, daß sie nicht nur ausgehungert wurde. Jemand muß sich auch an sie herangemacht haben. Und ich sorge dafür, daß der Schuldige bestraft wird. Ich lasse diesen Owen und seine Frau aufspüren, denn allein kann der Alte all das nicht getan haben.« Bill trank einen Schluck Tee und sprach weiter: »Morgen früh wird Dr. Pringle kommen. Ich sorge dafür, daß er sich sofort mit dem Arzt in Verbindung setzt, der von den Pearsons geholt wurde. Warum erkennt dieser Kerl ihren Zustand nicht? Hier stimmt etwas nicht. Das rieche ich förmlich. Aber nächste Woche wissen wir bestimmt mehr, und bis dahin geht das Leben weiter. Wir alle haben unsere Arbeit. Und du, meine Liebe, wirst eine Weile mit Mamie voll beschäftigt sein, denn das Mädchen verläßt sich auf dich.«

Fiona erhob sich. »Es ist seltsam, aber das stört mich nicht. Ich hoffe nur, daß wir wieder ein normales Mädchen aus ihr machen können. Denn im Augenblick ist sie davon weit entfernt.«

3.

Eine Woche später wußten Bill, Fiona und Nell über die meisten Vorkommnisse Bescheid, die sich während Mamies Aufenthalt bei ihrem Großvater zugetragen hatten, von einigen Ausnahmen abgesehen.

Vor dem Besuch des Arztes am Montagmorgen hatten Fiona und Nell einige Mühe, Mamie davon zu überzeugen, daß Dr. Pringle sich nur ihre Prellungen ansehen würde. Zur Beruhigung würden Fiona und Nell die ganze Zeit bei ihr bleiben. Nach der Untersuchung saß der Arzt neben dem Bett und tätschelte dem jungen Mädchen die Hand. »Vor allem müssen Sie viel essen, große Portionen ...« Er nickte und betonte die »großen Portionen«. »... Sie müssen mehr Fleisch ansetzen, so hochgewachsen wie Sie sind. Und Sie werden sehen, sobald Ihre Wangen sich runden, werden Sie wieder richtig hübsch.«

Ohne etwas zu entgegnen, starrte Mamie den grauhaarigen Mann an.

Der Arzt verließ das Zimmer. Auf der Treppe und beim Betreten des Salons, wo Kaffee für ihn serviert war, scherzte er noch. Dann änderte sich seine Haltung. »Schlimme Geschichte«, sagte er. »Sehr schlimm.« Er sah Fiona kopfnickend an. »Ja, man hat ihr Gewalt angetan. Auf brutale Weise. Die Narben auf ihrem Rücken sind alt, aber nicht die Spuren an den Beinen. Das sind auch keine Striemen, wie Peitschenhiebe sie hinterlassen. Was immer ihr angetan wurde, es hat den Verstand des Mädchens ernstlich in Mitleidenschaft gezogen, fürchte ich. Ich weiß nicht, bei welchem Arzt sie gewesen ist, aber das finde ich heraus, noch heute. Sobald ich mit dem Kollegen gesprochen habe, bin ich wieder hier. Sollten ihm meine Erkenntnisse neu sein, hat sich da jemand einer sträflichen Vernachlässigung schuldig gemacht. Soviel kann ich jetzt schon sagen.«

Als der Arzt das Haus verlassen hatte, tauschten die beiden Frauen einen Blick, und Nell sagte: »Gott im Himmel!« Dann fügte sie hinzu: »Den Verdacht hatten wir bereits, nicht wahr? Trotzdem, mir ist übel, Fiona.«

Fiona hatte nichts erwidert. Was sie in diesem Augenblick empfand, war mehr als Übelkeit.

Wieder wurde sie von Schuldgefühlen überwältigt. Sie erinnerte sich an Willies Worte vom vergangenen Abend. Dann dachte sie daran, was Bill ihr vorher gesagt hatte, daran, was sie sich selbst gesagt hatte. Aber das half alles nichts. Das Bild, das die Diagnose des Arztes vor ihren Augen aufsteigen ließ, war zu mächtig.

Am Dienstag hatte Bill seinen Buchhalter nach Wales geschickt, und am Mittwoch nachmittag erhielt Fiona einen Anruf von Dr. Pringle. Er hatte sich mit dem Arzt in Verbindung gesetzt. Offenbar befand sich der alte Pearson bei ihm in Behandlung, und der Kollege berichtete, man hätte ihn zum ersten Mal ins Haus geholt, als das Mädchen am ganzen Körper unter Ausschlag litt. Das wäre sechs Monate nach Mamies Ankunft in Wales gewesen. Er hätte den Ausschlag nicht für ansteckend gehalten, sagte der Arzt, aber der Cousin hatte darauf bestanden. Danach hielten die Pearsons das Mädchen lange Zeit von der Schule und der Kirchengemeinde fern.

Das nächste Mal wurde er ins Haus gerufen, weil das Mädchen die Treppe heruntergefallen war, wie es hieß. Sie hatte sich schwere Prellungen und eine Gehirnerschütterung zugezogen. Nach diesem Sturz stellte der Arzt eine Neigung zu epileptischen Anfällen bei ihr fest, und er bemerkte, daß Mamies Persönlichkeit sich offensichtlich verändert hatte. Seinen Rat, zusätzlich einen Spezialisten zu konsultieren, wiesen sie empört mit der Begründung zurück, sie könnten sehr gut selbst entscheiden, was zu tun wäre.

Weiter sagte Dr. Pringle, der Arzt aus Wales hätte ihm anvertraut, mit dem Zustand des Mädchens nicht zufrieden gewesen zu sein. Aber was hätte er tun können? Sie befand sich in der Obhut ihres Großvaters, und jemand mußte sich um sie kümmern. Natürlich mußte das jemand tun, hatte sich Fiona an dieser Stelle eingeschaltet. Aber ob dieser Arzt denn keine Ahnung gehabt hätte, daß das Mädchen mißbraucht worden wäre?

Dr. Pringle erwiderte, der Kollege wäre erstaunt gewesen, diesen Verdacht zu hören. Das Mädchen hätte keinen Ton gesagt. Andererseits wären immer die alte Mrs. Pearson und die jüngere Frau dabeigewesen, wenn er sie behandelte. Er gäbe gern zu, daß die Familie ihm merkwürdig und verschlossen schien, und in gewisser Weise hielt er die Leute für religiöse Fanatiker.

»Hat sie Ihnen etwas über ihr Leben bei den Pearsons erzählt?« fragte Dr. Pringle dann, und Fiona antwortete: »Nein, und es ist auch nichts aus ihr herauszubekommen. Sie hat anscheinend Angst, davon zu sprechen.«

»In dem Fall«, fuhr Dr. Pringle fort, »braucht sie unbedingt therapeutische Hilfe. Sie trägt eine schwere Last, und bevor sie davon nicht befreit ist, wird es ihr kaum besser gehen. Ich denke, wir sollten sie psychiatrisch untersuchen lassen. Am Wochenende komme ich vorbei, dann sprechen wir darüber.«

Nach dem Telefonat hatte Fiona den Eindruck, daß die Informationen von Dr. Pringle kein Licht in die Sache brachten. Und Bills Buchhalter kümmerte sich bei seinen Nachforschungen in Wales vor allem um die finanzielle Lage des Mädchens, was Fiona im Augenblick weniger wichtig erschien, denn Geld würde Mamie, die im Augenblick oben im Haus mit Angela spielte, nicht heilen. Nur wenn Mamie bei der Kleinen war, erschien gelegentlich die Andeutung eines Lächelns auf ihrem Gesicht, und ihre Stimme klang weniger bedrückt. Außerhalb des Hauses brachte Fiona das Mädchen höchstens dazu, ein paar Schritte durch den Garten zu gehen. Allein ging sie nie vor die Tür, nur in Begleitung von Fiona, deren Mutter oder Nell.

Fiona gab dem Arzt recht. Mamie brauchte einen Psychiater.

Am Freitag nachmittag stürmte Bill ins Haus. Sein Buchhalter war aus Wales zurückgekehrt und hatte einige Entdeckungen gemacht.

Das Kapital, das Mamie geerbt hatte, war unangetastet.

Von den einhunderttausend Pfund aus der Lebensversicherung ihrer Eltern und ihres Bruders sowie den sechzigtausend Pfund, die der Verkauf des Hauses einbrachte, zusammen mit weiteren zweitausendeinhundert Pfund für Möbel und anderen Hausrat war noch alles vorhanden. Jedoch die zu erwartenden Zinserträge aus beinahe dreizehn Jahren fehlten, wodurch sich das Vermögen noch einmal mehr als verdoppelt hätte.

Das Geld war abgehoben worden, angeblich für den an die Baileys zu zahlenden Unterhalt und als Taschengeld für Mamie. Zähneknirschend sagte Bill: »Ich könnte diesen alten Geldhai umbringen, wenn er nicht ohnehin schon fast unter der Erde läge. Und wären die anderen beiden nicht über alle Berge, Gott weiß, was ich mit ihnen machen würde. Ihr Großvater und sein Neffe haben Jahr für Jahr die Zinsen einkassiert. Wie es aussieht, bleibt Mamie nur die Summe, die am Anfang auf ihrem Konto lag. Das ist zwar immer noch viel Geld, aber ihr Vermögen ist inzwischen auf die Hälfte geschrumpft.«

»Was hätten sie denn mit dem Geld anfangen sollen, in diesem Dorf?«

»Ich weiß nicht, wieviel der Alte auf die Seite gebracht hat. Das meiste Geld hat dieser Neffe verpraßt, mit seiner Ehehälfte, die genauso schlimm sein muß wie er. Trotzdem geht es in diesem Fall weniger um Geld. Es geht um Vergewaltigung. Und wer weiß, was dieser Kerl ihr noch angetan hat, um ihren Geist zu verwirren? Dr. Pringle hat recht. Aller Frieden, alle Ruhe und alle Geborgenheit der Welt werden ihren Zustand nicht bessern können, solange sie diese Angst in sich trägt. Und diese Angst verliert sie nur, wenn sie darüber sprechen kann. Ich fürchte, uns wird sie sich nicht anvertrauen. Daher glaube ich, wir müssen Dr. Pringles Rat befolgen und sie zu einem Psychiater bringen.«

»Mamie hat Angst vor dir, Willie, vor Bert, und als Sammy und Sep am Sonntag da waren, auch vor ihnen. Wenn sie sich schon hier vor männlichen Wesen fürchtet, wird sie kaum bereit sein, auf einer Couch zu liegen und mit einem fremden Mann zu sprechen, oder?«

»Wohl kaum. Aber auf der Couch einer fremden Frau würde sie vielleicht reden. Es gibt eine Menge weiblicher Psychiater, die in vielen Fällen besser geeignet sind als Männer.«

»Weil sie mehr reden?«

Fiona seufzte: »Ja, du hast recht. Natürlich. Aber das Problem ist, das Mädchen erst einmal dorthin zu bringen. Weißt du, daß sie beim Spazierengehen im Garten immer vermeidet, über die Zufahrt zu gehen, weil sie dann das Tor sehen kann? Zweimal drängte sie sofort Richtung Haus, als ich vorgeschlagen habe, im Wald spazierenzugehen. Ich habe sie beruhigt, dort gäbe es nur Vögel, Kaninchen und einen Fuchsbau. Als ich sie mitgenommen und ihr den Bau gezeigt habe, hat sie vor sich hingestarrt, als hätte sie kein Interesse. Dann hat sie gefragt: ›Hat der Fuchs Junge?‹ An ihrem Gesicht kann man nie erkennen, was in ihr vorgeht. Das hat mich für einen Moment völlig aus der Fassung gebracht. Dann habe ich geantwortet: ›Nein, jetzt nicht. Im Frühjahr hat die Füchsin geworfen. Wenigstens liefen die kleinen Füchse hier herum, wenn es dunkel wurde. Du wirst die Kleinen nächstes Jahr sehen.‹ Mamie nickte, sagte aber nichts. Und weißt du, was sie heute morgen getan hat? Sie ist in die Küche gekommen und hat Mrs. Watson gefragt, ob sie das Gemüse putzen dürfe. Ich war im Nebenraum, und sie hat mich nicht gesehen. Mrs. Watson sagte: ›Wenn du möchtest, Mädchen, darfst du mir gern helfen. Ich habe nicht mehr so viel Gemüse zu putzen, seit drei von den Kindern aus dem Haus sind, aber essen müssen wir trotzdem. Habe ich recht? Mr. Bailey mag seine Kartoffeln am liebsten gebraten oder als Püree. Ja, du kannst Kartoffeln schälen. Und hier sind noch Pastinaken. Nett, daß du mir zur Hand gehst‹. Als ich in die Küche kam, hat Mamie mich angesehen und gefragt: ›Du hast doch nichts … dagegen?‹ Ich habe ihr versichert, daß ich ganz bestimmt nichts dagegen habe und mich immer über Hilfe freue. Und daß Mrs. Watson es haßt, wenn sie Möhren schaben muß. ›Stimmt's, Mrs. Watson?‹, habe ich gefragt, und Mrs. Watson hat geantwortet: ›Wenn ich etwas nicht ausstehen kann, dann Möhren schaben. Ich schäle sie immer. Dabei geht das beste verloren. Aber schaben, nein.‹«

»Und?« fragte Bill. »Hat sie das Gemüse ordentlich geputzt?«

»Perfekt. Sie hat die Möhren geschabt, die Kartoffeln und die Pastinaken geschält und dann noch Äpfel für einen Kuchen.«

»In Wales muß man sie ans Arbeiten gewöhnt haben. Früher hat sie nie einen Finger gerührt, oder?«

»Nein, nie.«

»Ich sage dir, was ich tun werde.« Bill sprang aus seinem Sessel hoch. »Ich rufe den Arzt an, der Mamie im Krankenhaus behandelt hat. Ihm werde ich den Fall darlegen ...«

Eine Viertelstunde später kehrte Bill ins Zimmer zurück. »Das wäre erledigt. Er hat mich an eine Sheila Smith verwiesen, ein Allerweltsname für eine ungewöhnliche Frau, wie er sich ausdrückte. Sie versteht sich auf Hypnose und hat gute Behandlungserfolge mit gestörten Kindern. Sie kommt auch ins Haus, sagt sie, aber vor nächsten Dienstag um drei Uhr nachmittags wäre kein Termin frei. Ich glaube ...« Bill sah Fiona lächelnd an. »... wir sind auf dem richtigen Weg. Eines sage ich dir trotzdem. Ich werde erst dann beruhigt sein, wenn Mamie wieder fröhlich und unbeschwert ist und ohne Angst neben einem männlichen Wesen stehen kann.«

4.

In der Woche vor Weihnachten besuchte Dr. Smith ihre Klientin, wie sie Mamie nannte, zum fünften Mal. Sie war eine kleine Frau in den Vierzigern mit einem freundlichen Gesicht, dessen auffälligstes Merkmal die grauen, manchmal farblos wirkenden Augen waren. Nichts an ihr ließ auf eine starke Persönlichkeit schließen, außer wenn sie sprach. Und dann übte sie eher verhalten Druck aus.

»Geben Sie mir Ihren Mantel«, forderte Fiona sie auf. »Was für ein Wetter!«

»Das kann man wohl sagen. Auf der Hauptstraße bin ich ins Rutschen gekommen, einmal neben einem Lastwagen. Wußten Sie, daß Lastwagenfahrer über den größten Wortschatz verfügen? Es gibt Ausdrücke, die ich gar nicht verstehe, obwohl ich sie oft genug höre. Anscheinend hält mich niemand unter den Lastwagenfahrern für eine gute Autofahrerin.«

Lachend antwortete Fiona: »Kommen Sie erst einmal ins Wohnzimmer und trinken Sie eine Tasse Tee mit mir. Es ist schon alles vorbereitet, jedenfalls fast. Mrs. Watson wollte mir gerade das Tablett hereinbringen.«

»Oh, was für ein hübscher Raum.« Die kleine Frau schritt selbstbewußt zum Kamin und wandte den Rücken zum Feuer. Dann hob sie ihren Rock ein Stückchen über die Knie und seufzte. »Tut das gut! Die Heizung in meinem Wagen ist defekt, und ich habe Ledersitze.«

Sie wandte den Blick zur Tür, durch die Mrs. Watson, das Teetablett balancierend und ohne ein Lächeln für den Gast, hereinkam. Für Mrs. Watson wühlten Psychiater grundlos im Seelenmüll anderer Leute …

Nachdem Mrs. Watson das Zimmer wieder verlassen hatte, trank Dr. Smith einen Schluck heißen Tee und fragte: »Gibt es Fortschritte?« Fiona schüttelte bedauernd den Kopf. »Keine nennenswerten. Immerhin hat sie Sonntag eine Runde Tischtennis mit Katie gespielt, und ich denke, das ist bereits ein Erfolg. Aber sie weicht noch immer aus, sobald mein Mann oder Willie in ihre Nähe kommen, genauso bei jeder anderen männlichen Person, die das Haus betritt. Wenn Männer anwesend sind, scheint sie innerlich zusammenzubrechen. Neulich fiel mir auf, wie sie spricht. Wir sind zwischen den Bäumen spazierengegangen. Plötzlich blieb sie stehen und blickte zu einer riesigen Eiche auf. ›Ich mag Bäume‹, hat sie gesagt. ›Vor allem, wenn sie keine Blätter haben. Dann kann man sie besser erkennen … ich meine, die Umrisse und wie die Borke gefurcht ist‹. Finden Sie nicht auch, daß das eine ungewöhnliche Bemerkung ist?«

»Ja, schon. Aber man erkennt, daß sie aus den düsteren

Tiefen auftaucht, in denen sie so lange gelebt hat. Allerdings habe ich meiner Klientin noch nicht entlocken können, was in diesem Haus vor sich gegangen ist. Sie antwortet nur mit ›ja‹, ›nein‹ oder mit ›ich weiß es nicht‹. Daher denke ich, wir versuchen es heute mit Hypnose, wenn Sie einverstanden sind. Ich habe mit Dr. Pringle darüber gesprochen, und auch er meint, daß eine Änderung in der Behandlungsform angebracht ist. Wäre ich so weit zu ihr vorgedrungen, daß sie zumindest etwas über sich und die Ursache ihrer Angst erzählt, würde ich diesen Schritt nicht vorschlagen. Ich fürchte, Sie werden wieder dabeibleiben müssen, denn ohne Sie zeigt meine Klientin großes Unbehagen.«

»Kein Problem. Von Hypnose verstehe ich allerdings nichts. Aber ich würde gerne wissen, ob damit schädliche Nebenwirkungen verbunden sind?«

»Nicht in diesem Fall. Ich denke, Hypnose kann nur nützen, denn je länger diese Angst bestehen bleibt, desto mehr verstärkt sie sich. Die Erinnerung an das Geschehen hat tief eingegrabene Spuren hinterlassen, und ich bin sicher, diese Angst ist die Ursache für den Rückfall in die Kindheit. Andererseits kann ich nicht versprechen, daß meine Klientin durch Hypnose zu einem altersgemäßen Verhalten zurückkehrt. Gestört ist sie nicht, wie Sie vielleicht sagen würden, aber etwas ist mit ihr nicht in Ordnung. Was immer hinter der Blockade steckt, wird sie für den Rest ihres Lebens in diesem Zustand verharren lassen, wenn wir es nicht aus ihr herausholen.«

»Ich werde sie rufen. Mamie ist mit meiner Mutter und Angela im Fitneßraum. Ich nehme an, Sie wollen wieder im kleinen Wohnzimmer mit ihr arbeiten?«

»Ja, der Raum ist so gut wie jeder andere.«

Sie saßen im kleinen Wohnzimmer, und Dr. Smith fragte Mamie, wie sie die vergangene Woche verbracht habe.

»War in Ordnung.«

»Sind Sie zusammen spazierengegangen?«

»Ja, im Wald.«

Zu Fiona gewandt, fragte die Ärztin: »Im Royal gibt es eine lustige Pantomine. Mögen Sie Pantomime?«

Fiona lächelte. »Ja, normalerweise gehen wir mit der ganzen Familie. Es gibt nur ein Problem. Jedesmal, wenn auf der Bühne ein Pferd, eine Kuh oder ein anderes dargestelltes Tier erscheint, kreischt Angela vor Entzücken, und wir können sie kaum beruhigen.«

»Magst du auch Pantomine?« fragte die Psychiaterin Mamie.

Einen Moment starrte Mamie sie an. Die Brauen des Mädchens waren zusammengeschoben, und sie blinzelte, als versuchte sie angestrengt, sich an etwas zu erinnern. »Ja, ich mag ...«, begann sie und brach dann ab. »Ich ... möchte nicht hingehen.«

»Schon gut, Mamie. Mußt du auch nicht.« Sie rückte ihren Sessel näher zu Mamie und sprach mit sanfter leiser Stimme: »In einer Minute wirst du dich sehr schläfrig fühlen ... möchtest du dabei lieber auf dem Sofa liegen?«

»Nein!«

»Es wird bequemer für dich sein, Mamie«, sagte Fiona weich. »Aber es ist deine Entscheidung.«

Mamie drehte sich zu Fiona, sah sie für einen Moment fest an, stand langsam auf und legte sich auf das Sofa.

Dr. Smith setzte sich neben Mamie, nahm ihre Hand und sagte: »Entspann dich. In einer Minute wirst du einschlafen.« Sie hob eine Hand vor Mamies Gesicht und bewegte einen Finger nach dem anderen. In rhythmischen Abständen sagte sie: »Fünf ... vier ... drei ... zwei ... eins. Jetzt schläfst du tief und fest.«

Sie wartete einen Moment, den Blick auf Mamies geschlossene Lider gerichtet, und sagte dann: »Ich möchte, daß du dir vorstellst, im Haus deines Großvaters anzukommen. Beschreib alles, was von diesem Augenblick an passiert.«

Unter den geschlossenen Lidern begann Mamie heftig mit den Augäpfeln zu rollen. Ihre Stimme klang kläglich, als sie zu reden anfing: »Schrecklich ... ungezogen.« Sie beugte sich vor und umklammerte die Knie. »Tut weh. Tut weh ... immer beten ... ich hasse dich, Großvater. Ich hasse dich! jucken ... überall juckt es.« Sie rieb sich die Arme und Beine und fuhr mit der Hand über den Bauch.

Wieder auf dem Rücken liegend, murmelte sie: »Ich habe Hunger. Ich will trinken ... Du bist grausam! Alle seid ihr grausam. Nein, die Papiere unterschreibe ich nicht! Ich will nach Hause, zurück nach Hause ... Gefängnis. Gut, dann ins Gefängnis ... Mein Rücken juckt so sehr ... Ich kann mich selbst anziehen. Owen ... nein! Nein, nicht! Ich sage es den anderen.« Mamie ruderte wild mit den Armen in der Luft und schrie: »Bitte! Bitte! Owen!« Die Finger zu Klauen geformt, hielt sie die Hände vor sich. Dann kippte ihr Kopf nach hinten, als würde sie geschlagen. Ihre Knie bewegten sich auf und nieder, und sie schrie: »Oh, bitte! Bitte! Nein! Geh weg. Du tust mir weh. Nein! Nicht!«

Mamie krampfte sich zu einem Bündel zusammen. Im nächsten Moment stöhnte sie und sackte schlaff auf das Sofa zurück.

Dann folgte Stille. Ihre Augäpfel bewegten sich langsam von einer Seite zur anderen. »Ich werde verrückt. Hoffentlich bringen sie mich weg von hier.«

Wieder folgte Schweigen. Dann hörte man Mamie wimmern: »Wenn nur ... oh, wenn nur ...«

Die Ärztin sah Fiona an, die tränenüberströmt dasaß. Sanft sagte sie: »Sehr gut. Hoffen wir, daß alles heraus ist. Gewirkt hat die Hypnose jedenfalls. Alles weitere müssen wir abwarten. Warum gehen Sie nicht und machen Tee?«

Als Fiona die Tür hinter sich geschlossen hatte, spreizte Dr. Smith die Hand vor Mamies Gesicht und sagte: »Wenn du aufwachst, fühlst du dich entspannt und würdest gern eine Tasse Tee trinken.« Dann schnippte sie mit den Fingern.

»Wo ist Tante Fiona?«

»Sie kocht gerade Tee, Mamie.«

»Ach, das ist gut. Ich würde gern eine Tasse Tee trinken.«

5.

Die Küche wirkte frisch und strahlend. Die Tapete hatte einen gelben Grundton, und der Boden war mit modernem Linoleum ausgelegt, in warmem Braun und mit einem Fliesenmuster. Auf dem langen Tisch lag eine Decke aus weichem Chenille. Das alte Sofa hatte einen neuen Chintzüberzug, und am Boden vor dem Kamin lag ein bunter Teppich. Der Raum wirkte völlig verändert. Len Gallagher trug einen hellen Pullover, und auch der Ausdruck in seinem Gesicht war aufgehellt, als er Willie ansah. Annie war am anderen Tisch beschäftigt und hörte wortlos der Unterhaltung zwischen ihrem Mann und Willie zu. »Weißt du, Junge«, sagte Len, »die Welt hat sich verändert. Da packt dieses Mädchen da oben tatsächlich ihren Wochenendkoffer, oder wie sie das nennt. Kannst du dir das vorstellen? Oder sieh dir dieses Haus an, welche Veränderungen hier in den letzten drei Jahren vor sich gegangen sind.« Len streckte seinen Finger zu Willie aus. »Und weißt du, Junge. Deine ganze Familie hat sich verändert. Ja, alle zusammen.«

Willie fiel nichts ein, was er dazu sagen sollte. Er lächelte Len Gallagher, den er mehr als nur mochte, einfach an. »Und jetzt sitzt du hier, Junge«, fuhr Len fort, »und erzählst mir, daß du meine Tochter heiraten willst. Heh! Das ist fast nicht zu glauben. Stimmt's, Annie?« Len blickte über die Schulter zu seiner Frau, die keine Antwort gab. »Wie gesagt, Len«, schaltete sich Willie ein, »es wird noch einige Zeit dauern. Aber wir wollen heute unsere Verlobung bekanntgeben. Ich habe einen weiten Weg vor mir, der fünf Jahre dauern kann, und auch Daisy wird sehr beschäftigt sein, wie sie sagt.«

Leise fragte Len: »Und deine Familie? Wie werden sie die Sache aufnehmen? Ahnen sie etwas?«

»Das will ich meinen.« Willie lachte kurz. »Sie haben mehr als eine Ahnung.«

Als Willie nicht weitersprach, sagte Len: »Dein Dad wird sie bestimmt akzeptieren. Aber um offen zu sein, was ist mit deiner Mutter?«

Einen Moment lang schwieg Willie. Mam, dachte er. Sie hieß Daisy im Haus willkommen und war nett zu ihr, aber es gab noch immer eine Barriere. Zu Willies Gefühlen für Daisy äußerte sie sich nicht. »Ach, Mam mag Daisy«, war Willies etwas schwächliche Antwort.

Len ließ die Erwiderung gelten und sagte: »Daisys Mam ...« Er wies mit dem Kopf zu Annie. »... es ist lange her, daß Daisy ihre verrückten Sachen ausgezogen und sich wie eine richtige Frau zu kleiden angefangen hat, oder wie ein junges Mädchen, denn das ist sie noch ... Sie wollte, daß Daisy auf ihre Manieren achtete und sich anders gab. Daisy hat ihr klargemacht, sie würde sich für niemanden ändern. Und heute merken wir den Unterschied. So ist es doch, Annie?«

»Ja, allerdings merken wir ihn«, sagte Annie. Sie setzte sich auf die Bank am hinteren Ende des Tisches, sah Willie an und fügte ruhig hinzu: »Deine Mutter wird nicht erfreut sein, Junge. Ich meine, über die Neuigkeit?«

»Oh.« Verlegen schüttelte Willie den Kopf. Dann sagte er: »Sie mag Daisy. Wirklich. Und immer mehr. Ich meine, sie konnte nicht anders, als Daisy zu mögen, weil sie ein hübsches Mädchen ist, in ihrer Art, sich zu kleiden und ...«

»Ja, Junge«, unterbrach Annie. »Äußerlich hat sie sich geändert, und sie ist auch ruhiger geworden, das muß ich sagen. Trotzdem, es besteht eine große Kluft zwischen eurer Familie und uns, das mußt du zugeben. Und komm mir nicht damit, heutzutage wären die Klassengrenzen verschwunden. Das ist Wunschdenken frommer Seelen. Oben und unten wird es immer geben. Das liegt in der menschlichen Art. Es macht mich krank, zu hören, wie manche tönen, wir alle wären gleich. Wer so redet, lebt entweder oben auf Brampton Hill, in den anderen besseren Vierteln oder in den Siedlungen, die dein Dad gebaut hat. Ja, dort findet man genug von ihnen.« Annie lächelte. »Was mich wirklich aufregt, das sind diese Labourpolitiker, die mehr Bildung für Arbeiterkinder fordern. Dabei habe ich gedacht, in den Gesamtschulen gäbe es längst gleiche Chancen für alle. Und was tun diese Leute? Schicken ihre eigenen Sprößlinge auf Privatschulen. Ich sage immer, vor Gott mögen wir gleich sein, aber der Teufel bestimmt, wer gleicher ist als die anderen. Trotzdem, am Ende hat jeder sein Schicksal selbst in der Hand.« Sie sah lächelnd zu Willie. »Wie man bei uns sehen kann. Eines möchte ich dir allerdings sagen, Willie. Egal, was meine Daisy anzieht oder lernt, – und in letzter Zeit hat sie eine Menge in sich hineingestopft, wie du noch herausfinden wirst –, glaub nicht, daß sich dadurch ihr Charakter ändert. Dafür ist sie zu stark. Sie wird immer sie selbst bleiben. Was manchmal eine Schande ist, denn sie sagt, was sie denkt und stößt die Leute vor den Kopf. Aber was rede ich? Du kennst sie ja. Ja, mittlerweile kennst du sie wirklich. Das war es, was ich zu sagen hatte. Ich bekomme nur nicht gerade oft die Gelegenheit dazu.« Den Blick auf ihren Ehemann gerichtet, sagte sie: »Noch etwas. Den Leuten, die in die schönen Häuser von deinem Dad gezogen sind, gönne ich ihr Glück. Warum nicht, wenn sie das nötige Kleingeld haben.« Annie lachte. »Ich würde selbst gern dort einziehen.«

»Da wir von diesen schönen Häusern reden«, entgegnete Len. »Es ist ein Jammer, daß sie beinahe fertiggestellt sind. Aber immerhin, unsere Familie braucht sich keine Sorgen zu machen. Zum Glück hat dein Dad die Felder von Grey's Farm bekommen und muß kaum Leute entlassen.«

Willie sah von Len zu Annie und sagte: »Ja, er ist hochzufrieden über den Zuschlag. Es war ein langer Kampf. Und seine größte Freude ist, daß er die meisten Leute weiterbeschäftigen kann. Es tut ihm um jeden einzelnen leid, der gehen muß.«

»Unsere drei behält er wenigstens. Dafür danke ich Gott. Und Bill Bailey. Das meine ich ernst«, sagte Len. »Vor allem wegen Harry. Er ist der letzte von unseren Jungen, den er eingestellt hat, und normalerweise sind die letzten zuerst wieder draußen. Eines kann ich dir sagen. Durch deinen Vater hat sich viel für unsere Familie verändert, zum besseren. Oh ja, das Leben ist um einiges leichter geworden. Und dann unser Mike. Ich hätte nie gedacht, daß er sich richtig in ein Mädchen verliebt. Sie ist fünf Jahre älter, schon fast eine Frau, aber er läßt sie nicht mehr los. Mike wird der nächste sein, der das Haus verläßt. Ausgerechnet er will Nägel mit Köpfen machen und heiraten. Und denk nur, unser Danny macht mit der Schule weiter. Er will Technik studieren und Ingenieur werden. Ich wünsche ihm, daß er es schafft. Noch vor wenigen Jahren hätten wir das nicht bezahlen können, allein schon wegen der Kleidung, die der Junge braucht. Weißt du, Junge«, Len beugte sich verschwörerisch zu Willie und flüsterte: »Die Idee hat ihm unsere Daisy in den Kopf gesetzt. Sie sagt, sie würde persönlich dafür sorgen, daß genug Geld für ihn da wäre. Die beiden halten zusammen wie Pech und Schwefel. Sep hätte auch aufs College gehen können. Den Kopf dazu hat er. Aber ihm fehlte die Chance ...«

Len wurde von Annie unterbrochen, die sich an Willie wandte: »Wie geht es dem jungen Mädchen? Sep erzählt nicht viel, aber manchmal spricht er von ihr.«

»Mamie macht wunderbare Fortschritte. Naja, wie man es nimmt. Einerseits ist sie beinahe wie früher, aber sie mag das Haus nicht verlassen. Es ist eine Form von Agoraphobie. Mamie will immer bei meiner Mutter oder meiner Großmutter sein, oder sie ist bei den Kleinen. Das heißt, bei Angela und den beiden Kindern unserer Freunde. In solchen Momenten wirkt sie glücklich und zufrieden. Und immerhin läßt sie die Nähe von männlichen Wesen wieder zu und zuckt auch nicht zusammen, wenn einer von uns in ihre Nähe kommt, aber wohl fühlt sie sich dabei noch immer nicht. Sep durfte übrigens als erster mit ihr Tischtennis spielen. Ich war deswegen sehr beleidigt.« Willie lächelte schuldbewußt. »Ich dachte, ich könnte sie dazu überreden. Aber nein. Eines Abends ... ist Sep aufgestanden, hat ihr einen Tischtennisschläger in die Hand gedrückt und gesagt: ›Ich muß wohl nicht fragen, wie gut du bist, oder?‹ Sie gab keine Antwort, ist aber zur Tischtennisplatte gegangen und hat mit ihm gespielt. Wir anderen saßen verblüfft dabei. Mamie hat sogar draußen ein paarmal Tennis mit ihm gespielt.«

»Ja, ja.« Len warf den Kopf in den Nacken und lachte aus

vollem Hals. »Er hat sich die größte Mühe gegeben, den Schläger vor uns zu verstecken. Das Ding war in braunes Packpapier gewickelt, als er damit heimkam. Und auch das andere Zeug. Seine Brüder haben ziemlich gelästert. Er trug es mit Fassung. Man stelle sich vor. Jemand aus unserer Familie, der Tennis spielt. Dafür muß ich deinem Vater ebenfalls dankbar sein. Ja, das ist wahr. Sep hat wieder Zuversicht im Leben. Er gehört zu den nachdenklichen Typen ... wie Mike, der auch nur den Mund aufmacht, wenn er etwas Wichtiges zu sagen hat. Du weißt, was ich meine, nicht wahr? Ach, ich bin froh, daß es dem Mädchen besser geht. Verläßt sie das Grundstück nie?«

»Doch. Im Frühjahr konnten wir sie ins Theater mitnehmen, für die Pantomime. Und sie läßt sich im Auto herumfahren. Aber meine Mutter oder meine Großmutter müssen immer dabei sein. Monatelang hat sie kein einziges Mal gelacht, weißt du. Nicht einmal gelächelt. Und dann«, Willie sah Len an, »an einem Sonntag beim Tee war Daisy in Höchstform. Ich weiß nicht mehr, was sie gesagt hat, aber Mamie hat vor Belustigung ihren Tee verschüttet. Die ganze Familie mußte lachen, vor Überraschung und Erleichterung über Mamie, die am Tisch saß, meine Mutter anlächelte und sagte: ›Tut mir leid. Ich habe meinen Tee verschüttet.‹ Als Dad meinte: ›Warum verschütten wir nicht alle unseren Tee?‹ lachte sie laut. Es klang seltsam, als würde jemand aus dem Totenreich zurückkehren. Letztes Wochenende hat sie mit Dad geredet und das kurze Gespräch selbst eröffnet. Sie waren im Kinderzimmer, und es ging um die Tiere, die Angela aus Knetmasse herstellt. Darin ist die Kleine sehr gut. Außerdem spricht sie ziemlich viel mit Sep. Nur nicht mit mir, und das ärgert mich.«

Annie lachte. »Oh, Willie! Ich kann mir gar nicht vorstellen, daß du ärgerlich wirst oder die Beherrschung verlierst.«

»Meine Familie sieht das anders. Ich bin dafür bekannt, daß ich schnell hochgehe. Du mußt nur Katie fragen.«

»In diesem Fall sollte sich Daisy besser vorsehen, wie?«

»Ja, das sollte sie.«

»Was sollte sie?« Die Tür zum Durchgang ging auf, und eine hochgewachsene junge Frau kam herein. Jede Ähnlichkeit mit dem früheren Punk war verschwunden. Ihr Kleid harmonierte mit dem Mantel, der aus weichem grauen Stoff gearbeitet war.

Bei ihrem Anblick sog Willie den Atem ein und rief: »Oh! Wie hübsch! Wann hast du das gekauft?«

»Vor ungefähr einer Woche.«

»Du hast mir nichts davon gesagt!«

»Warum sollte ich?« Der Ton und ihre Haltung verrieten für einen Moment die alte Daisy. »Sieh dir die Innenseite an!« Daisy schlug den Mantel vorn auseinander, und Willie rief: »Du liebe Zeit! Goldglänzendes Futter. Sehr apart.«

»Natürlich.« Sie streckte die Arme zur Seite, drehte sich langsam nach rechts und links und erklärte: »Es ist ein Pariser Modell.« Dann blieb sie stehen. »Sieh her!« Sie wendete den Mantelkragen nach außen. »Hier, lies das.«

Willies las das Etikett. »Toll. Hat sie den Mantel und das Kleid für dich zur Seite gelegt?«

»Natürlich. Und sie meinte, diese Kombination würde aus Unkraut eine Gartenblume machen ...«

»Wovon redet diese Frau? Du warst nie Unkraut.«

»Doch, Dad. Bunt, aber trotzdem Unkraut. So hat sie mich gesehen, und nicht nur sie.« An Willie gewandt, wiederholte sie: »Nicht nur sie. Habe ich recht?«

»Nein, hast du nicht. Das war ein schwacher Vergleich. Sie hätte sagen sollen ...« Willie schwieg und sah Daisy an, den Kopf zur Seite geneigt. »Dadurch wird das Gänseblümchen Daisy zu einer Orchidee.«

»Schweig still!« Sie stieß ihn in die Seite. Willie nahm ihre Hand, sah sie an und sagte tonlos: »Du bist zu stark geschminkt.«

»Was?« Daisy entriß ihm ihre Hand. »Ich bin nicht zu stark geschminkt. Und jetzt hör auf!«

»Ich höre nicht auf. Du bist zu stark geschminkt. Habe ich recht, Len?«

Len stützte den Ellenbogen auf den Tisch und unterdrückte mit beiden Händen das Lachen. »Laß mich da raus«, murmelte er. »Diesen Krieg habe ich vor Jahren verloren. Und ich habe keine Kraft mehr.«

»Aber ich.« Willie sah Daisy kopfschüttelnd an. »Warum schmierst du dir dieses schwarze Zeug um die Augen? Du hast schöne lange Wimpern. Und deine Augenform ist rund, nicht oval. Deshalb brauchst du diese Schwalbenschwänze nicht. Oder bist du eine Chinesin? Zu dem Mantel und dem Kleid würde dein pinkfarbener Lippenstift gut passen, aber nicht dieses Rot.«

Ihr zartblasses Gesicht lief puterrot an, und die Stimme verriet die alte Daisy: »Paß auf, was du sagst, Willie Bailey. Sonst lernst du meine Handschrift kennen.«

»Daisy!« rief ihre Mutter scharf. Daisy fuhr herum und schrie zurück: »Nein, Mam! Ich habe nur die Hälfte genommen wie sonst.«

»Das ist immer noch zu viel. Mr. Willie hat recht.«

»Oh, Mam! Und wenn ich schon dabei bin. Hör auf, Willie Mister zu nennen. Er hat keinen Titel.«

»In meinen Augen schon, Mädchen. Für mich bleibt er Mister Willie.«

An Willie gewandt, brüllte Daisy: »Du bringst alles in diesem Haus durcheinander, weißt du das? Schon die ganze Zeit. Ich habe immer den Mund gehalten, aber du bist ein Störenfried.«

Willie wurde ernst. Er drehte sich von Daisy weg, sah ihre Mutter an und dann ihren Vater. Noch immer lachend, schüttelte Len den Kopf. »Junge, du bringst hier nichts durcheinander, nur Daisy, und das ist gut. Sie hat jemanden gebraucht, der sie bessert. Weniger innerlich, aber äußerlich … ach, was rede ich, auch innerlich. Wenn sie nur wollte, würde ein neuer Mensch aus ihr.«

»Ich will raus hier.«

»Ich nicht.« Willie setzte sich auf den Stuhl, von dem Daisy aufgestanden war. Er sah zu ihr hoch und sagte: »Nicht, solange du schwarze Kohlenränder um die Augen hast.«

Sie starrte auf ihn herunter, und ihr Gesicht verzerrte sich, als würde sie im nächsten Moment in Tränen ausbrechen. Willie sprang auf, faßte Daisy bei den Schultern und sagte zärtlich: »Liebling, das war doch nur Spaß.«

»Nein, war es nicht. Du meinst es so, wie du es sagst. Oder?« Ihre Stimme klang leise und brüchig, und sie sprach, als hätte sie vergessen, daß ihre Eltern dabeistanden. Nach einem Moment des Schweigens sagte Willie: »Ja, du hast recht. Ich habe es gesagt, weil du wunderschön bist unter der Schminke ... und wenn du nur wenig nimmst, wird deine Schönheit betont.«

Einige Sekunden herrschte Totenstille. Mit einer raschen Bewegung, die aussah wie ein Judotrick, löste Daisy sich von Willie und schritt aus der Küche. Man hörte die Absätze ihrer hochhackigen Schuhe auf der Treppe. »Ich hätte nicht soweit gehen sollen«, sagte Willie voller Bestürzung.

»Doch, das war richtig, Mr. Willie. Genau richtig. Es stimmt. Das grell geschminkte Gesicht hat alles verdorben. Dabei sehen ihre neuen Sachen wunderbar aus. So etwas Elegantes habe ich noch nie gesehen. In meinem ganzen Leben nicht.«

»Ja, das finde ich auch.« Willie seufzte. »Und sie braucht wirklich kein Make-up. Vielleicht einen Hauch, aber mehr nicht. Sie hat eine wunderbare Haut und schöne Augen. Aber ... man kann kaum erkennen, wie sie ...« Wieder seufzte Willie.

Len sah Willie an. Er erinnerte sich an den Tag, als seine wilde Tochter mittags nach Hause kam und um einen Rat bat, was die erste, zweite und dritte Wahl anging. Gott sei Dank war sie zur Vernunft gekommen und hatte sich diesen jungen Burschen geangelt. Gesellschaftlich war Willie Lichtjahre von ihr entfernt, aber gleichzeitig kannte Len niemanden, der fester mit beiden Beinen im wirklichen Leben stand. Daisy war ein Glückspilz. Len zweifelte nicht, daß seine Tochter dies tief im Innern wußte. Und sie liebte Willie sehr.

Annie sagte zu Willie: »Sie hatte Glück, diesen Laden zu finden.« In diesem Augenblick ging die Tür auf, und Daisy kam herein.

Ihr Gesicht wirkte sauber, wie frischgewaschen. Daisy

hatte die Lippen in hellem Pink nachgezogen, um die Augen sah man eine dünne braune Linie, und die Verlängerungsstriche in den Augenwinkeln fehlten. Ihre Wimpern waren nur an den Spitzen getuscht.

Ohne ein Wort zu sagen, ging Willie auf sie zu. Er beugte sich zu ihr und küßte sie auf den Mund. Sie stieß ihn von sich und sagte: »Du bist der albernste Kerl, den ich kenne und raubst mir den letzten Nerv.«

»Ja, ich weiß, Daisy Gallagher. Deswegen passen wir zusammen.«

»Komm jetzt. Wir müssen los. Sonst verpassen wir auch diesen Bus.«

Daisy ging zu ihrem Vater, tätschelte seine Wange und sagte: »Mach's gut, Dad. Bis morgen abend.«

»Mach's gut, Mädchen. Viel Spaß. Aber den hast du ja immer.«

Ihre Mutter stand neben der Haustür. Daisy berührte sie nicht. Statt dessen sahen Mutter und Tochter sich an. Annie sagte im Flüsterton: »Paß auf dich auf, Kind.« Beinahe ebenso leise antwortete Daisy: »Das tue ich immer, Mam. Ach, du weißt nicht einmal die Hälfte. Warte bis morgen abend. Dann erfährst du alles.«

Einen Moment blickte Annie verwirrt. »Jetzt aber raus mit dir«, sagte sie dann.

Von der Bushaltestelle zur Zufahrt zum Haus dauerte der Fußweg fünf Minuten. Sie waren durch das Tor gegangen, als Willie anhielt und Daisy in seine Arme zog. »Weißt du was, Daisy«, sagte er. »Ich zerplatze beinahe vor Liebe zu dir. Am liebsten möchte ich schreien, rufen, tanzen und eine Trommel schlagen.«

»Oh, Willie. Was für ein dummer Kerl du bist. Ich bin das alles nicht wert. Wirklich nicht. Dafür kenne ich mich zu gut.«

»Das Urteil kannst du getrost mir überlassen. Ich kenne dich lange genug und habe deine Entwicklung miterlebt. Von den Anfängen als schriller Punk zur Übergangsperiode, als die häßlichen Wollsocken und die klobigen Schuhe den guten Eindruck oberhalb der Taille verdarben. Schließlich hast du die schicken Modellkleider angezogen, und nur dein Gesicht war verunstaltet, dein wunderschönes Gesicht …« Willie nahm es zwischen beide Hände. »… mit Unmengen von Make-up. Jetzt bist du die richtige Daisy, wie ich sie immer gesehen habe.«

»Die damenhafte Daisy? Wolltest du das sagen? Dann hast du leider auf das falsche Pferd gesetzt, Willie.« Lachend wiederholte sie: »Das falsche Pferd, Willie.«

Sie starrten einander unter den schattigen Baumkronen an. Durch das Blättergewirr fielen einzelne Lichtflecken auf den Weg. Leise und schlicht fragte Willie: »Liebst du mich wirklich?« Daisy schlang die Arme um seinen Hals. Statt sich an ihn zu schmiegen, bog sie den Oberkörper zurück. »Wenn du erfährst, was ich für dich tue, hast du die Antwort.«

»Du führst etwas im Schilde, stimmt's? Seit Tagen kommen versteckte Hinweise.«

»Schon Wochen und Monate.«

»Wochen und Monate? Was meinst du damit?«

»Du wirst nicht mehr lange hingehalten.«

»Ich sollte überhaupt nicht hingehalten werden. Jetzt komm weiter.«

»Warte.« Sie nahm die Arme von Willies Hals und löste sich aus seiner Umarmung. »Wenn wir das Haus am Wegende erreicht haben, wird eine Bombe hochgehen.« Daisy schüttelte den Kopf. »Deine Familie ahnt, was du für mich empfindest, und ich für dich. Andererseits werden sie uns vorhalten, daß die Leidenschaft vergänglich ist. Wir wären jung und unerfahren und könnten noch nicht wissen, was wir wirklich wollen. Sicher, manche Paare in unserem Alter hätten bereits drei Kinder und ein viertes in Arbeit. Aber eine Verlobung oder Heirat zwischen …«

Willie stieß Daisy von sich und riß sie im nächstem Moment in seine Arme zurück. Er schüttelte sich vor Lachen. »Eines Tages, wenn wir an unserem vierten Kind arbeiten, erinnere ich dich an deine Worte.« Daisy begann sich ebenfalls zu schütteln. »Oh, Willie. Willie«, murmelte sie, an ihn gelehnt. Sein Mund begegnete ihren Lippen, und er küßte sie lang und fest. Dann raunte er: »Ich kann mir nicht vorstellen, noch fünf Jahre zu warten. Und du?«

»Oh, doch. Ich schon.« Sie flüsterte zischend: »Wer soll für uns sorgen, bei dem Luxus, an den du gewöhnt bist. Mein Gehalt würde kaum reichen.« Sie betonte das Wort ›Gehalt‹. »Vom Geld deiner Familie werden wir nicht leben. Das muß dir klar sein. Und jetzt komm. Ich brenne darauf, endlich ins Haus zu kommen.«

»Du brennst darauf? Warum?«

»Das wirst du gleich erfahren.« Daisy eilte den Weg hinauf. Willie hob ihren Koffer vom Boden und hastete hinterher. »Manchmal möchte ich dich schütteln«, murmelte er. Sie antwortete: »Und ich würde dich am liebsten auf den Rücken werfen.«

»Das könnte mir gefallen, Daisy Gallagher.«

»Freu dich nicht zu früh, Willie Bailey.«

Sie hatten den Vorplatz am Haus erreicht. Fiona stand oben auf der Treppe, und Bill wollte in seinen Wagen einsteigen. Als er Willie und Daisy sah, rief er: »Oh, ihr seid das. Gut!« Er schlug die Wagentür zu. »Kommt mit! Ich will euch etwas zeigen.« Mit diesen Worten machte er sich zu den Garagen auf den Weg.

Willie blickte zu seiner Mutter hoch, die stehengeblieben war und ihn anlächelte. Er zuckte mit den Schultern und sagte: »Der Herr befiehlt. Wir gehorchen.« Als er wieder Daisys Hand nahm, entzog sie sich. »Geh nur allein. Ich weiß schon, was es ist und leiste in der Zwischenzeit deiner Mutter im Haus Gesellschaft.« Daisy rannte die Treppe hinauf und in die Halle, wo Fiona ihr überrascht entgegenblickte.

»Und?« fragte Daisy, und Fiona antwortete: »Oh! Du siehst wunderbar aus. Wo hast du den Mantel und das Kleid her? Doch nicht wieder aus deinem Laden, oder?«

»Doch, in der Tat. Die Sachen wurden für mich auf die Seite gelegt. Meine Gönnerin hat sofort an mich gedacht, als sie die Teile gesehen hat. Ich kam in den Laden, und es waren zahlreiche Kundinnen anwesend. Sie hat mich mit der Bemerkung beiseite genommen, sie hätte ein wirklich exklusives französisches Modell für mich. Ob es mir etwas ausmachen würde, einen Moment zu warten? Du wirst es nicht glauben. Ich habe sogar den passenden Hut und die passenden Handschuhe dazu.«

»Nein!«

»Doch. Echte französische Eleganz.«

»Die Sachen sind wunderbar.« Fiona betastete das Material. »Gütiger Himmel! Darf ich fragen, was du bezahlt hast?«

»Oh, einen ordentlichen Batzen, für meine Verhältnisse. Für den Mantel und das Kleid, den Hut, die Handschuhe, drei Garnituren Seidenunterwäsche und zwei Paar Schuhe – die leider drücken –, alles zusammen zwölf Pfund fünfzig.«

»Unmöglich!«

»Aber ja. Zwölf Pfund fünfzig. Für mich ist das eine Menge.«

»Hast du eine Ahnung, was allein der Mantel mit dem Kleid in einem Londoner Geschäft gekostet hätte?«

»Ich denke, um die zweihundert Pfund.«

»Das Doppelte, meine Liebe. Eher mehr.«

»Nein!«

»Doch. Laß mich sehen, wie die Sachen gearbeitet sind.«

Fiona half Daisy aus dem Mantel. Als sie das Etikett sah und die auf französisch geschriebene Pflegeanleitung in der Seitennaht las, sagte sie: »Ein besseres Geschäft hättest du nicht machen können. Und die Sachen stehen dir. Du wirkst darin, als wäre alles extra für dich angefertigt. Du siehst entzückend aus ... wirklich entzückend.« Fiona starrte Daisy an. Dann sagte sie: »Tritt näher, meine Liebe. Die anderen werden jeden Moment kommen, ich meine Katie und Sammy. Und Bill hat eine Überraschung für Willie. Du wirst gleich erfahren, was es ist.«

»Fiona.«

Der Klang ihres Namens ließ Fiona am Fuß der Treppe anhalten. Sie sah zu der jungen Frau, deren fester Blick auf sie gerichtet war. Ihr fiel seit langem auf, daß Daisy sich im Äußeren völlig gewandelt hatte. Aber was war mit der alten Daisy? Sie konnte nicht einfach verschwunden sein. Immerhin hatte sie Fiona zu ihr gesagt, und nicht Mrs. B., wie Sammy.

»Willie und ich«, begann Daisy in betont korrekter Aussprache, »haben dir etwas mitzuteilen. Um den Weg dafür zu ebnen, erzähle ich zuerst, wie ich mich vorbereitet habe. In der Hoffnung, daß du mich dann in einem anderen Licht siehst. Ich denke, bislang war ich in deinen Augen kaum die Richtige, um mit offenen Armen in der Familie willkommen geheißen zu werden.« Daisy streckte die Hand aus, als Fiona protestieren wollte. »Warte einen Moment. Zuerst möchte ich dir sagen, daß ich das ganze letzte Jahr Kurse in der Abendschule besucht habe. Deshalb hatte ich montags, dienstags und donnerstags keine Zeit für Willie. Jetzt habe ich für drei Fächer die mittlere Reife, in Englisch, Geschichte und Sozialkunde.«

Fionas Gesicht war angespannt, und sie berührte mit der Hand ihr Kinn. Daisy hob die Hand. »Das war nur die Vorbereitung. Warte, wie es weitergeht. Stell dir vor! Ich bin angenommen worden, ich meine, für ein Studium an der Open University. Ich habe mich schon letztes Jahr beworben, mußte aber warten. Und heute morgen kam der Brief, daß ich den Platz erhalten habe.«

Jetzt war die Überraschung auf Daisys Seite. Fiona sah sie mit offenem Mund an, neigte den Kopf in den Nacken und brach in schallendes Gelächter aus. »Was ist daran so komisch?« fragte Daisy verstimmt.

»Komisch? Du fragst, was daran komisch ist? Ach, Daisy! Ich habe heute morgen auch einen Brief erhalten. Von der Open University. Ich werde dort Englisch studieren. Ach, Daisy! Daisy!«

Welche der beiden Frauen zuerst den Arm um die andere schlang, wußte keine mehr. Sie standen in der Halle und herzten sich wie Freundinnen, die nach langer Trennung wieder vereint waren. Ihr lautes Lachen, vermischt mit Worten des freudigen Erstaunens und der Verblüffung ließ Bill und Willie an der Eingangstür innehalten. Beinahe hilflos und mit ungläubigem Gesichtsausdruck verfolgten sie die Szene, die sich keiner erklären konnte. Fiona und Daisy hätten nicht unterschiedlicher sein können, in ihrem Denken und ihrer Lebenseinstellung, und doch lagen sie sich in den Armen und lachten Tränen.

»Was soll das heißen? Was ist los, verdammt? Sehen meine Augen richtig?« Bills Stimme dröhnte durch die Halle. Nach Luft ringend und mit feuchter Aussprache antwortete Fiona: »Du ... wirst es nicht glauben.«

Dann lachten sie wieder. Bill wurde ungeduldig. »Hört sofort auf damit! Alle beide. Was soll ich nicht glauben?«

Daisy schüttelte vor Heiterkeit den Kopf und sah zu Willie. »Ich habe in drei Fächern die mittlere Reife bestanden«, stieß sie hervor. »Das wollte ich Fiona sagen, und noch etwas Besseres.« Sie drehte sich zu Fiona. Wieder brachen beide in Gelächter aus. »Ich habe ihr erzählt, ich hätte mich an der Open University beworben ... heute wäre die Bestätigung für den Studienplatz eingetroffen ...« Daisy rang nach Luft und wies auf Fiona. »... Da hat sie gesagt, auch bei ihr wäre heute ein Brief angekommen. Wir studieren ... das gleiche Fach.«

»Open University?« Willie hob die Stimme. »Und das heimlich? Oh, ich könnte dich!« Er hatte Daisy gepackt und von Fiona weggezogen. »Wie hast du die mittlere Reife geschafft?«

»Auf der Abendschule.«

»Auf der Abendschule?« Willie drehte sich von Daisy zu Bill, aber Bill starrte Fiona an. Sie lachte nicht mehr, sondern erwiderte seinen Blick.

Bill drehte den Kopf zur Seite. »Schön für dich«, sagte er ohne Begeisterung in der Stimme. Sein Blick ging zu Daisy, und jetzt lächelte er. »Ich muß sagen, du steckst voller Überraschungen. Und Minnehaha? Begräbst du sie unter deinem Studium?«

»Selbst wenn ich wollte, wäre das unmöglich. Nein, sie wird nicht begraben ... ich schicke sie auf Reisen.« Wieder lachte Daisy. »Findest du es nicht auch komisch, daß wir beide ...« Daisy berührte Fiona mit der Hand. »... das gleiche getan haben, jede heimlich für sich?«

»Nein«, sagte Bill kopfschüttelnd. »Komisch nicht. Eher hinterhältig.«

»Ach, Unsinn!« Daisy schlug spielerisch nach Bill. »Keine von uns beiden ist hinterhältig. Oder was sagst du, Fiona?«

Fiona lächelte und schwieg.

Das Verhalten und der Gesichtsausdruck seiner Eltern ließ Willie sagen: »Jetzt komme ich mit einer Überraschung. Rate, was es ist!« Er blickte zu Daisy. »Dad hat mir ein Auto geschenkt.«

»Wirklich? Das ist großartig.« Sie sah zu Bill, und die alte Daisy kam wieder zum Vorschein. »Toll, Großer Häuptling Häuserbauer. Was ist es? Ein BMW?«

»Nein, und ein Jaguar auch nicht! Nur ein kleiner Morris aus zweiter Hand.«

»Ach, das wäre mir egal. Hauptsache, der Wagen läuft.«

»Es ist ein Rover«, sagte Willie. »Und ich finde ihn toll. Los, sieh ihn dir an.« Als Willie sie bei der Hand nahm, drehte sich Daisy zu Fiona. »Kommst du mit?«

»Ich habe den Wagen schon gesehen, Daisy.«

»Ach so, natürlich.« Daisy blickte in die Runde. Dann ließ sie sich von Willie durch die Halle ziehen, und beide rannten nach draußen. »Er freut sich nicht«, sagte Daisy, als sie auf der Zufahrt verharrten. »Wegen Fiona, meine ich.«

»Nein, nicht besonders. Dabei dachte ich, diese Sache wäre ausgestanden.« Sie gingen weiter zum Vorplatz. Willie streckte den Arm nach Daisy aus, blieb stehen und sah ihr in die Augen. »Ich dachte, meine Liebe zu dir wäre so groß, daß sie sich nicht mehr steigern ließe. Aber jetzt vergöttere ich dich, Daisy Gallagher. Und das alles hast du getan, um meine Mutter zu überzeugen?«

In Daisys Gesicht trat ein nüchterner Ausdruck. »Ja, hauptsächlich. Andererseits wollte ich immer schon richtiges Englisch lernen, ich meine, Grammatik und Aussprache. Glaubst du mir nicht?«

»Doch, ich glaube dir, mein Liebling. Aber der Grund ist unwichtig. Vor allem weiß ich, daß du ein außergewöhnlicher Mensch bist. Und das macht mich so stolz, daß ich … platzen könnte.«

»Zerspringen, Mr. Bailey. Z-E-R-S-P-R-I-N-G-E-N.«

»Nein, P-L-A-T-Z-E-N, Miß Gallagher.«

Wieder lagen sie sich in den Armen. Dann rannten sie zur letzten Garage. Als Daisy das Auto sah, sagte sie: »Am liebsten würde ich mich auf die Kühlerhaube werfen und es umarmen. Aber ich habe dieses furchtbar teure Kleid an.«

»Komm, wir drehen eine Runde. Ich habe schon den Wagen von Katie und Sammy gefahren. Außerdem besitze ich seit dem letzten Jahr einen Führerschein, prophy…laktisch sozusagen.« Willie dehnte das Fremdwort. »Ich wußte, irgendwann würde ich ein Auto haben.« Daisy sagte: »Nein. Laß uns zum Haus zurückgehen. Wir müssen die wirkliche Neuigkeit überbringen.«

»Gütiger Himmel! Du hast recht. Wir wollten es hinausposaunen, und dann haben wir niemandem etwas gesagt.«

»Ich glaube … schweigen muß ich nicht mehr. Auch nicht gegenüber deiner Mam.«

»Nein, mein Liebling. Bestimmt nicht.«

Wieder nahm Willie seine Daisy in die Arme. »Nein, laß uns zurückgehen!« sagte sie. »Jetzt will ich die Neuigkeit loswerden. Alle sollen es wissen.« Sie nahmen sich bei den Händen und rannten über den Hof zum Haus. Als sie die Halle betraten, hörten sie Bills Stimme aus dem Wohnzimmer. Der Ton ließ Willie innehalten. »Liebe Güte«, sagte er. »Laß uns nach oben gehen. Wir sagen es zuerst Großmutter.«

»Sie streiten doch nicht, oder?«

Leise antwortete Willie: »Nein. Es ist nur eine heftige Auseinandersetzung. Das erkläre ich dir später.«

Auf dem ersten Treppenabsatz blieb Willie stehen und sagte noch immer leise: »Laß niemals zu, daß ich dich ganz besitze, Daisy. Behalt immer einen Teil für dich. Verstehst du, was ich meine?« Daisy sah ihn mit der gleichen ernsten Miene an und nickte. »Ja, Willie. Ich verstehe, was du meinst. Danke, daß du so denkst.« Sie nahm sein Gesicht zwischen beide Hände und küßte ihn zärtlich auf den

Mund, bevor sie die restlichen Stufen nahmen und ins Kinderzimmer gingen.

Im Wohnzimmer standen sich Bill und Fiona vor dem offenen Kamin gegenüber, gut eineinhalb Meter voneinander entfernt. Laut sagte Fiona: »Ja. Für ihre Leistung verdient sie jedes Lob. Und ich weiß, Daisy hat es für mich getan. Damit ich sie akzeptiere, wie du unbedingt betonen mußtest. Gut, mir wäre ohnehin keine Wahl geblieben. Willie ist hartnäckig. Am Ende hätte er seinen Willen auch gegen mich durchgesetzt. Und du hast recht. Daisy war klug, sich mehr Bildung anzueignen. Nur darfst du nicht glauben, ich hätte sonst auf sie herabgesehen. Das stimmt nicht. Ich stelle mich nicht höher als sie. Nicht auf die Weise, die du meinst. Willie und sie wollten uns heute ihre Verlobung bekanntgeben. Das wußte ich in dem Augenblick, als ich die beiden auf der Zufahrt näherkommen sah. Du siehst, ich bin informiert, und du mußt dich nicht wiederholen. Ich bin froh, daß Daisy Gnade vor deinen Augen findet, auch wenn du schon immer auf ihrer Seite warst. Was sie geleistet hat, erkenne ich an. Durch die einjährige Abendschule und den Abschluß in drei Fächern hatte sie es doppelt so schwer. Trotzdem haben wir beide auf das gleiche Ziel hingearbeitet: ein Studienplatz für Englisch an der Open University. Würdest du also auch würdigen …« An dieser Stelle brach Fionas Stimme, und sie schluckte. »… was ich geschafft habe. Schließlich warst du mit meiner Anmeldung einverstanden.«

»Davon habe ich kein verdammtes Wort gesagt.«

Ihr Mund stand weit offen. »Dann vergißt du den Abend, als du auf Knien vor mir gelegen hast …«

»Nein, ich erinnere mich gut an diesen Abend. Ich habe nur gesagt, wenn du studieren willst, dann tu es. Während du den Eindruck erweckt hast, gar nicht gehen zu wollen.«

»Das stimmt nicht.« Fionas Stimme wurde tief und fest. »Ich erinnere mich deshalb so genau, weil du in einem entsetzlichen Zustand warst. Ich habe gesagt, ich könnte auch zu Hause bleiben, und du hast darauf bestanden, daß ich meine Pläne in die Tat umsetze. Sonst würdest du dich noch schuldiger fühlen. Und nicht nur schuldig, sondern minderwertig. Hast du das vergessen?«

»Ich vergesse gar nichts, Frau. Überhaupt nichts! Ich weiß auch, kurz danach kehrte Mamie zurück, und du hattest alle Hände voll zu tun. Das Mädchen ist vollkommen von dir abhängig. Auch jetzt noch. Das sollte genügen, dir deine hochtrabenden Bildungspläne auszutreiben. Aber was tust du? Du schreibst dich an der Open University ein. Oh, zufällig weiß ich Bescheid. Englisch wird am häufigsten gewählt, weil es das leichteste Fach ist, und es gibt eine Warteliste.«

Das anschließende Schweigen dauerte mehrere Minuten. Dann sagte Fiona: »Wenn du meinst, daß Englisch das leichteste Fach ist, bist du falsch informiert. Ein geisteswissenschaftliches Studium ist niemals leicht, verstehst du? Vor mir liegen fünf Jahre harter Schufterei, und am Ende kann ich einen akademischen Grad erwerben.«

Wieder herrschte Schweigen. Fiona wußte, wenn sie nicht sofort das Zimmer verließ, würde sie in Tränen ausbrechen. Das ganze Wochenende lag vor ihr, und alle Kinder waren zu Hause. Sogar Mark würde morgen mit seinem Freund Roland Featherstone kommen. Außerdem wollte Fiona für die zu erwartende Verlobungsfeier den Tisch besonders festlich decken. Sie behielt besser die Nerven und ließ Bill daher allein.

Um nicht an ihm vorbeigehen zu müssen, ging sie hinter dem Sofa entlang. Sie hatte das Zimmer zur Hälfte durchquert, als ihr der Weg versperrt wurde.

»Setz dich hin. Wir müssen reden.«

»Ich denke, wir haben für heute genug geredet.«

Wieder wollte Fiona ihm ausweichen, und er sagte: »Wenn du durch diese Tür gehst, wird dein Bett viele Nächte kalt bleiben.«

Fiona hob kurz den Kopf, sah ihn an und ging zur Tür. Nie hätte sie geglaubt, zu diesem Verhalten fähig zu sein. Bill kam ihr erneut zuvor und preßte den Rücken gegen die Tür. Seine Stimme klang verändert. Beinahe erschrocken sagte er: »Was ist über uns gekommen? Warum benehmen wir uns so?«

»Frag dich selbst«, sagte Fiona und blickte ihm gerade ins Gesicht. »Dann findest du die Antwort. Jetzt laß mich hinaus!«

»Oh, nein! Nein!«

Bill packte sie tatsächlich an den Schultern und zwang Fiona ins Zimmer und aufs Sofa zurück. Obwohl er Fiona nicht niederwarf, fiel sie gegen die Lehne. Dann setzte sich Bill neben sie, umklammerte ihre Handgelenke und sagte: »Was ist nur in uns gefahren?«

Nicht nur kühl, sondern mit Kälte in den Augen drehte sich Fiona zu ihm. Als Bill ihren Ausdruck sah, verfluchte er das Dominanzstreben, von dem er beherrscht wurde, zumindest soweit es Fiona betraf. Er senkte den Kopf, um ihrem Blick zu entgehen und ließ Fiona los. Von ihr abgewandt, die Ellenbogen auf die Knie gestützt und das Gesicht hinter den Händen verborgen, blieb er sitzen. Bill verharrte einige Minuten in dieser Haltung und sagte schließlich: »Wenn du gehen willst, geh.«

Erneut folgte Schweigen. Fiona erschrak, als Bill plötzlich herumfuhr und sie an sich zog.

»Warum tun wir das?« schrie er. »Warum?« Ohne auf eine Antwort zu warten, sprach er weiter: »Oh, ich weiß. Es liegt an mir. Aber … wenn es um dich geht, gibt es etwas in mir … das habe ich schon früher gesagt. Du bist alles, was ich besitze, und ich kann dich nicht teilen. Mehr noch. Ich kann nicht ertragen, wenn du an etwas anderes denkst als an mich.«

»Das Studium ist keine Person, sondern eine Sache.«

»Ich weiß, mein Liebling. Aber für mich gibt es keinen Unterschied. Verstehst du, es entfernt dich von mir.« Bill wandte sich ab. »Es hat keinen Zweck. Ich habe alles versucht. Oh, Gott! Die Dinge, die ich in diesem Zustand zu dir sage.« Er drehte sich zu Fiona und zog sie wieder in die Arme. »Nie hätte ich geglaubt, dir drohen zu können, daß dein Bett kalt bleibt. Woher kommen solche Gedanken? Ich glaube, ich kenne die Antwort, Liebste. Es ist eine Art Wahnsinn, zumindest was dich betrifft. Das meine ich ernst. Alles andere im Leben habe ich im Griff. Die Arbeit und die Menschen, Höhergestellte und Untergebene, jede Einzelheit in geschäftlichen Dingen. Dafür gibt es sauber abgetrennte Bereiche in meinem Kopf. Wenn ich an dich denke, bin ich hilflos meiner Liebe ausgeliefert, und es gibt keine Grenzen mehr. Allerdings ist diese Liebe mit Eifersucht vermischt, und mit dem Willen zu herrschen. Dinge, die ich bei anderen verurteile.«

»Oh, Bill! Bill!« Als Bill murmelte: »Es ist wie eine Krankheit, von der ich nie geheilt werden kann«, dachte Fiona, daß er recht hatte. Es war eine Krankheit, und ihr Leben wurde davon vergiftet. Aber was würde helfen? Sollte sie Bill nachgeben? Sich ausschließlich nach ihm richten? Ihm erlauben, sie nach seinem Verlangen zu besitzen? Und was war mit ihr und ihren Gefühlen für ihn? Würde diese tiefe Liebe dauern, von der sie verzehrt wurde? Nein. Nicht unter diesen Bedingungen.

»Alle außer mir haben Bescheid gewußt«, sagte Bill jetzt. Fiona rückte von ihm ab. »Nein! Niemand. Ich wollte es dir selbst sagen, aber … Daisy ist mit ihrer Überraschung dazwischengekommen. Niemand hat etwas gewußt, Bill.«

»Auch nicht Nell?«

»Nein, Nell auch nicht. Sie wußte, daß ich vor einigen Jahren mit dem Gedanken gespielt habe. Dann dachte sie, ich hätte es vergessen, vor allem, nachdem Mamie zurückkam und ich soviel zu tun hatte.«

»Aber Katie wußte davon.«

»Nein. Sowenig wie Nell. Ich habe niemandem etwas gesagt. Das ist eine Sache zwischen dir und mir.«

An Bills Gesichtsausdruck erkannte Fiona, daß sein Selbstwertgefühl etwas gefestigter war. Er fragte: »Sogar deine Mutter wußte nichts?« Fiona entgegnete: »Nein. Natürlich nicht.«

Bill zog sie sanft an sich, legte den Kopf an ihre Schulter und murmelte: »Einer unter den Besessenen dieser Welt bin ich. Es muß eine Art Verrücktheit sein. Und das schlimmste ist, daß es mir bewußt ist.«

Beide hoben den Kopf, als draußen ein Auto hupte.

»Das werden Sammy und Katie sein«, flüsterte Fiona.

»Oh, Bill!« fügte sie fast flehend hinzu, und er beruhigte sie: »Keine Sorge. Es ist alles gut. Was du gesagt hast, wirkt wie Balsam auf meine Wunde. Daß es eine Sache zwischen dir und mir ist und niemand sonst etwas wußte.«

»Bill ...« Fionas Stimme klang sehr tief. »... Es wird immer nur dich und mich geben. Kannst du mir das glauben? Alle anderen kommen erst an zweiter Stelle, ohne Ausnahme.«

Von der Halle drang lautes Johlen und Gelächter herein. Bill küßte Fiona auf den Mund und sah sie dann fest an. »Wir bleiben einfach sitzen, wie ein altes Ehepaar, und lassen die Familie antreten.«

Lächelnd nahm Fiona seine Hand und lehnte sich in der Sofaecke zurück.

Die Tür wurde aufgerissen, und die Kinder stürmten lachend, einander schubsend und wild durcheinanderredend herein, alle auf das Sofa zu. Bill rief: »Hört auf mit diesem Getobe.« Dann streckte er Katie die Hand entgegen. »Hallo, Liebes.« Sie antwortete: »Hallo, Mr. Bill.« Katie beugte sich zu Fiona. Als sie sich wieder aufrichtete, fragte sie besorgt: »Alles in Ordnung, Mam?«

»Ja, ja. Alles in Ordnung.«

»Was sagst du zu den beiden hier?«

»Nicht viel. Dazu habe ich nie viel gesagt.« Wieder erklang fröhliches Johlen, zusammen mit der flapsigen Bemerkung: »Im Scherz fiel schon manch wahres Wort.«

Jetzt traten Willie und Daisy zum Sofa, Willie vor Fiona und Daisy vor Bill. Von einem zum anderen blickend, sagte Daisy: »Der Hauptgrund für den ... für mein Erscheinen heute, ich meine, in diesen Sachen und ohne Schminke im Gesicht ...« Weiter kam sie nicht, weil lautes Kichern und Lachen sie unterbrach. Sammy rief: »Du bist ganz nackt im Gesicht«, und Katie hielt dagegen: »Nein, du siehst wunderbar aus, Daisy.«

Willie brüllte: »Haltet den Mund, alle!« Dann sah er seine Mutter an. »Wir sind gekommen, um unsere Verlobung bekanntzugeben.« Zu Bill gewandt, sagte er: »Ich wollte es dir draußen sagen, Dad. Aber das Auto ...« Willie warf den Kopf in den Nacken. »In dem Augenblick war das Auto wichtiger.« Das brachte ihm einen derben Stoß von Daisy ein. Nur Fionas stützender Arm verhinderte, daß er auf den am nächsten stehenden Sessel fiel.

Daisy sah wieder zu Bill. »Trotzdem, das Auto ist wunderbar. Wirklich toll. Du bist großzügig, wie immer. Das mußte ich einfach sagen.« Sie wiegte den Kopf hin und her. »Mag sein … nein, du bist der Große Häuptling Brüllender Bär, aber …«, sie senkte die Stimme, »… ein sehr netter Häuptling, trotz deines Gebrülls. Bei uns zu Hause weiß das jeder.« Daisy beugte sich vor, und als sie Bill küßte, schlang er die Arme um sie, so daß Daisy auf seine Knie plumpste, begleitet von noch mehr Gelächter.

Wieder auf den Beinen, sagte sie: »Und du weißt, bald bist du mein Schwiegervater. Puh! Das wird nicht leicht für dich. Aber bis Weihnachten hast du Zeit, dich daran zu gewöhnen, und an das große Ereignis.«

»Was?« Die ungläubige Frage kam von Katie und Sammy, und Katie rief: »Du bist doch nicht, oder doch?«

»Nein, ich bin nicht«, antwortete Daisy. Sie stupste Katie in die Seite. »Natürlich nicht. Es ist wie bei euch. Wir müssen noch ein paar Jahre warten. Ich wollte ihn nur ordentlich erschrecken.«

Nachdem Daisy ihn geküßt hatte, lehnte Bill sich zurück und betrachtete das junge Mädchen. Wenn es auf der Welt jemals einen ungeschliffenen Diamanten gegeben hatte, dann war sie dieser Diamant. Wie hatte sie ihr Äußeres verändert! Aus ihr war ein wunderschöner Schmetterling geworden. Und gleichzeitig hatte sie die ganze Zeit daran gearbeitet, Willies Bildungsniveau zu erreichen. Bill ging jede Wette ein, daß Daisy ihn bald an Geist überrundet hatte. Wie würde Willie darauf reagieren? Er sah zu dem Jungen, der neben Daisy stand, den Arm um ihre Taille gelegt. Es würde ihm nichts ausmachen, dachte Bill reumütig. Willie wäre einfach stolz auf sie. Bill konnte sich vorstellen, daß Willie ihr gern auf diesem Weg weiterhelfen würde, denn er besaß selbst einen wachen Verstand. Dieses Eingeständnis machte ihm seine eigenen Schwächen noch deutlicher bewußt, und Bill fragte sich, warum er nicht froh und glücklich war, daß diese wunderbare Frau an seiner Seite etwas für ihre geistige Entwicklung tun wollte. Nein, er wollte nicht wieder grübeln. Es war eben seine Natur. Aber etwas mußte Bill unternehmen, was Fiona anging. Wenn er seine wahren Gefühle offenbarte, würden ihn alle hassen. Er mußte sich nur erinnern, wie feindselig Katie damals geworden war.

IF YOU CAN'T BEAT THEM, JOIN THEM.

Die Worte flammten wie eine Leuchtreklame in seinem Kopf auf, und er wiederholte sie für sich selbst. Wenn du den Gegner nicht schlagen kannst, lauf zu ihm über ... Das war eine Idee. Aber welches Fach sollte er nehmen? Guter Gott! Es gab so viel Auswahl. Ein Dummkopf war er auch nicht. Er hatte einen Kopf zum Denken. Mit etwas Anstrengung würde er alles lernen können. Du liebe Zeit! Er fing schon wieder an, im großen Stil zu planen. Aber warum nicht? Ja, warum eigentlich nicht? Es war nicht nötig, daß er jeden Abend zu Hause über den Papieren saß. Dafür gab es andere Leute in der Firma. Schließlich hielt man sich auch keinen Hund, um selbst bellen zu müssen. Eine Stunde oder zwei könnte er abends opfern ...

In der Halle hörte man jemanden rumoren, und Sammy rief: »Das ist Nell.«

Als er zur Tür eilte, um aufzumachen, stieß Nell von der anderen Seite dagegen. Sie sah die Versammlung im Wohnzimmer und fragte: »Was ist das? Feiert ihr schon eine Party?«

Bert trat hinter ihr herein. »Hallo, Sammy«, rief er. »Hallo, Katie.«

Dann sagte Nell, die Daisy einige Augenblicke angestarrt hatte: »Wirklich! Wie du aussiehst, Daisy. Einfach ...«

»Sag es nicht, Nell. Ich trage ordentliche Kleider, mein Gesicht ist ungeschminkt, aber mehr hat sich nicht verändert. Innen bin ich die Daisy von früher. Mein Mundwerk funktioniert einwandfrei.«

»Sie ist nicht die Daisy von früher«, rief Willie. »Das wird sie nie wieder sein. Wir sind verlobt.«

»Ver...lobt? Oh! Was für eine freudige Überraschung. Herzlichen Glückwunsch, meine Liebe!« Nell küßte Daisy, und Bert schüttelte Willie die Hand.

Dann wandte sich Nell an Fiona: »He, was sagst du dazu?« Sie selbst dachte: Oh, meine Güte! Noch eine Prüfung.

Bill fragte Bert, wo die Kinder seien, und Nell antwortete: »Wo sie immer sind. Oben im Kinderzimmer.« Über die Sofalehne zu Katie und Sammy blickend, sagte sie: »Jetzt seid ihr alle vergeben. Zwei Paare.«

Bill rückte auf dem Sofa nach vorn. »Ach, du weißt doch nur die Hälfte. Willie, lauf nach oben und hol Großmutter und Mamie und die Kinder. Dieses Ereignis und andere Neuigkeiten, deren Enthüllung noch bevorsteht, verdienen, daß wir auf sie anstoßen, Mr. und Mrs. Ormesby. Sammy und Katie, ihr holt Sherry und Gläser, und bringt Limonade für die Kinder mit.«

Als Mrs. Vidler mit Mamie und den drei Kindern das Wohnzimmer betrat, gefolgt von Willie, zögerte sie einen Augenblick und sah in die Richtung, wo Daisy stand. Dann rief sie: »Liebe Güte! Daisy. Ich ...« Sie unterbrach sich. Daisy kam näher. »Ich weiß, was Sie sagen wollten, Mrs. Vidler. Sie hätten mich kaum erkannt. Aber ich bin es, unverkennbar. Sie müssen mich nur reden hören. Habe ich recht?«

»Oh, mein liebes Mädchen ...« Was sie sagen wollte, ging unter im Geräusch von Gläserklingeln, als Sammy mit dem Tablett zurückkehrte. Sie ließ sich nicht beirren und rief, an ihre Tochter gerichtet: »Feiern wir eine Party?«

»Nicht ganz, Mutter«, antwortete Fiona. Etwas in der Stimme veranlaßte Mrs. Vidler, zu ihr zu kommen und zu fragen: »Geht es dir gut, Liebes?«

»Ja, Mutter. Alles in bester Ordnung. Komm, setz dich doch.«

Als Mrs. Vidler Platz genommen hatte, blickte sie sich um. »Die ganze Familie ist versammelt, bis auf Mark. Schön, nicht wahr? Wir kommen nicht mehr häufig zusammen in letzter Zeit.«

Die nächsten fünf Minuten vergingen mit Gläsergeklapper, und die Kinder wurden mit Limonade versorgt.

Mamie saß neben Angela. Sie schob dem Kind ihr Taschentuch in den Halsausschnitt und sagte: »Du willst sicher nicht, daß dein Kleid naß wird, oder? Es ist dein Lieblingskleid.«

Daisy blieb vor ihr stehen. »Du sorgst noch immer für Angela, Mamie?«

»Ach ... ich würde es nicht sorgen nennen, Daisy. Ich kümmere mich ein bißchen um sie.«

»Oh«, antwortete Daisy. »Manche Leute behaupten, ein Kind zu versorgen wäre anstrengender, als sich mit Erwachsenen zu beschäftigen.«

Mamie hob den Kopf und sah Daisy an. »Ich bin so froh, daß du Willie heiratest, denn Willie ist nett. Er hat Ähnlichkeit mit Sep, findest du nicht auch?«

Für einen Moment wußte Daisy nicht, was sie entgegnen sollte. Dann fuhr ihr ein Gedanke durch den Kopf. »Ja«, sagte sie. »Sie haben viele Eigenschaften gemeinsam. Vor allem sind beide freundlich.«

Mamie stellte die nächste Frage, bevor Daisy ihre Bemerkung erläutern konnte. »Kommt Sep heute auch?«

»Nein, heute nicht. Das glaube ich kaum. Er ist ...« Daisy konnte nicht sagen, daß Sep abends zum Tanzen ging. Andererseits, wäre er ins Haus der Baileys eingeladen worden, hätte er kaum abgelehnt. Daisy sah die Enttäuschung in Mamies Gesicht und hörte sich sagen: »Vielleicht kommt er morgen. Das heißt, wenn du willst und er eine Partie Tischtennis mit dir spielen soll.«

»Ja, das würde ich gern.«

»Gut ... dann sage ich ihm Bescheid.«

»Danke, Daisy.«

Daisy beschloß, mit Willie zu reden, damit er Sep einlud. Und sie mußte sich mit ihrem Bruder Sep unterhalten. Sep mochte Mamie sehr, das wußte sie. Aber mögen reichte nicht. Mamie war mittlerweile fast wieder normal. Ruhig, aber normal. Manchmal redete sie sehr tiefsinnig und vernünftig. Vor allem besaß sie ein ziemlich großes Vermögen.

Aber Sep war nicht der Typ für eine Geldheirat. Er hatte sich sofort zu Mamie hingezogen gefühlt, obwohl sie damals nicht gerade attraktiv wirkte. Und Mamie war von Sep hingerissen. Es wäre schon komisch, wenn …

»Oh, kein Grund zu brüllen! Ich höre sehr gut!« sagte Daisy zu Bill, der konterte:

»Wenn das so ist, warum kommst du dann nicht her? Stell dich neben diesen Kerl, den du verführt hast, dir einen Ring zu schenken … Wo ist der Ring übrigens?«

»Ich habe keinen.«

Von allen Seiten kam die Frage: »Was, du hast keinen?«

»Nein. Ich wollte nicht. Willie hätte mir gern einen Ring geschenkt. Er hatte bereits einen ausgesucht. Aber ich habe ihn nicht angenommen.«

Langsam und gewichtig fragte Bill: »Würde es dir etwas ausmachen, mir den Grund zu erläutern, warum du keinen Ring willst? Immerhin sagst du, ihr wärt verlobt und wollt heiraten. Normalerweise gehört dazu ein Ring.«

»Bei mir ist nichts normal, Großer Häuptling. Ich habe gesagt, daß ich keinen Ring will, bis ich weiß … » Sie hielt inne und sah Willie an. Beide lächelten. Dann wandte Daisy den Blick zu Fiona, die auf der Sofakante saß, und sagte leise: »Zuerst wollte ich wissen, wie ich aufgenommen werde; oder *ob* ich aufgenommen werde. Wo ich nicht willkommen bin, dränge ich mich nicht auf.«

Wie aus einem Mund sagten alle: »Oh, Daisy!«

Und Bill rief: »Hat man so etwas schon gehört? Das Mädchen hat Nerven. Donnerwetter.«

»Dad! Nun mach schon.«

Bill erwiderte: »Was soll ich machen? Zuerst brauche ich etwas zum Anstoßen. Das gilt für uns alle.«

Das Tablett wurde herumgetragen, bis jeder ein Glas in der Hand hielt. Bill sah zu dem Paar, das vor ihm stand, und begann: »Willie ist mein Sohn.« Er machte eine Pause. Willie biß sich auf die Unterlippe, denn für ihn war Bill Bailey sein Vater, nicht dieser andere Mann, den er nicht gekannt hatte und nach allem, was er wußte, auch nicht mögen würde. Es war Bill, den er liebte.

Bill setzte seinen Trinkspruch fort. »Wenn ich unter den vielen schicken, hübschen und klugen Mädchen dieser Stadt, nein, im ganzen Land, eine Frau für ihn auswählen müßte ... würde ich Daisy Gallagher wählen. Also laßt uns auf die beiden anstoßen.«

Die Gläser wurden erhoben, und Stimmen riefen durcheinander: »Auf Daisy und Willie. Auf Daisy und Willie.«

Bill sagte: »Bleibt stehen, wo ihr seid. Und haltet euch fest! Ich bitte Mrs. Vidler, sich einen Moment vom Sofa zu erheben und neben mich zu treten. Wenn sie so freundlich sein möchte?«

»Aber gern, Sir. Wie könnte ich dieser höflichen Einladung widerstehen?«

Bill rief Katie und Nell zu: »Ihr zwei laßt das Kichern! Und jetzt hört zu.« Er entriß Daisy der Umarmung von Willie und schob sie zum Sofa. »Setz dich neben deine zukünftige Schwiegermutter.« Als Daisy neben Fiona saß, sahen die beiden Frauen sich an und blickten lachend zu Bill zurück, der auf sie wies und mit lauter Stimme sagte: »Dort sitzen die zwei hinterhältigsten Personen, die jemals meinen Weg gekreuzt haben.«

»Da sind wir nicht!« protestierten Daisy und Fiona wie aus einem Mund.

»Seid still!« gebot Bill. Er sah zu den anderen und fuhr fort: »Damit ihr Bescheid wißt. Minnehaha dort auf dem Sofa hat seit einem Jahr die Abendschule besucht und in drei Fächern die mittlere Reife bestanden. In Englisch, Sozialkunde und Geschichte.« Man hörte Beifallrufe und Lob. Bill gebot erneut Schweigen: »Ruhe! Das war noch nicht alles. Anschließend hat sie sich bei der Open University beworben. Ihr habt richtig gehört. Bei der Open University. Sie wußte nicht, niemand wußte, daß meine Frau heimlich zur gleichen Zeit ebenfalls ihre Bewerbung eingereicht hat, für einen Studiengang im Fach Englisch. Ausgerechnet heute morgen haben beide ihre Zulassungsschreiben erhalten.«

»Ist das die Möglichkeit!«

»Wie schön!«

»Kaum zu glauben.«

»Und das hast du die ganze Zeit vor mir verschwiegen?« Nells Stimme erhob sich über die anderen. Sie setzte Fiona einen bohrenden Finger an die Brust. »Ich dachte, wir beide wären wie Schwestern und hätten keine Geheimnisse voreinander?«

Bill rief ihr zu: »Jetzt weißt du es, oder? Wenn ihr Mann keine Ahnung hatte, warum solltest du Bescheid wissen?«

»Weil Frauen miteinander reden, Bill Bailey. Oh, diese Männer! Gegen ihre Dummheit ist kein Kraut gewachsen.«

»Ruhe! Alle zusammen!« sagte Bill. »Laßt uns noch einmal das Glas auf zwei wunderbare Menschen erheben, und auf die Open University.«

Als die Gläser aneinander stießen, begann das lebhafte Durcheinander der Stimmen erneut. »Nur eine Minute«, gebot Bill noch einmal Schweigen. »Die Heimlichkeiten überlasse ich anderen. Ich werde offen und direkt sein. Es gibt eine Redensart: *If you can't beat them, join them.* Nach einigem Überlegen bin ich zu dem Entschluß gelangt, es könnte nicht schaden, wenn ich auch einen Versuch an der Open University mache. Zwei Fächer haben mich immer interessiert, eines davon ist Mathematik – in der Schule war ich ziemlich gut in Mathe, bis zu einer bestimmten Stufe –, das andere ist Geographie. Schon als Junge wußte ich von den meisten Ländern, was sie exportieren, ich kannte ihre Hauptstädte und die wichtigsten Flüsse. Landkarten waren meine Leidenschaft. Ihr müßt verstehen, bei meinem Naturell bin ich nicht dafür geschaffen, im Alter zu Hause zu sitzen und ruhig mitanzusehen, wie meine Frau ihren Horizont erweitert, während ich langsam senil werde und in meinen Porridge sabbere.«

Unter das Gelächter mischten sich amüsierte Kommentare: »Ach, soweit ist es schon?« und »Hast du keine anderen Sorgen?« oder »Bist du nicht zu alt für eine zweite Karriere?«

Sammy sagte: »Weißt du, Bill, Mathematik ist nicht nur Rechnen. Es geht um Strukturen und um Logik.«

»Es geht auch um Logik, wenn ich dich eines Tages in die Schranken weise, junger Mann.«

Während die Wortgeplänkel weitergingen, betrachtete Fiona den Mann, den sie zutiefst liebte und der in jeder Hinsicht großartig war. Aber er besaß einen Fehler. Dieser Fehler berührte ihr Leben und konnte alle guten Dinge auslöschen. Bill war sich dessen bewußt.

If you can't beat them, join them.

Er würde seine Ankündigung wahr machen. Mathematik und Geographie zu nehmen, das sah ihm ähnlich. Was würde ihm dieser Kraftakt bringen? Fiona hatte die Open University gewählt, um Erfüllung und mehr geistige Freiheit zu finden. Nicht zuletzt ihre Liebe zu Bill hatte sie in Fesseln gelegt. Bill war der Mittelpunkt gewesen. Alles mußte sich um ihn drehen.

So würde es weitergehen.

If you can't beat them, join them.

Oh, Bill Bailey! Bill Bailey!